BASTEI
LÜBBE

Jeffrey A. Carver

Die leuchtende Stadt

Roman

Ins Deutsche übertragen
von Beke Ritgen und Ruggero Leò

BASTEI LÜBBE

BASTEI LÜBBE TASCHENBUCH
Band 23 271

1. Auflage: April 2004

Vollständige Taschenbuchausgabe

Bastei Lübbe Taschenbücher ist ein Imprint
der Verlagsgruppe Lübbe

Deutsche Erstveröffentlichung
Titel der amerikanischen Originalausgabe: The Infinite Sea

This book was negotiated through Literary Agency
Thomas Schlück GmbH; 30827 Garbsen
Lektorat: Beate Brandenburg, Ruggero Leò und Stefan Bauer
Titelillustration: Roy Virgo/Agentur Schlück
Umschlaggestaltung: QuadroGrafik, Bensberg
Satz: Heinrich Fanslau, Communication/EDV, Düsseldorf
Druck und Verarbeitung:
Maury Imprimeur, Frankreich
Printed in France
ISBN 3-404-23271-2

Sie finden uns im Internet unter
www.luebbe.de
www.bastei.de

Der Preis dieses Bandes versteht sich einschließlich
der gesetzlichen Mehrwertsteuer.

Für Gene, der das Meer liebt.

Präludium
Julie Stone

Das Geräusch der Anzugslüfter weckte sie. *Wo bin ich?*, dachte Julie. Und dann erinnerte sie sich: Sie war in einer Höhle auf Triton und hatte soeben Kontakt mit dem außerirdischen Artefakt gehabt. Aber was hatte sie … war sie bewusstlos geworden? Schwache Erinnerungen schwirrten ihr durch den Kopf.

Sie holte tief Luft.

Eine Stimme ganz nah an ihrem Ohr riss sie aus den Gedanken. Das Helm-Com: »Julie – kannst du mich hören? Ron, ich empfange kein Signal von den Kontrollsystemen ihres Anzugs, aber ich glaube, sie lebt!«

Kim. Ihr Teamleiter.

Natürlich lebe ich noch. Wieso sollte ich tot sein?

»Ihre Augen sind offen!« Jemand beugte sich über Julie und schirmte mit den Händen ihr Helmvisier ab, um die Lichtreflexionen zu verhindern. »Ich glaube, sie atmet! Julie, kannst du mich hören?«

Kannst du mich hören? Die Worte drifteten weit fort, verschwanden in irgendeiner Ecke ihres Verstandes, stattdessen hörte Julie Stimmen in ihrem Kopf:

Müssen noch einen Auftrag erfüllen … brauchen deine Hilfe, Julie Stone …

Hilfe? Wie soll ich denn hel …?

Und dann hatte sie die Besinnung verloren, und die Stimmen waren nur noch tiefer in ihren Verstand eingedrungen …

… John Bandicut hat alles aufgegeben, um die Erde zu beschützen … hat seine Heimatwelt gerettet … gefährlicher Komet …

»Julie!«

Sie fuhr zusammen, und der harte Panzer ihres Anzugs grub sich schmerzhaft in Schulter und Hüfte. »Ja. Ja! Mir geht's gut; hilf mir lieber hoch!«

Der Helm, das Visier unten, der bisher genau vor ihrem Helm, ihrem Gesicht unter dem Helm gewesen war, verschwand, Hände packten sie unter den Armen und halfen ihr auf. Und dann stand sie wacklig da, dicht umdrängt von ihren Kollegen aus der Abteilung für Exoarchäologie. Triton. Ja, sie war auf Triton, in einer unterirdischen Höhle, die hauptsächlich aus bläulichem Eis bestand und wenig Gestein; das Eis reflektierte das Halogenlicht ihrer Helmscheinwerfer.

Und es hat mit mir gesprochen! Das Artefakt hat mit mir gesprochen! Angestrengt versuchte sie, sich zu erinnern.

... hat die unmittelbare Gefahr abgewandt ... aber es gibt vielleicht noch andere Gefahren ...

... andere ...

... andere ...

... brauchen deine Hilfe ...

Was denn nur für eine Gefahr?

»Was ist passiert, Julie?«, fragte jemand.

Sie schüttelte den Kopf, ihre bruchstückhaften Erinnerungen zerfielen, verschwanden. »Weiß nicht genau. Was habt ihr gesehen?«

Julie war außer Stande, sich zu konzentrieren, und wusste nicht, wer ihr die Frage gestellt hatte. Es war Kims Stimme: »Das Objekt hat geleuchtet. Es schien irgendwas zu machen – hat sich immer schneller bewegt. Du bist bewusstlos geworden. Das Ding da hat sich noch ungefähr zehn Sekunden lang bewegt, dann ist es erstarrt – genau in dem Moment, als wir dich gefunden haben.«

Immer schneller bewegt? Sie erinnerte sich an das Artefakt: eine Ansammlung aus schwarzen und silbernen Kugeln, die durcheinander wirbelten und sich dabei gegenseitig zu durchdringen schienen; die Kugeln waren angeordnet wie eine auf dem Kopf stehende Pyramide.

»Habt ihr irgendwas gehört?«

Durch die schimmernden Helmvisiere konnte sie die Gesichter ihrer Kollegen nicht erkennen, doch hörte sie die Verwirrung in ihren Stimmen. »Wir haben nichts gehört«, antwortete Kim. »Was hast du den gehört?«

Sie schüttelte den Kopf. »Ich weiß nicht so genau.« Julie drängte sich durch ihre in Raumanzügen steckenden Kollegen – dann, einem plötzlichen Drang folgend, drehte sie sich um und sah zu dem Objekt, dem außerirdischen Artefakt, zurück. Die Kugeln waren schwarz und schillerten, sie waren nicht silbern. Der Translator, so hatte John Bandicut es genannt. Oder hatte sie diesen Begriff von dem Ding selbst gehört? Durchaus möglich.

»Julie?«, hörte sie Kim fragen. »Kannst du uns sagen, was passiert ist?«

»Ich weiß nicht...« Ihre Stimme versagte ihr den Dienst, doch sie versuchte weiterzusprechen. »Ich glaube nicht. Noch nicht. Ich muss wohl erst mal in Ruhe darüber nachdenken.« Sie drehte sich leicht nach rechts und konnte endlich die Augen ihres Kollegen durch dessen Helmvisier erkennen. »Können wir jetzt gehen?«

Kim hob die Augenbrauen. »Also schön. Alle Mann raus hier! Wir bringen Julie zum Rover zurück!«

Als Julie Kim folgte, versuchte sie sich wieder an die Worte und Bilder zu erinnern, die sie gehört und gesehen hatte – vergebens: Gedanken und Stimmen wirbelten wie ein Sturm durch ihren Verstand, durch ihre Träume, ihr Unterbewusstsein. Es war so schwer, sich zu erinnern. Nur ein Satz hallte ihr wieder und wieder in den Ohren:

… *Es ist noch immer etwas da draußen, das versucht, eure Welt zu zerstören …*

1
Ins fremde Meer

Nicht schon wieder, dachte Ik. Er spähte aus der goldenen Sternenkoppler-Sphäre in einen tiefblauen Ozean. Über ihm und seinen Gefährten schimmerte die Meeresoberfläche wie ein Spiegel, entfernte sich jedoch mit jedem Herzschlag weiter von ihnen. Unter ihnen lag die Dunkelheit der ozeanischen Tiefen, in die sie recht schnell hinabsanken – gefangen in der Kraftfeldsphäre, die sie unzählige Lichtjahre weit getragen hatte.

Li-Jared ließ ein vor Panik vibrierendes Grollen aus seiner Kehle dringen. Er hatte Angst vor tiefem Wasser; für ihn musste soeben sein schlimmster Albtraum wahr geworden sein. Der Mensch John Bandicut kauerte rechts von Ik, und hielt anscheinend den Atem an. Mit vor Angst und Konzentration vortretenden Augen stierte er in die dämmrige Tiefe, stotterte etwas Unverständliches und deutete nach unten.

Es passiert schon wieder!, dachte Ik. *Rakh*!

John Bandicut wandte sich zu seinen Gefährten um. »Seht ihr es?«, schrie er. »Sagt mir, dass ich nicht verrückt bin! Seht ihr's?«

Bwang-ng-ng-ng-ng... »Was sollen wir sehen?«, rief Li-Jared und sprang wie trunken in der Sphäre hin und her. »Ich sehe keinen Grund! Nur Wasser! Wir werden alle ertrinken!«

Ik hingegen sah, was Bandicut meinte. Lichter. Sie waren unter ihnen, zwar sehr matt und klein, wurden aber immer heller und größer. Ik bückte sich und schaute durch den Boden der Sternenkoppler-Sphäre.

Die Lichter schienen kugelförmig zu sein. Sie sahen ... künstlich aus. Wie eine Unterwasserstadt.

Das war es, was Bandicut meinte. Sie sanken nicht lediglich dem öden Grund eines fremden Ozeans entgegen, nein, dort unten war irgendetwas. Ik wusste zwar nicht, was die Lichter zu bedeuten hatten, aber er erkannte die Handschrift von Schiffwelt darin oder besser vielleicht: der Herren dieses Weltenschiffs. Etwas, nein, jemand hatte sie gezielt hierher gebracht, in dem Wissen, dass hier in den Tiefen des Meeres etwas auf sie wartete. Dieser Gedanke beruhigte Ik ein wenig.

Bandicut versuchte, den entsetzten Karellianer zu beruhigen. »Li-Jared, da unten ist was! Sieh doch selbst!« Kaum hatte er den Satz beendet, da steckte er auch schon den Kopf durch die Sphärenwand ins Wasser, ohne dass es die Stabilität der Sphäre auch nur im Geringsten beeinträchtigte.

»Hrachh – er hat Recht – ich sehe es auch!«, rief Ik, der endlich seine Stimme wiedergefunden hatte. Er holte tief Luft und folgte Bandicuts Beispiel. Als er den Kopf durch die Sphärenwand drückte, gab die Kraftfeldblase nach und schmiegte sich eng an seine Haut; er spürte hohen Druck und Kälte, gleichwohl berührte ihn das Wasser nicht direkt. Er hielt den Atem an und blickte in die Tiefe.

Jetzt sah er die Lichter deutlicher. Sie kamen zweifelsohne immer näher. Ob es sich bei ihnen um Luftblasen handelte? Er zog den Kopf wieder in die Sphäre zurück, um Luft zu schnappen.

Im zunehmend schwindenden Licht in der Sphäre selbst sah Bandicut ihn an. »Ich schätze, dass wir diese Dinger da erreichen sollen. Können wir denn diese Blase hier irgendwie steuern?«

Hinter Ik sagte eine Stimme: »Woher wissen wir denn, dass wir sie tatsächlich erreichen sollen?«

Ik drehte sich zu dem neusten Gruppenmitglied um: Antares, die Thespi-Drittfrau, Bandicuts Bekanntschaft. Ik kannte sie kaum. Sie hatte ihnen dabei geholfen, ihre letzte Schlacht gegen den Boojum zu gewinnen, auf dem Weltenschiff. »Ich weiß nicht genau, ob wir eine andere Wahl haben. Auf jeden Fall scheinen diese Gebilde da das Ziel unserer Reise zu sein.«

Die Thespi blinzelte. Im schwindenden Licht hatte sie die goldenen Augen weit geöffnet. »Das scheint tatsächlich der Fall zu sein.« Sie strich sich über die juwelenähnlichen Steine, die in ihrer Kehlgrube eingebettet waren.

»Wir treiben zur Seite«, konstatierte in diesem Moment Bandicut, der wieder nach draußen schaute. »Ich fürchte, wir verfehlen diese leuchtenden Kugeln! Glaubst du, der Sternenkoppler hat bei seiner Kursberechnung die Meeresströmungen nicht mitberücksichtigt?«

Ik berührte die Stimmensteine an seinen Schläfen und fragte sie: /Könnt ihr uns erklären, wie man diese Sternenkoppler-Sphäre steuert?/

Ik spürte, dass die Stimmensteine seine Anfrage rasch verarbeiteten, dann antworteten sie:

Steuerung unmöglich. Wartet auf Ankunft!

Bandicuts Augen wirkten abwesend, als blicke er in weite Fernen. Einen Moment später sahen sie wieder normal aus. »Charlie meint, er hat von den Steinen erfahren, dass wir für diese Umgebung *renormalisiert* wurden. Heißt das etwa, dass wir jetzt Wasser atmen können?«

»Hrrrm, ich brenne nicht gerade darauf, diese Vermutung zu überprüfen!«, erwiderte Ik. Er begegnete Li-Jareds Blick: Bruchteile einer Sekunde hielt dieser den Atem an, gerade lang genug, um mit dem Freund einen Blick zu wechseln. Dann atmete Li-Jared weiter, angstvoll keuchend, beinahe schon hyperventilierend. Seine hellblauen Pupillen, normalerweise schmal wie Schlitze, waren vor Panik stark geweitet. »Aber meinen Stimmensteinen zufolge können wir die Sphäre nicht lenken; wir müssen einfach abwarten, wo wir ankommen.«

»Ankommen?«, murmelte Antares. »Ich dachte, wir wären schon angekommen.«

»Ja, schon ...« Ik rieb sich unsicher den Brustkorb. Tiefer und tiefer glitten die Gefährten in die Dunkelheit des Ozeans hinab. Der Meeresspiegel war schon nicht mehr zu sehen, nur noch ein blauer Schimmer über ihnen deutete an, in welcher Richtung die Reisegefährten ihn zu suchen hätten. Unter ihnen wanderten die Lichter zur Seite weg. Bandicut hatte Recht; die Sphäre würde den Lichterkreis verfehlen.

Instinktiv versuchte Ik, die Sphäre mit reiner Willenskraft wieder auf die leuchtenden Kugeln zuzusteuern – erfolglos. Bald waren sie auf gleicher Höhe mit den Lichtern, die rechts von ihnen in weiter Ferne ihr Licht verströmten. Dann schienen die Lichter nach oben zu gleiten und zu verschwinden, während der Ozean immer finsterer wurde. Ik spürte, dass das Atmen allmählich unangenehmer wurde: Die Luft in der Sphäre wurde dicker und dichter.

»Können wir denn nichts tun?«, wollte Antares leise wissen.

»Moment mal! Seht mal da!«, rief Bandicut und deutete in die Dunkelheit unter sich.

Links unter den Gefährten kamen noch mehr Lichter in Sicht. Ik versuchte, den Kurs der Sphäre abzuschätzen, und kam zu dem Ergebnis, dass zumindest die Chance bestand, dieses Mal sehr viel dichter an diesen Lichtern vorbeizutreiben. Doch was würden sie dort finden?

Ik seufzte durch die Ohren, berührte seine Stirn und bereitete sich innerlich auf die Welt vor, die sie gleich betreten würden – wie auch immer sie aussah.

Etwas bewegte sich in diesen Lichtkugeln.

Dessen war sich Bandicut fast sicher. Angestrengt versuchte er, mehr zu erkennen. Die Kugeln kamen zwar immer näher, doch ein feiner Nebel im Wasser trübte die Sicht. Die Ansammlung aus Kugeln sah aus wie eine versunkene Stadt; aber Bandicut wagte nicht, tatsächlich daran zu glauben.

Er fragte sich, wann die Luft in ihrer Sternenkoppler-Sphäre verbraucht wäre.

///Keine Sorge!
Wenn sie uns bei der Reise durch die halbe Galaxis
am Leben erhalten hat, kann sie uns sicher
auch noch ein paar Minuten länger mit Luft versorgen///,

meinte das Quarx in seinem Bewusstsein lakonisch. Der Außerirdische schien beinahe entspannt damit umzugehen, dass sie so plötzlich in einem fremden Ozean gelandet waren. Vielleicht war ihm die Gefahr nicht so bewusst, da er keinen eigenen Körper hatte.

///Hältst du mich für blöd, oder was?!
Glaubst du, ich krieg nicht mit, was abgeht?///

Dieser Vorwurf setzte Bandicut ein wenig zu. /Nein … ich halte dich bestimmt nicht für blöd./ Dieses Quarx unterschied sich wirklich sehr von dem letzten Charlie, dessen Tod Bandicut noch immer schrecklich gegenwärtig war.

Die Lichter kamen immer näher, wurden zahlreicher, und nach und nach erkannte Bandicut in ihrem Schein eine Art von Unterwasserlandschaft. Die leuchtenden Kugeln waren Kuppeln, die in Gruppen zusammen auf einem steilen Unterseehang standen, dessen schattenhafte, kaum erkennbare Ausläufer sich hinter und unter der Sternenkoppler-Sphäre erstreckten. Weiter unten in der Dunkelheit sah Bandicut nur vereinzelte matte Lichter. Falls die Sphäre nicht an dieser Gruppe von Kuppeln andockte, würde sie womöglich für immer weitersinken.

»Werden wir sie verfehlen?«, fragte Li-Jared, als habe er Bandicuts Gedanken gelesen.

Nein, dachte Bandicut. *Ja.* Er wusste es nicht.

»Bandie John?« Antares schaute ihm tief in die Augen.

Sah sie ihm seine Angst an? Spürte sie sie? Bandicut kannte die Thespi-Frau kaum. Doch stellte er nun überrascht fest, dass er ihr empathisches Bewusstsein spürte. Es fühlte sich irgendwie ... richtig an.

Ehe er antworten konnte, spürte er ein Vibrieren unter den Füßen. Ein Geräusch war zu hören, das an ein fernes Grollen erinnerte. »Was zum ...?«

»Hrachh, das fühlt sich an wie ein Erdbeben!«, meinte Ik. »Ein fernes Erdbeben. Spürt ihr die Strömung von der Seite? Wir *werden* diese Lichter da verfehlen!« Als Ik sich zu ihnen umdrehte, erinnerte sein wie gemeißelt wirkendes blaues Gesicht im Licht der leuchtenden Kuppeln an einen Totenschädel.

Antares' Augen glitzerten. »Ich spüre es.«

Bandicut schloss kurz die Augen. Er merkte, wie sich die Sphäre bewegte. Ik hatte Recht. Wenn sie diese Lichterkuppeln verfehlen würden ... wie tief war dieser Ozean überhaupt?

Bandicut blickte seine Gefährten an, deren Gesichter von dem matten Licht erhellt wurden, das die Sternenkoppler-Sphäre selbst erzeugte: Ik, der große Hraachee'aner, in dessen dunklen Augen kleine Lichtpunkte leuchteten; Li-Jared, der schimpansenähnliche Karellianer mit den länglichen goldenen Augen und den waagerechten, stahlblauen Pupillenschlitzen, die nun vor Angst geweitet waren; Antares, die einer Menschenfrau so ähnlich und doch etwas ganz anderes war – mit ihrem kantigen Gesicht, den asiatisch wirkenden Augen und ihrem stets unergründlichen Gesichtsausdruck; und die beiden Roboter, die Bandicut seit Triton auf der Reise begleiteten, einstmals dumme Maschinen, die, er wusste nicht wie, in empfindungsfähige Wesen transformiert worden waren. Bandicut war für jeden Einzelnen seiner Gefährten dankbar. Trotzdem wollte er nicht in diesem Meer mit ihnen sterben.

»Captain«, meldete sich der Roboter Copernicus zu Wort, »ich kann nicht mit Sicherheit bestimmen, was das für ein Medium ist, in dem unsere Sphäre treibt, erkenne aber da draußen einige Objekte oder Wesen, die sich uns nähern!«

Ik schaute bereits an dem Roboter vorbei. »Da kommt tatsächlich jemand! Von dort!«

Die Sphäre ruckte vor, als sich alle vorbeugten, um in die angegebene Richtung zu schauen. Zunächst erkannte Bandicut nichts. Dann aber sah er allmählich sehr kleine Gestalten, wie Punkte vor seinen Augen, die sich durch das dunkle Wasser auf sie zubewegten. Sie kamen näher. Schwammen.

Einen flüchtigen Augenblick lang befürchtete er, unter Halluzinationen zu leiden.

///Nach allem, was du erlebt hast,
überrascht es mich,
dass dich noch irgendetwas überrascht!///

Bandicut stöhnte. Auf dem Weltenschiff hatte er alles Mögliche gesehen, angefangen von intelligenten Eisschollen bis hin zu Fraktalwesen. Warum sollten das hier nicht …?

Ik riss ihn aus den Gedanken. »Sie kommen uns holen!«

Inzwischen erkannte Bandicut fünf oder sechs Gestalten, die ihre Arme und Beine schnell bewegten. Sie sahen humanoid aus, waren jedoch noch zu weit entfernt, als dass Bandicut das wirklich hätte beurteilen können.

Antares drückte ihr Gesicht gegen die Sphärenwand. »Sie bringen Leinen mit«, erklärte sie gedämpft.

Bandicut blinzelte. Tatsächlich: Die schwimmenden Gestalten zogen lange Leinen hinter sich her. Als die Wesen näher kamen, wirkten sie nicht mehr so humanoid. Sie hatten Beine, ja – aber mit schwimmhäutigen Füßen. Mit schnellen, kräftigen Stößen bewegten sie sich durchs Wasser.

»Captain – hier drüben!«, meldete sich Napoleon von der anderen Seite der Sphäre.

Bandicut drehte sich um und unterdrückte einen Aufschrei. Einer der Schwimmer hatte sich aus einer anderen Richtung genähert. Er presste die mit Schwimmhäuten verbundenen Finger beider Hände und sein Gesicht an die Wand des seltsamsten Reisegefährts, das er wohl je erblickt haben dürfte. Dann drückte er den Kopf *durch* die Sphärenwand, mitten zwischen die Gefährten. Der Kopf wirkte monströs: glänzend schwarz, mit riesigen Augen und pulsierenden Schlitzen an jeder Halsseite, den Mund leicht geöffnet, sodass zwei Reihen spitzer Zähne zu sehen waren. Zunächst starrte das Wesen Bandicut an, dann wandte es sich Li-Jared zu.

Der Karellianer kreischte aufgeregt auf und wich zurück. Bandicut dagegen hatte es einfach die Sprache verschlagen.

Ik rief energisch: »Bleibt zurück! Jagt ihm keine Angst ein!«

Ihm keine Angst einjagen? In Bandicut rangen zwei instinktive Verhaltensweisen um die Vorherrschaft: entweder vor dem Geschöpf zu fliehen, oder es zu töten.

Das Meereswesen stieß einen dumpfen Schrei aus, der an den Schmerzensschrei eines Tieres erinnerte. Dann zog es den Kopf wieder ins Wasser zurück, ohne dass dies die Sphäre in Mitleidenschaft gezogen hätte, und ließ Bandicut und die anderen keuchend vor Schreck zurück.

///Scheint,
als wären das unsere neuen Gastgeber!///

»Da kommen schon die anderen!« Ik zeigte auf eine Gruppe ähnlicher Geschöpfe, die sich auf der anderen Seite der Sphäre sammelten. Die Neuankömmlinge stierten aus dem fast schwarzen Wasser zu ihnen hinein, ohne die Köpfe durch die Wand der Sternenkoppler-Sphäre zu stecken.

Bandicut starrte die zahnbewehrten, insektenäugigen Wesen an. /Unsere neuen Gastgeber?/

Die Geschöpfe machten sich daran, die Leinen um die Sphäre zu spannen. Bevor Bandicut begriff, was sie mit den Leinen taten, war die Sphäre auch schon in ein Netz gehüllt. Mit einem Ruck, der Bandicut und die anderen taumeln ließ, zogen die Meereswesen die Leinen stramm und schleppten, was ihnen da ins Netz gegangen war, durchs Wasser davon.

2
Ozeanrettung

Es war wie beim Dominospielen: Stößt man die Steine an, fallen sie gegeneinander und stoßen sich gegenseitig um. Ik taumelte gegen Antares, Li-Jared gegen Bandicut, und Bandicut fiel vornüber gegen die Sphärenwand. Sein Gesicht wurde durch die Wand nach draußen gepresst, fest gegen das Netz. Es kostete ihn einige Anstrengung, den Kopf wieder zurückzuziehen, dann taumelte er keuchend in die Sphärenmitte.

Die Sphäre bewegte sich mit überraschend hoher Geschwindigkeit durchs Wasser, abgeschleppt von den Meereswesen. Die Geschöpfe, die die Leinen zogen, waren wieder nur schattenhaft zu erkennen, hoben sich kaum noch vom dunklen Wasser ab. »Sie bringen uns zu diesen Kuppeln«, meinte Ik. Er stierte nach schräg unten, dorthin, wo eine Gruppe aus leuchtenden Kuppeln auf sie wartete.

»Retten sie uns, oder nehmen sie uns gefangen?«, fragte Antares.

Ik hrrrmte, gab ihr aber keine weitere Antwort.

Die Meereswesen waren nicht nur sehr gute Schwimmer, sondern offenbar auch kräftig, denn die Sphäre näherte sich den Kuppeln zusehends. Aber schleppten die Wesen die Sphäre wirklich aus eigener Kraft ab? Bandicut glaubte, einen großen runden Schatten vor ihnen zu sehen und ein Summen zu hören. Er konnte nicht abschätzen, wie schwer ihr Reisegefährt war; doch war es bestimmt nicht besonders leicht, es durchs Wasser zu ziehen.

»Captain«, erklärte Copernicus, »ich gehe davon aus, dass wir diese Gebilde in vier bis acht Minuten erreicht haben werden. Aufgrund der Auftriebsblasen hat unsere Sinkgeschwindigkeit abgenommen.«

»Hä?« Verblüfft erkannte Bandicut einige grapefruitähnliche Kugeln an dem Netz, das rings um die Sphäre gespannt worden war. Wo waren diese Kugeln nur hergekommen? Sie schienen immer mehr anzuschwellen.

»Wieso sinken wir überhaupt?«, fragte Antares. »Wir sind in einer Blase voller *Luft.* Wieso steigen wir nicht auf?«

Bandicut blinzelte ratlos.

///Würd mich nicht überraschen,
wenn diese Blase hier mit dem einen oder anderen
Supermasseding ausgestattet wär///,

murmelte Charlie.

/Aha./ Doch Bandicut konnte den anderen nicht mitteilen, was das Quarx gesagt hatte, denn Li-Jared kam ihm zuvor. Der Karellianer sah so aus, als versuche er, sich selbst von seiner panischen Angst abzulenken.

»Sternenkopplermodul ...«, keuchte er. »Mikrosingularitäten ...« – *bwang* – »... zur Raumtransformation.« Zitternd spähte er wieder aus der Sphäre.

Sie pendelten sich auf der Höhe der näher kommenden Lichtkuppeln ein. Habitate. Bandicut sah deutlich schattenhafte Gestalten sich im Innern der Kuppeln bewegen. Die gewaltige Größe der Kuppeln wurde immer offensichtlicher, je näher die Reisenden ihnen kamen; sie waren so groß, dass sie einer beträchtlichen Menge an Lebewesen als Lebensraum dienen mussten.

Im blassen Licht der Habitate konnte Bandicut nun die Schleppseile der Schwimmer erkennen. Von vorne kam eine Art Strömung, in der lauter feine Partikel trieben, die die Sphäre umwirbelten. Und obgleich Bandicut die Form des schattenhaften Objekts vor sich nicht genau erkennen konnte, war er sich fast sicher, dass es sich um ein Unterseeboot handelte – oder zumindest um ein Fahrzeug mit Rückstoßantrieb.

»Festhalten!«, warnte Copernicus die anderen. Einen Augenblick später ruckte und schwankte die Sphäre, als sie in eine andere Strömung geriet. Die Meereswesen schwammen fächerförmig auseinander, mit zusätzlichen Schlepptrossen in den Händen. Vermutlich wollten sie den Kurs der Sphäre in der Strömung stabilisieren. Die Sternenkoppler-Sphäre glitt in sanftem Bogen an einer Gruppe von Habitaten vorbei und auf ein abgelegenes Gebäude zu, das im trüben Wasser vor ihnen auftauchte. Die Sphäre wurde langsamer, als die Wesen sie an eine bestimmte Stelle unter die einzelne Kuppel schleppten. Bandicut und seine Freunde konnten zusehen, wie ihr Reisegefährt unter das gewaltige Habitat glitt wie unter ein riesiges Dach. Kurz überkamen Bandicut Benommenheit und ein Anflug von Klaustrophobie. Dann wurden die Leinen straff gezogen, und die Sphäre kam mit einem Ruck zum Stilltand.

Bandicuts Translatorsteine sagten nur ein einziges Wort:

**Ankunft.*

Mehrere Minuten warteten die Gefährten schweigend ab, was geschehen würde. Vier oder fünf der Meereswesen sammelten sich rings um sie im dunklen Wasser, einige weitere waren durch die durchsichtige Unterseite des Habitats zu erkennen. »Worauf warten sie?«, murmelte Bandicut.

///Vielleicht darauf,
dass wir den ersten Schritt machen.///

/Und der wäre? Sollen wir uns Kiemen wachsen lassen und rausschwimmen? Selbst wenn ich rauswollte – ich wüsste ja nicht einmal, wie man aus diesem Ding hier rauskommen soll!/

///Ich nehme an,
dass die Steine dir dabei helfen können.
Aber was passiert, wenn du ins Wasser tauchst:
keine Ahnung!///

/Das würd ich aber schon gern vorher wissen!/ Bandicut verrenkte sich beinah den Hals, als er nach oben blickte. Die Luft in dem Habitat hatte höchstwahrscheinlich den gleichen Druck wie das Meerwasser, also mindestens fünfzehn bis zwanzig *bar.* In welcher Tiefe sie sich allerdings gerade befanden, konnte Bandicut nur schätzen; da kaum noch Sonnenlicht bis zu ihnen vordrang, mussten es schon einige hundert Meter sein. Was für einer Atemluft sie wohl ausgesetzt werden würden? Würden er und die anderen die Besinnung verlieren, sich in Krämpfen schütteln, weil das Gasgemisch giftig für sie war – oder würden sie in rauschartige Benommenheit verfallen, weil zu viel Stickstoff in der Atemluft war, wie bei einer Narkose mit Lachgas? Wo er schon bei solchen Fragen war: Was für eine Luft atmeten sie hier eigentlich in der Sternenkoppler-Sphäre? Zu Hause auf der Erde war Bandicut ab und zu in größere Tiefen getaucht – oft genug, um zu wissen, wie sich Pressluft beim Atmen anfühlte. Doch die Luft, die er augenblicklich atmete, fühlte sich nicht so an. Trotzdem musste in der Sphäre der gleiche Druck herrschen wie draußen – wie hätte er sonst den Kopf hinausstrecken können?

Li-Jared schaute nach oben. Seine Stimme hallte seltsam in der Sphäre wider: »Ich glaube, ich sehe da oben so etwas wie ein Film, der zwei Schichten voneinander abgrenzt ...«

Der Karellianer sprach mit Napoleon, dem affenbeinigen Roboter von Triton, der sich momentan ausgestreckt hatte und in merkwürdigem Winkel zurückneigte. Mit seiner Sensorbatterie deutete er nach oben. Copernicus ließ ebenfalls seine Sensorbatterie hin und her sausen und tastete die Umgebung rings um die Sphäre ab. »Ich empfange keine eindeutigen Werte«, krächzte Napoleon. »Aber ich glaube, Sie haben Recht. Da oben scheint eine Luft-Wasser-Grenzschicht zu sein. Trotzdem gelingt mir keine spektrografische Analyse.«

»Nappi«, erkundigte sich Bandicut, »kannst du denn bestimmen, ob zwischen der Sphäre hier und der Kuppel ein Druckunterschied besteht? Denn falls ja ...«

»Nicht eindeutig bestimmbar, Captain!« Der Roboter klickte einige Male leise und fuhr dann fort: »Aber ich messe Veränderungen in der Membranschicht um uns herum.«

Beunruhigt schaute Bandicut seine Freunde an. »Meinst du die *Sphären*membran?«

»Hrrll, wir müssen uns auf eine Evakuierung vorbereiten!«, murmelte Ik und sah sich um – zweifellos fragte er sich, was sie nur tun sollten, falls die Sphäre platzte. Könnten sie schnell genug nach oben tauchen, ins Habitat? Unwahrscheinlich, denn wenn sich das Wasser erst mit all seinem Druck in dieser Tiefe um sie schloss ...

»Napoleon, wird die Sphäre platzen?«, fragte Bandicut scharf.

»Nicht eindeutig bestimmbar«, antwortete der Roboter.

Ängstlich sah Bandicut sich um. Mittlerweile hatten sich sieben oder acht schattenhafte Gestalten um die Sphäre versammelt. Abwechselnd drückten sie ihre Gesichter an die Sphärenmembran und spähten hinein, wobei ihre großen Augen wie Kugeln aus Finsternis wirkten. Worauf warteten sie? Dürstete es sie nach dem Blut fremder Wesen, oder waren sie bloß neugierig?

»Bis jetzt kein Anzeichen für Feindseligkeit«, stellte Ik fest.

Li-Jared bwangte argwöhnisch.

Antares regte sich. »Eigentlich spüre ich …« Sie zögerte kurz, dann wandte sie ihren Gefährten so ruckartig den Kopf zu, dass ihr langes Haar um sie herumflog. »Ich spüre Feindseligkeit – uuhhhl, Misstrauen. Ich weiß nicht genau, ob man uns willkommen heißen wird!«

»Tja«, meinte Ik, »wahrscheinlich wurden wir hergeschickt, um diese Wesen zu treffen – oder ähnliche Wesen. Bestimmt hat derjenige, der uns hergeschickt hat, Vorkehrungen dafür getroffen, dass wir mit ihnen interagieren können.«

Bandicut starrte ihn an. »Nett von dem Kerl, dass er uns das vorher so detailliert erklärt hat! Was sollen wir denn jetzt tun? Uns aus dieser Sphäre boxen und in die Kuppel über uns schwimmen? Macht's gut, Napoleon und Copernicus! Ihr zwei übersteht wohl keinen Tauchgang bei solchen Druckverhältnissen, stimmt, oder nicht?«

»Zweifelhaft, Captain«, bestätigte Copernicus.

Bwang. »Gibt es denn überhaupt keine Kontrollvorrichtungen für dieses verdammte Ding hier?«

»Weiß ich nicht, Li-Jared«, antwortete Antares. »Aber ich spüre, dass du dir Sorgen machst. Bitte – wir haben es immerhin bis hierher geschafft, und das, nachdem wir den Boojum besiegt haben! Lass uns einfach hoffen, dass es eine Möglichkeit gibt, hier heil rauszukommen! Bitte.«

Die stahlblauen Querschlitze in Li-Jareds Augen pulsierten.

Plötzlich erklärte Ik: »Ich glaube, wir werden einem Druckausgleich unterzogen!«

Bandicut lauschte und hörte ein Seufzen, anfangs leise, dann immer lauter. Bald spürte er den Druck in den Ohren und Nebenhöhlen. Er kniff sich die Nasenflügel zu und presste zum Druckausgleich sanft die Luft in die Nase. »Woher kommt die Luft?«

Li-Jared schwankte sichtlich aufgeregt. »Sie kommt von überall – durch die Membran der Sphäre!«

Bandicut hielt die Hand dicht vor die Sphärenwand. Es stimmte: Aus der gesamten Membran drang ein Luftzug ins Innere. Der Druck, den er auf den Ohren spürte, wurde rasch stärker. Wieder kniff er sich die Nase zu und stieß die Luft hinein. »Ich hoffe, man führt uns das richtige Gasgemisch zu«, brummte er.

///Die Steine sagen, wir werden renormalisiert.
Du verkraftest es, wenn du vorsichtig bist
– und Glück hast!///

/Wenn ich vorsichtig bin und ...?/

»*Uulullululu!*« Antares' Schmerzensschrei riss ihn aus dem Gedanken. Sie hatte sich hingehockt und presste sich die Hände an den Kopf.

Bandicut hockte sich neben sie. »Antares? Das liegt am Druck, stimmt's?«

»J-j-j-j-j ...«

/Charlie! Können unsere Steine mit denen von Antares sprechen? Vielleicht können sie ihr helfen?/

///Woher soll ich das ... warte!///

Ik hockte auf der anderen Seite neben Antares. Er hatte sie sanft am Arm gefasst und redete leise auf sie ein. Alle paar Sekunden verhärteten sich seine Gesichtszüge, und er berührte sich an der Stirn, woraufhin er sich wieder entspannte.

///Frag sie, ob's ihr jetzt besser geht.///

»Antares? Lässt der Schmerz nach? Kannst du den Druck ausgleichen?«

Sie schloss die Augen und öffnete sie wieder. »J-ja. Was auch immer ... meine Steine gemacht haben.« Sie seufzte. »Danke sehr, Bandie John Bandicut. Und Ik.«

»Hrrrm«, machte Ik. Er schaute bereits wieder nach oben und befasste sich mit dem nächsten Problem. Der in die Sphäre eindringende Luftstrom wurde immer schwächer. Würde sich vielleicht eine Art Durchgang in der Sphärenwand bilden, sobald der Innendruck mit dem Außendruck übereinstimmte?

Bandicut musste an einen alten Witz über eine Fliegengittertür in einem Tauchboot denken und erschauerte. Doch sah er eine Öffnung im Boden des Habitats über ihnen, eine Öffnung, die sich wie die Pupille eines Auges weitete. Die Sphäre stieß gegen das Habitat, presste sich gegen dessen Boden. Ein mattes Leuchten bildete sich sowohl um Bandicuts Körper als auch um die seiner Gefährten. Einem Impuls folgend, berührte er zunächst Copernicus und dann Napoleon. Sogleich bildete sich auch um sie ein leuchtender Schein. »Ich glaube, man ermutigt uns gerade, von Bord zu gehen. Wer geht zuerst?«

»Hrachh«, meinte Ik.

Li-Jared hüpfte versuchsweise auf und ab. »Ach verdammt! Ich bin vermutlich der Einzige, der da hochkommt!« Seine Augen wirkten wie längliche, goldene Mandeln mit stahlblauen Querschlitzen in der Mitte. »Sind alle bereit?«

Ohne auf eine Antwort zu warten, sprang er hoch, griff durch die Oberseite der Sternenkoppler-Sphäre und hielt sich an der Kante der Habitatöffnung fest. »Ock!«, meldete er sich. »Ich glaube, die Kugel lässt mich durch.« Der leuchtende Schimmer um seine Hände strahlte durch die Sphärenmembran nach außen. Li-Jared zog sich mit dem Kopf voran durch die Öffnung im Habitatboden. Einen Moment später war er durch die Membran verschwunden und von mehreren schattenhaften Gestalten umgeben, die ihn außer Sicht zogen.

»Li-Jared? Alles in Ordnung mit dir?«, rief Ik.

Zuerst erhielt er keine Antwort. Dann war Li-Jareds Kopf wieder über der Sphärenmembran zu sehen, die wieder so glatt und unberührt aussah wie zuvor. Falls er mit den Gefährten redete, konnten sie ihn jedenfalls nicht hören.

»Hrrrm.« Ik wiegte etwas in der Hand. Sein Seil. Er warf das eine Ende hoch und hielt das andere fest. Das obere Seilende zuckte durch die Sphäre und verschwand. Erschreckt zogen die Meereswesen sich zurück. Einen Augenblick später kam Li-Jared wieder in Sicht. Er hielt das Seil und befestigte es offenbar an etwas über der Sphäre. Ik wandte sich den anderen zu. »Wer möchte als Nächster gehen?«

Bandicut blinzelte. »Meinst du, wir sollten die Roboter mitnehmen?«

»Was sollen sie denn hier allein in der Sphäre tun?«, entgegnete Ik.

Gute Frage, dachte Bandicut. *Vielleicht sind sie im Habitat sicherer als hier unten. Wer weiß schon, was mit dieser Sphäre hier passiert? Vielleicht platzt sie am Ende noch, und das war's dann. Werden wir vielleicht unser (möglicherweise kurzes) Leben hier am Grund dieses fremden Meeres verbringen?* »Also schön, wir nehmen sie mit«, sagte er schließlich. »Ich gehe als Letzter und helfe ihnen hoch, ja?«

Iks Augen funkelten. »Lady Antares, würde es dir etwas ausmachen zu warten, während ich mich mit Li-Jared dort oben umsehe?«

Antares stieß einen zischenden Lachlaut aus.

Das war ganz sicher kein Laut der Belustigung, dachte Bandicut jedoch bei sich.

»Wenn du als Nächster raufklettern willst, nur zu!«, forderte Antares Ik auf. »Aber glaube ja nicht, dass ich dir sofort folge!«

Ik gab ein leises Klacken von sich, das *eindeutig* seine Belustigung ausdrückte. Er zupfte einmal kräftig an dem Seil, das sich sogleich zusammenzog und ihn hochzog, durch die Sphäre und außer Sicht. Das Seil drang wieder in das Innere ihres Reisegefährts, gefolgt von Iks Kopf. »Kommt hoch!«, ermutigte er seine Gefährten, dann verschwand er wieder.

Antares warf Bandicut einen flüchtigen Blick zu. »Folgst du mir mit den beiden?«, fragte sie und deutete auf die Roboter.

»Wir folgen dir auf dem Fuß!«

»Kommen Sie unversehrt oben an, Lady Antares!«, wünschte Copernicus ihr. »Wir kommen so schnell wie möglich nach.«

Antares senkte den Kopf und begann, das Seil hochzuklettern.

»Halt dich einfach daran fest!«, riet Bandicut ihr. »Lass das Seil die Arbeit machen!«

Sie glitt empor und verschwand durch die Sphärenmembran.

Bandicut schlang das Seil um Copernicus' Gehäuse und zog daran. Wieder zog das Seil sich zusammen und hob den Roboter aus der Sphäre. Eine kurze Weile geschah nichts; das Seil wurde nicht wieder hinabgelassen. Dann drang es plötzlich wieder durch die Membran – und nach wie vor baumelte Copernicus daran. Schließlich stand der Roboter wieder auf dem Sphärenboden. »Anscheinend wollen sie mich momentan nicht dabeihaben. Ich glaube, das gilt auch für Napoleon.«

»Wieso nicht?«, fragte Bandicut in scharfem Ton.

»Nicht bestimmbar, Captain.«

Bandicut dachte einen Moment lang nach. »Also schön, ihr bleibt hier. Und passt auf meinen Rucksack auf, ja? Aber falls irgendwas passiert, möchte ich, dass ihr schreit – und zwar laut! Napoleon, glaubst du, du könntest notfalls durch diese Öffnung da oben springen?«

Napoleon beugte die Kniegelenke leicht durch. »Ich denke schon.«

»Gut. Ich hoffe, euch passiert hier nichts!« Bandicut legte jedem Roboter eine Hand aufs Gehäuse. Dann packte er das Seil und ließ sich, während sich sein Körper dabei langsam um sich selbst drehte, von ihm nach oben ziehen.

3
Erstkontakt

Bandicut spürte, dass sich das wirbelnde Wasser um seinen Hals legte wie ein Halsband, doch es berührte ihn nicht direkt – dank des von den Translatorsteinen erzeugten Kraftfeldes, das ihn schützte. Dann tauchte sein Kopf aus dem Wasser auf, und er fand sich in einer mit Luft gefüllten Kammer wieder: Er trieb in einem runden Becken. Ik streckte ihm die Hand entgegen und half ihm dabei, aufs Trockene zu klettern. Bandicut keuchte, und das Wasser perlte und rann von seinem Kraftfeld ab; als er schließlich neben der Einstiegsöffnung im Raum stand, zwar fröstelnd, aber trocken, spürte er, dass sich das Kraftfeld um seinen Körper auflöste.

Blinzelnd sah er sich um. Zu seiner Überraschung war er nicht aus einem eingefassten Becken getreten, wie er es in einem Unterwasserhabitat erwartet hätte, sondern vielmehr aus einem runden grauen Fleck in der Mitte des glatten Bodens. Abgesehen von dem ebenen Boden wirkte die Kammer wie eine Kugel, die an ihren leuchtenden Seitenwänden leicht abgeflacht schien. Die feuchte, kühle Luft roch nach Salz und Tang und war einwandfrei atembar – trotzdem hielt Bandicut unvermittelt die Luft an. Er und seine Freunde waren von einem halben Dutzend hockender schwarzer Seeungeheuer umgeben – nicht ganz so groß wie er selbst, aber mit übergroßen Augen und glänzenden, vage an Molche erinnernden Köpfen. Scheinbar hatten sie an einigen ihrer Hände und Füße Schwimmhäute, an anderen hingegen nicht. Alle trugen sie schlichtes Gurtwerk, an denen Messer und andere Gebrauchsgegenstände hingen. Bandicut versuchte, die Wesen nicht anzustarren. Er streckte ihnen die offene Hand entgegen. »Äh – hallo«, krächzte er.

Ein Murren ging durch die versammelten Meereswesen, und sie schienen sich dichter aneinander zu drängen.

Bandicut zog die Hand zurück. Ik murmelte – gerade eben noch hörbar: »Vielleicht haben sie deine Geste als Bedrohung aufgefasst!«

»Sie haben eindeutig keine Angst vor uns«, flüsterte Antares. »Deshalb haben sie auch Copernicus in die Sphäre zurückgeschickt. Ich glaube, sie halten ihn für eine Waffe.«

Bandicut stöhnte auf. /Was jetzt?/, fragte er sich.

///Immer mit der Ruhe, Mann!///,

riet Charlie ihm.

/So viel weiß ich selbst./

Mittlerweile unterhielten sich die Meereswesen zischend, und eines von ihnen trat plötzlich vor, ging an Bandicut vorbei und sprang auf den grauen Fleck im Boden. Es sank hindurch und verschwand im Wasser. Die anderen Meereswesen starrten die Besucher schweigend an.

Bandicut fragte sich, ob die Wesen soeben einen der Ihren losgeschickt hatten, um einen Anführer zu holen. Er hob den Blick und betrachtete die runde Kammerwand. Sie leuchtete in mattem, grünlichem Licht und sah aus, als bestünde sie aus einem flexiblen Material, dessen Eigenschaften denen von Seetang nachempfunden waren. »Habt ihr auch den Eindruck, dass diese Halbkuppel hier aus pflanzlichem Material gebaut ist?«, murmelte er. »Es wirkt fast schon *lebendig.*«

»Hrrrm«, meinte Ik leise. »Würde ich auch so

sehen.« Als er sprach, regten sich die Meereswesen, und Ik hob wie zum Gebet die Hände, die Handflächen mit gespreizten Fingern aneinander gelegt. »Wir kommen von weit her«, erklärte er langsam. »Wir wollen euch nichts Böses. Wir würden gern mit euch sprechen.« Während er redete, wandte er sich langsam einem Wesen nach dem anderen zu. Offenbar verstanden sie ihn nicht; doch Ik hoffte, dass seine Stimmensteine seine Worte übersetzen würden.

Vermutlich versuchten sie das auch. Auf jeden Fall tat sich etwas, denn die Meereswesen wurden anscheinend immer aufgeregter. Ik richtete sich straff auf, breitete die Hände aus und versuchte, die Wesen zu beruhigen.

»Ik, warte ... sie regen sich nicht über deine ...«, setzte Antares an.

Doch es war bereits zu spät. Was auch immer Ik und die Steine versuchten, es schlug fehl. Unvermittelt setzten sich alle Wesen in Bewegung. Bandicut spürte, wie er fest bei der Schulter gepackt und auf eine Art von Bank zurückgezerrt wurde. Ehe er den Blick auf die schwimmhäutige Hand richten konnte, die ihn gepackt hatte, schlang man ihm ein Seil mehrmals um den Brustkorb und zog es fest, wodurch ihm die Arme an die Seiten gepresst wurden. »Ah ...«, ächzte er und bemühte sich vergebens, sich von den Fesseln zu befreien.

Die Wesen schnappten sich jeden von Bandicuts Gefährten und ihn selbst auch. Alle wurden sie mit etwas gefesselt, das wie lange, feste Stränge aus Meerespflanzen aussah. Hinter Ik stieß eine der glänzenden Gestalten ein quäkendes Gezeter aus, das die anderen erwiderten. Ein Kichern entfuhr Antares – ein Laut, der ganz sicher nicht ihre Belustigung ausdrückte. Li-Jared schnarrte unruhig.

Ik hingegen blieb still – und stand beinahe völlig reglos da. Er schien zu überprüfen, wie reißfest die Pflanzenstränge waren. Bandicut hätte zu gern gewusst, was Ik dachte. Der Hraachee'aner war von all seinen Gefährten am besonnensten, und wenn er sich aufregte, konnte man sicher sein, dass es an der Zeit war zu handeln.

Zweifellos aber hielt er es augenblicklich für angebracht, Ruhe zu bewahren.

///Soll er auch.
Was soll man auch sonst tun?///

/Ich weiß nicht; aber falls die Translatorsteine irgendwelche Vorschläge haben, würde ich sie nur zu gern hören!/ Bandicut blinzelte sich den Schweiß von den Wimpern. Es war schon seltsam, dass er in dieser kühlen Luft schwitzte. Er musterte die Meereswesen und stellte fest, dass sie ihn ebenfalls musterten. /Ich kann mich noch daran erinnern, wie die Steine ihre Macht einmal recht eindrucksvoll zur Schau gestellt haben, als ich ihre Hilfe brauchte./ Das schien schon eine Ewigkeit zurückzuliegen; in Wirklichkeit war es jedoch noch gar nicht allzu lange her, seit er von Triton und Neptun geflohen war – und schließlich aus dem Sonnensystem –, in einem gestohlenen Raumschiff. Der schwarze Stein in seinem linken Handgelenk hatte Hologramme oder Kraftfelder oder irgendeine andere gottverdammte Methode eingesetzt, um Bandicut wie einen Furcht einflößenden Außerirdischen erscheinen zu lassen – immerhin so Furcht einflößend, dass der weibliche Captain der *Neptune Explorer* von ihrem Schiff geflohen war. Ob es wohl hilfreich wäre, wenn die Steine ihm jetzt wieder auf diese Weise halfen?

///Wo würdest du denn hinwollen,
wenn du hier wegkämst?///,

fragte das Quarx.

///Was würdest du denn machen wollen?///

Bandicut schwieg einen Moment lang. /Da ist was dran/, erwiderte er.

Eines der Meereswesen ging hinter den Gefährten auf und ab und betrachtete jeden Einzelnen von ihnen. Im Gegenzug musterte Bandicut das Wesen ebenfalls genau. Es hatte mehr Ähnlichkeit mit einem Menschen, als er zunächst bemerkt hatte. Die übergroßen Augen und der vage molchähnliche Kopf hatten ihn vom Rest des Körpers abgelenkt. Das Wesen hatte einen Mund (an der Stelle, wo Bandicut es erwartet hätte), Nasenlöcher sowie eine Reihe von Schlitzen am Hals, die wie Kiemen aussahen. Offensichtlich waren diese Geschöpfe Amphibien. Das störte ihn irgendwie – warum, konnte er nicht sagen. Hatte er vielleicht eine tief sitzende Aversion gegen Frösche? Oder spürte er vielleicht außer seinen eigenen Emotionen auch, wie das Quarx auf die Wesen reagierte? Charlie-Eins hatte unter einer recht ausgeprägten Xenophobie gelitten ...

///Und du, verdammt, bist perfekt, was ...?///

Ehe Bandicut etwas entgegnen konnte, kräuselte sich der graue Fleck in der Mitte des Bodens, und der Kopf eines weiteren Meereswesens tauchte aus dem Wasser auf. Mit raschen, anmutigen Bewegungen kletterte das Wesen in die Kammer. Kurze Murr- und Zischlaute ausstoßend, sprach es mit seinen Artgenossen, während es die Gefangenen inspizierte. Das Gurtwerk, das es am Leib trug, wirkte irgendwie kunstvoller als das der anderen.

Ein Anführer?, fragte sich Bandicut. Vorsichtig tauschte er einige Blicke mit seinen Freunden. Ik wirkte völlig ruhig – doch hatte das nichts zu bedeuten, denn so wirkte er immer. Li-Jared hingegen hatte größte Mühe, sich seine Frustration und Wut nicht anmerken zu lassen. Der Neuankömmling schien das zu spüren; sein starrender Blick verweilte ein wenig länger auf dem Karellianer. Antares' Augen flatterten, als sie zunächst Li-Jared anblickte und dann Bandicut in die Augen sah. Sie machte eine knappe Geste mit der geschlossenen rechten Hand, die Bandicut nicht zu interpretieren wusste.

Der augenscheinliche Anführer sah die Geste ebenfalls. Er hob die halb mit Schwimmhäuten besetzte Hand und wies zuerst auf Antares, dann auf Li-Jared. »*Sequee-awwww!*«, bellte er schrill. Drei der anderen Wesen reagierten sofort und trennten Antares und Li-Jared von ihren Freunden.

»Wartet!«, protestierte Bandicut. »Wir wollen euch doch nichts tun! Was macht ihr denn?!«

»*Skaaawwwww!*«, schrie das Wesen.

Das Meereswesen hinter Bandicut riss ihn unvermittelt am Seil zurück. Einen Moment lang kämpfte Bandicut um sein Gleichgewicht und wäre beinahe von der Bank gestürzt. Sein Wächter hinter ihm gab einen trillernden Laut von sich, vermutlich aus Wut. Hatten sie Antares Geste als bedrohlich empfunden?

»John Bandicut, ich halte es für besser, wenn wir vorerst nicht mehr sprechen«, riet Ik ihm. »Bis wir in der Lage sind ...«

Ein Ruck an dem Seil, mit dem Ik gefesselt war, brachte ihn zum Schweigen.

Bandicut blickte finster drein, bewegte sich aber nicht, als die Wesen Li-Jared und Antares zu dem grauen Kreis im Boden stießen. Durch den durchsichtigen Habitatboden sah Bandicut den matten Schatten der Sternenkoppler-Sphäre, die zur Seite gezogen wurde. Beim Gedanken an Napoleon und Copernicus verkrampfte er sich.

Bwang. »Was haben diese Teufel vor?«, murmelte Li-Jared. Er beugte sich so weit vor, wie die Meereswesen, die ihn festhielten, es ihm gestatteten, und spähte durch den Durchgang im Boden.

Für Bandicut sah es ganz danach aus, als wollten sie Li-Jared und Antares aus dem Habitat stoßen. Bilder schossen ihm durch den Kopf, Bilder von Terroristen, die ohne zu zögern ihre Geiseln töteten, und er zerrte unbewusst an seinen Fesseln. /Wenn sie sie aus dem Habitat stoßen, will ich, dass die Steine schnell etwas unternehmen! Können sie mir noch einmal ein bedrohliches Aussehen verleihen?/

///Keine Ahnung.

He, wart mal . . . schau!///

Bandicut sah angestrengt durch den Boden. Ein weiterer Schatten tauchte unter dem Habitat auf. Er kam unter der runden Öffnung zum Stillstand. Ein tiefes Rumpeln war zu hören, etwas schlug gegen den Boden, dann hörten sie ein leises Zischen. Der graue Kreis im Boden verfärbte sich dunkel und schien sich dann zu öffnen: Nur ein dunkles Loch kam zum Vorschein.

»*Skeeekawww*«, krächzte der Anführer der Meereswesen und zeigte energisch auf die Öffnung. Li-Jared wurde vorgestoßen; unbeholfen trat er vor, und als er in das Loch zu stürzen drohte, hielt er sich am Rand des Lochs fest und ließ sich entrüstet in die Öffnung hinab. Antares wurde nach ihm hineingestoßen. Eines der Meereswesen folgte ihnen sofort.

»Li-Jared! Antares!«, schrie Bandicut. Er achtete nicht auf die Seile, die ihm in die Schultern schnitten. »Geht es euch gut?«

Er hörte einige gedämpfte Flüche – dann fiel ihm auf, dass er kein Wasser hatte spritzen oder gurgeln hören. Der Karellianer schnarrte: »Hier unten ist Luft.

Wenig Licht. Scheint eine Art von Unterseeboot zu sein.«

Antares rief: »Wir sind unverletz ...«

Dann schloss sich die Öffnung und schnitt ihr das Wort ab. Der Boden verfestigte sich wieder, und die Öffnung hatte sich wieder zu dem ihnen schon vertrauten grauen Fleck verwandelt.

»He!«, rief Bandicut protestierend. »Wieso lasst ihr uns nicht mit ihnen reden?«

»Akka whadeddekka«, entgegnete der Anführer harsch, dann riss man Ik und Bandicut alles andere als sanft auseinander.

Bandicut funkelte den Anführer an. Er spürte ein Vibrieren unter den Füßen und sah nach unten: Der Schatten des Tauchfahrzeugs, in dem Li-Jared und Antares waren, glitt vom Habitat weg und verschwand. Bandicut sah wieder Ik an und presste vor Wut die Lippen zusammen. Vor Wut und Entschlossenheit. Aber wozu war er eigentlich entschlossen? Seine Freunde waren fort und er gefangen am Grund eines fremden Meeres.

Iks Augen glitzerten. »Sei geduldig! Und vergiss nicht: Immer langfristig denken!«

Langfristig denken, dachte Bandicut höhnisch. Sogar Ik klang diesmal nicht besonders überzeugend.

/Was zum Teufel sollen wir jetzt tun?/, dachte er und starrte die Meereswesen stumm an.

///Tja, so wie ich das sehe,
trauen dir diese Fischwesen genauso wenig über den Weg
wie du ihnen!///

/Zweifellos. Und? Was können wir dagegen tun?/ Während er mit dem Quarx sprach, packte ihn das starke Verlangen, sich die Handgelenke zu reiben – was mit gefesselten Armen nicht gerade leicht zu bewerkstelligen war. Seine Translatorsteine juckten unerträglich, tief in seinen Handgelenken. Arbeiteten sie womöglich daran, die Sprache der fremden Wesen zu übersetzen? Ohne bedeutungstragende Referenzsilben oder dergleichen würde das wohl unmöglich sein. Die Meereswesen sprachen in stakkatoartigen Zischlauten miteinander, ihre großen Augen schienen sich zu drehen wie Wagenräder – sicher eine Illusion. Vier von ihnen waren im Habitat zurückgeblieben.

Augenblicke später wurde aus dem Jucken in Bandicuts Handgelenken ein Brennen. Das Verlangen, die Handgelenke gegeneinander zu reiben, war beinahe überwältigend. Er fühlte sich benommen, seine Gedanken verschwammen mehr und mehr. Falls er und Ik sich befreien könnten, könnten sie dann die Meereswesen überwältigen? *Wollten* sie das überhaupt? Eines wollten sie jedenfalls nicht: dass die Wesen sie als Feinde betrachteten. Das mussten sie ihnen irgendwie begreiflich machen.

Ik hatte die Arme leicht gebeugt, sah jedoch nicht so aus, als wolle er etwas unternehmen. »Ik«, murmelte Bandicut, »kriegen deine Steine ... die Sprache der Wesen irgendwie in den Griff?«

Offenbar bereitete Ik das Sprechen Mühe. »Ich spüre, dass die Stimmensteine hart an etwas arbeiten. Aber ich weiß nicht, was sie lernen.«

»Ich auch nicht. Meine Steine sind ...«

Er verstummte, als zwei der Meereswesen ihn bei den Armen packten und abrupt auf die Füße rissen. Verblüfft sah er zu, wie sie ihm die Fesseln um Arme und Brustkorb lockerten. »Ah, das ist bess... akkhh ...« Er röchelte, als sie eine der Schlaufen wieder festzogen – um seinen Hals. Sie lag schmerzhaft eng an – eine unmissverständliche Drohung. Stocksteif stand er da und atmete leise rasselnd. Die Wesen drückten seine Arme hoch und begannen, seinen

Körper anzustupsen und an seinem Overall zu zupfen.

///Sie untersuchen dich.///

/Oh, jaaa. Diese Burschen würden hervorragende Proktologen abgeben./

Als die Wesen schließlich aufhörten, ihn abzuklopfen, trat ihr Anführer vor Bandicut und sah ihm ins Gesicht. Wie das Wesen ihn so anstierte, hatte Bandicut fast den Eindruck, als würde es schielen und den Blick auf einen Punkt vor Bandicut konzentrieren. Der Anführer redete in gutturalen Zischlauten mit den anderen Meereswesen – oder womöglich auch mit Bandicut. Bandicut erwiderte den Blick und versuchte, sich das Gesicht des Anführers einzuprägen, um ihn später wiedererkennen zu können. Er musterte die horizontalen Linien in der Oberfläche des glänzenden, dunklen Gesichts, die vom Mund und den flachen Nasenlöchern bis zu den Schlitzen an den Halsseiten verliefen, bei denen es sich vermutlich um Kiemen handelte. Falls das Wesen Ohren hatte, konnte Bandicut sie jedenfalls nicht erkennen.

Plötzlich sagte es: »*Shwaaa-karee-h-h.*«

Urplötzlich flammte ein Schmerz in Bandicuts Handgelenken auf, die das Wesen mit seinen spitzen Fingern umklammerte. Einen Augenblick lang glaubte er, das Geschöpf verursache den Schmerz; dann aber erkannte er die tatsächliche Ursache.

///Ahhh – festhalten!///

Er zuckte zusammen, als aus jedem seiner Handgelenke ein Lichtblitz zuckte und er ein Brennen verspürte, das weniger einem Schmerzgefühl glich als vielmehr einer kurz bevorstehenden Explosion – ein spannungsgeladenes Gefühl wie vor einem kräftigen Niesen – oder vor einer Ejakulation ...

Replikation abgeschlossen.

Kaum hatten die Translatorsteine den Satz vollendet, flammte aus beiden Handgelenken ein feuriger Funke. Bandicut empfand ein seltsames Gefühl der Erleichterung und spürte, dass sich die Zeit verzerrte und wand. Die Funken schwollen auf die Größe von Fußbällen an und trieben, in einem inneren Licht pulsierend, durch die Luft auf das Meereswesen zu; einer der Lichtbälle war durchscheinend wie ein Diamant, der andere rauchig-dunkelrot. Es schien Sekunden zu dauern, musste aber in Wirklichkeit binnen eines Augenblicks geschehen sein. Die Lichtkugeln umwirbelten den Kopf des Wesens, dann schrumpften sie wieder zu Funken zusammen und verschwanden rechts und links in seinem Kopf. Die Zeitflussverzerrung löste sich ebenfalls auf – im gleichen Moment, als das Meereswesen erschreckt aufkreischte, Bandicuts Handgelenke losließ und sich mit den schwimmhäutigen Händen an den Kopf fasste. Dann stürzte es zu Boden und blieb bebend liegen.

Bandicut war verblüfft. Ehe er reagieren konnte, zog das Meereswesen hinter ihm die Schlinge um seinen Hals straff und riss ihn zurück. »Halt!«, röchelte er. »*Halt verdammt!*« Er zerrte an dem Seil. »Das sind nur ...« Keuchend verstummte er. /Charlie – können die Steine denn nichts unternehmen?/

///Sie haben gerade alles gegeben.
Brauchen Zeit, um sich zu erholen ...///

»*Rakhh!*« Plötzlich ragte Ik vor Bandicut auf. Die Seile spannten sich um die Arme des Hraachee'aners. Das Meereswesen hinter Ik versuchte nach Kräften, ihn zurückzuziehen.

»*Shakka!*«, rief der Anführer, rollte sich auf dem Boden herum und ging in die Hocke. »*Shakka!*« Er hatte aufgehört zu zittern und schaute sich blinzelnd mit seinen großen Augen um. »*Ihr müsst … aufhören! Lasst … ihn los!*«

Bandicut hörte ein Zischen, das genauso überrascht klang, wie er selbst sich fühlte. Das Seil um seinen Hals lockerte sich, und er holte tief Luft. Er schob sich das Seil vom Kehlkopf, stand auf und hockte sich dann vor dem Anführer der Meereswesen hin. »Verstehst du mich … jetzt?«, röchelte er.

Das Wesen rieb sich die Kopfseiten an den Stellen, wo die zwei winzigen Lichtfunken eingedrungen waren; jetzt waren sie kurz zu erkennen: Sie glitzerten unter der Haut. »Ver… stehen?«, zischte er (Bandicut wusste dank seiner Translatorsteine, dass das Wesen tatsächlich ein *Er* war.) »Nein – verstehen, nein.«

Der Anführer stand gleichzeitig mit Bandicut auf, jeder starrte dem anderen in die Augen. »Aber – deine Worte, ja. Ich … was ist geschehen? Wieso kann ich …?«

Bandicut schluckte. »Das … ist schwer zu erklären, ich … hab das nicht selbst bewerkstelligt, wirklich nicht.« Er schloss die Augen und dachte: /Was ist eigentlich passiert? Haben die Steine sich reproduziert? Ich hab meine Steine doch noch, oder?/ Ihm wurde bewusst, dass er sich die Handgelenke rieb. Er senkte den Blick und erkannte, dass er seine eigenen Steine tatsächlich noch immer hatte.

///Sie haben sich reproduziert, ja.
War ganz schön anstrengend für sie.///

»Was … habt ihr mir angetan?«, wiederholte das Meereswesen energischer. »Wer *seid* ihr?«

Bandicut suchte nach einer Antwort. Wie sollte er dem Geschöpf nur erklären, was Translatorsteine waren? Wie sollte er erklären, dass ein Mechanismus von jenseits der Sterne sie beide dazu befähigte, sich miteinander wie in der eigenen Muttersprache zu unterhalten?

Ik riss ihn aus den Gedanken. »John Bandicut! Geht es dir gut?« Erstaunt schaute der Hraachee'aner von Bandicut zu dem Meereswesen.

»Ja«, antwortete Bandicut. »Und ja: Du hast tatsächlich gesehen, dass sich meine Steine geteilt haben.« Er atmete durch und schüttelte den Kopf, dann wandte er sich an das Meerwesen. »Ich bin ... *wir* sind ... von einer anderen Welt hierher gekommen.« Hilflos deutete er auf die Decke des Habitats. »Du kannst meine Sprache ... dank der *Translatorsteine* verstehen.« Er berührte die Stellen an seinen Handgelenken, wo die Steine schimmerten, dann wies er auf das Wesen. »Ich hoffe, sie haben dich nicht verletzt.«

Das Wesen rieb sich die Kopfseiten mit Händen, die aus schwarzem Gummi zu bestehen schienen. »Ich ... weiß nicht. Ich glaube nicht.« Das Wesen hielt inne und betrachtete die eigenen Fingerspitzen, als sei etwas daran haften geblieben. Plötzlich wirkte sein Blick abwesend, als höre es auf eine innere Stimme. Zwei seiner Gefährten näherten sich ihm; mit erhobener Hand bedeutete der Anführer ihnen, stehen zu bleiben. Dann konzentrierte er den Blick wieder auf Bandicut. »Steine der Gedanken ... und Worte. Sie sprechen zu mir! Was werden sie mit mir anstellen? Wozu dienen sie?«

Bandicut schluckte. Er erinnerte sich noch deutlich daran, wie er sich gefühlt hatte, als sich das Quarx zum ersten Mal in seinem Kopf gemeldet und seine quarxischen Gedanken in Bandicuts Verstand projiziert hatte. Das war eine verwirrende und entsetzliche Erfahrung gewesen. »Sie dienen dazu«, erklärte er, »dir zu helfen. Nicht dazu, dir zu schaden; sie werden dir nicht schaden. Sie sind nicht ... tja, ich weiß nicht genau, *was* sie sind. Aber sie können dir bei der Kommunikation helfen – und vielleicht noch auf andere Weise.« Bandicut schaute die Meerwesen an, die misstrauisch auf und ab schritten. »Darf ich fragen – wie du heißt? Wie soll ich dich nennen?«

Das Wesen zögerte, dann antwortete es. »Ich heiße *L'Kell.* Und wie nennt man dich?«

»Ich heiße John Bandicut. Ich bin ein Mensch.« Bandicut deutete auf seine Gefährten. »Mein Freund da heißt Ik. Er ist ein Hraachee'aner. Unsere anderen Freunde, die ihr fortgebracht habt, sind Antares und Li-Jared.« Insgeheim hoffte Bandicut, dass er durch die Erwähnung der beiden erfahren würde, was mit ihnen geschehen war. Doch L'Kell ging nicht darauf ein, sondern starrte ihn mit unverändertem Gesichtsausdruck an. Bandicut atmete durch und fuhr fort. »Wir sind von jenseits eures Himmels gekommen. Kennt ihr den Himmel? Über dem Wasser?« Er zeigte nach oben. Ob dieses Meervolk überhaupt die Welt über dem Ozean kannte?

L'Kell trat einen Schritt zurück, ging in die Hocke und hob die Hände, deren spitze Fingernägel sich nach außen krümmten: Offenbar hatte er eine Art von Kampfhaltung eingenommen. »Von ...« – *graaspaak* – »... oben? Vom Land?« Er gab einige guttural klingende Laute von sich, die die Steine nicht übersetzen konnten.

»Nicht vom Land – nein!«, korrigierte Bandicut ihn eilig. Er fragte sich, welche schlimme Assoziation er wohl soeben ausgelöst haben mochte. »Von *über dem Himmel.*« Ausholend deutete er nach oben. »Von einem Ort, der hinter eurer Sonne liegt.«

L'Kell schwieg einen Moment und ließ Bandicuts Worte auf sich wirken. »Hinter ... unserer Sonne?«

»Das ist schwer ...« Bandicut überlegte angestrengt,

wie er es dem Wesen erklären konnte. »Dürfte ich fragen, ob ihr nur hier unten im Meer lebt? Wisst ihr, was Luft ist?«

L'Kell ignorierte Bandicuts Frage. »Warum seid ihr hier?«

Bandicut blinzelte. *Warum ich hier bin*? /Warum bin ich eigentlich hier?/

///Verdammt gute Frage.///

Bandicut schüttelte den Kopf. /Hat einer von uns überhaupt die leiseste Ahnung, was wir hier sollen? Ik vielleicht?/ Schließlich antwortete er: »Ich bin mir nicht sicher. Aber es war nicht unsere Idee herzukommen. Wir *wissen* nicht, warum wir hier sind.« Er räusperte sich. »Nun ja, können wir euch vielleicht irgendwie ... helfen?« Flüchtig schaute er zu Ik und zuckte die Achseln.

L'Kells Blick wanderte zu dem Hraachee'aner, dann zu den anderen Meereswesen. Schließlich sah er wieder Bandicut an. »Ich sage euch eines: Wir werden euch nicht gestatten, uns in Gefahr zu bringen. Falls ihr aber harmlose Besucher seid, werden wir uns unterhalten. Ich würde euch gern einige Fragen stellen. Unser Anführer hingegen wird *viele* Fragen haben.«

Bandicut atmete auf. »Mehr können wir wohl kaum verlangen. Ganz sicher haben wir nicht die Absicht, hier jemandem zu schaden oder jemanden in Gefahr zu bringen.« Er redete langsam und machte eine Sprechpause, um abzuschätzen, ob das Wesen ihn verstand. Zwar leisteten die Translatorsteine gute Arbeit, doch befürchtete Bandicut, dass die Meereswesen seine Worte falsch interpretieren könnten.

L'Kells Kiemenöffnungen schienen zu pulsieren, und er strich sich über die Hautstellen, unter denen seine Steine saßen.

»Ich weiß, dass unsere Ankunft für euch sehr verwirrend gewesen ist«, fügte Bandicut hinzu. »Und auch die Steine. Die Steine ... vielleicht hilft es dir ja, wenn ich dir sage ...«

»Ja?«, zischelte das Wesen.

»... dass sie nicht von *mir* sind, kein Teil meines eigenen Körpers – aber trotzdem arbeiten sie *mit* mir, und ich bin ...«, er zögerte, »... dankbar für ihre Hilfe.«

L'Kell strich sich wieder über die Steine in seinem Kopf. Diese Geste war Bandicut nur zu vertraut; er sah sie oft bei Ik, zu vielen Gelegenheiten. Aber es war verwirrend, sie nun bei einem Wesen zu sehen, das sich so sehr von dem Hraachee'aner unterschied.

»Darf ich fragen«, warf Ik ein, wobei er Bandicut mit einem Blick zu verstehen gab, dass er die Unterhaltung zumindest teilweise verstand, »wie dein Volk heißt – falls die Frage nicht zu unhöflich ist?«

Dass Ik sich so plötzlich in das Gespräch einmischte, verwirrte L'Kell. Er schien die Worte des Hraachee'aners zu verstehen – vielleicht ein wenig schlechter als Bandicuts. Das war eigentlich nicht besonders verwunderlich, denn schließlich trug L'Kell Repliken von *Bandicuts* Steinen in sich, und diese waren schließlich in der Lage, Iks Sprache zu verstehen. L'Kell schien über Iks Frage nachzudenken, dann antwortete er: »Wir sind das ...« – *graaa* – »... das Volk des Meeres, das Seevolk.« Dann sprach er ein Wort aus, das die Translatorsteine mit »*Neri*« übersetzten.

Bandicut blinzelte; er wusste, die Steine hatten in seinen Erinnerungen nach einem assoziativen Wort gesucht. »Neri«, wiederholte er. *Nereiden? Aus der Mythologie?*

»Und die Neri«, fuhr L'Kell fort, »wollen wissen, *wieso* ihr hier seid, *wie* ihr hergelangt seid und *was* ihr von uns wollt.«

»Ja«, murmelte Bandicut. Er fragte sich, ob L'Kell auch nur ansatzweise verstand, was Bandicut ihm eben gesagt hatte: dass sie von einer anderen Welt kamen. Sie waren durch den Weltraum gereist, und nicht nur durch den Weltraum, sondern durch die Galaxis. Wussten die Neri überhaupt, was Sterne waren? Es wäre sinnlos, die Reise bis zu diesem Planeten zu erklären, die Reise vom Weltenschiff aus, jener gewaltigen künstlichen Welt, die außerhalb der Galaxie ihre Kreisbahn zog. Bandicut konnte es ja selbst kaum glauben.

»Hrachh«, meinte Ik und rieb sich über die Stimmensteine in den Schläfen. »Vorerst wollen wir einfach nur weiterleben ... und etwas über *euch* herausfinden. Sobald wir uns besser kennen, verstehen wir vielleicht, warum wir hier sind – und was ihr von uns braucht.«

L'Kell starrte den Hraachee'aner für einen langen Moment an. Er schien Ik verstanden zu haben – doch bestimmt wirkten Iks Worte auf ihn wie die eines Verrückten ... oder wie die eines Gottes, der zu Besuch auf der Welt weilt: *»Was ihr von uns braucht.«*

Auch Bandicut war überrascht. Warum hatte Ik das gesagt? Er schien fast schon damit zu rechnen, dass diese Leute etwas von ihnen *brauchten.* Schiffwelt, das riesige Schiff der unendlich erscheinenden Welten, hatte tatsächlich ihre Hilfe gebraucht, doch war ihnen bis zuletzt nicht erklärt worden, wie oder warum sie helfen sollten. Sie hatten es selbst herausfinden müssen und ihr Leben dafür aufs Spiel gesetzt. Würde das hier genauso sein? Wusste Ik vielleicht etwas, das er bislang für sich behalten hatte?

»Woher wollt ihr wissen«, fragte L'Kell aufmerksam, »was mein Volk braucht? Und wieso solltet ihr es uns geben können?«

»Ich ... ich weiß nicht«, antwortete Ik. »Aber es muss hier etwas geben, wobei wir helfen sollen.« Er schaute zu Bandicut. »Wieso sonst hat Schiffwelt uns hergeschickt? Der Transport muss gewaltige Ressourcen verschlungen haben.«

Bandicut fiel keine Antwort ein.

Die Neri beobachteten ihn und Ik genau. Offenbar wussten sie nicht im Mindesten, wovon die Rede war. L'Kell unterhielt sich kurz mit ihnen – laut und anscheinend hitzig. Bandicut verstand kein Wort. Offenbar übersetzten die Steine nur dann etwas, wenn ein Neri unmittelbar mit Bandicut oder Ik sprach – vielleicht aus Höflichkeit ihren neuen Gastgebern gegenüber. Schließlich blickte L'Kell wieder Ik und Bandicut an. Er ballte und öffnete die schwarzen, gummiartigen Hände, und seine großen dunklen Augen wirkten unergründlich. »Meine Leute haben Recht. Wir müssen euch zu Askelanda bringen. Seid ihr Schwimmer? Wasseratmer?«

Bandicut schluckte. »Äh – nein.« Bei dem Gedanken daran, in das dunkle Wasser zu tauchen, lief es ihm kalt den Rücken hinunter – weniger aus Furcht vor dem Ertrinken als vielmehr wegen seiner Klaustrophobie.

L'Kell gab einem der Neri einen Wink. Der betreffende Neri stieß einen klickenden Laut aus und berührte den grauen Kreis im Boden. Sogleich verdunkelte sich der Kreis, und der Neri sprang hindurch und verschwand im Wasser.

»Wir besorgen ein Transportmittel«, informierte L'Kell die Besucher.

»Danke sehr«, erwiderte Ik.

L'Kells Augen leuchteten, als versuche er, den Tonfall von Iks freundlicher Bemerkung einzuschätzen.

Einen Augenblick später sah Bandicut einen Schatten, der sich unter das Habitat bewegte. Er spürte, wie etwas gegen den Boden stieß, und hörte ein leises Zischen. Der graue Fleck verdunkelte sich wieder, und ein Neri kletterte daraus hervor, der gleiche, der eben erst hindurchgesprungen war.

L'Kell krächzte einen Befehl, und Bandicut wurde auf die Öffnung zugeschubst. Er sah hinein und erkannte einen mit Luft gefüllten Hohlraum, zwar dunkel, aber nicht völlig finster. Man würde ihn und Ik ebenso fortschaffen wie Antares und Li-Jared. »Ehe wir gehen«, wandte er sich an L'Kell, »sag mir doch bitte, ob unsere Freunde in Sicherheit sind. Wo sind sie?«

»Sie sind in Sicherheit«, versicherte L'Kell ihm. »Geh jetzt an Bord!«

Obgleich Bandicut von hinten noch fester angestoßen wurde, sträubte er sich. »Was ist mit unserer Sphäre? Da sind Dinge drin, die wir vielleicht brauchen.« Nicht zuletzt meinte er damit seine Roboter.

»Sie wird ebenfalls in Sicherheit gebracht«, entgegnete L'Kell. Der Neri hinter Bandicut stieß ihn wieder an, diesmal äußerst schmerzhaft. Mit einem Blick zu Ik kletterte Bandicut über den Rand der Öffnung und fiel, mit den Füßen voran, in die Dunkelheit.

In der Kapsel war es kühl, aber trocken. Bandicut spürte, dass sowohl der Boden, auf dem er stand, als auch die Wände ringsum abgerundet waren. Nach einem Moment gewöhnten sich seine Augen an die Dunkelheit, und er erkannte die Umrisse des kleinen Hohlraums. Er befand sich tatsächlich in einem kleinen Tauchboot. Er rückte ein wenig zur Seite, um Ik Platz zu machen. »Hrrrm«, murmelte sein Freund, als er neben ihm landete und sich unter Mühe zusammenkauerte, um in die Kammer zu passen.

Wenige Sekunden später tauchten über ihnen zwei schwarze Füße und Beine auf, im trüben Licht beinahe unsichtbar. Ein Neri plumpste in die Kapsel. Es war L'Kell. Als Bandicut ihm Platz zu machen versuchte, knallte er mit dem Ellbogen gegen die Wand, woraufhin ein metallisches *Bong* durch den Druckkörper der Tauchkapsel hallte.

»Sie verfügen über die Technologie zur Metallverarbeitung«, murmelte er Ik zu.

»Ja. Ein Tauchboot.«

»Wovon redet ihr?«, fragte L'Kell, der sich zwischen sie hockte.

»Wir wissen nicht, was wir denken sollen. Wir wissen wirklich gar nichts über eure Welt«, antwortete Bandicut. Er sah hoch, als ein weiterer Neri in das Boot hinuntersprang und sich im hinteren Teil des Tauchfahrzeugs hinkauerte.

»Vielleicht«, meinte L'Kell, »können wir euch auf der Fahrt ein wenig von unserer Welt zeigen.« L'Kell streckte sich bäuchlings aus, den Kopf der Nase des Tauchboots zugewandt. Bandicut und Ik folgten seinem Beispiel, was in der engen Kapsel nicht gerade leicht war. Es gab kaum genug Platz, dass drei Personen nebeneinander liegen konnten; Ik lag ganz links, Bandicut in der Mitte und L'Kell rechts, während der zweite Neri hinter ihnen hockte. Die Nase des Tauchboots bestand aus einem durchsichtigen Fenster, durch das sie direkt in den Ozean blicken konnten. Das wenige Licht in der Kapsel stammte größtenteils von einer kleinen Reihe von Instrumenten und Kontrollen direkt unterhalb der Sichtkanzel.

Ik schaute an Bandicut vorbei zu L'Kell. »Darf ich fragen, wo ihr solche Dinge wie dieses Tauchfahrzeug baut? Doch bestimmt nicht hier unten im Meer, oder?«

Die Frage brachte ihm einen undeutbaren Blick von L'Kell ein.

Ik fuhr fort: »Habt ihr eure Fabriken oben – über dem Wasser? Oder auf dem Land?«

Bandicut spürte, dass dem Neri die Frage gar nicht gefiel. L'Kell berührte die abgerundete Schalttafel unter der Frontkanzel. »Das ist ein Thema, über das ich jetzt nicht sprechen will.« Eine Reihe von Kontrolllampen leuchtete rings um seine Finger auf, und er schaute durch die Kanzel hinaus; offenbar bereitete er sich darauf vor, das Tauchboot von der Habitatkuppel wegzusteuern. Die Luft in der engen Kapsel wirkte abgestanden und roch nach einer seltsamen Mischung aus Metall und organischem Material – beinahe fischig: Vielleicht rochen so die Neri. Einen spannungsgeladenen Moment lang sah L'Kell Bandicut in die Augen, als wolle er sagen: *Frag noch nicht zu viel! Wir wissen noch nicht genau, ob wir Feinde sind, du und ich.*

Bandicut nickte schwach und schaute hinaus ins Meer. Die Unterseite des Habitats war noch immer über ihnen. Das Wasser wurde sowohl von dem Licht des Habitats als auch von einem Scheinwerfer des Tauchboots erhellt, der irgendwo außerhalb von Bandicuts Blickfeld angebracht war. Hin und wieder erfassten die Scheinwerferkegel schattenhafte Neri-Schwimmer, die sich außerhalb der Habitatkuppel im Wasser bewegten.

L'Kell rief etwas zur Luke hoch. Zur Antwort erklang ein leises Poltern, und der Luftdruck änderte sich ein wenig. Jemand hatte das Einstiegsluk geschlossen. L'Kell berührte die Schalttafel, und mit sanftem Vibrieren setzte sich das Tauchboot in Bewegung. Zunächst sank es vom Habitat fort, dann fuhr es geradeaus. /Motoren/, dachte Bandicut. /*Leise* Motoren. Vielleicht magneto-hydronamisch? Ohne Verschleißteile? Was glaubst du, womit sie die Motoren antreiben?/

Einen Moment lang herrschte Schweigen in seinem Kopf. Dann:

///Keinen Schimmer!
Aber hundert Pro, dass dieser ganze verdammte Planet
mich völlig verrückt macht!///

/Was? Du bist doch eigentlich derjenige, der an derlei Überraschungen gewöhnt sein sollte./

///Mag sein deine anderen Charlies.
Ich nicht, Mann.///

/Du hast doch gesagt .../, Bandicut schluckte, als er sich daran zu erinnern versuchte, was das Quarx auf Schiffwelt gesagt hatte – kurz nach seinem ›Erwachen‹, nicht lange nach dem Tod von Charlie-Drei. /Du meintest, es sei vermutlich dein Schicksal – oder so ähnlich –, dorthin zu gehen, wo der Sternenkoppler dich hinschicken will. Hast du das nicht gesagt?/

///Falls ich das wirklich gesagt habe,
dann nur, weil ich nicht gewusst hab, dass es mich
auf den Grund irgend so eines Ozeans,
auf einer gottverlassenen fremden Welt verschlägt!///

/Hm./ Da konnte Bandicut dem Quarx wohl kaum widersprechen.

///Ich hasse Wasser, *verdamm mich!///*

/Du hasst Wasser? Du meinst, du fürchtest dich davor?/ Nun, das war ein zermürbender Gedanke; Bandicut hatte eigentlich darauf gebaut, dass das Quarx ihn unterstützen und ihm helfen würde – in nicht unerheblichem Maße.

///Leck mich! Und wenn schon: Ich hab Angst davor!
Hab ich mir nicht aussuchen können.///

/Hör Mal, es tut mir Leid, ich wollte nicht .../

///Wolltest du wohl!
Denn das Letzte, was du willst, ist 'n Trottel
als Kumpel, der mehr Angst hat
als du!///

Bandicut fuhr zusammen, erwiderte aber nichts. Ihm fehlten die Worte. Das Quarx hatte Recht. Er seufzte leise, blickte durch die Kanzel hinaus und versuchte herauszufinden, wohin sie fuhren. In einiger Entfernung, ein wenig unterhalb des Tauchboots, sah er eine viel größere Gruppe aus leuchtenden Habitatkuppeln. War das die eigentliche Unterwasserstadt? Vielleicht waren Ik und er vorübergehend in einer Art von Vorposten festgehalten worden – in einer Wachstation am Stadtrand. Hinter den Kuppeln glaubte er, die dunklen Umrisse des abfallenden Ozeanbodens auszumachen. Also waren sie tatsächlich am Meeresgrund. Ob diese Welt ebenfalls Kontinente und Festlandsockel hatte wie die Erde? Falls ja, hatten sie vermutlich schon die vergleichsweise seichten Gewässer der Schelfküste verlassen und befanden sich nun über dem Kontinentalhang, dem Bathyal. Falls dem so war, musste irgendwo vor ihnen das Abyssal, ein Tiefseegraben beginnen. Er warf Ik einen Blick zu und sah, dass sein Freund ebenso aufmerksam nach draußen schaute wie er. An was der Hraachee'aner wohl gerade dachte? Betrachtete er das hier vielleicht nur als ein neues Abenteuer? Ahnte er womöglich schon, welche Aufgabe hier auf seine Freunde und ihn wartete? Hatte er Angst?

Da draußen war etwas, auf dem Hang neben den Habitaten – es kam gerade in Sicht, als sie sich den äußeren Kuppeln der Stadt näherten. Es sah aus wie ein großes Riff, das sich, von künstlichem Licht erhellt, an den dunklen, felsigen Hang schmiegte.

Ik hörte, wie Bandicut den Atem einsog, und folgte

seinem Blick. »Ein künstliches Habitat für Meerestiere und Pflanzen? Vielleicht zur Nahrungsgewinnung?«

L'Kell bemerkte, dass sich die beiden für das Riff interessierten, und steuerte das Tauchboot in sanftem Bogen darauf zu; das Riff säumte an der zum offenen Ozean zugewandten Seite kugel- und röhrenförmige Habitate. Im Riff selbst wimmelte es von Tieren, die den irdischen Fischen überraschend ähnlich sahen. Es gab lange, silbrige Geschöpfe, die mit schnellen Flossenstößen durchs Wasser glitten. Gelegentlich schwammen andere Fische in die am hellsten beleuchteten Zonen und blitzten in den verschiedensten Farbtönen auf: Hellgelb, Karmesinrot, schillernd Blau und Grün. Außer Fischen erkannte Bandicut noch andere Lebensformen: rundliche, pfeilschnelle Wesen und langsam treibende Quallen, die an fliegende Untertassen erinnerten.

»Der Riffbewuchs ist zwar natürlich, aber künstlich angelegt«, erklärte L'Kell. »Die meisten Lebewesen in diesem Ozean, einschließlich des Riffs selbst, würden in dieser Tiefe nicht überleben, wenn wir sie nicht mit Licht und günstigen Strömungen versorgen würden.«

Während sie vorbeiglitten, sah Bandicut sehr viele Lichtquellen im Riff. Gleichzeitig erblickte er einige Neri, die am Rand des Riffs arbeiteten. Offenbar ernteten manche von ihnen eine Art von Seetang. Einige Neri waren kleiner als die anderen und trugen durchscheinende Tauchhauben und klobige Rucksäcke. Bandicut deutete auf sie und wollte gerade eine Frage stellen, als L'Kell sagte: »Das sind unsere Nachkommen, die die Arbeit am Riff lernen. Bis sich ihre –«, *hsss,* »- Kiemen ausgebildet haben, müssen sie Atemgeräte tragen.«

Tauchgeräte?, dachte Bandicut verwundert.

»Darf ich fragen«, meldete sich Ik zu Wort, »wie tief dieser Ozean wird, wenn man diesem Hang folgt?«

»Wie tief?«, wiederholte L'Kell. »Am Ende des Abhangs, am Tiefseegraben, *gibt* es keinen Grund, weil ...«

Klang-g-g! Klang-g-g!

L'Kell wurde von einem Geräusch unterbrochen, das wie eine ferne Glocke klang, eine Glocke, die irgendwo außerhalb des Tauchboots läutete. L'Kell stieß einen Krächzlaut aus, der Bandicuts Steinen Rätsel aufgab, dann sagte er etwas in die Schalttafel – in eine Art Kommunikationsgerät. Eine Stimme antwortete in einer Sprache, die Bandicut nicht verstand, und L'Kell berührte einen weiteren Schalter. Das Tauchboot beschleunigte so abrupt, dass es Bandicut den Atem verschlug, und sank den tiefer gelegenen Habitaten entgegen. Bandicut hatte das Gefühl, dass ihre Besichtigungstour soeben beendet worden war.

4
Askelanda

»Dürfen wir fragen, was los ist?«, fragte Ik leise, als das kleine Tauchboot durch das Wasser schoss.

L'Kell ignorierte ihn und ließ seine Hände über die Kontrolltafel huschen. Während Bandicut ihn beobachtete, hatte er den Eindruck, als seien die Kontrollen nicht ideal auf die Hände des Neri ausgelegt; trotzdem erwies sich L'Kell als geschickter Pilot. Er lenkte das Tauchfahrzeug in einem atemberaubenden Slalomkurs durch sechs oder sieben gewaltige, leuchtende Habitate. Als sie an den Kuppelwänden vorbeirauschten, erhaschte Bandicut mehrere Blicke auf schattenhafte Neri, die sich dicht an den Habitatwänden bewegten oder hinaussahen.

Bandicut erschauerte. Für einen kurzen, halluzinatorischen Moment war ihm, als gleite er durch die Skyline einer unheimlichen himmlischen Stadt – oder durch eine Simulation, eine virtuelle Realität. Ihm war, als wäre er sonst wo – nur nicht in den gefährlichen Tiefen eines fremden Ozeans. Dann sah er flüchtig die drohende Schwärze des Meereshangs unter den Habitaten und hörte das ferne Rauschen von Luftblasen im Wasser, und plötzlich wirkte alles viel zu real.

Das Tauchboot tauchte unter einer großen Gruppe Habitate hindurch und wurde dann langsamer. L'Kell steuerte aufwärts, und Bandicut blinzelte, als sie einer ovalen spiegelgleichen Oberfläche entgegenstiegen, direkt unter einem der Habitate: Das musste eine Wasseroberfläche sein, der Zugang in das mit Luft gefüllte Habitat darüber. Bandicut sah zwei Schatten in der spiegelgleichen Fläche, bei denen es sich womöglich um angedockte Tauchfahrzeuge handelte. Die obere Hälfte der Frontkanzel durchbrach die Wasseroberfläche, und Licht fiel in die Kapsel.

Luft zischte leise um Bandicut, und das Ploppen in seinen Ohren verriet ihm, dass der Kabinendruck stieg und sich dem Druck im Habitat anpasste. L'Kells Finger tanzten über die Kontrollen, und fast alle Lichter auf der Schalttafel verloschen. Dann wandte er den Kopf und sah Bandicut und Ik an. »Etwas sehr Schlimmes hat sich ereignet – viele Neri sind verletzt. Wenn Askelanda sich mit euch trifft, wird er von euch alles wissen wollen, was ihr darüber wisst.«

Bandicut erwiderte mit stockender Stimme: »Wir werden ganz offen zu ihm sein – aber wir wissen *nichts* über das, was in eurer Welt geschieht!«

Erneut hatte Bandicut den Eindruck, dass die Augen des Neri sich drehten. »Ich hoffe, das stimmt. Jetzt folgt mir, und bleibt auf dem Weg!« Ohne eine Antwort abzuwarten, ging L'Kell in die Hocke, gab dem anderen Neri ein Handzeichen und streckte sich dann aus, um das untere Luk der Luftschleuse über sich zu öffnen. Ein erster Lichtkegel fiel ins Tauchboot. »Hier entlang!«, erklärte L'Kell und kletterte in den Einstiegsschacht hinauf.

Bandicut musste sich mühselig umdrehen, um in diesen Einstiegsschacht zu gelangen. Die Klettersprossen waren nicht für seine Hände ausgelegt, sodass er daran kaum Halt fand. Als er schließlich aus dem Schacht ins helle Licht des Unterseehangars geklettert war und sich mit zusammengekniffenen Augen umsah, erkannte er, dass er auf dem Ausstiegsturm des Tauchboot stand, einem Beobachtungsstand, wie er ihn auch von irdischen Unterseebooten kannte. Zum ersten Mal sah er den Rumpf des Tauchfahrzeugs, in dem er mitgefahren war. Es war ungefähr fünf Meter lang und metallgrau. Seltsame Rillen verliefen auf der Rumpfoberfläche und wanden sich um den Turm. Zwei ähnliche Fahrzeuge dümpelten in der Nähe.

»Interessant«, meinte Ik, als er neben Bandicut den Kopf aus dem oberen Luk des Einstiegsschachts steckte.

»Kommt!«, bellte L'Kell, der bereits am Bug des Tauchbootes stand. Unbeholfen kletterte Bandicut aus dem Turm und ging über das schmale Oberdeck auf die Dockplattform zu. Vier Neri standen auf einem Laufsteg, der das offene Wasser umgab, und die beiden Gefährten erkannten rasch, dass ihr Empfangskomitee spitz zulaufende Objekte trug, die wie Harpunen aussahen. L'Kell trat über die Lücke zwischen Tauchboot und Laufsteg hinweg und merkte, dass Bandicut zögerte, ihm zu folgen. Nicht der (vergleichsweise harmlose) Sprung vom Tauchboot auf den Laufsteg bereitete Bandicut Kopfzerbrechen; vielmehr machte ihm das Gefühl zu schaffen, über ein bodenloses, leuchtend lockendes Grab hinwegspringen zu müssen.

Als er schließlich sprang, glaubte er, im Wasser unter sich Lichtreflexionen zu sehen, die heller waren als alle anderen, und als er auf dem Laufsteg landete, spürte er ein schwaches Grollen unter den Füßen.

Die Neri-Wächter regten sich. »*Gisch-kach!*«, rief einer von ihnen, während er ins Wasser sah. L'Kell antwortete ihm in gedämpfterer Lautstärke. Bandicut verstand zwar nicht, was er sagte, doch schien sein Ton eindeutig zu sein; als die Wächter nämlich Bandicut und Ik anstarrten, wirkten sie misstrauisch ... und beunruhigt. Aber waren sie wegen Bandicut und Ik beunruhigt oder wegen des Grollens aus der Tiefe?

/Was sie wohl mit Antares, Li-Jared und den Robotern gemacht haben?/, dachte Bandicut, während er L'Kell in einen röhrenähnlichen Durchgang folgte, der vom Unterseehangar in eine angrenzende Habitatkuppel führte.

///Mich *dagegen interessiert vielmehr,*
was denen da gerade einen solchen Schrecken
eingejagt hat,
dass sie ganz misstrauisch werden mussten!///,

hielt das Quarx übellaunig dagegen.

///Meinst du, da passiert was,
weil wir jetzt hier auf dem Planeten sind?///

Bandicut runzelte nachdenklich die Stirn. /Das hoffe ich nicht. Wissen die Translatorsteine irgendwas darüber?/

///Sagen, sie wissen nichts.
Und ich weiß nicht, ob ich denen das glauben soll!///

In der Stimme des Quarx schwang ein Unterton mit, der Bandicut Sorge bereitete: Seit wann zweifelte Charlie die Aussagen der Translatorsteine an? Allmählich kam es Bandicut so vor, als sei diese Quarx-Inkarnation depressiv veranlagt, was ganz und gar nicht zu dem sonstigen eher rücksichtslosen und anmaßenden Auftreten passte. /Wieso glaubst du ihnen nicht, Charlie? Stimmt etwas nicht?/

///Ob etwas nicht stimmt?!
Machst du Witze, Bandicut?
Nichts *stimmt!*
Diese ganze verdammte Angelegenheit stimmt nicht,
sie stinkt!
Und ich hab keinen Schimmer, was wir hier sollen!///

Bandicut ließ die Worte schweigend auf sich wirken. An was auch immer er sich hier anpassen musste: Sein neuestes Quarx stand ganz oben auf der Liste.

Ein schneidender Befehl von einem der Neri bewegte ihn dazu, ein wenig schneller zu gehen. Inzwischen stiegen sie eine steile Röhre hinauf – wobei sie eher krochen als gingen. Die Röhre hatte eine Steigung von gut fünfundvierzig Grad. Die schuhlosen Neri hatten die Schwimmhäute an Händen und Füßen zusammengezogen und schienen die Steigung mühelos zu bewältigen; Bandicut hingegen (mit bloßen Händen und den gummibesohlten Schuhen) fiel der Anstieg äußerst schwer. Hinter ihm zischte und hrrrmte Ik – offenbar hatte er ebenfalls Schwierigkeiten.

Schließlich gelangten sie ans Ende der Verbindungsröhre und traten in eine große Halle – einen Saal –, der zum ersten Mal so aussah, als handle es sich um einen Wohnraum. Im Großen und Ganzen war der Saal rund, aber mit Trennwänden in viele offene Räume und Alkoven unterteilt, besaß Galerien, von denen man in die unteren Bereiche des Saales blicken konnte, und treppenähnliche Segmente, vielfältig geformte Möbelstücke waren überall zu sehen. Erst einen Moment später gewahrte Bandicut die Stimmen – ein Chor aus zischenden, murmelnden, auf- und abschwellenden Stimmen. Es war ein Chor, der keine Melodie sang, sondern eher wie ein Regenschauer auf einem Wellblechdach klang. Bildete Bandicut sich das nur ein, oder klangen die Stimmen angespannt und drängend? Im ganzen Saal hasteten Neri aneinander vorbei.

L'Kell führte Bandicut und Ik zu einer Stelle, von der aus man die offene Raummitte überschauen konnte. Überall ringsum drehten sich Neri zu ihnen um, schauten zu ihnen hoch oder blickten von höher gelegenen Balkonen auf sie herab. Obwohl Bandicut nicht gefesselt war, fühlte er sich wie ein Gefangener in Ketten. »Hier werden wir warten«, teilte L'Kell ihnen mit.

Sie mussten nicht lange ausharren. Von irgendwo her war ein Zischen zu hören – wie von einem Druckausgleich – und das Gurgeln von Wasser. Die Geräusche schienen die Neri in Aufregung zu versetzen, und Bandicut versteifte sich. Unter ihm gingen die Neri auf das gegenüberliegende Ende der Halle zu, wo sich der Eingang befand. Instinktiv beugte Bandicut sich über den Balkon und fragte: »Was ist los?«

Ik blickte vorsichtig über die Schulter zurück. Drei oder vier Harpunen waren auf ihre Rücken gerichtet. »Ich glaube«, versuchte er zu scherzen, »wir sollten uns jetzt besser nicht vom Fleck rühren!«

Bandicut seufzte und fragte sich, was Charlie wohl dachte. Doch von dem Quarx war nichts, überhaupt nichts zu hören. Bedrückendes Schweigen. /Bist du noch da?/ Weiterhin Schweigen. Und dann:

///Klar doch.///

Also schön, dachte Bandicut. Er konzentrierte sich wieder auf die Neri, die sich am Eingang in zwei Reihen aufstellten, als wollten sie jemanden empfangen. »L'Kell«, murmelte er, »was ist das – kommt irgendwer an? Ein Anführer oder Würdenträger? Alle wirken so ...« L'Kell sah ihn streng an und schwieg, und Bandicut verstummte ebenfalls.

Ein Murmeln erhob sich, und zwei Neri erschienen am Ende der Halle. Sie traten durch den Eingang zwischen die Empfangsreihen. Zuerst glaubte Bandicut, dass sie diejenigen waren, die begrüßt würden. Dann begriff er, dass sie schlicht die Vorhut der Neuankömmlinge bildeten. Hinter ihnen trat ein Neri in den Raum, der offenbar verletzt war – oder sehr krank oder alt. Er ging vornübergebeugt und wirkte eindeutig kraftlos. Als er schließlich den Kopf hob, sah Bandicut, dass sein Gesicht von Wunden und Schrammen übersät war. Der Neri trat noch einige

Schritte vor, dann drehte er sich um und schaute zurück.

Hinter ihm trugen zwei weitere Neri einen dritten auf einer Bahre. Der Verletzte regte sich nicht. War er tot? Die versammelten Neri verstummten. Eine weitere Bahre wurde hereingetragen. Das darauf liegende Opfer bewegte sich zwar, aber nur schwach. Schließlich erschien ein vierter Verletzter, auf die Arme eines anderen gestützt. Er schien in einem ähnlichen Zustand zu sein wie der Erste.

Als die Verletzten zur Raummitte gingen, schlossen die Neri, die sie begrüßten, hinter ihnen die Reihen. Einige der Neri sahen zu den fremden Besuchern – oder Gefangenen – hoch. Ihre Blicke waren so durchdringend, dass Bandicut sich ziemlich unbehaglich zu fühlen begann.

Ein größerer Neri trat unter dem Balkon hervor, auf dem Bandicut stand. Alle im Raum verstummten. Dieser hochgewachsene Neri trug etwas um den Hals, das wie eine Stola aus aufgesammeltem Laub und Muscheln aussah. Er sprach die Neuankömmlinge in einem Tonfall an, der halb flüsternd, halb bellend klang. Langsam ging er zwischen sie und berührte jeden von ihnen mit der knochigen Hand. Dann trat er wieder zurück und drehte sich um. Bandicut konnte erstmals sein Gesicht sehen. Sein Teint war eher dunkelgrau als schwarz. Er schien sehr alt zu sein. War er das eigentliche Oberhaupt der Neri?

Ein rascher Seitenblick auf L'Kell schien diese Vermutung zu bestätigen. Mit einem leichten Stoß gab L'Kell Bandicut und Ik zu verstehen, dass sie Haltung annehmen sollten. »Askelanda!«, rief L'Kell. »Ich habe hier diese ...« – *hssss* – »... Eindringlinge. Wollt Ihr sie befragen?«

»*Hockkk!*«, erwiderte Askelanda und hob die Hand.

»Folgt mir!«, befahl L'Kell. Ik und Bandicut folgten ihm über eine Konstruktion nach unten, die halb Treppe, halb Rampe war. Unten angekommen, traten sie Askelanda entgegen. Der hochgewachsene Neri musterte sie schweigend, dann bedeutete er L'Kell mit einer Geste, die Befragung der Fremden zu übernehmen. »Vor Euch seht Ihr die neuesten Opfer des ...« – *hssss* – »... Todes ... Giftes ... Wahnsinns vom Land. Seht sie Euch an und antwortet wahrheitsgemäß. Wisst Ihr, wie es dazu gekommen ist? Kennt Ihr die Leute ...«, das letzte Wort sprach er zischend aus, als verursache es ihm einen schlechten Geschmack im Mund, »... die dafür verantwortlich sind?«

Bandicut öffnete den Mund und schloss ihn gleich wieder. Von seinem momentanen Standpunkt aus konnte er die verletzten Neri kaum besser erkennen, doch sah er nun deutlich den Schmerz in ihren Gesichtern – obwohl ihre Züge dunkel und für ihn fremdartig waren. Ein Neri, der ein Geschirr mit vielen Taschen trug, ging zwischen den Verletzten umher. Ein Heiler? Bandicut schluckte und blickte in die alterstrüb wirkenden Augen von Askelanda. Schließlich antwortete er L'Kell: »Es tut mir Leid. Ich weiß nichts darüber. Wir sind gerade erst hier in diesem Ozean angekommen, auf dieser Welt. Wir wissen nicht, was oder wer das verursacht hat.«

L'Kell übersetzte Bandicuts Worte für Askelanda.

Askelanda drehte sich um und gab einige knappe Befehle. Man half den Verletzten aus dem Saal, und Askelanda wandte sich wieder L'Kell zu, der als Übersetzer fungierte. »Diese tapferen Schwimmer wurden von einem unsichtbaren Fluch verwundet – einem Fluch der Festländer, deren Gift sogar in verlassenen Wracks seine tödliche Wirkung entfaltet. Unsere Kameraden werden bald sterben, ausnahmslos, es sei denn,

Corono findet eine Möglichkeit, sie zu heilen.« Askelanda deutete auf den Neri, den Bandicut eben zwischen den Verletzten hatte umhergehen sehen. Dann musterte er Bandicut und Ik kurz, ehe er sich wieder über L'Kell an sie richtete.

»Wir würden gerne mehr über Euch wissen. L'Kell hat mir Seltsames berichtet. Aber wisset eines: Falls Ihr in irgendeiner Weise für die Krankheit verantwortlich seid, die Ihr gerade gesehen habt, dann werdet auch Ihr den Tod zu erdulden haben!«

L'Kell unterbrach den Anführer und wechselte mit ihm einige Worte, bevor er weiterübersetzte: »Das soll keine Drohung sein, sondern eine einfache Feststellung. Schließlich behauptet Ihr, von der Oberfläche zu kommen, und dort hat dieser Wahnsinn, diese Krankheit ihren Ursprung.« Erneut sprachen er und L'Kell kurz miteinander. »Es ist möglich, dass Ihr unschuldig seid. Falls dem so ist, helft uns!« Askelanda verstummte und blickte sie erwartungsvoll an.

Bandicut streckte in hilfloser Verwirrung die Hände aus. Als seine Ärmel kurz hochrutschten und den Blick auf seine Handgelenke freigaben, erhob sich ein aufgeregtes Gemurmel unter den Neri ringsum. Das lag natürlich an den Steinen, die dicht unter seiner Haut funkelten. Er fragte sich, ob die Neri bereits die Steine im Kopf von L'Kell bemerkt hatten.

Als habe L'Kell seinen Gedanken gehört, rief er laut, um das Getuschel der Neri zu übertönen: »Wollt ihr wissen, wieso ich mit den Eindringlingen sprechen und sie verstehen kann? Durch das hier!« Er drehte den Kopf, an den Schläfen straffte sich die Haut, und kurz war der flackernde Stein, der dort eingebettet war, zu erkennen. Die anderen Neri zischten und brummten, murmelten aufgebracht miteinander und wurden sogar noch lauter, als L'Kell auf

Ik wies und dieser ebenfalls den Kopf drehte, um *seine* Steine zu zeigen.

Mit einem Pfiff brachte Askelanda die Neri zum Schweigen. Bandicut war sich der spitzen Harpunen bewusst, die noch immer auf seinen Rücken gerichtet waren. Askelanda machte einen Schritt auf L'Kell zu und sagte in scharfem Ton (was L'Kell pflichtbewusst übersetzte): »Seid Ihr noch immer derselbe L'Kell von den Neri? Noch immer Ihr selbst?«

L'Kell zögerte nur kurz, ehe er antwortete: »Der bin ich, Askelanda! Ich bin unverändert – bis auf die Tatsache, dass ich mit unseren Gästen reden kann.« Er zeigte auf die beiden Besucher und fügte hinzu: »Das sind John Bandicut, der Mensch, und Ik, der Hraachee'aner.«

Askelanda grummelte leise. Er drehte sich um und sprach Bandicut direkt an. Sein Worte waren ein einziges Krächzen, das die Translatorsteine unübersetzt ließen.

Bandicut spürte einen Stich in den Handgelenken.

Heb deine Handgelenke, richte sie auf L'Kell!

Die unerwartete, direkte an ihn gerichtete Anweisung der Translatorsteine verwirrte Bandicut, und er kniff die Augen zusammen. /Hä?/ Dann begriff er. Er hob die Arme und drehte die Handflächen nach vorn.

L'Kell sah ihn verständnislos an. Er berührte kurz seine eigenen Steine, dann trat er langsam vor. »Ich spüre, dass wir ... ich dachte eigentlich ... ich verstehe nicht ...« Er packte Bandicuts Handgelenke und führte sie sich an die Schläfen. Plötzlich wurde L'Kells Blick leer.

Bandicut unterdrückte einen Schauder, als der Neri ihn berührte. L'Kells Haut fühlte sich trocken und gummiartig an; an den Seiten seiner Finger verliefen dicke Falten: die eingezogenen Schwimmhäute. Bandicuts Steine begannen beinahe unerträglich zu kribbeln, als L'Kell sie an seine eigenen Steine drückte. Das seltsame Gefühl eines nervalen Energieanstiegs durchdrang Bandicut, dieser floss aus ihm heraus, um kurz darauf wieder zu ihm zurückströmen. /Was machen wir hier?/, wisperte er.

Bandicut wartete auf eine Antwort des Quarx, doch es schwieg, und der nervale Energieschub erreichte seinen Höhepunkt. Unfreiwillig schauderte es Bandicut. Und dann antworteten die Steine:

Austausch linguistischer Informationen.

Das seltsame Gefühl in Bandicuts Nervenbahnen verebbte. Langsam holte er tief Luft und ließ die Hände sinken. »Kannst du ... mich jetzt besser verstehen?«, fragte er den Neri.

L'Kells große schwarze Augen flackerten. »Ich kann dich deutlich hören. Aber was ist gerade passiert?«

Bandicut schloss die Augen und suchte nach einer möglichst präzisen Antwort auf die Frage. Er erhaschte ein flüchtiges Bild von wirbelnden Wolken, die aus Wissen bestanden, vergleichbar mit dem, was er in der inneren Welt der Eishöhlen auf dem Weltenschiff gesehen hatte. Einen Moment lang wurde ihm schwindelig, und er öffnete die Augen, um nicht ins Taumeln zu geraten. »Ich glaube ... ich habe gerade deine Sprache gelernt, L'Kell. Deine Steine stammen von meinen ab und haben sich in dir niedergelassen – sich angepasst und gelernt. Und jetzt haben sie mir ihr hinzugewonnenes Wissen übermittelt – zumindest deine Sprache.« Er fasste sich an die Stirn. Noch immer war ihm leicht schwindelig.

»Das ist außergewöhnlich!«, sagte jemand freiheraus. Verblüfft erkannte Bandicut, dass nicht L'Kell gesprochen hatte, sondern Askelanda. Und Bandicuts Steine hatten ihm die Worte des Neri übersetzt.

Bandicut verneigte sich. »Askelanda?«, fragte er leise. »Versteht Ihr, was ich sage?« Während er redete, hörte er, wie seine Worte im Saal nachhallten – eine Art von Echo. Übersetzten seine Translatorsteine etwa jedes seiner Worte – *hörbar* für die Neri? Für gewöhnlich brauchte man zwei Sätze von Steinen, um miteinander kommunizieren zu können. Doch er erinnerte sich auch daran, dass die Steine einmal seine Worte *akustisch* wiedergegeben hatten, und zwar in einer außerirdischen Sprache (vor einer Ewigkeit, als er die *Neptune Explorer* gestohlen hatte, um den Kometen von seinem Kollisionskurs mit der Erde abzubringen).

»Offenbar ja«, antwortete Askelanda und straffte sich. »Erstaunlich!« Er wandte sich den anderen Neri zu, deren Gemurmel eindeutig zeigte, dass auch sie die Worte des Menschen verstanden hatten. Verblüfft erkannte Bandicut, dass auch er nun im Gegenzug viele der erstaunten und misstrauischen Bemerkungen verstand, die einige der Neri von sich gaben.

Langsam schritt Askelanda um ihn herum und musterte ihn. »Wer seid Ihr wirklich?«, fragte der Neri-Anführer.

Bandicut drückte die Handflächen aneinander – eine Geste des Respekts bei den Neri, wie er jetzt wusste. »Ich bin John Bandicut, Mensch, vom Planeten Erde. Es ist genauso, wie L'Kell gesagt hat.« Als er zu Ik schaute, wurde ihm bewusst, dass der Hraachee'aner alles verstand, was Bandicut sagte – aber das bedeutete ja nicht zugleich, dass er auch Askelanda verstand. »Mein Gefährte ist Ik vom Planeten Hraachee'a. Wir sind wirklich gerade erst auf Eurer Welt angekommen und wissen nur das, was wir hier erfahren haben, von Euren Leuten. Wir wollen …«

»Wenn Ihr nichts über unser Volk wisst«, unterbrach Askelanda ihn, »wie kommt es dann, dass Ihr die Macht habt, so etwas zu tun?« Er deutete auf L'Kell. »Welche Macht steckt in Euren ... Steinen? Die Macht, meinen Anführer L'Kell zu einem Diener zu machen? Zu Eurem Sklaven?«

Bandicut schüttelte den Kopf. »Nein. Nein.« Er seufzte, als er begriff, dass er selbst die gleiche Frage gestellt hätte. »Askelanda«, sagte er und versuchte dabei, den Namen des Anführers möglichst richtig auszusprechen, »ich kontrolliere L'Kell nicht und *will* ihn auch nicht kontrollieren. Diese Macht ... der Worte, der Gedanken ... ist nicht einmal meine eigene, wirklich nicht! Vielmehr ist sie ...«, er zögerte und dachte: *ein Geschenk der ... der Herren des Weltenschiffs?* Schließlich sagte er: »Sie ist ein Geschenk des Translators.«

»Und wer«, hakte Askelanda nach, »ist der Translator?«

»Tja ...« Bandicut schluckte; das war nicht der richtige Zeitpunkt, um die ganze Geschichte zu erzählen. »Der Translator ist ... die Maschine, die diese Steine hier geschaffen hat.« Er rieb sich die Handgelenke. »Tochtersteine, nennt man sie, Töchter des Translators. Wir kontrollieren einander nicht, die Steine und ich. Aber wir helfen uns oft in gegenseitigem Einvernehmen.«

Askelanda beäugte ihn einen Moment lang, dann bedeutete er einigen Neri – einschließlich L'Kell –, ihn zu begleiten, und zog sich mit ihnen ein Stück von Bandicut und Ik zurück. Leise berieten sie sich eine Minute lang. Schließlich kehrten sie zurück, und Askelanda wandte sich wieder an Bandicut, in überraschend rauem Ton:

»Diese Steine, die Ihr da habt – sie sind sehr mächtig. Können sie unseren sterbenden Freunden helfen?«

»Das ... das weiß ich nicht«, erwiderte Bandicut bestürzt. Er schloss halb die Augen und stellte die Frage seinen inneren Helfern. /Können wir etwas für sie tun?/

Die Steine gaben ihm keine Antwort, und das Quarx ließ sich Zeit: Zunächst hörte Bandicut nur einen quarxischen Seufzer, und dann:

///Was glaubst du eigentlich,
was ich bin? Ein Wundertäter?///

Beherrscht holte Bandicut tief Luft. /Also ... deine Vorgänger haben zu zwei verschiedenen Gelegenheiten einige sehr ernste Verletzungen geheilt, die ich mir zugezogen hatte. Ich dachte, vielleicht geht das jetzt auch irgendwie. Vielleicht schaffen's die Steine ja./

///Kann sie ja mal fragen.///

/Aber du weißt .../, er stockte, von der mürrischen Antwort des Quarx verletzt. / ... Es waren eigentlich nicht die Steine, die mich geheilt haben. *Du* warst es – die Charlies vor dir. Ich glaube, sie mussten erst meine Physiologie studieren .../

///Tja, ich weiß einen Scheißdreck
über Neri-Physiologie.
Werd dann wohl Nein sagen müssen!///

Bandicut atmete aus und nickte. Zu L'Kell und Askelanda sagte er: »Ich glaube nicht. Jedenfalls nicht, ohne mehr über euch zu erfahren. Vielleicht, wenn wir wüssten, was euren Freunden zugestoßen ist.«

Mit erhobener Hand hieß Askelanda ihn schweigen. »Wir müssen noch viel herausfinden, wir alle. Aber dazu ist jetzt keine Zeit, wir müssen uns um unsere Leute kümmern. Vielleicht haben wir später Zeit für Fragen.« Er wandte sich L'Kell zu. »Bringt sie ins –« *rrrzzz.*

Das letzte Wort, das er aussprach, überlastete die Translatorsteine. Aber Bandicut glaubte, eine recht gute Vorstellung davon zu haben, was dieses Wort bedeutete. »Bist du jemals in einem Gefängnis gewesen, Ik?«, flüsterte er.

»Hrachh«, antwortete der Hraachee'aner, und mehr sagte er dazu nicht.

5
Tiefseegefängnis

Sie wurden von L'Kell getrennt und von drei schweigsamen Wächtern aus dem Saal geführt. Einer der Wächter ging voran, die anderen beiden folgten ihnen. Sie betraten eine durchsichtige Verbindungsröhre, die horizontal in ein anderes Habitat führte. Die Röhre vermittelte ihnen das Gefühl, einen Unterwasserspaziergang zu machen, umgeben von der düsteren Tiefsee, in der sich gelegentlich Lichter oder Fische bewegten. Bandicut sah nach oben – keine Spur von Licht, nur schwarzer Ozean. Er unterdrückte einen Schauder und fragte sich, ob es auf dieser Seite des Planeten wohl gerade Nacht oder Tag war.

Das nächste »Habitat« erwies sich als kürbisförmiges Gebäude, von dem aus mehrere Gänge fortführten – offenbar diente es vornehmlich als Verbindungsglied zwischen mehreren anderen Habitatkuppeln. Der vorausgehende Wächter berührte einen Punkt an der Wand, und sie öffnete sich zu einer schmalen Röhre, die abwärts führte. Die Röhre war nicht weit einzusehen, da sie nach einigen Metern eine Rechtsbiegung machte. Sie fiel steil ab und war gewellt wie eine Kinderrutsche. Auf keinen Fall könnten Bandicut und Ik in ihr gehen – oder auch nur kriechen –, ohne ins Rutschen zu geraten, das sie nicht mehr würden kontrollieren können. Der Wächter deutete in die Röhre. »Rein da!«, befahl er, wobei er mit seiner Harpune fuchtelte.

Bandicut sah Ik an und zuckte die Achseln. Vorsichtig setzte er sich auf die Schwelle der Röhre. Sie knackte, als sie sich unter seinem Gewicht durchbog, ein tiefer Ton – wie von einem Daumen, der fest gegen das Resonanzfell einer Basstrommel schlug. Bandicut atmete tief durch. Dann stieß er sich ab und glitt mit den Füßen voran ins Ungewisse. Er spürte die Luft an sich vorbeirauschen; in der Rechtsbiegung prallte er leicht gegen die Wand, dann wurde die Röhre ein wenig ebener. Vor sich spürte er eine Barriere. Einen Augenblick später stießen seine Füße dagegen und ploppten hindurch. Die Barriere glitt über seinen Körper und sein Gesicht wie ein Nylonstoff, der über seine Haut fegte.

Dann spürte er einen starken Druck auf den Ohren und wackelte ächzend mit dem Kiefer. Er war soeben ein Gefälle hinabgerutscht und befand sich folglich nun tiefer im Meer, was zwangsläufig höheren Druck bedeutete. Zudem lag er rücklings flach am Boden einer Habitatkuppel, die nur wenige Meter durchmaß. Lichter brannten ringsum in der Dunkelheit, und allmählich wurde ihm bewusst, dass die Kuppel durchsichtig war und es sich bei den Lichtern um die Lichter der Unterwasserstadt handelte. Er setzte sich auf und sah sich um. Kam Ik ihm nach?

Hinter ihm, in der gekrümmten Wand, zeigte eine durchscheinende Verschlussmembran an, wo die Röhre an der Kuppel ansaß. Durch diese Wand hindurch sah er die Außenwand der Röhre, die sich nach oben wand und im dunklen Wasser verschwand. Zudem erkannte er einen Schatten, der schnell durch die Röhre flitzte. Bandicut rutschte rasch beiseite – und kurz darauf schoss Ik durch die durchsichtige Membran und landete neben ihm auf dem Boden.

»Ik, alles in Ordnung mit dir?«

Der Hraachee'aner antwortete nicht sofort. Als er sich aufsetzte, murmelte er: »Hrachh, schau dir das an!

Es scheint, als wären wir in einem …« – *schnarr* –, »… Goldfischglas gefangen! Oder nicht?«

Bandicut stöhnte. Er sah nach oben, um zu ergründen, ob ihnen vielleicht jemand in die Kuppel folgte. Was er sah, entlockte ihm einen Fluch. Ein Kräuseln durchlief die Verschlussmembran; dann löste sich die Röhre von der Habitatkuppel und wurde nach oben gezogen, fort von ihrer Gefängniszelle. »Tja, ich glaube, wir können uns jeden Gedanken an Flucht aus dem Kopf schlagen.«

»Aarrr?« Ik folgte Bandicuts Blick. »Aarrr!«

Sie rappelten sich auf und untersuchten die Kuppel von oben bis unten. Sie waren von der Stadt völlig isoliert. Die Habitatkuppel war mit einem Kabel oder Tau am Meeresgrund befestigt. Rund um den Befestigungspunkt sah Bandicut einige Objekte, bei denen es sich vermutlich um Ballast handelte. Die Kuppel besaß also definitiv Auftrieb, und wenn er und Ik in ihr herumliefen, schwankte und wippte sie leicht. Das Befestigungskabel war durch den Boden zu sehen und verschwand unter ihnen im trüben Wasser. Bandicut konnte allerdings nicht erkennen, woran es befestigt war; während er am Kabel entlang bis zu dem abfallenden Meeresgrund hinabblickte, überkam ihn Schwindel und seine Klaustrophobie. Er schloss die Augen und wartete, bis es ihm wieder besser ging.

Ik stützte ihn mit einer Hand ab. »Fühlst du dich nicht wohl?«

»Mir geht's gut. Hätte nur nicht da runtergucken sollen. Wirkt dieses Kabel da – oder was es auch ist – auf dich auch so schrecklich … *dünn*?«

Ik schaute hinab, scheinbar unbeeindruckt von den Tiefen unter sich. »Kann sein«, meinte er. Als er wieder aufsah, glitzerten seine Augen. »Aber sieh es mal so: Wenn es reißt, steigen wir schnell zur Oberfläche auf.

Wir werden die Sonne sehen. Herausfinden, welche Farbe der Himmel hier hat.«

»Ja«, stöhnte Bandicut, der sich vorstellte, wie die Kuppel zur Oberfläche schoss. »Bumm!«, meinte er dann und veranschaulichte Ik mit einer Geste die Explosion, die zweifellos auf Grund der rasend schnellen Dekomprimierung folgen würde.

»Bumm«, wiederholte Ik und lachte zischend. Er nahm den für ihn typischen Lotussitz ein, seine Ruhehaltung, und fügte hinzu: »Ich nehme an, es wäre besser, wenn wir nicht auftauchen würden.«

»Wäre besser«, stimmte Bandicut ihm zu.

»Denk langfristig, John Bandicut! Denk langfristig!« Trotz aller Umstände wirkte Iks Stimme irgendwie beruhigend.

Ik machte die Dunkelheit im tiefen Ozean nicht sonderlich viel aus. Was ihm hingegen zu schaffen machte, war das fortwährende Knarren und Ächzen der zerbrechlich wirkenden Unterwassergebäude. Zwar litt er nicht unter Klaustrophobie, war sich aber des zermalmenden Wasserdrucks ringsum stets ebenso bewusst wie der dicken Luft mit ihrem starken metallisch-organischen Geruch; mit jedem Knarren wuchs das Gefühl der Anspannung in seiner Brust, und ihm wurde immer klarer, wie gefährlich das Leben in solchen Tiefen war.

Um sich abzulenken (aber nicht nur deswegen), begann er, sämtliche Lichter, die er von ihrer Kuppel aus sehen konnte, systematisch zu studieren. Seiner Meinung nach war es immer hilfreich, Wissen zu sammeln – überall, jederzeit, aber besonders in einer seltsamen Umgebung wie dieser. Stück für Stück malte er in seinem Geist eine Karte des Teils der Unterwasserstadt, den er erkennen konnte. Es gab gerade genug Lichtquellen an verschiedenen Stellen, dass er einzelne Gruppen von miteinander verbundenen Kuppeln sehen konnte, und vielleicht ein Dutzend weiterer, die isoliert in den Fluten schwebten. Wenn er am Rand eines der näher gelegenen Habitate vorbeischaute, erkannte er gerade noch das künstliche Riff, an dem sie auf ihrer Hinfahrt vorbeigekommen waren. Zweimal erblickte er kleine Tauchboote, die demjenigen glichen, in dem sie hergelangt waren, aber am häufigsten sah er einzelne Neri zwischen den Habitaten schwimmen. Ik beneidete sie darum, dass sie so gut an diese Umgebung angepasst waren und sich mühelos sowohl durch Luft als auch durch Wasser bewegen konnten.

Ob er sie wohl noch immer beneiden würde, sobald er wusste, was auf dieser Welt nicht stimmte? Eben erst hatte er die schrecklich verletzten oder kranken Neri gesehen, die in die Stadt gebracht worden waren. Aber von woher hatte man sie in die Stadt gebracht? Und warum waren sie so schwer verletzt? Er zweifelte nicht daran, dass etwas Ernstes vor sich ging. Wieso sonst hätte man sie vom Weltenschiff durch die Galaxis auf diesen Planeten schicken sollen? Vermutlich hatten die Herren von Schiffwelt Vorkehrungen getroffen, damit er und seine Gefährten sich hier behaupten und überleben konnten – und sei es nur, weil man von ihnen erwartete, dass sie sich hier in irgendeiner Weise nützlich machten. Nicht dass er John Bandicuts Sorge um ihre Sicherheit auf dieser Welt nicht teilte – es wäre dumm gewesen, diese Sorge zu missachten. Vor allem eingedenk seiner bisherigen Erfahrungen.

Bevor er Bandicut getroffen oder Li-Jared kennen gelernt hatte, war er von einem Sternenkoppler auf eine Welt gebracht worden, die in einer Krise steckte – einer Welt, auf der Zwietracht herrschte. Die Bewohner jener Welt hatten sich »Pelli« genannt, was so viel bedeutete wie »die, die alle der Erde entspringen«. Aber die Gesellschaft der Pelli hatte sich in mehrere Untergruppen aufgespalten, und ihre Biowissenschaft war weit genug entwickelt, dass sie tödliche biologische Waffen produzieren und einsetzen konnten. Sie hatten schon zuvor Kontakt mit Fremdweltlern gehabt – was vermutlich der einzige Grund gewesen war, warum sie Ik nicht auf der Stelle als Eindringling eingestuft und getötet hatten. Und obwohl sie Fremdweltler auf ihrer Welt akzeptierten, konnten sie offenbar nicht die gleiche Akzeptanz für ihr eigenes Volk aufbringen. Trotz Iks Bemühungen, Frieden zu stiften, konnten sich die verschiedenen Splittergruppen letztlich nicht einigen. Ik musste fliehen, und der Sternenkoppler brachte ihn just in jenem Moment nach Schiffwelt zurück, als eine gewaltige Giftwolke den größten Teil der Planetenpopulation tötete. Bis heute wusste er nicht, ob irgendjemand überlebt hatte.

Doch trotzdem musste er nun davon ausgehen, dass es für ihn und seine Gefährten Hoffnung gab. *Langfristig denken*, sagte er sich seinen persönlichen Leitspruch in Gedanken vor. *Immer langfristig denken.*

Ein matt flackerndes Licht fiel ihm auf, und er spähte nach links und versuchte, die Lichtquelle zu ermitteln. Da war es wieder! Das Licht stammte nicht von einem Scheinwerfer oder Habitat, dazu war es zu matt und diffus – wie ferne Blitze an einem stürmischen Himmel. Er wollte gerade Bandicut darauf aufmerksam machen, als es verblasste und nicht mehr zu sehen war.

Und noch ehe er sich entschließen konnte, es zu beschreiben, fragte sein menschlicher Freund: »Was haben sie wohl mit Antares und Li-Jared gemacht?«

Ik seufzte durch die Ohren und wandte sich seinem

Freund zu. »Ich nehme an, man hat sie in ein Gefängnis wie das hier gesteckt, irgendwo da draußen. Ich gehe davon aus, dass man sie anständig behandelt.«

»Hm.« Bandicut ging durch die Kuppel und presste an verschiedenen Stellen die Hände an die Wand. »Tja ... die Luft hier drinnen scheint jedenfalls okay zu sein. Sie ist noch nicht verbrauchter als zu Anfang.« Er holte sichtlich tief Luft. »Die Neri müssen sie mit einem Verfahren erneuern, das wir nicht erkennen können.«

Ik murmelte zustimmend: »Vielleicht durch eine Art von osmotischem oder chemosynthetischem Prozess, der durch die Wände abläuft.« Er erinnerte sich daran, was ihnen vorhin aufgefallen war: Die durchsichtigen Wände des großen Saales hatten den Eindruck erweckt, als bestünden sie aus pflanzlichem Material. Und nun, nachdem Ik einige der erstaunlich vielseitigen Membranen der Neri in Aktion gesehen hatte, fragte er sich, ob die durchscheinenden Kuppelwände nicht aus einer Variation des Materials bestanden, aus denen die Verschlussmembranen gefertigt waren.

Sein menschlicher Freund, der noch immer die Wand berührte, nickte, wirkte aber nach wie vor besorgt.

»Befürchtest du, dass die Wände reißen könnten?«, fragte Ik.

Bandicut hob kurz die Schultern und ließ sie gleich wieder sinken – jene Geste, mit der die Menschen ihre Unsicherheit bekunden. »Es bildet sich nirgends Kondenswasser«, erklärte er, was Iks Frage indes nicht beantwortete.

Ik berührte die Wand. Sie war glatt und fühlte sich kühl an. »Sie muss irgendwie atmen.«

Eine Bewegung draußen im Ozean lenkte seine Aufmerksamkeit auf sich: Einige kleine Fische flitzen vorbei. Ihre schlanken, langen Körper sahen aus wie mattes Quecksilber. »John«, murmelte er und deutete nach draußen.

»Ich sehe sie. Es ist unglaublich!« In Bandicuts Stimme schwang ein Ton mit, aus dem Ik eine starke Emotion heraushörte – nur konnte er nicht genau sagen, was für eine.

»Wieso unglaublich?«, hakte er nach. »Hast du nicht erwartet, in dieser Tiefe Leben vorzufinden? Oder meinst du etwas anderes?«

Bandicut schüttelte den Kopf und ging langsam durch die Kuppel, als folge er dem Silberschwarm, der in die Dunkelheit entschwand. »Nein«, antwortete er. Seine Stimme klang so, als wolle sie ihn jeden Moment im Stich lassen. »Das meine ich nicht.«

»Dann ...«

»Ich meine, dass sie den Fischen auf meiner Heimatwelt so *ähnlich* sehen«, flüsterte er. »Es kommt mir vor, als *wäre* ich tatsächlich auf der Erde.« Er starrte zu Ik, und schließlich wusste der Hraachee'aner, was sein Freund empfand. Heimweh.

Ik erinnerte sich schmerzlich an den Verlust seiner eigenen Heimat. »Ist diese Welt ... auch in anderer Hinsicht wie deine Erde? Sehen die Neri so aus, als könnten sie von deiner Welt stammen?«

Bandicut schüttelte den Kopf und sah wieder nach draußen. »Wer weiß, was auf der Erde geschehen ist, seit ich fortgegangen bin. Vielleicht sind schon Millionen von Jahren verstrichen.«

»Also, das wissen wir nicht, John Bandicut. Ich habe den Eindruck, dass ...«

»Genau das ist ja das Schlimme! Wir haben immer nur Eindrücke!«, rief der Mensch. »Wie können wir uns je bei etwas sicher sein?«

»Das können wir nicht«, gab Ik zu. Bandicuts Tonfall

verriet genau, wie er sich fühlte: Wie jemand, der alle zurückgelassen hatte, die er kannte, und dann mitten unter Außerirdischen ausgesetzt und wiederholt in Gefahr gebracht worden war, aus unerfindlichen Gründen. Ik verstand Bandicuts Schmerz sehr gut. Aber obwohl er wie Bandicut das Bedürfnis hatte, Antworten zu finden, gelang es ihm besser, Unklarheiten wie diese vorläufig zu akzeptieren. Zu Bandicut sagte er: »Ich glaube, das Zeitintervall, das bei einem Sternenkopplertransit vergeht, unterscheidet sich nicht sonderlich von der äußeren Raumzeit.« Er schloss klackend den Mund, dann fügte er hinzu: »Ich weiß aber nicht, ob das auch auf die Transportmethode zutrifft, mit der du und ich nach Schiffwelt gebracht worden sind.«

Bandicut biss sich auf die Unterlippe und starrte den Hraachee'aner an. Was brachte es schon, über die Raumtransformation nachzugrübeln, mittels derer er seine Heimatgalaxis verlassen hatte? Unsicher zuckte Bandicut erneut die Achseln. »Ich weiß, dass das Quarx *Äonen* auf Triton verbracht hat; es ist in mein Sonnensystem gereist, nachdem es durch einen schrecklichen Krieg aus einem anderen System geworfen worden war.« Bandicuts Blick verschleierte sich, als er sich auf sein Innerstes konzentrierte, doch falls das Quarx ihm irgendwelche zusätzlichen Informationen mitteilen wollte, war es offenbar momentan nicht in der Stimmung dazu.

»Hrrrm«, brummelte Ik und sah einem weiteren vorbeiflitzenden Fischschwarm hinterher – diesmal kleinere, gestreifte Fische. »John Bandicut, falls du unter dem Gedanken leidest, dass deine Welt vor Äonen gestorben und verschwunden ist, will ich dir eines raten: Sei dir dessen nicht so sicher!« Wieder schloss er klackend den Mund und stand auf. Er blickte in die

Schwärze, während er sich mit den Fingern über die Brust rieb und innerlich um seine eigene Welt trauerte – sie war zerstört, nicht durch verstreichende Äonen, sondern durch eine Sonnenexplosion.

Schließlich wandte er sich wieder Bandicut zu und sah, dass der Mensch ihn anschaute.

»Ik, bist du schon einmal mit einem Sternenkoppler gereist? Du hast nie darüber gesprochen.«

Der Hraachee'aner stieß zu seiner eigenen Überraschung ein zischendes, trauriges Lachen aus. »Du und ich haben so viel gemeinsam erlebt, dass wir eine ganze Jahreszeitenspanne damit füllen könnten – und trotzdem sind wir noch nicht gerade sehr lange zusammen! Wir hätten über so vieles reden müssen, hatten aber zu wenig Zeit dazu.« In Wahrheit aber war Ik gar nicht erpicht darauf gewesen, über seine unangenehmen Erinnerungen zu sprechen.

»Was ist geschehen? Möchtest du es mir jetzt erzählen?«

Ik erinnerte sich an den Schmerz und schloss die Augen. Als er wieder das Wort ergriff, klang seine Stimme trocken und hohl. »Ich wurde allein zu einer Welt geschickt, auf der Krieg herrschte. Ich sollte Frieden stiften. Und habe versagt ... ich konnte es nicht alleine schaffen ...«

»Das ist schrecklich«, flüsterte Bandicut, nachdem er sich das Ende von Iks Geschichte angehört hatte. Er konnte sich vorstellen, dass Charlie ebenfalls tieftraurig sein musste, falls er zuhörte – nun, zumindest die früheren Charlies wären traurig gewesen.

Das Quarx hatte mehr als einmal vergebens versucht, einer Welt Frieden zu bringen und ihr Überleben zu sichern. Bandicut wusste nicht, was der augenblickliche Charlie dachte; das Quarx schwieg.

Als Ik verstummte, fragte Bandicut sanft: »Hast du dort *Freunde* gefunden?«

Ik wedelte mit der rechten Hand. »Ich hab's versucht. Aber am Ende konnte ich niemandem trauen und hatte auch keinen, der *mir* voll vertraute. Deshalb bin ich hinterher auf den Gedanken gekommen, dass ich Freunde bräuchte, Partner, Leute, mit denen ich zusammenarbeiten und denen ich mein Leben anvertrauen kann.«

Bandicut nickte langsam. Er selbst vertraute seinen Gefährten auf Leben und Tod. Sie hatten einander bereits mehrfach gerettet.

»Als ich Li-Jared kennen lernte und später dich, hatte ich das Gefühl, solche Leute gefunden zu haben. Und vielleicht – wer weiß das schon? – gehört Antares auch dazu.« Ik zögerte, dann lachte er zischend. »Aber ich war mir bei ihr nicht so sicher, dass ich es gleich ausprobieren wollte!«

Bandicut starrte ihn an und fasste es nicht, dass Ik darüber lachen konnte, doch schließlich brachte ihn die Absurdität ihrer Lage ebenfalls zum Lachen. Ik wurde zuerst wieder ernst; mit einem lauten Klatschen schlug er sich auf die Seite.

»Alles in Ordnung?«, fragte Bandicut. Er fand, dass der Hraachee'aner bekümmert aussah.

Ik sah sich um, augenscheinlich verwirrt. »Ich hab mich nur gefragt, hrrrm, was man hier als Toilette benutzen kann.«

Es dauerte eine Weile, bis sie die Antwort auf diese Frage herausfanden. Bandicut wollte die Suche schon vertagen und sich schlafen legen, als ein Neri-Schwimmer unter der Kuppel erschien. Er zog etwas hinter sich her. Der Neri strich mit der Hand über die Unterseite des Bodens, und ein dunkler Kreis erschien. Einen Moment später steckte er den Kopf hindurch, sah von Ik zu Bandicut und kletterte in die Kuppel. Er griff durch den Boden ins Wasser und zog zwei kistenähnliche Objekte an Leinen hoch: ein großes und ein kleines. Das kleinere stellte er beiseite, das große kippte er um. Wasser ergoss sich aus der Kiste und sickerte wie von Zauberhand durch die Bodenmembran der Habitatkuppel.

Staunend sah Bandicut zu und fragte sich, ob die menschliche Technologie je so etwas zu Stande bringen würde.

Der Neri klappte den Deckel der Kiste auf, und ein rundes Loch kam zum Vorschein. Er zeigte darauf, kreischte Ik und Bandicut etwas zu und setzte die Kiste dann auf dem Boden ab. Bandicut starrte zuerst die Kiste, dann denn Neri an. »Was zum Teufel soll das sein?«, fragte er. »Ein tragbares Klo?«

Der Neri antwortete ihm nicht, sondern machte eine Geste, indem er mit der Hand von unterhalb der Taille in die Kiste deutete. Offensichtlich hatte Bandicut völlig richtig getippt. Er blickte finster drein, musste aber zugeben, dass die Kiste immer noch besser war, als in den Ozean tauchen zu müssen, um sein Geschäft zu verrichten.

Der Neri machte sich an der anderen Kiste zu schaffen. Sie öffnete sich zischend; also war sie druckfest versiegelt gewesen. Er nahm mehrere kleine Objekte heraus, die in große Blätter verpackt waren. Er warf den Gefangenen einen kurzen Seitenblick zu, dann packte er die Objekte aus. Es schien sich um Früchte zu handeln: gelbe, durchscheinende, sichelförmige Halbmonde, die aussahen wie übergroße, wächserne Orangenstücke.

Bandicut spürte, wie sich seine Augen vor Hunger weiteten – und vor Unbehagen. Konnte er es wagen, diese Speisen zu essen?

Zum ersten Mal seit langem meldete sich das Quarx zu Wort.

///Was macht das schon?///

/Weißt du denn, was das ist?/

///Nö, aber was willst du sonst machen?
Verhungern?///

Bandicut blinzelte verwirrt. Er sah den Neri an und machte eine Geste, indem er die Hand zum Mund führte. »Essen? Nahrung?«, fragte er. Als der Neri ihn nur anstarrte, fügte er hinzu: »Wie heißt du?«

Der Neri stellte sich aufrechter hin, als bringe er endlich das nötige Selbstbewusstsein auf, mit den Fremden zu sprechen. Mit gurgelnd klingender Stimme sagte er: »Ich bin Hargel. Ich werde euch von jetzt an mit dem versorgen, was ihr braucht.«

»Hargel«, erwiderte Bandicut, »schön, dich kennen zu lernen. Wie lange werden wir hier noch festgehalten?«

Hargel rieb seine Daumen und Finger aneinander – anscheinend eine nervöse Geste. »Dieses ... Essen ... sollte eure Bedürfnisse befriedigen. Bitte sagt mir, falls ihr anderes Essen braucht.« Er reichte Bandicut und Ik je eine Frucht. Dann zog er rasch die Hände zurück, als fürchte er sich davor, die Gefangenen zu berühren.

Bandicut nahm die Frucht entgegen, in der Hoffnung, Hargel würde seine Frage beantworten. Aber der Neri wandte sich einfach nur ab. Dann, als sei ihm noch etwas eingefallen, holte er noch ein Objekt aus der kleineren Kiste. Es war eine nach außen gewölbte Scheibe, etwa so groß wie Bandicuts Hand; sie balancierte auf einem kleinen Sockel. Der Neri stellte sie ab, nahm einen kleinen Hammer aus dem Sockel und schlug damit auf die Scheibe. Der Klang eines Gongs erfüllte die Kuppel.

»Falls ihr Hilfe braucht«, erläuterte Hargel, »schlagt dies hier dreimal.«

»Werdet ... ihr ... das ... hören?«, fragte Ik. Er sprach schleppend, als ob seine Translatorsteine Schwierigkeiten mit der Neri-Sprache hatten.

»Wir werden es hören«, antwortete Hargel. Er bückte sich und berührte den Boden, dann sprang er mit einer flüssigen Bewegung kopfüber durch die Membran ins Wasser. Kein Platschen war zu hören – im Gegenteil: Er tauchte fast völlig lautlos ein.

Ik und Bandicut schauten einander an.

»Ich glaube, ich probiere die Frucht«, meinte Bandicut schließlich.

»Hrachh. Ich glaube, ich probiere das tragbare ...«

»Genau«, meinte Bandicut.

Die Frucht schmeckte wie eine Mischung aus Limone, Mango und einem dritten Aroma, das Bandicut nicht bestimmen konnte. Er knabberte an ihr, Ik den Rücken zugewandt, und blickte auf die Neri-Stadt hinaus. Endlich begann er sich zu entspannen und ließ die Aussicht auf sich wirken. Er sah Neri durchs Wasser schwimmen, die meisten von ihnen so weit entfernt, dass er sie gerade noch erkennen konnte. Er glaubte auch einige kleinere Gestalten zu sehen und fragte sich, ob das die Nachkommen der Neri sein mochten, ihre Frauen oder eine ganz andere Lebensform.

»Hrrrm«, machte Ik, der sich zu ihm gesellte. »Es funktioniert prima.«

Bandicut hob den Blick. »Freut mich, das zu hören. Willst du eine dieser Früchte probieren?«

Ik beäugte die Frucht, die Hargel ihm gegeben hatte.

»Sie schmecken ziemlich gut, und bis jetzt bin ich noch nicht tot umgefallen.«

»Hrachh. Das ist in der Tat ermutigend.« Ik nagte an der Frucht und biss dann rasch größere Stücke ab.

»Ik, glaubst du, wir sollten unsere Steine zusammentun und sie einen linguistischen Austausch machen lassen? Vielleicht kannst du dich dann ein bisschen leichter mit den Neri unterhalten.«

»Ja. Das ist eine gute Idee!« Er nahm noch einen Bissen von der Frucht. Er hatte sie schon fast aufgegessen.

»Du musst ganz schön hungrig gewesen sein.« Bandicut legte seine Frucht beiseite. Er würde sie später aufessen. Er hatte erst die halbe Frucht verspeist, war aber schon rundum satt.

Ik schluckte den letzten Bissen seiner Frucht herunter und setzte sich hin. Bandicut ging vor ihm in die Hocke und hob die Arme. Ik presste sich Bandicuts Handgelenke an die Schläfen. Die vier Steine pulsierten. Als sich Bandicuts Steine mit Iks verbanden und ihr Wissen übertrugen, spürte er ein inzwischen vertrautes Kribbeln in seinem Bewusstsein.

Eine Welle der Benommenheit überrollte Bandicut, und die Verbindung brach ab. Er schwankte, fühlte sich sehr schwer und sank zu Boden. Müdigkeit drohte ihn zu übermannen.

»John Bandicut, fühlst du dich gu ...?«

Bandicut winkte ab. Zum Antworten fehlte ihm die Kraft. Seine Steine kribbelten stark, ein Gefühl, als arbeiteten sie hart daran, die gerade erst empfangenen Informationen anzugleichen. Sie hatten an diesem Tag schon vieles leisten müssen und wollten ihm jetzt nicht auch noch erklären, womit sie beschäftigt waren. /Haben wir gerade eine Menge Hintergrundinformationen über Hraachee'a heruntergeladen?/

///Ja, Mann. Ik spricht jetzt flüssig Neri,
und du verstehst ab jetzt, wie Ik tickt.///

Bandicut zwinkerte verblüfft. /Wirklich?/

///Na, zumindest die Steine werden's tun.
Das reicht doch schon.///

Bandicut seufzte. Er wollte nichts lieber, als die Augen schließen und die ganze Angelegenheit eine Weile aus seinem Kopf verbannen.

»Hrachh«, murmelte Ik. »Wie sieht's bei dir aus – ich würde jetzt gern ein Meditationsschläfchen halten. Würde dich das stören?«

»Nur in meinen Träumen, Ik! Nur in meinen Träumen!«

Während Ik reglos dasaß, streckte Bandicut sich auf dem Boden der Kuppel aus. Der Boden gab ein wenig unter seinem Gewicht nach und erwies sich sogar als recht bequem. Es dauerte nicht lange, da war Bandicut eingeschlafen.

6
Innere Mächte

Ein grollendes Bellen von der anderen Seite des Raums riss Bandicut aus dem Schlaf. Bis ihm wieder eingefallen war, wo er sich befand, hatte sich das Bellen eher in ein lautes Stöhnen verwandelt. Dann begriff Bandicut, woher es kam: von Ik. Sogleich machte er sich Sorgen. »Ik, was ist los?«, rief er heiser und blickte durch die Finsternis zu seinem Freund. In der Kuppel schien es dunkler zu sein als zuvor; viele der Neri-Habitate leuchteten matter, spendeten weniger Licht.

Es dauerte einige Sekunden, ehe Ik sprechen konnte. Seine Worte waren nahezu unverständlich. »Schmerzen ... Klumpen ... Mitte ...«

Aber wo Worte versagten, griffen die Fähigkeiten der Translatorsteine voll und ganz: Anscheinend verstanden sie, was der Hraachee'aner sagen wollte. Sie gaben Bandicut zu verstehen, dass Ik unter schrecklichen ... *Kairenkroff*-Schmerzen litt. Magenschmerzen.

Ist er krank?, dachte Bandicut. *Hat er eine Lebensmittelvergiftung*?

Bandicut spürte, wie sich sein eigener Magen vor Sorge verkrampfte. Er horchte kurz in sich hinein, um zu überprüfen, ob er selbst ebenfalls irgendwelche Krankheitssymptome aufwies. Soweit er es beurteilen konnte, fühlte er sich gut. Aber Ik hatte mehr gegessen als er – und schneller.

Das Quarx rührte sich in seinem Geist.

///Woran liegt's? An der Frucht?///

/Das weiß ich nicht. Eigentlich sind wir doch normalisiert worden. Also sollten wir die hiesige Nahrung ohne weiteres vertragen./

///Vielleicht ist bei seiner Normalisation
was schief gelaufen.///

Bandicut ging dicht vor Ik in die Hocke. »Liegt es an dem Essen? Hast du eine Magenverstimmung?«

Iks Augen flackerten, doch war ihr inneres Licht so matt wie das von fast verglühten Kohlestücken. »Hrrrrr, ja«, brachte er schließlich über die Lippen. Er hielt sich mit beiden Händen genau die Stelle, wo beim Menschen das Zwerchfell sitzt.

/Was können wir tun? Wenn ich solche Schmerzen hätte, würde ich dich bitten, mich zu heilen./

///Wenn ich davon Ahnung hätte, meinst du wohl.///

Die Bemerkung ließ Bandicut kurz zögern. /Wenn deine Vorgänger mich heilen konnten, solltest du auch dazu in der Lage sein./

///Kann schon sein. Aber das waren die.
Ich bin ich.///

Bandicut sah Ik an, erschüttert über den gleichgültig klingenden Tonfall des Quarx. /Tja – falls es dir keine allzu großen Umstände macht: Würdest du bitte versuchen, alles zu lernen, was die anderen Charlies auch gelernt haben? Das könnte den Unterschied zwischen Leben und Tod bedeuten – jetzt für Ik und vielleicht später für uns./

///Schon gut, ich frag dann mal die Steine.///

Bandicut wartete und berührte Ik am Arm. Der Hraachee'aner zitterte heftig. /Was sagen sie?/, fragte er ungeduldig.

Ehe Charlie antworten konnte, riss ihn etwas anderes aus den Gedanken – ein Schatten, der sich unter der Kuppel bewegte. Der Membrankreis erschien im Boden, und ein Neri steckte den Kopf hindurch. In der

Dunkelheit konnte Bandicut nicht erkennen, welcher Neri es war. Dann zog sich der Neri ins Habitat, und Bandicut sah das Flackern in der Kopfseite des Meereswesens. »Störe ich eure Ruhepause?«

»L'Kell! Nein, aber meinem Freund Ik geht's nicht gut.«

»*Valll?*« L'Kell drehte sich um und musterte den Hraachee'aner. »Warum hast du nicht den Gong benutzt?«

»Ich bin gerade erst aufgewacht und habe ihn so vorgefunden. Ich glaube, es liegt am Essen. Ich weiß nicht genau, was damit nicht stimmt, vermute aber, er verträgt es nicht.« Bandicut wandte sich um und sah seinen Freund mit zusammengekniffenen Augen an. Er hatte den Eindruck, dass Ik ein wenig schlechter aussah als noch einen Moment zuvor; im trüben Licht wirkte seine Haut grauer.

L'Kell murmelte verwirrt: »Wenn ihr wirklich von einer anderen Welt kommt, müsstet ihr dann nicht auch Mittel und Wege haben, solche Schwierigkeiten zu bewältigen?«

Bandicut wusste nicht, wie er es dem Neri erklären sollte. Er verstand es ja selbst nicht; alles, was er über die Normalisation wusste, war, dass sie funktionierte. Normalerweise.

Das Sprechen fiel Ik schwer. »Etwas ... an eurer Welt ... oder mir ... hat das Transformationsfeld gestört.« Er atmete keuchend durch die Ohren aus und zuckte zusammen, wobei er sich den Unterleib hielt.

Bandicut blickte frustriert und ängstlich drein./ Charlie? Hast du irgendwas gefunden?/

///Tja, die Steine sagen,
sie haben jede Menge über ihn gelernt.
Aber
hraachee'anische Physiologie war nicht ihr Ding.///

/Können sie denn nicht mit Iks Steinen sprechen, verdammt noch mal?/

Bandicut spürte, wie Charlie sich wieder entfernte. Nach einigen Augenblicken kehrte das Quarx zurück.

///Du musst Iks Steine berühren.///

Langsam stieß Bandicut den Atem aus. »Ik, meine Steine können dir vielleicht irgendwie helfen. Oder das Quarx.« Als Bandicut das Quarx erwähnte, regte L'Kell sich neugierig. Doch Bandicut befand, dass es momentan keinen Sinn hatte, ihm zu erklären, was es mit dem Quarx auf sich hatte. »Die Steine müssen sich wieder miteinander verbinden, um einige Dinge auszutauschen. Hast du was dagegen?«

Ik keuchte: »Rate mal, John Bandicut.«

Bandicut rang sich ein Lächeln ab, dann presste er Ik die Handgelenke an die Schläfen.

Die Verbindung wurde nach wenigen Sekunden wieder unterbrochen. Von Charlie. Bandicut wusste, dass die Steine in dieser Zeit Informationen ausgetauscht hatten – Informationen, die für sie hilfreich waren ... und für Charlie ausgesprochen unangenehm. /Was ist?/, fragte er und hockte sich auf seine Fersen.

///Was wohl?
Jetzt haben wir die Infos, die wir brauchen.
Da willst du doch sicher, dass ich mich drum kümmere.
Stimmt's?///

/Tja .../

///Klar willst du das.
Die Steine können Kraftfelder und so
nette Dinge manipulieren,
aber sie haben keine Erfahrung mit niederen
biologischen Funktionen.

Deshalb heilen Iks Steine ihn auch nicht.
Da hast du aber verdammtes Schwein, was?///

Bandicut blinzelte und wünschte, er könnte besser im Dunkeln sehen. L'Kell beobachtete ihn. Ik hatte große Schmerzen – zu große.

///Schwein, dass es mich gibt.
Ich kann das Nervensystem
und all den Scheiß beeinflussen,
solange die Steine über das nötige Grundwissen
verfügen.///

Bandicut versuchte, seinen Ärger zu unterdrücken. *Nervensystem und all den Scheiß.* /Ich bin froh, dass du dazu bereit bist/, entgegnete er.

///Holla, von bereit hab ich nix gesagt, gar nix!
Ich krieg schon bei der bloßen Vorstellung das Kotzen!///

Bandicut schloss die Augen. /Und? Was hast du jetzt vor?/

///Also ...
Ich kann's dir wohl kaum abschlagen, aber ...///

/Aber was?/

///Ach nichts.
Ich glaub, wir sollten's
einfach erledigen und abhaken.///

Bandicut zögerte. Wenn Charlie Abscheu davor empfand, eine intime Verbindung zu einer anderen Lebensform herzustellen – obwohl er bereits in einem Menschen, einem Fremdwesen, war ...

///Hör zu, wir bringen es schnell hinter uns, okay?///

Bandicut nickte und sagte zu Ik: »Charlie glaubt, er kann dir helfen. Wenn du es versuchen willst.« Ik schnippte mit den Fingern – was bei einem Hraachee'aner wohl so viel bedeutete wie ein hilfloses Achselzucken bei einem Menschen. »In Ordnung.« Bandicut schaute flüchtig zu L'Kell. »Das könnte eine Weile dauern. Ich weiß nicht, ob es funktionieren wird.«

Der Neri sagte nichts, kauerte sich hin und schaute zu.

Vorsichtig berührte Bandicut Iks Schläfen mit den Fingerspitzen. Die Rundungen von Iks Kopf fühlten sich knochig und glatt an – wie Elfenbein. Bandicut spürte ein Prickeln und einen sanften Ansturm …

… und dann einen plötzlichen Anflug von Übelkeit …

Pulsierendes Blut, rauschende Flüssigkeiten, gurgelnde Luftblasen und wirbelnde Substanzen. Der Gestank von rege ablaufenden chemischen Reaktionen war überwältigend …

Irgendwie kam er voran, ohne sich tatsächlich zu bewegen. Er musste sich einen Weg durch ein weites, gewundenes System von Nervenbahnen suchen, um die Stellen zu finden, an denen er hätte den Hebel ansetzen können: den Eingriff, der das System verändern würde. Er fühlte sich, als verletze er Iks Privatsphäre; eigentlich wusste er nicht recht, was er hier tat. Geleitet von dem unsichtbaren Einfluss der Steine, drangen er/Charlie tief in das System ein, wo zuckende Neuronen die Ausschüttung gewaltiger, zersetzender chemischer Substanzen auslösten. Und dort fanden sie einen Punkt, eine Klippe, von wo aus sie einen Überblick über das hatten, was vor sich ging; und hier klammerten sie sich hartnäckig fest, als aus dem Meer sich bindender Ionen Schmerzwellen emporwogten und sie überrollten wie die Brandung eines ruhelosen Ozeans. Und die Brandung schien stärker zu werden, drohte sie zu verschlingen, drohte ihren Wirt, Ik, zu verschlingen und ihn für immer zu ertränken.

Bandicut/Charlie harrten äußerst verwirrt aus, lauschten den Botschaften wortloser Stimmen, die entlang der umliegenden Bahnen auf und ab rasten. Irgendwo in Iks Innerem horchten sie und werteten die Informationen aus, die sie bekamen, suchten die verborgenen Ursachen für den tobenden Mahlstrom, suchten nach Lösungen, wogen Risiken gegen möglichen Nutzen ab. Schließlich, ohne bewusste Gedanken, ohne zu verstehen, streckten sie beide Hände aus – wie ein Zauberer in einem alten Märchen, der seinen Stab zur Beschwörung hebt. Feuer blitzte von Bandicuts Händen, flackerte und erglühte zu zwei beständigen Lichtstrahlen, die über das unruhige Meer unter ihm strichen. Es war das Meer aus Iks Neurotransmittern, das Meer aus tosenden, körpereigenen Substanzen, aus Impulsen, die bestimmten, wie Iks Körper auf seine Umgebung reagierte. Die Lichtstrahlen trugen Informationen und Anweisungen ins Meer hinab, und das Meer veränderte sich, ganz langsam. Bandicut spürte die Veränderung in der Luft: Die salzige Brise verlor ihren bittren, metallischen Geruch und wurde süßer und aromatischer. Allmählich beruhigte sich das Meer.

Er wusste, dass alles, was er hier sah, nicht die Realität, sondern eine Metapher war, eine Interpretation; doch das machte es nicht weniger wirklich. Er und das Quarx nahmen Veränderungen an Iks Verdauungssystem vor – programmierten es um, nahmen eine präzise Feinabstimmung an Prozessen vor, in die sich bei der Normalisation leichte Fehler eingeschlichen hatten. Bandicut verstand den Eingriff gut genug, um zu wissen, dass er dankbar sein durfte – dankbar, dass sie nur geringfügige Änderungen vornehmen mussten. Und selbst wenn er den Eingriff nicht verstanden hätte: Seine Steine – und Iks – begriffen den Prozess nach und nach. Trotzdem arbeiteten sie eine lange Zeit, flochten ihre Änderungen ein, brachten Iks Verdauungssystem dazu, sich selbst zu korrigieren. Und dann sahen er, Charlie und die Steine zu, wie das Meer von innen heraus zu leuchten begann und sich in einen sanft wogenden, klaren See verwandelte.

Dann empfand Bandicut wieder Übelkeit und war orientierungslos; er verlor den Halt . . . und spürte, wie er wieder in seinen eigenen Körper zurückwirbelte.

Auf dem Boden sitzend, lehnte er sich ruckartig zurück und rang um Atem.

»Hrrraachhh«, keuchte Ik, der rasselnd nach Luft schnappte. »Was hast du gemacht? Ich fühle mich – mir geht es viel . . .«

Charlie schnaufte:

///Du brauchst dich nicht bei mir zu bedanken,
aber glaub ja nicht, ich mach das noch mal!///

Bandicut schöpfte erst einmal völlig erschöpft Atem und versuchte seine Gedanken zu ordnen. Er blinzelte und rang sich ein Lächeln ab. Ik saß aufrecht da, hielt sich den Unterleib und murmelte verwundert vor sich hin. »John Bandicut – ich bin . . .«

»Hat's funktioniert? Geht es dir besser?«, flüsterte Bandicut.

»Du hast es geschafft!«, staunte der Hraachee'aner. »Meine Schmerzen sind fast weg.«

Neben ihm erhob sich L'Kell und drehte sich um. »Also habt ihr die Macht zu heilen! Warum hast du gesagt . . .?«

Aber Bandicut hörte die restlichen Worte L'Kells nicht mehr, denn plötzlich überwältigte ihn die Müdigkeit, und er fiel in eine tiefe Ohnmacht.

»Ich glaube nicht, dass wir das irgendwie herausfinden können.«

»Dann müssen wir mit ihm reden, wenn er aufwacht.«

Iks und L'Kells Stimmen weckten Bandicut wieder aus der Besinnungslosigkeit. Er öffnete die Augen, beeindruckt von Iks Ruhe. Er richtete sich auf.

»John Bandicut!«, rief Ik. »Geht es dir gut?«

Bandicut ächzte, als er sich daran erinnerte, was er gerade durchgemacht hatte.

///Vergiss das ja nicht///,

flüsterte Charlie bedrohlich, tief in seinem Inneren.

///Und mach dir klar, warum
du dir abschminken kannst,
dass ich das noch mal tue!///

Bandicut versuchte, das Quarx zu verstehen. Warum war es so entschieden gegen solch heilende Eingriffe? Charlie hatte ihm geholfen, Ik zu retten, vermutlich vor einer tödlichen Vergiftung. Alles, was Bandicut vom Quarx empfing, war ein Strudel aus unidentifizierbaren Gefühlen, die wie eine Mischung aus Abscheu und ... Unwürdigkeit wirkten. Was zum Teufel sollte das? Wieso sollte sich Charlie *unwürdig* fühlen?

»John Bandicut. Habe ich eben dich oder dein Quarx in mir gespürt?« Ik deutete vage mit der Hand auf seinen Unterleib.

Mit heiserer Stimme antwortete Bandicut: »Das weiß ich nicht genau, um ehrlich zu sein. Charlie war da, mit den Steinen. Aber ich war auch in dir.« Er versuchte sich zu erinnern: Während er den Schmerz seines Freundes geteilt und sich dadurch viel besser als je zuvor in ihn hatte einfühlen können, hatte das Quarx eher angewidert reagiert.

Ik seufzte durch die Ohren. »Jedenfalls danke ich dir. Aber was hast du gemacht?«

Bandicut öffnete den Mund, wusste aber nicht, was

er antworten sollte. Schließlich murmelte er: »Tja, wir … haben deine Körperchemie wieder korrigiert. Irgendwie.«

»Wird das allmählich so etwas wie dein Spezialgebiet?«, fragte Ik, und Bandicut hörte, dass er leise kicherte. »Ich wusste nicht, dass du das ebenso gut bei Lebewesen wie bei Maschinen anwenden kannst.«

»Das wusste ich auch nicht«, gestand Bandicut.

L'Kell krächzte. Bandicut wusste genau, was der Neri dachte. »Du willst wissen, ob wir das Gleiche für deine Leute tun können.«

»Du hast uns gesagt, dass du das nicht kannst«, erwiderte L'Kell. »Ich habe dir geglaubt!«

»Ich war auch davon überzeugt, dass ich's nicht kann. Aber jetzt – bin ich mir nicht mehr so sicher. Du musst wissen, ich mache das nicht alleine. Mir hilft ein …«

»Ich weiß, dass du noch jemanden in dir hast«, kam L'Kell ihm zuvor. »Ik hat es mir erklärt, während du dich ausgeruht hast.«

»Aha. Dann weißt du ja Bescheid über meinen … Begleiter.« Beinahe hätte er »Freund« gesagt, doch das Wort blieb ihm im Halse stecken. Er war sich nicht sicher, ob die neueste Charlie-Version wirklich sein Freund war.

///Was dich betrifft, geht's mir nicht anders – Kumpel.///

Unvermittelt schämte Bandicut sich. Doch das änderte nichts an den Tatsachen. Dieser Charlie war so düster, so launisch. Traute er Charlie-Vier ebenso sehr, wie er den anderen vertraut hatte? Er war sich nicht sicher.

*///Ich hab deinem Freund den Arsch gerettet,
oder etwa nicht?///*

/Ja. Und dafür bin ich dir dankbar/, murmelte er

und meinte es aufrichtig, auch wenn er sich wünschte, einige Gedanken für sich behalten zu können.

»John Bandicut, meine Leute sterben.«

Bandicut zuckte zusammen und öffnete flatternd die Augen.

L'Kell beugte sich vor und sagte langsam und betont: »Du musst mich verstehen. Ich weiß, du bist müde und bist dir über deine Fähigkeiten vielleicht nicht im Klaren. Aber du hast bewiesen, dass du andere heilen kannst.« Die Augen des Neri schienen größer zu werden. »Leute, die keine Menschen sind.«

»Ja, aber das habe ich nicht ...«

»Nicht alleine gemacht.«

»Aber auch nicht nur das Quarx. Ich glaube nicht, dass ich Ik hätte heilen können, wenn mir *seine* Steine nicht dabei geholfen hätten!« Bandicut deutete mit dem Kopf auf seinen Freund.

»Meine Leute sterben«, wiederholte L'Kell. »Wenn du nicht wenigstens *versuchen* willst, deine Heilerfähigkeit anzuwenden, wird mein Volk – und Askelanda – das so auslegen, als ob ...«

Bandicut seufzte. »Sie werden uns als Feinde betrachten. Richtig?«

»Richtig.«

Bandicut schloss die Augen. /Charlie? Hast du das gehört?/ Das Quarx gab ihm keine Antwort. »Ich bin sehr müde«, murmelte er schließlich; er wusste nicht, was er sonst sagen sollte. »Ich weiß, dass ich nichts mehr ausrichten kann, wenn ich mich nicht ausruhe.«

L'Kell nickte langsam. »Wenn du dich ausruhen musst, dann tu das! Aber wir können nicht lange auf deine Antwort warten.«

Wie um L'Kells Worte zu unterstreichen, ließ ein tiefes Grollen die Wände und den Boden des Habitats vibrieren. Sah Bandicut da einen blassen Lichtschimmer in der Ferne? Er rieb sich die Augen. Jetzt war das Licht verschwunden – falls es überhaupt da gewesen war. Als er wieder zu L'Kell schaute, sah er, dass der Neri besorgt in die tiefe, dunkle Ozeannacht blickte.

7
Die Obliq

Sie hatten lange in der Dunkelheit gesessen, ins Meer geschaut und gewartet. Plötzlich regte sich Antares. »Ich spüre, dass jemand kommt.«

»Von wo? Sind sie uns feindlich gesinnt?«, fragte Li-Jared, der eine Armeslänge von ihr entfernt saß.

»Sie sind ...«, Antares stockte und konzentrierte sich, »... entschlossen, glaube ich. Und unsicher.«

»Verwirrt? Das könnten wir uns vielleicht zu Nutze machen!«

»Nein, nicht richtig verwirrt. Eher *vorsichtig.*« Sie starrte ihren karellianischen Gefährten an und spürte, wie Furcht ihn in Wellen übermannte. Armer Li-Jared: Er stand unter Wasser große Ängste aus, und kein vernünftiges Argument konnte ihm diese tief gehende, instinktive Furcht nehmen.

Der Karellianer rieb nervös die Fingerspitzen aneinander und gab schließlich ein klickendes Geräusch von sich. »Können wir ihnen erklären, warum wir hier sind? Irgendwie mit ihnen kommunizieren? Was ist mit deinen telepathischen Fähigkeiten?«

Antares strich sich das Haar aus dem Gesicht. »Ich kann nur Gefühle wahrnehmen, keine Gedanken. Und ich habe noch nie versucht, meine Gedanken einem Nicht-Thespi zu übermitteln.« Sie hielt die Gedankenübertragung an Fremdwesen für riskant, für äußerst gefährlich – nicht zuletzt deswegen, weil sie dabei anderen ihre eigenen Gefühle offenbaren würde – vielleicht die falsche Emotion zum falschen Zeitpunkt. Auf ihrer Heimatwelt hatte sie die Aufgabe gehabt, den

Austausch zwischen anderen Thespi zu erleichtern und ihre eigenen Gefühle für sich zu behalten.

»Vielleicht«, fuhr Li-Jared fort, »ist jetzt der Zeitpunkt gekommen, es zu versuchen.«

Antares antwortete ihm nicht.

Ein Licht näherte sich – vielleicht ein Fahrzeug oder ein Meereswesen, das eine Lampe trug. Nicht weit von ihnen entfernt glitt es im Wasser. Antares glaubte, eine schattenhafte Bewegung in der Dunkelheit zu sehen. Trotz dieser Vorwarnung erschreckte sie sich, als sich im Boden ein dunkler Kreis bildete und ein schwarzes, insektenäugiges Gesicht durchs wallende Wasser zu ihr hochsah. Antares sah, wie Li-Jared zurückwich, und unterdrückte den Drang, es ihm nachzutun. Dann konzentrierte sie sich – und erspürte Furcht, aber keine Feindseligkeit.

Das tropfnasse Wesen kletterte ins Habitat. Die Kreisöffnung im Boden verschwand wieder. »*Rakkagrrrriii*«, sagte es.

Antares hörte genau hin. Die Wissenssteine kribbelten an ihrer Kehle. Bislang hatten sie die Worte des fremden Wesens weder übersetzt noch auf andere Weise übertragen. Bestimmt war eine Übersetzung irgendwie möglich; und tatsächlich: Allmählich entstand ein Bild in ihrem Verstand, das ihr verriet, wie sie mit dem Wesen kommunizieren konnte. Der Gedanke war erschreckend – nicht gerade etwas, das man leichtfertig riskieren sollte.

Das Meereswesen musterte sie. »*Frikkatagaasss.*«

Es schien daran interessiert zu sein, sich mit ihr zu unterhalten. »Kannst du mich hören?«, fragte sie und deutete mit dem Finger auf ihr Ohr.

Das Wesen erstarrte, dann neigte es den Kopf zur Seite.

»Kannst du …«, sie öffnete langsam ihre Hand,

»... fühlen, was ich fühle?« *Ich habe keinen Grund, mich vor dem Wesen zu fürchten oder es nicht zu mögen,* sagte sie sich. Sie wollte ihm ein Gefühl des ... nein, nicht direkt ein Gefühl des Vertrauens übermitteln, denn dazu war es noch zu früh, sondern eher ein Gefühl der Zuversicht. Und Neugier. Die Wesen interessierten sich für sie, und vielleicht half es ja, wenn sie ihnen klar machte, dass sie sich selbst ebenfalls für sie interessierte.

Das Meereswesen änderte seine Haltung, schien sich sichtlich zu entspannen. Neben Antares bibberte Li-Jared innerlich und versuchte, sich mit dem Gedanken zu beruhigen, dass er bislang noch in Sicherheit war. *Seltsam,* dachte sie. *Li-Jared ist vermutlich eines der klügsten Wesen, denen ich je begegnet bin – aber auch eines der reizbarsten.* Sie sandte ihm einen stummen Hauch der Beruhigung zu.

Dann richtete sie ihre Aufmerksamkeit wieder auf das Meereswesen und dachte langsam und konzentriert: *Habt ihr einen Anführer, mit dem ich vertraulich reden kann?* Sie hielt den Gedanken aufrecht – nicht weil sie erwartete, dass das Wesen die Worte verstehen würde, sondern in der Hoffnung, dass etwas von der Aussage, von ihrem Wunsch zu kommunizieren, zu ihm durchdringen würde.

»*Hyahh*«, machte das Wesen und deutete auf sich selbst. »*Haleekah.*«

Was bedeutete das? Bot es sich selbst als Gesprächspartner an? Jetzt musste Antares behutsam vorgehen. Es war durchaus möglich, dass dieses Geschöpf vertrauenswürdig war. Aber sie spürte, dass es bei den Meereswesen eine Machthierarchie gab, und musste ihre Ziele höher stecken. »Ich muss«, erklärte sie bedächtig, »mit jemandem von *hohem Rang* sprechen.« Sie verschränkte die Arme vor der Brust, dann breitete sie sie wieder aus: eine Geste der Verehrung.

»*Hach-raam?*«

Sie wiederholte ihre Worte, wobei sie mit den Fingerspitzen zunächst auf sich deutete, dann von sich weg.

Das Meereswesen berührte mit beiden Händen seine Seiten, wies sodann auf die Stelle im Boden, durch die es ins Habitat geklettert war, und deutete dann ausholend und mit aneinander gelegten Händen in den Ozean. »*Corri-kaola?*«

Antares neigte betont den Kopf.

Das Meereswesen berührte den Boden. Als ein Kreis aus Wasser erschien, glitt es hinein und verschwand.

»Hat das, was gerade passiert ist, etwas Gutes zu bedeuten?«, fragte Li-Jared, der immer noch neben ihr hockte.

»Das weiß ich nicht so recht«, gestand Antares. »Wir müssen abwarten, nehme ich an.« Sie musterte ihren Mitreisenden. Es war noch zu früh, ihn schon als Freund zu bezeichnen; sie kannte ihn erst wenige Tage, auch wenn sie in dieser Zeit bereits viele Lichtjahre gemeinsam gereist waren. Doch sie mochte den Karellianer und hoffte, dass sie sich auf ihn verlassen konnte.

Schweigend saßen sie beieinander, bis sich draußen wieder etwas bewegte. Als sich das Licht erneut näherte, konnte man ein kleines Tauchboot erkennen. Es glitt unter das kleine Habitat und kam, eine Wolke aus Luftblasen ausstoßend, bebend zum Stillstand. Als sich der Boden öffnete, war kein Wasser zu sehen, sondern ein mit Luft gefüllter Schacht. Antares sah Li-Jared in die hellen Augen und spürte seine Ungeduld und Sorge.

Das gleiche Meereswesen wie zuvor kletterte ins

Habitat. »*Squeee-quaa*«, sagte es und zeigte mit flinken Handbewegungen auf das Tauchboot unter sich.

»Möchtest du eine kleine Tauchfahrt unternehmen?«, fragte Antares Li-Jared.

Der Karellianer rieb die Daumen und Finger aneinander und trat dicht an die Luke. »Ich muss erst hineinsehen«, brummte er.

»Du musst nicht erst hineinse...«, setzte Antares an und begriff dann, dass Li-Jared seine Angst überwinden musste. »Gut. Tu das bitte!«

Der Karellianer sprang in die Öffnung und verschwand außer Sicht. Kurz darauf rief er hoch: »Das hier ist geräumiger als das letzte. Komm ruhig runter!«

Sie folgte ihm rasch. Das Wesen, das offensichtlich vorhatte, Antares und Li-Jared den Wunsch nach mehr Kommunikation an einem anderen Ort zu erfüllen, schloss das Luk des Einstiegsschachtes und nahm seinen Platz an der Schalttafel ein. Das Tauchboot sank vom Habitat fort und glitt dann durch die Unterwassersiedlung. Langsam, aber stetig stieg es in die oberen Ebenen der Stadt hinauf.

Sie hatten das Gefühl, alles und nichts zu sehen: Grünliche Lichter leuchteten in der Ferne, offenbarten Umrisse, die Antares nicht so recht zuzuordnen vermochte. Sie sah dunkle Meereswesen durch die Fluten schwimmen, vereinzelt und in Gruppen, und kleine Blitze, vermutlich Fische oder ähnliche Tiere, die dem Tauchboot auswichen und an ihm vorbeischossen. Im einen Moment war der steil abfallende, düstere Grund deutlich vor ihnen zu sehen; im nächsten hatten sie bereits gewendet, stiegen zwischen leuchtenden Habitatkuppeln empor, in denen schattenhafte Wesen sich bewegten.

Antares war noch nie unter Wasser gewesen. Sie verspürte keine tief sitzende Angst davor wie Li-Jared; trotzdem fand sie es verwirrend und geheimnisvoll, und wäre sie nicht von einem Rumpf aus Metall umgeben gewesen, hätten einige der langen, silbrigen Geschöpfe, die durchs Wasser schwammen, sie sicher beunruhigt. Wo waren Ik und Bandicut? Wo waren die beiden Norgs, Bandicuts Roboter? Und wo war die Sternenkoppler-Sphäre, ihre vermutlich einzige Hoffnung darauf – wenn es überhaupt noch Hoffnung gab – diese Welt je wieder zu verlassen?

»Da oben«, sagte Li-Jared und deutete in die Richtung, in der offenbar ihr Ziel lag.

Eine große Habitatkuppel tauchte im trüben Wasser auf. Die Kuppel war flacher als die meisten anderen, die sie bis jetzt gesehen hatten; sie war geformt wie ein breiter Baumpilz, unten flach, mit herabhängenden Außenrändern und einer welligen Oberfläche. Das Habitat war wesentlich breiter als hoch, aber immer noch so groß, dass es Platz für mehrere übereinander liegende Wohnebenen bieten musste. Die Kuppel schimmerte schwach und war durchsichtig.

Antares spürte, dass das Meereswesen, welches das Tauchboot steuerte, immer ungeduldiger wurde – als könne es kaum erwarten, was gleich geschehen würde –, doch empfand es nicht nur Ungeduld, sondern auch Unsicherheit. Er (Antares war sich fast sicher, dass das Meereswesen männlich war) brachte sie zu jemand Bestimmten und befürchtete zugleich, dass er damit womöglich einen Fehler beging. Sie dockten unter dem Habitat an und kletterten durch die Luftschleuse im Ausstiegsturm nach oben. Sie kamen in einem kleinen Raum heraus, wo eine Gruppe Meereswesen sie schon erwartete. Drei von ihnen waren größer und schlanker als die anderen und hatten einen dunkelgrünen Teint. Diese drei wirkten auf Grund ihrer Kleidung und Bewegungen irgendwie würdevoller als die anderen; Antares war sich sicher, dass es sich um weibliche Meereswesen handelte – Meerfrauen.

»*Olla compollay?*«, fragte schließlich die Meerfrau, die am nächsten zu ihr stand. Antares spürte schwach die Neugier der drei – eine vorsichtige Mischung aus Furcht und gastfreundschaftlichen Gefühlen. Sie fühlte sich zu ihnen hingezogen, vielleicht, weil ihre Gefühle nicht so schroff waren wie bei den anderen.

»Ja«, antwortete sie; Antares bezog sich nicht auf die Worte der Wesen, sondern auf die Emotionen, die sie von ihnen empfing. Sie deutete mit der Hand auf Li-Jared und machte eine einschließende Geste, in der Hoffnung, die Meerfrauen würden verstehen, dass sie und der Karellianer zusammengehörten. Li-Jared bongte leise – ein Laut, den Antares als Gruß interpretierte.

Die Meereswesen unterhielten sich schnatternd, dann führten sie die Neuankömmlinge ins Habitat, durch mehrere kleinere Kammern und einen größeren, weniger spartanisch ausgestatteten großen Raum, bei dem es sich um einen Versammlungssaal zu handeln schien. Mehrere Meerfrauen waren anwesend, einige von ihnen beschäftigten sich in den Ecken des Saals mit viel kleineren (jugendlichen?) Meereswesen. Antares blieb stehen und sah ihnen neugierig zu; fiel die Aufgabe, den Nachwuchs zu erziehen, in dieser Kultur womöglich vorrangig den Frauen zu? Nirgends waren männliche Wesen zu sehen – abgesehen von den wenigen, die die drei anscheinend hierarchisch herausgehobenen Meerfrauen eskortierten.

Der Boden des Saals wogte langsam auf und ab, wie die Oberfläche eines ruhigen Meeres. Die jungen

Meereswesen hüpften und schaukelten auf dem Boden, was ihnen augenscheinlich große Freude bereitete. Befand sich vielleicht direkt unter ihren Füßen der Ozean? Tatsächlich; Antares' Füße sanken leicht in das elastische Bodenmaterial ein, welches das Meer draußen hielt. Sie merkte, dass Li-Jared sich auf dem wogenden Boden unwohl fühlte. Sie selbst hingegen empfand die Bewegung als angenehm, beinahe schon als erquicklich.

Eine weitere Meerfrau kam zu ihnen und sprach mit ihrer Eskorte; sie schienen etwas zu beschließen. »*Kaylay, kaylay*«, meinte eines der männlichen Wesen und trieb Antares und Li-Jared zum Weitergehen an.

Man führte sie in einen Durchgang, der nichts anderes war als eine durchsichtige Röhre im Ozean. Im künstlichen Licht, das von draußen hereinfiel, sahen sie gelegentlich Tiere mit Flossen vorbeigeleiten, und einmal eine langes Geschöpf, das sich nach dem Rückstoßprinzip fortbewegte, indem es einen Wasserstrahl ausstieß. Am Ende der Röhre traten sie durch eine Membran, die fest und zugleich doch wieder nicht fest war. Sie gelangten in einen Raum, der sich völlig von den Räumen unterschied, die sie bislang gesehen hatten. Die Wände waren undurchsichtig und zur Hälfte mit dunklen Vorhängen verhangen, die offenbar aus verwebten Fasern bestanden. Vielleicht handelte es sich um eine Art Meditationsraum. Oder um eine Kultstätte. Antares sah sich um und erkannte, dass der größte Teil ihrer Eskorte draußen geblieben war; nur zwei Meerfrauen standen hinter ihr und Li-Jared. Sie schienen auf etwas zu warten.

»*Ah-ko-bahh*«, erklang eine Stimme hinter einem der weiter entfernten Vorhänge.

Antares wartete darauf, dass ihre Begleiterinnen antworten würden, doch als nichts dergleichen geschah, antwortete sie selbst. »Hallo?«, rief sie. »Ich heiße Antares. Mein Gefährte heißt Li-Jared. Können wir uns unterhalten?«

Eine Gestalt trat durch die Vorhänge. Eindeutig war es eine Meerfrau – und doch unterschied sie sich von den anderen. Man konnte ihr das hohe Alter ansehen, aber es war weniger das *körperliche* Alter: Vielmehr verströmte sie eine Aura großer Lebenserfahrung. Eine Aura des Wissens. »*Ach-ko-lachh-bach*«, sagte sie und trat weiter ins Licht. Sie trug eine Art Schultertuch, gefertigt aus einem Geflecht weichen, getrockneten Seetangs und Fäden aus Kupfer oder Gold. Es war, als leuchte ihr Gesicht schwach von innen heraus – vielleicht war das aber auch nur eine optische Täuschung und lag in Wirklichkeit an der Raumbeleuchtung. Ihre Augen waren größer als die ihrer Artgenossen und bewegten sich langsam, kaum merklich, während sie die Besucher musterte.

Antares spürte schließlich genau das, worauf sie gehofft hatte: dass sie es mit einer Art Anführerin zu tun hatte. Außerdem spürte sie noch etwas – ein seltsames Jucken an ihrer Kehle. Sie unterdrückte das Bedürfnis, sich an der betreffenden Stelle zu kratzen, die Stelle, wo ihre Wissenssteine saßen, doch das weibliche Meereswesen hatte Antares' Steine bereits erblickt. Leuchteten sie etwa? Antares wünschte, sie hätte einen Spiegel zur Hand. /Was ist los?/, fragte sie stumm die Steine.

Die Steine antworteten ihr nicht sofort, aber der Juckreiz an ihrem Hals wurde stärker. Zweifellos verursachten die Wissenssteine das Jucken, das sich nun schnell veränderte, zu einem Brennen wurde.

Bitte bleib still stehen.

Das Drängen der Steine war wie ein Druck, der auf Antares' Körper lastete. Die Wissenssteine bereiteten sich darauf vor, eine Verbindung herzustellen. Sie wusste zwar nicht genau, wie sie das taten, doch war ihr klar, dass sie sich nicht einmischen durfte. Als die Steine schließlich so weit waren, traf es sie trotz der Vorahnung völlig unvorbereitet.

Der Blitz schien von irgendwo hinter ihr zu kommen. Sie spürte, wie Funken aus ihrem Hals schossen ... einen Moment lang flackerte ihr Bewusstsein – nicht etwa, dass ihr schwindelig wurde, vielmehr fühlte es sich so an, als dehne sich ihr Bewusstsein in Zeit und Raum aus. Das Gefühl hielt nur einen kurzen Moment vor, und dann blinzelte Antares und sah die alte Meerfrau zurückwanken, mit aufgerissenen Augen, die Hände mit den Schwimmhäuten an den Kopf gepresst. Und durch die dünnen Schwimmhäute zwischen ihren Fingern glitzerten zwei Steine.

»*Colimay, colimay!*«

Die beiden anderen Meerfrauen hinter Antares waren vorgetreten, um ihrer Anführerin zu helfen oder sie zu beschützen, bleiben jedoch sofort stehen, als sie die Stimme der Anführerin hörten. Sie standen rechts und links neben Antares und Li-Jared; niemand schien zu wissen, was nun zu tun sei. Erst jetzt, nachdem sich Antares' Steine geteilt hatten, fühlte sich die Thespi-Frau schwindelig und musste sich anstrengen, um nicht doch noch das Gleichgewicht zu verlieren und zu stürzen. Sie hatte das Gefühl, dass auch ihren Steinen schwindelig war, und versuchte, auch diese wieder ins Gleichgewicht und unter Kontrolle zu bringen.

Die Meerfrau trat zögerlich einen Schritt vor und starrte Antares an. Offensichtlich war sie erstaunt und verängstigt, doch ihre Furcht verebbte bereits wieder. »Kalakala ...«, sagte sie, und Antares spürte, wie sich in ihr selbst etwas verlagerte, »ich bin ... Neri ... was hast du ...«

Es war, als höre Antares eine gestörte Com-Übertragung. Sie neigte den Kopf zur Seite und flüsterte aufgeregt: »Noch mal, bitte! Noch mal!«

Die Meerfrau schien bestürzt und entzückt zugleich zu sein. Als sie weiterredete, waren ihre Worte wesentlich besser zu verstehen. »Wir sind die Neri ... was habt Ihr mit mir gemacht? ... Wer seid Ihr? ... Warum seid Ihr hier?«

»Antares«, grummelte sie verblüfft und fügte dann deutlicher hinzu: »Nennt mich Antares. Ich bin eine Thespi-Drittfrau. Und das ist mein Freund Li-Jared.« Sie wandte sich zu ihm um. »Er ist ein Karellianer. Wir kommen nicht von Eurer Welt. Wisst Ihr, was es mit den Steinen auf sich hat?«

»Steine«, wiederholte die Neri-Frau. Ihre Stimme raschelte wie ein ausgedörrtes Blatt, das im Wind flattert. Wie in Zeitlupe schloss sie die Augen und öffnete sie wieder. »Ich spüre sie ... sie sprechen ...« Ihre Stimme zitterte, als wieder Furcht in ihr aufstieg, jedoch verebbte die Furcht rasch wieder, als die Neri-Frau zu begreifen begann.

Antares versuchte, ein Gefühl der Ruhe zu verströmen – sowohl zu ihrem eigenen Wohl wie auch zum Wohl der Meerfrau. *Es wird wohl eine Weile dauern, bis sie die Furcht und Verwirrung überwunden hat,* dachte Antares. Doch zu ihrer Überraschung glich die Unterhaltung, die sich nun zwischen ihr und der Meerfrau entspann, eher einem langsam entweichenden Freudenhauch.

Die Neri-Frau, deren Name *Kailan* war, hatte sehr viele Fragen an Antares.

»Und deshalb wissen wir praktisch nichts über Eure Welt, auch wenn wir fast mitten in Eurer Stadt gelandet sind«, schloss Antares.

»Dann«, meinte Kailan, »brennen *Euch* bestimmt auch sehr viele Fragen auf der Zunge!«

Antares neigte zustimmend den Kopf.

Kailan berührte nachdenklich ihr Schultertuch. »Ich habe irgendwie das Gefühl ... dass ich ... Euch trauen kann. Ein höchst merkwürdiges Gefühl.« Sie schloss langsam die Augen, bevor sie sie wieder öffnete. »Ich kann nicht versprechen, all Eure Fragen zu beantworten. Aber vielleicht einige. Bitte stellt sie mir!«

Antares holte langsam Luft und versuchte, Li-Jared ein Gefühl der Ruhe zu senden. Der Karellianer stand neben ihr und gluckste vernehmlich – offenbar musste er sich sehr zurückhalten, um sich nicht in das Gespräch einzumischen. »Lebt Ihr alle«, fragte Antares äußerst bedachtsam, »im Meer? Seid Ihr eine Anführerin Eures Volks?«

Kailan gab wieder einen raschelnden Laut von sich. Eine der anderen Neri-Frauen sagte etwas, und Kailan antwortete in einer Sprache, die Antares nicht verstand. »*Wir*«, sagte sie, »leben im Meer – aber es gibt noch andere auf dieser Welt, die nicht im Meer leben. Was mich betrifft, so nennt man mich die Obliq. Die Hüterin. Ich bin keine Anführerin, nicht in diesem Sinne. Aber ich helfe unserem Anführer mit dem Wissen und der Weisheit vieler Generationen.« Die Neri schien vor sich hinzukichern – ein humorloses Kichern, wie Antares spürte. »Manchmal denken sie daran, mich zu fragen, manchmal aber vergessen sie es.«

Das kenne ich ebenfalls gut als männliches Verhalten, dachte Antares, die flüchtig an ihre Heimatwelt zurückdachte.

»Die Aufgabe der Obliq«, fuhr Kailan fort, »besteht darin, sich selbst und andere zu erinnern.« Sie berührte die Steine in ihren Kopfseiten. »Ich muss vieles Neue verstehen, unter anderem auch, welche Funktion diese …«, *qualay,* »… Steine hier haben.« Ihr Blick wanderte zu Li-Jared, dann wieder zu Antares. »Aber ich glaube, dass der junge Wächter, der Euch hergebracht hat, eine weise Entscheidung getroffen hat. Denn ich muss versuchen, *Euch* zu verstehen.«

»Wir werden alles, was in unserer Macht steht, tun, um Euch dabei zu helfen«, versprach Antares. »Darf ich fragen, was aus unseren Freunden geworden ist? Wir wurden von ihnen getrennt, und wir haben nichts mehr von ihnen gehört.«

Kailan drehte sich um und sagte etwas in die Schatten hinter sich. Eine weitere Neri-Frau trat vor und wechselte einige Worte mit Kailan; dann verschwand sie wieder durch die Vorhänge. Kailan drehte sich zu Antares um. »Meine Assistentin, Elbeth, wird sich nach Euren Freunden erkundigen.«

»Danke sehr.«

»Bestimmt wollt Ihr noch andere Dinge wissen. Vielleicht finden wir ja durch Eure Fragen heraus, warum Ihr hier seid.«

»Oh, ja, das wäre zu hoffen«, stimmte Antares zu.

Kailan deutete auf einige Kissen vor der Wand. »Dann lasst uns Platz nehmen und sehen, ob ich Euch diese Fragen beantworten kann! Vielleicht wollt Ihr ja etwas über unseren Kampf gegen die Festländer erfahren?«

»Wenn das möglich wäre?«

»Oder vielleicht über den großen Todesschlund am Grund des Meeres, der uns alle zu vernichten droht?« Kailan lockerte ihr Tuch und nahm anmutig auf einem Kissen Platz. »Wisst Ihr gar nichts über diese Dinge? Dann habe ich Euch in der Tat vieles zu erzählen.«

8
Quarx-Beschwörung

Eigentlich hatte Bandicut sich ausruhen wollen, einfach nur ausruhen. Aber nachdem er L'Kell einige Fragen gestellt hatte, war er nun völlig erschöpft und sowohl von Neugier als auch von Furcht geplagt. L'Kell hatte kurz – aber sehr eindringlich – erwähnt, dass einige Neri-Kundschafter im Meer auf seltsame Weise vergiftet worden seien; ein Volk vom Land habe Maschinenlager überfallen, Lager, die offenbar seit vielen Jahren verloren oder verlassen, aber von den Neri in Besitz genommen worden waren. Und L'Kell hatte ein geheimnisvolles Grollen im Tiefseegraben erwähnt, tief im Meer, ein gutes Stück vom Festland und von der Unterwasserstadt entfernt.

Noch während L'Kell redete, glaubte Bandicut, ein sanftes Beben unter sich zu spüren. Er zwinkerte mehrmals und rieb sich die Augen; dann war ihm, als sehe er schwache Lichtstrahlen im dunklen Ozean tanzen.

»L'Kell, wassen das«, setzte er an, stockte jedoch, als er merkte, dass er vor Müdigkeit kaum noch sprechen konnte.

»Ich glaube«, murmelte Ik, dass du dich wirklich ausruhen solltest. Vielleicht kann L'Kell uns ja eine Weile allein lassen. All das Reden ...«

Bandicut ächzte. »Ja. Könntest du uns eine Weile allein lassen?«

»Gut«, meinte der Neri. Doch als er schließlich fort war, spürte Bandicut, dass er noch immer viel zu aufgedreht war, als dass er sofort hätte schlafen können. Waren sie wirklich mitten in einer Welt gelandet, die kurz vor einem Krieg stand? Sollten seine Gefährten und er ihn verhindern? Falls ja, wie? Müde fragte er die Translatorsteine: /Warum habt ihr uns nicht gewarnt? Warum habt ihr uns nicht gesagt, was uns erwartet?/

Obwohl er nicht das Quarx direkt angesprochen hatte, antwortete es ihm mit bitterem Lachen.

///Erzähl mir nicht, du wärst hier,
wenn du's gewusst hättest!///

/Na ja, ich .../

///Mach dich nicht lächerlich!
's wär das Letzte, was du getan hättest.///

Bandicut konnte ihm wohl kaum widersprechen. Nach dem Kampf gegen den Boojum auf Schiffwelt, war ein Kriegsgebiet nun wirklich der letzte Ort, an dem er sein wollte. /Was ist denn mit dir, Charlie? Wärst du denn herge ...?/

///Mokin Scheiß, nein!
Ich hab das nie gewollt und will's noch immer nicht!
Und ich hab nicht vor, mir das gefallen zu lassen!///

/Wie meinst du das?/ Die harschen Äußerungen des Quarx verblüfften Bandicut. Das war nicht der Charlie, den er kannte – zumindest keiner der Charlies, die er bis jetzt gekannt hatte. Flüchtig schaute er zu Ik, der reglos im Schlaf meditierte. /Was meinst du damit, du willst es dir nicht gefallen lassen?/

Stummes Gelächter erfüllte sein Bewusstsein.

///Hat L'Kell nicht gerade gesagt,
wir sind Feinde für sie,
wenn wir nicht bei der Heilung ihrer Leute helfen?///

Bandicut erstarrte. /Und?/

///Was soll das?
Du weißt doch genau, was ich sagen will!///

Sprachlos saß Bandicut da und dachte nach. Schließlich stieg Wut in ihm empor und überlagerte seine

Furcht. /Spiel keine Spielchen mit mir! Willst du etwa sagen, du *hoffst,* dass die Neri uns töten – damit du dir keine Sorgen mehr machen brauchst?/

///Wieso denn gleich töten?
Die schmeißen uns bestimmt nur aus ihrem Gebiet!
Und wir können dann zurück nach Haus.///

Bandicut machte sich nicht einmal die Mühe, Charlie darauf hinzuweisen, dass sie gar keine Möglichkeit hatten, nach Hause zurückzukehren. Er spürte, dass etwas in seinem Inneren zerbrach. /Jetzt hör mir mal zu, du selbstsüchtiger Hurensohn! Wenn du abreisen willst, nur zu! Aber versuch nicht, mich mitzunehmen. Oder meine Freunde. Hast du verstanden?/

Charlie gab ihm keine Antwort.

Sofort fühlte Bandicut sich schuldig. Schließlich hatte Charlie ihm tatsächlich gerade erst dabei geholfen, Ik zu heilen. Aber das gab ihm trotzdem nicht das Recht, Bandicut und die anderen zu Feinden der Neri zu machen – ein Selbstmordpakt, den nur einer allein unterzeichnete. /Schau mal/, sagte Bandicut in dem Versuch, seinen vorherigen Bemerkungen ein wenig Schärfe zu nehmen, /ich weiß, dass du Ik geholfen hast, und bin dir dankbar dafür. Aber das heißt nicht, dass .../

Er stockte. Das Quarx hörte ihm nicht zu. Genauer gesagt, spürte er es überhaupt nicht mehr in sich. Charlie war in ein anderes Zimmer gegangen und hatte die Tür hinter sich zugeschlagen.

Mokin Scheiß, dachte Bandicut. Was war nur mit diesem Charlie los? Er war so widerspenstig, unkooperativ, so zutiefst verzweifelt! War das etwa immer so mit den Quarx-Inkarnationen? Entweder hatte man Glück oder nicht? Oder wies dieses Quarx nur Wesenszüge auf, die bei den früheren Charlies auch vorhanden gewesen waren, nur nicht so ausgeprägt?

Bandicut blickte finster aus der Habitatkuppel in das nächtliche Meer und dachte wieder über die Neri und ihren Konflikt mit den Leuten von der Oberfläche nach. Ein Volk vom Land. Keine Neri, aber wer oder was sie waren, wusste er noch nicht genau. Offenbar eine andere Spezies, aber die Neri waren ihnen wohl noch nie von Angesicht zu Angesicht begegnet und wussten wenig über sie, kannten noch nicht einmal ihren Namen.

Das war kein Krieg, in dem sich Armeen bei Nacht bekämpften oder auch nur Schlachten unter Wasser ausfochten – obwohl es so klang, als könnte es noch dazu kommen. Es schien sich eher um einen Krieg zu handeln, der durch Zermürbung und Verzweiflung entschieden werden sollte, ein Krieg der versagenden Versorgungssysteme, in dem Neri erkrankten und starben. Und was in Gottes Namen konnten er und Ik schon in diesem Krieg ausrichten?

Während er darüber nachdachte, beschäftigte ihn vor allem ein Punkt an L'Kells Bericht, etwas an der Art, *wie* die Neri erkrankt waren, vor allem an bestimmten Orten. Was war nur die Ursache dafür? Aktivitäten unter Wasser. Militärische Aktivitäten? Schadstoffe? Es war in der Tat geschehen, dass Giftstoffe oder chemische Abfälle ins Meer geschüttet wurden, und L'Kell hatte erzählt, dass einige Neri-Schwimmer in eine dieser verschmutzten Zonen geraten und schwer erkrankt waren. Aber es waren nicht diese Neri gewesen, die Bandicut heute gesehen hatte. Die Verletzten in der großen Halle waren erkrankt, nachdem sie an einem Ort gewesen waren, den die Festländer vergiftet hatten – allerdings war dieses Gift nicht feststellbar. Die tödliche Krankheit musste also eine andere Ursache haben.

Und wieso eigentlich mieden die Neri nicht einfach

diese gefährlichen Orte? L'Kell hatte ihm diese Frage nur ausweichend beantwortet. Sein Volk habe keine andere Wahl, hatte er erklärt. Die Neri bräuchten das, was dort zu finden sei. »Und das wäre?«, hatte Bandicut gefragt. Daraufhin hatte L'Kell ihn mit seinen großen durchdringenden Augen gemustert und gezischt: »Maschinen. Wir brauchen *Maschinen.*«

Maschinen?, dachte Bandicut. *Wieso sollten Maschinen für die Neri unentbehrlich sein*? »Braucht ihr diese Maschinen, weil ihr sie noch nicht habt?« Er schüttelte verwirrt den Kopf. »Oder weil ihr sie nicht selbst bauen könnt?«

»Wir holen sie vom Meeresgrund«, zischte L'Kell vehement. »*Wir* haben Anspruch auf sie, nicht die Festländer!«

Bandicut rieb sich müde die Augen. »Also kämpft ihr mit diesen Festländern um ... versunkene Maschinen?«

L'Kell schaute ihn perplex an. »Wir wären vielleicht bereit gewesen, sie mit ihnen zu teilen, wenn sie nicht einfach angefangen hätten, sie sich zu holen. Und wenn sie uns nicht ihre Krankheit geschickt hätten, um uns umzubringen. Aber wir brauchen die Maschinen, ja. Unsere – unsere –«, *rhasssss,* »Produktion bricht zusammen. Wir sind bald nicht mehr in der Lage, neue Maschinen zu bauen, wenn unsere alten kaputtgehen. Ohne sie werden wir ...« Er starrte Bandicut an.

»Was?«

»Sterben«, hatte L'Kell daraufhin seinen Satz beendet.

Bald schon würde L'Kell zurückkommen.

Das Gespräch mit ihm hallte in Bandicuts Kopf wider, während er versuchte, sich auszuruhen; aber weil er unbedingt die Lage verstehen wollte, ließ ihm dieses Gespräch einfach keine Ruhe. Es war zu verwirrend. Und über allem schwebte die dringlichste Frage von allen: Könnte er Charlie dazu überreden, die kranken Neri zu heilen? Wenn die Antwort auf diese Frage Nein lautete, waren jedoch all die anderen Dinge kaum noch von Belang.

Bandicut wollte Charlie schon aus seinem Schlupfwinkel rufen, mit ihm darüber reden; aber er spürte einen starken inneren Widerstand – und plötzlich eine Woge überwältigender Schläfrigkeit. Jesses. Er hatte gewusst, dass er müde war, aber so …

Dann wusste er, warum sein Schlafbedürfnis so stark war – es war jedenfalls nicht auf seine große Müdigkeit zurückzuführen. Mittlerweile war es unwiderstehlich. Er sackte auf dem Kuppelboden zusammen, nicht weit von Ik, der in seine schlafgleiche Meditation versunken war, entfernt, und noch ehe er den Kopf auf die Arme betten konnte, war er schon eingeschlafen.

Er schlief ruhelos und unglücklich, seine Traumgedanken wanderten über sich verändernde Wege, durch heimtückische, unterirdische Gänge und über dahingleitende Wolkenbänke; er sah sich durch einen dunklen Wald gehen, in der Nacht durch Friedhöfe laufen, an den Wolkenkratzern einer seltsamen Stadt auf und ab hasten, wurde in den Gebäuden in die Höhe getragen, um wieder zu fallen, wie außerhalb dieser Gebäude. Und stets verfolgten ihn gespenstische Gestalten, die in einem schrecklichen Licht leuchteten.

Er erwachte schweißgebadet. Hatte er das Grollen und die Lichter in der Ferne tatsächlich gehört und gesehen oder nur davon geträumt? Er brauchte einen Moment, bis er wieder wusste, wo er war. Als er nach den Traumbildern tastete, die er soeben verloren hatte, durchrieselte ihn ein kalter Schauder. Da war etwas Wichtiges in diesen …

Mit einem Mal kehrten die Visionen zurück, die leuchtenden Gestalten, und sofort wusste er, was sie bedeuteten. *Radioaktives Leuchten.*

Starben die Neri etwa an einer Verstrahlung, an Strahlenkrankheit? Sie waren technisch weit genug entwickelt, um zu erkennen, dass ihre Gewässer mit Chemikalien vergiftet worden waren – immerhin atmeten sie das Wasser, aber sie – gütiger Gott, sie atmeten das Wasser, und wenn es radioaktiv verseucht war …

Bandicut setzte sich auf. »Ik«, krächzte er. »*Ik!*«

Der Hraachee'aner öffnete die Augen. »Aarrm?«

»*Verdammt!* Ik, ich glaube, ich weiß, woran sie sterben!«

Als Bandicut es ihm erklärte, seufzte sein Freund tief durch die Ohren. »Das passt zu dem, was L'Kell berichtet hat«, stimmte Ik ihm zu. »Daran hätte ich eher denken sollen.«

»Nicht nur du, wir beide! Aber das Wichtigste ist: Können wir irgendetwas dagegen unternehmen?«

Ik rieb sich den knochigen Kopf. »Ob wir die Kranken heilen oder etwas gegen die Strahlung tun können? Bei beidem bin ich mir nicht sicher.«

Bandicut dachte: *Alles hängt von Charlie ab, oder?* /Charlie? Bist du da?/ In seinem Verstand herrschte eine seltsame Stille, und schließlich hörte er Charlies Stimme wie durch einen dichten Nebel.

///Strahlenkrankheit?
Da lass ich die Finger von!///

Und dann spürte er Charlies Anwesenheit nicht mehr – wieder war er fort.

Bandicut schloss die Augen, versuchte vergebens, seine Wut zu zügeln. Er wusste, er sollte Charlie dankbar sein. Und er wusste auch, dass Charlie xenophob veranlagt war; zumindest das hatte er mit einem der früheren Charlies gemeinsam. Aber was brachte das? Die Neri mussten geheilt werden. Würde Charlie sich wirklich lieber heraushalten und die Neri sterben lassen? Falls ja, dann war das einfach nur ... feige.

Bandicuts Gedanken wirbelten durcheinander, waren mal verschwommen, dann wieder klar. Das Bedürfnis, wieder in den Schlaf zu gleiten war beinahe ... nein, es *war* ... überwältigend ... Charlie machte sich an Bandicuts Schlafzentrum zu schaffen ...

Ik sagte gerade etwas zu Bandicut, aber dieser hörte den Hraachee'aner nicht. Sein Bewusstsein trieb einfach davon.

Er träumte von einem Kampf, von Gestalten, die sich in der Nacht erhoben und stürzten, vom Nahkampf in schlammigen Schützengräben. Er hielt jemanden am Hemd gepackt, fiel hin und stand dann wieder auf, schüttelte seinen Gegner heftig; aber der Hemdstoff riss, und der Gegner, wer immer der auch war, befreite sich aus Bandicuts Griff, floh.

Bandicut lief wieder über einen Friedhof; Grabsteinreihen erstreckten sich bis zum Horizont, in den unendlichen Nachthimmel, zu den Sternen. Geister waren auf dem Friedhof, aber jedes Mal, wenn er sich umdrehte, um mit ihnen zu reden, verschwanden sie im flüsternden Wind. Er war allein, ganz allein, nur die Stimmen der Sterne leisteten ihm Gesellschaft.

Und dann begannen auch die Sterne zu verschwinden ...

Als er erwachte, fühlte er sich schrecklich benommen und leer. Alles in seinem Inneren fühlte sich anders an als sonst. Nackte Angst packte ihn. /Charlie?/ Er bekam keine Antwort, spürte das Quarx nicht. */Charlie?/ Nein,* dachte er. *Bloß nicht! Charlie kann sich doch nicht ... würde sich doch nicht ...*

Und dann hörte er eine Stimme. Eine *weibliche* Stimme. Sie klang verwirrt.

///Heiße ich Charlie?
Oder nennst du mich jedes Mal so?
Uns?
Das ist alles so merkwürdig ...///

/Hä?/

///Wie du auf Namen ansprichst.
Würde es nicht viel normaler klingen, wenn du mich
Charlene
nennen würdest?///

Bandicut war einer Ohnmacht nahe. Er befürchtete, tatsächlich zu Boden zu stürzen, deshalb atmete er erst einmal tief durch. Er wusste, dass Ik ihn besorgt beobachtete, brachte aber kein Wort über die Lippen. *Oh Gott.* /Hast du gerade ... *Charlene* gesagt?/

///Du kannst mich weiterhin Charlie nennen,
wenn du unbedingt willst.///

Schnaufend stieß er den Atem aus. /Tja, nein, ich ... was immer *du* möchtest. Klar, auch Charlene, wenn du willst. Ich heiße ... John Bandicut. Und wir ... ich glaube, wir müssen über vieles reden./

///Es gibt noch immer so vieles,
was ich nicht verstehe.///

/So vieles, was *du* nicht verstehst?/ Bandicut atmete tief durch und öffnete seine Gedanken für Charlene, für Charlie-Fünf, damit sie sie erkunden konnte. Ein neuer Charlie ... Bandicut wurde ganz schwindelig, als er daran dachte. Was war mit dem alten Charlie geschehen? War er einfach verschwunden? Gestorben, während Bandicut schlief? Wieso hatte das Quarx, die Steine, irgendwas ihn nicht irgendwie … *vorgewarnt* oder so? Nicht dass Charlie urplötzlich einen Schlag bekommen hatte, nein, der Hurensohn war einfach gegangen und … hatte sich die Pulsadern aufgeschnitten – oder was immer ein Quarx anstellte, um sich umzubringen.

///Ich hab das Gefühl///,

sagte Charlie, als sehe sie von einem Stapel Bücher und Datenbändern auf,

///dass dein alter Charlie
nicht besonders glücklich war.///

/Stimmt. Stimmt, war er auch nicht./ Nicht glücklich. Definitiv nicht glücklich. /Ich weiß aber nicht warum./

///Und kann es sein,
dass er sich selbst das Leben genommen hat?///

Bandicut blinzelte sich die Tränen weg, denn genau das glaubte er ebenfalls – und er fand die Vorstellung schrecklich. War es möglich? Hatte das Quarx Selbstmord begangen? /Ich weiß es nicht/, flüsterte er. /Du müsstest es eigentlich besser wissen als ich. Könnte er … so was getan haben?/

Das neue Quarx, Charlene, schien sich nicht sicher zu sein.

///Um mich herum … dröhnt alles …///

Bandicuts Bewusstsein war es, als wirbelten Erinnerungsbrocken und -fetzen in einem starken Sturm, einem tosenden Zyklon umher.

Dennoch nahm er das neue Quarx weit deutlicher wahr als alle anderen zuvor – und sie schien auch weit mehr zu wissen.

///Wirklich schwer zu sagen,

welche Erinnerungen von meinem Vorgänger sind
und welche deine, aber ...///

/Das ist seltsam. *Sehr* seltsam. Du bist nicht wie ... die anderen neugeborenen Quarxe, die ich bis jetzt in mir hatte. Woher weißt du so viel?

///Tja, ich weiß nicht genau.///

/Es ist, als hättest du alles mitgehört und gelernt. Oder als ob – ich weiß nicht –, als ob du schon ein bisschen von den anderen Quarxen in dir hättest. Wusste Charlie-Vier, dass du gleich nach ihm kommen würdest? Ich wette, der Hurensohn hat tatsächlich Selbstmord begangen!/

///Macht dich das wütend?///

/*Ja,* das macht mich wütend! Weil er sich nicht dazu ›herablassen‹ wollte, den Neri zu helfen!/

///Vielleicht ist die Sache
nicht ganz so einfach ...///

/Wie meinst du das? Was weißt du, was ich nicht weiß? Immerhin warst du ja nicht selbst dabei./

///Da hast du natürlich Recht, nur ...
könntest du mir ein paar Fragen beantworten?
Vielleicht verstehe ich dann alles besser.///

Bandicut seufzte. /Was möchtest du wissen?/ Offensichtlich alles. Sie wollte einfach alles wissen. Er war verblüfft, welchen Wissensstand sie vom Augenblick ihres Erwachens an hatte – sie wusste mehr als jeder andere Charlie vor ihr. Aber sie konnte wohl kaum die Details der Situation kennen, in der Bandicut und die anderen nun steckten. Und sie *musste* alles darüber erfahren, weil L'Kell bald zurückkommen und Bandicut fragen würde, wie er sich entschieden hatte.

///Einiges davon sehe ich schon –
es schwebt über den anderen Informationen.
Aber den Rest ... wenn du mich bitte
über alles ins Bild setzen würdest ...///

In Bandicuts Kopf drehte sich alles. Aber er würde sich wohl an die neue Situation anpassen müssen; ihm blieb keine Wahl. Er musste sich daran gewöhnen, dass Charlie-Vier fort war, *tot*, und ein neuer Charlie seinen Platz eingenommen hatte, ein weiblicher ... und außerdem lief ihm die Zeit davon. Sie mussten weitermachen, ganz gleich, wie schwer es würde. /Also gut/, flüsterte er. /Es ist so .../

Als schließlich der Boden der Kuppel zu schimmern begann, und L'Kell auftauchte, fühlte Bandicut sich, als fahre er auf einem außer Kontrolle geratenen Karussell: Bilder umwirbelten ihn in einem endlosen Gedankenstrom. Charlene löcherte ihn mit Fragen, und er beantwortete sie im Geiste, halb benebelt, halb schlafend; und jede seiner Antworten warf wieder neue Fragen auf. Er schloss für einen Augenblick die Augen und zwang sich dazu, sich auf die zittrigen Beine zu erheben und den Neri zu begrüßen. »L'Kell«, sagte er mit heiserer Stimme.

Der Neri beäugte zuerst ihn, dann Ik. Sein Auftreten wirkte nicht mehr so freundlich wie zuvor, reservierter, geschäftsmäßiger. Würde er ihnen jetzt mitteilen, dass sein Volk Bandicut und die anderen wieder als Feinde betrachten würden, wenn sie nicht versprächen, den Neri zu helfen – beziehungsweise: es zu versuchen?

Ik ergriff als Erster das Wort: »Wir haben uns ausgeruht und sind gerade erst aufgewacht. Wir haben uns noch nicht beraten können.«

L'Kell sah Bandicut an. »Ich glaube, dass du am meisten nachdenken musstest. Man hat mich hergeschickt, um dich nach deiner Entscheidung zu fragen. Wirst du uns helfen?«

/Charlie – Charlene – ich weiß, du hattest nicht viel Zeit, das ganze Wissen in dich aufzunehmen, aber .../

///Ja.

Sag ihm ja.///

Er blinzelte verblüfft, als er die Gewissheit in ihrer Stimme hörte. Wie konnte sie sich so sicher sein, die Bitte der Neri erfüllen zu können?

»John Bandicut?«, fragte der Neri.

Langsam atmete Bandicut aus. »Wir werden es versuchen. Wir werden alles tun, was in unserer Macht steht. Mein ... Freund, das Quarx, hat seine Meinung geändert.« Er tippte sich an die Schläfe.

»Dann lasst uns gehen!«, meinte L'Kell. Er hob den Gong auf und schlug ihn viermal. Dann wartete er und sah über Bandicuts Schulter ins Meer. Bandicut drehte sich um und erblickte zwei Neri, die ihnen entgegenschwammen. Sie trugen etwas zwischen sich. Es war die Verbindungsröhre.

9
Lebenszeichen

Bandicut sah zu, wie sich das Ende der Röhre an der Kuppel festsaugte wie der Saugnapf eines Kraken. Das, was sich an Wasser im Saugnapf befand, wurde durch den Druck beiseite gepresst, dann verfärbte sich die kreisrunde Stelle grau, an der die Röhre ansaß. L'Kell deutete auf den grauen Kreis. »Seid ihr so weit?«

Bandicut nickte. »Lass uns gehen!«

Der Neri steckte den Kopf durch den Kreis und kletterte mühelos in die Röhre. Bandicut, der noch in der Kuppel stand, sah, wie L'Kells Schatten in der steil nach oben führenden Röhre verschwand. Er sah flüchtig zu Ik. »Folgst du mir?«

»Hrrrm.«

Vorsichtig steckte Bandicut den Kopf durch die Membran und versuchte dann, L'Kell die Röhre hinaufzufolgen. Nach wenigen Schritten rutschte er zurück. /Mist, ich hab meine guten Turnschuhe zu Hause gelassen!/

///Wie bitte?///

/Vergiss es!/ Er rief die Röhre hinauf: »L'Kell, ich schaff's nicht die Röhre hoch!«

»Warte!«

Eine halbe Minute verstrich. Dann schlängelte sich eine Leine die Röhre hinab. Er packte sie und zog sich Stück für Stück die stetig steiler werdende Röhre hoch. Als er schließlich oben ankam, war er außer Atem. /Es gab mal eine Zeit, da hat mir das Hochklettern auf Kinderrutschen keine solche Probleme gemacht!/

///Was ist denn jetzt anders?///

/Ich bin kein verdammtes Kind mehr!/

Oben angekommen, packten ihn zwei Neri-Arme bei den Schultern und zogen ihn aus der Röhre. Er wackelte mit dem Unterkiefer, als er den leichten Druckabfall spürte. L'Kell sah die Röhre hinab und hielt nach Ik Ausschau. Der Hraachee'aner schrie ihnen zu, sie sollten die Leine hochziehen. Der Neri kam der Aufforderung nach; Iks Seil war am Ende der Leine befestigt. Es zog sich zusammen, dann kam Ik in Sicht; er hielt sich am Ende seines Seils fest und glitt beinahe mühelos die Röhre hoch. Der Neri beäugte interessiert das Seil des Hraachee'aners, sagte jedoch nichts, als Ik es sich wieder an seinen Gürtel hängte.

»Hier entlang.« Während sie L'Kell durch den Gang folgten, betrachtete Bandicut durch die durchscheinende Wand die Neri-Stadt, die er jetzt mit ganz anderen Augen sah. Nun, da er aus dem Gefängnis befreit war, wirkte ihr Anblick erstaunlich heilsam auf ihn.

Sie kamen durch den Saal, in dem sie Askelanda kennen gelernt hatten; der Saal war verlassen. Sie durchquerten ihn und gelangten durch eine weitere Verbindungsröhre in eine isoliert stehende Habitatkuppel. Sie war mit Vorhängen und Trennwänden unterteilt und wirkte fast so, als würde sie von Menschen bewohnt. Die Enge und die dünnen Trennwände erinnerten Bandicut an die Triton-Station. Heimweh packte ihn, und zugleich wunderte er sich, warum er seine Heimat nicht öfter vermisste; vielleicht war er einfach zu beschäftigt. Dennoch rechnete er fast schon damit, dass sein Freund Krackey aus einem der Schatten treten würde, und ihn fragte, was mit ihm, seinem Kumpel Bandie, nicht stimmte. *Du hast dich in letzter Zeit ganz schön seltsam benommen, Bandie. Bist du sicher, dass du nicht wieder unter einer von diesen komischen Fuguen leidest?*

Ein Frösteln durchlief Bandicut, und er beeilte sich, L'Kell zu folgen.

Sie betraten einen mit einem Vorhang verhangenen Raum. Die Luft hier drinnen war wärmer, abgestandener, beinahe stickig. Einige Neri waren zugegen, einschließlich Askelanda, doch es war der Neri auf der Pritsche, der Bandicuts Aufmerksamkeit auf sich zog: einer der Kranken, die er hatte ankommen sehen. Er schien seitdem noch schwächer geworden zu sein. »Das ist Lako«, sagte einer der Neri, die sich um den Patienten kümmerten. Bandicut wandte sich dem Sprecher zu und stellte fest, dass er diesen Neri ebenfalls schon einmal gesehen hatte. »Ich heiße Corono. Ich bin der Heiler.« Corono deutete auf Lako. »Er wird bald sterben, wenn wir ihm nicht helfen können.«

»Ich verstehe«, sagte Bandicut.

»Und wir werden gleich sehen, ob Ihr es ernst gemeint habt, als Ihr uns Eure Freundschaft angeboten habt«, bemerkte Askelanda, und trat dann einige Schritte zurück.

Bandicut atmete tief aus. Ik berührte ihn beruhigend am Arm. »John – ich hatte nicht damit gerechnet, dass du zu dem, was du für mich getan hast, in der Lage bist.«

»Ich auch nicht.« Bandicut trat zu Lako. »Ich werde tun, was ich kann«, erklärte er in die Runde hinein. L'Kell stand dicht bei ihm, und Bandicut fragte ihn: »Ist er ein Freund von dir?«

»Ja«, murmelte L'Kell.

Bandicut schluckte schwer. »Ich muss dir sagen, dass es sehr schwierig wird. Ich weiß wirklich nicht …« Er stockte, dann verdrängte er den Gedanken.

///Ich habe Hoffnung///,

meinte Charlene mit überraschend beruhigender Stimme.

/Hast du denn eine Ahnung, was wir tun müssen?/

///Ich sehe einige Bilder . . . Gedanken.
Kannst du Lako mal berühren?///

Langsam streckte Bandicut die Hand aus, berührte den Neri am Arm – und hätte die Hand beinahe wieder zurückgerissen. Lakos Haut war heiß.

///Ist das . . . Fieber?///

Charlenes Stimme klang ruhig, konzentriert.

/Hätte ich einen Menschen vor mir, würde ich es Fieber nennen. Ich weiß nicht, ob erhöhte Körpertemperatur bei einem Neri das Gleiche bedeutet./

///Aber wenn er verstrahlt wurde . . . ?///

/Charlie, ich weiß nicht viel darüber, wie sich eine Verstrahlung bei Menschen auswirkt, geschweige denn bei einem Neri. Wir werden's herausfinden müssen, während wir das Problem zu lösen versuchen./ Seine Hand ruhte fest auf der heißen Haut des Neri. Lako zitterte. Seine Augenlider flatterten, ein beunruhigender Anblick, bei derart großen Augen. Die Augen selbst wirkten trüb.

///Soll ich ihn jetzt berühren . . .
in ihn übergehen?///

Bandicut wusste, dass L'Kell dicht bei ihm stand. /Ja, lass es uns versuchen! Aber löse dich nicht ganz von mir, ja?/

///Ich mache den Schritt zu ihm hinüber . . .///

Die Verbindung zu dem Neri unterschied sich verblüffend von der zu Ik. Das Erste, was Bandicut spürte, war eine stechende Kälte. Lakos Haut mochte vor Fieber glühen, im Inneren fühlte sich Bandicut wie gelähmt und erstarrt in der seltsamen Umgebung des Neri-Nervensystems. Und dennoch war es nicht so, als wären alle Nerventätigkeiten völlig zum Erliegen gekommen. Lakos Nervensystem fühlte sich an wie ein

Gewirr summende Drähte, und die rasenden Nervenimpulse glichen einem metallischen Singen. Dieser Neri rang mit dem Tod. Und er stand im Begriff, den Kampf zu verlieren.

///Tiefer.
Such nach Wegen, die wir
interpretieren und benutzen können.///

/Du wirst hier drinnen mehr verstehen als ich, glaub ich. Verbindungen mit dem Nervensystem sind auch eher dein Ding./ Bandicut fand das leise Wispern der weiblichen Charlie-Stimme beruhigend. Vielleicht konnten sie es wirklich schaffen. Bislang waren sie beide jedoch noch nicht dorthin gelangt, wo der Neri eigentlich körperlichen Schaden genommen hatte; mit seinem Schmerz waren sie noch nicht in Berührung gekommen. Sie würden versuchen, Lakos Körper zur Selbstheilung anzuregen.

///Hier . . .///

Mit einem Mal sah Bandicut nur noch Schwärze, und seine Ohren waren mit Geräuschen erfüllt. Es war, als trete er in einen abgedunkelten Raum, in dem ein Orchester die Instrumente stimmte: Jedes einzelne Instrument war ganz leise, aber in ihrer Gesamtheit klangen die Flöten, Blas- und Streichinstrumente sowie Synthesizer wie ein unmittelbar bevorstehendes Erdbeben. Bandicut war heiß und kalt zugleich: Ströme von Eiswasser rannen durch glühende Lava. Dampfwolken. Er lauschte nach Stimmen. Konnte er mit Lakos Bewusstsein in Kontakt treten? Sollte er es versuchen?

Charlene lernte entweder sehr schnell oder hatte genug Erinnerungen von ihren Vorgängern übernommen, denn sie erkannte die grundlegenden Strukturen eines funktionierenden Nervensystems. Sie drang in den Neri vor, bis sie und Bandicut ganz schwach die

Ströme aus Nervenenergie berührten. Eiswasser. Die Nervenzellen pulsierten vor Schmerz, durcheinander gebracht von widersprüchlichen Signalen. Das hilflose Nervensystem glühte vor Fieber und war in hoffnungslosem Aufruhr, während es versuchte, sich abzukühlen, sich zu heilen und den Schmerz zu unterbinden. Langsam entglitt es dem Geschöpf, dessen Körperfunktionen es steuerte, unaufhaltsam, so schien es, glitt es einem stummen, dunklen Abgrund in der Ferne entgegen. Stand der Abgrund für die Kapitulation? Für den Tod?

Beruhige das System, dachte Bandicut und spürte, dass Charlene das Gleiche dachte. Sie bewegten sich nun im Einklang miteinander; er fühlte, wie das Quarx seine Erinnerungen durchstöberte, sogar, als sie sich vorsichtig durch die schreckliche Landschaft des kranken Neri bewegten. Sie gingen durch Flammen und Trümmer. Alles glühte.

Eine Frage flackerte durch sein Bewusstsein: War noch Radioaktivität in Lakos Körper? Nicht allzu viel, nahm er an. Nicht allzu viel.

Er fühlte sich benommen, und ihm war heiß. *Muss Ruhe bewahren. Wo ist das Zentrum der Krankheit? Wo ist das Heilungszentrum? Du hast die Zentren in mir gefunden, dachte er, die Zentren, die die Heilung vorangetrieben haben; und du, die Charlies vor dir, haben den Heilungsprozess beschleunigt, wie ein Meisterchemiker, der die Reaktionsprozesse von Chemikalien koordiniert, die Regenerationskräfte anfeuert. Aber wir wissen noch immer nicht, wie der Körper dieses Neri beschaffen ist.*

Etwas Neues regte sich hinter ihm, eine Präsenz, die sich von draußen näherte. Etwas Fremdes, eine Neri-Präsenz. Es war L'Kell, der mit seinen Translatorsteinen zu ihnen vordrang und zu ergründen versuchte, wie die Dinge standen. *Was können wir tun, L'Kell? Kannst du uns sagen, wie wir vorgehen müssen?*

Der Kontakt zu L'Kell war zu schwach, als dass er mit ihm hätte reden können, doch er fühlte, dass L'Kell ihn und das Quarx spürte. L'Kell war ebenso verwirrt darüber, was in Lakos Körper vor sich ging, wie er und Charlie; was die Neri-Physiologie anbelangte, würde er ihnen wohl keine große Hilfe sein. Aber vielleicht konnte L'Kell ihnen auf andere Weise helfen.

Wenn du Lako beruhigen kannst, dann hilf ihm, sich zu entspannen, damit wir unsere Arbeit machen können! Kannst du das tun, ihn beruhigen?

Bandicut bezweifelte, dass L'Kell ihn hörte. Und selbst wenn er ihn hörte und die Bitte begriff: Wäre er im Stande, ihr nachzukommen?

Einen Augenblick später hörte Bandicut ein Brummen wie von einer Rückkopplung in einem Lautsprecherstromkreis. Der Neri versuchte tatsächlich, ihnen zu helfen. Zuerst wirkte das Brummen beunruhigend; dann aber wurde es lauter und begann, L'Kells Verbindung zu Lako zu verzerren. Plötzlich spürte L'Kell schlimme Schmerzen. Er verlor die Orientierung. *Halt!*, rief Bandicut. *Zu viel, zu viel!* Das Brummen war noch einen Herzschlag lang zu hören, dann verebbte es ... und nahm L'Kells Präsenz mit sich. Doch es verklang nicht völlig. Bandicut hörte noch ein Geräusch – so tief, dass es gerade noch wahrnehmbar war, wie das unterschwellige Murmeln eines Baches.

/Okay, er hilft uns. Er beruhigt Lako. Jetzt mach schnell!/

Das Quarx hatte sich bereits in Bewegung gesetzt; sie entdeckte einen Weg durch interstitielles Gewebe im Nervensystem des sterbenden Neri und fand die gesuchten Kontrollzentren. Bandicut fühlte sich wie ein elastischer Faden, der durch verschlungene Bahnen gezogen wurde. Dann spürte er plötzlich rings um sich herum die eklektischen Impulse von Neuronen.

Das Quarx berührte dies, probierte das und versuchte, den Kontakt zum System herzustellen. Nicht etwa, um selbst die Heilung zu dirigieren, sondern um die Heilungszentren dazu anzuregen, effektiver zu arbeiten; sie sollten alle verfügbaren Reserven des Körpers einsetzen und die Heilung des zerstörten Gewebes als oberste Priorität behandeln.

/Charlie, funktioniert es? Charlene?/

Das Quarx war zu beschäftigt, um ihm zu antworten, doch bemerkte Bandicut, dass sich plötzlich alles schneller bewegte, dass neue Kraftreserven entstanden. Charlene berührte *irgendetwas*, das auf sie zu reagieren schien. Würde das ausreichen?

L'Kells Präsenz wurde wieder ein wenig stärker, ein bisschen heller, als spüre er die Veränderung ebenfalls.

Erwarte keine Wunder, dachte Bandicut.

Sie machten tatsächlich Fortschritte. Aber es würde ein harter Kampf werden.

Wellen von Lauten und Gefühlen kamen und gingen.

Einmal glaubte Bandicut, Worte zu hören. Nicht von dem Quarx, nicht von L'Kell. Es war Schwindel erregend schwer, ihren Ursprung zu bestimmen.

Hilfe ... muss ... durchhalten ...

Brenne.

Zittere.

Muss durchhalten ...

Übelkeit durchwogte ihn wie eine hereinbrechende Flutwelle. Das Quarx und er hatten eine lebenswichtige Leitung berührt. Er stählte sich gegen die Übelkeit und machte weiter.

Die innere Stimme war verschwunden. Bandicut hatte sie für Lakos Stimme gehalten, war sich aber nicht ganz sicher. Jetzt hörte er andere Worte, die durch flüsternde Gedankenschatten gefiltert wurden …

Spüre, wie seine Kraft zurückkehrt … seine Augen klarer werden, wie das Leben in sie zurückkehrt. (L'Kell? Corono?)

Bandicut bemühte sich, unablässig seine eigene Kraft zu dirigieren, dem Quarx so viel Energie zu liefern, wie er nur konnte.

Er wusste, dass L'Kell, der vor Lako stand, wieder Hoffnung schöpfte.

Als der Wendepunkt erreicht war, war es, als würde er von einer mächtigen Welle mitgerissen und wirbelnd von innen nach außen gekehrt. Etwas in Lakos Körper oder Geist hatte plötzlich wieder die Kontrolle übernommen. Bandicut fühlte sich wie zusammengequetscht … gewaltsam in eine Richtung gedrängt.

Wohin?

Über den Rand eines Wasserfalls. Er fiel und fiel. Nach ungefähr drei seiner eignen Herzschläge spürte er ein Gefühl der Mattheit, das von außen in ihn eindrang. Er geriet in Panik. Starb Lako etwa? Waren das seine Todeszuckungen? Wenn Bandicut inmitten von alledem gefangen war, würde er sich aus eigener Kraft losreißen können? Oder würde er durch den Trichter des Bewusstseins in die Vergessenheit gerissen werden?

Ja … nein … was geht hier vor …?

/Charlie … Charlie …!/ Sein Schrei und die andere Stimme klangen schwach, wie ein vom Wind übertöntes Stöhnen. Er konnte das Quarx nicht mehr spüren, war sich jedoch sicher, dass sie noch da war. Sie musste einfach noch da sein.

Er schlug am Fuß des Wasserfalls auf, und eine große Hand fing ihn auf und drückte zu, quetschte ihm die Lunge zusammen. Er bekam keine Luft mehr. Bandicut war aus dem Wasserfall heraus und befand sich nun in einem starken, tosenden Wind, der heulte und wirbelte und versuchte, ihn in einen Tunnel zu blasen, einen langen, dunklen Tunnel. Das gefiel ihm gar nicht, da wollte er nicht hinein …

///Halte durch!///

Nichts hätte ihn mehr erleichtern können, als die Stimme des Quarx zu hören. Obwohl er unkontrolliert durch die Luft wirbelte, war er nicht mehr allein.

///Ich versuche den Weg zu finden …///

/Wohin?/

///Nach draußen.
Wir werden rausgeworfen.///

/Aber …/

///Wir haben die Heilung in Bewegung gesetzt.
Festhalten – schau dir an, ob es funktioniert …!///

Der Wind riss die Worte des Quarx fort. Bandicut hörte ein lautes *Wiiiiiischhh* – wie von einem Ballon, aus dem die Luft entweicht, dann wurde er emporgerissen wie Dorothy, die vom Zyklon nach Oz gewirbelt wird. Charlie hatte noch immer ein wenig Kontrolle. Plötzlich wirkte alles ruhiger, gedämpfter, doch nicht etwa der Wirbelwind selbst hatte nachgelassen, sondern Bandicuts Wahrnehmung. Alles verdunkelte sich, sein Bewusstsein wurde fortgespült …

/Charlie, was machst du?/

Und dann wurde er in die Schwärze des Nichts geschleudert.

Sein Bewusstsein kam und ging. Ein Licht flackerte. Er kämpfte sich wieder zurück ... zu bewusstem Denken, körperlichen Gefühlen. Als er sich nach einem Sturz wieder aufrichtete, spürte er einen stechenden Schmerz im Rücken, auf der Höhe seiner Lendenwirbel. Er riss die Augen auf ... und starrte in Iks Augen.

»...«, sagte er, dann wurde ihm bewusst, dass ihm kein Wort über die Lippen gekommen war. Er hatte sagen wollen: *Hat's funktioniert? Lebt er noch?*

Ik verstand genau, was er wissen wollte. Er deutete mit dem Kopf zur Seite, und Bandicut blickte in die betreffende Richtung. L'Kell beugte sich über Lako und sprach mit jemandem, der Lako untersuchte ... es war Corono, der Heiler. L'Kell hob den Kopf und sah Bandicut erstaunt an.

»Er kämpft. Kommt wieder zu Kräften«, wisperte L'Kell.

Bandicut nickte und schluckte. Er wollte mit L'Kell sprechen, bemühte sich, Worte zu artikulieren. Er wusste, dass Askelanda in der Nähe stand.

///Versuch's nicht! Nicht jetzt!///,

riet ihm das Quarx.

///Wir sind gerade erst
von Lako an die Luft gesetzt worden.
Das war ein ganz schön harter Rausschmiss.///

/Ich hatte mich schon gefragt, wer das war ... wusste nicht, ob er im Sterben lag .../

///Nicht im Sterben, nein.
Jedenfalls nicht, als wir ihn verlassen haben.///

L'Kell versuchte zu erklären, was er gesehen hatte. »... wurden seine Augen klarer ... hat etwas sagen wollen ...«

Bandicut versuchte, ihm zuzuhören.

»... Kiemen haben sich bewegt ... Lungen ...«

Bandicut konzentrierte sich auf den zitternde Lako. Die Muskeln des Neri spannten sich krampfhaft an und erschlafften wieder, immer abwechselnd. Bandicut stierte auf sein gequältes Gesicht. Die Augenlider des Neri flatterten; die geöffneten Augen bewegten sich rasch und ohne Unterlass hin und her; ein leises Stöhnen entrang sich seiner Kehle.

Corono sagte gerade: »*Brekk-k* – das Fieber ist jetzt sehr hoch, aber seine Augen sind wieder von Leben erfüllt ...«

Bandicut schüttelte den Kopf und versuchte, tief durchzuatmen. »L'Kell«, fragte er mit rauer Stimme, »wird Lako es schaffen?«

Unterdessen hatte Askelanda sich ihnen genähert, hörte aufmerksam zu.

L'Kell sah den Heiler an.

»Wir müssen abwarten«, erklärte Corono. »Abwarten und sehen, was geschieht.« Seine Stimme klang wie das Seufzen eines Blasebalgs. »Doch ich halte es für möglich, dass er es schafft. Wir sollten das Fieber überwachen. Jedenfalls wirkt er wieder kräftiger als zuvor. Was immer du getan hast, Mensch Bandicut ...«, er machte eine Sprechpause, »... lässt mich wieder hoffen!«

Bandicut nickte und starrte den um sein Leben kämpfenden Lako an, sah in sein Gesicht, das früher einmal lebhaft und stark gewesen sein musste. »Gut«, flüsterte er. »Das ist gut.« Dann wandte er sich ab und rieb sich die Augen und Schläfen. Mehrmals atmete er tief durch. Nach einem Moment fiel ihm auf, dass alle ihn ansahen. »Gibt es sonst noch was?«

Die Neri wechselten rasch einige Worte.

///Oh nein ...///

Bandicut seufzte unhörbar. /Wir können es ihnen wohl kaum abschlagen./

///Aber . . .///

»Schaffst du das denn?«, fragte L'Kell. »Wir haben noch einen kritischen Fall. Er ist sogar in noch schlimmerem Zustand.«

In schlimmerem Zustand? Entsetzt schloss Bandicut die Augen. »Wir werden es versuchen«, brachte er heiser hervor.

///Das könnte sehr hart für dich werden;
du hast eine Menge durchgemacht.///

Das Quarx verstummte, als L'Kell Bandicut in den nächsten Raum winkte, der ebenfalls mit einem Vorhang verhangen war. Noch eine Koje. Noch ein sterbender Neri. Einen Moment lang stand Bandicut schweigend da und starrte in das blasige Gesicht hinab. »Wie heißt er?«, fragte er.

»Thorek«, antwortete Corono, trat auf die andere Seite der Koje und fühlte dem Patienten die Stirn. Thoreks Augen waren gelblich und trüb und zu drei Vierteln geschlossen. Sein Atem ging extrem flach, die abgeflachten Flügel seiner Nasenlöcher und seine Kiemenschlitze bewegten sich kaum.

»Thorek«, murmelte Bandicut. Er hockte sich vor die Koje und musste sich zusammenreißen, um nicht vor dem Gestank von Krankheit und Verfall zurückzuschrecken. Voller Dankbarkeit bemerkte er, dass Ik dicht hinter ihm stand.

///Dann woll'n wir mal.///

Er berührte Thoreks Arm. Die Haut fühlte sich kalt und gummiartig an. Bandicut schloss die Augen und ließ sich vom Quarx über die Grenze führen.

Sogleich empfand er ein Gefühl der Ruhe und Kälte. Nicht die Kälte von Eis; die Kälte eines Raumes. Die Kälte dunkler, steiniger Gänge.

Charlene bewegte sich stumm durch die innere Landschaft des Neri und stellte fest, dass diese nicht ganz so dunkel und verlassen war, wie sie anfangs gewirkt hatte. Dünne Wärmeadern verliefen in der Kälte, Überbleibsel des Lebens, die durch ein raues Land flossen. Die fadendünnen Nervenverbindungen waren verschwunden, als das Bewusstsein des Neri geflohen war und Schutz gesucht hatte. Bandicut musste an Charlie-Vier denken und stellte sich vor, wie das Quarx in die Dunkelheit floh. Starb.

Denk nicht daran. Nicht jetzt.

Charlene erforschte die Wärmeadern und verfolgte sie zu ihrem Ursprung, suchte nach jedem Lebenszeichen, das sie noch finden konnte …

Inmitten der Ruinen von Geist und Körper entdeckte Charlie ein Funkeln. Ein Bewusstsein? Eine Seele? Leise rief sie dem Funkeln etwas zu. Und spürte, wie es sich zurückzog.

Zurückziehen?

Charlie, sollten wir nicht …

Das Quarx hatte schon die Verfolgung aufgenommen. Es jagte dem Funkeln nach, die Wärmeadern hinauf … auf etwas Fernes zu, einen Punkt, an dem sich eine Präsenz konzentrierte. Es war, als folgten sie einem spinnwebartigen Pfad zu einer Stadt, die hoch am Horizont schwebte, matt und fern. War dies vergleichbar mit einem Bild im Datennetz, etwas, das Bandicut als Orientierungspunkt für seine Annäherung benutzen konnte? Oder war es eine Halluzination, eine falsche, verrückte Hoffnung?

Was ist mit dem Körper, Charlie? Alle Funktionen lassen schnell nach. Wir haben vielleicht nicht die Zeit, um …

Ich kann ihn nicht heilen, wenn wir keine Verbindung zum Zentrum finden. Er kann sich nur selbst heilen.

Ich weiß, aber – unheimlich, das ist unheimlich. Ist das da vorne das Zentrum? Wir wollen es hoffen.

Wieder passierte es sehr schnell. Aber dieses Mal war es anders.

Ein Licht erschien am Horizont, und einen Moment lang spürte Bandicut eine Verbindung, einen Hoffnungsstrahl, eine Berührung von Thoreks Bewusstsein und seiner Seele ... die schreckliche Schmerzen litt. Doch die Schmerzen verschwanden schimmernd, wurden unschärfer, veränderten sich.

Ich kenne euch nicht ... ihr seid nicht die Seele der See ... brauche euch nicht ...

Die Äußerung bestand nicht aus Worten, sondern aus wortlosen Gedanken. Dann verblasste die Verbindung, und das Licht flammte auf und verlosch. Bandicut blinzelte verblüfft; er hatte das Gefühl, dass das Licht nicht richtig verloschen, sondern aus dieser Daseinsebene gezogen worden war, durch ein Portal, das er nicht sehen konnte. Das Licht hatte die Ebene ohne Bedauern verlassen, ja, es schien fast schon darauf erpicht gewesen zu sein.

Und dann wurde Bandicut von Dunkelheit und einer bis ins Mark dringenden Kälte umschlossen. Schweigend zog er sich zurück und sprach nicht einmal mit dem Quarx.

Müde starrte er L'Kell an. Er wusste, er brauchte nichts zu sagen. L'Kell hatte Thoreks Tod gespürt. Hinter L'Kell trat Ik beiseite, machte Platz für Askelanda. Bandicut wandte sich um und dachte: *Wird er uns – mir – die Schuld für Thoreks Tod geben?*

Askelanda stand neben L'Kell und sah auf Thoreks

Leiche hinab. Er murmelte etwas, das Bandicut nicht verstand. Worte des Zorns? Der Trauer? Erwies er dem Toten die letzte Ehre? Der alte Neri hob den Blick und sah Bandicut an. »Seine Seele ist in die See zurückgekehrt.«

»Ich konnte nichts tun«, meinte Bandicut. »Er war schon zu weit fort.« *Und,* dachte er, *die Art, wie er aus dem Leben geschieden ist, war ganz anders, als ich es erwartet hätte. Fast so, als hätte er den Tod begrüßt.*

»Wir werden ihn vermissen. Doch nicht jedes Mal, wenn jemand von uns geht, ist dies ein Grund, um unglücklich zu sein«, entgegnete Askelanda, als habe er Bandicuts Gedanken gelesen. Der altehrwürdige Neri klang zwar nicht, als sei ihm nach Feiern zu Mute, aber immerhin so, als würde er den Tod seines Artgenossen akzeptieren.

Bandicut dachte unvermittelt an Charlie-Vier, und es kostete ihn einige Mühe, den Gedanken wieder zu verdrängen. »Dann glaubt ihr an ein Leben nach dem ...«

»Er schwimmt jetzt in neuen Strömungen, auf neuen Wegen durch die Tiefe. Viele sind ihm vorausgegangen, und viele werden ihm folgen.« Askelanda sprach kurz mit Corono, dann wandte er sich wieder an Bandicut. »Folgt mir bitte in einen anderen Raum!«

Bandicut blinzelte und fragte sich, ob die Neri seine Anwesenheit als Störung der Totenruhe betrachteten. Er warf Ik einen Blick zu. Der Hraachee'aner trommelte sich verwirrt mit den Fingerspitzen auf den Brustkorb.

»Kommt!«, forderte Askelanda ihn nochmals, schon in schärferem Ton, wie Bandicut meinte, auf und ging voraus.

Bandicut seufzte. Nach dem vergeblichen Versuch, Thorek zu retten, fühlte er sich völlig ausgelaugt. War jetzt etwa auch noch Lako gestorben? Er trat durch den gleichen Vorhang wie Askelanda und sah ihn neben Lakos Koje stehen. Niemand sagte etwas. *Verdammt,* dachte Bandicut. Er trat neben das Oberhaupt der Neri.

Lako hatte die Augen geöffnet, die zwei schwarzen Tümpeln glichen, klar und lebendig. Er blickte zur Decke. Der Neri atmete, seine Nasenflügel bewegten sich im Rhythmus seines Atems, und auch seine Kiemenschlitze öffneten und schlossen sich. Bandicuts Herz setzte einen Schlag aus. Als er sich vorbeugte, richtete Lako die Augen langsam, aber eher ruckartig auf ihn. Sein Mund bewegte sich.

Mit einem Kopfschütteln gab Bandicut ihm zu verstehen, dass er ihn nicht hören konnte.

»Er fragt: ›Bist du derjenige?‹ Seid Ihr derjenige, der sein Leben gerettet hat?« Askelandas Stimme klang eindringlich und ausdruckslos zugleich.

Sein Leben gerettet, dachte Bandicut. Hatte es also wirklich funktioniert?

»Was soll ich ihm sagen?«, fragte Askelanda.

Bandicut glaubte, ein humorvolles Glitzern in Askelandas Augen zu sehen – was ihn sehr erstaunte. »Sagt ihm einfach«, erwiderte er heiser, »dass ich eine Menge Hilfe hatte. Von den Steinen.« Er rieb sich die Handgelenke und zeigte dann auf seine Schläfe. »Von jemandem, der in mir lebt.« Er drehte sich zu L'Kell um, der sich zu ihnen gesellt hatte, und nickte. »Und von L'Kell.«

L'Kell flatterte anmutig mit den Fingern. »Ich habe gar nichts getan. Ich habe nur zugesehen und gehofft.«

Bandicut schüttelte den Kopf. »Doch, du hast mir geholfen. Ich habe es gespürt, als ich in ihm war.«

Lako bewegte die Augen, die wie glänzende Bälle in

einem Gummigesicht wirkten. Wieder bewegte er den Mund, und diesmal war ein zischendes Krächzen zu hören. Und Bandicut hörte die Worte: »Ich danke dir.«

Reglos stand er da, und Tränen traten ihm in die Augen.

///Sag ihm: Gern geschehen.///

»Gern geschehen«, flüsterte er.

»Ich glaube«, meldete sich Corono zu Wort, der auf der anderen Seite von Lakos Koje stand, »dass wir ihn jetzt allein lassen sollten. Er muss sich ausruhen.«

///Glaubst du, wir könnten
einfach nur mal . . . nachsehen?///

Zuerst wusste Bandicut nicht, was das Quarx meinte. Dann nickte er langsam. »Dürfen wir seinen Arm noch einmal berühren, nur ganz kurz?«

Corono gab ihm mit einer Geste zu verstehen, dass er nichts dagegen habe.

Lako fühlte sich noch immer sehr warm an. Aber als Bandicuts Sinne in den Neri strömten, spürte er, dass sich die vormals fiebrige, chaotische Hitze in etwas anderes verwandelt hatte.

///Seine Körpertemperatur ist sehr hoch,
aber das ist jetzt auf die beschleunigte Heilung
zurückzuführen.///

/Gut./ Bandicut wollte schon die Hand zurückziehen, als das Quarx sagen hörte:

///Warte!///

Er zögerte, wusste jedoch nicht, was das Quarx tat.

///Ja. Pass auf dich auf und werde gesund!
Okay, John.///

Er zog die Hand zurück. /Hast du gerade mit Lako gesprochen?/

///Nicht in Worten. In Gefühlen.
Emotionen.///

/Und wie geht es ihm?/

///Er hat starke Schmerzen.
Aber sein Kopf ist klar, und er weiß,
dass er sich erholt.
So schnell wird er dich nicht vergessen, John.///

/Uns, meinst du wohl./

///Uns///,

stimmte das Quarx zu.

»John?«, unterbrach Ik Bandicuts Gedanken drängend.

Erschrocken drehte Bandicut sich um und begriff, dass Askelanda ihn etwas gefragt hatte – und er hatte kein Wort davon mitbekommen.

»Wollen wir uns an einen Ort begeben, der uns mehr Entspanntheit verspricht, um uns ausruhen? Und zu reden?«

»Ja, natürlich.« Er seufzte und berührte zum Abschied noch einmal Lakos Arm, dann folgte er den anderen aus dem Raum.

Von einem hohen, mit einer Kuppel überwölbten Saal aus, ganz oben in einem mehrstöckigen Habitat, schauten Bandicut und Ik ins Meer. Sie sahen drei Fischschwärme zwischen den Habitatkuppeln der Unterwasserstadt dahinsausen, in verschiedene Richtungen; sie beobachteten ein großes quallenähnliches Wesen, das wie ein großer, hängender Vorhang aussah. Mehrere Neri schwammen rings um das Wesen, versuchten es aus der Stadt zu treiben. L'Kell erklärte, es sei giftig, gefährlich für junge Neri. Das war interessant, aber Bandicut war zu müde, um noch weiter nach draußen zu schauen. Er musste noch immer zwei Todesfälle und eine geglückte Heilung verarbeiten und überdies seine tiefe Erschöpfung überwinden, die eher emotionaler denn körperlicher Natur war.

Nachdem Askelanda Bandicut feierlich gedankt hatte, teilte er ihm mit, dass man in der großen Habitatkuppel eine behaglichere Unterkunft für ihn und Ik einrichten werde. »In der Zwischenzeit«, sagte er, »fühlt Euch bitte hier wie zu Hause. Seid Ihr hungrig? Können wir noch irgendetwas für Euch tun? Vielleicht habt Ihr ja noch Fragen ...?«

Sie hatten viele Fragen. Viel zu viele, als dass sie sich auf einzelne hätten konzentrieren können. Askelanda sprach einige Minuten lang über die verstorbenen Neri, deren Seelen in die See zurückgekehrt seien. Er erzählte seinen Gästen, dass man den Toten später mit einer Zeremonie gedenken werde, und fragte sie, ob sie der Zeremonie beiwohnen wollten.

Ik nahm das Angebot dankend an und sagte dann: »Askelanda, wir wüssten gern, was aus *unseren* Gefährten geworden ist. Bekommen sie die Erlaubnis, sich wieder zu uns zu gesellen?«

Askelanda hielt kurz Rücksprache mit einem seiner Helfer. »Sie haben eine Besprechung mit der *Obliq*«, erklärte er nach einem Moment. »Wenn sie fertig sind, wird man sie fragen, ob sie sich zu uns gesellen wollen.«

»Die *Obliq?*«, hakte Bandicut nach.

»Die Hüterin ... unseres Wissens.« Askelanda stockte, als ein seltsamer Ausdruck in sein sandfarbenes Gesicht trat. Was hatte dieser Ausdruck zu bedeuten – Anspannung? Der alte Neri zupfte sich die Stola zurecht, und die zusammengebundenen Muscheln klirrten leise. Einen Moment lang wirkte er sogar noch älter als zuvor. »Ich nehme an«, fuhr er in feierlichem Ton fort, »dass die Obliq Euren Gefährten sehr viele nützliche Informationen mit auf den Weg gibt.«

Unvermittelt deutete er auf seine Helfer und bellte ihnen einen Befehl zu, woraufhin diese mehrere große Kissen hereintrugen. »Bitte versucht, es Euch bequem zu machen. In Kürze wird Euch etwas zu essen serviert. Bis es so weit ist, möchte ich Euch erzählen, wie ...«

Plötzlich erbebte der Boden, und Askelanda verstummte. Anfangs wirkte er noch gelassen, doch dann wurde das Beben rasch stärker – bis die ganze Habitatkuppel schwankte. Bandicut wechselte einen besorgten Blick mit Ik. Ein Erdbeben? Ein Angriff?

Die Neri sprachen murmelnd miteinander, und dann bellte einer von ihnen eine Warnung und zeigte nach draußen. Mehrere der kleineren Habitatkuppeln schwankten sichtlich durch das Beben, rissen an ihren Verankerungen. Schlammwolken wurden vom steil abfallenden Meeresboden aufgewirbelt. Breite, grünlich gelbe Lichtstrahlen , die sich fächerförmig ausbreiteten, tauchten die Unterseestadt in ihr gespenstisches Licht.

Und das Licht kam weder von oben noch von einem der Gebäude, sondern aus der Dunkelheit der Tiefe.

Interludium
JULIE STONE

Einige Zeit nach dem Kontakt mit dem Artefakt (und nachdem der geile Doktor Switzer sie untersucht und ihre ExoArch-Vorgesetzten sie befragt hatten), konnte Julie Stone sich endlich auf ihrer Koje ausstrecken und ihr Erlebnis überdenken. Nicht dass sie es auch nur annähernd verstanden hätte; aber zumindest konnte sie sich noch einmal die Details in Erinnerung rufen ... und die Worte. Vielleicht gelang es ihr ja, sie irgendwie zu interpretieren. Julie hatte Kontakt mit einer außerirdischen Präsenz gehabt, oder besser: Die Präsenz hatte den Kontakt zu *ihr* hergestellt. Und obwohl Julie sich nur noch verschwommen an die körperlichen Details dieser Kontaktaufnahme erinnerte, wusste sie, dass der Translator ihr einige schrecklich beunruhigende Gedanken übermittelt hatte. Über einige von diesen Gedanken hatte sie sich mit ihren Kollegen ausgetauscht. Über andere traute sie sich nicht zu sprechen – jedenfalls nicht, ohne sie noch einmal genau zu überdenken.

Etwas ist dort draußen, das versucht, eure Welt zu zerstören ...

Julie war sich ziemlich sicher, diese Worte gehört zu haben, auch wenn sie sich nicht mehr genau erinnern konnte, wann das gewesen war. Die Botschaft wies eine beunruhigende Ähnlichkeit mit dem auf, was John Bandicut ihr in seinem Brief geschrieben hatte, dem Brief, in dem er erklärte, warum er all diese verrückten Dinge getan hatte – ein Raumschiff von der Triton-Orbitalstation zu stehlen und damit auf eine Selbstmordmission zu fliegen, durch das Sonnensystem.

Aber John hatte nichts davon gesagt, dass etwas *versuchte*, die Erde zu zerstören; er hatte nur einen gefährlichen Kometen erwähnt. Und vielleicht, nur vielleicht, war es ihm gelungen, die Erde vor diesem Kometen zu retten.

Vielleicht?

Genau das war der springende Punkt: Niemand wusste es genau. Offiziell ließ die Führungsspitze der MINEXKOR-Station verlautbaren, Bandicut habe den Verstand verloren und sich umgebracht, vermutlich infolge seines bereits einige Zeit zurückliegenden NeuroLink-Unfalls. Einige Leute – Georgia Patwell, Julie, vielleicht Johns Freund Krackey und noch einige wenige andere – glaubten, was John ihnen gesagt hatte. Es stand außer Frage, dass das Schiff auf eine Weise aus dem Orbit von Triton verschwunden war, die *niemand* erklären konnte. Und wie hätte John seine Funkübertragung fälschen sollen – durch das halbe Sonnensystem? Und was war mit der Flamme seines Strahlantriebs – er hatte gesagt, man solle ein Teleskop darauf richten. Jemand hatte das getan – natürlich nicht offiziell; die Offiziellen waren alle viel zu sehr damit beschäftigt gewesen, zu erklären, warum das, was geschah, in Wirklichkeit unmöglich sei. Aber jemand oben in der Orbitalstation hatte Bilder gemacht, sehr seltsame Bilder. Und keines davon ergab einen Sinn – es sei denn, man zog eine recht absonderliche Technologie in Betracht. Zum Beispiel eine *außerirdische* Technologie.

Überdies hatte man auf der Erde den fraglichen Kometen gesichtet, der gerade erst hinter der Sonne aufgetaucht war. Es war durchaus möglich, dass er sich auf einem Kollisionskurs zur Erde befand – aber man hatte nicht genug Daten zur Verfügung gehabt, um seinen Orbit derart genau berechnen zu können. Doch zu jenem Zeitpunkt hätte sowieso niemand vorhersagen können, welche Auswirkungen es auf die Bahn des Kometen gehabt hätte, wenn er durch die Sonne erhitzt worden wäre; auf jeden Fall hätte das Auswirkungen gehabt, denn das Wasser auf der Kometenoberfläche wäre explosionsartig verdampft. Niemand hatte in der Nähe der grellen Sonne das gestohlene Raumschiff gesichtet – wenn es überhaupt da gewesen war. Aber mehrere Teleskope beobachteten den Blitz, die Explosion, relativ nah an der Kreisbahn des Merkurs. Und danach war kein Komet mehr zu sehen gewesen, nur noch eine Wolke aus feinem Staub und Trümmern.

Hatte Bandie *vielleicht* die Erde gerettet?

Julie sah blinzelnd zur Decke über ihrer Koje. *Nein, kein Vielleicht, nicht mehr. Es hat's mir gesagt,* dachte sie. *John hat die Wahrheit gesagt, jedes einzelne Wort stimmt! Er hat das Schiff entführt und ist damit gegen den Kometen geflogen.* Eigentlich hätte sie sich darüber freuen müssen, zu wissen, dass er nicht umsonst gestorben war. Dass er ein Held war. Und normalerweise hätte sie sich auch gefreut, wäre nicht ... der Translator gewesen, der jetzt auch noch von ihr verlangte, etwas für ihn zu erledigen. Vielleicht so etwas Verrücktes wie das, was John getan hatte?

Müssen noch einen Auftrag erfüllen ... brauchen deine Hilfe ...

Und eines hatte der Translator ihr eindeutig übermittelt: Er wollte, dass sie es für sich behielt.

Sie wälzte sich herum, nahm ihr Kissen und zog es eng an sich. Als sie an John dachte, rannen ihr wieder Tränen über das Gesicht.

10
Ausbruch

Die Neri schrien einander an. Ihre Stimmen waren eine einzige Kakophonie aus Krächzlauten, zu schnell und verwirrend, als dass Bandicuts Translatorsteine ihnen hätten folgen können.

Das Beben wurde immer stärker. Innerhalb weniger Augenblicke war aus dem seltsamen Ereignis ein Notfall geworden. Bandicut und Ik hielten sich im Hintergrund, während Askelanda den Neri Anweisungen zurief. Die Neri hasteten wild umher, manche in den Raum, manche hinaus. Bandicut stellte sich vor, dass die Kuppel über ihnen reißen würde. *Wenn es tatsächlich dazu kommt,* sagte er sich, *ist es egal, ob du nah an der Kuppel bist oder nicht; dann stirbst du so oder so.* Am Rand der Kuppel stehend, versuchte er zu erkennen, was draußen vor sich ging. Von hier oben aus hatte er einen guten Ausblick, doch um nach unten sehen zu können, musste er sich regelrecht den Hals verrenken. Das Licht aus der Tiefe war heller geworden, fast schon so grell, dass es die ganze Unterseestadt erhellte. Der Anblick erinnerte ihn an ein grell erleuchtetes Stadion, von Ferne durch einen dichten Nebel gesehen.

»L'Kell!«, rief Bandicut dem jungen Neri-Anführer zu, der mehrmals aus dem Raum und wieder hineingelaufen war und nun darauf wartete, dass Askelanda auf ihn aufmerksam wurde. »Was ist los? Greifen uns die Festländer an? Ist es ein Seebeben?«

Es schien L'Kell äußerst schwer zu fallen, sich in diesem Augenblick der Not auf Bandicut zu konzentrieren. »Die Festländer? Nein. Das ist das –«, *kraafff,*

»– das Ungeheuer, der Allesverschlingende, im Herzen des Tiefseegrabens.«

L'Kell verstummte, als das Habitat plötzlich noch heftiger schwankte. Bandicut und Ik gerieten ins Taumeln, und Bandicut schlug gegen die Kuppelwand. Beinahe wäre ihm das Herz stehen geblieben, als er sich vorstellte, durch die Wand zu brechen. Er stieß sich wieder von der durchsichtigen Membran ab. Was war gerade geschehen? Er wandte den Kopf und sah einen Schwarm silbergesprenkelter Fische an der Kuppel vorbeischwimmen, schräg nach unten. Irgendetwas war seltsam an diesem Anblick, und er brauchte einen Moment, um zu erkennen, was es war: Die Fische schwammen eigentlich *nach oben*, gegen die Strömung, doch trotzdem wurden sie ins tiefere Wasser hinabgerissen.

Was für eine Art von Abwärtsströmung konnte solch eine Geschwindigkeit und Kraft haben?

»Genau davon habe ich eben gesprochen!«, rief L'Kell. »Der Todesschlund aus der unergründlichen Tiefe! Wir sind nie tief genug hinabgetaucht, um ihn zu sehen. Aber wir kennen ihn gut und haben gehofft, dass er nicht so bald wieder erwachen würde!«

»Dann, hrachh ...« Ein plötzliches, bis ins Mark gehendes Knirschen, das das gesamte Habitat durchzurütteln schien, unterbrach Ik.

»*Haiii, kallah, Askelanda!*«, brüllte L'Kell und schoss zum Rand des Kuppeldachs, um ins Meer zu blicken. Er hatte viel zu schnell gesprochen, als dass Bandicuts Steine es hätten übersetzen können. Doch einen Moment später war klar, warum er geschrien hatte.

KRIEEEE-E-E-E-TSCH . . . !

Bandicut wich vor einem lauten Kreischen zurück, das durch das Wasser so stark verzerrt wurde, dass er nicht einmal dann die Lärmquelle hätte bestimmen können, wenn sie direkt vor ihm gewesen wäre. Ein kurzes Stück hangaufwärts schwankte eine Habitatkuppel bedrohlich, krängte sich immer stärker und riss sich aus ihrer Verankerung. Die Kuppel kam, von der Strömung mitgerissen, immer näher auf die große Habitatkuppel zu, in der sich Bandicut und die anderen aufhielten; sie drehte sich dabei um die eigene Achse und zog Luftblasen hinter sich her; dann stieg sie mit märchenhaft wirkender Anmut gleich neben Bandicuts Habitatkuppel in die Höhe hinauf. Rasch gewann sie an Höhe und war schon bald in den trüben Fluten über ihnen verschwunden.

»John Bandicut!«

Als er Iks Schrei hörte, löste er sich von dem Anblick. Die meisten Neri hatten den Raum blitzschnell verlassen. Nur L'Kell war noch da und schrie jemandem, der im Gang stand, etwas zu. Er drehte sich zu Ik und Bandicut um. »Ich muss gehen! Ihr könnt hier bleiben. Hier müsstet ihr eigentlich sicher sein.«

»Hrachh – niemals!«, grollte Ik. »Wir gehen mit dir, wenn wir helfen können!«

»Genau! Aber wohin willst du eigentlich?«, fragte Bandicut den Neri.

»Zu den Tauchfahrzeugen«, antwortete L'Kell und winkte ihnen, ihm zu folgen. »Wir müssen nachsehen, was wir tun können.«

»Dann lauf vor!«, rief Bandicut.

Und sie rannten los.

Antares hatte voller Bestürzung zugehört, als die Obliq Kailan die geheimnisvolle Gefahr am Meeresgrund beschrieb, im Tiefseegraben, der nicht weit von der Neri-Stadt entfernt lag. Die Neri wussten nicht, was es mit dem Graben auf sich hatte, nur dass er vor vielen

Jahren im Zuge einer gewaltigen Katastrophe entstanden war. Aber was auch immer darin lauerte, es verursachte in unvorhersagbaren Intervallen sowohl Beben als auch unerklärlich starke Tiefenströmungen – jene Strömungen, bei denen gewaltige Wassermassen in den Graben gesogen wurden. Und natürlich nicht nur Meerwasser, sondern auch alles andere, was sich im Meer befand, wie etwa Neri-Schwimmer, die das Pech hatten, in die Strömung zu geraten. Im Laufe der Jahre hatten schon viele Neri auf diese Weise den Tod gefunden. Die schlimmsten Beben waren stets von einem verwirrenden Leuchten begleitet, das aus der unergründlichen Tiefe des Grabens hinauf in die lichteren Tiefen des Ozeans strahlte.

»Warum bleibt ihr Neri hier, wo doch eure Stadt so nah an dem Graben liegt?«, hatte Li-Jared gefragt – mit mehr Logik als Taktgefühl.

»Weil da unten unsere Fabriken liegen ...«

»Im Tiefseegraben?«, hakte Li-Jared nach. Seine stahlblauen Pupillen waren vor Staunen geweitet.

»Nicht im Graben selbst, sondern auf dem Vorsprung, nahe der Stelle, wo der Meeresboden extrem steil abfällt«, erwiderte Kailan ruhig und sah ihre Gäste an, die in ihren Gemächern auf den Kissen saßen. Das Gesicht der Neri-Frau wurde von den großen Augen dominiert, die ihr einen ausgesprochen neugierigen Ausdruck verliehen. »Ohne die Fabriken werden wir sterben, sagen unsere Anführer. Vielleicht haben sie Recht.« Sie verstummte kurz. »Früher war der Todesschlund nicht so aktiv wie heute. Das letzte schlimme Beben liegt schon Jahre zurück.«

Kaum hatte Kailan den Satz vollendet, da erbebte plötzlich der Boden. Antares und Kailan sahen sich beunruhigt um.

Li-Jared sprang auf und lief nervös durch den Raum. »*Was ist los? Was ist das?*«

Antares packte ihn beim Arm und beruhigte ihn. Unter Kailans Führung eilten die drei in einen der Kuppelräume, von denen aus sie sich mit eigenen Augen überzeugen konnten, was draußen vor sich ging.

Sie waren gerade erst an der durchsichtigen Kuppelwand angekommen, als das markerschütternde Kreischen von Metall den Boden unter ihren Füßen vibrieren ließ. Das Kreischen schwoll an und übertönte das hintergründige Grollen des Bebens. Dutzende von Habitatkuppel, die meisten hangabwärts gelegen, rissen an ihren Trossen und Verankerungen. Eine davon, nur wenige Kuppeln entfernt, riss besonders heftig an ihrer Trosse. Einen Moment lang sah es so aus, als würde sie nach unten gesogen; dann gab die Verankerung mit einem schrecklichen Aufkreischen nach, eine Wolke aus Luftblasen stieg auf, und das Habitat trieb empor und verschwand außer Sicht.

Entsetzt sah Antares Kailan an. »Das ist eines der schlimmeren Beben, nicht wahr?« Wortlos, zu entsetzt, um Worte dafür zu finden, starrte die Obliq nach draußen. Antares spürte ihre tiefe Bestürzung.

Also war es tatsächlich eines der schlimmeren Beben.

Kailan drehte sich um und stellte einem Neri hastig mehrere Fragen hintereinander. Ungeduldig hörte sie sich die verzweifelten Antworten an, dann stand sie einen Moment reglos und in Gedanken versunken da.

»Waren Neri in dieser Kuppel?«, erkundigte sich Antares.

Kailan schaute sie an. »Ja. Wenn sie die Kuppel verlassen können, ehe sie die Meeresoberfläche durchbricht, überleben sie vielleicht. Aber das Habitat … könnte …«

»Was?«

Kailans Gedanken waren Antares' Frage offensichtlich schon weit voraus. Die Neri fuhr herum und rannte mit überraschender Schnelligkeit in ihre Gemächer zurück. »Elbeth! Instrumente einschalten – komplette Abtastung des Ozeans über uns!«

Flüchtig sah Antares zu Li-Jared, ehe sie Kailan nacheilte.

Sie rannten in den zweiten Raum, der zu Kailans Gemächern gehörte. Vor der linken Wand standen Schaltpulte; drei davon leuchteten. Sie waren leicht nach innen gewölbt und geformt wie dicke Halbmonde mit stumpfen, nach unten weisenden Hörnern. Überrascht starrte Antares die Instrumente an. Selbst in den Tauchbooten hatte sie keinen Hinweis auf eine solch hoch entwickelte elektronische Technologie gesehen. Die drei Instrumente zeigten verschiedene Versionen eines geisterhaften Bildes: vermutlich eine Darstellung des Ozeans über ihnen, sichtbar gemacht durch eine Art von Lichtverstärkung. Dicht am Rand der Darstellung, über dem rechten Horn des mittleren Schaltpults, waren mehrere nur undeutlich begrenzte Punkte zu erkennen. Die Punkte glichen den Habitaten über der Kuppel, in der Antares sich momentan befand.

Li-Jared zeigte auf das Gerät. »Was ist das?«

Antares sah genauer hin und erkannte mehrere dunkle Punkte, die sich im helleren Bildbereich bewegten und dann verblassten. Hektisch bediente Kailan das Schaltpult, versuchte die Bilddarstellung zu verbessern. »Verfolgungsteams. Aber ich glaube nicht, dass sie die Habitatkuppel noch rechtzeitig abfangen können.« Ihre Finger bewegten sich mit der Präzision und Eleganz eines Musikers über die tastenförmigen

Kontrollen. »Darüber wird Askelanda gar nicht erfreut sein. Ich frage mich, ob wir von hier aus überhaupt irgendetwas unternehmen können.«

Sie berührte eine runde Vertiefung, und alle drei Schirme blinkten kurz und schalteten dann auf abstrakte Muster und Zeichen um: vermutlich grafische Darstellungen verschiedener Messwerte. Der mittlere Schirm bildete die Messwerte noch am ehesten an der Realität orientiert von allen ab: eine Art von Langstreckenradar- oder Sonarbild. Punkte waren darauf zu erkennen, die sich bewegende Objekte repräsentierten.

»Was ist das?«, murmelte Antares. Sie traute sich kaum, Kailan zu unterbrechen.

»Gleicher Blinkwinkel, der Ozean über uns, ein zusammengesetztes Bild von mehreren Abtastgeräten«, antwortete Kailan knapp. Anscheinend versuchte sie, etwas auf dem Bildschirm mit einem Kreis zu erfassen: ein großes Symbol, neben dem sich laufend verändernde Textzeichen blinkten.

»Ist das das Habitat?«

»Ja.«

»Man könnte fast meinen«, sagte Li-Jared, »dass Ihr auf dieses Ding da zielt. Ist dieses Gerät eine …?« Er verstummte, als fürchte er sich davor, die Frage zu stellen. Antares spürte die Schwingungen seiner Furcht, und hörte sich selbst denken: *Ist das eine Waffe?*

Kailan rief Elbeth zu: »Stellt mir eine Verbindung zu Askelanda her! Und lasst Euch nicht abweisen!«

Als sie den Hangar erreichten, hatten die anderen Tauchboote bereits abgelegt. Ik und Bandicut kletterten den Einstiegsschacht hinab und machten dann

L'Kell Platz, der das Luk schloss und sich sodann vor der Kontrolltafel einrichtete. Mit erstaunlicher Geschwindigkeit tauchten sie ab, entfernten sich vom Hangar und glitten durch die leuchtende Stadt. Bandicut sah durch die Kanzel in der Nase des Tauchboots hinaus. Als L'Kell unvermittelt scharf um eine Habitatgruppe bog und das Boot dann steil nach oben steuerte, tastete Bandicut hektisch nach einem Halt. »Wo fährst du hin?«, fragte er ihn. Es war beunruhigend, die gelblich-grüne Aura der Stadt unter sich verschwinden zu sehen; die Stadt war für ihn bereits zu einem Ort der Sicherheit geworden – mehr, als ihm bewusst gewesen war. »Verfolgen wir das Habitat, das aus der Verankerung gerissen wurde?«

»Ja, wenn wir ...«, L'Kell verstummte, als eine Neri-Stimme aus einer Com-Konsole trillerte. Er antwortete knapp, in seltsam tiefem Ton – dann stieß er einen Warnschrei aus, lenkte das Tauchboot in eine scharfe Kurve und richtete die Nase wieder steil nach unten. »Wir haben einen neuen Auftrag bekommen«, erklärte er. Bei dem abrupten Kurswechsel war Bandicut ganz flau im Magen geworden. Er stützte sich an der Frontkanzel ab. Das Geräusch der Motoren wurde lauter, als L'Kell beschleunigte und das Tauchboot wieder in die Tiefe sank.

Wie trunken schwankte das Boot hin und her, und plötzlich begriff Bandicut, dass L'Kell es soeben in die starke Abwärtsströmung gelenkt hatte, die sie vom Habitat aus beobachtet hatten. Sie schossen mit der Strömung in die Tiefe. Aber wohin? Bandicut hielt den Atem an, als sie an der Unterwasserstadt vorbeischossen, die nun zu ihrer Linken lag. In steilem Winkel sanken sie immer weiter hinab. Das flackernde Leuchten aus dem Tiefseegraben war nun vor und unter ihnen zu sehen. Es sah aus wie Blitze im Herzen eines Gewitters.

War das etwa ihr Ziel? Würden sie sich dem Allesverschlingenden stellen?

»L'Kell?«, murmelte er.

Sie näherten sich jetzt dem Grund und folgten der Hanglinie wie ein Flugzeug im Tiefflug. Größtenteils bestand der Meeresboden aus Fels und Schlamm, doch rauschten sie so schnell über ihn hinweg, dass sie ihn nur verschwommen sahen.

»Sie haben einige Tauchboote losgeschickt, um die losgerissene Habitatkuppel zu verfolgen«, teilte L'Kell ihnen schließlich mit. »Man hat uns eine andere Aufgabe zugeteilt. Wir sollen der Strömung folgen und nachsehen, ob irgendetwas in den Schlund gesogen worden ist.« Eine krächzende Stimme aus der Com-Konsole unterbrach ihn. Er wechselte einige Worte mit dem Neri, der irgendwo in einer Funkzentrale saß, dann meinte er zu seinen Gefährten: »Ein Andockgerüst ist abgebrochen. Man hat beobachtet, dass die Strömung es nach unten gerissen hat, auf die Fabrik zu. Wir müssen nachsehen, ob es dort zu Schäden gekommen ist und ob wir etwas unternehmen müssen.«

Bandicut sah Ik an, dessen Augen in einem inneren Licht funkelten. Aufregung? Oder Beunruhigung? »Wir tauchen aber doch nicht ... bis zu dem ... wie habt ihr es doch gleich genannt?«, fragte er heiser.

»Den Dämon der Dunkelheit, den ...«, *kraafff,* »... den Todesschlund in der unergründlichen Tiefe«, brummte L'Kell, den Blick starr geradeaus gerichtet. »Ich hoffe nicht, dass wir das tun müssen. Zwischen uns und dem Schlund liegt noch viel Wasser.«

Sogleich atmete Bandicut ein wenig ruhiger.

»Trotzdem ...«, L'Kell schaute Bandicut flüchtig an, »... man kann nie wissen. Oder?«

Bandicut blinzelte und wünschte sich plötzlich, er hätte nicht nachgefragt.

Kailan arbeitete konzentriert. Sie hatte den Zielkreis über das Symbol für das losgerissene Habitat dirigiert und studierte nun ein Display, das, wie Antares vermutete, Ortungsdaten anzeigte. »Das Habitat wird die Oberfläche in drei Minuten durchbrechen«, verkündete Kailan. »Es ist gut möglich, dass es zuerst auf die Kollektorphalanx trifft.«

Antares wusste zwar nicht genau, wovon Kailan sprach, spürte aber ein kaltes Gefühl von Distanz. Kailan und Elbeth arbeiteten zügig, und während Antares zu verstehen versuchte, was sie taten, schirmte sie ihre eigenen Emotionen vor den beiden Neri-Frauen ab, um sie nicht zu stören.

»Ich habe Askelanda erreicht«, meldete Elbeth.

»Obliq«, sagte eine trockene Stimme aus dem Schaltpult. »Wir sind momentan sehr beschäftigt. Wir haben eine Habitatkuppel verloren …«

Kailan berührte die Schalttafel. »Ahktah, ich verfolge den Kurs dieser Kuppel. In zwei Minuten wird sie auf Höhe der Sonnenkollektorphalanx sein und vermutlich mit ihr zusammenprallen. Sie durchbricht die Oberfläche in zweieinhalb Minuten!«

Die antwortende Stimme klang verblüfft. »Woher wisst Ihr das?«

»Ich verwende die Richtstrahlscanner, die Ihr für defekt haltet! Ich habe keine Wahl – ich muss eingreifen. Bitte weist Eure Tauchboote an, sich zurückzuziehen!«

Askelandas Stimme klang schneidend und wütend. »Ich kann sie nicht zurückbefehlen! Sie versuchen, die Kuppel abzufangen! Etwas anderes können wir nicht tun!«

»Die Tauchboote können das Habitat nicht einholen! Aber ich kann es aufhalten. *Ihr müsst sie zurückrufen!*«

»Obliq – ich verstehe nicht, wie Ihr glauben könnt …«

»Ich werde ein Loch in die Kuppel schießen und sie so zum Sinken bringen. Sind alle Neri aus der Kuppel heraus?«

»Das wissen wir nicht – wir haben keinen Kontakt zu ihnen. Was meint Ihr damit, Ihr wollt sie *zum Sinken bringen?*«

»Wir müssen verhindern, dass die Kuppel die Oberfläche durchbricht. Wenn sie auftaucht, sterben die Neri mit Sicherheit, die sich noch nicht haben aus ihr retten können. Wenn ich ein Loch hineinschießen kann, sind wir vielleicht in der Lage, die Kuppel wieder herunterzuholen, ehe sie oben ankommt. Denkt an die Phalanx, Askelanda! Wir können kein Risiko eingehen! *Befehlt Eurem Tauchboot, sich aus meiner Schusslinie zu entfernen!*«

»Ihr wollt doch wohl nicht diese altertümliche Waffe benutzen …?«

»In zehn Sekunden«, entgegnete Kailan gelassen.

»Aber Ihr könnt doch nicht … also schön … wir rufen sie zurück!«

»Sieben.«

»Gebt uns Zeit!«

»Das kann ich nicht. Sonst ist es zu spät. Fünf.« Kailans Finger huschten über die Schalttafel. Sie richtete die großen Augen auf den Schirm. Ihr schwimmhäutiger, dünner Finger schwebte über einer Taste. »Zwei …«

»Sie melden uns, dass sie …«

»Ich kann nicht warten. Löse jetzt den Pulsstrahl aus!« Sie drückte auf die Taste.

Der linke Bildschirm flackerte kurz und zeigte dann wieder die Außenansicht der über ihnen liegenden Wassermassen. Ein dünner, grüner Lichtstrahl schoss nach oben, verschwand im trüben Ozean. Drei helle Blitze zuckten an dem Lichtstrahl hoch, als würden sie auf ihm entlangreiten, so schnell, dass man ihnen nicht mit Blicken folgen konnte. Antares schaute Kailan an. Die Neri blickte auf den mittleren Schirm, auf dem sich drei blinkende Striche dem großen Symbol und dem Kreis näherten. Sie deutete auf ein anderes Symbol, eindeutig ein Tauchboot der Verfolger, und gestikulierte wild, als wolle sie es beiseite schieben. Das Tauchboot war nicht schnell genug.

Der erste blinkende Strich traf es und wuchs zu einem großen, leuchtenden Kreis an. Kailan erstarrte. Der zweite verfehlte das Tauchboot und durchdrang das Habitat-Symbol. Ebenso der dritte.

Rote Ringe dehnten sich um das Habitat-Symbol aus.

11
Rettung

Der Rumpf des Tauchboots knarrte beunruhigend, als sie tiefer sanken, hinab in die Dunkelheit, die nur von den ab und an aufglimmenden Lichtern zerrissen wurde. Bandicut erinnerte sich an früher; viele Jahre war es her, seit er einmal eine Tauchfahrt an die Stelle gemacht hatte, wo die *Titanic* im Ozean versunken war, viertausend Meter tief im Nordatlantik, auf der Erde. Es war ein unvergessliches Erlebnis gewesen, das sorgsam beleuchtete Schiffswrack in der Dunkelheit seines Ozeangrabs auftauchen zu sehen und an die vielen hundert Menschen zu denken, denen das Schiff selbst zum Grab geworden war. Jahrzehntelang hatte das Wrack ungestört dort unten gelegen, und selbst jetzt, wo die Stätte zu einem historischen Unterseepark geworden war, umgab sie eine Aura der Ruhe, ein nüchternes Gefühl der Tragik, das niemals weichen würde. Er hatte die erläuternden Kommentare in seinem Kopfhörer abgeschaltet und das mit Flutlicht beleuchtete Schiff betrachtet, das vor ihnen in der ewigen Nacht aufragte, eine einprägsame Metapher für Stille und Einsamkeit.

Inzwischen bewegten sich die Schwebeteilchen im Wasser auf das Neri-Tauchboot zu; nur daran erkannte Bandicut, dass sie sogar noch schneller in die Tiefe schossen als die Strömung. Noch immer spürte er sie, wenn eine gelegentliche Turbulenz das Tauchboot so sehr durchrüttelte, dass L'Kell Schwierigkeiten hatte, es auf Kurs zu halten. Von Zeit zu Zeit hörte er ein leises Zischen und spürte ein Knacken in den Ohren, als die Systeme des Boots den Innendruck stufenweise an den zunehmenden Außendruck anpassten – sie glichen ihn zwar nicht exakt an den Außendruck an, reduzierten aber das Druckdifferenzial. Bei diesem Gedanken fiel Bandicut wieder das Habitat mit seiner durchscheinenden, filigran wirkenden Kuppel ein, das der Oberfläche entgegenschoss, falls es diese nicht sogar schon erreicht hatte; er erschauerte, als er sich die explosionsartige Dekompression vorstellte, die gewiss in ihrem Inneren stattfand. Als er L'Kell danach fragte, antwortete der Neri: »Mit ein wenig Glück konnten alle aus dem Habitat fliehen. Den raschen Druckabfall beim Aufstieg können sie überleben – aber sie sterben ganz sicher, wenn die Kuppel auftaucht und die Habitatmembran platzt!«

Nach dieser Erklärung schwieg Bandicut. Er fragte sich, wo in all diesem Trubel wohl Antares und Li-Jared steckten.

///Deine anderen Freunde?
Du vermisst sie.///

/Ich mache mir größte Sorgen um sie. Was ist, wenn sie in der Kuppel sind, die da gerade nach oben schießt?/

///Sie könnten sterben. Meinst du das?///

/Natürlich meine ich das. Sie sind nicht wie du, Charlie. Charlene, meine ich. Sie können nicht jedes Mal wieder ins Leben zurückkehren wie du./ Jedenfalls nicht, soweit er wusste.

///Du kannst mich ruhig Charlie nennen,
wenn du willst.
Dieses Sterben ist etwas sehr Wichtiges für dich,
nicht wahr?///

/Was für eine Frage! Himmel, Charlie – ja! Es *schmerzt,* wenn die eigenen Freunde sterben./

///Ja, ich nehme an, es . . .///

/Und ich muss dir sagen, es hilft nicht gerade besonders, wenn du und die anderen Quarxe ständig sterben, noch dazu meistens dann, wenn ich euch am meisten brauche./

Bandicut spürte regelrecht, wie Charlie nachdenklich die Lippen schürzte.

///So wie Charlie-Vier, mein Vorgänger?///

/Nun ... ja. Versteh mich nicht falsch – ich habe dich hier lieber bei mir als ihn! Ich glaube, man könnte sagen, dass sein Tod keine ganz schlechte Sache war./

///Wirklich? Wieso?
Hättest du das auch gesagt, wenn ich gestorben wäre?///

/Nein!/

///He, bleib ganz ruhig!
Ich versuche nur, dich zu verstehen.///

Bandicut wurde sich plötzlich seiner inneren Anspannung bewusst und atmete tief durch, verblüfft über die vielen Emotionen, die in ihm aufwogten: Wut, Trauer, Bestürzung. /Charlie-Vier war ein gemeiner, äußerst launischer Hurensohn./ Noch während Bandicut den Gedanken formulierte, stockte er.

///Also tut es dir nicht Leid, dass er gestorben ist?///

/Das hab ich nicht gesagt!/ Angestrengt suchte er nach den richtigen Worten. /Es *tut* mir Leid! Es hat mir wehgetan, es tut immer weh. Aber du weißt genauso gut wie ich, dass er nicht ... nun, er hätte nicht das getan, was *du* getan hast. Beispielsweise Lako zu retten./

///Und da bist du dir ganz sicher?///

/Ja, bin ich. Er hat sich strikt geweigert. Als es brenzlig wurde, hat er sich verdrückt. Ich wusste gar nicht, dass ein Quarx Selbstmord begehen kann./

///Nun, vielleicht hat er das ja auch nicht getan.///

/Zumindest sieht es ganz danach aus./

*///Und falls er sich tatsächlich umgebracht hat
... ist das etwas Schlimmes?///*

Voller trübsinniger Gedanken blickte Bandicut ins Meer hinaus, das zu seiner Stimmung zu passen schien, und fragte sich, in welcher Tiefe sie jetzt wohl waren und wie tief sie noch tauchen würden. L'Kell steuerte das Tauchboot schweigend und konzentriert. /Ja, das ist etwas Schlimmes, glaube ich. Ein Akt der Feigheit. Nur dass ... ich über das Ergebnis froh bin. Ich bin froh, dass du jetzt hier bist./

Das Quarx zögerte, und Bandicut spürte, dass sie erwog, ob sie ihm widersprechen sollte oder nicht.

///Danke sehr///,

sagte sie schließlich. Und dann verstummte sie.

Bandicut fragte sich, ob er vielleicht etwas Falsches zu ihr gesagt hatte.

Obwohl der abfallende Meeresgrund zunehmend schlammiger wurde, klärte sich das Wasser allmählich. Eine Zeit lang fiel der Grund noch steiler ab. Dann sahen sie plötzlich im Scheinwerferlicht eine Veränderung: Der Boden glitt fast eben unter ihnen vorbei, war aber mit kleinen, spitzen Hügeln durchsetzt, denen L'Kell ausweichen musste. Hernach fiel das Gelände wieder ab, wurde erneut eben und schließlich wieder hügelig; dieses Muster wiederholte sich noch einige Male, ein stufiger Vorsprung mit flachen Kämmen und Hügeln folgte dem anderen. Eine Zeit lang verschwand das flackernde Licht aus der Tiefe – oder wurde von irgendetwas blockiert. Der Anblick des seltsamen Grundprofils kam Bandicut seltsam bekannt vor, aber ihm wollte einfach nicht einfallen, wieso ... bis plötzlich dunkle Rauchwolken im Scheinwerferlicht auftauchten, die schornsteinartigen Formationen auf dem Meeresgrund entstiegen. An der Stelle, wo die Strömung die dunklen Wolken erfasste, neigten sie sich zur Seite und wirbelten in diffusen Streifen den Hang hinab, über die Kämme hinweg dem tiefen Meeresgraben entgegen. Schnaufend holte Bandicut Luft.

///Weißt du, was diese Dinger da sind?///

/Auf der Erde nennt man sie Black Smoker. So was ähnliches wie Vulkanschlote auf dem Meeresgrund. Wenn das hier ebenfalls solche Smoker sind, stoßen sie nicht nur Rauch, sondern auch extrem heißes Wasser aus./

»Wir müssen diesen heißen Schloten ausweichen«, erklärte in diesem Moment L'Kell, bremste das Tauchboot ab und steuerte es um die Gebilde herum. »Wir sind fast da.«

/Fast da?/, fragte Bandicut, dann fiel ihm etwas ein. /Ah, ich glaube, ich hab da so 'ne Ahnung!/

///Was für eine Ahnung?///

/Sag ich dir sofort. Wenn ich Recht habe./

///Du könntest es mir trotzdem sagen,
ob du nun Recht hast oder nicht.///

Bandicut grunzte, reckte den Hals und versuchte, weiter in die Ferne zu blicken. Kurz darauf erkannte er schlammbedeckte Kuppeln und Kräne und andere Maschinen in der Dunkelheit. /Es stimmt! Das ist sie! Ihre Fabrik liegt tatsächlich so nah am Rand des Grabens! Unglaublich!/

///Wieso hier?///

/Wegen der Hitze und Rohstoffe, glaube ich. Natürlich! Diese Smoker stoßen Mineralien und extrem heißes Wasser aus, so heiß, dass es bei geringerem Druck verdampfen würde! Mit der richtigen Ausrüstung könnte man .../

»Unsere Fabrik«, hörte er unvermittelt L'Kell sagen, »entzieht diesen Wolken Mineralien und Hitze. Wenn sie störungsfrei arbeitet, kann sie ...«

Ik fiel dem Neri ins Wort. »Hrachh!« Er zeigte auf

eine Ansammlung gräulicher Maschinen auf dem Vorsprung vor ihnen – an ihnen hatte sich etwas verfangen, gerade noch sichtbar im Scheinwerferlicht, etwas, das wie ein Metallgerüst aussah, an dem eine gespenstische Blase hing. Als sich ihr Tauchboot dem Gerüst näherte, waren zwei kleinere Umrisse zu erkennen, die sich im Inneren der Blase bewegten.

»Hol mich der mokin fokin Teufel«, wisperte Bandicut. »Sind das etwa wirklich …?«

///Was?///

/Nicht was! Wer! Das sind Napoleon und Copernicus. Das ist unsere Sphäre! Unsere Sternenkoppler-Sphäre./ Bandicut krampfte sich vor Angst der Magen zusammen. »L'Kell …«

»Ja, ich weiß«, erwiderte der Neri knapp. Sein Ton verriet, dass er sich im Augenblick sehr konzentrieren musste. Er lenkte das Tauchboot dicht an das Gerüst mit der Sternenkoppler-Sphäre, dann schwang er es mit laut summenden Motoren herum, gegen die Strömung. L'Kell versuchte dichter an die Sphäre zu gelangen, doch die Strömung drückte gegen das Boot, versuchte, es in die Dunkelheit des Grabens, in den Abgrund hinunterzureißen. Schließlich musste er aufgeben und sich wieder ein Stück von der Sphäre entfernen. Anscheinend stand die Fabrik am Rand eines steilen Abhangs. Bandicut schaute senkrecht in den finsteren Tiefseegraben hinab und sah tief unten Blitze zucken.

»Ich hoffe, die Strömung lässt bald nach«, seufzte L'Kell. »Dann nähern wir uns eurer Sphäre wieder an und versuchen, sie zu bergen. Bis dahin muss ich das Fabrikareal inspizieren und herausfinden, ob sich noch etwas hier verfangen hat – oder ob die Fabrik beschädigt wurde.« Mehr sagte L'Kell nicht dazu, doch Bandicut fiel wieder ein, was er ihm bereits über die

Fabrik erzählt hatte. Die Fabrikmaschinen, mit denen die Neri ihre Maschinen bauten, fielen nach und nach aus. Und ohne sie stünden die Neri am Rand einer Katastrophe.

»Werdet ihr Reparaturtrupps hier runterschicken?«, fragte Ik.

Der Neri antwortete nicht, sondern konzentrierte sich auf ein Steuermanöver. Er lenkte das Tauchboot über die Tiefseelandschaft hinweg, bog mal in diese, dann in jene Richtung ab, und inspizierte das Gelände, das an eine verlassene, fremdartige Siedlung auf der schroffen Oberfläche eines Mondes erinnerte. Schließlich sagte er: »Das könnten wir tun – wenn wir wüssten wie.«

Bandicut öffnete den Mund zu einer Erwiderung, dann schloss er ihn wieder. Was konnte er schon sagen? Wenn selbst die Neri ratlos waren ...

»Obliq, schaltet Eure Waffe ab! Ihr habt eins unserer Tauchboote getroffen!«, krächzte eine männliche Neri-Stimme, eindeutig nicht Askelandas. »Wir müssen Hilfstrupps hinschicken!«

Kailans Finger schwebte noch immer über der Taste, bereit, weitere Schüsse abzugeben. Sie betrachtete das Display. Erst jetzt trugen die Schallwellen, verzögert durch die Entfernung, das Dröhnen ihrer drei Treffer bis in die Habitatkuppel der Obliq. »Wir haben die Kuppel, die sich losgerissen hat, getroffen«, hauchte sie, »aber ist das Loch groß genug?« Mit dem Finger verfolgte sie den wahrscheinlichen Kurs des Habitats auf dem Schirm, bis zu einer Reihe von langen, waagerechten Linien. »Die Kuppel steigt immer noch. Es braucht wohl noch einige Zeit, bis sie sich mit Wasser gefüllt hat.«

»Obliq, bitte bestätigen!«

»Verstanden«, bellte Kailan. »Warte ab. Aber haltet die Schussbahn frei!« Kailan studierte den Schirm, zögerte. »Es steigt noch immer zu schnell auf. Also gut – Euer Tauchboot ist in sicherer Entfernung. Schieße erneut!«

Drei Blitze rasten den Lichtstrahl hoch.

Sie trafen das Habitat-Symbol.

Noch immer stieg es auf, näherte sich den waagerechten Linien unter der Ozeanoberfläche, die die Sonnenkollektorphalanx symbolisierten. Doch dann wurde das Habitat langsamer. Dicht unter einem der Phalanxsymbole kam es schließlich zum Stillstand. Einige Momente lang schwebte es auf der Stelle, dann begann es zu sinken.

Wieder dröhnte der verzögerte Lärm der Treffer durch die Wände.

»Obliq!«, ertönte eine schneidende Stimme. Diesmal war es wieder Askelanda.

»Ich schalte die Waffe ab«, erklärte Kailan. »Das Habitat sinkt wieder. Vielleicht ist es gegen einen Sonnenkollektor geprallt, aber ich glaube nicht. Könnt Ihr es jetzt mit einem Haken abschleppen? Falls noch jemand im Habitat ist, braucht er sicher Hilfe.«

Zur Antwort hörte sie eine Mischung aus wütender Bestätigung, Geschrei im Hintergrund und Befehlen.

Kailan trat vom Schaltpult weg und meinte zu Elbeth: »Wir müssen uns mit Askelanda treffen. Bitte fordert ein Tauchboot an, sobald sie eines entbehren können.« Sie wandte sich Antares und Li-Jared zu. »Es wird Ärger wegen dieser Sache geben. Askelanda und ich sind uns in solchen Angelegenheiten nicht immer einig. Und jetzt wird es nur umso schlimmer sein.«

»Wieso?«, erkundigte sich Antares. »Wegen des Habitats?«

»Weil der Todesschlund aus dem Tiefseegraben erwacht ist«, antwortete Kailan. Mit einer Geste wies sie ihre Helferin an, die Gäste wieder in den Unterseehangar zu führen. »Ich treffe Euch dort«, sagte sie und eilte durch einen Durchgang auf der gegenüberliegenden Seite des Raums.

Schließlich wurde der Sog der Strömung schwächer, verlief nicht mehr so steil nach unten in die Tiefe des Grabens, sondern richtete sich annähernd horizontal aus. L'Kell war sichtlich erleichtert, dass das Tauchboot nicht mehr dagegen ankämpfen musste, zum dem Todesschlund hintergesogen zu werden. Das unheimliche Leuchten war verschwunden. Sogleich wurde Bandicut wieder deutlich bewusst, dass er sich in der Tiefsee befand, denn als sie nun durch die Dunkelheit glitten, wurde diese nur noch von dem Scheinwerfer des Boots erhellt. In welcher Tiefe mochten sie wohl sein? Er beschloss, nicht nachzufragen. Er wollte es lieber nicht wissen. Er erinnerte sich daran, dass die Black Smokers auf dem mittelozeanischen Rücken der Erde tausende von Metern unter der Meeresoberfläche lagen.

L'Kell wendete das Tauchboot. »Wir kehren gleich zu eurer Sphäre zurück, aber zuerst muss ich noch etwas überprüfen.« Sie glitten über eine Maschine, die halb im Schlamm vergraben zu sein schien – offenbar eine Folge der mächtigen Abwärtsströmung. L'Kell stieß einen Krächzlaut aus, den Bandicut als Missfallen interpretierte.

»Stimmt etwas nicht?«

Der Neri zeigte nach draußen: Nicht weit vor ihnen

ragten vier kurze Masten in die Strömung hinein. Gleich unter ihnen stieß ein schwelender Schlot seine dicke Rauchwolke aus. Bandicut brauchte einen Moment, um zu erkennen, dass die Masten gebrochen waren; etwas war an ihnen befestigt worden, vor relativ kurzer Zeit. »Das war die letzte Beladungshilfe, mit der wir die Ausrüstung aus der Fabrik in die Tauchboote verladen haben. Sie ist abgebrochen.« L'Kell starrte den Schaden an, augenscheinlich entsetzt.

»Könnt ihr sie nicht ersetzen?«, fragte Bandicut. »Das geht doch bestimmt irgendwie.«

»Die Fabrik hat solche Reparaturen früher selbst durchgeführt«, erwiderte L'Kell leise. »Aber heute nicht mehr. Und ich – wir – wissen nicht, was wir dagegen tun können. Uns fehlt das nötige Wissen, und selbst wir Neri können in dieser Tiefe nicht gefahrlos arbeiten.«

Bandicut starrte zuerst ihn, dann Ik an, der das Problem still überdachte. Plötzlich kam ihm ein Gedanke. /Meinst du ... hm, ich frage mich, ob diese Fabrik nicht .../

///Ich teile zwar deine Gedanken mit dir,
aber was bedeutet das Wort
›Nano-Scheiß‹?///

/Das ist nur eine Vermutung, aber ich könnte Recht haben. Ich muss L'Kell fragen. Aber wenn er es nicht weiß .../

///Submikroskopische Maschinen?
Selbstreplizierende Assembler?
Selbstreparierende Konstruktionsmaschinen?///

Die Stimme des Quarx klang gedämpft, als es versuchte, Bandicuts Gedanken zu interpretieren, die ein komplexes Gemisch aus Emotionen einschlossen. Nano-Assembler waren in der menschlichen Zivilisation, aus der er stammte, zum wichtigen Teil der Infrastruktur geworden; solche NanoMeds – mikroskopisch kleine Maschinen zur Zellreparatur – waren ihm in den Körper injiziert worden. Doch sie waren fehlprogrammiert gewesen und hatten ihm die Fähigkeit genommen, das NeuroLink zu benutzen – und somit seine beruflichen Chancen zunichte gemacht. Diesen NanoMeds hatte er es zu verdanken, dass er so anfällig für Fuguen war.

///Holla!
Das ist ein Thema, über das ich mehr wissen sollte, stimmt's?///

/Ich glaub schon. Wühl ruhig in meinen Erinnerungen! Wend dich an mich, wenn du Fragen hast./ Im Augenblick wollte Bandicut nicht über das Thema nachdenken. Vor allem nicht, solange er mehrere Kilometer unter dem Meeresspiegel war und weit anfälliger für seine Klaustrophobie als je zuvor in seinem Leben. Er zitterte im Dunkeln und versuchte, nicht an dem schmalen Lichtkegel vorbeizublicken, den der Scheinwerfer des Tauchboots auf den Grund projizierte. Die Dinge, die aus der Dunkelheit auftauchen könnten ...

Der Gedanke verblasste; vermutlich war das Quarx daran nicht ganz unbeteiligt. Bandicut sandte Charlene ein leises Dankeschön und wandte sich an L'Kell: »Kannst du mir irgendwas darüber sagen, wie eure Fabrik funktioniert? Ich frage dich das nicht ohne Grund.«

L'Kell war augenblicklich mit den Kontrollen beschäftigt. »Ich weiß wirklich nicht, wie sie funktioniert. Sie nimmt sich die Rohstoffe und die Hitze. Und dann erscheinen die von uns benötigten Maschinen einfach in ...« – *klaa* –, » ... Tanks, die mit Flüssigkeit gefüllt sind. Zumindest war das bis jetzt so.« Er steuerte das Tauchboot auf einen neuen Kurs. »Vielleicht ist es …« – *kraff* –, »… Magie, und die Magie ist verschwunden. Oder vielleicht hat der …« – *kraafff* –, »… Todesschlund die Fabrik manipuliert, weil er denkt, dass sie stillgelegt werden muss.«

»Oder vielleicht«, sann Bandicut, »haben die Nanogestützten Produktionslinien ihre Arbeit eingestellt, weil die Nano-Assembler ausgefallen sind. Oder es haben sich Fehler in ihre Programmierung eingeschlichen. Ich wüsste gern, ob …«, und plötzlich begriff er, dass er laut redete, und wünschte, er hätte nichts gesagt – jedenfalls nicht, bevor er nicht mehr über die Fabrik wusste.

Aber L'Kell hatte ihn gehört. »Was wüsstest du gern? Hast du etwa auch die Macht, Maschinen zu heilen, genau wie Menschen?«

Bandicut bekam eine Gänsehaut und schüttelte den Kopf. Verwirrt stierte Ik ihn an. Auch Charlie wartete darauf, dass Bandicut weitersprach.

Langsam kroch der Lichtkegel ihres Scheinwerfers über ein aufragendes mechanisches Gebilde und strahlte plötzlich das Andockgerüst und die Sternenkoppler-Sphäre an. Das Tauchboot verlangsamte die Fahrt, als es sich der Sphäre näherte. In deren Inneren waren deutlich die beiden Roboter Napoleon und Copernicus zu sehen.

»*Ich* kann keine Maschinen heilen«, sagte Bandicut schließlich. »Aber vielleicht können *sie* es.«

Li-Jared und Antares standen nervös am Dock des Tauchboothangars und warteten auf Kailan. Die Wasseroberfläche, wenige Zentimeter unter ihren Füßen, kräuselte sich – entweder durch die Strömung unter dem Habitat oder aufgrund leichter Nachbeben. Da Li-Jared äußerst ungern ins Wasser sah, versuchte er sich dadurch abzulenken, dass er mit Antares redete. »Ist es schon vorbei?«, murmelte er und drehte sich zur Seite, um die Wände in Augenschein zu nehmen.

»Es wird erst vorbei sein, wenn wir diesen Planeten verlassen«, erwiderte Antares, und verdutzt begriff Li-Jared, dass ihr Tonfall einen Anflug von Humor barg. Er spürte, wie Antares durch die unteren Schichten seines Bewusstseins strich, und wusste, dass sie ihm zu helfen versuchte. Doch auch sie selbst wirkte ziemlich nervös.

»Ich meinte das Beben«, brummte er.

»Ich weiß.« Die Thespi legte ihm kurz die Hand auf den Arm. Er schloss die Augen und gewann allmählich sein inneres Gleichgewicht zurück. Er war dankbar für ihre beruhigende Präsenz. »Eigentlich hab ich den Eindruck«, fuhr Antares fort«, dass es schwächer wird. Aber da draußen wird sehr viel Schlamm aufgewirbelt. Es herrscht eine starke Strömung. Ich hoffe, wir müssen da nicht durch.«

Li-Jared bwangte leise vor sich hin, dann sagte er: »Die Neri wissen sicher, was sie tun. Aber warum brauchen sie *uns,* um zu entscheiden, was sie gegen diesen ...«, zischend holte er Luft, »... Todesschlund in der Dunkelheit unternehmen sollen?«

»Ich nehme an, es ist kein Zufall, dass wir hier sind. Wir sollen ihnen wohl helfen«, erwiderte Antares. Falls sie diesbezüglich noch andere Vermutungen hegte, behielt sie diese jedenfalls für sich.

Die beiden schienen schon eine Ewigkeit zu warten. Als Kailan schließlich auftauchte, fühlte Li-Jared sich schon besser. Überrascht sah er, dass die Obliq ein kofferähnliches Objekt trug, und zwei ihrer Helferinnen trugen ähnliche Behälter. »Darf ich fragen, was jetzt geschieht?«, erkundigte sich Li-Jared.

»Wir versuchen, den *Ahktah* davon zu überzeugen,

dass wir uns besser den Kopf über das zerbrechen sollten, was *unter* uns liegt, und nicht sosehr über das, was über uns ist«, antwortete Kailan. »Ich weiß nicht, ob wir das schaffen werden. Aber Ihr beide ...«

Li-Jared wartete »Was ist mit uns?«

Kailans schwarzhäutiges Gesicht war unergründlich. »Ihr kommt von jenseits der Sterne. Genau wie dieser Dämon – davon bin jedenfalls ich überzeugt –, der Todesschlund aus der unergründlichen Tiefe. Wenn uns also irgendwer dabei helfen kann, ihn zu verstehen und zu kontrollieren, dann wohl Ihr. Wie könnte es anders sein?«

Noch bevor Li-Jared sich Antares zuwandte und ihr in die Augen sah, spürte er schon ihre Überraschung und ihr Entsetzen.

Eine Weile war L'Kell damit beschäftigt, mit den externen Greifarmen des Tauchboots Abschleppleinen am Dockgerüst zu befestigen. Er hatte bereits Hilfe angefordert, und als er schließlich die Leinen befestigt hatte, war schon ein weiteres Tauchboot zu ihnen gestoßen. Das andere Boot befestigte seine Leinen auf der anderen Seite des Dockgerüsts. Immer, wenn der aufgewühlte Schlamm sich legte, konnte man die Roboter in der Sternenkoppler-Sphäre erkennen, die den Arbeiten sichtlich interessiert zusahen. Bandicut hatte noch keinen Kontakt zu ihnen aufgenommen, und es war höchst unwahrscheinlich, dass sie sein Gesicht durch das grelle Scheinwerferlicht erkennen konnten. Er fragte sich, was die Roboter jetzt wohl dachten.

Beide Tauchboote setzten sich langsam in Bewegung. Die Leinen strafften sich, als die Boote von zwei Seiten an dem Gerüst zogen. Große, frisch aufgewirbelte Schlammwolken trübten ihnen die Sicht. Die Motoren stöhnten, die Leinen und Rumpf ächzten, als sie das Dockgerüst samt Sphäre anhoben. Nervös sah Bandicut sich um.

Etwas klirrte, und ein Kreischen hallte durch das Tauchboot. Eine der Leinen hatte sich irgendwo verfangen, wodurch sich das Tauchfahrzeug nach rechts neigte. L'Kell rief dem Neri im anderen Boot etwas zu und drückte eine Taste, woraufhin die Leinen erschlafften. Gerüst und Sphäre sanken wieder zurück. »Etwas verklemmt sich, wenn wir das Gerüst anheben.«

»Würde es helfen«, fragte Bandicut, »wenn wir mit den Robotern sprechen würden? Ihnen Anweisungen geben?«

Der Neri starrte ihn kurz mit seinen runden Augen an.

»Gibt es eine Möglichkeit, unsere Stimmen nach draußen zu leiten und zu verstärken?«

»Du willst wirklich mit ihnen reden? Oh. Klar.«

L'Kell legte einen Schalter auf der Kontrolltafel um. »Nur zu.«

»*KANN ICH EINFACH SO SPRECHEN?*«

Bandicut fuhr zusammen, als er seine Stimme außerhalb des Rumpfes dröhnen hörte. Er blinzelte, als ihm eine ferne, kratzige Stimme antwortete: »Hallo? Sind Sie das, John?«

Sein Herz raste. »*NAPOLEON! COPERNICUS! KÖNNT IHR MICH HÖREN? ICH BIN'S, BANDICUT!*« Seine Stimme schien über den ganzen Ozeangrund zu hallen. Mit einem Regler senkte L'Kell die Lautstärke der Sprachausgabe.

»Wir hören Sie, Capt'n! Können Sie uns erklären, was hier geschieht?« Die Stimme klang wie die von Napoleon.

»Wir versuchen euch zu retten! Aber ihr hängt an

etwas fest.« Bandicut schaute flüchtig zu L'Kell. »Wie können sie uns helfen?«

L'Kell blickte in den von Schlamm getrübten Ozean. »Frag sie, ob sie irgendetwas sehen können. Zum Beispiel das Dockgerüst und den Aufbau, an dem sie hängen. Vielleicht können *sie* uns sagen, wo das Gerüst festklemmt.«

»Nappi? Coppi?«, rief er. »Können eure Sensoren das Wasser überhaupt durchdringen? Wir sehen vor lauter Schlamm nichts. Wir können nicht erkennen, wo ihr festhängt.«

»Aye, Capt'n. Wir hängen an einem Vorsprung fest; er ist über uns, einen halben Meter hinter der Sphärenmitte. Können Sie ihn sehen?«

Bandicut stierte hinaus, doch das Wasser war zu trüb. L'Kell sprach über sein Com mit dem Neri im anderen Tauchboot und sagte dann: »Können sie uns sagen, in welche Richtung wir das Gerüst ziehen müssen?«

Bandicut leitete die Frage an die Roboter weiter, und sie erklärten ihm, dass die Sphäre zunächst leicht nach unten und dann ein kleines Stück vorgezogen werden müsse, um das Gerüst aus dem Vorsprung auszuhaken.

L'Kell stieß einen Krächzlaut aus. »Schwierig, schwierig!« Er sprach mit dem anderen Tauchboot. Dann ließen die beiden Neri wieder die Motoren an, und erneut strafften sich die Leinen. L'Kell ließ das Boot sinken und gab zugleich ein wenig Seitenschub, bis es so dicht über dem Grund war, dass es gelegentlich durch den Schlamm schrammte.

»Napoleon?«

»Vorwärtsschub, bitte. *Stopp! Stopp!*«

Unvermittelt bremste das Tauchboot, und ein dumpfer Knall war zu hören, als das Dockgerüst sich in einem anderen Vorsprung verhakte. L'Kell brummte etwas vor sich hin und schaltete die Motoren ab. Das Tauchboot drehte sich und prallte dann gegen einen im Schlamm vergrabenen Felsen. Bandicut hielt den Atem an, während L'Kell darum kämpfte, das Boot wieder unter Kontrolle zu bekommen.

»Die Leinen verfangen sich – zu niedrig«, berichtete Napoleon. »Warten Sie bitte! Wir versuchen, die Sternenkoppler-Sphäre dazu zu bringen, uns mit ihrer Auftriebsregelung zu helfen.« Napoleon verstummte, und Bandicut und Ik tauschten einen verwirrten Blick. Nach wie vor bemühte L'Kell sich, das Tauchboot in einer stabilen Lage zu halten.

»In Ordnung«, meldete der Roboter schließlich. Erstaunt beobachteten sie durch das Fenster, wie die Sphäre langsam um etwa einen halben Meter sank. »Jetzt könnt ihr uns rausziehen. In gerader Linie.«

Bandicut blinzelte und gab die Anweisung an L'Kell weiter. Behutsam steuerten die beiden Neri ihre Tauchboote vor und zogen an dem Gerüst. Anfangs manövrierten sie beinahe blind; dann spülte die verbliebene Strömung etwas von dem aufgewirbelten Schlamm fort, woraufhin Bandicut wieder den größten Teil des Dockgerüsts und die Sternenkoppler-Sphäre erkennen konnte.

»Ihr zieht uns wieder hoch!«, warnte der Roboter.

Die Neri fuhren ein Stück zurück, sodass die Schleppleinen wieder leicht erschlafften.

»So ist's gut. Jetzt wieder vor.«

Eine Minute später hatten sie das Gerüst samt Sphäre befreit. »Gut gemacht!«, rief Bandicut. Die Roboter antworteten ihm mit einer Reihe von Klick-, Krächz- und Pfeiftönen.

Die beiden Neri erhöhten die Geschwindigkeit und trugen das zwischen ihnen hängende Schleppgut an eine sichere Stelle, ein gutes Stück vom Rand des Tiefseegrabens entfernt. Dann setzten sie das Gerüst ab und lösten die Schleppleinen. Sie wollten sie erneut am Gerüst befestigen, diesmal an anderen Stellen, damit sie es den langen Weg bis in die Stadt zurückschleppen konnten. Als L'Kell sein Boot dicht an die Sphäre steuerte, winkte Bandicut Napoleon und Copernicus fröhlich zu, und die beiden Roboter ließen zur Antwort ihre Scheinwerfer aufblitzen. L'Kell und der andere Neri brauchten eine Weile, bis sie die Leinen neu befestigt hatten, doch schließlich machten sie sich an den beschwerlichen Aufstieg zur Stadt. Gerüst und Sphäre trieben ein gutes Stück über dem Meeresgrund, sicher zwischen den Tauchbooten vertäut.

Die Rückfahrt würde lange dauern – *aber sie ist besser als die Hinfahrt,* dachte Bandicut.

12
Nachwirkungen

»Wenn wir zugelassen hätten, dass das Habitat die Oberfläche erreicht«, bellte Kailan, »wären *alle* umgekommen, und nicht nur drei, und außerdem hätte das Habitat einen Teil der Sonnenkollektorphalanx zerstört!«

Antares duckte sich, um nicht von den schwimmhäutigen Händen der beiden wütenden Neri getroffen zu werden, die einander umkreisten und wild mit den Armen fuchtelten.

»Und das, Obliq, ist Eure Rechtfertigung dafür, dass Ihr auf eines meiner Tauchboote geschossen habt?« Askelanda breitete weit die Arme aus. »Wie könnt Ihr den Tod dreier Leute so beiläufig herunterspielen?«

»Ich spiele ihren Tod nicht herunter!«, protestierte Kailan zunehmend entrüstet. »Sie waren meine Freunde, und es tut mir ebenso Leid wie Euch, dass ich ihre Seelen auf die Reise geschickt habe!«

Askelanda führte die Hände zur Brust und streckte sie dann wieder Kailan entgegen – offenbar eine demütige Geste, mit der er bekunden wollte, dass er ihr ihre Trauer glaube. Doch Antares spürte, dass er ihr keineswegs glaubte. »Also dann«, fuhr er fort«, erklärt mir bitte, warum Ihr …«

»Außerdem habe ich nicht auf Euer Tauchboot gefeuert!«, unterbrach Kailan ihn. »*Unser* Tauchboot. Ich habe Euch gewarnt! Angefleht, das Tauchboot abzuziehen! Aber Ihr habt es nicht rechtzeitig geschafft. Leben standen auf dem Spiel – und zwar nicht nur im Habitat und im Tauchboot!«

Askelanda verschränkte die Arme vor der Brust und drehte sich um. *Erklärt!,* bedeutete diese Geste.

Kailan ging einige Schritte durch den Saal und sah dann Antares und Li-Jared an, vielleicht, um sich zu vergewissern, ob sie zuhörten. »Askelanda, stellt Euch vor, dass eine Habitatkuppel die Meeresoberfläche durchbricht und aufgrund der Dekompression explodiert. Könntet Ihr den Festländern ein deutlicheres Signal senden als dieses: *Hier sind wir, wenn ihr uns finden wollt!*«

Askelanda blieb stehen und starrte sie an. Zum ersten Mal schien er eines ihrer Argumente ernst zu nehmen. »Damit könntet Ihr Recht haben, Obliq. *Falls* Festländer auf dem Wasser gewesen wären und das Habitat gesehen hätten. Aber mal ehrlich – wie wahrscheinlich ist das?«

Sichtlich verärgert schaute Kailan ihn an. »Ahktah, wenn wir wissen, dass die Festländer an der neuen Bergungsstätte gearbeitet haben, ist es dann nicht möglich, dass man sie auch anderswo auf dem Meer antrifft? Ist es nicht möglich, dass sie Ortungsgeräte besitzen, mit denen sie von oben das Meer durchsuchen, ähnliche Geräte, wie wir sie *im* Meer einsetzen? Geräte, mit denen sie eine Explosion orten könnten?« Sie machte eine Sprechpause, um seine Reaktion einzuschätzen. »Nein? Ihr habt auch nicht geglaubt, dass meine Instrumente etwas taugen, Ahktah!«

Askelanda gab ein tiefes Brummen von sich und wandte sich von ihr ab.

Fasziniert lauschte Antares dem Wortgefecht. Eindeutig stand hier mehr auf dem Spiel als die Frage, ob Kailan mit der Zerstörung des losgerissenen Habitats richtig gehandelt hatte. Askelanda, der Ahktah (der *männliche* Anführer), lehnte sich nicht nur gegen die Handlungsweise der Obliq auf, sondern auch gegen die Macht, die sie mit dem Einsatz einer Technologie bewies, die er nicht verstand. *Wie kann das möglich sein*?, dachte Antares. Waren Askelanda und die männlichen Neri wirklich so beschäftigt damit, das Meer zu erkunden und zu kultivieren und nach bergungsfähiger Ausrüstung zu suchen, dass sie nicht verstanden, wie wertvoll das Wissen der Obliq war? Sie schienen mit einer eigentümlichen Blindheit geschlagen zu sein. Nicht dass Antares eine solche Blindheit nicht schon in der ein oder anderen Form auf ihrer Heimatwelt gesehen hatte.

Li-Jared ergriff kleinlaut das Wort: »Entschuldigt – es tut mir sehr Leid, Euch zu unterbrechen – aber nur, damit ich es richtig verstehe: Wissen die Festländer nicht schon längst, wo sie die Neri finden können?«

Die beiden Neri-Anführer starrten den Karellianer an. »Wenn sie das wüssten, wären sie längst hier«, erwiderte Askelanda. »Das ist vielleicht das Einzige, das uns bisher vor einem offenen Krieg bewahrt hat. Bislang haben wir immer nur nächtliche Geplänkel ausgetragen, bei denen wir einander kaum sehen konnten.«

Kailan zog ihr Schultertuch straff, dessen goldene Fäden glitzerten. »Ich bezweifle«, meinte sie, »dass die Festländer sich viele Gedanken um uns machen oder sich dafür interessieren, wo wir leben.«

»Sie interessieren sich genug für uns, um das Meer zu vergiften«, wandte Askelanda leise ein.

»Oder«, erwiderte Kailan, »sie interessieren sich *nicht genug* für uns und vergiften deswegen das Meer.«

Li-Jared war offenbar verwirrt. »Dann ist Euer Streit …«

»Kein offener Krieg, nein«, vollendete Kailan den Satz. »Meiner Meinung nach erachten sie uns für nicht wert, um sich den Kopf über uns zu zerbrechen. Trotzdem …«, sie wandte sich Askelanda zu, »… wenn wir weiterhin Bergungsstätten untersuchen, für die sich die Festländer interessieren und die meine Technikerinnen als für uns wertlos einstufen …«

»Mir war nicht bewusst, dass Ihr bereits aufgegeben habt«, näselte Askelanda.

»Wir haben *nicht* aufgegeben! Aber warum ein solches Risiko eingehen – wo wir doch einen viel schlimmeren Feind haben, mit dem wir uns befassen müssen, und eine Fabrik, die nicht mehr funktioniert?«

»Wenn die Fabrik funktionieren würde, müssten wir es nicht riskieren!«, hielt Askelanda ihr wütend entgegen.

Li-Jared mischte sich erneut ein. »Mit dem schlimmeren Feind meint Ihr …«

»Natürlich«, ging Kailan auf ihn ein. »Das Geschöpf der Dunkelheit. Den Todesschlund aus der unergründlichen Tiefe. Vielleicht könnt Ihr uns sagen, wie wir ihn aufhalten sollen. Aber falls Ihr das nicht könnt und wir die Fabrik verlieren …« Sie richtete den Blick auf Askelanda. »Warum sollten wir hier bleiben und auf die Katastrophe warten?«

»Warum umsiedeln und dabei Gefahr laufen, alles zu verlieren, Obliq? Der Todesschlund hat viele Jahre lang geschlafen.«

»Unruhig geschlafen, Askelanda! Sehr unruhig. Und nun ist er erwacht.«

Askelanda setzte zu einer Entgegnung an, überlegte es sich jedoch anders. Er drehte sich um und starrte ins Meer hinaus, wo unzählige Neri emsig damit beschäftigt waren, die Schäden des Bebens zu beheben. Soeben kehrte das letzte Tauchboot von seiner Rettungsmission in die Stadt zurück und glitt den Docks entgegen.

»Wenn ihr nichts dagegen habt«, meinte L'Kell eifrig, während er Ik und Bandicut aus dem Tauchboot aufs Dock half, »würde ich euren Plan gern sofort Askelanda vortragen.«

»Natürlich«, erwiderte Bandicut. »Aber zuerst ...«

»Nachdem du nach deinen Robotern gesehen hast«, kam L'Kell ihm zuvor und zischte heiser – ein Laut, den Bandicut allmählich zu verstehen glaubte: Gelächter.

Sie warteten am Rand des Hangars, während eine Gruppe Neri die Sternenkoppler-Sphäre in eine behelfsmäßige Anlegebucht manövrierte. Eine treibende Plattform wurde zwischen Tauchboot und Sphäre vertäut, und schließlich konnte Bandicut an sie herantreten. Er hockte sich neben ihr hin und spähte durch die runde Oberfläche hinein. Die beiden Roboter blinkten ihn an und drehten ihre Sensorbatterien hin und her.

»Möchtest du das hier benutzen?«, fragte Ik und reichte ihm sein Seil.

»Danke.« Bandicut hielt das zusammengerollte Seil dicht an die Sphäre. Ein leuchtender Schimmer bildete sich um seine Hand und drang durch die Sphärenmembran. Mühelos konnte er die Hand hindurchstecken und rollte mit einer schüttelnden Bewegung das Seil aus. Das eine Ende ließ er zu den Robotern hinab, das andere reichte er Ik, der es über eine hohe Stützstrebe der Anlegebucht führte und dann auf die treibende Plattform fallen ließ, wo es sich selbst befestigte.

Einen Moment später ging ein Ruck durch das Seil und es begann, sich zusammenzuziehen und den ersten Roboter aus der Sphäre zu hieven. Copernicus drang durch die Sphärenmembran, baumelte am Ende des Seils wie ein übergroßer Hundewelpe. Unbeholfen zog Bandicut ihn über die treibende Plattform. »Coppi! Bin ich froh, dich zu sehen! Geht's euch beiden gut?«

Der Roboter klickte und surrte und ließ seine Räder kurz durchdrehen, ehe er auf der Plattform aufkam. »Capt'n, jetzt geht's uns wieder gut! Wir haben nicht geglaubt, dass wir überleben würden, nachdem wir von der Strömung in die Tiefe gerissen wurden!«

»Tja, ihr könnt euch bei L'Kell dafür bedanken, dass er uns zu euch gebracht hat ...«

»Danke sehr«, meinte der Roboter artig.

»... später, meine ich. Kannst du mir zuerst helfen, Napoleon da rauszuholen?«

»Natürlich.« Copernicus drehte die Sensorbatterien. »Ik! Wie schön, Sie wohlauf zu sehen! Darf ich fragen, wo Antares und Li-Jared sind?«

»Hrrrm, nun, dass wissen wir ehrlich gesagt momentan selbst nicht so genau ...«

»Jungs, lasst uns erst Napoleon hochziehen!«, unterbrach Bandicut sie.

»Natürlich.« Copernicus drehte sich, fuhr einen Metallarm aus und packte das Seil, um Bandicut beim Hochziehen zu helfen.

»Warte! Ich werfe es erst zu ihm runter.« Bandicut führte wieder das Seil in die Sphäre, und bald schon tauchte Napoleon auf. Als sie ihn aufs Dock hievten, geriet Copernicus mit den Hinterrädern gefährlich nahe an den Dockrand. »He, Coppi – pass auf! Du kannst nicht schwimmen!«

Der affenähnliche Napoleon legte eine Metallhand auf Copernicus und lehnte sich zurück. »Ich hab dich«, sagte er, leicht schwankend.

Ik hrrrmte. »Wir müssen aufpassen, dass wir euch nicht beide verlieren. Seid ihr Roboter wasserdicht?«

»Ich glaube, ich war's mal«, antwortete Copernicus. »Aber meine Dichtungen und Gewinde sind mittlerweile ein wenig abgenutzt.«

»Dann lasst uns bloß zusehen, dass wir vom offenen Wasser fortkommen!«, drängte Bandicut. Er dachte bereits darüber nach, wie sie die Roboter in der erdrückenden Tiefe sinnvoll einsetzen könnten.

»Ich habe gerade erfahren«, berichtete L'Kell, der ihnen auf den Laufsteg half, »dass gleich eine Abschieds ...« – *kresschh* – »... zeremonie für die Neri stattfindet, die heute gestorben sind.«

Schlagartig wurde Bandicut ernst. »Für Thorek?«

»Und für die, die beim Beben ums Leben gekommen sind. Ein Schwimmer wurde durch Steinschlag getötet und drei Neri starben in der Habitatkuppel, die die Strömung losgerissen hat.«

»Rakh – dann hat sie die Oberfläche erreicht?«, fragte Ik.

»Nein.« L'Kell erklärte ihnen, wie man das Habitat zurückgeholt hatte. »Eine umstrittene Methode. Aber fünf andere konnten aus dem Habitat fliehen, als es zurückgesunken ist.«

Ein Neri am anderen Ende des Hangars rief nach L'Kell, und dieser antwortete: »Augenblick!« An die anderen gerichtet, sagte er: »Ich muss an dem Abschiedsschwimmen teilnehmen. Ihr könnt von drinnen aus zusehen, wenn ihr wollt.«

Mithilfe zweier Neri brachten Bandicut und Ik die Roboter in einen sicheren Raum, der nur eine Etage höher lag; um ihn zu erreichen, musste man lediglich eine kurze Rampe emporsteigen. Schließlich eilten sie einen Niedergang hinauf und betraten einen der nahebei liegenden Kuppelräume.

Das Abschiedsschwimmen begann im offenen Wasser zwischen zwei großen Gruppen von Kuppelhabitaten, einer Art von öffentlichem Platz, gleich vor dem künstlichen Riff, an dem Bandicut und Ik bei ihrer Ankunft zum ersten Mal vorbeigekommen waren. Die beiden sahen aus dem Kuppelfenster und beobachteten, wie sich etwa fünfzig Neri-Schwimmer um die sieben Getöteten versammelten – offenbar hatte es zwei Tote mehr gegeben, als man L'Kell mitgeteilt hatte. Die Toten lagen auf schmalen Bahren, die in der Strömung trieben, und ihre Körper waren mit langen, gewundenen Meerespflanzen behangen, die Farnwedeln glichen. Als die Schwimmzeremonie begann, wurde jede Bahre von vier Neri gehalten; alle anderen nahmen die Träger in ihre Mitte und bildeten eine Art von Prozession. An der Spitze der Prozession schwamm ein Neri in einem Gewand aus langen, farnwedelähnlichen Meerespflanzen, die den Pflanzen glichen, mit denen die Toten geschmückt waren.

Die Prozession bewegte sich über den Platz, vorbei an der Kuppel, in der Bandicut und Ik standen. Hargel, der junge Neri, der für kurze Zeit ihr Gefängniswärter gewesen war, hatte sich zu ihnen gesellt. »Sie geleiten die Getöteten aus der Stadt in die große Reißende Strömung, wo sie wieder Teil des Kreislaufs der See werden«, erklärte Hargel.

»Werden sie dann für immer weitertreiben?«, fragte Ik.

Hargel blickte ihn an, so verwirrt, als habe er die Frage nicht verstanden. »Sieh dorthin!«, wies er den Hraachee'aner an und zeigte auf das finstre Wasser, auf das die Prozession zuschwamm.

Etwas bewegte sich darin, kaum wahrnehmbar wie Gespenster. »*Pikarta*«, erläuterte Hargel. »Seelenträger.«

Bandicut blinzelte in die Dunkelheit. Das Quarx erhöhte vorübergehend seine Lichtempfindlichkeit. Sogleich wurde der Raum ringsum gleißend hell, aber draußen in der Finsternis erspähte er nun große, weiße, stromlinienförmige Gestalten. »Fleischfresser«, murmelte er, als sich sein Sehvermögen wieder normalisierte und alles dunkler wurde.

///Haie?///

/Etwas in der Art.../

Hargel richtete die großen schwarzen Augen auf Bandicut. »Ja.« Er sah wieder nach draußen und beobachtete die unter ihnen vorbeischwimmende Prozession. »Wir haben sie mit einem Opfer hergelockt.«

»Ein Opfer?«

»An ein Tauchboot gebunden.«

Bandicut erschauerte. »Und sie greifen nicht ... vorzeitig an?«

Hargel machte eine wedelnde Handbewegung. »Für gewöhnlich greifen sie nur an, wenn sich etwas plötzlich oder hektisch im Wasser bewegt. Oder wenn sie ein Opfer riechen. Aber die Gerüche werden von der Strömung nach draußen getrieben, fort von der Prozession.« Hargel betrachtete die Bewegungen der Schwimmer. Manche von ihnen führten nun eine Art von Balletttanz um die Toten auf, drehten und kreisten und sanken durch das Wasser.

///Sie trauern...///

/Ja, sie nehmen Abschied/, stimmte Bandicut zu, und plötzlich war sein Herz voller Trauer. Er trauerte um Charlie-Vier (aus welchem Grund auch immer das Quarx von ihm gegangen war) und um Charlie-Drei, dessen Tod ebenfalls noch nicht lange zurücklag, und um all die Charlies, die er an die Zeit und den Tod verloren hatte. Er dachte auch an Julie Stone und an die

Erde, und er stützte sich mit einer Hand am Kuppelfenster ab, weil er plötzlich das Gefühl hatte, der Schmerz könnte ihn glatt umhauen.

///Es ist gut zu trauern, glaube ich.///

/Das denke ich auch./ Natürlich empfand Bandicut seine Trauer nicht als angenehm, aber es tröstete ihn, seinen Schmerz mit den Neri zu teilen, die ihre Gefallenen aussandten, damit diese wieder ein Teil des Meeres würden. Und nach einem kurzen Moment wurde ihm bewusst ... dass ihn auch tröstete, den Schmerz mit seinem neuen Quarx zu teilen, mit Charlene.

///Ich teile ihn mit dir///,

flüsterte sie.

Bandicut wusste, dass sie nicht nur seine Trauer meinte, sondern auch ihre eigene, ihre Trauer um jedes Quarx, das vor ihr gestorben war, vielleicht sogar ihre Trauer um die ganze Quarx-Spezies.

»Ist das der Heiler, der an der Spitze der Prozession schwimmt?«, fragte Ik.

»Ja, das ist Corono«, bestätigte Hargel. »Er ist unser *Choltoph,* unser geistliches Oberhaupt: Er geleitet die Seelen derer, die nicht geheilt werden können, auf die Reise.«

Die Prozession war bald an Bandicuts Kuppel vorbeigezogen und glitt zwischen den kleinen Gruppen aneinander gedrängter Habitatkuppeln hindurch ins offene Meer hinaus. »Gleich hinter dem Rand zur Dunkelheit, wo sich die von uns gelenkte Strömung wieder mit der Reißenden Strömung vereint, werden sie die Reisenden freigeben.«

Schweigend sahen sie der Prozession nach, und nicht lange, nachdem sie im Tiefseenebel verschwunden war, kehrten auch schon die ersten Prozessionsteilnehmer wieder in die Stadt zurück. Bandicut glaubte, in der Ferne eine schnelle Bewegung zu sehen und versetzte Charlie einen geistigen Stups, damit das Quarx kurz sein Sehvermögen verbesserte. Schlagartig wurde die Welt um ihn herum wieder gleißend hell; er sah etwas Weißes durch das Wasser mit enormer Geschwindigkeit gleiten, dann normalisierte sich sein Sehvermögen wieder. /Was war das?/

///Angreifende Pikarta? Ich weiß es nicht genau . . .///

Bandicut glaubte, dass es tatsächlich Pikarta gewesen waren. Er hob den Blick und betrachtete die vielen Habitate auf der anderen Seite des Platzes. »John Bandicut«, hörte er Ik sagen und drehte sich um. Er schaute nach rechts, dorthin, wo die nächste Habitatkuppel an die grenzte, in der er sich befand. Er sah, dass sich noch andere Stadtbewohner die Prozession angeschaut hatten. Zwei von ihnen winkten ihm zu, und er brauchte mehrere Herzschläge lang, um zu erkennen, dass es Antares und Li-Jared waren.

Li-Jared sprang vor und begrüßte sie mit tiefen gongartig klingenden Lauten. Er umarmte Ik und hüpfte dann zu Bandicut, dem er ebenfalls um den Hals fiel. Seine goldenen Augen, länglich und mandelförmig, mit stahlblauen Pupillen in der Mitte, schienen Funken zu sprühen vor Freude. Antares' Augen hatten den ihr eigenen blassgoldenen Schimmer, der durch ihre schwarzen Pupillen noch verstärkt wurde. Sie war nicht so schnell gewesen wie Li-Jared, rannte aber ihren Freunden ebenfalls entgegen, wobei die Steine in ihrer Kehle freudig und wie zur Begrüßung funkelten. Bandicut legte die Arme um sie und drückte sie lange an sich. Erst, als er wieder zurücktrat und einen Moment lang ihre langgliedrige Hand hielt, wurde ihm bewusst, was er soeben getan hatte. »Ich bin *verdammt* froh, dich zu sehen,« murmelte er heiser.

Antares wirkte zwar verwirrt, schien aber wegen der Umarmung nicht ungehalten zu sein. Sie verströmte eine Aura der Wärme, verzog den Mund ganz leicht zu einem Lächeln – und dann, eine Sekunde später, wirkte sie wieder so reserviert, wie man es von ihr gewohnt war. »Ich freue mich auch, dich zu sehen. Euch beide zu sehen.« Sie drehte sich um und drückte Ik zur Begrüßung den Arm. »Was ist mit den Robotern? Habt ihr etwas von ihnen gehört?«

»Sie sind in Sicherheit. War aber knapp«, erwiderte Bandicut. Momentan konnte er nur an eines denken: wie es sich angefühlt hatte, Antares an sich zu drücken, sie zu riechen, diesen schwachen Duft nach Kiefernnadeln. Verwirrt schüttelte er den Gedanken ab.

///Über diese Gefühle,
die du da hast,
muss ich dir dringend noch ein paar Fragen stellen.
Vor allem über ... ///

/Nicht ... jetzt ... /

Bandicut berichtete Antares und Li-Jared, was ihm und Ik widerfahren war – und welches Ende die Roboter beinahe ereilt hätte.

Gebannt lauschten in der Folge Ik und er, als ihre Freunde ihnen berichteten, wie sie Kailan kennen gelernt hatten. »Wer ist diese *Obliq?*«, fragte Bandicut. »Ist sie mit euch hier?«

»Kailan ist in der Prozession mitgeschwommen«, antwortete Antares. »Ich gehe davon aus, dass wir uns gleich wieder mit ihr treffen werden.«

»Gemeinsam mit L'Kell«, meinte Ik.

Bandicut lächelte. »Du meinst, wir können uns jetzt

tatsächlich noch ein paar Minuten entspannen?« Er stieß einen tiefen Seufzer aus. »Das kann ich einfach nicht glauben!«

Im gleichen Moment hörte er Schritte hinter sich – und L'Kells Stimme. »Ah, ihr habt euch gefunden! Gut! Ich hoffe, die Prozession hat euch gefallen. Seid ihr bereit für eine Konferenz?«

Bandicut öffnete den Mund und schloss ihn gleich wieder. Hinter L'Kell näherte sich ein großer Neri von schmächtigerer Statur als die anderen. Er hatte grünliche Haut und war völlig anders gekleidet als die anderen – statt des üblichen Gurtzeugs trug er ein Schultertuch, in dem goldene Fäden glitzerten. In den Kopfseiten dieses Neri – oder war es eine Neri-Frau? – glitzerten zwei Tochtersteine. Bandicut verneigte sich leicht. »Seid Ihr Kailan?«

»In der Tat, und ich habe schon von Euren Taten gehört«, erwiderte die Neri. »Es freut mich, Euch kennen zu lernen, John Bandicut und Ik! Stimmt es, dass Eure Roboter möglicherweise die Fähigkeit besitzen, die Fabrik zu reparieren?«

Bandicut blinzelte überrascht. *Na, das spricht sich ja ganz schön schnell herum!* »Vielleicht«, antwortete er vorsichtig.

»Dann lasst uns an einen Ort gehen, wo wir über derlei Dinge reden können!«, schlug Kailan vor.

Wie sich herausstellte, meinte Kailan mit diesem Ort einen großen Versammlungssaal, in dem nicht weniger als ein Dutzend Neri endlos umherschreiten und einander umkreisen konnten, während sie miteinander debattierten: anscheinend ihre übliche Art, Konferenzen abzuhalten. Die vielen auf und ab, hin und her laufenden Neri machten Bandicut ganz verrückt. Es war, als versuche man mit einem wirbelnden Fischschwarm zu reden, der unaufhörlich im Kreis schwamm. Die Neri hatten offenbar verschiedene Streitthemen zu behandeln; Bandicuts Vorschlag jedoch faszinierte sie zutiefst. Allmählich wünschte er sich, er hätte den Mund gehalten, bis er sich seiner Sache sicherer gewesen wäre.

»Ich verstehe diese *Nanotechnik* nicht«, erklärte Kailan gerade und fuchtelte mit den Händen, während sie durch den Raum schritt. »Was hat es damit auf sich?«

Bandicut breitete die Arme aus. Wie könnte er das den Neri am besten erklären? »Diesen Begriff haben wir auf meiner Heimatwelt, der Erde, benutzt. Er meint Maschinen, die so klein sind, dass Ihr sie mit dem bloßen Auge nicht sehen könnt, fast schon kleiner, als Ihr Euch vorstellen könnt! Die Nanotechnik war ein wichtiger Bestandteil unserer Technologie – mit ihr haben wir Dinge hergestellt, repariert und sogar ... Leute geheilt.« Unwillkürlich musste er an seinen Unfall denken und zuckte leicht zusammen.

Als das Wort »heilen« fiel, fuhr Askelanda herum. In seinem Gesicht lag plötzlich ein misstrauischer Ausdruck. Verstand Askelanda den Unterschied zwischen dem, was Bandicut bei seinen Heilungsversuchen gemacht hatte, und dem, was er jetzt beschrieb? Oder betrachtete der Neri ihn als eine Art von fremdem Magier, der ihnen auf Wunsch gewisse Dienste geleistet hatte, aber jetzt etwas verschwieg?

Bandicut versuchte, seine Erklärung auszuführen. »Diese Technik ist nicht mit dem zu vergleichen, was ich mit Lako gemacht habe. Diese Art der Heilung ...«, er suchte nach den richtigen Worten, berührte sich an der Schläfe und wünschte, er könnte Charlie in die Hand nehmen und ihn den Neri zeigen, »... diese

Heilung hat ganz anders funktioniert. Sie erfolgte von ... Geist zu Geist. Ich selbst habe eigentlich keine heilenden Kräfte; ich habe Lako lediglich geholfen, sich selbst zu heilen. Die Nanotechnik ist anders. Bei ihr geht es um Maschinen.«

Askelanda entspannte sich wieder ein wenig und schritt weiter, hörte aber nach wie vor aufmerksam zu.

Bandicut fuhr fort. »Ich rede gerade von Herstellungsprozessen, von denen ich *glaube*, dass sie mit denen in eurer Fabrik vergleichbar sind. Das *vermute* ich nur, versteht das bitte! Aber nach dem, was L'Kell mir über eure Fabrik berichtet hat – dass sie Mineralien aus den heißen Quellen verwendet und Flüssigkeitstanks, in denen Objekte gebaut werden –, scheint meine Vermutung richtig zu sein. Ich wette, dass eure Fabrik winzige Maschinen einsetzt, die sich schnell selbst reproduzieren und dann gemeinsam Rohmaterialien zu viel größeren Maschinen zusammensetzen.« Er drehte den Kopf, um Askelanda und Kailan im Auge zu behalten.

Askelanda sagte nichts. Kailan indes blieb stehen und sah ihn interessiert an.

»Und auf meiner Welt werden – oder wurden – diese winzigen Maschinen durch Programme kontrolliert, so, wie auch meine Roboter durch ihre Programme bestimmt werden.« Er wollte lieber nicht erwähnen, dass er sich gar nicht so sicher war, inwieweit seine Roboter tatsächlich noch von ihrer ursprünglichen Programmierung bestimmt wurden. Und was auch immer ihre Programmierung ersetzt hatte: Es war fraglich, ob man es überhaupt noch als ›Programmierung‹ bezeichnen konnte. Es glich eher einem Lebensprozess. »Das ist wirklich schwer zu erklären.«

Kailan sagte: »Wir verstehen … was Programmierung ist, glaube ich. Einige von uns jedenfalls – ein wenig. Wir nennen es *Otschile.*« Sie schritt auf Askelanda zu und scherte dann aus. »Wir benutzen dieses Verfahren bei unseren Reparaturen und Modifikationen. Wir müssen für unsere …« – *kraaa* – » … Wandler – Reparaturgeräte – genau spezifizieren, welche Änderungen sie für uns vornehmen sollen.«

»Dann wisst ihr ja tatsächlich ein wenig darüber, wie diese Prozesse funktionieren«, staunte Bandicut.

»Wir wissen nur sehr wenig darüber«, gestand Kailan ein. »Das Wissen, aus dem die Wandler hervorgegangen sind, ist uns verloren gegangen oder uns zumindest nicht mehr zugänglich. Wir sind darauf beschränkt, die uns verbliebenen Maschinen so gut wie möglich einzusetzen.«

Bandicut ließ Kailans Worte einen Moment lang auf sich wirken. »Dann können eure Wandler …«

»Sie können manchmal Fehlfunktionen heilen, und manchmal verändern sie Maschinen für den einen oder anderen Zweck. Aber ihre Fähigkeiten sind begrenzt, und sie können nichts aus Rohmaterialien bauen.«

»Also«, wollte Ik es nun genauer wissen, »bergt ihr deswegen Maschinen aus dem Meer – um neue zu bauen?«

»Das stimmt. Nur so können wir unseren Lebensraum bewahren«, erklärte Kailan. »Und je mehr Maschinen wir verlieren, je mehr irreparable Defekte haben, desto schlechter wird auf lange Sicht unsere Überlebenschance.«

Bandicut blickte zwischen Kailan und Askelanda hin und her. »Und wer von Euch bewahrt das ganze Wissen um diese Dinge und Fähigkeiten?«

Grollend erwiderte Askelanda: »Die Obliq Kailan

und ihre Helferinnen hüten und bewahren dieses geheimnisvolle Wissen, und sie nehmen auch die meisten technischen Veränderungen vor. Im Gegensatz dazu kümmern sich die Neri, die unter meinem Befehl stehen, darum ...«

///... jetzt meint er wohl die männlichen Neri, nicht?///

/Ich glaube schon./

»... neue Vorräte zu suchen und zu beschaffen, und wenn es nötig ist, verteidigen wir unser Volk.« Askelanda streckte die Arme aus. »Außerdem kümmern wir uns darum, unseren Lebensraum auszuweiten und das Wissen über unsere heutige Welt zu vermehren.«

»Wir *alle*«, nahm Kailan diesen Faden auf, »versuchen zu verstehen, was in der Welt um uns herum geschieht. Vor allem im Tiefseegraben.«

Askelanda wedelte mit den Händen hin und her, während er auf und ab schritt. »Die Obliq glaubt, dass ich mich zu sehr darauf konzentriere, unsere aktuelle Bergungsstätte freizuhalten. Sie sieht nur die Rückschläge und Verluste, aber nicht, dass wir zur Bewahrung unserer Stadt immer dringender neue Maschinen brauchen.«

»Das stimmt«, pflichtete Kailan ihm bei. »Es ist der Todesschlund in der Dunkelheit, der uns am meisten bedroht.« Mit ausgebreiteten Armen fuhr sie zu Askelanda herum und trat ihm entgegen.

Leise Bwang-Laute ausstoßend, machte Li-Jared, dass er ihr aus dem Weg kam. Er hatte allmählich die Nase voll von dieser ständigen Herumlauferei. Antares sandte ihm einen emotionalen Hauch: *Geduld. Hab Geduld.*

»Diese Meinungsverschiedenheit werden wir jetzt nicht beilegen«, stellte Askelanda fest. »Aber da es keine andere Möglichkeit gibt, unsere Fabrik zu reparieren, *müssen* wir den Plan unserer Besucher in Erwägung ziehen. Doch wir müssen auch unsere Bergungsstätten beschützen, die vielleicht unsere einzige verbliebene Bezugsquelle für neue Ausrüstung sind!«

»Ganz recht!«, stimmte Kailan ihm zu. Als sie dem alten Neri seine Überraschung ansah, fügte sie hinzu: »Lasst uns unsere Gäste anhören!«

»Gut!«, entgegnete Askelanda und wandte sich Bandicut zu. Antares wiegte sich leicht hin und her, als wolle sie das Schritttempo der Neri aufnehmen, ohne sich von der Stelle rühren zu müssen. Bandicut hätte die Neri am liebsten angeschrien und ihnen befohlen, endlich stehen zu bleiben, doch stattdessen atmete er durch und sagte: »Mein Plan ist, Napoleon und Copernicus mit dem Kontrollsystem der Fabrik zu verbinden. Dann sehen wir, ob sie herausfinden können, was mit ihr nicht stimmt.«

»Ist das möglich?«, fragte Kailan ungläubig. »Sie stammen nicht einmal von unserer Welt!«

Bandicut zuckte die Achseln. »Das stimmt. Aber sie haben Erfahrung damit, sich in Maschinen außerirdischer Herkunft einzuklinken«, behauptete er. In Wirklichkeit jedoch dachte er: *Noch nicht einmal auf Schiffwelt haben sie etwas Derartiges machen müssen.*

»Aber sie können doch gewiss keine kaputten Fabriken wieder aufbauen«, hakte Askelanda nach. »Funktionieren die Roboter überhaupt in dieser Wassertiefe?«

»Ich hatte eigentlich gehofft, dass *Ihr* eine Möglichkeit findet, sie vor dem Wasser und dem Druck zu schützen«, gab Bandicut ein wenig kleinlaut zu. »Nein, sie können die Fabrik nicht selbst reparieren – ebenso wenig, wie ich habe Lako heilen können, als ich mich mit ihm verbunden habe. Wenn ich richtig verstehe, sollte die Fabrik normalerweise dazu in der Lage sein, sich selbst zu reparieren.«

»Das war auch so, bis die Reparaturmaschinen ausgefallen sind«, bestätigte Askelanda.

»Dann müsste es doch möglich sein, sie zu reaktivieren, indem man ihre Programmierung verändert.«

Askelanda erwiderte nichts, sondern starrte Bandicut nur an.

»Falls die Reparaturmaschinen sich selbst replizieren und auch nur *einige* von ihnen noch immer intakt sind, besteht die Chance, dass die Fabrik sich wieder selbst reparieren kann. Es könnte sein, dass die Programmierung der Maschinen versagt hat oder nur korrigiert werden muss.«

»Seid Ihr Euch dessen sicher?«

»Nicht im Mindesten. Ich sage nur, dass es *möglich* ist.«

Askelanda und Kailan schauten einander durchdringend an und wechselten kurz einige geflüsterte Worte. »Ihr macht uns Hoffnung. Momentan sehen wir dem sicheren Tod entgegen – auf jeden Fall erleiden wir große Verluste, wenn wir versuchen, unser Volk umzusiedeln. Aber selbst wenn Ihr Erfolg habt und die Fabrik repariert, reicht das womöglich nicht.«

»Ihr spielt auf den Todesschlund an?«

Kailan gab einen tiefen Murrlaut von sich. »Was immer mit der Fabrik geschieht, der Schlund wird nach wie vor da sein. Und ich weiß nicht genau, ob wir diese Bedrohung überleben werden, wenn wir hier bleiben.«

»Hrrrm«, brachte Ik hervor. »Wollt Ihr damit sagen, dass es erforderlich werden könnte … Eure ganze Stadt umzusiedeln? Könntet Ihr das denn?«

Kurz war die Anspannung zwischen Kailan und Askelanda förmlich greifbar. »Es ist sehr schwer und sehr gefährlich«, meinte Askelanda schließlich. »Und ohne die Fabrik ...«

»Ist das Leben der Neri, wie sie es momentan führen, bedroht«, brummte Ik.

///Es sei denn, sie lernen, alles, was sie brauchen selbst herzustellen.///

/Das würden sie niemals rechtzeitig schaffen. Nicht, solange ihre Lebenserhaltung von Dingen wie diesen Membranen abhängt, die ja noch nicht einmal *wir* verstehen. Nein, die Lösung heißt Nanotechnik!/

»Nichtsdestoweniger«, erklärte Kailan, »haben die Neri schon in der Vergangenheit ihre Wohnstätten gewechselt, und vielleicht sind wir auch künftig noch einmal dazu gezwungen. Es sei denn ...«, sie sah jeden der Gefährten nacheinander an, »... Ihr, die Ihr von den Sternen kommt, könnt den Todesschlund davon abhalten, uns zu vernichten.«

/Mokin foke/, murmelte Bandicut lautlos. */Deswegen* sind wir hier, ich hab doch Recht, oder?/

Lange Zeit herrschte Schweigen. Schließlich sagte Askelanda: »Lasst uns besser ein Problem nach dem anderen angehen! John Bandicut, was braucht Ihr, um Eure Roboter für das Unterfangen vorzubereiten?«

Bandicut konzentrierte sich wieder auf die Gegenwart. »Sie müssen vor dem Wasser und dem Druck geschützt werden – und sich irgendwie mit dem Kontrollzentrum der Fabrik verbinden können. Habt Ihr eine Idee, wie dieses Problem gelöst werden könnte?«

»Wie immer Ihr vorgehen wollt, wir finden eine Möglichkeit, es umzusetzen.«

»Danke sehr.«

»Ihr habt Lako gerettet. Vielleicht habt Ihr auch

dieses Mal Erfolg. Was immer Ihr braucht, wendet Euch an L'Kell, um es zu bekommen!« Und nach diesen Worten schritt Askelanda aus dem Saal.

Kailans Miene hingegen wirkte überaus besorgt, während sie dem Ahktah nachsah.

13
Fabrikexpedition

Sie verbrachten die Nacht in überraschend behaglichen Räumen, mehrere Ebenen oberhalb des Konferenzsaals. Die Neri versorgten sie mit Räucherfisch und verschiedenen Fruchtarten, servierten dazu einen Saft aus ausgepressten Seetangbeeren. Für die Nacht gab man ihnen Laken aus einem grob strukturierten Gewebe, das aus wollähnlichen Fasern bestand. Bandicut, Ik und Li-Jared schliefen in einem Raum, Antares in einem anderen, gleich nebenan.

Stunden später erwachten sie einer nach dem anderen, setzten sich zusammen und aßen langsam und schweigend, was sie an Speisen noch übrig behalten hatten. Hatte die Dunkelheit draußen vor dem Habitat unmerklich nachgelassen? Bandicut glaubte, dass es draußen tatsächlich ein wenig heller geworden war. Er rieb sich die Augen, fragte sich, welche Tageszeit wohl sein mochte. Tag? Nacht? Seiner Armbanduhr zufolge hatten sie sechs oder sieben Stunden geschlafen. Aber er wusste nicht, wie lang ein Tag auf diesem Planeten war oder wie die Neri in der endlosen Finsternis ihre Zeit maßen.

Als schließlich Hargel zu ihnen kam, um nach ihnen zu sehen und Bandicut zum Unterseehangar zurückzubegeleiten, schlief Antares immer noch. Daher verabschiedete sich Bandicut nur von Ik und Li-Jared und folgte Hargel. In den kommenden Stunden würde Bandicut überwachen, wie man die Roboter für ihre Kontaktaufnahme mit der Tiefseefabrik vorbereiten würde. Im Hangar traf er einige Neri-Technikerinnen an –

Neri-Frauen, Kailans Leute –, die emsig vor einem der Tauchboote arbeiteten; sie machten sich an einigen Kabeln zu schaffen, die durch den Rumpf führten und die Innenkapsel mit der Außenwelt verbanden. Zum ersten Mal bekam Bandicut einen jener »Wandler« zu Gesicht, von denen Kailan gesprochen hatte: ein breites, zylindrisches Gerät, das in Größe und Form einem Brotkasten ähnelte. Eine der Technikerinnen hatte es sich vor die Brust geschnallt. Die abgeflachte Seite des Kastens wies nach außen und schien aus einer ausgesprochen gut formbaren Substanz zu bestehen – wie weicher Kitt oder Spachtelmasse. Die Technikerin steckte soeben das Ende des Kabels aus dem Tauchboot in die weiche Masse. Eine zweite Technikerin arbeitete an einem kleinen Schaltpult, das mit dem Wandler verbunden war, offenbar änderte sie die *Otschile*, oder Programmierung, wie es in Bandicuts Sprache hieß.

»Was macht ihr?«, fragte Bandicut.

Die Neri mit dem Wandler sah in an, gab ihm jedoch keine Antwort. Das weiche Ende des Wandlers begann sich zu winden und spie einen Moment später das Kabel aus, an dessen Ende nun eine lange, knollige Sonde saß – offenbar gerade erst hergestellt. »Wir mussten das Kabel verlängern und einen veränderbaren Konnektor am Ende anbringen«, erklärte die Technikerin ihm. »Jetzt werden wir es an einen der ausfahrbaren Arme anschließen.«

Als die Technikerinnen mit der Arbeit an einem der Teleskopgreifarme des Tauchboots begannen, begriff Bandicut allmählich, was sie vorhatten. Die Sonde an dem Kabel, das mit den Robotern im Tauchboot verbunden werden würde, ermöglichte es ihnen, sich in die Fabrik einzuklinken, eine Verbindung zu ihr herzustellen. »Wie schließen wir denn die Roboter daran an?«, fragte er.

»Daran tüfteln wir schon im Inneren des Bootes«, antwortete die Technikerin, ohne von der Arbeit aufzusehen.

Bandicut blickte durch die Sichtkanzel des Tauchboots und sah Napoleon und zwei Neri-Technikerinnen in der engen Kapsel. Er ging zum Einstiegsluk und ließ sich ins Tauchboot hinab. Er musste sich im hinteren Teil der Kapsel zusammenkauern, um ihnen bei der Arbeit zusehen zu können. »Es ist gut, dass du hier bist«, meinte eine der Technikerinnen. »Dein Roboter scheint nicht zu wollen, dass wir ihn an den Wandler anschließen. Aber wir müssen einen seiner elektrischen Anschlüsse verändern.«

»Hä? Wie denn verändern? Was meint sie damit, Nappi?«

Der Roboter klickte. »Ich bin zu der Überzeugung gelangt, dass sie einen Teil meiner Ausstattung verändern wollen, Captain! Ich wollte ihnen das nicht eher erlauben, bis ich wüsste, welche anderen Aufgaben Sie für mich vielleicht noch haben.«

»Tja, ich hab keine Ahnung, ob noch andere Aufgaben auf uns zukommen. Wie tief greifend ist denn diese Veränderung?« Bandicut sah von Napoleon zu den Technikerinnen und wieder zurück.

»Wir müssen einen Konnektor auf seiner Seitenschnittstelle anbringen. Hinterher, wenn die Mission erfüllt ist, können wir seine ursprüngliche Schnittstelle wiederherstellen«, erklärte die Technikerin. »Wenn wir den Konnektor allerdings nicht anbringen, gibt es sicher Schwierigkeiten damit, eine Verbindung zur Fabrik herzustellen.«

Bandicut seufzte und drückte sich selbst die Daumen, in der Hoffnung, jetzt keine Fehlentscheidung zu treffen. »Also gut.«

Der Wandler wurde Napoleon an die Seite gedrückt,

auf die Stelle, wo sich eine Input-Output-Schnittstelle befand, die bündig zu seinem Gehäuse abschloss. Als die Technikerin den Wandler wieder fortnahm, saß ein kleiner, rundlicher Konnektor auf der Schnittstelle. Die andere Technikerin klinkte ein Kabel von der Kontrolltafel des Tauchboots in den Konnektor ein. Dann drückte sie mehrere Tasten auf der Kontrolltafel. Schließlich wandte sie ihren molchähnlichen Kopf dem Roboter zu. »Spürst du eine Verbindung?«

Bandicut übersetzte die Frage für Napoleon.

Der Roboter klickte mehrmals. »Eine Verbindung, ja. Aber ich kann nicht bestätigen, dass ich mit dem Boot kompatibel bin. Es könnte schwierig werden, eine Schnittstelle zu etablieren, die mit ihren Schaltsystemen funktioniert.«

»Hast du denn deinen internen Bus für die Kontrolltafel freigegeben?«

»Negativissimo, Captain.«

»Hä?«

»Ich will meine Schaltkreise nicht aufs Spiel setzen, ohne vorher einen Beweis dafür zu haben, dass ich tatsächlich eine Verbindung herstellen kann. »Bandicut rieb sich das Kinn. »Tja, Nappi, ich bin mir nicht sicher, ob wir eine Wahl haben, wenn wir ihnen bei ihrem Fabrikproblem helfen wollen.«

»Ich möchte ihnen ja helfen. Aber John Bandicut ...« Napoleon richtete seine Roboteraugen auf den Menschen.

»Ja?«

»Ich würde es begrüßen, wenn Sie mich nicht ›Nappi‹ nennen würden. Ich heiße Napoleon.«

Bandicut starrte den Roboter an. »'tschuldigung?«

Der Roboter richtete sich wenige Zentimeter auf seinen Metallbeinen auf und ließ sich dann wieder zurücksinken.

»Ich hab nur das Gefühl, dass es ein wenig entwürdigend ist, Nappi genannt zu werden. Ich würde lieber Napoleon genannt werden, Captain.«

»Captain?«

»John Bandicut, meine ich.« Der Roboter klickte nachdenklich. »Alte Gewohnheiten sind wohl schwer abzulegen, nicht wahr?«

»Ja«, pflichtete Bandicut ihm leise bei. »Ja, das stimmt. Also schön, Napoleon, ich werde mich bemühen, daran zu denken.«

»Mehr kann ich nicht verlangen. Also dann. Ich glaube, dass ich einen Codefilter installieren kann, der mich vor gefährlichen Softwarebefehlen schützt. Es handelt sich dabei um eine Adaption des Kondomprotokolls, das mir die Schattenleute auf Schiffwelt überspielt haben. Aber ich mache mir noch immer Sorgen über die Stromspannung und dergleichen.«

»Aber ich dachte ...«

»Wenn ich mich mit Copernicus vernetze, können wir vielleicht unsere Hardware kombinieren. Dann hätten wir die nötigen Diagnosekomponenten beisammen.«

Bandicut schüttelte den Kopf. »Ich dachte eigentlich, ihr hättet sowieso alle möglichen Diagnosegeräte eingebaut. Erinnerst du dich noch daran, als du auf Triton auf meinen Rover gehüpft bist und mir gesagt hast, was mit dem Wagen nicht stimmt?« Bandicut erinnerte sich noch deutlich daran. Es war recht ärgerlich gewesen, als der erste Charlie versucht hatte, durch eine vorgetäuschte elektrische Fehlfunktion von Bandicuts scheinbar bizarrem Verhalten abzulenken.

»Meine Erinnerungen an Triton sind, ehrlich gesagt, ein bisschen verschwommen. Aber ja, John, früher hatte ich diese Ausstattung. Ich glaube, die Schattenleute haben sie für überholt oder unnötig gehalten. Sie scheinen sie entfernt oder konvertiert zu haben. Das war vielleicht ein Fehler.«

Napoleon fummelte mit einem Greifarm an dem Verbindungskabel herum und zog daran, als wolle er seine Reißfestigkeit testen, was die Neri-Technikerinnen offensichtlich beunruhigte. »Mir fällt gerade auf, dass ich gerade zum ersten Mal das Urteilsvermögen der Schattenleute in Frage stelle. Das ist höchst beunruhigend.«

Ächzend nahm Bandicut in der engen Kapsel eine bequemere Haltung ein. »Wenn du zu einem empfindungsfähigen Wesen wirst, musst du wohl mit so etwas rechnen – dass du von Zeit zu Zeit das Urteilsvermögen anderer Leute anzweifelst. Du wirst dich daran gewöhnen.«

Im hinteren Teil der Kabine bewegte sich etwas. Es war L'Kell, der sich ins Tauchboot hinabließ. »Seid ihr so weit, dass wir Copernicus runterbringen können?«

»Ich glaube schon. Bist du bereit, Napp …«

»Sir?«

»… oleon«, verbesserte er sich mitten im Wort. »Möchtet du versuchen, Copernicus in das Netzwerk einzubinden?«

»Jederzeit, Cap … John Bandicut.«

»Gut.« Bandicut drängte sich zum Luk. »Dann will ich euch hier mal Platz schaffen und rausklettern. Ruft mich, wenn ihr Hilfe bei der Übersetzung braucht oder so!«

Vom Dock aus beobachtete er, wie mehrere Neri Copernicus in die Kapsel des Tauchbootes hinabließen. Sie hatten sich noch nicht darüber geeinigt, welchen Platz sie ihm im Boot zuweisen würden; doch Bandicut konnte sich nicht vorstellen, dass er während der Vorbereitungsarbeiten noch in die kleine Kapsel passen würde, eingezwängt zwischen den beiden Robotern, Ik und dem Neri-Piloten. Selbst wenn er in dieser Enge keinen klaustrophobischen Anfall erleiden würde, bekäme er auf jeden Fall Muskelverspannungen.

///Ist es denn nötig, dass du die Roboter begleitest?///, fragte Charlie. Sie hatte die Vorbereitungen mit Interesse verfolgt und dabei alles über Bandicuts seltsame Freundschaft mit den Robotern erfahren.

/Tja, ich glaube, es wäre ziemlich schwierig, die Sache ohne mich durchzuziehen. Beispielsweise sprechen die Roboter die Neri-Sprache nicht./

///Die Steine und ich könnten
sie ihnen vielleicht beibringen.///

/Oh, äh, ja – das ist interessant! Trotzdem bin ich anscheinend der Einzige hier, der etwas über Nanotechnologie weiß. Obwohl: Besonders viel ist das ja auch nicht gerade./

///Weißt du denn mehr als die Roboter?///

/Gute Frage./

///Warum finden wir das nicht heraus?///

/Gut. Allerdings kann ich ihnen nicht viel beibringen, falls sie Lücken auf diesem Wissensgebiet haben sollten./ Er lief über das Dock zum Rand des Hangars und blickte hinab in die grün erleuchteten Tiefen. Es war sein eigener Vorschlag, wieder da hinabzutauchen, in einer dieser kleinen Blechbüchsen. Bei dem Gedanken verkrampften sich ihm sämtliche Nackenmuskeln. /Charlie, gibt es einen Grund dafür, dass du mich überreden willst, nicht mitzufahren? Weißt du vielleicht irgendwas, das ich wissen sollte?/

///Ich glaube, ich bin einfach nur nervös.
Um deine Sicherheit besorgt.
Und – ich schäme mich, das zuzugeben –
ich sorge mich auch um meine.///

/Bei der letzten Tauchfahrt hattest du aber keine Angst, oder?/

///Nicht während der Fahrt.
Aber vergangene Nacht hatte ich Albträume,
während du geschlafen hast.///

Bandicut war sprachlos. Charlie ... hatte Albträume? Doch andererseits, wieso eigentlich nicht? Warum sollte das schwerer zu glauben sein als die Tatsache, dass ein Quarx in seinem Gehirn und in seinen Gefühlen lebte ... ein weibliches Quarx. /Tja .../

///Ich versuche nicht, mich zu drücken.
Wenn wir tauchen müssen, tauchen wir eben!///

Ehe er dem Quarx antworten konnte, sprach ihn jemand an: »John Bandicut.« Blinzelnd konzentrierte er sich wieder auf die Welt außerhalb seiner Person und stellte fest, dass Antares sich ihm über das Dock näherte. Sie blieb neben ihm stehen und betrachtete das silbergraue Tauchfahrzeug, das Bandicuts Roboter und vielleicht auch ihn wieder an den Rand des Tiefseegrabens bringen würde.

»Hi«, begrüßte er sie. »Wie hast du geschlafen?«

»Ganz gut.« Ihr Tonfall klang in Bandicuts Ohren ganz so, als sei ihre Antwort eine höfliche Lüge. »Ich bin hergekommen, um nachzusehen, wie es mit euren Vorbereitungen läuft. Werdet ihr schon bald tauchen?«

»Weiß ich nicht genau«, gab er zu. »Wir arbeiten noch daran, die Roboter anzuschließen, ohne dabei deren sämtliche Schaltkreise zu verbrutzeln. Wenn wir eine stabile Verbindung zwischen ihnen und dem Tauchboot hinbekommen, finden sie hoffentlich auch eine Möglichkeit, mit dem Kontrollsystem der Fabrik zu kommunizieren. Meine Roboter sind ganz schön klug, weißt du.«

»Allerdings«, bestätigte Antares und gab eine Folge klickender Laute von sich, die wie ein Kichern klangen, aber keines waren. »Sollten sie nicht mehr zurückkehren, werde ich sie vermissen.« Sie wandte sich Bandicut zu und begegnete mit ihren beinahe asiatisch wirkenden Augen, jenen goldenen Kreisen mit den schwarzen Pupillen in der Mitte, seinem Blick. »Und dich würde ich auch vermissen, Mensch von der Erde.« Ihre Nasenflügel bebten, als sie Luft holte. Ihre Gesicht wirkte bezaubernd zart und stark zugleich.

»Danke schön«, murmelte er. »Ich glaube aber nicht, dass wir in nächster Zeit aufbrechen. Die Neri müssen uns erst noch alles erzählen, was sie über die Fabrik wissen.«

»Natürlich.« Antares zögerte, dann fuhr sie fort: »Weißt du … wir beide kennen uns zwar noch nicht lange, aber ich will dir sagen, dass ich dich mag und respektiere, John Bandicut.«

Er errötete. »Nenn mich John.«

»John. Dich *und* deine Norgs. Ich hoffe … ich wünsche mir, dass ihr heil wieder zurückkommt. Ihr alle.«

Bandicut nickte und versuchte, sich über seine eigene Reaktion schlüssig zu werden. Ab und zu sprach sein Gehirn auf ihre Reize auf einer tiefen, primitiven Ebene an – schließlich war sie sowohl weiblich als auch atemberaubend … nun ja, *schön* war vielleicht nicht das richtige Wort, eher sehr *interessant*. Im Moment war seine Atmung ein wenig unregelmäßig, und bewusst versuchte er, wieder gleichmäßig zu atmen. »Ich danke dir«, flüsterte er.

Antares sah nachdenklich aufs Wasser hinaus. »Weißt du, eigentlich habe ich letzte Nacht nicht besonders gut geschlafen.« Sie wandte den Kopf und sah ihn an.

///Was bedeutet das – dieser Blick?
Ist sie an dir interessiert?
Körperlich ... interessiert?///

/Ich ... weiß nicht ... ich .../

»Ich habe mich einsam gefühlt«, fuhr Antares fort, »weil ich von dir und den anderen getrennt war.« Bandicut war verdutzt. Antares hatte in einem separaten Raum geschlafen, zum Teil aus Rücksicht auf die Neri, bei denen Männer und Frauen anscheinend getrennt lebten. Aber Bandicut hatte auch den Eindruck gehabt, dass Antares hatte allein schlafen *wollen.* Sie hatte erzählt, dass es auf ihrer Heimatwelt, Drittfrauen nicht gestattet sei, mit einem Mann im gleichen Raum zu übernachten. »Einmal habe ich das getan, und das hätte mich fast mein Leben gekostet«, hatte sie damals erzählt.

»Hier auf dieser fremden Welt ist einfach alles so ungewohnt für uns, so anders.«

»Ja. Völlig anders.«

»Ik und Li-Jared bleiben hier. Sie können auf dich aufpassen.« Sofort wusste er, dass er das besser nicht gesagt hätte. Als ob Antares nicht selbst auf sich aufpassen könnte! »Und«, fügte er schnell hinzu, »ich hoffe, du passt auch auf sie auf. Sie sind gute, vertrauenswürdige Freunde.« Um seinen Worten ein wenig Melancholie zu nehmen, sagte er noch: »Auch wenn Li-Jared tatsächlich ein wenig reizbar ist.«

»Ja«, erwiderte Antares, und diesmal war er sich sicher, dass keine Belustigung in ihrer Stimme mitschwang.

»Weißt du schon, wie ihr die Zeit nutzt, während wir auf Tauchfahrt sind?«

»Ich werde mit Kailan zusammenarbeiten. Vielleicht kann ich den Neri ja irgendwie dabei helfen, mehr über diesen Todesschlund in der unergründlichen Tiefe herauszufinden«, antwortete Antares, einen Anflug von Aufregung verströmend. Bandicut war gestern schon aufgefallen, dass er ihre Emotionen weit öfter und stärker empfing als zuvor. Lag das daran, dass er sie immer besser kennen lernte?

///Ich glaube, es liegt an ihr.
Sie setzt ihre empathischen Kräfte
in beide Richtungen ein: senden und empfangen.///

/Aha./

»Die Obliq«, fuhr Antares fort, »hat viele verschiedene Geräte, und weiß nicht von allen, wozu sie dienen. Askelanda hat noch nie geglaubt, dass diese Geräte nützlich sind, aber sie glaubt daran – wir müssen nur herausfinden, wie sie funktionieren. Jedenfalls werden wir den Meeresboden absuchen und sehen, was wir herausfinden können.«

»Und reichen deine ...« Bandicut zögerte. Er wollte sie nicht fragen: *Reichen deine wissenschaftlichen Kenntnisse denn aus, um ihr von Nutzen zu sein?* Bei seinen Prospektionsfahrten auf Triton hatte Bandicut so viel Erfahrung gesammelt, dass er nun vermutlich qualifizierter war als jeder andere auf dieser Welt, wenn es darum ging, die Geologie des Meeresbodens zu verstehen. Und nicht einmal das hatte viel zu bedeuten.

Antares kniff die Augen zusammen. »Ich werde dir und den anderen alles berichten, was ich herausfinde. Vergiss nicht, Li-Jared war auf seiner Heimatwelt auch eine Art Wissenschaftler.«

Li-Jared ein Wissenschaftler? Bestürzt wurde sich

Bandicut bewusst, dass die Zeit, die er mit seinen Freunden verbracht hatte, von so viel schonungsloser Hektik und ewigem Hin und Her geprägt gewesen war, dass er nie danach gefragt hatte, welche Berufe Ik und Li-Jared auf ihren Heimatwelten ausgeübt hatten. Er wusste ja nicht einmal, ob sie das Konzept des »Berufs«, das Verdienen des eigenen Lebensunterhalts, verstehen würden.

»Er war so etwas wie ein Spezialist für mathematische Theorien, angewandte und experimentelle Mathematik«, fuhr Antares fort. »Ich verstehe selbst nicht so genau, was das sein soll. Aber ich verlasse mich darauf, dass meine Steine mir helfen. Sie schienen vieles zu verstehen, was ich nicht verstehe.«

Bandicut sah die leuchtenden Steine in ihrer Kehlgrube an. Plötzlich fiel ihm auf, dass er sich bemühte, nicht auf ihre Brüste zu schauen, und er grinste in sich hinein. Schließlich könnte es gut sein, dass eine Thespi-Drittfrau es als ebenso unsittlich empfand, wenn er auf ihre Steine starrte statt auf ihre vier Brüste!

///Schaust du den Frauen auf deiner Welt
nicht auf den Busen?///

/Nicht, wenn ich weiß, was gut für mich ist!/

///???///

/Sagen wir einfach, ich versuche, mich nicht dabei erwischen zu lassen!/

///Aber deine Erinnerungen ...
da war jemand namens Julie,
und sie schien deine ...///

/Das war was anderes!/ Sein Puls jagte. /Außerdem ist jetzt nicht der richtige Zeitpunkt, um darüber .../

»Ist alles in Ordnung mit dir, John?«, fragte Antares.

»Hä?« Ihm wurde bewusst, dass sein Gesicht wieder

einen idiotischen Ausdruck angenommen hatte – wie immer, wenn er sich mit dem Quarx unterhielt und nicht auf sein Gesicht achtete. »Ja. Tut mir Leid. Hab mit Charlie geredet.« Er deutet auf seinen Kopf. »Ich hab übrigens einen neuen Charlie. Diesmal ein weibliches Quarx. Sehr interessant.«

»Allerdings!«

///John, glaubst du, sie hätte was dagegen,
wenn wir unsere Steine kurz mit ihren verbinden?
Das hilft mir vielleicht,
sie besser kennen zu lernen.///

Bandicut zögerte. /Ich weiß nicht. Ich kann sie ja mal fragen./

///Bitte.///

Er räusperte sich. »Äh, Antares? Charlie und ich haben uns gefragt, ob du dich vielleicht mit uns ... verbinden willst ... ich meine, dein Wissen mit uns teilen. Die Steine verbinden.« In diesem Moment kamen einige Neri-Arbeiter vorbei, und Bandicut musste sich flach an die Wand drücken, um ihnen auf dem schmalen Dock Platz zu machen. Hätte er überhaupt einen ungünstigeren Zeitpunkt wählen können, um Antares diese Frage zu stellen? »Damit wir uns besser verstehen«, versuchte er zu erklären.

Antares kniff die funkelnden Augen zusammen. Sie stieß einen Laut aus, der wie ein klickendes Kichern klang. Sie wirkte beunruhigt, amüsiert und dem Vorschlag nicht ganz abgeneigt zugleich. Schließlich sagte sie: »Nicht jetzt. Vielleicht ein andermal. Ich würde dich wirklich gern besser kennen lernen, und nicht nur dich, sondern auch deinen Freund ... Charlie. Wäre das möglich?«

Bandicut nickte. L'Kell trat zu ihnen aufs Dock und rettete Bandicut, der ohnehin nicht wusste, was er jetzt noch hätte sagen sollen, aus der peinlichen Situation.

»Ich glaube, die Roboter möchten dich sprechen«, teilte der Neri ihm mit. »Ich weiß es aber nicht genau.«

»Gut. In Ordnung.« Bandicut berührte Antares am Arm. »Danke, dass du hier bei uns vorbeigeschaut hast. Wir sehen uns ja noch, bevor ...«

»Eher nicht. Ich treffe mich gleich mit Kailan. Ihr Habitat liegt ... ich weiß nicht genau wo, aber irgendwo hangaufwärts von hier. Ich werde mit einem Tauchboot dorthin gebracht. Ich weiß nicht, wann ich zurück sein werde, daher verabschiede ich mich am besten jetzt gleich von dir.« Sie verzog den Mund ein wenig und breitete die Arme aus.

Bandicut umarmte sie sanft. Ihr Haar duftete nach einer Mischung aus Seetang und Balsam. »Auf Wiedersehen. Sag uns Bescheid, wenn du etwas herausfindest!«

»Das mache ich«, versprach sie mit leicht rau klingender Stimme. »Pass da unten auf und halte dich vom Todesschlund fern, ja?«

Er lächelte. »Darauf kannst du dich verlassen!« Er drückte ihr noch einmal die Hand, dann drehte er sich um und ging zum Deck des kleinen Tauchboots.

In der engen Kapsel des Tauchboots hatte man Napoleon und Copernicus inzwischen miteinander vernetzt. Nach wie vor war Napoleon mit dem Kabel an die Kontrolltafel angeschlossen. Bandicut sah, dass die Kontrolltafel flackerte. Er zwängte sich neben die Roboter und setzte sich mit untergeschlagenen Beinen neben die Neri-Technikerin. »Wie sieht's aus?«

Napoleon antwortete: »Wir haben jetzt eine stabile Verbindung hergestellt, Captain. Augenblicklich erforschen wir, wie das Kontrollsystem des Tauchfahrzeugs funktioniert. Wir dachten, wenn wir die Bootskontrollen verstehen, hilft uns das vielleicht auch, wenn wir uns mit dem Kontrollsystem der Fabrik verbinden.«

»Außerdem«, ergänzte Copernicus, »dürfte es hilfreich sein, im Notfall zu wissen, wie man das Tauchboot steuert.«

»Ergibt Sinn«, stimmte Bandicut zu. »Was noch?«

»Nun«, sagte Napoleon, »wir haben uns gefragt, ob Sie dazu bereit wären ...« Der Roboter zögerte.

»Ob ich wozu bereit wäre?«

»Sich mit uns zu verbinden. Genauer gesagt, wollen wir uns mit Charlie verbinden.«

Bandicut rieb sich über die Stirn und dachte: *Hatte ich dieses Thema nicht gerade schon? Aber eine Verbindung mit Antares würde mir besser gefallen!*

///Ich hab nichts dagegen, mich mit den beiden zu verbinden///,

teilte das Quarx ihm mit.

Er seufzte. »Klar. Kein Problem. Wollt ihr was Bestimmtes wissen?«

»Nun«, erklärte Napoleon, »wir dachten nur, es wäre vielleicht hilfreich, die Neri-Sprache ein wenig zu beherrschen. Für den Fall, dass Sie mal nicht bei uns sind ...«

Antares schaute aus der Sichtkanzel und spürte einen Stich in der Brust, als der Neri-Pilot Kurs von Askelan-das Habitat wegsetzte. Schon jetzt vermisste sie ihre Freunde – alle, aber ganz besonders John Bandicut. John. Sie hätte nie damit gerechnet, dass sie einmal solche Gefühle für ihn hegen würde, aber nun empfand sie sie – und wunderte sich darüber. Wäre sie noch auf Thespi Prime, wären diese Gefühle sehr gefährlich. Nicht dass sie *falsch* wären. Aber wenn sich ihre Beziehung zu Bandicut weiterentwickelte und intimer würde ... für eine Drittfrau lag in dieser Richtung die Versuchung und womöglich der Tod. Ihre Rolle im Leben bestand darin, den emotionalen Kontakt zwischen Personen zu erleichtern, nicht darin zu schwelgen oder ihn selbst zu erfahren.

Sie hatte der Versuchung einmal nachgegeben und wäre deswegen beinahe gestorben, hätten nicht die Herren von Schiffwelt und die Steine eingegriffen. *Ensendor.* Allein die Erinnerung an diesen Namen ließ die alte Wut wieder in ihr aufbrodeln. Und auch ein wenig von dem alten Verlangen – obwohl er sie doch so sehr hintergangen hatte. An Ensendors Zeugenaussage – bei dem Prozess, in dem es um ihre intime Beziehung zu ihm gegangen war –, erinnerte sie sich so deutlich, als wäre es gestern gewesen. Erstaunlich, wie lebendig die Erinnerung war. Seine Worte, mit denen er sie vor dem Rat verdammt hatte, während er unbehelligt geblieben und sogar noch für seine Offenheit und Ehrlichkeit verehrt worden war. Seine Augen, mit denen er sie flüchtig angesehen hatte, mit einem Hauch von Bedauern, aber ohne Leidenschaft, ohne Trauer, ohne sich für das Geschehene auch verantwortlich zu fühlen. Obgleich sie das alles deutlich vor sich sah, fühlte sie es immer noch, das alte Verlangen, wie es in ihr aufloderte.

Und was hatte das alles mit diesen beunruhigenden Gefühlen für John Bandicut zu tun, der nicht einmal von ihrer Welt stammte? Vielleicht nichts. Vielleicht alles.

Antares verengte die Augen zu Schlitzen, als sie durch die Sichtkanzel des kleinen Tauchboots sah. Leuchtende Habitatkuppeln zogen langsam vorüber wie Gespenster im schwerelosen Raum. Ein kleiner

Schwarm silbriger Fische blitzte durch den Lichtkegel des Bootsscheinwerfers, dann sah sie ein knollenartiges Geschöpf, das sich mit pulsierenden Bewegungen fortbewegte, bei denen es jedes Mal Wasser ausstieß. Der abfallende Meeresgrund war mit einer Vielzahl pastellfarbener Lebensformen übersät, fedrigen Geschöpfen, die in der langsamen Strömung trieben oder sich darin hin und her wiegten. Dann ging der Grund in ein Unterwasserbeet über, auf dem langer Seetang unter künstlichem Licht angebaut wurde. Schließlich sah sie vor sich den Umriss des Obliq-Habitats, in dem Kailan sie schon erwartete.

Der Anblick von Kailans Kuppel erinnerte sie daran, dass tief unten, weit außer Sicht, der Todesschlund in der unergründlichen Tiefe lauerte, das Monster, das zu identifizieren und zähmen sie helfen sollte. Wie ihr das gelingen sollte, wusste sie nicht. Würde es vielleicht so sein wie Bandicuts Kampf gegen den Boojum, den er ohne brauchbare Information über seinen Gegner hatte ausfechten müssen? Würde sie jetzt ebenfalls auf kein anderes Rüstzeug zurückgreifen können als ihren Mut, ihre Hoffnung und ihre Zuversicht?

Sie seufzte. Zumindest gab es im Falle des Todesschlunds etwas, wonach sie suchen konnte. Nach der Wahrheit. Der objektiven, wissenschaftlichen Wahrheit.

Falls sie so etwas überhaupt noch erkennen konnte.

Als die kleine Tauchbootflotte sich von der Unterwasserstadt entfernte und der Fabrik entgegentauchte, überkamen Bandicut plötzlich Zweifel. Machte er vielleicht den Neri falsche Hoffnungen mit seiner Vermutung, dass man die Fabrik reparieren könnte? Er wünschte, er könnte sich noch einmal ungestört mit den Robotern darüber unterhalten, aber die beiden saßen im zweiten Tauchboot.

///Was ist los, John?///

Was los war? Nun, Bandicut befürchtete, dass seine ganze Mission auf nichts anderem beruhte als auf seinem Hochmut und Wunschdenken.

///Auf mich wirkst du gar nicht so hochmütig.///

/Nicht? Warum hab ich dann so getan, als wüsste ich alles über Nanofabriken? Wer weiß, ob ihre Fabrik überhaupt Nanotechnik benutzt? Verdammt, ich kenne mich ja nicht einmal mit der *menschlichen* Nano-Scheiße aus, geschweige denn mit dem Nanokram der Neri!/

///Das mag sein,
aber du verstehst das zugrunde liegende Konzept.
Die Translatorsteine sind sehr erfindungsreich.
Und nach allem, was du mir gesagt hast,
trifft das auch auf deine Roboter zu.///

/Ja. Aber keiner von uns weiß wirklich, was wir hier unten eigentlich machen, fr'dikin noch mal und zugenäht!/

///Hab Vertrauen, John!
Ich melde mich später noch mal.///

Ehe Bandicut antworten konnte, zog Charlene sich zurück – zwischen die Regale in der Bibliothek seines Gehirns, wo sie leise pfeifend nach weiteren Informationen über John Bandicut und die Charlies suchte, die vor ihr in ihm gewesen waren.

Bandicut wünschte, Ik und Li-Jared wären bei ihm, auch wenn sie gemeinsam entschieden hatten, dass es die richtige Entscheidung war, sie mit anderen Aufgaben innerhalb des Habitats zu betrauen. Ihre Fachkenntnisse würden auf dieser Mission nicht viel helfen, und vermutlich konnten sie sich in der Neri-Stadt nützlicher machen, entweder Antares und Kailan helfen oder jemand anderem. Außerdem hätte Li-Jared wahrscheinlich einen Nervenzusammenbruch erlitten, wenn man ihn gezwungen hätte, in eine andere Richtung zu fahren als die, in der die Meeresoberfläche lag. Trotzdem: Bandicut vermisste sie.

L'Kell, der neben ihm im Cockpit lag, schien seine Nachdenklichkeit zu spüren. »Zuerst erkunden wir das Fabrikareal«, erklärte er. »Wir finden vielleicht mehrere Stellen, an denen wir uns in die Kontrollzentrale einklinken können. Aber das wissen wir erst, wenn wir dort sind.« Bandicut nickte, als die letzten sichtbaren Zeichen der Neri-Stadt achtern verschwanden. Nur der bedrohlich dunkle, endlos abfallende Meeresboden lag jetzt vor ihnen, auf dem ab und an Meeresgetier zu sehen war, manches mit Flossen, aber die meisten Geschöpfe hatten spinnengleiche Beine. Und irgendwo in der Tiefe lauerte der Todesschlund. Sie würden schrecklich nah am Rand des Tiefseegrabens arbeiten und hatten sich vorgenommen, so zu tun, als gäbe es ihn gar nicht. Was blieb ihnen auch anderes übrig? Ihre Furcht vor dem Schlund fußte mindestens zur Hälfte auf der Tatsache, dass sie nicht wussten, womit sie es eigentlich zu tun hatten. Doch Bandicut rief sich in Erinnerung, dass – was für eine Bedrohung der Allesverschlingende auch darstellen mochte – eine nicht funktionierende Fabrik für die Neri mindestens ebenso bedrohlich war, denn sie waren von ihr abhängig. Ohne die Fabrik konnten sie weder beschädigte oder alte Tauchboote und Habitate ersetzen noch die Sonnenkollektoren, die den Neri die notwendige Energie lieferten und deren Leistung stetig nachließ. Denn auch die Unterwasserfelder nahe der Stadt würden nur so lange Erträge liefern, wie die Neri sie mit künstlichem Licht versorgen konnten.

»Ich hab mal 'ne Frage«, meinte Bandicut und versuchte, den Gedanken zu verdrängen. Er sah seinen neuen Freund von der Seite an.

»Ah-hah«, erwiderte L'Kell und blickte rechts und links durch die Sichtkanzel, um zu überprüfen, ob er noch mit den anderen Tauchbooten in Formation fuhr.

»Falls es uns gelingt, die Fabrik zu reaktivieren, wie transportiert ihr dann die darin erzeugten Güter zu eurer Stadt? Wie habt ihr es bis jetzt gemacht?«

L'Kell murmelte nachdenklich etwas vor sich hin, dann sagte er: »Wir haben noch zwei Frachtboote übrig, die wir bei unseren Bergungsoperationen einsetzen. Eines von ihnen ist an der neuen Bergungsstätte, da, wo Lako und die anderen vergiftet worden sind. Das andere ist nicht betriebsbereit.«

»Das klingt aber nicht gut. Können Kailans Leute es nicht reparieren?«

»Tja, das hängt wohl davon ab, ob die Bergungsteams Ausrüstungsteile finden, die man mit den Wandlern so modifizieren kann, dass sie für die Reparatur des Frachtboots taugen.«

»Hm.«

»Es heißt, dass in einem Verladedock der Fabrik ein großes Frachtboot feststeckt – und wenn wir es dort herausholen könnten, hätten wir nicht nur das Boot mitsamt allen Maschinen an Bord, sondern könnten auch das Dock wieder nutzen. Ob da wirklich ein Boot drinsteckt, glaube ich eigentlich nicht, aber wir haben diese Behauptung nie widerlegen können. Niemand hat das Dock je gefunden.«

Bandicut seufzte. Es erstaunte ihn, dass die Neri so lange hatten überleben können. Seit etwa einer Neri-Generation war die Fabrik größtenteils außer Betrieb. Seit L'Kells Geburt hatte die Stadt keine großen Frachtlieferungen mehr erhalten, nur Lieferungen von einem der kleineren Docks, deren Lage die Neri noch kannten. Aber auch dieses letzte Dock hatte die Arbeit zu der Zeit eingestellt, als L'Kell seine Ausbildung zum Tauchboot-Piloten gemacht hatte, und jetzt war der Zugang zum Dock verschüttet. Was die Fabrik anbetraf, lebten die Neri wirklich von geborgter Zeit. Es war fast so, als hätten sie darauf gewartet, dass jemand vorbeikäme und ihnen dabei helfen würde, sie zu reparieren. »Und die ganze Zeit über wisst ihr nicht, wie ihr die Fabrik reparieren sollt oder wie sie funktioniert?«

L'Kell nahm erst eine kleinere Kurskorrektur vor und passte die Geschwindigkeit an die anderen Boote an, ehe er antwortete. »Nicht wir haben die Fabrik gebaut, sondern unsere ...« *hrralll.*

Bandicuts Steine kribbelten, als sie vergeblich versuchten, das Wort zu übersetzen. »Eure Vorfahren?«, riet Bandicut.

L'Kell wirkte verlegen.

»Diejenigen, die vor euch da waren ... die, die eure Eltern zur Welt gebracht haben«, versuchte Bandicut die Vokabel zu erläutern.

»Ich weiß, was das Wort bedeutet. Das Problem ist nur ... nun, die Obliq meint, dass unsere Urahnen nicht so waren wie wir. Keine Neri. Sie waren anders ... und haben uns aus sich geschaffen ... und deshalb wurden wir anders. *Verändert.*« Vorsichtig steuerte L'Kell über einen Kamm auf dem abfallenden Grund. »Ich glaube nicht, dass sie im Meer gelebt haben.«

Bandicut öffnete den Mund; es dauerte einen Moment, bis er etwas sagen konnte. »Erschaffen?«, murmelte er. »Ihr wurdet künstlich erschaffen? Sind die *Festländer* eure Vorfahren? Oder eure Schöpfer?«

L'Kell zischte. »Diese Wesen – Mörder – sind bestimmt nicht unsere Urahnen!«

»Wer dann?«

»Unsere Urahnen«, erwiderte L'Kell, jedes einzelne Wort zischend, »sind *tot*!«

Noch ehe Bandicut eine Antwort einfiel, drückte der Neri einige Tasten auf der Kontrolltafel, und das Tauchboot neigte sich scharf nach unten und rauschte einen Abhang hinab, hinein in die schwärzeste Nacht.

14
Kontakt

Die gräulich weißen Umrisse des Fabrikareals tauchten aus der Finsternis auf wie Gespenster auf einem Friedhof oder wie alte Knochen, die nach einem Beben aus der Erde ragen. Bandicut kämpfte gegen die plötzlich in ihm aufsteigende Angst an und versuchte, ruhig und betont rational durch die Aussichtskanzel zu blicken, während die Tauchboote langsam über das Areal glitten. Er drückte den Com-Schalter und sagte zu den Robotern in Boot zwei: »Napoleon und Copernicus, haltet ab jetzt nach allem Ausschau, das wie eine Andockstelle aussieht! L'Kell sagt, er weiß nicht so genau, wo diese Andockstellen sein können, wenn ihr also irgendwelche Vermutungen habt, immer raus damit!«

»Roger«, antwortete Napoleon. Er schwieg einen Moment, dann: »Captain?«

»Ja?«

»Diese Anlage sieht wirklich sehr, sehr alt aus. Als sei seit einer Ewigkeit niemand mehr hier gewesen.«

»Ja. Aber vergesst nicht: Das liegt zum Teil daran, dass durch das Beben alles mit Schlamm bedeckt wurde. Ich glaube, das muss ich euch nicht näher erklären, oder?«

»Nein. Aber, Captain?«

»John.«

»John? Wenn es wirklich so lange her ist, seit die Neri die Fabrik kontrolliert haben ... woher wissen wir dann, ob die Fabrik ihre, tja ...«

»Ihre was?«, hakte Bandicut nach. »Ihre früheren

Herren erkennt?« Er warf L'Kell einen Blick zu. Der Neri verdrehte die Augen, als wolle er sagen: *Auf was die alles kommen!*

»Exakt«, erwiderte Napoleon.

Als L'Kell nicht auf die Frage einging, versuchte sich Bandicut: »Tja, ich glaube, ihr könnt nicht davon ausgehen, dass jedes Kontrollsystem gleich ein Bewusstsein entwickelt, wie Coppi und du es habt.«

»Oh.«

Einige Momente lang herrschte Funkstille. Dann meldete sich Copernicus: »Capt'n, ich orte Trägermaterialstrukturen, die auf Freileitungen und Oplink-Kabel schließen lassen. Ich vermute ungefähr zwanzig Meter vor uns eine Art von Anschluss.«

»Alles klar, Coppi! L'Kell?«

Der Neri sprach über Funk mit den anderen Neri-Piloten und senkte dann die Nase seines Tauchboots, bis es dicht über dem Grund dahinglitt. »Ich kann die Ortungsdaten der Roboter nicht bestätigen«, meinte er nach ein paar Minuten.

»Wir sind jetzt gleich unmittelbar über dem Anschluss«, teilte Copernicus ihnen mit.

»Bist du sicher?« Das, was Bandicut durch die Sichtkanzel des Tauchbootes sehen konnte, schien nichts als ein gerader Kamm zu sein, der zu einem der rauchenden Vulkanschlote abzufallen schien. Nichts deutete auf einen verborgenen Anschlusspunkt hin.

»Ich bin mir sicher, dass ich die Trägermaterialstrukturen richtig messe, Captain. Aber ich kann weder sagen, wozu sie dienen, noch ob es an dem fraglichen Punkt eine Art Zugang gibt.«

»Ich glaube«, mischte sich L'Kell ein, »dass die Verbindungsstellen, die wir suchen, recht groß sind. Groß genug, damit eines unserer Tauchboote daran andocken könnte, um eine Verbindung herzustellen. Und außerdem dürften wohl überall in der Fabrikanlage Datenleitungen verlaufen. Lediglich zu wissen, dass es hier solche Leitungen gibt, reicht uns also nicht.«

Bandicut redete mit den Robotern: »Wir suchen nach einem Anlegeponton oder etwas Ähnlichem – etwas, an dem wir direkt andocken oder das wir vielleicht sogar betreten können –, auf jeden Fall nach etwas deutlich Größerem als das, was ihr geortet habt. Vielleicht habt ihr hier nur so etwas wie einen sekundären Leitungsknoten entdeckt. Möglicherweise hilft es uns, wenn wir die Leitungen verfolgen, dann sehen wir, wohin sie führen.«

Die Tauchboote glitten weiter, ihre Scheinwerfer durchsuchten die Nacht. Das Meer war klarer als bei ihrem ersten Besuch des Fabrikgeländes. Der beim Beben aufgewirbelte Schlamm und Schlick hatte sich entweder schon gelegt oder war von den Strömungen fortgetragen worden. Im Meer um die Fabrik herrschte eine sanfte Strömung, was, wie L'Kell Bandicut mitteilte, für dieses Gelände normal sei; diese Strömung folge den Linien der natürlichen Kämme, wobei sie eher parallel zum Tiefseegraben verlaufe als in ihn hinein. Der Todesschlund war momentan ruhig.

Die Suche ging weiter.

Boot drei, das ein Stück weiter hangabwärts von Bandicuts Tauchboot das Gelände sondierte, meldete die erste viel versprechende Sichtung. L'Kell steuerte auf die betreffende Stelle zu. Alles, was sie in der Dunkelheit sahen, waren die leuchtenden Scheinwerfer des anderen Tauchboots, gleich hinter einem kleinen, steil abfallenden Vorsprung. Das Licht war sehr grell; offenbar hatte der andere Pilot den Suchscheinwerfer in ihre Richtung gedreht; er strahlte einen Punkt unmittelbar unterhalb des Vorsprungs an. Mit leisem

Motorensurren glitten sie daran vorbei und kamen nach einigen Steuermanövern neben dem anderen Tauchboot zum Stillstand. »Ah«, meinte L'Kell, als er den Frontscheinwerfer ebenfalls auf die Unterseite des Vorsprungs richtete. Dort war eine Einbuchtung zu erkennen – und sie sah eindeutig künstlich aus, nicht natürlich. Durch einen Wirbelsturm aus Schlamm, der von den Antriebsdüsen der Tauchboote aufgewirbelt wurde, leuchtete der Scheinwerfer in einen dunklen Hohlraum. Dieser schien gerade groß genug zu sein, damit die Nase von einem, vielleicht auch zwei Tauchbooten hineinpasste.

Bandicut musste plötzlich daran denken, wie er in seiner Kindheit einmal im Sportstadion gestanden hatte, direkt unter den ansteigenden Sitztribünen. Das war eine beklemmende, klaustrophobische Erinnerung, und für einen Moment spürte Bandicut, wie er in einen Tagtraum absank. Das Rauschen von Luftblasen – oder vielleicht ein Steinschlag am Hang, auf dem die Fabrik lag – riss ihn wieder in die Gegenwart zurück und machte ihm überdeutlich bewusst, dass er in einem Ozean war, dessen gewaltige Wassermassen gegen den Rumpf des Tauchboots drückten. »Ist das ein Andockpunkt?«, fragte er leise.

»Vielleicht«, antwortete L'Kell. »Wir müssen vorsichtig hinein, wenn wir mehr erfahren wollen.« Obwohl sich in dem Hohlraum unterhalb des Vorsprungs nicht so viel Gestein, Schlamm und Sand gesammelt hatte wie darauf, war die Sedimentschicht doch so dick, dass sämtliche Umrisse im Innern des Hohlraums nur undeutlich zu erkennen waren – einschließlich allem, das auf ein Andockluk hingewiesen hätte.

L'Kell drückte einige Tasten, und das Tauchboot erbebte, als die Düsen einen Wasserstrahl ausspien und vor ihm eine gewaltige Schlammwolke aufwirbelten, die den Insassen des Bootes jede Sicht nahm. Bandicut schluckte und unterdrückte einen plötzlichen Ansturm von Angst.

///Soll ich dir helfen,
dein Angstgefühl zu bewältigen?///

/Noch nicht. Ich hab diesen Instinkt aus gutem Grund von der Natur mitbekommen./ Er atmete tief durch und wartete darauf, dass die Angst verflog und der aufgewirbelte Schlamm sich legte.

L'Kell manövrierte das Tauchboot äußerst vorsichtig. Gleich rechts neben ihnen entdeckte Bandicut plötzlich im trüben Wasser das andere Boot. Er verkrampfte sich, sagte aber nichts. Die beiden Neri-Piloten wirbelten mit ihren Düsen das Schlammsediment aus der Höhle. Nach und nach wurde die Sicht wieder klarer, als die langsame Tiefseeströmung die Schlammpartikel forttrug. Über Funk beorderte L'Kell Boot zwei, in dem die Roboter saßen, zu dem Hohlraum, den sie nun freigelegt hatten.

Bandicut hörte die heulenden Motoren des Boots schon, bevor er dessen Lichter sah. Nabeck, der Pilot von Boot zwo, fragte L'Kell, was er tun solle.

»Kannst du da drinnen irgendetwas orten?«, fragte L'Kell. Die Scheinwerfer erhellten nun die Konturen von offensichtlich technischem Gerät mit Einbuchtungen und Vorsprüngen, bei dem es sich vielleicht um Kontrolltafeln handelte. Oder um Einlassvorrichtungen. Oder sonst was.

»Taste die Höhle ab«, meldete Copernicus.

Kurz darauf tönte Napoleons Stimme aus dem Com: »Wir glauben, wir haben etwas gefunden. Dürfen wir näher heranfahren?«

»Vorsichtig!«, hielt L'Kell ihn an.

»Sind wir immer«, antwortete Napoleon.

Nabeck führte aus, was die Roboter ihm sagten.

Nabecks Tauchboot war eine Weile reglos auf der Stelle geschwebt. Gegen das Licht seiner eigenen Scheinwerfer wirkte das Boot wie ein großes Tier, das auf dem Meeresgrund auf Beute lauert. Es war unmöglich zu bestimmen, was die Roboter machten. Schließlich meldete Napoleon sich wieder über Funk: »Wir vermuten – korrigiere, wir *sind* soeben mit der Sonde in einen mit Luft gefüllten Hohlraum vorgedrungen. Führen Sonde weiter ein. Ich glaube, ich habe gerade eine Kommunikationsader gefunden. Teste ...«

Bandicuts Herz raste. Verschmorten gerade Napoleons Schaltkreise oder hatten sie gefunden, wonach sie suchten?

»Definitiv ein Input/Output-Signal!«

»Und ...«, Bandicut schluckte, »ist jemand zu Hause?«

»In der Tat ...«, antwortete Napoleon. Er klang konzentriert. »Hier fließen Daten. Versuche, die Sprache zu entschlüsseln.«

Bandicut sah L'Kell an. Der Neri starrte aufmerksam aus der Steuerkanzel, als könne er in dem trüben Wasser etwas erkennen, wenn er sich nur genug anstrengte. Bandicut hatte das Gefühl, dass L'Kell sich sehr zusammenriss. Vermutlich hätte er am liebsten das Tauchboot auf den Grund gesetzt und wäre hinausgeschwommen, um selbst nachzusehen – nur dass er dieses Abenteuer vielleicht nicht überleben würde.

»Jau«, sagte Napoleon.

»Jau was?«

»Hier ist jemand. Ein Kontrollsystem. Aber es ist ... ich weiß nicht genau, wie ich's erklären soll Capt'n.« Durch die Com-Lautsprecher klang die Stimme des Roboters blechern und kalt.

»Versuch es, Nappi!«

»Es scheint sehr verwirrt zu sein. Andererseits ... es arbeitet schon so lange mit einer Art von Fehlfunktion oder muss sich über Hindernisse hinwegsetzen ... dass es sich nicht mehr genau daran erinnert, welche Aufgabe es eigentlich hat. Oder wie es die Fabrik in Betrieb nehmen soll. Ich glaube nicht, dass es weiß, wo der Fehler liegt.«

»Napoleon, warte mal kurz! Ist das Ding eine Person – oder eine Maschine? Oder ein Programm, das rekonfiguriert werden muss?«

»Captain ...«

»Ich will nur wissen, ob ich dich richtig verstehe. Copernicus, bist du ebenfalls eingeklinkt?«

»Roger. Captain, ich gehe davon aus, dass wir es hier mit etwas Schlimmerem zu tun haben als lediglich einer Fehlfunktion im Selbstreparaturmodus. Ich fange eine Übermittlung im Sinne von Entbehrung, Mangel auf. Ich weiß aber nicht, an was es mangelt.«

Als Napoleon sich nun meldete, klang seine Stimme matt, als spreche er aus weiter Ferne zu ihnen: »Vielleicht ist es ... einsam. Was meinst du?«

»Napoleon? Was willst du damit sagen?«

»Ich glaube, es liegt an etwas anderem«, erklärte Copernicus. »Aber das wissen wir erst dann genau, wenn wir Struktur und Ablauf der Datenverarbeitung, den Arbeitsspeicher und die Fehlerstammdateien überprüft haben ...«

Bandicut seufzte. »Seid ihr dazu in der Lage?«

»Wir müssen einige Leitungen erneuern, Capt'n«, sagte Copernicus. »Seit dem Zusammenbruch der Selbstreparaturfunktionen sind viele Datenleitungen und -verknüpfungen verkümmert und haben versagt. Alternativverknüpfungen müssen aktiviert werden – natürlich innerhalb der physikalischen Grenzen.«

»Okay.«

Schließlich hielt L'Kell es nicht mehr aus. »Was machen sie da?«

Bandicut schüttelte den Kopf. »Ich weiß nicht genau, ob sie das Kontrollsystem reparieren oder neu anlegen, aber es klingt, als seien sie tief ins System eingedrungen. Deshalb glaube ich, wir sollten sie besser in Ruhe arbeiten lassen.«

L'Kell grummelte etwas vor sich hin, erhob aber keine Einwände.

Nicht lange, nachdem Bandicut zur Fabrik aufgebrochen war, hörte Ik Lärm vor ihrem Gästeraum. Er hatte soeben dem besorgten Li-Jared beschrieben, wie Bandicut Lako geheilt hatte; denn er wollte den Karellianer davon überzeugen, dass ihre gegenwärtige Lage vielleicht doch nicht so hoffnungslos war, wie sie vielleicht wirkte. Seine Freunde und er konnten durchaus etwas auf dieser Welt bewirken.

»Was soll dieser ganze ...« – *bwang* – »... Radau da draußen?«, rief Li-Jared. Beide drehten sie sich zum Eingang um, der mit einem Vorhang verhangen war; hinter dem Vorhang hörten sie Neri vorbeilaufen.

Ik rieb sich das Brustbein, zog den Vorhang beiseite und sah hinaus. Er hörte die Neri schreien, irgendwo auf einer tieferen Habitatebene. »Ich glaube, wir sollten besser nachsehen, was da los ist.«

Sein karellianischer Freund schnarrte verärgert, eilte ihm aber gleich nach. Sie folgten dem kurzen Gang zu einer Galerie, von der aus man den darunter liegenden offenen Raum überschauen konnte. Ungefähr ein Dutzend Neri redeten aufgeregt miteinander; manche rannten in den Raum hinein, andere hinaus.

»Kannst du verstehen, was sie sagen?«, fragte Ik seinen Freund.

Leicht auf und ab hüpfend, beugte sich der Karellianer über die Stange, die der Galerie als Reling diente. »Wenn *du* sie schon nicht verstehst, wie kannst du das dann von mir erwarten?!«

Zwei der Neri hoben den Blick, als sie die Stimmen ihrer Gäste hörten. Ik rief: »Stimmt etwas nicht?«

Ein Neri namens Jontil, der Ik und seine Freunde in ihren Gemächern mit allem versorgt hatte, was sie brauchten, rief aufgeregt: »Ein Problem mit den Festländern! Ein Überfall auf eine Bergungsstätte. Ich bezweifle, dass ihr uns dabei helfen könnt.«

»Hrachh! Vielleicht können wir euch mit unserer *Erfahrung* helfen ...« Er zögerte. Mit ihrer Erfahrung?

Jontil erwiderte: »Wollt ihr herunterkommen und an der Beratung mit Askelanda teilnehmen ...?«

»Aarrr, sind schon unterwegs!«, erwiderte Ik. Erst als er sich umdrehte, um die Leiter hinunterzuklettern, sah er die Furcht in Li-Jareds stahlblauen Augen. »Ich habe ihm geantwortet, ohne nachzudenken. Li-Jared, glaubst du, wir sollten besser hier oben bleiben?«

»Nein, wir müssen gehen«, keuchte er. »Es ist nur ...«

»Machst du dir wegen der Festländer Sorgen?«

»Nicht wegen der Festländer. Die sind mir egal«, murmelte der Karellianer. »Es liegt an dieser ganzen ...« Er sah nach oben, und da begriff Ik. Es lag am Ozean über ihnen, an der Vorstellung, dass sie sich vielleicht in die trüben Tiefen würden hinauswagen müssen. Hätte die Normalisation doch nur Li-Jared die Angst vor dem Wasser genommen!

»Hrrrm! Dann lass uns gehen«, sagte Ik leise und sprang von der Leiter auf die untere Ebene.

Jontil begleitete sie ins angrenzende Habitat, wo eine Gruppe von Neri sich um den besorgt wirkenden Askelanda geschart hatte. Der alte Neri nahm die Anwesenheit der Gäste kommentarlos zur Kenntnis. Wie immer schritt er durch den Saal, während er zu den anderen sprach. Ik und Li-Jared traten an den Rand des Saals, um den Neri nicht im Weg zu stehen.

»Unsere Leute an der Bergungsstätte werden von Festländern angegriffen.«

»Angegriffen? Wie?«, rief einer der Neri, die gerade erst den Saal betreten hatten.

»Sie tragen Atemgeräte, ähnlich wie die, die unser Nachwuchs benutzt – und allen Berichten zufolge fallen sie in die Bergungsstätte ein. Sie haben seltsame Fahrzeuge und Waffen, mit denen sie Explosionen erzeugen können. Der größte Teil unserer Leute versteckt sich momentan innerhalb der Stätte. Viele sind verwundet.« Askelanda blieb stehen. »Wir haben neun Schwimmer hingeschickt, aber es ist gut möglich, dass wir sie einer Katastrophe entgegensenden. Uns stehen höchstens ein oder zwei Tauchfahrzeuge zur Verfügung, mit denen wir ihnen Hilfe schicken können. Wird einer der hier Anwesenden unseren Freunden dort draußen zu Hilfe schwimmen?«

Sofort strömten praktisch alle anwesenden Neri zusammen und bildeten unter lautem Gemurmel Reihen, wodurch sie ihre Bereitschaft bekundeten, ihren Freunden beizustehen.

»Ihr müsst euch vor dem Gift hüten«, mahnte Askelanda sie, »das Thorek und die anderen getötet hat – und beinahe auch Lako! Vielleicht liegt es ja an diesem Gift, dass schon so viele auf der Bergungsstätte geschwächt sind.« Er fuhr herum und wandte sich an Ik. »Ich würde meinen Gästen gern eine Frage stellen.«

»Nur zu, Askelanda!«, erwiderte Ik.

»Wisst Ihr etwas über diese Gifte, etwas, das unseren Leuten helfen könnte, sie zu meiden?«

Ik dachte nach. »Ich weiß ein wenig über Gift. Bedauerlicherweise ist das Gift dort draußen unsichtbar – für mich ebenso wie für euch Neri. Habt Ihr vielleicht irgendwelche Geräte, die Strahlung messen können?« Noch während er die Frage stellte, spürte er, dass seine Steine Schwierigkeiten damit hatten, das Wort ›Strahlung‹ für die Neri so zu übersetzen, dass sie es verstehen konnten. In ihrer Sprache gab es schlicht und ergreifend nicht die nötigen Wörter, um den Sachverhalt präzise zu beschreiben. »Ohne die richtige Ausrüstung weiß ich nicht, ob ich euch helfen kann, das Gift zu meiden.« Er schloss kurz die Augen; die herumlaufenden Neri machten ihn ganz schwindelig.

Askelanda blieb vor ihm stehen. »Ich weiß nichts von solchen Instrumenten.« Er gab einen Laut von sich, der fast schon wie ein Seufzen klang. »Vielleicht ... weiß die Obliq etwas über solche Dinge.«

Ik sah Li-Jared an. »Kannst du mit Kailan darüber sprechen?«

Der Karellianer wirkte unsicher und erleichtert zugleich. »Ich kann's versuchen«, murmelte er.

»Und Ihr?«, fragte der Neri-Anführer Ik.

»Ich ... hrrrm, könnte Euer tapferes Volk begleiten, um den bedrängten Neri zu helfen! Falls Ihr noch ein Fahrzeug habt, in dem ich mitfahren kann.«

Askelanda verbeugte sich und drehte sich schwungvoll um. »Sollen wir unserem mutigen Gast Ik einen Platz in unserem Boot gewähren?«

Zur Antwort erhob sich zustimmender Beifall.

Ik war sich nicht sicher, ob er Freude oder Bedauern empfinden sollte.

»Sei vorsichtig, mein Freund.«

»Du auch, Li-Jared! Grüß Antares und Kailan von mir!« Ik seufzte durch die Ohren und trat aufs Deck des kleinen Tauchbootes. Er drehte sich zu Li-Jared um. »Und halte während der Fahrt zu Kailans Habitatkuppel die Augen geschlossen!«

Bwang. »Glaub ja nicht, dass du der Einzige bist, der furchtlos in die Tiefe zieht, Hraachee'aner! Ich werde mehr Fische zählen als du!« Mit einem Winken, das seine Nervosität überspielen sollte, ging Li-Jared davon.

Ik ließ sich ins Tauchboot hinab. Sein Pilot, ein Neri namens S'Cali, begrüßte ihn, und Ik hockte sich links auf die Passagierseite. Ein zweiter Neri gesellte sich zu ihnen, Delent'l.

Kurz darauf glitt das Tauchboot auch schon durch die Tiefe, die vom grünlich gelben Licht der Bootsscheinwerfer erhellt wurde. Von Zeit zu Zeit sah Ik am Rand der Lichtkegel eine Formation von Neri-Schwimmern neben dem Tauchboot schwimmen. Es war schon erstaunlich, dass sie ebenso schnell schwimmen konnten wie ihre Tauchboote fahren. Sie waren wirklich gut an das Leben im Ozean angepasst worden. Denn genauso war es, wie er von S'Cali erfahren hatte: Die Neri waren Meereswesen, deren Erbgut gezielt manipuliert worden war – von einer inzwischen verschwundenen Spezies aus Luftatmern.

Die Habitatkuppeln der Stadt verschwanden hinter ihnen in der Dunkelheit, und Ik richtete sich für die Fahrt ein, lauschte dem Zischen und Knarren des Bootes, während sie aufstiegen; dies geschah nicht in gerader Linie, sondern dicht über dem Grund den Meereshang hinauf, den flachen Schelfgewässern entgegen. Während des Aufstiegs dekomprimierte das Tauchboot, und Ik presste sich zum Druckausgleich

Luft in die Stirnhöhle. Lautlos betete er, dass die Steine und die Normalisation ihn ebenso gut vor der Dekompression schützen würden wie vor dem hohen Druck der Tiefe.

Nach einer Weile stellte er verblüfft fest, dass sich draußen etwas veränderte: Er sah wieder natürliches Licht, der Ozean ringsum wurde merklich heller. Sonnenlicht fiel von oben herein, zerstreut von den Wassern über ihnen. *Dank sei Mond und Sternen!*, dachte er. Welche Gefahren auch immer bei dieser Fahrt auf ihn lauerten, wenigstens würde er Sonnenlicht sehen. Richtiges Sonnenlicht – auch wenn sie nicht bis zur Oberfläche auftauchen würden. Ihr Ziel war ein Schiffswrack, das in vergleichsweise seichtem Wasser gesunken war – dort war es jedenfalls flach genug, um den Luftatmern zu erlauben, zu ihm hinabzutauchen.

S'Cali riss ihn aus den Gedanken. »Wir nähern uns dem Wrack. Bereitest du dich in einer bestimmten Art und Weise auf die Schlacht vor?«

Ik rieb sich schweigend die Brust.

»Falls ja, wäre jetzt ein guter Zeitpunkt, damit zu beginnen«, erklärte Delent'l, der im hinteren Teil des Tauchboots hockte, nahe dem Ausstiegsturm. »Ich überprüfe dein Atemgerät für dich.«

Atemgerät. Die Neri hatten es so eilig für ihn angepasst – eine Atemhilfe, normalerweise für junge Neri gedacht, deren Kiemen noch nicht vollständig ausgebildet waren –, dass er sich bislang kaum mit dem Gedanken befasst hatte, es benutzen zu müssen. *So viel zu langfristigem Denken,* dachte er.

»Ich habe mich nie als Krieger betrachtet«, meinte Ik schließlich. Was sollte er anderes sagen als die Wahrheit? »Wenn ich euch überhaupt Stärken bieten kann, dann, indem ich mein Wissen, meine Erfahrung mit euch teile. Falls mir an der Bergungsstätte etwas auffällt, das die Ursache für eure Krankheit sein könnte, werde ich euch das sofort sagen.«

Zur Antwort gab der Neri-Pilot lediglich einen gedämpften Laut von sich. Der andere Neri sagte gar nichts. Noch nie hatte Ik jemandem ein derart jämmerlich klingendes Hilfsangebot gemacht. Dennoch hatte er nichts weiter hinzuzufügen.

S'Cali schaltete die Scheinwerfer ab.

Dämmerlicht umgab ihr Tauchboot. Von der Oberfläche fiel inzwischen deutlich mehr Licht ins Meer, genug, dass Ik den Meeresboden sehen konnte, doch erkannte er noch keine Farben, sondern sah alles in matten Grautönen.

Vor ihnen zeichnete sich der Umriss eines riesigen, halb verfallenen Schiffwracks gegen den trüben, blaugrünen Wasserspiegel ab wie eine pechschwarze Skulptur. Die Bergungsstätte. Ik erkannte nicht, was für ein Schiff es war, vielleicht ein sehr großes Unterseeboot. Als sie sich ihm näherten, erkannte er eine Reihe kleiner, schwarzer Objekte, die das Wrack wie Insekten umschwärmten.

Sie schienen sich anders zu bewegen als die Neri.

Ehe Ik sich fragen konnte, ob die Festländer das sich nähernde Tauchboot entdeckt hatten, beantwortete sich die Frage von selbst: Sie wandten sich ihnen bereits zu und sammelten sich, um die Neri in Empfang zu nehmen.

15
Reparatur und Rettung

Die Roboter wollten Bandicut gerade Bericht erstatten, als ein zweiter Funkspruch über den gleichen Kanal hereinkam. L'Kell beantwortete ihn krächzend, wobei er die Stimmen der Roboter völlig übertönte.

Bandicut wartete, bis er glaubte, dass der Funkkanal wieder frei war, dann sagte er: »Wiederhol das noch mal, Nappi! Du hast eine Verbindung zur Subsektion hergestellt?«

Die Antwort des Roboters glich einem verzerrten Zischen: »Die Aufzeichnungen über die Betriebszeiten, Cap ... geben Aufschluss darüber, welche Fehlfunktionen ... wir glauben, wir wissen jetzt, warum ...« Dann wurde Napoleons Stimme wieder völlig verzerrt.

»Da kommt noch ein Funkspruch – tut mir Leid«, erklärte L'Kell und wies alle an, Funkdisziplin zu halten.

Diesmal war der hereinkommende Funkspruch ein wenig besser zu verstehen, wenn auch leicht verzerrt. »... werden angegriffen. Bergungsteam im Inneren der Bergungsstätte gefangen, viele vergiftet ... Schwimmer sind ihnen zu Hilfe geeilt ... ein Tauchboot hat ... einen der Besucher ... reicht vielleicht nicht aus.«

»Brauchen sie unsere Hilfe?«, fragte L'Kell und warf zugleich Bandicut einen durchdringenden Blick zu. Die meisten verfügbaren Tauchboote waren entweder für die Fabrikexpedition eingeteilt worden oder für Aufgaben wie etwa Reparaturarbeiten an der Neri-Stadt.

L'Kells Blick ruhte auf Bandicut, dem plötzlich klar wurde, was der Neri dachte. L'Kell wollte gar nicht wissen, ob mehr *Tauchboote* gebraucht wurden; er wollte wissen, ob die verletzten Neri-Arbeiter John Bandicuts Heilfähigkeit benötigten. /Oh nein. Ich glaube, wir werden gleich von hier abgezogen .../

///Was immer wir tun müssen, werden wir tun///, sagte Char ruhig. Vielleicht war Char ja nicht ganz klar, wie anstrengend das für ihn werden würde. Nachdem Bandicut so viel Mühe und Willenskraft in die Mission bei der Fabrik gesteckt hatte, wollte er seine Arbeit hier auch gerne zu Ende bringen.

///Du möchtest
Napoleon und Copernicus nicht zurücklassen.///

Das war eine Feststellung, keine Frage.

/Genau./ Bandicut atmete durch und sagte zu L'Kell: »Ich werde helfen, wo immer ihr mich braucht.«

Der Neri brummte zufrieden und murmelte etwas ins Com. Dann deutete er nach draußen. »Bis jetzt haben meine Leute uns noch nicht um Hilfe gebeten. Also lass uns herausfinden, was deine Roboter uns sagen wollen!«

Bandicut sagte ins Com: »Kannst versuchen, mir deinen Bericht noch mal durchzugeben, Nappi?«

Eine Weile hörten sie nur statisches Rauschen, dann meldete Copernicus: »Capt'n, die gute Nachricht ist, dass die internen Schaltungen größtenteils in Ordnung zu sein scheinen. Die Programmierung hingegen ist alles andere als in Ordnung. Napoleon führt gerade eine Diagnose durch, an einem fehlerhaften Codemodul, das den Hauptprozessor immer wieder mit falschen Daten zu speisen scheint.«

»Das nenne ich schnelle Arbeit.«

»Tja, Captain, das Hauptprogramm hat offenbar versucht, einen Fehler der Selbstreparatursysteme zu kompensieren – ein mechanischer Ausfall, vielleicht durch ein Beben verursacht, und eine unerwartete Materialknappheit. Die Kompensation ist nicht gelungen, woraufhin es zu immer mehr Ausfällen kam. Nachdem die Selbstreparatur versagt hatte, konnte sich die Fabrik nicht mehr ohne Eingriffe von außen regenerieren. Aber es hat niemand von außen eingegriffen.«

»Und jetzt?«

»Wir sind zuversichtlich, die Fabrik wieder reaktivieren zu können.« Bandicut dachte daran, dass er vielleicht die verletzten Neri würde heilen müssen, und sagte sich, dass nichts unmöglich sei. »Braucht ihr unsere Hilfe?«

»Das kann ich momentan nicht sagen.«

»Kannst du abschätzen, wie lange ihr braucht?«

»Ungewiss, Capt'n.«

Bandicut fragte L'Kell: »Hast du das verstanden?«

»Nicht alles.« Der Neri justierte die Ausrichtung eines Außenscheinwerfers, der die Seite des Tauchboots anstrahlte, in dem die Roboter saßen. Alles, was er und Bandicut sahen, war das gedrungene Boot, das die Nase unterhalb der Verladebrücke in die Aushöhlung gesteckt und die vorderen Sondenarme in einer Verbindungsmembran vergraben hatte. Die Roboter saßen vermutlich völlig reglos im Tauchboot; für L'Kell und Bandicut war alles, was die Roboter taten, nicht sichtbar, denn schließlich sandten sie nur elektronische Signale ins Herz der Fabrik. »Vielleicht solltest du sie fragen«, wandte sich L'Kell an ihn, »ob sie notfalls auch ohne dich weitermachen könnten.«

Bandicut starrte in die grüne und gelbe und graue Welt, die die Scheinwerfer anstrahlten. »Vorher sollten wir uns vergewissern, ob es noch Verständigungsschwierigkeiten zwischen Nabeck und den Robotern gibt.«

»Ja«, stimmte der Neri ihm zu.

Der nächste Funkspruch aus der Stadt ließ darauf schließen, dass die Situation an der Bergungsstätte eskalierte; doch bat man L'Kell und Bandicut nicht explizit darum, die Mission abzubrechen und zur Bergungsstätte zu fahren. L'Kell wirkte dennoch sehr beunruhigt. Gelegentlich zuckten zitternde Lichtblitze im Tiefseegraben auf und erhellten die Dunkelheit ringsum wie ein Wetterleuchten vor einem Sturm. Das Licht machte Bandicut nervös.

Er drückte die Com-Taste. »Copernicus ...«

»Ja, Capt'n.« Der Roboter klang abwesend. Napoleon war noch immer mit den Subsystemen beschäftigt, während Copernicus zu verstehen suchte, was im Kontrollsystem der Fabrik vor sich ging. Bandicut stellte sich vor, wie Copernicus mit einem Werkzeugkoffer neben Napoleon stand und ihm den passenden Schraubenschlüssel reichte, wenn Napoleon danach fragte.

»Ich brauche von euch eine Lagebeurteilung. L'Kell und ich werden vielleicht woanders gebraucht. Aber diese Reparatur hier ist ebenso wichtig wie das, was wir tun werden. Glaubt ihr, ihr könntet ohne mich weitermachen?«

»Capt'n – das ist schwer zu sagen.«

»Meinst du, es gibt Verständigungsschwierigkeiten zwischen euch und Nabeck?«

»Nun, können durchaus mit Nabeck kommunizieren ...« Was so viel bedeutete wie: Mit einiger Mühe konnten die Roboter ihm verständlich machen, was sie von ihm wollten. »Deshalb ist da ...« Ein schriller Ton drang aus dem Com und schnitt Copernicus das Wort ab.

»*Coppi?* Was war das?«

Einige wirre elektronische Geräusche waren zu hören. Schließlich sagte Copernicus: »Das war das Kontrollsystem der Fabrik. Es hat versucht, uns eine Nachricht zu übermitteln.«

»Zu übermitteln? Dann erwacht es tatsächlich wieder?«

»Warten Sie einen Moment! Napoleon vermutet, das war nur ein Reflex des Subsystems. Vielleicht eine Reaktion auf unseren Eingriff – aber wir haben das Signal noch nicht entschlüsseln können.«

»Oh.« Bandicut atmete langsam aus. »Beeinflusst das eure Einschätzung?«

»Negativ«, antwortete Copernicus. »Captain, wir vermuten, dass die Fabrik tatsächlich eigene Entscheidungen treffen kann, aber das heißt nicht, dass sie auch ein Bewusstsein hat. Wir müssen wohl abwarten und sehen, was wir herausfinden.«

Bandicut blinzelte überrascht. »Kämt ihr denn damit zurecht, wenn sie tatsächlich ein Bewusstsein hätte?«

Copernicus schwieg einen Moment lang. Dann sagte er: »Erinnern Sie sich noch an die Schattenleute?« Die körperlosen Wesen, die in Fraktaldimensionen lebten und die Wartungssysteme auf dem Weltenschiff kontrollierten: Copernicus hatte sehr viel Zeit mit ihnen verbracht, sich mit ihnen ausgetauscht und war dabei sehr gut ohne Bandicuts Hilfe zurechtgekommen.

»Ah. Ja. Natürlich.« Bandicut schaute L'Kell an. »Ich glaube ... wenn wir aufbrechen müssen, kommen die Roboter gut allein zurecht.«

»Bist du sicher?«, hakte L'Kell nach.

Bandicut lief es kalt den Rücken herunter. Zum Teufel, nein, er war sich nicht sicher!

///Wenn du dir nicht sicher bist, sollltest du auch nicht...///

»Ja«, erwiderte Bandicut.

///Okay, okay: Ich hab nichts gesagt!///

»Wenn das so ist«, meinte L'Kell, »kann ich mir vorstellen, dass unsere Freunde da oben momentan ein wenig Hilfe brauchen könnten.«

Bandicut sah ins trübe Wasser über dem fremdartigen Tiefseegraben. Er fühlte sich, als gleite ihm die eine Mission aus den Händen, während man ihm schon die nächste aufbürdete. Er drehte sich dem Com zu. »Coppi, du und Napoleon habt das Kommando. Wir kommen zurück, sobald es möglich ist.« Er schluckte schwer, blickte flüchtig zu L'Kell und hob den Daumen.

L'Kell drückte eine Taste. Die Motoren summten auf, und das Tauchboot glitt rückwärts von der Ausbuchtung und der Basis der Verladebrücke fort. Dann stieg es aus dem Abhang auf und fuhr hinauf durch die ewige Nacht des Ozeans.

Die Neri-Schwimmer brachen aus der Formation mit Iks Tauchboot aus, verteilten sich am ansteigenden Meeresgrund und nutzten jede Deckung, während sie sich dem vor ihnen aufragenden Schiffswrack näherten. Sie bewegten sich viel schneller durchs Wasser als die Festländer, die ihnen entgegentauchten, und konnten sich besser im Gelände verbergen. Die Festländer waren mittlerweile ein gutes Stück näher gekommen, und Ik erkannte, dass es sich bei ihnen um zweibeinige Wesen handelte, die relativ klobige Tauchausrüstungen trugen.

Eine Wolke aus Luftblasen näherte sich aus dem trüben Wasser und in ihr mehrere Festländer auf motorgetriebenen Unterwassergleitern. »Rakhh«, brummte Ik, während er beobachtete, wie die Fahrzeuge vor ihnen einen Bogen vollzogen. Drei Festländer ließen sich von ihren Gleitern fallen und schwammen weiter, wobei Luftblasen von ihren Köpfen aufstiegen. Er konnte sie nicht besonders deutlich erkennen, aber alle schienen sie etwas in den Händen zu halten. Waffen. Die Festländer verteilten sich fächerförmig im Wasser vor ihren Gegnern, hielten nach den Neri-Schwimmern Ausschau – und hielten sich vorerst vom Tauchboot fern. Vielleicht glaubten sie, das Boot könne ihnen gefährlicher werden als die Schwimmer.

S'Cali näherte sich der Bergungsstätte von Steuerbord, in weitem Bogen. Über dem dunklen Umriss des Wracks sah Ik etwas Weißes aufblitzen. Das waren keine Festländer. Eher ein Fischschwarm. Er zeigte auf die weißen Gestalten. »Sind das …?«

»Pikarta«, bestätigte S'Cali.

»Die Todesfische?«

»Ja. Sie könnten beiden Seiten gefährlich werden. Wenn es zu einem Kampf kommt, zu blutenden Wunden, dann lockt der Geruch sie an …«

Ik ächzte. Er hatte die Neri-Schwimmer inzwischen aus den Augen verloren, genau wie die meisten Festländer. »Müssen wir euren Leuten da draußen helfen?«

»Sie können auf sich selbst aufpassen«, antwortete S'Cali. »Meine größte Sorge gilt den Verwundeten im Wrack. Vielleicht solltest du besser nach hinten gehen und dein Atemgerät anlegen.«

Ik ließ den Mund zuschnappen und stellte sich vor, wie es wohl sein würde, dort draußen zu schwimmen, inmitten von Festländern und Pikarta, mit einem Atemgerät, das eigentlich für den Neri-Nachwuchs gedacht war. »Ehrlich gesagt, S'Cali, kann ich euch eher helfen, wenn ich möglichst lange in diesem Boot hier bleibe. Draußen könnte ich schnell zu einer zusätzlichen Belastung für euch werden.«

S'Cali musterte ihn mit den großen, dunklen Augen. »Vielleicht stimmt das. Aber halte dich bereit. Wenn sie uns mit ihren Berstern angreifen ...«

»Verstanden«, erwiderte Ik. »Aber da es uns in erster Linie um die Verletzten geht, sollten wir jeden Kampf möglichst vermeiden, bis wir die Ursache eurer Krankheit herausgefunden haben, ja? Strahlung kann man nicht sehen – und vielleicht wurde dieses Schiff von einem Reaktor angetrieben. Wir sollten im Inneren des Wracks nach einer großen, schweren Konstruktion oder einer Sektion Ausschau halten, die wahrscheinlich mit einem dicken Metallmantel abgeschirmt ist. Die Abschirmung hat vielleicht einen Riss oder ein Loch.«

»Es gibt wahrscheinlich vieles im Wrack, worauf diese Beschreibung zutrifft«, rief Delent'l aus dem hinteren Teil der Kapsel. »Unsere Leute haben überall im Wrack Sektionen geöffnet, als sie nach nützlicher Ausrüstung suchten. Jede einzelne davon könnte so ein Ding sein, wie du es beschrieben hast.«

»Aber der Reaktor ist keine Schiffsabteilung«, widersprach Ik ihm. »Er könnte *in* einer Abteilung stehen, dürfte recht groß sein, und hinter seiner Abschirmung würde man dicht aneinander gepackte Maschinenteile finden – Spulen, Drähte, Quantenkristalle ...«

»Die letzten Wörter, die du aufgezählt hast, verstehe ich nicht«, brummte S'Cali und sah Ik kurz an, ehe er wieder durch die Sichtkanzel schaute. »Was genau meinst du damit?«

Ik überlegte, wie er es am besten erklären könnte. »Ich kann es dir nicht *exakt* beschreiben, aber es muss dort eine Art von ...«, er wedelte frustriert mit den Fingern, »... Reaktor geben ...«, ihm fiel kein anderes Wort ein, »... der ein Leck hat, durch das die Strahlung ins Wasser dringt. Und – bei den Sternen, warum bin ich nicht schon eher darauf gekommen? Eventuell ist er von einem blauen Licht umgeben – oder leuchtet in seinem Inneren blau.« Sekundärstrahlung, in Form sichtbaren Lichts.

»Wir werden unsere Leute danach fragen«, erbot sich S'Cali. Er steuerte das Tauchboot nun in gerader Linie auf das Wrack zu. Mittlerweile glich das Wrack einem dunklen Trümmerhaufen mit großen, dunklen Flecken, bei denen es sich vermutlich um Risse und Spalten im Rumpf handelte.

»Es ist sehr gefährlich, sich einem lecken Reaktor zu nähern. Deine Leute *müssen* sich von jedem Objekt fern halten, das ein Reaktor sein könnte!« Ik hätte sich am liebsten in den Hintern getreten, weil er nicht früher daran gedacht hatte. Vielleicht strahlte der Reaktor sekundäres Licht ab, vielleicht auch nicht – aber falls ja, wäre das der Beweis, dass sie es mit radioaktiver Strahlung zu tun hatten.

»Wir werden versuchen, da oben in das Wrack hineinzufahren«, meinte S'Cali. »Trotzdem müssen wir sicher irgendwann aussteigen und schwimmen.«

»Gut, aber je länger wir im Boot bleiben können, desto besser. Falls das Wasser verstrahlt ist, schützt uns der Rumpf des Tauchboots ein wenig.«

S'Cali brummte bestätigend. Sie waren nun sehr nah am Wrack. Ik konnte immer noch nicht sagen, um was für eine Art von Schiff es sich handelte, das da auf dem Grund vor ihm lag. Es schien irgendwie zigarrenförmig; es konnte sich ebenso gut um ein Raumschiff wie um ein Unterseeboot handeln. Ik rieb sich die Brust. Ein Raumschiff? Nun, das eröffnete gleich völlig neue Perspektiven! »Woher stammt dieses Schiff?«, fragte er unvermittelt.

»Das wissen wir nicht«, antwortete S'Cali. »Es ist sehr alt. Und unterscheidet sich sehr von den anderen Schiffen unserer Urahnen. Sieh mal da!« Der Neri deutete nach draußen. Zwei Neri-Schwimmer waren aus dem Wrack aufgetaucht und schossen nun dicht über dem Grund dem Tauchboot entgegen. Auf halbem Wege verharrten sie und deuteten drängend zum Wrack zurück.

»Was ist da drüben los?«, fragte Ik und blickte zu dem dunklen Riss im Rumpf des Wracks. Noch während er sprach, erhielt er die Antwort auf diese Frage: Eine Gruppe Neri war in einen Nahkampf mit Festländer-Tauchern verwickelt. Darauf also hatten die beiden Schimmer gezeigt! »Können wir ihnen helfen? Habt ihr Waffen dabei?«

»Ich dachte, du bist kein Kämpfer?«

»Rakhh! Wenn ich muss, stehe ich euch auch im Kampf bei.«

»Das freut mich«, entgegnete S'Cali. »Nein, wir haben keine Waffen dabei. Aber das heißt nicht, dass wir wehrlos sind.« Er drückte eine Taste, und das Tauchboot beschleunigte. S'Cali schaltete wieder die Scheinwerfer an, als sie auf die Kämpfenden zujagten. Drei Neri und fünf oder sechs Festländer hielten mitten im Kampf inne und drehten sich zu ihnen um. Während die Festländer wie erstarrt wirkten, schossen die Neri rasch zur Seite weg, aus dem Weg. Zum ersten Mal sah Ik die Festländer von nahem. Sie trugen Tauchanzüge mit Tauchhauben und schienen ein wenig kleiner zu sein als die Neri. Außerdem trugen sie künstliche Flossen und Atemgeräte. Ihre Gesichter konnte Ik nicht erkennen, dazu reflektierten ihre Tauchhauben das Licht zu stark.

Wollte S'Cali sie rammen? Falls ja, würde das Tauchboot hinterher sehr effektiv, aber auch hart abgebremst werden – nämlich vom Rumpf des Wracks. Plötzlich riss S'Cali einen Regler zurück und kehrte den Schub um. Das Tauchboot bremste hart ab, und die Festländer vor ihnen gerieten heftig ins Taumeln, erfasst von dem kräftigen Düsenstrahl. Das Boot kam zum Stillstand und schwebte nun direkt vor dem klaffenden Riss im Wrackrumpf.

Ik beugte sich dicht an die Sichtkanzel und hielt nach den Festländern Ausschau. Waren sie von dem Wasserstrahl aus der Düse fortgespült worden? Oder besser noch: Waren sie geflohen?

S'Cali sprach ins Außen-Com: »Neri vor dem Rumpf, erbitte Bericht!« Seine Stimme hallte durch die Kapsel, verstärkt durch die Außenlautsprecher des Bootes.

Eine Stimme antwortete, dünn und verzerrt: »Viele Verletzte und Kranke im Wrack ... können nicht fliehen.«

»Wir bleiben bei euch«, erklärte S'Cali. »Noch mehr Schwimmer sind unterwegs!«

Ehe er eine Antwort bekam, schrie jemand: »Die Festländer kommen zurück!« Etwas prallte gegen den Rumpf, und Ik sah vor der Sichtkanzel die schwimmhäutigen Füße von Neri-Schwimmern vorbeisausen, als sie ihren Gegnern entgegenschwammen.

S'Cali drehte das Tauchboot auf der Stelle, bis das Heck zum Schiffswrack wies. Eine Gruppe Festländer schwamm wütend auf sie zu, zwei von ihnen hoben ihre Waffen an und verschossen Pfeile aus Harpunen. Einer davon prallte klirrend vom Rumpf ab. S'Cali richtete den Scheinwerfer auf sie und brauste ihnen entgegen. Als die Festländer sich umdrehten und in alle Richtungen davonstoben, gierte S'Cali das Boot heftig nach rechts und links, als wolle er alles und jeden aus dem Weg fegen.

Erneut kehrte S'Cali den Schub um und schlug die Angreifer mit dem Düsenstrahl zurück. Mit diesem Manöver hatte Ik nicht gerechnet, und er flog nach vorn, konnte sich gerade noch mit einer Hand an der Sichtkanzel abstützen. Er klackte mit dem Mund und fragte sich, welcher Aufprallbelastung die Sichtkanzel wohl standhalten konnte.

S'Cali fuhr rückwärts zum Wrack zurück, während Delent'l, der im Heck aus einem kleinen Bullauge schaute, ihm Kursanweisungen gab. Vor sich im Meer erblickte Ik einen Festländer-Gleiter, der sich ihnen in einer Wolke aus Luftblasen näherte. Etwas schoss aus dem Gleiter hervor und jagte ihnen nach. »S'Cali!«, schrie er.

Der Neri brüllte eine Warnung ins Com. »Berster im Wasser! Deckung!«

Einen Augenblick später blendete sie ein Blitz, das Boot erbebte, und Ik spürte einen Druck auf den Ohren. Der metallene Rumpf des Tauchbootes kreischte auf, als wolle er brechen, und Iks Ohren schrillten. Der Rumpf jedoch schien der Belastung standzuhalten; doch als Ik benommen den Kopf schüttelte, fragte er sich, wie es wohl den Neri draußen im Wasser ergangen war. »S'Cali, sind deine Leute da draußen verletzt?« Er schaute zur Seite und erkannte, dass S'Cali wie betäubt dalag. »S'Cali – kannst du mich hören?« Er packte den Neri am Arm.

Zuerst noch völlig betäubt und benommen starrte S'Cali ihn verständnislos an, dann schüttelte er die Benommenheit ab. Er blinzelte mit seinen großen Augen, drehte sich zur Kontrolltafel und rief ins Außen-Com: »Neri-Schwimmer, seid ihr verletzt?«

Die Antworten der Schwimmer klangen verzerrt, wie

ferne Schreie. Einige der Neri waren verletzt und wurden von den Unverletzten ins Schiffswrack zurückgeschleppt. Als Ik aus der Sichtkanzel sah, erkannte er, dass auch einige der Festländer durch die Explosion verletzt worden waren. Die meisten von ihnen zogen sich zurück; einer jedoch trieb nicht weit vom Tauchboot entfernt; er wirkte bewusstlos.

Zwei Neri-Schwimmer eilten zu ihm und packten ihn. »Können deine Leute ihn bitte gefangen nehmen?«, bedrängte Ik S'Cali und zeigte auf den Festländer. »Vielleicht können wir mit ihm reden und herausfinden, was sie wollen.«

S'Cali schien einen Moment lang Bedenken zu haben, doch dann bellte er einen Befehl ins Com. Die beiden Neri reagierten darauf, indem sie den Festländer am Tauchboot vorbei ins Wrack schleppten.

»Was jetzt?«, fragte Ik.

S'Cali hatte keine Zeit, ihm zu antworten. Ein Schatten glitt schnell über sie hinweg, dann noch einer. S'Cali blickte nach oben. »Pikarta!«, rief er. »In Deckung! Pikarta über der Bergungsstätte!«

Ik verkrampfte sich, legte den Kopf in den Nacken und sah nach oben. Drei Wesen, jedes von ihnen fast so groß wie das Tauchboot, waren über sie hinweggeschwommen und kehrten nun in engem Bogen zu ihnen zurück. Ihre Körperform glich gewaltigen Regentropfen mit großen Mäulern auf der Vorderseite. In den Mäulern sah Ik Zahnreihen blitzen. Aber irgendetwas war seltsam an diesen Zähnen – eine optische Täuschung? Als die Pikarta wieder auf das Tauchboot zuschossen, sah Ik schließlich, was es war: Ihre Zähne rotierten in den Mäulern wie riesige, sich drehende Reibeisen.

»Sind alle im Wrack?«, rief S'Cali und steuerte das Boot so, dass er die Schwimmer bestmöglich vor den Pikarta abschirmte.

Der erste Todesfisch rammte das Tauchboot von oben. Der Aufprall war entsetzlich, und ein mahlendes Kreischen war zu hören – die rotierenden Zähne, die über den metallenen Rumpf schrammten. Vor der Sichtkanzel zuckte die Schwanzflosse des Fisches; dann schoss der riesige Räuber davon. S'Cali hatte Mühe, das Tauchboot aufrecht zu halten, und der verzweifelte Ik konnte nichts weiter tun, als sich festzuhalten und aus der Kanzel zu blicken. Der zweite und dritte Pikarta entfernten sich vom Boot, auf der Suche nach leichterer Beute.

Die Festländer flohen, doch die Pikarta waren viel schneller als sie. Entsetzt beobachtete Ik, wie einer der Fische sich drehte und nach einem der Festländer schnappte. Der Festländer war so weit vom Tauchboot entfernt, dass Ik ihn nur noch als kleinen, dunklen Strich sah. Dennoch erkannte er deutlich, wie sich der Körper des Festländers binnen eines Augenblicks in eine Wolke aus Blut und Gewebefetzen verwandelte. »Mond und Sterne!«, keuchte Ik und dachte schaudernd daran, dass er selbst ebenso gut diesem Fisch zum Opfer hätte fallen können – oder jeder der Neri. Dass nun ein Festländer, für den er keinerlei Hass empfand, dem Räuber des Meeres zum Opfer gefallen war, minderte sein Entsetzen nicht.

»Sie kommen vielleicht zurück«, meinte S'Cali in diesem Moment. »Wir müssen die anderen ins Wrack schaffen.« Er drückte die Com-Taste. »*Sind alle drinnen?*« Langsam drehte er das Tauchboot wieder dem klaffenden Riss im Rumpf des Wracks zu.

»Was ist mit den Neri, die mit uns hierher geschwommen sind?«, fragte Ik und dachte an die Schwimmer, die sie ein gutes Stück vom Wrack entfernt zurückgelassen hatten, als diese versuchten, den Festländern auszuweichen.

Wie zur Antwort hörte er plötzlich einen gedämpften Knall.

»Was war das?«

»Vielleicht Festländer auf der anderen Seite. Wir können jetzt nicht viel für unsere Leute da drüben tun«, musste S'Cali zugeben. »Aber sie wissen, wie sie sich verstecken können und wissen sich notfalls auch zu wehren. Ich glaube, die Pikarta sind für die Festländer momentan eine größere Bedrohung als unsere Leute. Vielleicht haben sie mit ihren Berstern auf die Pikarta geschossen.« Nun hatte S'Cali das Boot vollständig gewendet und ließ sich von einem Neri, der im Schatten des Wracks beinahe unsichtbar war, durch den Riss im Rumpf einweisen.

»Bist du sicher, dass wir da reinpassen?«, fragte Ik nervös und beäugte den scharfzackigen Rand der klaffenden Wunde im Bootskörper des Havaristen.

Noch eine Explosion war zu hören, diesmal viel näher, und die Schockwelle erfasste sie und hätte sie beinahe gegen das Wrack geschleudert.

»Wir haben keine Wahl«, seufzte S'Cali. »Unsere Verwundeten sind da drin! Hier draußen können wir ihnen nicht helfen.«

Stimmt wohl, dachte Ik. *Entweder fahren wir mit dem Tauchboot ins Wrack, oder wir stiegen aus und schwimmen hinein.* Dicht an die Sichtkanzel gebeugt, versuchte er zu erkennen, wie viel Spielraum ihr Boot in der Öffnung hatte. S'Cali steuerte sie meisterhaft hinein. Ringsum rückte das Wrack bedrohlich näher, dann glitten sie in die beinahe völlige Dunkelheit des Schiffsinneren.

Plötzlich schrie Delent'l ihnen vom Heck aus eine Warnung zu – und dann explodierten direkt hinter dem Boot mehrere Berster. **Bumm! Bumm! Bumm!**

Auch S'Cali brüllte eine Warnung – und das Tauchboot senkte die Nase, wurde vorgeschleudert und krachte gegen ein schweres Schott. Ik flog mit dem Kopf voran in die Steuerkanzel. Die Lichter flackerten und verloschen, und er hörte das Rauschen von Wasser, das in die Kapsel schoss.

16
Feuerringe

Antares versuchte noch immer herauszufinden, welche Funktionen die verschiedenen Geräte in Kailans Raum hatten. Keines von ihnen schien hierher zu passen, weder in Kailans Gemächer noch in die Neri-Stadt. Die Instrumente, die die Obliq während der Krise mit der losgerissenen Habitatkuppel eingesetzt hatte, waren nur ein Bruchteil von dem, was sie insgesamt an Geräten und Apparaten besaß. Der mit Vorhängen verhangene Raum war mit Steuerkonsolen voll gestopft und schien eine Mischung aus Bibliothek, Laboratorium und Langstreckenradarstation zu sein – oder, wie Antares' Steine vermuteten, ein *Wissens-Zentrum.* Mit Kailans Instrumenten konnte man die Ozeanumgebung auf verschiedenste Weise abtasten. Mit manchen Geräten schien Kailan sich recht gut auszukennen; mit anderen hingegen überhaupt nicht. Wer hatte all diese Instrumente gebaut? Und wie kam es, dass die Neri so viel vergessen hatten, was diese Geräte und ihre Funktion anging?

Kailan und ihre Helferinnen arbeiteten täglich daran, die Steuerkonsolen zu verstehen und wieder in Betrieb zu nehmen. »Meine Gefolgschaft«, erklärte Kailan, womit sie sich auf die weiblichen Neri unter ihrem Befehl bezog, »hat die Pflicht, das Wissen des Neri-Volkes zu bewahren. Aber das ist schwer, wenn unsere Maschinen kaputtgehen und wir die anderen nicht verstehen.«

»Dann sind Eure Instrumente ...«

»Sie wurden uns am Anfang gegeben, damit wir in

der Lage sind, die sich ständig ändernden Bedingungen in unserer Welt zu beobachten – und unser wissenschaftliches und historisches Wissen zu bewahren. Aber vor vielen Jahren, begann unser Wissen zu schwinden, teilweise aufgrund von ausfallenden Geräten und teilweise, weil wir Probleme hatten, es zu ordnen und abzurufen.«

Antares spürte, dass die Obliq bestimmte Gefühle unterdrückte. »Wer«, fragte sie vorsichtig, »hat den Neri die Instrumente gegeben?«

»Jene, die die Stadt gebaut haben, nehme ich an«, murmelte Kailan, während sie einige Abstimmungen an einer der Konsolen vornahm. »Vermutlich hat eine der Tiefseefabriken die Geräte gebaut, obwohl ich nicht einmal das genau weiß. Ich vermute, dass in dem System noch immer irgendwo eine Menge historischer Informationen verborgen sind; wir wissen nur nicht, wie wir an sie herankommen können.«

Als Kailan dieses Eingeständnis machte, spürte Antares ihr Bedauern, aber keine Abwehrhaltung. »Dann hat der Verfall schon lange vor Eurer Zeit begonnen?«

»Oh ja! Wie alle, die das Amt der Obliq vor mir innehatten, habe ich versucht, so viel Wissen zurückzugewinnen und zu bewahren, wie ich nur konnte.« Kailan klopfte auf ein kleines Gerät, das sich nicht einschalten ließ. »Elbeth«, wandte sie sich an ihre Helferin, »die Konsole hier scheint keine Energie zu bekommen. Haben wir eine voll aufgeladene Batterie dafür?« Während Elbeth im Nebenraum nach einer passenden Batterie für das Gerät suchte, fuhr Kailan fort: »Aber es gibt noch sehr viel, was ich nicht über die Instrumente und ihren Zweck weiß – unter anderem, wie sie funktionieren. Sie sind sehr robust – was gut ist, denn die Programmierung der Wandler reicht nicht aus, um alle Geräte reparieren zu können.«

Kailan zupfte sich das Tuch zurecht, beugte sich über ein Gerät, das sie »Seismik-Bildwandler« nannte, und fummelte an einem Anschluss herum. Dann sah sie wieder Antares an. »Alles, was ich Euch bis jetzt erzählt habe, ist, wie wenig ich von diesen Geräten verstehe. Nun, ich würde es begrüßen, wenn Ihr, die Ihr von anderen Welten kommt, oder«, sie schloss kurz die großen Augen, »oder die Steine des Wissens alles verfügbare Wissen mit mir teilt. In letzter Zeit habe schon einiges hinzugelernt, glaube ich.«

Antares sah sich im Raum um. Eine Frage brannte ihr besonders auf der Zunge. »Kailan, wurden diese Konsolen eigens für Euch gefertigt? Für die Neri? Einige wirken so ... nun ...«

Kailan richtete sich auf. »Klobig? Unpassend?«

»Ja. Als seien sie für die Hände einer anderen Spezies ausgelegt.« Antares strich sich das Haar aus dem Gesicht, ihre empathischen Sinne glühten, aber es war kein lodernd wildes Feuer, sondern glich eher dem Glimmen von Kohlen in einem Aschebett. Sie spürte, dass unter der Oberfläche von Kailans Bewusstsein eine Mischung aus Wissen und Emotionen loderte.

»Du hast Recht«, gestand Kailan ein. »Diese Instrumente wurden nicht für uns gebaut, sondern für ...«, es schien ihr schwer zu fallen, den Satz zu vollenden, »... für jene, die uns geschaffen haben.«

Antares trat näher zu ihr, gerührt von der Traurigkeit und dem Verlustgefühl der Neri-Frau. Kailan wandte den Blick von ihr ab und schaute auf ihre Geräte, und Antares' Steine begannen, seltsam zu kribbeln. Sie spürte die innere Anspannung der Obliq, ein Unbehagen, das zweifellos mit dem Thema zusammenhing, das sie soeben angeschnitten hatten. »Jene, die Euch geschaffen haben?«, wiederholte Antares. Sprach die Obliq von ihrer Religion?

»Es tut mir Leid, ich dachte, Ihr wüsstet es. Ich meine diejenigen, die uns entworfen – uns verändert haben, damit wir im Meer leben können.« Kailan schien Antares' Verblüffung zu spüren. »Es gibt inzwischen einige unter uns, die nicht mehr daran glauben wollen. Für sie ist es eher eine Legende denn historische Realität. Es fällt ihnen schwer, daran zu glauben, und sie *weigern* sich auch, es zu tun. Aber es stimmt! Wer auch immer wir vorher waren, wir wurden verändert, damit wir in dieser Unterwasserwelt leben können.«

»Und die Schöpfer der Neri?«

»Sie lebten an Land. Bevor sie ausstarben. Ehe der Todesschlund kam und sie vernichtet hat.«

Antares bemühte sich, die vielen Informationen zu einem stimmigen Bild zusammenzusetzen. »Dann sind sie nicht mit den ... Festländern verwandt? Mit denen, die ihr jetzt bekämpft?«

Die Obliq zischte leise. Lachte sie? »Nicht mit den Festländern, nein!« Sie wandte sich wieder ihren Instrumenten zu. »Wo die Festländer herkommen, wissen wir nicht. Aber sie stammen nicht von dieser Welt. Es gibt Geschichten darüber, dass sie hier in einem großen Feuerball gelandet sind. Dass sie in dieses Meer gelangten durch die Hand von ...« – *haaam* – » ... *dem Einen, der alle Dinge zusammenbringt.* Dass sie sein Geschenk zurückwiesen und aufs Festland flohen. Nun, ich weiß nicht, woher sie kommen. Aber sie stammen mit Sicherheit nicht von dieser Welt, das wissen wir!«

Nicht von dieser Welt?, dachte Antares. *Wie wir? Kein Wunder, dass man uns hier misstrauisch empfangen hat!*

»Und natürlich, Ihr meine Freundin von einer anderen Welt, gibt es hier noch den Todesschlund aus der unergründlichen Tiefe, der, wie ich glaube, ebenfalls nicht von dieser Welt stammt.« Kailan hob kurz den Blick. »All das, da bin ich sicher, hängt irgendwie miteinander zusammen. Aber ob eine Absicht dahinter steckt oder nur Zufall, wage ich noch nicht zu entscheiden.« Sie führte die Hand mit den dünnen Schwimmhäuten über ein Schaltpult, zögerte kurz und drückte dann rasch mehrere Tasten hintereinander.

Antares wurde plötzlich bewusst, dass sie den Atem angehalten hatte, so aufmerksam hatte sie zugehört. Nun atmete sie bewusst durch.

»Doch jetzt«, meinte Kailan, »müssen wir uns auf dieses Ding auf dem Meeresgrund konzentrieren. Wir müssen herauszufinden versuchen, was es *jetzt* ist, und nicht nach seiner Herkunft fragen. Ihr und Eure Steine müsst mir helfen, den Todesschlund zu verstehen! Ich glaube, unsere Zukunft hängt davon ab – von einer Schlacht, die manchmal eher Ähnlichkeit mit einem Wettstreit der geistigen Kräfte hat.« Kailan winkte Antares zu sich an die Konsole. »Hier, ich will Euch zeigen, was wir studieren können.«

Antares hockte sich neben sie und dachte. *Nun denn, du ›Freundin von einer anderen Welt‹, hoffentlich vermagst du ihr wirklich zu helfen …*

Die Bilder erinnerten sie an die bunten Federn des Whoaila-Vogels auf ihrer Heimatwelt – die Bilder bewegten sich, flatterten ebenso wie der Vogel in dem Moment, im dem er kurz davor stand, sich in die Lüfte zu schwingen wie eine karmesinrote und goldene Feuersäule: Während eben dieser ersten Flügelschläge wirkte der Vogel zwar weniger farbenprächtig als dann in der Luft, dennoch war es stets fesselnd und verwirrend, mit welch komplexen und anmutigen

Bewegungen er die Flügel öffnete und auseinander fächerte.

Die Bilder vom Meeresboden bewegten sich ähnlich, während die Obliq, auf der Suche nach sinnvollen Mustern, von einem Darstellungsmodus zum nächsten schaltete; doch waren die Bilder nicht so fesselnd wie der Anblick des Whoaila, sondern verwirrten Antares eher. Ab und zu deutete Kailan auf eine Form und fragte: »Sagt Euch das irgendetwas?«, und jedes Mal dachte Antares kurz nach und verneinte die Frage, woraufhin Kailan das nächste Bild aufrief. Zwar sprachen sie dank der Wissenssteine nun eine gemeinsame Sprache, doch war Antares klar, dass ihre mangelnde Erfahrung auf wissenschaftlichem Gebiet die Zusammenarbeit mit Kailan eher erschwerte. Sie betrachtete Darstellungen von Tälern wie geologischen Verwerfungen und Grafiken, die scheinbar chaotische Kräfte darstellten. Einiges von dem, was sie sah, konnte sie deuten, oder zumindest ihre Vermutung darüber äußern. Aber der Gedanke, dass sie Kailan dabei helfen könnte, die Bilder zu verstehen und auszuwerten, war nahezu lächerlich.

Kailan ließ sich nicht entmutigen. »Was ich Euch hier zeige, ist Hintergrundmaterial. Aus einigen intakten Aufzeichnungen haben wir historische seismische Daten gewonnen – Daten darüber, wie sich Schallwellen durch Gestein bewegen. Wir sammeln noch immer neue Daten, mithilfe eines Sensornetzes, das lange vor meiner Geburt auf dem Meeresgrund installiert wurde. Zudem haben wir aktuelle Sonarbilder – Schall durch Wasser –, aber falls wir je historische Sonarmessungen hatten, sind sie verloren. Jetzt zeige ich Euch einige Darstellungen, die mit sichtbarem Licht …«

»Kailan, wie viel von alledem versteht Ihr eigentlich?«, unterbrach Antares sie. »Das alles wirkt … wie hochgradig spezialisiertes Wissen.«

»Das ist es auch«, bestätigte Kailan und trat an die nächste Konsole. »Aber wenn *ich* es nicht zu verstehen versuche, macht es keiner. Die meisten Neri meiner Gefolgschaft sind mit der Wartung von technischen Geräten beschäftigt oder arbeiten in den Krippen, wo sie sich um unsere Nachkommen kümmern. Die Männer, unter Askelandas Führung, scheinen ihr Interesse an der Technik verloren zu haben – und außerdem sind sie ohnehin zu sehr mit ihren Bergungsarbeiten und dem Anbau von Nahrung beschäftigt.« Sie hob den Blick und sah Antares an. »Daher fällt diese Aufgabe mir zu – und Elbeth sowie Maerta, die Ihr noch nicht kennen gelernt habt. Ich bilde Maerta aus an Tagen, wenn sie die Zeit dazu findet.«

»Das klingt ziemlich kompliziert.«

»Das ist es auch. Aber wir tun, was wir tun müssen.« Kailan deutete auf ein anderes Display. »Da – so sieht es aus, wenn sich die Spalte öffnet. Wenn der Todesschlund beginnt, alles zu verschlingen.«

Antares betrachtete die Darstellung: ein holografisches Bild des Tiefseegrabens, aus einem ähnlichen Blickwinkel wie von dem Riff nahe der Fabrik aus gesehen. Das Bild zeigte den Graben und war stark vergrößert, sodass man etwa zwei Kilometer weit in den Graben hineinblicken konnte. Das Licht, das Antares auf dem Bild sah, war kein Sonnenlicht, sondern Licht des Schlundes. Ein heller Punkt erschien in der Bildmitte und schwoll an. Antares fand den Anblick beängstigend, ohne genau zu wissen warum. Das Licht schien auf sie zuzukommen, aus dem Schaltpult zu dringen. Plötzlich *öffnete* es sich, wie ein sich aufblähender Feuerring. Durch das trübe Tiefseewasser verstärkt, wirkte das Licht wie eine Geistererscheinung, nicht nur beängstigend, sondern bedrohlich – als wolle es angreifen. Antares presste sich die langen Finger auf die Steine an ihrer Kehle und dachte: /Bitte sagt mir – könnt ihr diesen Anblick irgendwie deuten oder erklären?/

Die Wissenssteine gaben ihr keine Antwort, doch spürte Antares, dass sie sich ebenso konzentrierten wie sie selbst. Vielleicht sagte ihnen die Aufzeichnung ja doch etwas, und sie wussten nur noch nicht, wie sie die Informationen einordnen sollten.

»Und hier kann man jetzt beobachten, was das Phänomen so schrecklich in seiner Wirkung macht«, erklärte Kailan und deutete auf die dunkle Stelle in der Mitte des Rings. Antares sah genau hin. Was war das? Bislang hatte sie es für Fels gehalten, aber das stimmte nicht.

Kailan zeigte auf das zweite Display, gleich neben dem ersten. Es war eine Falschfarbendarstellung, kein Bild aus sichtbarem Licht; offenbar handelte es sich um eine Art von Sonarbildfolge, die Meeresströmungen sichtbar machte. Etwas begann, dem Ring entgegenzufließen, in seine Mitte. »Wasserströmungen?«, fragte Antares.

»Ja.«

»Sie verlaufen *in* den Ring?«

»Genau.« Die Obliq berührte eine Taste, und die Bildfolge wich der topografischen Darstellung, die Antares schon vorhin gesehen hatte. Sie beobachtete, wie sich das Bild veränderte. An der Stelle, wo eben die fließende Strömung zu sehen gewesen war, klaffte nun eine Öffnung im Meeresboden, die zuvor nicht da gewesen war: ein gewaltiger Trichter im Boden des Ozeans. Allem Anschein nach floss das Meerwasser aus dem Ozeanbecken hinein in diesen Trichter.

»Das ist unmöglich!«, hauchte Antares. »Oder? Wohin verschwindet das Wasser?«

Kailan wechselte wieder den Betrachtungsmodus, und diesmal war der ganze Planet zu sehen. »Seht!«

Antares starrte auf das Display. Der leuchtend rote Trichter schien den Todesschlund zu symbolisieren. Offenbar flossen die gewaltigen Wassermassen in den Planeten und ... verschwanden dann.

»So fängt es immer an. Aber dann ...« Mit einem Tastendruck veränderte Kailan erneut die Darstellungsart. »Jetzt läuft die Bildfolge langsamer ab, damit Ihr es besser mitverfolgen könnt.« Etwas veränderte sich im Inneren des Planeten – als grabe sich ein Wurm hinein, der ein komplexes Gewirr aus gewundenen Bahnen anlegte. Als die Bahnen fertig waren, wurde der Wasserstrom durch das Planeteninnere geleitet, wobei er einen unmöglichen Verlauf nahm, in Bögen, Schleifen und Kurven. Und dann trat der Wasserstrom wieder aus ...

»Das Wasser fließt in den Ozean zurück?« Verwundert starrte Antares auf das Display.

»Zurück ins Meer, aber weit von hier entfernt. Irgendwo auf der anderen Seite der Welt.«

»Ihr beobachtet das? Messt es irgendwie?«

Die Obliq strich mit dem Finger über die dargestellte Weltkugel. »Jene, die unseren Lebensraum gebaut haben, waren sehr gründlich. Überall auf unserem Planeten sind Messgeräte installiert – wesentlich weiter verbreitet als unsere Kultur. Wir leben nur hier«, sie zeigte auf die Region in der Nähe des Trichters, »und haben hier und hier einige kleinere Siedlungen«, jetzt deutete sie auf einige Stellen im Norden und Süden, nicht weit von der Küstenlinie des angrenzenden Kontinents entfernt, »sowie eine Reihe von Außenposten in den arktischen Regionen.« Sie wies auf zwei Punkte, die viel weiter nördlich lagen. »Es gab früher überall auf dem Planeten Ablegersiedlungen, aber wir haben den

Kontakt zu ihnen verloren und keine Tauchboote mehr, die so weit fahren können.« Sie drückte eine Taste, und auf dem Schirm leuchteten unzählige blaue Punkte auf. »Und hier liegen unsere Sensoren. Die meisten von ihnen sind noch immer mit den Geräten verbunden, die uns diese Bilder hier liefern. Wenn sie jedoch ausfallen«, sie zeigte auf einige wenige Punkte, die eher orange als blau leuchteten, »können wir sie nicht mehr ersetzen.«

Antares blähte die Nasenflügel auf. »Was ist mit den anderen Siedlungen – die, die nicht so weit von euch entfernt sind? Habt ihr noch Kontakt zu ihnen?«

Ehe Kailan antworten konnte, kehrte Elbeth zurück; sie trug ein rundes, rautenförmiges Objekt von der Größe eines Tellers. Offenbar war es die von der Obliq gewünschte Batterie; Elbeth klappte die Oberseite der nicht funktionierenden Konsole hoch und nahm ein ähnliches Objekt aus dem Pultsockel, ehe sie die neue Batterie einsetzte. Kailan legte einen Schalter um und nickte zufrieden, als die Lichter des Pultes wieder aufleuchteten. »Doch, wir haben noch Kontakt zu diesen Siedlungen ... in gewissem Maße.« Sie sah wieder Antares an. »Früher haben wir uns freundschaftlich ausgetauscht und Handel miteinander getrieben. Die anderen Siedlungen zählten auf unsere Hilfe, als ihre kleinen Fabriken nach und nach ausfielen, ungefähr vor hundertfünfzig Jahren. Wir hier leben nicht nur in der größten Stadt, sondern waren auch die Einzigen, die stets garantieren konnten, dass neue Ausrüstung produziert wurde. Aber auch die kleinen Siedlungen bargen sehr viele Maschinen aus dem Meer, die auf der verlorenen Technologie unserer Vorfahren beruhen, und nicht selten waren ihre Fischgründe reicher. Der Handel mit ihnen war für beide Seiten zufrieden stellend.«

»Aber?«, forschte Antares nach.

»Aber nicht alle waren gleich zufrieden. Denn als *unsere* Fabrik ausfiel, hatten wir weniger Handelsgüter anzubieten. Der Kontakt ließ nach. Je schlechter die Zeiten wurden, desto schwieriger war es, den Kontakt mit den anderen Neri aufrechtzuerhalten«, erzählte Kailan. »Wir können noch immer miteinander kommunizieren, durch die Mitwasser-Schallübertragungsschicht …«

»*Uuhll?*«

»Eine Wasserschicht, die zwischen zwei anderen Wasserschichten liegt: eine wärmere, leichtere Schicht liegt über einer kälteren, dichteren«, erläuterte Kailan. »Bei günstigen Bedingungen transportiert diese Schicht den Schall um unsere ganze Welt: Die Schallwellen prallen von der oberen und unteren Schicht ab und bleiben so immer in dieser erwähnten Mittelschicht. Zwar kann man auf diese Weise nicht zielgerichtet kommunizieren, aber wir senden den anderen Siedlungen trotzdem Nachrichten durch diese Schicht, die man theoretisch überall auf der Welt hören könnte. Und bis vor kurzem haben wir auch hin und wieder ein Tauchboot oder sogar Gruppen von Schwimmern ausgesandt, um die Siedlungen zu besuchen.«

Antares beobachtete die Wasserbewegung in der kartografischen Darstellung und erinnerte sich an die starke Abwärtsströmung, die die Geräte während des letzten Bebens aufgezeichnet hatten. »Glaubt Ihr, es verbirgt sich eine *Absicht* hinter diesen Strömungen?«

Kailan schwieg eine Zeit lang. »Genau das wüsste ich gerne«, meinte sie schließlich. »*Ich* weiß ganz bestimmt nicht, was der Todesschlund beabsichtigt – wenn er überhaupt nach etwas strebt oder ein Bewusstsein hat.«

Sie schaute Antares an, und nun empfing die Thespi-Frau ein deutliches Gefühl von Verlangen und Hoffnung. »Wisst Ihr etwas über ...?«

Antares seufzte wehmütig, ehe Kailan die Frage vollenden konnte. »Möglicherweise weiß einer meiner Freunde etwas darüber. Vielleicht Li-Jared oder ...«

»Habe ich da gerade ...« – *bwang* – »... meinen Namen gehört?«, fragte der Karellianer, der soeben von einer jungen Neri in den Raum geführt wurde.

»Li-Jared!«, rief Antares. »Bist du allein hier? Wo ist Ik?«

»Mein hraachee'anischer Freund musste aufbrechen«, erwiderte Li-Jared, und Antares empfing die Dunkelheit, die in seinen Worten mitschwang, und sah diese Dunkelheit auch in seinen Augen. »Es hat einen Überfall gegeben. Ich fürchte, dass es gefährlich für ihn wird. Aber ich vertraue darauf, dass er auf sich Acht gibt.« Er verbeugte sich vor der jungen Neri. »Ich danke dir, Maerta.« Dann wandte er sich wieder an Antares und Kailan. »Kann ich Euch in irgendeiner Weise behilflich sein? Darf ich fragen, was diese Geräte hier für Funktionen besitzen?« Er deutete auf die vielen Konsolen.

»Kennt Ihr Euch mit den Wissenschaften aus?«, fragte Kailan zögerlich.

»Das *sollte* ich eigentlich schon! – Was ist denn daran so verwunderlich?«

Antares unterdrückte nun ihr zischendes Lachen. »Li-Jared, ich glaube, dass sich äußerst wenige Neri Männer mit den Wissenschaften auskennen! Aber ich bin sicher, Kailan ist dankbar für jede Hilfe, die du ihr angedeihen lassen könntest.«

»Dann«, erklärte Li-Jared äußerst selbstbewusst«, wollen wir uns gleich mal an die Arbeit machen, was?«

Antares empfing verwirrende Emotionen von ihm und konnte nicht genau sagen, ob Li-Jareds Selbstvertrauen vorgetäuscht war oder nicht. Doch sie hatte jetzt keine Zeit, diese Frage zu ergründen, denn Kailan fuhr mit ihrer Erklärung fort, als wäre sie nie unterbrochen worden. »Wir glauben«, erzählte sie, »dass dieses Ding unsere Urahnen umgebracht hat.«

»Ihr meint damit Eure ...«

»Erschaffer. Unsere Vorfahren. Alle Aufzeichnungen über Kontakte zu ihnen – beziehungsweise alle Aufzeichnungen, die wir noch besitzen – enden etwa in der Zeit, als der Todesschlund aufgetaucht ist. Es gibt Berichte über schreckliche Beben, zu denen es über und unter dem Meer kam. Aber wir im Meer haben offenbar das glücklichere Los gezogen. Warum, wissen wir nicht.«

»Und wann ist der Schlund aufgetaucht?«

»Etwa vor dreihundert Jahren.«

Antares spürte ein elektrisierendes Kribbeln. Etwas war vor dreihundert Jahren auf dieser Welt erschienen, hatte vermutlich eine ganze Zivilisation auf dem Land zerstört und gefährdete nun eine weitere im Ozean? War *das* der Grund, aus dem sie und ihre Freunde hierher geschickt worden waren? Falls ja, welche Hoffnung durften sie sich dann machen, etwas dagegen unternehmen zu können? Gewiss hätte man sie nicht durch die Galaxis auf diese Welt befördert, wenn sie nichts dagegen tun könnten ...

Mit größter Wahrscheinlichkeit hast du Recht. Wir nehmen an, dass eine Konvergenz bevorsteht.

/Konvergenz? Was konvergiert denn?/

Ungewiss.

Aha. Also würden sie und ihre Freunde vorerst weiter im Dunkeln tappen müssen. Aber Antares schöpfte wieder neue Hoffnung. Sie waren wohl tatsächlich nicht zufällig auf dem Planeten gestrandet, ohne Aussicht, etwas bewirken zu können. Hier wartete eine Aufgabe auf sie. Und vielleicht fanden sie auch die nötigen Hilfsmittel, um sie zu lösen.

Kailan wirkte plötzlich aufgeregt und trat an die nächste Konsole. »Da!«, rief sie und zeigte auf den Schirm, auf dem unregelmäßige rote und gelbe Flecken in wirrer Anordnung erschienen ... was zeigte diese Darstellung doch gleich? Seismische Aktivität? »Das ist vielleicht ein Hinweis auf einen weiteren, unmittelbar bevorstehenden Ausbruch!«

Antares atmete zischend durch die zusammengebissenen Zähne aus. »Wie schlimm? Wann?«

»Kann ich nicht sagen. Bis jetzt haben wir die Bedeutung dieser Muster noch nicht richtig ausloten können. Aber sie haben etwas mit Schwerkraft und Dichte zu tun. Und manchmal haben wir solche Muster vor schlimmen Ausbrüchen gemessen.«

Antares presste die Finger auf ihre Steine, in der schwachen Hoffnung, dass sie vielleicht helfen könnten. /Bitte – wenn ihr dieses Bild hier irgendwie deuten könnt – teilt es mir mit!/

Sie spürte das rege Interesse ihrer Steine, und ein unterschwelliges Gefühl von Dringlichkeit. Aber eine Antwort gaben sie ihr nicht.

17
Ertrinken in der Dunkelheit

In der Dunkelheit ließ sich nur schwer bestimmen, was geschah. Noch hörte Ik das Wasser ins Tauchboot rauschen. S'Cali und Delent'l schrien sich schnatternd etwas zu, zu schnell, als dass seine Steine es hätten übersetzen können. Die Neri holten etwas aus den Staufächern hinter ihm. Ik, noch ein wenig benommen von dem Aufprall, hatte Mühe, seine Gedanken zu ordnen.

Bewusst atmete er tief durch und rief dann: »Aarrr, seid ihr verletzt? Haben wir ein Leck?« Der Atem stockte ihm, als er das Bein Richtung Heck ausstreckte und es in eisiges Wasser platschte.

Die beiden Neri verstummten, und für einen Augenblick hörte Ik nur das Gurgeln und Rauschen des Wassers. Dann antwortete S'Cali: »Ja, Ik – tut mir Leid! Wir haben ein Leck. Aber uns bleibt noch etwas Zeit. Die Ablassmembranen sorgen dafür, dass das Boot nicht allzu schnell voll läuft.« Ein Rascheln war zu hören, dann war im hinteren Teil der Kapsel ein Lichtschimmer zu sehen. S'Cali hatte eine Art von Notleuchte aktiviert, indem er deren Abdeckung entfernt hatte; sie sah aus wie eine chemolumineszente Kugel aus hauchdünnem Seetang.

Mühsam drehte Ik sich in der engen Kapsel um. Er rieb sich die Augen, die sogleich schmerzhaft brannten, als sie mit dem Salzwasser an seinen Fingern in Kontakt kamen. »Was hat es mit diesen Ablassmembranen auf sich?«, fragte er. Die beiden Neri hielten die Einzeleile der Tauchausrüstung für Ik in den Händen.

Es überlief ihn kalt bei dem Gedanken, im Meer tauchen zu müssen, völlig ungeschützt und noch dazu weit von der Unterwasserstadt entfernt.

»Die Membranen«, erklärte S'Cali, »lassen das Wasser heraus, aber nicht so schnell, wie es hereinströmt.«

»Aha. Wir müssen also bald von Bord gehen. Das meinst du doch damit, oder?«

»Ja. Aber jetzt wollen wir erst mal sehen, ob wir dir diese Tauchhaube aufsetzen können.« Das Objekt, das S'Cali ihm entgegenstreckte, war aus einem dunklen Material, das entfernt an Seetang erinnerte, und sah aus wie eine weiche, große und nach unten offene Blase, an der Schläuche befestigt waren.

Ik rieb sich mit den Fingern über die Brust und versuchte, optimistisch zu denken. Sie waren in einem seeuntüchtigen, leckenden Tauchboot, ja, und hatten eine Tauchausrüstung dabei, die für den Neri-Nachwuchs ausgelegt war. Und es waren eine Menge andere Neri in der Nähe, die ihm helfen konnten. Abgesehen davon, dass die meisten von ihnen krank oder verwundet waren. Eigentlich war ja *er* hierher gekommen, um *sie* zu retten. Gewiss schickte man ihnen noch weitere Tauchboote aus der Stadt nach. Jedenfalls würde dies gewiss geschehen, wenn S'Cali den Notfall per Funk an die Stadt durchgegeben haben sollte.

S'Cali reichte ihm die Tauchhaube, und Ik untersuchte sie im matten Licht. Die Tauchhaube, eigentlich für kleinere Köpfe als seinen ausgelegt, war bereits vergrößert worden, damit sie ihm passte. Die Klebenähte sahen ... gefährlich brüchig aus. Offenbar ließen sich die Nanoscheiß-Wandler nicht darauf programmieren, Tauchhaben zu modifizieren; das musste von Hand gemacht werden. Die mit der Haube verbundenen Schläuche führten zu einem seltsamen Apparat, der anscheinend Federn enthielt – ein halbstarrer Behälter aus einem hauchdünnen, durchsichtigen Material. Vermutlich war der Apparat Sauerstoffextraktor und Gasaustauschgerät in einem. Weiterhin gehörten zur Tauchausrüstung, was Ik nicht gerade ruhiger machen konnte, weder Tanks noch Tauchflaschen, nur eine kleine, elastische Blase. Ik konnte sich nun wirklich nicht vorstellen, dass diese Ausrüstung ihn auf Dauer mit ausreichend Atemluft versorgen würde, musste aber wohl oder übel darauf vertrauen, dass sie für ihn geeignet war. Er hoffte, dass sich seine physiologischen Bedürfnisse nicht zu sehr von denen des Neri-Nachwuchses unterschieden.

»Habt ihr euch, aarrr, zufällig mit der Stadt in Verbindung gesetzt und ihnen mitgeteilt, was passiert ist?«, fragte er, während er die Haube in der Hand wog.

»Bedauerlicherweise nicht«, erwiderte S'Cali und bedeutete ihm mit einer Geste, die Tauchhaube aufzusetzen. »Dazu war unser Boot schon zu tief ins Wrack eingetaucht – keine Funkverbindung mehr möglich. Aber früher oder später werden sie nach uns sehen.«

Ik seufzte durch die Ohren und setzte die Haube auf. Die Neri-Handwerker hatten nur sehr wenig Zeit gehabt, um die Haube seinem Kopf anzupassen, doch hatten sie ihr Bestes getan. Und tatsächlich passte sie bequem, ohne zu drücken oder ihm den Hals einzuschnüren. Allerdings sah er durch die Haube nur schattenhafte Umrisse. »Könnt ihr mich noch hören?«, fragte er, und seine Stimme hallte ihm in den Ohren.

»Wir hören dich«, antwortete Delent'l, der damit beschäftigt war, die anderen Komponenten an die Haube anzuschließen. Seine Stimme klang gedämpft, war aber zu verstehen. »Sobald wir im Wasser sind, wird es ein bisschen schwieriger mit der Kommunikation. Unsere Technikerinnen hatten keine Zeit, um das

Com-Gerät abzustimmen.« Der Neri berührte die Seite der Haube. »Wenn du uns also da draußen etwas sagen willst, musst du deutlich sprechen.«

Ik stöhnte. »Wie gehen wir vor, nachdem wir ausgestiegen sind?«

S'Cali deutete zur Nase des Tauchboots. Angestrengt blickte Ik durch die trübe Tauchhaube und glaubte, einige Schwimmer im dunklen Wasser zu erkennen. »Wir schwimmen zu den anderen, wir sammeln uns dort hinten«, erklärte S'Cali. »Und du zeigst uns, wie wir diese eigenartige Verstrahlung vermeiden können.«

»Aha«, brummte Ik und fragte sich, wie er auch nur entfernt hoffen durfte, das zu schaffen, blind im Wasser schwimmend, das eiskalt und voller Pikarta war.

»Dann werden wir zu den Verwundeten schwimmen«, plante S'Cali das weitere Vorgehen. »Ich habe gehört, ihr Sternenleute habt Heilerfähigkeiten? Ich glaube, es warten schon viele Verletzte auf dich.«

Ik konnte ihn nur bestürzt anblicken.

Inzwischen sprudelte ihm das Meerwasser schon um die Beine, aber S'Cali und Delent'l schienen es noch nicht sonderlich eilig damit zu haben, das Boot zu verlassen. Sie sortierten ihre Ausrüstung. Ik nahm die Tauchhaube wieder ab und nutzte die Zeit, ihnen einige Fragen über das Innenleben des Wracks zu stellen. Vorrangig bereiteten ihm zwei Dinge Kopfzerbrechen: Wie sollte er sich im Wrack zurechtfinden, und wie konnte er bestimmen, an welcher Stelle sich vermutlich der lecke Reaktor befand?

Die Neri hatten anscheinend keine Karte vom Inneren des Wracks erstellt, jedenfalls nicht so, wie er es getan hätte. Stattdessen sprachen sie davon »der langsamen Strömung zu folgen, bis die Wände sich öffnen« und »da innezuhalten, wo »die Turbulenz dich an eine ruhige Stelle bringt und das Wasser abgestandener und salziger ist«, von wo aus man »der schnelleren Strömung dicht über dem Boden folgen« müsse. Ihre Beschreibungen halfen Ik nicht im Mindesten dabei, sich ein Bild vom Inneren des Wracks zu machen. Aber dann horchte er plötzlich auf. Delent'l hatte gerade gesagt: »... in den Gang, wo die Strömung wärmer ist ...«

»Was hast du da gerade gesagt?«, unterbrach Ik den Neri.

Delent'l wirkte verwirrt. »Was meinst du? Ich hab viel gesagt.«

»Etwas über warmes Wasser. Ist es wärmer als in den anderen Teilen des Schiffs?«

»Oh ja. An einer Stelle gibt es etwas im Schiff, das das Wasser erwärmt. Es fließt in einen Gang, und da warten die kranken Neri auf uns, damit du sie heilen kannst.«

Ik wurde plötzlich ganz schwindelig. Die Kranken warteten im Gang mit dem warmen Wasser? Schrecklich, schrecklich! »Wisst ihr, woher die Wärme kommt?«, fragte er heiser.

»Aus einer Öffnung, die mit einem Gitter versperrt ist«, antwortete Delent'l. »Dort fließt das Wasser in den Gang. Wir konnten noch nicht in den dahinter liegenden Raum vordringen, um nachzusehen, was sich darin befindet.«

»Den Sternen sei Dank!«, rief Ik. »Wenn ihr da hineingeht, sterbt ihr wahrscheinlich! Ihr müsst die Verletzten sofort da wegschaffen!« *Wenn es nicht schon zu spät ist,* dachte er hilflos.

Delent'l und S'Cali tauschten einen überraschten Blick. »Sie wegschaffen?«, fragte S'Cali. »Aber die Wärme tut ihnen gut!«

»Bitte!« Ik atmete durch. »Ihr *müsst* sie wegschaffen! Es ist so gut wie sicher, dass das warme Wasser sie krank macht!« Während die beiden Neri versuchten, das Gesagte zu verstehen, verrenkte Ik sich den Hals, um aus der Sichtkanzel sehen zu können. Mehrere Neri-Schwimmer schwebten vor dem Tauchboot. »Könnt ihr das denen da draußen mitteilen?«

»Ja, ich glaube schon«, meinte S'Cali. »Aber bist du dir wirklich sicher? Du hast noch nicht gesehen, wie ...«

»Ich weiß, dass ich es nicht gesehen habe«, unterbrach Ik ihn rasch. »Aber ich bin mir nahezu *sicher* – und wenn ich Recht habe, verschlimmert sich ihr Zustand mit jeder Minute, die sie dort verbringen. Bitte!«

S'Cali musste erst einige Schalter betätigen, bis das Com in der Kontrollleiste wieder mit Energie versorgt wurde; dann gab er Iks Anweisungen an die Neri draußen weiter. Als er sich wieder dem Hraachee'aner zuwandte, wirkte er noch immer verwirrt.

»Wenn tatsächlich Wasser aus dem lecken Reaktor strömt, ist es höchstwahrscheinlich warm«, erklärte Ik. »Vermutlich ist es verstrahlt.« Dann ließ er den Mund zuschnappen und hoffte, er würde lange genug überleben, um den Neri helfen zu können.

Wir können versuchen, deinen Körper vor Schäden zu bewahren.

/Das ist gut/, entgegnete er den Steinen. /Könnt ihr mir auch bei der Heilung der Strahlenkrankheit helfen?/

Ungewiss.

/Ihr habt doch miterlebt, wie ich geheilt wurde, oder?/

Ja.

Ik wartete.

Schließlich antworteten die Steine: **Wir tun, was wir können.**

Das Wasser in der Kapsel reichte Ik schon bis zur Hüfte, als die Neri letzte Abstimmungen an seiner Tauchausrüstung vornahmen und ihm eine Weste mit eingenähten Gewichten überstreiften. Die Weste sollte den Auftrieb seiner Tauchhaube ausgleichen. Seine Haube war inzwischen durchsichtig geworden – was daran lag, dass sie mit dem Wasser in Berührung gekommen war. S'Calis Stimme klang in der Haube dünn und fern: »Wir steigen nacheinander aus. Wenn du Schwierigkeiten mit dem Schwimmen bekommst, schleppen wir dich. Alles klar?«

»Alles klar.«

Im matten Licht sah der Hraachee'aner zu, wie Delent'l an ihm vorbeiwatete; die schwimmhäutigen Füße strichen Ik an den Unterschenkeln vorbei. Delent'l berührte etwas, und Ik spürte, dass das Wasser ringsum kurz aufschwappte. Dann setzte sich Delent'l ins Wasser und sank beinahe lautlos durch den Boden der Kapsel. S'Cali tippte Ik auf die Schulter. »Jetzt du!«

Ik tastete ein letztes Mal nach seinem Seil, das er sich um die Hüfte geschlungen hatte; dann suchte er mit den Füßen nach der Membranöffnung im Boden. Er keuchte, als er sich vorbeugte, und die Hand, nach Halt suchend, ins kalte Wasser tauchte. Dann plumpste er in die geflutete Schleusenkammer unter sich. Das eisige Wasser ringsum rauschte und gurgelte beängstigend, doch zwang er sich, weiter abzutauchen und sich durch das Bodenluk in den Ozean hinauszudrücken, erst die Füße, dann die Schultern und schließlich den

Kopf. Er spürte, dass Delent'l ihn packte, ein Stück weit nach unten führte und dann zur Seite wegzog.

Plötzlich wurde ihm bewusst, dass er noch immer seine Mokassins trug, was vermutlich dumm war. Aber das konnte er jetzt nicht ändern. Delent'l schwamm vor ihm und sah aus wie ein Seeungeheuer; er winkte Ik zu, vermutlich, um ihn zu fragen, ob alles in Ordnung sei. Ik winkte zurück. Seine Atemluft schien einwandfrei zu sein, auch wenn sie ein wenig nach Seetang roch, und ihm war nicht annähernd so kalt, wie er erwartet hatte. Aber er hatte zu viel Auftrieb; sanft prallte er gegen die Unterseite des beschädigten Tauchboots.

Delent'l sah das ebenfalls. Waren die Gewichte in der Weste nicht schwer genug für Ik? Er sah auf seine Hände hinab und begriff plötzlich: Seine Wissenssteine hatten ein Kraftfeld um seinen Körper erzeugt, schlossen ihn in einer dünnen Luftschicht ein, die ihn vor der Kälte des Wassers isolierte. Wegen dieser Luftschicht hatte er jetzt zu viel Auftrieb!

Versuchsweise atmete er aus und stellte fest, dass er mit fast leeren Lungen nicht mehr aufstieg, sondern mehr oder minder auf der Stelle schwebte. /Könnt ihr vielleicht ein bisschen von der Luft um mich herum ablassen?/, fragte er die Steine.

Unvermittelt war er von unzähligen Luftblasen umgeben, die rasch aufstiegen. Ik hingegen sank ab. Als er tief einatmete, hörte er auf zu sinken und schwebte wieder auf der Stelle. Gut. Kein Auftrieb mehr.

S'Cali tauchte neben ihm auf. Er und Delent'l packten je ein Ende von Iks Seil und schwammen los. Der Hraachee'aner versuchte, sie mit Schwimmbewegungen zu unterstützen, merkte aber gleich, dass er viel zu langsam war und die Neri nur behinderte. Bald gab er es auf, hielt sich am Seil fest, um seine Lage zu stabilisieren, und ließ sich von den Neri ziehen. Sie glitten durch den leeren Frachtraum, in dem ihr Tauchboot verunglückt war. Mattes Sonnenlicht fiel durch den klaffenden Riss im Rumpf hinein. Mehrere andere Neri stießen zu ihnen, als sie abdrehten, um das Tauchboot in Augenschein zu nehmen.

Das kleine Fahrzeug hatte sich in der unteren Ecke des Frachtraums verklemmt, zwischen einigen merkwürdig geformten Streben, offenbar Schiffsspanten. Von außen war ihr Tauchboot beinahe unbeschädigt, dafür würde der Schaden im Inneren umso größer ausfallen, je mehr Wasser eindrang. Ik hoffte, dass die Neri die erforderlichen Kenntnisse und Mittel hatten, das Boot zu reparieren.

Er spürte einen Ruck, dann glitt er wieder durchs Wasser. S'Cali und Delent'l schleppten ihn fort, in erstaunlich hohem Tempo. Ik japste nach Luft und war froh, dass er sich nicht aus eigener Kraft durchs Wasser bewegen musste. Durch eine Öffnung in der recht mächtigen, breiten wie hohen Schottwand gelangten sie in einen dunkleren Raum. Vor ihnen waren einige matte Lichter zu erkennen, die an Tiefseefische erinnerten, in Wirklichkeit aber Handleuchten von Neri-Schwimmern sein mussten. Nach wenigen Augenblicken hatten sich Iks Augen ein wenig an das Zwielicht gewöhnt, und er erkannte, dass sie durch einen breiten Gang schwammen, der sie tief ins Schiffswrack führen würde.

Das Atmen fiel ihm immer schwerer. Vielleicht lag es daran, dass er seinen Körper waagerecht zu halten versuchte, damit die Neri ihn leichter durchs Wasser schleppen konnten.

Er versuchte, sich zu beruhigen und sich das Innenleben des Schiffs möglichst genau einzuprägen. Je mehr er herausfände, desto besser. Und er würde auf jeden Fingerzeig, jeden Hinweis achten müssen, der ihm etwas über die Ursache der Verstrahlung verriet.

Doch leider fiel es ihm ausgesprochen schwer, sich zu konzentrieren. Das lag an seiner Atmung. Er holte tief Luft und spürte, dass ihm die Lungen brannten. Das lag nicht an der körperlichen Anstrengung. Nein, etwas stimmte nicht mit der Atemluft.

Atemprobleme … sofortiger Eingriff erforderlich.

Mond und Sterne! Was sollte er jetzt tun? Versuchen, zum Tauchboot zurückzuschwimmen? Er wollte S'Cali und Delent'l auf sich aufmerksam machen, bekam jedoch nicht genug Luft, um einen Schrei ausstoßen zu können. Ik kämpfte gegen die aufsteigende Panik an, dann schloss er klackend den Mund und riss fest am Seil.

S'Cali drehte sich zuerst zu ihm um. Ik winkte ihm wild zu und geriet dadurch ins Trudeln, sodass er plötzlich keinen der beiden Neri mehr sah. Er versuchte, sich wieder umzudrehen, aber seine Hände verfingen sich im Seil, und es kostete ihn kostbare Sekunden, sich zu befreien und wieder umzudrehen. Unterdessen waren S'Cali und Delent'l zu ihm geschwommen.

»Kann nicht … atmen«, keuchte er und packte die Tauchhaube mit beiden Händen. Das Wasser schien immer mehr auf sein Gesicht zuzurücken.

Er hörte S'Calis und Delent'ls Stimmen, verstand sie aber unter der Tauchhaube nicht. Trotzdem hatten sie anscheinend begriffen, was ihm fehlte, denn sie drehten ihn um und schleppten ihn eilig Richtung Tauchboot zurück.

Gut!, dachte er. *Gut! Wir können es schaffen …*

Zwei Neri-Schwimmer glitten ihnen durch die Öffnung in der Schottwand entgegen. Sie gestikulierten wild, schrien ihnen etwas zu – und diesmal verstand Ik, was sie sagten.

»Ins Schiff! Die Festländer kommen! Ihr könnt nicht zurück!«

Und während Ik um Atem rang, rissen S'Cali und Delent'l ihn in engem Bogen herum und schossen zurück ins Schiff, fort von der einzigen Luftquelle, die Ik hier unten kannte.

18
Rettung aus Seenot

Während L'Kell stumm und konzentriert das Tauchboot steuerte, schaute Bandicut durch das Seitenfenster der Sichtkanzel zurück, um zu ergründen, ob das gespenstische Licht aus dem Tiefseegraben noch immer hinter ihnen zu sehen war. Er fand es entnervend, etwas derart Unheimliches im Rücken zu wissen. Zudem ließ er die Roboter nur äußerst ungern in der Gefahr zurück.

///Du betrachtest sie wirklich als Freunde, nicht?
Als lebende, denkende Wesen.///

/Tja, stimmt. Ich meine, ist der Translator für dich nicht auch ein Wesen?/ Bandicut wusste nicht mehr genau, wann er die Roboter zuletzt als *fast* empfindungsfähige Wesen betrachtet und wann er begonnen hatte, sie als vollwertige Mitglieder der menschlichen Gemeinschaft zu sehen.

///Ich habe nicht viele Erinnerungen an den Translator
– schon gar keine eigenen.
Aber ich betrachte ihn und die Steine als …
Ich weiß nicht, wie du es bezeichnen würdest.
Weder ganz als Herren noch als Diener.
Aber auch nicht als Freunde.
Betrachtest du Ik, Li-Jared und Antares
als Menschen?///

/Ich glaube schon./ Bandicut zuckte innerlich mit den Achseln. Es war nicht so, als wäre er sich der Unterschiede zwischen seiner und ihren Spezies nicht mehr bewusst. Aber mit der Zeit hatte sich sein Bild von dem, was einen Menschen ausmacht, oder vielmehr eine *Person*, langsam verändert; eine Person definierte sich für ihn längst nicht mehr allein durch einen bestimmten DNA-Code. /Dich übrigens auch/, fügte er hinzu.

Das Quarx erwiderte zwar nichts, aber Bandicut spürte ein flackerndes Gefühl der Akzeptanz, der Verbundenheit in sich.

Das Thema stimmte Bandicut nachdenklich, und er hing eine Weile seinen Gedanken nach. Schließlich fragte er das Quarx: /Sag mal, was ist nun eigentlich mit Charlie-Vier passiert? Glaubst du, er hat sich das Leben genommen, um für dich Platz zu schaffen? Weil er wusste, dass er nicht das richtige Quarx für diese Aufgabe war – oder für diese Zeit?/

///Das halte ich für denkbar.
Wieso fragst du?///

/Weiß nicht. Es beschäftigt mich einfach – die Art, in der er einfach aufgegeben zu haben scheint./

///Und jetzt glaubst du,
dass er sich vielleicht selbst geopfert hat?///

/Genau das will ich ja von dir wissen! Ich meine, Selbstaufopferung würde nicht zu dem Charlie-Vier passen, den ich kannte. Aber trotzdem .../

///Nun, einige seiner Erinnerungen besitze ich,
und die lassen mich vermuten,
dass er dir seine Gefühle nicht besonders
ausführlich mitgeteilt hat.///

/Und das heißt?/

///Das heißt, er hat vielleicht versucht,
sich kratzbürstiger zu geben,
als er in Wirklichkeit war.///

Bandicut dachte über diese Möglichkeit nach. /Aber wieso?/

Charlene zögerte.

///Das weiß ich nicht.///

/Tja, wenn *du* es schon nicht weißt .../ Bandicut seufzte und blickte wieder hinaus aus der Sichtkanzel in die endlosen Tiefen des Ozeans.

Während sie dem ansteigenden Meereshang folgten, begegneten sie einer Vielzahl unterschiedlicher Meeresbewohner, angefangen von langsam schwimmenden Fischen über große Quallen bis hin zu spinnbeinigen Wesen von einem halben Meter Breite, die wie in Zeitlupe mit großen Sätzen durch die von den Scheinwerfern erhellte Dunkelheit sprangen. Bandicut fragte sich, ob diese Wesen je das Tageslicht zu sehen bekamen, und dann fiel ihm wieder ein, dass der Ozean an dieser Stelle noch zu tief war, als dass Tageslicht bis hier hinabdringen könnte ... doch dann sah er zu seiner Überraschung einen äußerst schwachen Schimmer im Wasser – wie von einfallendem Mondlicht. »L'Kell, ist das da Sonnenlicht?«

Der Neri schaltete den Scheinwerfer ab, damit Bandicut den Unterschied sehen konnte; da war tatsächlich ein mattes, farbloses Licht im Wasser. Dann zeigte L'Kell nach Backbord. Schräg unter ihnen sah Bandicut einen Haufen gelbgrüner Lichter in der Ferne.

»Die Stadt? Wir sind an ihr vorbeigekommen?«

»Vor einer Weile. Ich glaube, du hast geschlafen.«

»Ja?« Er hatte gar nicht gemerkt, dass er eingenickt war.

»Bis zur Bergungsstätte ist es noch weit. Die entsandte Verstärkung hat sich nicht mehr zurückgemeldet, seit sie die Sichtung einer großen Zahl von Festländern gemeldet hat.«

Bandicut verkrampfte sich der Magen, als er an Ik dachte. /Mokin-fokin Scheiße!/ Er hatte sich so sehr an Ik gewöhnt, dass er sich nicht vorstellen konnte, wie es wäre, wenn dem Hraachee'aner etwas zustieße.

///Es ist immer noch durchaus möglich, dass es ihnen gut geht, oder?///

/Ja, klar. Wir wissen nichts über die Lage an der Bergungsstätte, also sollten wir uns auch keine Sorgen machen, bis wir mehr wissen. Stimmt's?/

///Das sehe ich auch so. Schaffst du das denn?///

/Nie im Leben!/, antwortete er und rieb sich die Augen. Dann schaute er wieder durch die Sichtkanzel ins trübe Wasser vor ihnen.

Ik konnte es kaum noch länger aushalten. Von den Neri vorangeschleppt, glitt er einen endlosen Korridor entlang. Seine Lungen brannten, und sein Atem ging nur noch hechelnd.

Beweg dich so wenig wie möglich. Wir modifizieren das Kraftfeld.

Ik versuchte, der Anweisung Folge zu leisten, aber es war nicht leicht, den Körper still und waagerecht zu halten, während man an einem Seil durchs Wasser gezogen wurde! Er betete, dass die Neri wussten, wohin sie schwammen; wenn er nur noch ein bisschen durchhalten könnte …

Wir versuchen, den Gasaustausch zwischen dem Meerwasser und dir durch das Kraftfeld zu beschleunigen. Außerdem versuchen wir, deinen Energieumsatz zu senken. Vielleicht fühlst du dich gleich schwach …

Schwach. Die Dunkelheit ringsum schien heller zu werden, er sah alles grau und körnig, verschwommen. Seine Lungen brannten jetzt nicht mehr; dafür fühlte sich sein ganzer Körper taub an.

Und dann verschwand auch das Taubheitsgefühl, als

er in eine Art Schattenwelt glitt, einen dämmrigen Bewusstseinszustand ...

Bewegung von Licht und Dunkelheit ... kein Gefühl mehr für den Körper ...

Als er wieder ein wenig aus seinem tiefen Dämmerzustand auftauchte in die Welt des bewussten Seins, sah er noch immer Bewegungen. Etwas war vor ihm, etwas Verschwommenes. Schimmerndes. Wie ein Spiegel, der nur einen dünnen Lichtschein reflektierte. Was war das für ein Lichtschimmer?

Luft?

Ein Teil seines Bewusstseins wollte wütend losschwimmen. Er wollte die Hände bewegen, doch sein Körper reagierte nicht mehr. Ik konnte nur schlaff und völlig benommen am Seil hängen, das die Neri zogen, und das Wasser an seinem Körper vorbeiströmen spüren.

Und dann war der Schimmer in seinem Gesicht und um ihn herum; Ik durchbrach eine Grenzschicht, hinter der sich *Luft* befand, gesegnete Luft! Zwar spürte er, dass sein Kopf und die Schultern aus dem Wasser ragten, aber die Tauchhaube erstickte ihn noch immer. Er keuchte, versuchte kraftlos, sie zu packen ... dann spürte er andere Hände auf der Haube, Hände, die Riemen und Schnallen öffneten und ihm das Ding endlich vom Kopf zogen!

Iks Luftröhre fühlte sich an wie Schmirgelpapier, als Luft in seine Lungen strömte – wundervolle, Leben spendende Luft. Sie fühlte sich wie Feuer an, doch das war Ik egal. Mindestens ein Dutzend Male atmete er stockend ein und aus, dann bemerkte er erst, wie abgestanden und metallisch die Luft schmeckte. Sie musste hier seit langer Zeit eingeschlossen sein. Allmählich wurde ihm bewusst, dass ihn jemand aus dem Wasser hob – vier oder fünf Neri strampelten unter ihm, stützten sein Gewicht. Er konnte nur dankbar keuchen.

Stimmen metabolische Parameter neu ab.

Langsam kehrte Iks Kraft zurück. Immer mehr Neri kamen hinzu, schwammen rings um ihn herum, ohne aufzutauchen. Sie streckten ihre Kugellampen aus dem Wasser, und schließlich erkannte er die Gesichter von S'Cali und Delent'l, der eine rechts von ihm, der andere links. Sie waren in einer recht großen Schiffssektion, offenbar einem leeren Frachtraum. Vier oder fünf Meter trennten die Wasseroberfläche von der Decke des Raums, und in dem Zwischenraum hatte sich Luft gehalten. An den Wänden und der Decke sah er eine Reihe von Armaturen und Streben. Atemgeräusche und das Gurgeln von bewegtem Wasser hallten durch den Raum. Er hatte einen aufdringlichen Geschmack im Mund, eine Mischung aus Salz, Metall und altem Seetang.

»Kannst du jetzt wieder normal atmen?«, fragte S'Cali. In dem kleinen, mit Luft gefüllten Zwischenraum klang seine Stimme unnatürlich laut.

»Hrrrm ... ja«, antwortete Ik – dann würgte er und hustete, als ihm Wasser in den Mund schwappte. »Mir ... geht's gut«, keuchte er.

S'Cali fragte Ik, ob er auf den Vorsprung klettern könne, der an einer Seite des Frachtraums verlief. Ik sah in die Richtung, in die S'Cali wies. Der Vorsprung war zwar leicht schräg, dem Wasser entgegengeneigt, aber recht breit, und Ik glaubte, dass er darauf Halt fände, wenn er erst einmal oben wäre.

Mit vereinten Kräften zogen die Neri ihn auf den Vorsprung zu. Als Ik schließlich einen Arm auf den Vorsprung legte, fühlte er sich ein wenig besser. Noch mehr Neri mit Lichtern waren in den Frachtraum geschwommen; er sah sie unter der Wasseroberfläche. »Könnt ihr ... aarrr, mich hochheben?«

Ik spürte einen starken Druck unter den Füßen, und im nächsten Moment lag er schon bäuchlings auf dem Vorsprung. Unbeholfen drehte er sich um, die Tauchausrüstung nach wie vor am Leib, und setzte sich mit dem Gesicht zum Wasser. Der Vorsprung war aus Metall und fühlte sich kalt und glitschig an. Ik spürte, dass seine Steine die isolierende Luftschicht unter ihm verdickten. Sogleich glitt er auf dem entstandenen Luftpolster vor. /Lasst das!/

Er hätte sich den Schrei sparen können. Augenblicklich eliminierten die Steine das Luftpolster. Lieber frieren, als ins Wasser zurückzurutschen! Er zitterte – dann fiel ihm sein Seil ein, das noch immer um seine Taille geschlungen war und dessen Enden bis ins Wasser herabhingen. Er zog die Enden hoch und streckte sie hinter sich auf dem Vorsprung aus. /Versucht's noch mal, ganz kurz!/

Ik spürte ein Kribbeln und rutschte vor – aber das Seil hielt ihn auf dem Vorsprung. Er atmete tief durch. »Ich danke euch«, sagte er heiser zu den Neri, die vor ihm die Köpfe aus dem Wasser reckten.

Delent'l kletterte neben ihn und machte sich daran, Ik von dem Atemgerät zu befreien. »Wir müssen versuchen, es zu reparieren.«

»Danke, dass du hergekommen bist«, meinte einer der anderen Neri.

Ik sah ihn an und ließ die Worte kurz auf sich wirken. »Ich hoffe, ich bin eher eine Hilfe für euch als eine Last.« Verlegen breitete er die Arme aus. »Ich weiß nicht, was ich hier für euch tun kann.«

Ein Murmeln erhob sich unter den Neri, bis schließlich einer von ihnen sagte: »Wir haben hier viele Kranke. Wenn wir sie zu dir bringen, wirst du sie dann heilen?«

Ein bedrückendes Gefühl wallte in Ik auf – so ähnlich wie klaustrophobische Angst, nur schlimmer. *Sie heilen.* »Ich ... werde es versuchen. John Bandicut – es war mein Freund John Bandicut, der eure Freunde geheilt hat. Er und sein Gefährte, das Quarx.« Verzweifelt suchte Ik nach passenden Worten, um sich bei den Neri zu entschuldigen. »Ich habe, hrrrm, noch nie versucht ... jemanden zu heilen.«

»Aber deine ...«, *schnarr.* Der Neri deutete auf Iks Kopf.

Ik berührte seine Schläfen. Seine Steine. Zweifel überkamen ihn, und gequält versuchte er, diese Zweifel abzuschütteln. »Ja. Ich werde es versuchen. So viel immerhin kann ich tun!«

»Wir bringen den ersten Verwundeten her!«, erwiderte der Neri, und dann tauchte er gemeinsam mit einigen anderen ab und verschwand außer Sicht.

Ik sah S'Cali und Delent'l an. »Was ist mit den Festländern? Werden sie versuchen, uns nachzukommen? Kämpfen sie noch?«

S'Cali antwortete: »Sie haben den Frachtraum besetzt, in dem wir das Tauchboot zurückgelassen haben. Aber wir glauben nicht, dass sie weiter ins Wrack eindringen. Die Gänge sind schmal, und wir können sie verteidigen. Aber vorerst sind wir hier drinnen gefangen.«

Ik rollte gedankenverloren die Zunge und fragte sich, was die Festländer wohl mit S'Calis Tauchboot machen würden. Bei dem Gedanken an die Festländer fiel ihm wieder der Bewusstlose ein: »Was ist mit dem Festländer geschehen, den deine Leute gefangen genommen haben? Haltet ihr ihn irgendwo im Wrack fest?«

»Er ist in einem anderen Raum«, erklärte einer der Neri.

»Und ist der Raum mit Luft gefüllt?«

Die Neri tauschten sich kurz aus, zu schnell, als dass die Steine ihnen folgen konnten. »Nein. Er trägt Atemgeräte.«

Ik blinzelte beunruhigt. »Seine Atemgeräte können ihn vielleicht nur für eine begrenzte Zeit unter Wasser am Leben erhalten. Könnt ihr ihn herbringen? Oder wenigstens in einen anderen Raum, in dem es ebenfalls Luft gibt?«

S'Cali wirkte überrascht. »War haben uns noch nicht geeinigt, was wir mit ihm machen wollen. Hältst du es für wichtig, ihn am Leben zu halten?«

»Rakhh – ja!«, rief Ik. »Habt ihr denn nie versucht, Kontakt mit den Festländern aufzunehmen – oder mit ihnen zu kommunizieren?«

Wieder tauschten sich die Neri aus, und diesmal klangen ihre Stimmen schriller und aufgeregter als zuvor. Schließlich gab S'Cali zu: »Wir haben nie mit ihnen geredet. Wir wissen nicht wie.«

Ik presste sich die Fingerspitzen an die Schläfen. *Nie mit ihnen geredet … Mond und Sterne!* Eine ähnliche Situation hatte er schon einmal erlebt, auf der Welt der Kuy; damals hatte er versucht, die Missstände auf dem Planeten zu korrigieren, – und hatte versagt! Wie konnte er hoffen, dass er hier mehr Erfolg haben würde? *Aber damals hattest du nicht Li-Jared und Bandicut und Antares bei dir,* rief er sich müde in Erinnerung.

/Glaubt ihr, wir könnten ihnen dabei helfen, mit den Festländern zu sprechen?/, fragte er seine Steine. Ihre Antwort bestand in einem schwachen Kribbeln.

Im Wasser vor sich sah Ik mehrere Neri mit Lichtkugeln näher kommen. Sie durchbrachen die Wasseroberfläche. Zwei Neri trugen einen dritten; weitere Neri halfen ihnen, den Verletzten neben Ik auf den Vorsprung zu stemmen. Vorsichtig drehte sich Ik dem Neri zu. »Wie heißt er …?«

»Rencandro«, murmelte jemand.

Ik berührte den Neri am Arm. Er fühlte sich heiß an ... oder kalt ... das konnte Ik nicht genau bestimmen. »Ist Rencandro in der warmen Strömung geschwommen?«, fragte er heiser. Er kannte die Antwort bereits. /Können wir irgendetwas für ihn tun?/

Wir werden es versuchen. Ruf Bandicut her, wenn du kannst.

/Das würde ich ja tun, wenn es sich nur bewerkstelligen ließe!/, seufzte Ik. Noch nie zuvor hatten die Steine so ... unschlüssig, nachdenklich und besorgt geklungen. Ein eiskalter Schauder durchrieselte ihn. /Sollen wir anfangen?/, murmelte er. Es kostete ihn große Mühe, in eine meditative Trance zu sinken. Seine Hand ruhte auf Rencandros Arm. Rings um ihn herum verblassten die Geräusche des schwappenden Wassers, und die Stimmen der Neri sanken zu einem Wispern herab ...

Bandicut riss den Kopf hoch, als er L'Kells Stimme hörte. Er musste schon wieder eingenickt sein. Das kam ihm höchst unwahrscheinlich vor; aber andererseits konnte er sich schon gar nicht mehr daran erinnern, wann er zuletzt gesunden, erholsamen Schlaf gefunden hatte. »Wir sind fast da«, meinte der Neri ruhig. Er aß gerade einige Beeren und getrockneten Fisch und bot Bandicut etwas davon an. Die Beeren hatten einen kräftigen, herben Geschmack; der Fisch schmeckte kaum nach Fisch, nur ganz leicht salzig, und war sehr zart.

Während L'Kell aufaß, steuerte er das Tauchboot langsam immer dichter an den Grund heran, bis Bandicut den Eindruck hatte, es müsse jeden Moment über die Felsformationen schrammen. Vermutlich machte

L'Kell das, um so lange wie möglich unentdeckt zu bleiben.

»Wie gehen wir vor?«, fragte Bandicut. Schlagartig wurde ihm bewusst, dass er, anstatt zu schlafen, besser L'Kell geholfen hätte, einen Plan vorzubereiten.

»Solange wir im Tauchboot bleiben und nicht zu dicht an einen ihrer ...« – s*chnarr* – »... Berster geraten, dürften wir recht sicher sein. Diese Berster sind ihre Explosivwaffen.«

Bandicut nickte. Berster. Soso. Aber über taktische Schlachtführung hatte er sich noch nie viele Gedanken gemacht. Militärtaktik war nicht gerade seine Spezialität.

»Wir müssen eine Möglichkeit finden, uns mit unseren Leuten in Verbindung zu setzen. Vielleicht können sie das Wrack nicht verlassen, weil die Festländer noch draußen sind.«

»Okay«, nickte Bandicut, »und wie stellen wir das an?«

»Das weiß ich nicht genau. Möglicherweise sind nicht alle von ihnen im Wrack. Einige könnten auch noch draußen patrouillieren. Oder sie sind alle immer noch in Kämpfe verwickelt ...«, er verstummte plötzlich und sah aufmerksam aus dem Fenster.

Bandicut blinzelte. »Was ist?«

L'Kell zeigte nach draußen. Mittlerweile fiel genug Sonnenlicht ins Wasser, dass man die Umrisse der Landschaft im blauen Zwielicht ausmachen konnte. »Da ist das Wrack. Jetzt möchte ich, dass du scharf hinsiehst. Sag mir sofort Bescheid, wenn du *irgendeine* Bewegung siehst!«

Bandicut rückte näher an die Sichtkanzel. Das Wrack sah aus wie ein länglicher Wulst, der aus dem Meeresgrund ragte; auf den ersten Blick hatte er es für einen großen Schlickkamm oder Felsen gehalten. Er spürte, wie sein Körper Adrenalin ausschüttete. Methodisch suchte er die Landschaft vor sich ab.

»Da!«, rief er und deutete auf eine Stelle links des Wracks, das nun immer deutlicher zu erkennen war, je mehr sie sich ihm näherten. Mehrere kleine, dunkle Gestalten bewegten sich unmittelbar über dem Grund.

L'Kell brummte etwas vor sich hin. Er steuerte das Tauchboot nun sehr dicht über Schlick und Fels hinweg. Bandicut sah kurz nach oben. Ihm war, als hätte er etwas an der Oberfläche aufblitzen sehen, irgendetwas reflektierte dort das Sonnenlicht. Er schätzte, dass sie sich in einer Tiefe von etwa hundert Metern befanden. Während der Hinfahrt hatten die Systeme den Luftdruck im Boot nach und nach gesenkt. Er musste an die Dekompressionskrankheit denken und betete, dass seine Normalisation ihn schützen würde.

///Wenn du irgendwelche Beschwerden wegen des
Druckunterschieds bekommst,
versuche ich, sie zu lindern,
erhöhe deinen Gefäßdruck und so weiter.///

/Was kannst du denn im Notfall für mich tun?/, dachte er. Sein Hals war trocken vor Nervosität.

///Ziemlich viel, hoffe ich.
Bei der Dekompressionskrankheit
spielen komplexe Faktoren eine Rolle.
Vor allem der Druckunterschied, aber eben nicht nur.
Auch mechanische und chemische Faktoren spielen eine
Rolle – und alles, was an Gasen über die Blutbahnen
transportiert wird.
Aber diese Prozesse kann ich beeinflussen
und die Gefahr für dich minimieren.
Wenn das bei euren Delphinen und Walen funktioniert,
sollte es bei dir auch funktionieren.///

Bandicut holte tief Luft. /Stimmt. Gut. Da bin ich aber froh./

///He, du bist mein einziger Freund!
Ich will dich nicht verlieren.///

Bandicut blinzelte. /Danke/, flüsterte er.

L'Kell näherte sich dem Wrack in weitem Bogen von Steuerbord. »Das waren Festländer, die du eben gesehen hast. Wir halten uns vorerst vom Wrack fern. Falls unsere Leute nicht im Wrack sind, werden sie uns hören.«

Kaum hatte den Satz beendet, stieg eine kleine Gruppe Neri vom Grund vor ihnen auf und näherte sich dem Tauchboot. L'Kell bremste das Boot auf Manövriergeschwindigkeit ab und schaltete das Außen-Com an. »Wie ist die Lage?«

Die Antwort der Neri klang zu tief, schnell und verzerrt, als dass Bandicut sie hätte verstehen können, aber L'Kell schien keine Schwierigkeiten damit zu haben. »Wenn es nicht zu viele Festländer sind, können wir uns ins Wrack vorkämpfen«, meinte er dann zu den Schwimmern. »Bleibt in unserer Nähe! Ich versuche, uns alle zusammen hineinzubringen.« Langsam erhöhte er wieder die Geschwindigkeit. »Das wird sicher nicht leicht«, seufzte er zu Bandicut hinüber.

»Stecken die anderen im Wrack fest? Ik auch?«

»Die Schwimmer nehmen es an. Sie konnten nicht sehen, was auf dieser Seite geschehen ist. Aber sie haben Berster gehört, und seitdem hören sie Geräusche aus dem Wrack.« L'Kell zischte laut, und Bandicut glaubte zu wissen, was der Laut bedeutete: Wut und Frustration.

Bandicut schaute nach vorn, auf das aufragende Schiffswrack. War es ein Ozeanschiff oder ein Raumschiff? Von seinem Blinkwinkel aus konnte er das nicht bestimmen, zumal das Schiff halb im Schlick begraben lag. Für ein Unterseeboot hatte es jedenfalls nicht die richtige Form; es war zu stromlinienförmig für ein

Schiff, das nur für Orbitalflüge taugte, und nicht stromlinienförmig genug für ein auf Atmosphärenflug ausgelegtes Schiff – wie etwa eine Landefähre. Vielleicht war es also tatsächlich ein Orbiter?

///Ist es wichtig, was für ein Schiff das ist?///

/Ja, das könnte eine Rolle spielen. Wenn es ein Raumschiff ist, ist es im Inneren ganz anders aufgebaut und ausgestattet als ein Ozeanschiff – beispielsweise könnte es einen Kernreaktor haben. Und je nachdem, wo es herkommt und wer damit gereist ist ... nun, wir sollten uns wohl zuerst Gedanken darüber machen, was es eigentlich heißt, dass es überhaupt hier ist. /

///Und was meinst du damit?///

/Damit meine ich: Wem gehört es? Und sind die Besitzer in der Nähe? Wenn die Neri um dieses Wrack kämpfen wollen, wäre es hilfreich, einige Fakten zu kennen. Und wenn sie noch nie mit den Festländern kommuniziert haben ... nun, wir kennen eben nicht die ganze Wahrheit. Woher auch?/

///Es sei denn, wir ändern das.///

Bandicut seufzte. /Ja. Es sei denn, wir ändern das./

L'Kell steuerte das Boot auf die andere Seite des Wracks. Mindestens zwölf Gestalten entdeckten sie, die sich in der Nähe im Wasser aufhielten. Als sie das Tauchboot erblickten, gingen sie in Formation und tauchten den Neri entgegen. L'Kell erhöhte die Geschwindigkeit, und während die Neri-Schwimmer rechts und links des Tauchboots mühelos mithielten, raste er den Festländern in schnellen, schwungvollen S-Kurven entgegen. Es sah ganz so aus, als stürzten sich die Neri in die Schlacht. Und soweit Bandicut beurteilen konnte, hatten sie keine einzige Waffe dabei.

19
Heilende Kräfte

Das Rauschen des Wassers, die Hitze, die Kälte, die Schmerzensschreie, das Wehklagen zwischen Hoffnung und Verzweiflung, der Wunsch, geheilt oder an den Abgrund und in die Stille des Todes geleitet zu werden ...

Ik hatte niemals zuvor eine Erfahrung wie diese gemacht.

Er wusste selbstverständlich von früher her, wie es sich anfühlte, mit anderen in empathischem Kontakt zu stehen. Er erinnerte sich lebhaft auch an die Verbindung mit Bandicut, die die Steine hergestellt hatten, und an die telepathische Beinahe-Raserei, in die er selbst in den Eishöhlen auf Schiffwelt verfallen war. Aber das hier war anders: Es war eine allumfassende Verbindung, ein Link, mit dem *Körper* eines anderen, nicht nur mit dessen Gefühlswelt, dessen Seele und Verstand. Und nicht nur mit diesem einen anderen Körper, dieser einen anderen Seele, diesem einen anderen Verstand – nachdem Ik mit Rencandro den Anfang gemacht hatte, folgten viele andere, die seine Hilfe benötigten. Ik begriff allmählich, dass seine Steine viel mehr von Bandicuts Steinen gelernt hatten, als ihm bewusst gewesen war, einfach, weil sich seine Steine wider Erwarten der Herausforderung gewachsen zeigten. Was Ik mit Hilfe seiner Steine zu Stande brachte, glich nicht der vollkommenen, wunderbaren Heilung, die Bandicut und sein Quarx bei Lako vollbracht hatten. Aber Ik gelang es immerhin, Rencandro und dessen Gefährten auf einen Weg zu bringen, der ihnen Genesung versprach, es gelang ihm, ihnen Hoffnung einzuhauchen – ohne sie jedoch tatsächlich zu heilen; denn das überstieg seine Fähigkeiten. Als Ik den Dritten der verwundeten Neri berührte, sah er sich plötzlich dem übermächtigen Wunsch zu sterben gegenüber; das Gefühl war so stark, dass es auch ihn zu überschwemmen drohte. Dieser Neri tat seinen letzten Atemzug, kaum dass Ik den empathischen Kontakt zu ihm abgebrochen hatte.

Jetzt gerade versuchte Ik seine Kräfte an dem vierten Verwundeten, dieses Mal wohl mit mehr Erfolg. Aber es war Zeit, sich aus dem anderen zurückzuziehen, wollte Ik nicht zu viel seiner eigenen Kraft an ihn verlieren. Erste Warnsignale gab es schon: Schwächegefühl, Konzentrationsverlust. Und die Steine stimmten ihm zu. Er zitterte leicht, als er sich langsam aus dem Verstand, dem Körper des Neri zurückzog. Einen Lidschlag lang saß Ik ganz still da, seine Hand immer noch auf dem Arm des Neri, und starrte in die Dunkelheit, die Gesichtszüge fast entspannt.

Ruh dich jetzt aus.

Die Steine hatten selbstverständlich Recht. Aber es war schwer, jetzt aufzuhören, loszulassen. /Es sind noch so viele. So viele, die Hilfe brauchen./ Ik starrte zu der stetig steigenden Zahl verwundeter, kranker Neri hinüber, die von ihren glücklicheren Gefährten in diese Sektion gebracht wurden. /Wie könnte ich mich jetzt ausruhen?/

Wer kann dich heilen, wenn du selbst schwach und schwächer wirst?

/Hrachh/, murmelte Ik, traurig und unzufrieden mit sich selbst. Zu dem Neri in seiner unmittelbaren Nähe meinte er: »Ich muss eine Weile aufhören. Mich ausruhen.« Und er war überrascht, wie sehr ihn allein das Sprechen anstrengte.

Unter den Neri erhob sich leises Gemurmel, während Ik unwillkürlich in eine meditative Trance glitt, aus der er hin und wieder hochschreckte, wenn die schnarrenden Stimmen der Neri sich um ihn herum an den Wänden der Schiffssektion brachen. Die Luft in der Sektion war allmählich verbraucht, und mittlerweile hatten sich sehr viele Neri zu ihm auf den Vorsprung gesetzt – so viele, dass sie die Luft in der Sektion viel schneller verbrauchten, als er allein es getan hätte. Todmüde suchten Iks Augen nach S'Cali, bis er ihn fand: S'Cali saß gleich neben ihm und blickte auf den Neri hinunter, den Ik gerade zu heilen versucht hatte.

»Er scheint nicht mehr so schwach zu sein wie vorhin«, stellte S'Cali vorsichtig fest. »Wird er am Leben bleiben?«

»Ich weiß es nicht«, brachte Ik mit leiser, fast brechender Stimme heraus. »Aber die Luft hier drin wird immer schlechter. Können sich die Verwundeten im Wasser genauso gut erholen wie hier an der Luft? Mir jedenfalls«, er musste innehalten, nach Luft ringen, »fällt es immer schwerer zu atmen.«

»Ich werd mal sehen, ob ein paar Extraktoren hergebracht werden können, um die Luft mit neuem Sauerstoff anzureichern. Notfalls bringen wir dich irgendwo anders hin. Aber wir können in jedem Fall einige der Kranken aus dieser Schiffssektion hinausbringen«, erklärte S'Cali. Er zog etwas aus dem Wasser, das an einem Schlauch gehangen hatte. Es war das Atemgerät, das nicht funktioniert und Ik fast getötet hatte. »Das Gerät ist repariert worden. Du musst an etwas gestoßen sein, als du das Tauchboot verlassen hast. Das Einlassventil war verbogen, sodass der Wasserdurchfluss durch den Sauerstoff-Extraktor blockiert war. Das Ventil wurde wieder gerichtet.«

Ik murmelte ein Dankeschön.

»Wenn du Schlaf brauchst, dürftest du es im Wasser bequemer haben«, schlug S'Cali Ik vor.

Iks Lachen war eher ein fauchendes Geräusch gequälter Lungen, die mühsam Luft ausstießen. »Oh, nein, nein Danke!«, lachte er, und wurde gleich wieder ernst: »Aber ich bin froh, dass ich notfalls das Atemgerät anlegen kann.«

»Sollen wir dich denn jetzt allein lassen?«, erkundigte sich S'Cali.

»Allein lassen? Nein, bitte, nicht!«, hustete Ik. Wieder lachte er fauchend, doch trotz seiner Atemschwierigkeiten erleichterte ihn dieses Mal das Lachen. »Vielleicht könnten einer oder zwei von euch hier bleiben, mit ein paar Lichtern?«

»Aber ja!«, erwiderte S'Cali.

Als L'Kell mit seinem Tauchboot den Weg der sich nähernden Festländer kreuzte, konnte Bandicut einen Blick auf die Feinde der Neri werfen: Sie benutzten eine Art motorgetriebener Gleiter, um sich im Wasser schneller fortbewegen zu können. Von jeder Seite kam je einer dieser Gleiter herangerauscht und zog eine Spur aus Wasserwirbeln hinter sich her; die Wirbel glichen Kondensstreifen von den Düsentriebwerken eines Flugzeugs, auf fremdartige Weise schön anzusehen im Halbdunkel des blauen Wassers: Hinter den Gleitern stiegen sie auf wie sich windendes, lockendes Nordlicht. Bandicut ging davon aus, dass die Wasserfahrzeuge der Festländer mit Waffen bestückt waren. Nachdem er L'Kell auf die Gleiter aufmerksam gemacht hatte, grunzte der Neri, ging wesentlich sanfter als ursprünglich vorgesehen in die letzte Kurve, gab Gas und steuerte genau in die

Formation der näher kommenden feindlichen Schwimmer hinein.

Und noch bevor die Gleiter der Festländer nah genug heran waren, um die Neri-Schwimmer angreifen zu können, stießen diese schon mitten in die Schwimmformation ihrer Feinde hinein. Es kam zu einem Handgemenge, das nur wenig von einer Schlacht hatte, sondern eher dazu führte, dass sich die Formationen der beiden kämpfenden Parteien auflösten. Zersprengt rangen hier und da einzelne Neri und Festländer miteinander; eindeutig waren die Festländer unterlegen, konnten sie doch nur recht nutzlose Befreiungsschläge versuchen, um sich so rasch wie möglich von den deutlich schnelleren und beweglicheren Neri zurückzuziehen. Bandicut sah hin und wieder Messer- und Harpunenklingen aufblitzen, war aber nicht in der Lage zu erkennen, ob bereits jemand verletzt worden war. Schließlich wirbelten die Gleiter heran, die erheblich schneller waren als L'Kells Tauchboot.

»Wenn diese Dinger mit Berstern ausgerüstet sind...«, murmelte L'Kell. Er wendete und hielt erneut auf die dichteste Formation von Festländer-Schwimmern zu. Die Gleiter röhrten vorbei, ohne zu feuern. Ein Kondensstreifen, dann ein weiterer brodelten vor der Nase des Tauchbootes auf. »Sie wollen nicht ihre eigenen Leute treffen!«, jubelte L'Kell. Und tatsächlich waren die Schwimmer der Festländer jetzt zu nah, als dass die Gleiter Explosivgeschosse einsetzen konnten, ohne zugleich die eigenen Leute zu gefährden. L'Kell wendete ein weiteres Mal und raste wieder mitten hinein in die Gruppe der Festländer-Schwimmer. Zweimal hörten Bandicut und L'Kell Harpunen gegen den Rumpf des Boots klirren.

Bandicut verrenkte sich den Hals, um den Bewegungen der Festländer folgen zu können, als das Tauchboot an diesen vorbeischoss. »Sie fliehen! Sie schwimmen nach oben, zur Wasseroberfläche hinauf!«

L'Kell gab ein Knurren von sich. »Wir haben sie in Angst und Schrecken versetzt! Wir mussten ihnen nur einfach mal die Zähne zeigen!«

Bandicut brummte zweifelnd. Die Festländer stiegen allerdings tatsächlich nach oben auf, zogen sich so schnell sie konnten vor den Schwimmern der Neri zurück. Ein paar Neri jagten ihnen ein kurzes Stück hinterher, tauchten aber dann wieder in tieferes Wasser zurück, als die Gleiter der Festländer umkehrten, um den Rückzug der Schwimmer zu decken. Während die Festländer sich im Dunst des aufgewühlten, vom Tageslicht glitzernden Wassers der Oberfläche näherten, bemerkte Bandicut, dass sie nur langsam aufstiegen, wie umsichtig geplant. »*Vielleicht* haben wir sie in Angst und Schrecken versetzt, nur *vielleicht*!«, murmelte er zu L'Kell.

»Du glaubst, sie fliehen gar nicht?«

»Sie fliehen – aber vielleicht nicht vor uns.«

L'Kell drosselte die Geschwindigkeit des Tauchbootes, damit sich die Schwimmer rings um das Wasserfahrzeug sammeln konnten. »Wie meinst du das?«

»Sie kommen von der Wasseroberfläche«, erklärte Bandicut. »Vermutlich ist ihnen die Atemluft knapp geworden. Und ich bezweifle auch, dass sie in der Lage sind, Druckunterschiede im selben Maße wie ihr auszugleichen.« L'Kell schien konsterniert, also versuchte Bandicut es erneut: »Erinner dich: Ich hab dir doch erzählt, dass es mich umbringen würde, wenn ich schnurstracks aus der Tiefe eurer Stadt zur Oberfläche auftauchen würde.« L'Kell war damals ziemlich überrascht gewesen. Das Meervolk schien praktisch immun gegen die Taucherkrankheit zu sein, keinerlei Dekompression zu benötigen, wenn sie aus großer Tiefe an die Wasseroberfläche aufstiegen. Hätte hingegen ein Mensch versucht, es ihnen nachzutun und Druckunterschiede ohne Dekompressionsphasen zu überwinden – ohne wie er, Bandicut, auf dem Weltenschiff ›normalisiert‹ worden zu sein und ohne die Hilfe der Steine –, dann wäre dieser Mensch unter schrecklichen Schmerzen gestorben. Denn in seinem Körper hätten sich Gasblasen aus dem Stickstoff gebildet, der sich durch den erhöhten Druck in Blut und Gewebe gelöst hatte; Gasembolien, Gelenkschmerzen, Lähmungen und schließlich Atemlähmung wären die tödlichen Folgen gewesen. Bandicut vermutete, dass die Festländer hier ebenso verwundbar waren wie seine eigene Spezies. Denn die Notwendigkeit zur Dekompression war eine Frage grundlegender physikalischer Eigenschaften gasförmiger Stoffe, und deshalb konnten nur hochgradig an die Umgebung angepasste Organismen – wie beispielsweise die Neri – dieses Problem umgehen.

L'Kell steuerte das Tauchboot auf eine lange, sich dunkel am Rumpf des Wracks abzeichnende Spalte zu. Das havarierte Schiff war gerade eben erst vor ihnen aufgetaucht, und zum ersten Mal konnte Bandicut sehen, wie Muscheln, Algen, und Korallen das Wrack mit einer Kruste überzogen hatten. Er kniff die Augen zusammen, um besser sehen zu können – und hätte fast einen Herzinfarkt vor Schreck bekommen, als urplötzlich drei Festländer aus der Spalte im Wrack herausstoben, verfolgt von Neri-Schwimmern. Zwei der Festländer entkamen an die Oberfläche, den dritten traf eine Harpune in den Unterleib: Er sank, sich vor Schmerzen krümmend, in die Tiefe des Ozeans hinab. Bandicut schauderte es, während der sterbende Festländer und die ihn verfolgenden Neri aus seinem Sichtfeld gerieten. Er hatte nicht einmal einen längeren Blick auf den Festländer werfen können; das brauchte er jedoch auch nicht, um dessen Todesangst nachempfinden zu können.

»Diese Art ... Krankheit«, sagte L'Kell, ohne auf das einzugehen, was sie gerade gesehen hatten, »ist sie der Grund dafür, dass die Festländer nicht zurückkommen?«

Bandicut brummte zustimmend. »Wenn es so ist, wie ich vermute, dann können sie nur für einen sehr begrenzten Zeitraum in dieser Wassertiefe bleiben. Ansonsten tragen sie Gesundheitsschäden davon oder sterben, wenn sie wieder an die Oberfläche zurückkehren. Sie tauchen wahrscheinlich nur stückchenweise auf und bleiben momentan auf einer mittleren Wassertiefe ...«

»... um dann wieder zurückzukommen?!«, grollte L'Kell. »Dann sollten wir ihnen hinterherjagen!«

»Nein!«, lehnte Bandicut ab und schüttelte demonstrativ den Kopf. Er wollte kein Blutbad auf dem Gewissen haben. »Ich glaube, sie tauchen ganz langsam auf, halten auf ihrem Weg nach oben Dekompressionsphasen ein. Wenn ich Recht habe, dann *können* sie gar nicht zurückkommen – jedenfalls nicht sofort, möglicherweise nicht einmal mehr heute. Aber sie könnten natürlich andere Taucher einsetzen.«

L'Kell brummelte in sich hinein. »Dann sollten wir Wachen aufstellen, solange wir das Wrack untersuchen. Aber ich hoffe, du hast Recht, John Bandicut.«

Das hoffe ich auch, dachte Bandicut bei sich.

Als L'Kell das Tauchboot in den aufgerissenen Rumpf des Schiffswracks steuerte, deutete er gleich auf ein anderes Boot der Neri, das sich in den Schatten des havarierten Schiffes verlor. Es war ganz offensichtlich mit der inneren Rumpfkonstruktion eines Frachtraums kollidiert. »Das ist das Boot von S'Cali. Und sieh doch!« Aufgeregt deutete L'Kell auf die Nase des Bootes.

Bandicut konnte nicht viel erkennen. Das Tauchboot sah nicht beschädigt aus. Aber in seinem Inneren gab es keinen Lichtschein, wie er es von den Neri-Wasserfahrzeugen bisher gewohnt war. Nichts regte sich in dem Boot, aber ... Moment mal, was war denn das? War es *geflutet*? Ja, genau, da hatte sich eine Luftkammer gebildet, dort, an der Oberseite der Sichtkanzel. Bandicut ächzte laut und versuchte, keine voreiligen Schlüsse zu ziehen. »Haben die Festländer das Boot angegriffen?«, fragte er und ließ seine wahren Befürchtungen unausgesprochen, nämlich dass Ik dort im Innern des Tauchbootes trieb, ertrunken. Und wenn dem nicht so war, wo war Ik dann?

L'Kell sprach über Com mit einigen der Neri-Schwimmer, die aus dem Schatten aufgetaucht waren, dann berichtete er: »Dein Freund ist am Leben und befindet sich im Innern des Wracks.«

Geräuschvoll atmete Bandicut aus. »Ist er in Ordnung?«

»Ich weiß nicht, in welcher Verfassung er ist«, erfuhr er nun von L'Kell. »Aber du wirst da drin gebraucht. Wir müssen dich irgendwie hineinbekommen.«

»Wie denn?« Bandicut runzelte die Stirn. »Passt das Tauchboot durch den Spalt?«

»Wir werden schwimmen müssen. Und wir sollten uns beeilen, bevor der erste Pikarta hier auftaucht.« Nachdem L'Kell sein Tauchboot neben dem anderen auf dem Boden des Frachtraums abgesetzt hatte, kroch er nach hinten in die Hecksektion. Er kramte ein Gerät hervor, das Bandicut fatal an ein Requisit aus einem alten Jule-Vernes-Holo erinnerte, eine merkwürdige helmartige Haube und einen Rucksack, der aussah, als hätte man ihn aus Schrott und Abfall zusammengebastelt. Bandicut bekam eine Gänsehaut bei diesem Anblick. In aller Eile passte L'Kell die ganze Apparatur an ihn an, bevor sie das Tauchboot verließen, und Bandicut betete inständig, dass das Gerät nicht versagen möge. »Es arbeitet bei unseren Nachkommen zuverlässig«, versicherte L'Kell Bandicut, als könne er dessen Gedanken lesen. »Es gibt keinen Grund, warum es nicht auch bei dir funktionieren sollte.«

Bandicut konnte sich jede Menge Gründe vorstellen. »Trägt Ik auch ein solches Gerät?«

»Ich wüsste nicht, wie er sonst aus dem Boot herausgekommen sein sollte.«

Bandicut blieb skeptisch. /Charlie, alter Junge .../

///... altes Mädchen ...///

/Ich hoffe, du bis darauf vorbereitet, im Notfall Wiederbelebungsmaßnahmen einzuleiten./

///Brauchen denn hier vielleicht einige Neri Wiederbelebungsmaßnahmen?///

/Ich dachte dabei nicht an die Neri./

///Oh.///

Mit L'Kells Hilfe begann er, die Apparatur anzulegen.

Es zerrte an seinen Nerven, mit einer Haube, die seinen Kopf umschloss und anscheinend aus durchscheinenden Algen und etwas Lederähnlichem gefertigt war, in die Tiefen des Ozeans zu tauchen und dabei kalte Luft einzuatmen, die salzig schmeckte und seinen Geruchssinn mit einem Dutzend anderer fremdartiger Gerüche kitzelte. Bandicut gab sich alle Mühe, gleich auf mit L'Kell zu bleiben. Aber ohne Schwimmflossen erwies sich das als schwierig. L'Kell bot Bandicut an, ihn an seinen Halteriemen hinter sich herzuschleppen. Bandicut winkte ab und begann sich den Gang entlangzuziehen, indem er nach Vorsprüngen an den Wänden, Spanten und Schotten griff.

Er hatte seine Kleidung anbehalten, rechnete er doch damit, dass das geisterhafte Kraftfeld, das die Translatorsteine um seinen Körper generiert hatten, ihn trocken halten würde. Den Auftrieb zu kontrollieren, erwies sich ebenfalls als nicht unproblematisch, bis L'Kell Gewichte an seiner Kleidung angebracht hatte.

Sie hatten die Schiffssektion verlassen, in der ihr Tauchboot festgemacht lag, und suchten sich ihren Weg in das Herz des havarierten Schiffes durch einen langen, dunklen Gang hindurch. Es wuchsen nur wenig Meerespflanzen an den Innenwänden. Offensichtlich gab es hier nicht genug Licht, als dass Pflanzen hätten gedeihen können. Die Neri jedoch trugen Chemolumineszenz-Lampen, die ihr Licht in die Dunkelheit abgaben; anderes Licht gab es nicht. Bandicut bemerkte plötzlich eine leichte Strömung im Wasser des Ganges, den sie gerade entlangtauchten. Er war sich auch ganz sicher, dass er jedes Mal, wenn er den Kopf zur Seite wandte, gespenstische Ozeanbewohner und Seeungeheuer sah, die sich aus dem Gang zurückzogen. /Was zum Teufel machen wir hier eigentlich?/, dachte er, und es lief ihm kalt den Rücken hinunter.

///Ist das eine rhetorische Frage?///

Er machte sich nicht einmal die Mühe zu antworten.

Sie waren bereits eine Weile geschwommen, hatten etwa ein halbes Dutzend Haken geschlagen und waren den Windungen der Gänge gefolgt, bis sie einen sich vor ihnen öffnenden, recht großen Raum erreichten, wo einige Neri sich im Wasser versammelt hatten. Es war eine Zusammenkunft, die nicht in der Realität stattzufinden schien, ein surrealer, langsamer Reigen dunkler Wesen mit großen Augen, ein Tanz der Nachtgeschöpfe, eingefangen von dem geisterhaften Leuchten der Neri-Lampen. Noch etwas anderes erregte Bandicuts Interesse, ein Schimmern, eine kräuselnde Bewegung im Wasser, dort auf der einen Seite der Sektion. Nein ... es war tatsächlich über ihm. Ein mit Luft gefüllter Hohlraum! Er folgte L'Kell hinauf, und ihre Köpfe tauchten aus dem Wasser auf. Bandicut ruderte mit beiden Händen im Wasser, während er versuchte, durch die für menschliche Köpfe so unpraktische Neri-Tauchhaube etwas zu erkennen. Das durchsichtige Algen-Visier begann bereits zu beschlagen, doch bevor es völlig beschlagen war, erhaschte er noch einen Blick auf einen Absatz, einen Vorsprung an einer der Wände, auf dem einige Leute hockten.

///War Ik unter den Leuten?
Hast du ihn gesehen?///

/Nein./ Bandicut fühlte einen sanften Ruck. Er wurde auf den Vorsprung zugeschoben. Er versuchte, sich selbst vorwärts zu bewegen, musste sich aber eingestehen, dass er schon lange nicht mehr versucht hatte, mit Tauchausrüstung auf der Wasseroberfläche zu schwimmen, schon gar nicht ohne Schwimmflossen und mit beschlagenem Visier. Es war schwieriger, als man meinen sollte.

Wieder stieß ihn jemand sanft von hinten an. Dann hatte L'Kell ihn schon an den Halteriemen gepackt und zog ihn die restliche Strecke bis zu dem Vorsprung, den Bandicut eben entdeckt hatte. Dort angekommen, legte Bandicut die Hände auf den Vorsprung und spürte, wie er von unten hoch auf den Vorsprung gehoben wurde. Bevor er wusste, wie ihm geschah, hatte er sich ohne viel Mühe auf den Absatz geschwungen. Dennoch keuchend, drehte er sich und setzte sich so auf den Sims, dass seine Beine im Wasser baumelten.

*///Glaubst du, dass du die Luft hier drin
atmen kannst?///,*
erkundigte sich Charlene.

Bandicut hatte kam gar nicht erst nicht dazu, sich darüber den Kopf zu zerbrechen. Verschiedene Hände machten sich an seiner Tauchausrüstung zu schaffen, lösten den Atemschlauch und zogen ihm die Tauchhaube vom Kopf. Der erste Atemzug war nicht mehr als ein Reflex; dann hatte Bandicut sich wieder im Griff und versuchte, erst einmal die Luftqualität zu prüfen. Die Luft schmeckte metallisch, roch wie das Meer bei Ebbe, schien aber ansonsten wunderbar zum Atmen geeignet.

L'Kell setzte sich neben ihn auf den Vorsprung, indes Bandicut noch damit beschäftigt war, sich im schwachen Leuchten der Neri-Lampen umzuschauen. Kein Anzeichen von Ik, doch saßen oder lagen etwa fünf oder sechs Neri auf dem Vorsprung. Diese wohl ehemals durch Schotten gesicherte Schiffssektion hatte eine angenehme Größe, vermutlich handelte es sich um einen Laderaum – oder wahrscheinlicher noch: um einem Arbeitsraum. Über sich, an der Wand, die für ihn die Decke der Sektion bildete, sah er fremdartige, ihm völlig unbekannte Maschinen, die in die Wand eingelassen waren. Instrumente? Werkzeuge? War es das, was die Neri aus dem Wrack bergen wollten? Er überlegte, ob das Schiff auf der Seite lag oder kieloben; saßen sie auf einer Wand, die Teil des inneren Seitenrumpfs war, oder auf einem Schott, das diesen Raum vom nächsten abtrennte? Wenn es ein Raumschiff war, hätte er sich nur zu gerne die Brücke angeschaut. Falls es hier so etwas wie eine Brücke überhaut gab.

*///John? Ich glaube, es wäre gut,
wenn du mal einen Blick
auf diese Neri hier werfen könntest!///*

Er wandte sich um und sah sich die Neri näher an, die hinter ihm auf dem Vorsprung lagen. Keiner von ihnen sah besonders gesund aus.

»Das sind unsere Kranken und Verwundeten«, erläuterte L'Kell. »Kannst du irgendetwas für sie tun?«

Bandicut überschwemmte das Gefühl, soeben in einem auf die Neri-Welt angepassten Kriegs-Holo gelandet zu sein; was er hier sah, erinnerte ihn an eine jener Szenen, die im Feldlazarett spielen: Überall liegen Verwundete, und Schwestern und Ärzte versuchen ohne große Hoffnung, ihre eigene Verzweiflung nicht zu offensichtlich werden zu lassen. »Ich weiß es nicht«, gab er zu. »Weißt du, wo Ik ist?«

L'Kell fragte einen der anderen Neri. Dann deutete er nach unten. »Da unten, glaube ich.«

Bandicut gab sich Mühe, mit zusammengekniffen Augen im Wasser unter sich etwas zu erkennen. Er sah sich bewegende Lichter und schattenhafte Silhouetten. Augenblicke später brach jemand durch die Wasseroberfläche; er trug eine Neri-Tauchhaube – wie die, die Bandicut eben noch getragen hatte. Auch er wurde von seinen Begleitern aus dem Wasser auf den Vorsprung gestemmt. Bandicut streckte die Hand aus, um dem Neuankömmling Halt zu bieten.

»Himmel, Ik, was bin ich froh, dich zu sehen!«, brachte er mit belegter Stimme heraus.

Ik konnte nicht antworten, bis man ihn von seiner Tauchausrüstung befreit hatte. »Hrachh!«, grollte er schließlich, und seine Stimme klang gepresst. »John Bandicut! Du bist tatsächlich gekommen! Ich dachte, du wärst unten am Tiefseegraben.« Die Augen des Hraachee'aners sprühten vor Freude.

»War ich auch«, bestätigte Bandicut, die Stimme zu einem Flüstern gesenkt, und drückte den Arm seines

Freundes. Er war so glücklich darüber, Ik hier zu sehen, dass ihm beinahe die Tränen gekommen wären. »Aber ich hab gehört, dass sie hier dringend einen Arzt brauchen.«

Die Bemerkung war eher scherzhaft gemeint, aber Ik sah sich um und meinte nüchtern: »Das ist wahr, mein Freund! Ich habe getan, was ich konnte ...«

»Heißt das, du kannst auch heilen?«

»Meine Stimmensteine haben ein paar Dinge von deinen gelernt. Ich hoffe, ich habe einigen Patienten hier wieder ins Leben zurückgeholfen. Aber das wird die Zeit zeigen.« Ik massierte sich die Schläfen, er schien wirklich sehr erschöpft zu sein. »Sie haben mich hier rausgebracht, weil die Atemluft knapp wurde und die technischen Möglichkeiten nicht verfügbar waren, die Luft mit Sauerstoff anzureichern.« Ik drehte sich einmal um die eigene Achse, um ihre Umgebung und die Luftqualität zu prüfen. »Ich denke, wir können es hier erst mal eine Weile aushalten. Und notfalls können wir immer noch unsere Tauchausrüstung anlegen. Ich habe nicht die geringste Ahnung, wie viele Sektionen wie diese es in diesem Schiffswrack noch gibt.«

»Hast du denn herausfinden können, was für ein Wrack das hier ist? Ist es ein Raumschiff?«

»Das vermute ich, ja. Aber ich kann es noch immer nicht mit Sicherheit sagen. Und ich glaube auch nicht, dass die Neri mehr darüber wissen. Außerdem ist es meines Erachtens momentan nicht so wichtig, das herauszufinden!«

»Vielleicht hast du Recht«, erwiderte Bandicut, »vielleicht auch nicht.« Er rieb sich den Nacken, runzelte die Stirn.

Ik wandte sich um und warf einen Blick auf den Neri, der auf dem Vorsprung lag. »Wir sollten uns nicht zu viel Zeit lassen. Manche von diesen Neri sind wirklich schwer krank.«

Bandicut holte tief Luft. /Bist du bereit?/

///So bereit,
wie ich nur irgend sein könnte!///

»Dann sollten wir anfangen«, bestimmte er. Er rutschte nach hinten und berührte den Arm des Patienten, der ihm am nächsten lag. /Das wird eine ziemlich lange Nacht werden./

Die Nacht wurde sogar noch länger, als er erwartet hatte – vielleicht nicht in messbarer Zeit, aber gemessen an dem, was in dieser Nacht seiner Physis und seiner Psyche abverlangt wurde. Als er schließlich den Blick hob und zunächst Ik und dann L'Kell in die Augen sah, war er nicht einmal fähig, in ihren Augen und Gesichtern zu lesen. Er hatte schwer gearbeitet, sich über eine lange Zeit sehr angestrengt: Er sah sich selbst als einen Arzt, der sich die Nacht über in einer Notaufnahme abrackerte ... oder als Heiler der Neri, der mit unzureichenden Mitteln darum kämpfte, Körper und Seele der ihm Anvertrauten zusammenzuhalten ... oder als einer der Schattenleute auf dem Weltenschiff, der komplizierte und geheimnisvolle Maschinensysteme sondierte ... oder als Magus aus einem uralten Märchen, der unermüdlich einen Zauber mit dem nächsten zu einem machtvollen Netz aus Heilkraft verwebt. Doch letzten Endes waren es nur er selbst, John Bandicut, und Charlie, die mit Hilfe der Translatorsteine zu heilen versuchten. Und nicht zu vergessen Ik, der etwas abseits arbeitete, in seiner eigenen meditativen Stille.

Während Bandicut den Blick schweifen ließ, sah er plötzlich in einer Ecke zwischen zwei Neri jemanden sitzen, der kleiner als die Neri war. Sein Gesicht war hinter einer Maske verborgen und umgeben von einer ansehnlichen Menge von Röhren und Schläuchen. Bandicut rieb sich die Augen, einen Moment lang fest davon überzeugt, einen surrealen Wachtraum hier im Dämmerlicht zu erleben. Er starrte seine Freunde an, dann wieder in die Ecke. Das Geschöpf zwischen den Neri war noch immer da. Was oder wer war das? Etwa ein Festländer?

Das Quarx bemühte sich darum, in Bandicuts vernebelten Verstand Kontakt zu ihm herzustellen.

///John . . .///

/Jaaa?/, seufzte Bandicut und vergaß den seltsamen Anblick so schnell, wie er ihn wahrgenommen hatte. /Du hast ... prima Arbeit geleistet./ Bei Charlenes Worten spürte Bandicut einen Schmerz aufflackern, nur einen Lidschlag lang. Sie hatten drei ihrer Patienten verloren – jedenfalls bis jetzt. Er war sich relativ sicher, dass sie mehr geheilt als verloren hatten, fünf waren es gewesen oder vielleicht sogar sieben. Um die Wahrheit zu sagen, hatte er die Übersicht verloren.

///Ich hoffe . . . nun ja . . .
es wird langsam Zeit, dass du wieder ein bisschen frische Luft bekommst!///

/Frische Luft?/, dachte er benommen.

///John, ich versuche . . . John . . .
ich versuche schon die ganze Zeit zu kompensieren,
aber der Sauerstoff hier ist wirklich fast ganz verbraucht . . .///

Bandicut rieb sich wieder die Augen. Jetzt, wo er darauf achtete, wurde ihm bewusst, dass er sehr flach und schnell atmete. Wellen aus Benommenheit und Schwindelgefühl überschwemmten ihn. Er war dabei zu ersticken. Ebenso erging es wohl auch Ik. *Verdammt.* Bandicut drehte den Kopf, um Blickkontakt mit L'Kell aufzunehmen. Er hatte Schwierigkeiten, mit seinen Lippen, seiner Zunge Worte zu formen.

»Rrrrm ... hrachh ...« Ik wirkte ebenfalls angeschlagen.

Es gelang Bandicut irgendwie, nach der Tauchhaube und dem Atemgerät zu tasten. Beides rutschte ihm aus der Hand, platschte ins Wasser. Versank.

Gütiger Himmel.

///John, ich weiß nicht, ob ...///

Es platschte noch einmal, und die Tauchhaube flog zurück auf den Vorsprung, auf dem er noch immer saß. Wahrscheinlich von einem Neri nach oben geworfen. Irgendjemand griff nach der Haube, ehe Bandicut sich auch nur bewegt hatte. *Wartet, nein ... die brauch ich doch ...*

Um ihn herum entstand Unruhe, ein Geschiebe und Gezerre, dann wurde ihm die Tauchhaube über den Kopf gestülpt wie ein zu großer Hut, und jemand schnallte ihm das Atemgerät auf den Rücken. Keuchend rang er nach Luft; die Luft in der Tauchhaube war kein bisschen besser, nein, sogar noch schlechter! Er tastete blindlings herum.

Irgendetwas stieß ihm von hinten in den Rücken. Er ruderte mit den Armen, um das Gleichgewicht zu halten; es gelang ihm nicht. Wasser schlug über ihm zusammen, betäubte ihn. Ertränkte ihn. *Bitte ... nein ... ich brauche ...* Das Wasser war kalt, überflutete für einen Moment das ihn schützend umgebende Kraftfeld – und für eben diesen kurzen Moment war er hellwach.

Er würgte, sein Atem ging rasselnd. Als er das vierte Mal Luft holte, schien es ihm, als habe sich plötzlich etwas geändert. Etwas war besser. Er schnappte noch ein weiteres Mal angestrengt nach Luft ... süße, sauerstoffreiche Atemluft! Hechelnd stieß er all das Kohlendioxid aus, von dem er zu viel abbekommen hatte.

Immer noch war er ganz benommen, driftete unkontrolliert irgendwo im Wasser. Dann hielt ihn jemand fest.

///Bist du ... in Ordnung ... John?///

/Ja/, flüsterte er. Nach und nach kehrten seine Sinne zurück, sein Blick klärte sich wie seine Gedanken. Und langsam begriff er, was die Neri getan hatten: Das Atemgerät selbst hatte nur einen kleinen Vorrat an Atemluft; es gewann neuen Sauerstoff aus dem Wasser, in das es zugleich das Kohlendioxid abgab. Es hatte nur eine Möglichkeit gegeben, Bandicut ins Leben zurückzuholen: indem man ihn so schnell wie irgend möglich ins Wasser stieß.

Jemand tauchte genau vor ihm im Wasser auf und sah ihn mit besorgten Augen an. Schließlich erkannte Bandicut, wer es war – L'Kell. Und neben ihm driftete Ik, der sich ebenfalls allmählich erholte.

///Das war knapp, John.
Wir hätten nicht viel länger
durchhalten können.///

Sie hatte Recht. Aber warum hatte sein körpereigenes Alarmsystem, seine Translatorsteine, ihn nicht vor der Gefahr gewarnt, in der er geschwebt hatte, bevor die Situation kritisch geworden war?

///Ich glaube, wir waren alle
viel zu sehr damit beschäftigt, uns zu erholen.///

/Wir alle?/

///Die Steine natürlich auch.
Sie haben dabei leider
den Überblick verloren.///

/Verdammte Scheiße!/, flüsterte Bandicut. Er schüttelte den Kopf in der Tauchhaube und lachte kurz auf. /Die Translatorsteine machen Fehler! Ich kann dir gar nicht sagen, wie sehr mich das freut!/

///???///

/Entweder du kapierst es, Charlie, oder eben nicht!/ Bandicut blickte zu seinen Freunden hinüber, hob langsam die rechte Hand, bildete mit Daumen und Zeigefinger einen Kreis, den er ihnen entgegenhielt. Das übliche Signal der Taucher für ›Alles Okay?/alles Okay!‹.

Seine Freunde sahen ihn verwirrt an, und Bandicut dachte: *Na, hätten die Steine diese Besonderheit menschlicher Linguistik nicht auch gleich bei ihrem Informations-Austausch berücksichtigen können?*

Schließlich hob Ik die rechte Hand und versuchte, Bandicuts Geste nachzuahmen. Allerdings hatte er einige Schwierigkeiten damit, sich zu entscheiden, welchen seiner beiden Daumen er mit welchem anderen Finger zu einem Kreis zusammenführen sollte. Letztendlich präsentierte er Bandicut eine Geste mit einem Doppel-›O‹ und einem einzelnen Finger in der Mitte, der gerade nach oben zeigte. Bandicut nickte und blickte zu L'Kell hinüber. Der Neri versuchte sich auch im Okay-Zeichen, was ihm aber aufgrund der Schwimmhäute zwischen seinen Fingern nicht gelang, und überdies schien sein Zeigefinger ganz und gar nicht dafür geschaffen, eine solche Geste auszuführen. Nichtsdestotrotz: Der Wille zählte. Bandicut nickte zustimmend.

»Hast du dich erholt?«, hörte er L'Kell mit quäkig klingender Stimme fragen. Wieso konnte er den Neri hören? Natürlich! Durch das Com in der Tauchhaube!

»Ich bin in Ordnung. Aber wir können die Luft in dieser Sektion nicht mehr atmen.«

»Das haben wir uns schon gedacht«, antwortete L'Kell. »Lasst uns ein Stück schwimmen! Im Gang ist mehr Sauerstoff im Wasser, weil es dort eine stetige Strömung gibt.«

Sie tauchten ab in die dunklen Tiefen der Wasserwelt.

Kaum dass sie abgetaucht waren, hörten sie einen rauen Aufschrei und Geräusche, die einen größeren Tumult vermuten ließen. Bandicut zögerte weiterzuschwimmen und drehte sich, um sich orientieren zu können, einmal um die eigene Achse. Er war verwirrt, wusste nicht, was geschehen war. Einige Neri glitten nur eine Handbreit an ihm und seinen Begleitern vorbei; sie waren aus der Sektion gekommen, in der Bandicut und die anderen eben noch gewesen waren. »Was ist denn los?«, wollte er wissen.

L'Kell glitt rasch hinaus und kehrte kurz darauf zurück. Sein Blick verriet seine Erregung. »Der gefangene Festländer!«, rief er Bandicut und Ik entgegen. »Er ist geflohen! Hat die Gelegenheit genutzt, als wir wegen des Sauerstoffs in der Atemluft abgelenkt waren. Er ist aber noch irgendwo hier im Schiff!«

Ik und Bandicut wechselten einen Blick. Iks Stimme war nur ein kaum verständliches Krächzen – sein Com schien nicht richtig zu funktionieren. Bandicut hätte gern gewusst, was Ik ihm über den Gefangenen erzählen konnte. Das Geschöpf mit der Maske über dem Gesicht – das musste der Gefangene gewesen sein! L'Kell versuchte Ik und Bandicut dazu zu bringen, schneller zu schwimmen – als ob sie bei der Unterwasserjagd nach dem gefangenen Festländer eine große Hilfe sein könnten! Sie gaben ihr Bestes, aber am Ende hingen sie weit hinter L'Kell zurück.

Sie tauchten wieder in den langen Gang hinein, folgten einer erklecklichen Anzahl seiner Windungen. Der Festländer war längst weg. Aber den Berichten der Neri-Schwimmer zufolge, war er tiefer in das Schiffswrack hineingeflohen, anstatt sich einen Fluchtweg an den Wachen vorbei zu suchen, die die Neri vor dem

Loch im Außenrumpf des Wracks postiert hatten – und damit vor dem Weg ins offene Meer. Möglicherweise hatte sich dieses Geschöpf vom Festland keine Chance ausgerechnet, auf diesem Weg zu entkommen; vielleicht aber hatte der Festländer auch Probleme mit der Atemluft gehabt wie Ik und Bandicut und war bereits im Delirium.

Bandicut hatte Mitleid mit dem Geschöpf, das er nicht kannte. Selbst wenn es seinen Häschern und sogar aus dem Wrack entkäme, wohin sollte es sich wenden? Es war höchst unwahrscheinlich, dass seine Leute draußen vor dem Wrack auf ihren verlorenen Gefährten warteten, um ihn zu retten – und würde dieses Geschöpf überhaupt die Dekompression überleben nach so langer Zeit in dieser großen Tiefe? Es war wohl weit wahrscheinlicher, dass blinde Verzweiflung den Festländer zur Flucht getrieben hatte, ohne dass er sich eine reale Chance ausgerechnet hatte zu entkommen.

Der Aufbau des Schiffes, in dem sie sich befanden, blieb Bandicut völlig schleierhaft. Er hatte auch noch nicht viel von dem Schiff gesehen, außer jeder Menge sich windender Gänge und Korridore. Nur eines war ihm aufgefallen: Jeder Gang, durch den sie getaucht waren, war gebogen gewesen, mehr eine Röhre denn ein Gang, alles ohne Ecken und scharfe Kanten gebaut. Das ließ den Schluss zu, dass das Wrack tatsächlich ein Raumschiff war, möglicherweise nur für Flüge innerhalb einer Galaxis geeignet, aber in jedem Fall ausgelegt für Flüge in Schwerelosigkeit oder mit variabler Schwerkraft. Doch was machte ein solches Schiff auf dem Grund des Ozeans? Wie war es hierher geraten, und gab es eine Verbindung zwischen dem Schiff und den Neri – oder eher noch: zwischen dem Schiff und den Festländern?

///Die Steine glauben, dass deine Fragen in die richtige Richtung gehen.///

/Geht das etwas genauer? Heißt das, sie wissen zwar mehr als ich, wollen mir aber nichts weiter dazu sagen?/

Char wusste wohl offenbar nicht, wie sie seine Worte – und den Ton, in dem er sie gedacht hatte – interpretieren sollte.

///Ich glaube nicht, dass sie die Antworten darauf kennen.
Aber sie haben bereits
ähnliche Schlüsse gezogen
wie du eben.///

/Und welche Schlüsse habe ich gezogen?/

///Dass es eine Verbindung geben könnte
zwischen dem Schiff und den Festländern.
Wohl aber nicht zu den Neri.///

Bandicut runzelte die Stirn und starrte angestrengt den langen Korridor entlang, der ihm wie ein Grab vorkam. Zwei Neri untersuchten mit ihren Lampen jeden Quadratzentimeter am anderen Ende des Ganges. L'Kell und die anderen Neri, die sich ihm angeschlossen hatten, schauten unschlüssig mal in diese, mal in die andere Richtung, den Gang hinauf und hinunter, konnten sich aber nicht entscheiden, welcher Weg erfolgversprechender schien. Bandicut aber hatte unerwartet eine Eingebung. Wäre er der Festländer, ein Luft atmendes Wesen in einer fremden, feindlichen Umgebung, wohin würde er vor den Fischleuten fliehen, die ihn verfolgten?

///Ich habe nicht die geringste Ahnung.
Kann man diese Frage denn überhaupt
beantworten?///

Bandicut wandte sich an L'Kell. »Ich wette, er wird nicht einfach versuchen, ins offene Meer zu entkommen. Er ist schon zu lange hier unten für eine unkomplizierte, schnelle Dekompression. Ich an seiner Stelle würde mir eine Schiffssektion mit einer Luftkammer suchen, wo ich mich verstecken könnte, bis meine Leute zurückkämen. Genau das wird der Festländer wohl auch tun – sofern er noch in der Lage ist, geradeaus zu denken.«

L'Kell verstand nicht ganz. »Warum sollte er nicht mehr richtig denken können?«

»Wer weiß: Vielleicht ist er verletzt oder seine Atemluft ist so gut wie aufgebraucht!«, wischte Bandicut den Einwand beiseite. »*Ich* jedenfalls war ziemlich in Panik, als mir der Sauerstoff ausging. Und sollte der Festländer tatsächlich keine Luftvorräte mehr haben, müssen wir ihn schnell finden, oder er ist tot.« Er versuchte verzweifelt, sich zu konzentrieren, die richtige Lösung zu finden. »Gibt es noch andere Sektionen in diesem Schiff, in denen sich Luftkammern gehalten haben? Stellen, an denen er sich verstecken könnte?«

»Das ist ein riesiges Wrack!«, gab L'Kell zu bedenken. »Und wir haben bisher nur einen winzigen Teil davon erforscht.«

Bandicut reagierte gereizt. »Aber, Himmel noch eins, gibt es denn nicht ...«

Ein Neri-Schwimmer tauchte urplötzlich neben Bandicut auf, war von irgendwo hinter ihm herangeschossen. »Der Festländer ist strömungsaufwärts gesehen worden! Er schwimmt tiefer in das Wrack hinein und weiter nach oben. Zwei unserer Schwimmer verfolgen ihn.«

»Schwimmt er etwa in die Kammer des Wahnsinns?«, rief ein Neri namens S'Cali erschrocken aus.

»Kammer des Wahnsinns? Was meint ihr damit? Ist das der Reaktor? Ein Ort, an dem ihr Strahlung vermutet?« Bandicut, dessen Angst zunehmend wuchs, wandte sich dem Sprecher zu.

»Nein, ich glaube nicht, dass da dieser Reaktor ist, wie du ihn nennst«, antwortete ihm stattdessen L'Kell. »Es gibt dort keine warme Strömung und auch kein Leuchten. Wir wissen nicht genau, was sich in dieser Kammer befindet. Aber ...«

»Was?«, fuhr Bandicut ungeduldig dazwischen, als L'Kell zögerte.

»Zwei von unseren Leuten haben sich hineingewagt, als wir die erste Expedition in das Innere des Wracks unternahmen ... und dort haben sie ...« – er räusperte sich – »den Verstand verloren. Sie wurden wahnsinnig. Es war ganz anders als bei der Strahlenkrankheit. Es war ihr Verstand. Sie starben beide – heulten und brabbelten vor sich hin.« L'Kell blickte ratlos in die Runde. »Warum sollte der Festländer dorthin wollen?«

»Er weiß wahrscheinlich gar nichts von der Gefahr!«, spekulierte Bandicut. »Er hat vermutlich gar keinen Plan oder ist bereits wahnsinnig! Aber wenn er sich dort verstecken will und ihr Neri diesen Ort meidet, dann ...«

»Wir müssen ihm dort hineinfolgen«, meinte S'Cali, und seine Stimme zitterte vor Furcht.

Bandicut holte tief Luft. »Kannst du mich dorthin bringen?«

Je näher sie dem sich verbreiternden Ende des Ganges kamen, wo sich die Kammer des Wahnsinns befinden sollte, desto besorgter und ängstlicher wurden die Neri. Bandicut sah Ik in die Augen, die hinter dessen Tauchhaube flackerten, und konnte praktisch seine Gedanken lesen: John Bandicut, mach ja nichts Unüberlegtes!

///Das ist ein guter Rat!
Warum machen wir das hier eigentlich?///

/Kann ich so genau nicht sagen. Instinkt vielleicht. Der Festländer könnte auch ganz woanders sein, möglicherweise finden sie ihn noch. Aber wenn er doch in dieser Kammer ist, dann müssen wir ihm einfach nach, Char! Der Gefangene könnte uns die entscheidenden Informationen liefern! Und er ist die erste echte Gelegenheit, um mit den Festländern in Kontakt zu treten und um mit ihnen zu kommunizieren. Wir *können* diese Chance einfach nicht ungenutzt verstreichen und ihn ziehen lassen! Und wir müssen ihm das Leben retten, falls das nötig ist!/

Das Quarx dachte einen Moment lang nach.

///Okay.
Ich wollte mir auch nur sicher sein,
dass du einen guten Grund hast.///

/Ich brauche dich und die Translatorsteine dabei, ohne euch geht's nicht./ Bandicut atmete ein paar Mal tief durch. /Sind sich die Steine sicher, dass sie mit diesem Kraftfeld auch radioaktive Strahlung abhalten können?/

///Eine Zeit lang schon.
Es dürfte ihre Kraftreserven allerdings
ziemlich in Anspruch nehmen.
Und sie sind gewiss auch nicht in der Lage,
einfach jede Gefahr zu bannen!///

/Okay. Sonst noch was?/

///Du bist dir im Klaren darüber,
dass wir überhaupt nicht wissen,
was uns da drin erwartet?///

/Ich bin mir darüber im Klaren. Aber wenn das hier ein Raumschiff ist ... nun, ich kann mich noch an gut an die ›Raum-Torsion‹ erinnern, eine Transportmethode, mit der ich von meinem Heimatplaneten nach Schiffwelt gelangt bin. Das war wirklich völlig abgedreht, *völlig* abgedreht ... aber die Steine haben mir geholfen, das alles durchzustehen. Für die Neri hingegen … für sie wären solche Erlebnisse weit bizarrer … und ohne die Hilfe von Translatorsteinen würde eine solche Erfahrung sie vermutlich wirklich umbringen./

///Ich hoffe, du bist gut im Raten.
Du verstehst schon.///

/Ja, ich hab dich verstanden. Und du: Bist du bereit, da reinzugehen?/

Das Quarx antwortete nicht. Natürlich war sie bereit.

20
Die Kammer des Wahnsinns

Zwei Neri warteten in der Nähe des Eingangs zu der Kammer, die sie die ›Kammer des Wahnsinns‹ genannt hatten. Beide waren so nervös, als müssten sie direkt vor dem Eingang zur Hölle Wache schieben. Sie berichteten, sie hätten den Festländer zwar aus den Augen verloren, seien sich aber beide sicher, dass er diesen Weg genommen habe.

»Ihr wisst also nicht, ob er wirklich hier hineingeschwommen ist?«, fasste L'Kell nach.

»Wir glauben beide, dass er hier rein ist. Wir haben gesehen, dass sich drinnen *etwas* bewegt hat. Aber wir wollten nicht hineinschwimmen«, murmelte einer der beiden Neri entschuldigend. »Wir waren uns schließlich nicht sicher, was passieren würde, wenn wir ...«

»Schon gut«, unterbrach L'Kell ihn und blickte zu Bandicut hinüber, der gerade dachte: /Es ist so weit, Char!/ Gemeinsam mit L'Kell, Ik und S'Cali schwamm Bandicut vorsichtig um die beiden Neri herum, die den Festländer verfolgt hatten, und warf einen Blick in die Kammer.

Sie war oval, etwa so groß wie eine kleinere Turnhalle und völlig geflutet. Es war nicht leicht, in der Kammer etwas zu erkennen, da die Neri-Lampen nur wenig Licht spendeten – und die einzige Lichtquelle in der Kammer selbst war ein kleiner leuchtender Punkt auf der gegenüberliegenden Seite. War das der Festländer, der sich bei seiner Flucht eine Neri-Lampe geschnappt hatte? Falls ja, bewegte er sich jedenfalls überhaupt nicht, saß irgendwo ganz still da drüben an der Wand. Bandicut und seine Gefährten paddelten vor dem Eingang auf der Stelle, blickten sich immer noch vorsichtig um. In der Mitte der eiförmigen Kammer schwebte etwas Dunkles, das wie ein versteinerter Eidotter aussah. Aber dort, wo das Eiweiß hätte sein sollen, war nur Wasser. Bandicut konnte im Dämmerlicht nicht ausmachen, was den Dotter an seinem Platz hielt. Aber da war etwas in dem Raum, unsichtbare Kräfte, die in der Kammer wirkten. Selbst hier am Eingang, in relativer Sicherheit, spürte er ein seltsames Prickeln, ganz am Rand seiner sinnlichen Wahrnehmung. Er konnte nicht den Finger darauf legen oder auch nur bestimmen, welcher seiner Sinne sich angesprochen fühlte. Aber irgendetwas dort drin machte ihn so unruhig, als habe er eine Überdosis Koffein zu sich genommen.

Um sich selbst etwas zu beruhigen, atmete er mehrmals langsam durch und versuchte, den Umfang der Kammer abzuschätzen – das Ei in der Schale. Die Wände waren nicht glatt, bemerkte er, sondern strukturiert: Rundherum verliefen merkwürdige Girlanden, seltsame Rankenstränge, stachelig und spiralförmig gewunden – möglicherweise Antennen? War das hier ein Raumzeit-Transformer? Ein Gerät oder eine Anlage zur Raumtorsion? Natürlich war es möglich, dass er sich mit dieser Annahme völlig irrte; aber er hatte den Eindruck, in der Kammer alles leicht verzerrt zu sehen, in einem Maße, das nicht allein auf das Wasser zurückzuführen sein konnte.

///Ich spüre Resonanzen …///

/Was für Resonanzen?/

///Uralte Erinnerungen … Transformationen …
lange Reisen, lange bevor ich dich kannte.///

Bandicut hielt den Atem an. /Glaubst du also auch …/

///Ja, ich glaube, du könntest
mit deiner Vermutung Recht haben.///

Mit einem befriedigten Grunzen drehte sich Bandicut im Wasser zu den anderen um. »Ich geh da jetzt rein. Ich glaube, das Quarx und ich kommen allein zurecht.«

L'Kells Augen weiteten sich besorgt. »Das kann sehr gefährlich werden! Ich frage mich, ob ...«

»Ich weiß, dass es gefährlich werden kann! Aber ich bin überzeugt davon, dass sich die Sache lohnen wird! L'Kell, wenn das da hinten der Festländer ist, kann ich ihn vielleicht herausholen, ihn retten.« Er wandte sich an Ik. »Können wir dein Seil als Rettungsleine benutzen?«

Ohne Verstärkung durch das Com klang Iks Stimme dünn und verzerrt. »Hrachh!« Er zog das Seil hervor, um es Bandicut um die Taille zu legen.

Als Ik es um seine Taille schlang, rief Bandicut L'Kell zu: »Ich bin kein besonders schneller Schwimmer. Deshalb brauche ich euch alle, damit ihr mir einen ordentlichen Stoß versetzt, genau auf das Licht zu. Klar?«

»John Bandicut, ich weiß nicht ...«

»Wir sollten es einfach hinter uns bringen, in Ordnung?«

»Na gut«, seufzte L'Kell und winkte S'Cali und die anderen Neri zu sich. »Sei vorsichtig, mein Freund!«

Bandicut nickte, überprüfte noch einmal das Seil und schaute schließlich Ik in die Augen. Dann legte er wieder Daumen und Zeigfinger zur Okay-Geste zusammen. Der Hraachee'aner antwortete mit derselben Geste, und Bandicut wandte sich wieder der Kammer zu. Er streckte sich, sodass er horizontal im Wasser trieb, die Arme über dem Kopf nach vorne gestreckt wie ein Turmspringer vor dem Kopfsprung. Sein Herz raste. »Fertig!«

Die Neri gaben ihm einen kräftigen Stoß, und der Impuls ließ ihn in die Kammer gleiten, genau auf die gegenüberliegende Wand zu. »Los jetzt!«, rief Bandicut noch, da war er schon in der Kammer; er hielt sich gestreckt, versuchte, während er durchs Wasser glitt, den Schwung zu halten, den ihm die Neri gegeben hatten; er driftete durch die Kammer, ein kleines Stück links an deren Mittelpunkt vorbei. Das Prickeln um seinen Kopf, seine Schultern, seine Taille nahm zu. Als er bemerkte, dass er an Schwung verlor, machte er einen Schwimmzug wie beim Brustschwimmen und hob den Kopf, um zu sehen, ob er noch in die richtige Richtung glitt.

Doch das war leichter gedacht als getan. Er geriet heftig ins Trudeln. /Moment ... so doch nicht .../ Wo er erwartet hatte, das Zentrum der ovalen Kammer zu sehen, den Eidotter, sah er nun herumwirbelnde Stachel, die rasch näher kamen. Mit einem unterdrückten Schrei versuchte er sich zu ducken, seine Gleitrichtung zu ändern.

///Mach keine hektischen Bewegungen!///,

schrie das Quarx und legte gerade genug Befehlston in seine Stimme, dass Bandicut seine heftigen Bewegungen etwas verlangsamte.

/Was willst du denn?! Wir werden gleich mit diesem Ding kollidi .../

///Das ist nicht wahr!
Das ist nur eine Illusion!
Versuch deinen Kopf zu bewegen – ganz langsam!///

Er schluckte schwer, bewegte den Kopf. Alles drehte sich um ihn, er war völlig benommen, die Welt wirbelte im Kreis ... drehte sich und drehte sich. Irgendetwas störte seinen Gleichgewichtssinn. Er holte tief Luft und versuchte, sich alles in Erinnerung zu rufen, was er über ›Fliegen bei Orientierungsverlust im Weltraum‹ wusste: Wenn das, was du fühlst, nicht der Realität entspricht, scheiß auf das Gefühl, unterdrück instinktive Reaktionen und flieg nach Instrumenten! Aber hier gab es keine Instrumente, denen er sich hätte anvertrauen können – hier gab es nur das, was er sah, seine Vision, und Iks Seil, das ihn aus der Gefahrenzone ziehen konnte. Iks Seil! Er merkte, wie es sich löste, von seiner Taille rutschte, und griff danach – zu spät. Es war weg! Die Stachel und Spiralen vor seinem Gesicht wuchsen. Es war wie bei einer Fugue, es war schlimm ... aber das hier war keine Fugue, sondern Wirklichkeit!

/Charlie, hilf mir bitte!/, wisperte er.

///Arbeite dran ... die Steine ...///

Die Antwort klang atemlos, aber das Quarx hielt Wort, und nur einen Lidschlag später sah Bandicut, wie sich ein Spinnennetz über seine Vision legte. /Was zum Teufel ist denn das .../

///Die Steine sind dabei,
deine Kursabweichungen zu verfolgen.
Ich versuche eine Interpretation ...///

Bandicut wollte etwas entgegnen. Aber sein Atem entwich aus seinen Lungen, und er konnte nichts weiter tun, als zu akzeptieren, dass es geschah, und darauf zu vertrauen, dass das Wissen der Translatorsteine mit Hilfe des Quarx zu seinen Muskeln fließen würde.

Er drehte sich ein wenig und stieß sich einmal hart den Ellbogen. Die todbringende äußere Schale der Kammer blähte sich auf und verformte sich, dann öffnete sie sich wie ein sich bauschender Vorhang. Genau in der Mitte der Öffnung war das Zentrum der Kammer, der Dotter, und er zitterte wie Wackelpudding in

Schwerelosigkeit. Wieder überschwemmte Bandicut Benommenheit, Schwindel. Und neben diesem Gefühl spürte er noch ein anderes – das Gefühl, dass etwas oder jemand in der Nähe war.

Der Festländer?

Das Gefühl war nur undeutlich, verschwommen. Es erinnerte ihn an den NeuroLink. Lösgelöstheit spürte er ebenfalls, als ob ein Strudel im Raum ihn nicht zu demjenigen finden ließ, der in seiner Nähe war, und als ob sie nicht auf derselben Wellenlänge waren oder eine Phasenverschiebung sie wie eine Wand aus Schweigen voneinander trennte. Er sondierte seine Umgebung mit seinen Gedanken, wie er es bei einem NeuroLink getan hätte, suchte nach der Ursache für dieses Gefühl von einer fehlenden Verbindung.

Während er suchte, empfand er eine Regung, die er jedoch nicht einzuordnen wusste: Kam sie von einem Lebewesen oder nicht? Plötzlich sah er seine Umgebung nicht mehr. Hatte die dunkle Masse im Zentrum der Kammer, der Dotter, ihn umschlossen? Er glaubte durch eine Wand aus Dunst zu fallen; nein, es war kein Dunst, eher Wolkenfetzen, doch materieller als diese; zwar so leicht wie ein Dunstschleier, aber viel stofflicher, greifbarer, mehr wie ein Aerogel. Bandicut war sich ganz sicher: Da war eine Grenzschicht zwischen dem Ort, an dem er war, und dem Ort, an dem sich dieses Was-auch-immer befand. Es hatte nichts Menschliches an sich. Doch es war sich bewusst, dass Bandicut hier war, es erzeugte Wellen innerhalb des Raumzeit-Kontinuums, die er spüren konnte.

///Ich habe eine Assoziation von Länge . . .
enormer Länge.///

/Länge? Meinst du räumliche Ausdehnung?/

///Länge im Sinne von ... kosmischer Ausdehnung. Wie eine verzerrtes Geflecht aus Fäden, Röhren oder ein Tunnel, der sich in die Unendlichkeit ausdehnt.///

Bandicut lief es kalt den Rücken hinunter. Plötzlich wünschte er sich innig, er wäre nie hierher gekommen, wäre diese Verbindung nicht eingegangen. Er fühlte sich absolut ohnmächtig und unwissend diesen Mächten gegenüber. Was hatte er sich nur dabei gedacht? Was hatte er geglaubt, ausrichten zu können – diese Kräfte wiederzubeleben etwa? Er war sich ziemlich sicher, dass es sich hier um eine Art von Reaktor handelte ... nein, nein, das stimmte nicht, es war kein Reaktor, nein wirklich nicht, es war ein ...

///Interstellarantrieb///,

murmelte das Quarx.

/Genau/, antwortete er lautlos in seinen Gedanken. Und wahrscheinlich war der Antrieb unbrauchbar, defekt, und brachte längst nicht mehr die nötige Leistung, ein Raumschiff durchs All zu tragen – aber der Antrieb war nicht endgültig ausgefallen, jedenfalls noch nicht. Bandicut erinnerte sich lebhaft an das, was Charlie-Zwei ›Raumtorsion‹ genannt hatte, an Bord der *Neptune Explorer;* und obwohl es ihm damals verdammt fremdartig erschienen war, war er jetzt bereit, sein letztes Hemd darauf zu verwetten, dass dieses Ding da zu einer weit exotischeren Fortbewegungsart diente – möglicherweise eher zu so etwas wie der Raum-Transformation, dem Übergang von einem Normalraum in einen anderen. Eine Raum-Transformation hatte ihn damals aus seinem Sonnensystem in die kalte Finsternis des intergalaktischen Raumes katapultiert.

///Vielleicht. Vielleicht hast du Recht. Aber ...///

Das Quarx war sich alles andere als sicher. Bandicut wusste, dass Charlene gerade damit beschäftigt war, aus den Bruchstücken seiner und ihrer Erinnerung ein Bild zusammenzusetzen, einzubauen, was immer ihr die Tochtersteine des Translators an Wissenswertem mitzuteilen hatten.

///Der Tunnel hier – es ist nur ein Gefühl,
aber ich denke, er gleicht eher einem Sternenkoppler.
Kein Antrieb, der dich durchs All fliegen lässt,
sondern dich durch die Lichtjahre
*hindurch*schießt*!///*

Chars Worte erwischten ihn kalt, und plötzlich hatte er Angst. /Dieses Ding da ist ein Sternenkoppler?/ Würde es ihn durch den interstellaren Raum schleudern, ihn von seinen Freunden trennen, von den kümmerlichen Resten von ...

///Das glaube ich nicht.
Es ist nicht einmal kurz davor,
so etwas zu tun.
Aber wenn es so etwas wie ein Sternenkoppler ist,
dann – so meinen jedenfalls die Steine –
stammt er nicht von Schiffwelt.///

/Dann .../

///Doch da ist noch etwas anderes:
Du befindest dich momentan
nicht in seinem Wahrnehmungsfeld – noch nicht.
Es ist nicht mit dir verbunden.///

Nicht in seinem Wahrnehmungsfeld? Bandicuts Gedanken rasten. In wessen Wahrnehmungsfeld war er denn geraten? Er spürte, dass er noch immer im Wasser trudelte, sich drehte und drehte, und hatte eine visuelle Vorstellung vom Herz der Kammer, von der Masse im Zentrum, die sich um ihn herumgelegt hatte wie ein Donut. In dieser Kammer fand eine ernst zu nehmende Raumzeit-Verzerrung statt, und er, John Bandicut, war sich uneins mit sich selbst, ob er sie faszinierend fand oder erschreckend.

///John, ich finde das alles
hochgradig verwirrend – ja, und erschreckend.
Ich möchte auf gar keinen Fall länger hier bleiben
als absolut notwendig.///

Bandicut sah sich ängstlich um. Es war wie ein Schock, als er sich daran erinnerte, dass er eigentlich wegen des entflohenen Festländers in die Kammer eingedrungen war. Aber Bandicuts Augen versagten ihm den Dienst, die auf seine Netzhaut projizierten Bilder flackerten. Bandicut war sich nicht einmal sicher, dass er den Festländer erkennen würde, wenn er ihn zu Gesicht bekäme.

///In wessen Wahrnehmungsfeld
wir auch immer gerade sind: Er, sie oder es
ist verbunden mit einer Macht,
die weitaus größer ist . . .
und viel gefährlicher.///

Bandicut sog die muffig-feuchte Luft ein – und wusste mit einem Mal, wovon das Quarx sprach. /Der Todesschlund aus der unergründlichen Tiefe? Willst du mir erklären, dass dieses Raumschiff verbunden ist mit dem, was da unten im tiefsten Abgrund des Ozeans haust?/ Bei diesem Gedanken schwirrte ihm der Kopf.

Char sagte nichts, das brauchte sie auch nicht.

/Na, da wird ja der Hund in der Pfanne verrückt!/, wisperte er. Und seine Gedanken begannen, von ihm fortzutreiben, auf eine Art und Weise, die in einer Fugue oder Schlimmerem hätte enden können, doch irgendwie gelang es Bandicut, sich unter Kontrolle zu halten. Vielleicht war es Chars Einfluss, aber welchen Grund es dafür auch immer gab – so wie seine Gedanken in seinem Kopf herumschwirrten, brachten sie Rationalität und Intuition in eine verblüffende Konvergenz: Bandicut kam, auf ganz ungewöhnlichen Wegen, zu Erkenntnissen. Es fühlte sich an, als rase er in einem Flugzeug um Leitkegel bei einem Autorennen; Worte und Daten und Klarheit der Gedanken – wie ein Tornado sog er alles auf; Zeit, Atem zu holen oder klare, mitteilbare Gedanken zu fassen, blieb nicht.

Zitternd holte er Luft und realisierte, dass sein Körper trudelte und um die eigene Achse wirbelte. Bandicut sah in die Röhre eines langen, langen Tunnels, in dem schwach Licht glomm, und trieb langsam auf diesen Tunnel zu. Das war es, was Char befürchtet hatte. Noch war er nicht *im* Todesschlund, aber er war ihm in erschreckender Weise sehr nahe; dieses Ding, das ihn umschloss, war eng mit dem Todesschlund verbunden – schon seit dem Tag, als es auf dieser Welt gestrandet war.

/Jetzt weiß ich es!/, flüsterte er.

///Was?///

Char hatte die ganze Zeit über dafür gesorgt, dass sein Verstand nicht auseinander brach, und sie war sehr benommen.

/Was mit dem Schiff passiert ist – glaube ich jedenfalls./

///Du meinst …
Warte – die Steine erhalten gerade
einen Datendownload.///

/Datendownload?/ Dann wartete er schweigend. Nachdem Charlene alle Daten zusammengetragen und gesichtet hatte, ließ Bandicut zu, dass sie seine Gedankenwelt mit den Bildern füllte, die sich aus den Daten ergaben. Langsam, ganz langsam nur begann er zu begreifen … *waren diese Daten vielleicht aus einer interstellaren Blackbox heruntergeladen worden, in der der Ablauf der Ereignisse aufgezeichnet war, die das Raumschiff zum Absturz gebracht hatten*? Die Bilder folgten rasch aufeinander, verwirrend viele, verwirrend anders, aber das wichtigste Ereignis verstand er:

Die seltsamen Rankenstränge des Interstellarantriebs hatten sich ausgedehnt und waren dabei mit etwas in Berührung gekommen, das die Realität entstellte, auf der das Funktionsanalysesystem des Antriebs beruhte; sie verfingen sich in Raumzeit-Feldern, die einander überlappten und von einem unergründlichen Etwas auf einem fernen Planeten ins All projiziert wurden. Etwas Derartiges hätte eigentlich nicht passieren dürfen. Aber es war passiert. Der Interstellarantrieb war gefangen in einem sich immer weiter zusammenziehenden Netz, unfähig, sich selbst daraus zu befreien. Die Antriebseinheit, nicht einmal mehr in der Lage, sich selbst abzuschalten, war aus dem Orbit hinuntergezogen worden in eine tödliche, spiralförmige Sturzbahn …

Der Sturzflug war abgefangen worden – von denselben Kräften, die ihn bewirkt hatten. Nachdem das Raumschiff die Atmosphäre durchstoßen hatte, krachte es bei der Notlandung nicht auf die Planetenoberfläche; teilweise noch im Normalraum, teilweise nicht mehr, *materialisierte* es sich dort: viele Meter über dem Meeresspiegel dieses planetaren Ozeans. Die Wucht des abgefangenen Aufpralls jedoch war heftig genug, um kritische Systeme des Antriebs zu zerstören, aber nicht heftig genug, um alle Passagiere des Raumschiffes zu töten. Für eine ganze Weile blieb das Raumschiff an der Wasseroberfläche; es sank nur langsam; Zeit genug, um Überlebende zu evakuieren und Teile der Ausrüstung und Versorgungsgüter zu bergen. Erst dann versank es in den Wellen und ließ eine

Armada von Flößen und behelfsmäßigen Booten zurück, die mit aller Kraft versuchten, die Küste zu erreichen.

Der Interstellarantrieb aber blieb im Todesgriff der fremdartigen Macht, die das Raumschiff von seinem Sternenflug geholt und zum Sterben verurteilt hatte. Selten nur, sporadisch kam es in Bewegung, rutschte dabei immer näher an die Macht heran. Und die Passagiere, die auf der Suche nach einer neuen Heimat mit dem Raumschiff durch die Galaxis gereist waren, verschwanden über das Wasser. Manchmal hörte die Antriebseinheit, wie die Schiffbrüchigen schwache, flüsternde Notrufe absetzten. Bald schienen sie nicht einmal mehr dieselben Leute zu sein. Als sie zurückgekommen waren, später, sehr viel später, um das Wrack auszuschlachten, war ihre Zahl merklich geschrumpft, und sie hatten nicht einmal den Versuch unternommen, mit der Seele der Antriebseinheit zu sprechen.

War es Bedauern, das sich in die Bilder einschlich – oder eher Trauer? War es eine Reflexion der Wesen, die den Antrieb geschaffen hatten, oder interpretierten Char und Bandicut lediglich etwas in die Bilder hinein?

Bandicut glaubte etwas zu hören – eine Stimme. Die von Char?

///Ich habe nichts gesagt.///

Dann sprach die Stimme wieder. Sie benutzte keine Worte. Die Translatorsteine jedenfalls fanden weder eine Übersetzung, noch eine sinngemäße Übertragung. Aber Bandicut spürte, wie die Steine *Sehnsucht* aufsteigen ließen, damit er verstehe. Es war ein dröhnender Laut, auf- und absteigend, als versuche jemand auf einem Kontrabass eine menschliche Stimme nachzuahmen. Zuerst war Bandicut davon überzeugt, den

Laut nur in seiner Gedankenwelt gehört zu haben; jetzt aber schien das Dröhnen sich durch das Wasser fortzupflanzen, ihn zu umgeben, seine Haut zum Kribbeln zu bringen.

Und dann verklang es.

/Hast du das auch gehört? Weißt du, was das war?/

///Ich habe versucht, es herauszufinden –
warte, ich fühle etwas in unserer Nähe,
viel näher an uns!
Spürst du es auch?///

Bandicut gab sich Mühe, hörte auf, sich allein auf den Interstellarantrieb zu konzentrieren; er löste sich von ihm und ließ seine Gedanken schweifen. Da war *tatsächlich* etwas da draußen, eine Präsenz, schwächer, kleiner. Sie stand außerhalb seiner Verbindung mit dem Interstellarantrieb. Aber sie fühlte sich lebendig an: verwirrt, verängstigt.

///Kannst du es sehen – richtig, mit deinen Augen?///

Bandicut blinzelte. Er war so versunken gewesen in den Kontakt mit der Antriebseinheit, dass er nahezu jedes Gespür für Körperlichkeit, auch für seine eigene verloren hatte. Die Lichtintensität veränderte sich ständig, schwoll an, nahm ab, verzerrt durch den Kern des Interstellarantriebs. Langsam drehte er sich um sich selbst. In einer Sekunde schien die Antriebseinheit einen gewölbten Durchgang um ihn herum zu generieren, in der nächsten sah er genau vor sich nur einen fremdartigen glimmenden Punkt.

Und dann sah er es jenseits des glimmenden Punktes driften, ein Schatten, nichts als eine Silhouette, gekrümmt und sich drehend. Er brauchte einen Moment, um zu begreifen, was das war, das da hilflos im Torsionsfeld des Interstellarantriebs gefangen war. /Char .../

///Ja, du hast Recht.
Das ist der Festländer,
den wir eigentlich hier herausholen wollten.///

Bandicut nickte langsam, obwohl er große Schwierigkeiten hatte, sich daran zu erinnern, wie sein Aufenthalt hier in der Kammer begonnen hatte – mit der Absicht nämlich, den Festländer wieder einzufangen oder ihn zu retten. /Was jetzt? Ich hab keine Ahnung, wie ich zu dem Kerl rüberkommen soll!/ Bandicut ruderte mit Beinen und Armen, um auszuprobieren, ob er sich auf den Geflohenen zubewegen konnte. Er fand schnell heraus, dass er nicht kontrollieren konnte, in welche Richtung er sich bewegte: Offensichtlich gab es unsichtbare, höchst unberechenbare Strömungen im Wasser, gegen die er nicht anzukämpfen vermochte.

///Streck deine Arme aus – und halt sie still!///

/Hä?/ Bandicut tat zwar wie geheißen, verstand aber nicht warum.

///Wenn wir die Strömungen
nicht kontrollieren können,
können wir sie vielleicht nutzen!///

Er setzte seine Arme ein wie starre Seitenflossen, und es dauerte es nicht lange, da spürte er, dass er auf diese Weise tatsächlich vorankam. Er geriet in eine der Strömungen, die ihn nach unten zog, weg von dem Festländer. /Nutzen, um wohin zu gelangen?/, fragte er verbiestert.

///Auf den Festländer zu, selbstverständlich!///

/Aber da komm ich doch gar nicht .../

///Die Strömungen verlaufen nicht geradlinig.
Die Steine haben versucht,
ihre Richtungen zu verfolgen.
Wenn wir uns einfach weiter herumtragen lassen ...///

In der Tat glitt er jetzt in einem sanften Bogen

unter dem Kern der Antriebseinheit her, einem Bogen, der ihn möglicherweise doch noch zu dem Festländer bringen würde. Zur selben Zeit jedoch begannen sich die Umrisse des Raumes um ihn herum zu verändern, sich ganz allmählich um sich selbst zu verwinden. Bandicut versuchte, ruhig zu bleiben und hoffte, die Steine würden erneut ein Koordinatengitter über das legen, was er sah, damit er sich orientieren könne. Und tatsächlich erschien das Gitter, jedoch nur für einen Augenblick, bevor es zusammenbrach und verschwand.

///Sie haben die Richtung verloren . . .
sind sich ihrer Sache nicht mehr sicher.///

Bandicut brummte und begann, in einem exakten Rhythmus mit den Augen zu blinzeln: jedes Mal ein Bild von seiner Umgebung aufzunehmen, wenn er die Augen für einen Moment öffnete. Bedächtig versuchte er zu verhindern, die Augen zu lange offen zu halten, damit ihn die Verzerrungen nicht noch schwindeliger machten. Er musste in eine aktivere Zone der durch die Antriebseinheit ausgelösten Raumzeit-Verzerrung geraten sein. Aber wie zum Teufel sollte er jetzt aus dieser Zone wieder herausfinden?

///Versuch mal, ein Stück abzusinken!///,
schlug Charlenes Stimme so leise vor, als käme sie aus großer Entfernung.

Sinken? Wie, bei allen Heiligen, sollte er denn wissen wo unten war?

///Atme aus . . . werd stromlinienförmig . . .///

Natürlich! Wie hatte er nur all seine grundlegenden Tauchkenntnisse vergessen können! Er stieß die gesamte Luft aus seinen Lungen aus, legte seine Arme eng an die Körperseiten. Sofort spürte er, dass er sank.

Ein Regenbogen blitzte neben ihm auf, noch einer.

Und dann hörte er die Stimme des Interstellarantriebs, ein glockenheller Gesang, nur für ihn.

/Bitte, ihr Translatorsteine – was will er mir sagen?/

Er glaubte, aus der Zone erhöhter Aktivität der Antriebseinheit herauszudriften, tiefer zu sinken ...

Etwas ließ ihn vorwärts treiben, eine Strömung. Rasch holte er Atem, um ihn gleich wieder auszustoßen, damit er seinen negativen Auftrieb nicht verlor. War der Kern der Antriebseinheit jetzt über ihm? Für Sekundenbruchteile meinte er über sich eine Wolke glitzernder Lichter zu sehen, einen Maksu-Schwarm. In Gedanken rief er ihnen zu: *Könnt ihr mich hören? Könnt ihr diesem Wahnsinn ein Ende machen*?

Die Strömung riss ihn mit sich, und plötzlich stieg er in hohem Bogen auf – das hätte er niemals allein durch die Kontrolle seiner Atmung bewirken können! Und dann hörte er eine Stimme, die so heiser klang wie Iks Stimme und so metallisch wie die Stimmen der Maksu und ein wenig so wie ein Dutzend anderer Stimmen: »*Dieser dort braucht deine Hilfe. Kannst du ihm hinaus in die Freiheit helfen*?«

Genau zu diesem Zeitpunkt, wo Unsicherheit ihn beherrschte, sah er plötzlich die Silhouette vor sich, den rotierenden, sich um sich selbst drehenden Schatten des Festländers. Bandicut streckte beide Hände aus, bekam den Festländer zu fassen; und nur Sekunden später spürte er, wie die Strömung sich wie ein Strudel um ihn wand und ihn in einen langsamen, halben Überschlag zog. Zuerst versuchte er, sich aus der Strömung zu befreien, aber es war absolut unmöglich. *Ik, zieh mich aus der Kammer!*, dachte er, doch dann fiel ihm ein, dass er Iks Seil verloren hatte. Er nahm einen tiefen, ganz langsamen Atemzug und ließ sich schließlich einfach in der für ihn völlig unberechenbaren Strömung treiben.

Lichter schienen um ihn herum zu glitzern, aufzublitzen, einmal und noch einmal, dann gingen sie aus. Er war in der Dunkelheit verloren, das fremdartige Geschöpf hilflos in seinen Armen.

21
Tiefsee-Express

Ik bemühte sich, ruhig zu bleiben, auch als er seinen Freund in eine finstere Leere treiben sah, die völlig unerwartet lebendig wurde, bizarre Lichteffekte erzeugte. Bandicut schien ins Trudeln zu geraten, dann wurde er mit den Füßen voran in einen gespenstischen Strudel gesogen. Gleich nachdem sie den Sichtkontakt zu Bandicut verloren hatten, hatte Ik gespürt, dass sein Seil locker durchhing. Als er versuchsweise an seinem Ende des Seil ruckte, kam das andere aus der Dunkelheit zu ihm zurück und rollte sich in seiner Hand wieder zusammen. Leise fluchte er in sich hinein – mehr konnte er nicht tun.

Die merkwürdigen Lichteffekte hörten nicht auf. Stattdessen variierten sie ständig, als seien sie lebendig. Die Neri, die sich neben ihm im Wasser treiben ließen, schienen äußerst erregt, und zweifelsohne hatten sie Angst. Einer von ihnen weinte. S'Cali und L'Kell sahen aus, als wollten sie es ihrem Kameraden gleichtun. L'Kell starrte düster in die Kammer hinein; vermutlich war er bereits davon überzeugt, dass sie ihren gemeinsamen Freund verloren hatten. Ik hingegen glaubte fest, dass Bandicut noch lebte – denn er sah nach wie vor die wechselnden Lichteffekte in der Kammer. John Bandicut war jemand, der sich nur schwer umbringen ließ. Solange da drinnen noch immer irgendetwas auf Bandicuts Anwesenheit reagierte, war es durchaus möglich, dass sein Freund noch lebte.

Also blieb Ik ruhig und erinnerte sich selbst ab und an daran, langfristig zu denken. Das hieß für ihn, nicht nur seine ganze Hoffnung darauf zu setzen, dass sein Freund noch am Leben war, sondern es auch die Möglichkeit zu akzeptieren, dass er ihn wirklich verloren hatte. Es war eine gute, eine nützliche Übung. Und verdammt hart durchzuhalten.

Ik war, als warte er bereits ein ganzes Leben lang. Er wartete eine weitere Lebensspanne, und noch eine – dann sah er, wie im Innern der Kammer etwas in Bewegung geriet. Augenblicklich verlor der Hraachee'aner seine gleichmütige Haltung und brüllte wie ein Verrückter die Neri an: »Bewegt euch, bewegt euch, *macht schon*!«

Das Licht in der Kammer des Wahnsinns flackerte, erlosch, und John Bandicut trudelte kopfüber aus der Dunkelheit heraus wie ein Gummiball. Ik war im Wasser zu schwerfällig, um mit anpacken zu können. Aber die Neri huschten wie Fische in einem Schwarm vor und fingen Bandicut ab. Und dann sahen sie es: Bandicut hatte den Festländer in seinen Armen.

Den Festländer!

Ik ruderte heftig mit den Armen, um mit den Neri, Bandicut und dem Festländer gleichauf zu kommen. »John Bandicut!«, brüllte er, aber seine Stimme war außerhalb seiner Tauchhaube nicht zu hören. Dafür erkannte Ik jedoch, dass Johns Augen hinter dessen Haubenvisier unruhig hin und her gingen. Offenbar hatte er völlig die Orientierung verloren, vielleicht war er auch verletzt. Als Ik die Hand ausstreckte, um den Arm seines menschlichen Freundes zu berühren, erhaschte er gleichzeitig einen Blick auf den Festländer, der schlaff in Bandicuts Armen hing. War dieses Geschöpf überhaupt noch am Leben? Ik konnte die Augen des Festländers wegen dessen Atemgerät nicht erkennen. Er fasste den schlaffen Körper an, hoffte auf eine Bewegung, auf Körperwärme – vergebens.

Die Neri versammelten sich um sie, und L'Kell schlug vor: »Lasst uns von hier wegschwimmen! Wir sollten uns zu unserem Boot aufmachen, bevor noch irgendetwas passiert!« L'Kells Stimme klang dünn und metallisch, aber sie vibrierte förmlich vor Eindringlichkeit. Er gab den anderen Neri ein Zeichen, und zwei der Neri-Schwimmer hakten sich in die Halteriemen von Iks Atemgerät ein, um ihn zu ziehen. Schon tauchten sie den Gang entlang, der sie hierher geführt hatte. Ik klammerte sich mit eisernem Griff an Bandicut und den Festländer und begann die Sekunden zu zählen, bis sie wieder Frischluft würden atmen können.

Bandicut war bei Bewusstsein, aber völlig benebelt, während ihn die Neri die langen Gänge entlangzogen, einen Gang nach dem anderen, immer weiter vorwärts in Richtung ... nein, es sah nicht so aus, als ob sie zu der Sektion zurückkehren würden, in der sie vorhin gewesen waren. Was die Neri vorhatten, wusste er nicht. Möglicherweise wollten sie zu einer anderen Luftkammer. Er wünschte sich sosehr, diese Tauchhaube loszuwerden und damit aufzuhören, ein Fisch zu sein. Er wollte frei durchatmen können und sich ausruhen. Er konnte hören, wie die Neri sich miteinander unterhielten, doch bemühte er sich nicht, ihre Worte zu verstehen. Sie würden es ihm schon noch früh genug mitteilen.

Eisern hielt er den Festländer an den Halteriemen von dessen Atemgerät und war sich dabei nur dunkel bewusst, dass er selbst, der Festländer und Ik gemeinsam abgeschleppt wurden wie ein harpunierter Wal. Hin und wieder konnte er Sekundenbruchteile lang durch die Gesichtsmaske des Festländers schauen, je nachdem, wie das Licht, das sich mit den Bewegungen der Schwimmer änderte, auf die Maske fiel. Er erkannte allerdings lediglich, dass die Augen des Festländers offen waren, der dennoch eher tot als lebendig wirkte. Vermutlich stand er unter Schock – zumindest befand er in einem Zustand, der beim Menschen als Schock bezeichnet wurde; wie das bei seiner Spezies aussah, wusste Bandicut nicht. War der Festländer etwa dabei zu ersticken? Oder war sein momentaner Zustand die Folge seines Aufenthaltes in der Antriebskammer? Bandicut überlegte, ob er überhaupt die Möglichkeit hatte, dem Landbewohner zu helfen.

///Ich, aahh, ich fühle mich langsam etwas besser. Vielleicht sollte ich versuchen, Kontakt . . .///

/Wenn du das tust/, grummelte Bandicut, /sei bloß verdammt vorsichtig!/ Irgendwann, in einer Situation wie dieser, würde das Quarx versuchen, Kontakt zu jemand Fremdem aufzunehmen und sich dabei einmal zu weit aus dem Fenster lehnen – und dann Prost Mahlzeit!

». . . in Ordnung? . . . wir können ihn jetzt nehmen, ja? . . . versuch einfach, dich zu entspannen . . .«

Wer sprach da mit ihm? Schließlich begriff er, dass es L'Kells Worte gewesen waren.

»Äh – was hast du gesagt?«, fragte Bandicut, vermutlich zu leise, denn der Neri reagierte nicht auf ihn.

»John Bandicut, bist du in Ordnung?« L'Kells Stimme klang jetzt klarer und dringlicher als eben noch.

»Ich denke schon . . .«

»Möchtest du den Festländer denn nicht loslassen?«

»Ich . . .«

///Tu's nicht! Das ist gerade etwas schwierig!///

Bandicut hielt die Luft an und registrierte überrascht, dass Charlie bereits den Versuch unternahm, eine Verbindung zu dem Festländer herzustellen – durch den Taucheranzug, das Wasser und die Haut. »Ach, nein«, antwortete er L'Kell mit belegter Stimme, »lass mich ihn halten! Ich glaube, er ist verletzt. Braucht Hilfe.«

Der Neri schien etwas verwirrt über diese Antwort, ließ aber Bandicut den Festländer auch weiterhin festhalten. »Wir sind dabei, dich hier herauszuholen«, erklärte L'Kell dann. Sie schwebten durch die düsteren, gewundenen Gänge wie Gespenster in der Nacht oder Fledermäuse in einem Spukschloss.

///Moment mal!
Die Steine haben
erhöhte Strahlenwerte ausgemacht!///

Bandicut war bestürzt. /Erhöhte Strahlenwerte? Was für Strahlung?/

///Ich werde mich bei den Steinen erkundigen,
aber sorg dafür, dass wir hier Halt machen!
Die Neri sind nämlich in größerer Gefahr als wir.
Und auch der Festländer.///

Bandicut blinzelte, dann rief er den Neri zu: »He, haltet hier mal an! Hier gibt es Strahlung!« Die Neri reagierten sofort; aufgeschreckt beobachteten sie, wie Bandicut sich in dem dämmrigen Licht im Gang orientierte. »Wo sind wir hier?«, wollte er wissen, nachdem er sich umgeschaut hatte. »Wohin führt dieser Durchgang?« Sah er da vorne blaues Licht glimmen? Gab es dort Tscherenkow'sche Strahlung?

L'Kell rückte näher an ihn heran. »Wir haben einen Weg genommen, der uns in einen anderen Teil des Wracks führt. Dort haben wir ein großes ...« – *kkriikk* – »... Transport-Tauchboot. Damit wollen wir die Verwundeten und den Gefangenen von hier wegbringen. Wir halten es für einen günstigen Zeitpunkt, das jetzt zu tun, weil es draußen bald hell wird und nur noch wenige Festländer im Wasser sind.«

Bandicut war überrascht. »Ihr habt wirklich so ein großes Tauchboot hier?«

»Es hat im Innern des Wracks angedockt, auf der anderen Seite allerdings. Normalerweise transportieren wir damit schwere Maschinen. Aber wir konnten es nicht rechtzeitig aus dem Wrack abziehen. Bis jetzt jedenfalls.«

Normalerweise transportieren sie schwere Maschinen damit? In Bandicuts Erinnerung tauchte plötzlich ein Bild auf, das er bei seinem Kontakt mit dem Interstellarantrieb aufgefangen hatte: die Passagiere, die nach der Bruchlandung das Raumschiff verließen, um an Land zu gelangen – und später, viel später, zurückkehrten, um das Schiffswrack auszuschlachten. Aber die Leute, die das Schiff verließen, und die, die später kamen und sich holten, was noch brauchbar schien, gehörten zwei verschiedenen Spezies an. Festländer. Neri.

So in Gedanken versunken, merkte Bandicut erst jetzt, dass L'Kell noch etwas gesagt hatte.

»John Bandicut – was ist denn mit der Strahlung?«

Die Strahlung, ach ja! /Charlie?/

///Es scheint sich vor allem um Strahlung
im Gammabereich zu handeln.
Möglicherweise geht sie
von einer einzigen festen Quelle aus,
denn es sind keine
radioaktiven Nuklide im Wasser.///

Bandicut brauchte einen Augenblick, um diese Informationen zu verarbeiten. Wenn sich im Wasser kein radioaktives Material befand, dann mussten sie, ohne es gemerkt zu haben, dem Reaktor sehr nahe gekommen sein. »L'Kell, wir müssen zurück! Sind wir hier etwa in der Nähe von so etwas wie einem gebrochenen Schott? Oder irgendwelchen anderen Anzeichen, die auf einen Reaktor hinweisen und vor denen ich euch gewarnt habe?«

L'Kell winkte den anderen zu, sich zurückzuziehen. »Es ist tatsächlich etwas in der Nähe, das so ein Reaktor sein könnte – aber wir sind immer in der Strömung oberhalb der betreffenden Sektion geblieben. Wir dachten, wenn wir in der kalten Strömung bleiben, oberhalb des ...«

»Ja, das habe ich auch geglaubt. Aber vielleicht fehlt einer der Reaktorschilde.«

///Die Strahlung nimmt ab///,

meldete Char, als die Gruppe der Schwimmer sich hinter die nächste Kurve des Ganges zurückzog.

»Hier sind wir sicher«, erläuterte Bandicut L'Kell. »Aber wir müssen uns einen anderen Weg hier raus suchen.

Sie schwammen denselben Weg zurück, den sie gekommen waren, in der Hoffnung, eine andere Route auf die gegenüberliegende Schiffsseite zu finden. Offenbar kannten die Neri sich in diesem Teil des Schiffes nicht besonders gut aus. Die gewundenen Gänge erinnerten Bandicut an ein nicht aufgeschossenes Seil. Und er war sich alles andere als sicher, ob dieser Eindruck durch den Aufriss des Schiffs hervorgerufen wurde oder eher eine Folge seines Kontaktes mit dem Interstellarantrieb war.

///Vielleicht ein bisschen von beidem.
Es ist in der Tat ein fesselndes Verwirrspiel.///

/Schön, dass du deinen Spaß hast! Aber hast du Fortschritte gemacht – eine Verbindung zum Festländer hergestellt?/ Wie aufs Stichwort rührte sich der Festländer in Bandicuts Armen.

///In gewisser Weise – aber keine verbale Verbindung.
Ich bin mir sicher, dass er meine Präsenz

wahrnehmen kann, aber er weiß nichts damit anzufangen.///

/Vielleicht ist das der richtige Moment, um die Kontaktaufnahme erst einmal sein zu lassen/, reagierte Bandicut. Das Letzte, was er jetzt gebrauchen konnte, war ein weiteres fremdes Wesen in seinem Kopf.

Bandicut benötigte einige Zeit, um herauszufinden, dass die Erbauer des Schiffes die Verbindungsgänge tatsächlich in etwa spiralförmig durch das Schiff geführt hatten, etwa so, wie Würmer ihre Tunnel durch einen Apfel gegraben hätten. Vermutlich waren es betrunkene Würmer gewesen. Es gab jede Menge Durchbrüche und Stellen, an denen sich die Gänge kreuzten – viele davon in merkwürdigen und schwer erreichbar scheinenden Winkeln. Mehrfach durchquerten sie Sektionen, in denen ihr Gang sich zu Kammern erweiterte, Kammern, an deren Wänden fremdartige Maschinen standen. Waren das Laboratorien? Kontrollräume? Cafeterien? Im matten Licht der Neri-Lampen sah dies alles aus, als handele es sich um die völlig ihrer ursprünglichen Funktion beraubten Überreste einer Zivilisation, die in einem mythischen Atlantis beheimatet gewesen war.

»Habt ihr eigentlich eine Ahnung, woher dieses Schiff stammt?«, fragte Bandicut L'Kell. Am liebsten hätte er sich auf die Zunge gebissen und seine voreiligen Worte zurückgenommen. *Nicht jetzt,* dachte er bei sich.

L'Kell war einigermaßen erstaunt über die Frage. »Du weißt doch, dass wir darüber nichts herausgefunden haben. Der Ozean ist voller gesunkener Schiffe. Dieses hier unterscheidet sich von den anderen, aber …«

»So, als ob jemand anders es gebaut hätte?«

L'Kell ließ sich etwas zurückfallen, bis er an Bandicuts Seite schwamm, schoss dann aber wieder ein kurzes Stück vor und ließ sich neuerlich zurückfallen – fast schon so rastlos wie bei einer Neri-Besprechung. »Ja«, bestätigte er. »Wirklich, es unterscheidet sich sehr, nicht nur, was die Maschinen angeht, sondern in seinem ganzen Bauplan. Wir haben uns oft gefragt, welche Nachkommen unserer Urahnen es entworfen und gebaut haben.«

»Ich glaube«, meinte Bandicut, »dieses Schiff ist weitaus fremdartiger, als ihr es euch vorstellen könnt.«

Ohne darauf eine Antwort zu haben, glitt L'Kell ganz in Gedanken versunken weiter.

Schließlich weitete sich der Gang, dem sie gefolgt waren, zu einer großen, hohen Halle, relativ gut erleuchtet von einer Anzahl von Neri-Lampen. Überall am Boden verstreut standen fremdartige, kleine Schiffe – oder kleine Orbiter? – und ein großes Tauchboot der Neri. Auf dieses Frachtboot schwamm die Gruppe um Bandicut nun zu. Gerade als sie das Boot erreicht hatten, explodierte die Halle vor Licht – Sonnenlicht, wie Bandicut blinzelnd in der blendenden Helligkeit feststellte. Die Wand am anderen Ende der Halle war soeben von einigen Neri-Schwimmern geöffnet worden. Hangar-Türen! Draußen musste bereits der Morgen angebrochen sein, und selbst das schwache Licht des ersten Tages, das bis in diese Tiefe hinunterfand, tauchte das Schiffsinnere im Gegensatz zu dem endlos scheinenden Dämmerlicht der Neri-Lampen in gleißendes Licht.

L'Kell schwamm ihnen zum Frachtboot voraus. Weit hatte man dessen längliche Außenluke geöffnet, und Bandicut konnte in die gefluteten Laderäume blicken. Er sah jede Menge aus dem Schiffswrack geborgener

Maschinenteile auf dem Hangarboden herumliegen; schließlich hatte man im Frachtboot Platz für die verwundeten und kranken Neri schaffen müssen, die Bandicut jetzt ausgestreckt in den Laderäumen liegen sah – wahrscheinlich, so hoffte er jedenfalls, waren auch die Neri darunter, die Ik und er zu heilen versucht hatten. »Auf Gleis eins abfahrbereit der Medizinische Tiefsee-Express nach Neri-City«, murmelte er vor sich hin.

»Das ist das letzte einsatzfähige Tauchboot, das wir hier im Wrack noch haben – außer dem, mit dem wir beide hierher gekommen sind«, berichtete L'Kell. »Wir lassen das kleinere hier für die von uns, die noch im Wrack sind.« Bandicut kommentierte das nicht, obwohl er sich darüber wunderte, dass Neri-Schwimmer hier zurückgelassen werden sollten. Um den Anspruch der Neri auf das havarierte Schiff sicherzustellen? Oder um das beschädigte Boot zu bewachen und zu reparieren? »Wir können dich in die trockene Sektion durchschleusen«, bot L'Kell Bandicut an.

Bandicut bekam einen unerwarteten Stoß gegen die Rippen, als der Festländer sich in seinem Griff zu winden begann. Er erhaschte einen Blick in die Augen des Geschöpfes; er sah, dass dieses Wesen, das er hielt, bei Bewusstsein war – und Angst hatte. Natürlich war es möglich, dass er Emotionen wie Angst in den Augen eines Festländers gar nicht zu identifizieren wusste, aber in einem war Bandicut sich völlig sicher: Das fremde Wesen war in Not. »Könnt ihr auch den Festländer dorthin durchschleusen?«

L'Kell zögerte. »Wir sollten ihn besser hier unten im Rumpf bewachen, denke ich, in einem der Frachträume.«

»Da kann er nicht überleben!«, erwiderte Bandicut scharf. »Er sollte mit uns nach oben kommen!« Der

Festländer versuchte schwach, sich aus dem Griff zu befreien, während Bandicut und L'Kell diskutierten.

L'Kell hob ebenso abwehrend wie abwiegelnd die Hände, spreizte die mit Schwimmflossen versehenen Finger. »Ich weiß wirklich nicht, wie das geh...«

»Himmel noch mal, bewacht ihn eben im Oberdeck anstatt unten im Frachtbereich! Ich bezweifele stark, dass seine Tauchausrüstung für die Tiefe, in der eure Stadt liegt, überhaupt ausgelegt ist. Und außerdem könnten, wie wir alle wissen, jeden Moment seine Luftvorräte erschöpft sein!«

»Aber...«

»Sein Atemgerät dürfte mit Sicherheit nicht den Sauerstoff aus dem Wasser aufnehmen wie die euren! Vertrau mir einfach! Wir können ihn auch auf dem Oberdeck bewachen!«

»Also gut«, gab L'Kell nach, auch wenn er immer noch skeptisch zu sein schien. »Er soll mit aufs Oberdeck.« Bandicut hörte, wie sich erregte, ablehnende Stimmen unter den Neri erhoben, aber nachdem L'Kell seine Entscheidung getroffen hatte, stand er auch dazu.

Ik, Bandicut und die anderen glitten in den vorderen Laderaum, und Bandicut und Ik brachten sich unter der Luftschleuse in Position. Sie hatten den Festländer zwischen sich genommen, und Ik ließ sein Seil sich mehrfach um das Wesen herumschlingen. Als die Membran der Luftschleuse grau zu schimmern begann, gab L'Kell ihnen ein Zeichen, und Ik und Bandicut hievten den Gefangenen in die Luftschleuse hinein, wo viele Neri-Hände von oben nach ihm griffen und ihn ins Innere des Tauchbootes zogen.

Bandicut kam als Nächster dran. Es war keine leichte Aufgabe, mit dem Atemgerät durch die Luftschleuse zu kommen. Als er endlich auf dem Oberdeck war, keuchte er vor Anstrengung. Der Festländer lehnte zusammengesunken an einem Schott. Mit zusammengekniffenen Augen schielte Bandicut durch dessen beschlagenes Visier, um herauszufinden, ob der Gefangene noch atmete; der jedoch schien sich überhaupt nicht mehr zu rühren. *Verdammt!*, dachte er. *Er stirbt uns weg*! »Zieht ihm den Helm aus!«, brüllte er durch seine eigene Tauchhaube. Die Neri, die ihm und dem Gefangenen durch die Luftschleuse geholfen hatten, sprangen herbei, als Bandicut losbrüllte, und begannen, *Bandicut* den Helm auszuziehen. »Nein, verdammt noch mal, nein!«, protestierte er heftig. Aber es war zwecklos. Er ließ die Neri ihre Arbeit beenden, aber kaum, dass er die Tauchhaube los war, brüllte er erneut: »Zieht *ihm* verdammt noch mal den Helm aus!« Zur Unterstreichung zeigte er immer wieder auf den Festländer.

Die Neri sahen Bandicut verwirrt, ja widerwillig an. Auf Händen und Knien versuchte Bandicut – er hatte immer noch das unhandliche Atemgerät auf seinem Rücken – zu dem Gefangenen hinüberzurutschen, um an dessen Helm und Atemgerät zu kommen. Er riss an der Tauchausrüstung des fremden Wesens, aber das Zeugs wollte sich einfach nicht von der Stelle rühren, sosehr er auch zerrte und zog. Wo zum Teufel war der Verschluss von dem Ding? Wieder zerrte er an der Tauchermaske, war jedoch selbst zu erschöpft, um einen klaren Gedanken fassen zu können; zudem trübten ihm Salz und Schweiß in seinen Augen den Blick.

Endlich entschlossen sich die Neri, ihm zu helfen. Sie zischten und schnatterten untereinander, konnten dem Gefangenen aber rasch den Tauchhelm vom Kopf ziehen. Aufgeregtes Gemurmel folgte, als sie wohl zum allerersten Mal in ihrem Leben einen Festländer vor sich hatten, von Angesicht zu Angesicht.

Bandicuts erste Assoziation war, dass der Festländer aussah wie ein Fuchs mit einer kurzen Schnauze: Das fremde Wesen hatte eine dreieckige Gesichtsform, spitze, in Haarbüscheln auslaufende Ohren und einen kurzen braunen Pelz. Vielleicht war es auch gar kein Pelz, sondern einfach raue, eher strukturierte Haut. Seine beiden Augen waren zu schmalen Schlitzen geschlossen, und Bandicut fürchtete, dass alles bereits zu spät war.

///Darf ich es versuchen bitte?///

/Oh! Klar doch!/ Zitternd streckte Bandicut die Hand aus und berührte den Festländer an der rechten Schläfe. Es war nur eine ganz sanfte Berührung mit den Fingerspitzen. Die Haut des Festländers fühlte sich rau und kühl an. Bandicut riss erschrocken die Hand zurück, als er das fühlte.

///Er ist am Leben, John!
Er kommt gerade wieder zu Bewusstsein!///

Bandicut murmelte ein Dankgebet und wünschte sich, er könnte mit dem Festländer sprechen.

///Das versuche ich ja gerade!///

Die Augenlider der Kreatur flatterten einen Moment lang, dann schlossen sie sich wieder. Hinter Bandicut wurde es plötzlich laut. Ik stolperte aus der Luftschleuse auf das Oberdeck, nur einen Augenblick später folgte ihm L'Kell. Die Neri beeilten sich, Ik die Tauchhaube abzunehmen. Der Hraachee'aner beugte sich zu Bandicut hinüber. »Wie ich sehe, hast du es gerade noch geschafft!«, meinte er heiser.

Die Augen weit geöffnet, starrte der Festländer Bandicut an. Seine Augen hatten runde, menschenähnliche Pupillen, konzentrisch umgeben von Iriskreisen, die in Braun-, Gelb- und Orange-Tönen schimmerten und ganz den Eindruck erweckten, als schaue ihr Besitzer sein Gegenüber intensiv und durchdringend an.

Rings um die Iriskreise gab es kein Weiß wie beim menschlichen Auge. Der Festländer starrte Bandicut mit diesen intensiven Augen eine ganze Weile an, dann erst begann er, sich vorsichtig umzusehen. Zunächst bemerkte er die Neri, dann blieb sein Blick an Ik hängen. Schließlich richtete er sein Augenmerk wieder auf Bandicut. War sich der Festländer der Tatsache bewusst, dass Bandicut ihn gerettet hatte oder dass er die Quelle war, von der die geistige Berührung durch das Quarx ausgegangen war? Kein Zweifel, er hatte schon zuvor Neri gesehen, doch was empfand er beim Anblick eines Menschengesichts oder dem knochigen, wie aus Stein gehauenen Gesicht eines Hraachee'aners?

Bandicut legte sich einen Finger auf den Mund, dann führte er ihn zum Ohr. »Kannst du mich hören?« Der Festländer stellte seine spitzen Ohren ein klein wenig auf. »Mein Name«, Bandicut klopfte sich selbst gegen die Brust, »ist John. *John.*«

Mit Sicherheit hatte der Festländer ihn *gehört*, denn er bewegte die Ohren hin und her wie kleine Antennen. Aber er gab keinen Laut von sich, um Bandicut zu antworten. *Kann er überhaupt sprechen*?, überlegte Bandicut. Möglicherweise war er viel zu geschockt, um sprechen zu können.

»Wir wollen dir nichts antun«, erklärte Bandicut weiter und legte die Hände mit den Handflächen nach oben in den Schoß. Ein Seitenblick verriet ihm, dass sich die Neri in der engen Sektion des Frachtbootes versammelten, in der sich für gewöhnlich Passagiere aufhielten. Bandicut hoffte, sie würden sich von seinen Worten ebenfalls beruhigen lassen, auch dann, wenn sie sich Vergeltung für ihre verwundeten und erkrankten Kameraden erhofften.

///Er versteht dich nicht.///

/Das hatte ich auch nicht erwartet. Aber ich möchte ihm zu verstehen geben, dass wir bereit sind, mit ihm zu kommunizieren. Ich dachte, vielleicht bekommt er wenigstens den Tonfall mit. Es war nur ein Versuch, aber den war's wert./

///Ich habe die Translatorsteine gefragt,
ob sie dem Festländer Tochtersteine
anbieten können und wollen.///

/Und?/

///Das ist leider keine Lösungsmöglichkeit.
Sie brauchen eine weitaus längere Zeitspanne,
um sich zu regenerieren,
bevor sie sich wieder teilen können.///

/Zu schade!/, antwortete Bandicut Charlene in seinen Gedanken und neigte den Kopf zur Seite, um sich den Festländer genauer anzusehen.

»Wir werden schon bald auslaufen«, meinte L'Kell, während er die anderen Neri in Richtung Cockpit drängte. Der letzte Verwundete ist an Bord gebracht worden. Wir lassen noch die Laderäume leer laufen. Möchtest du jetzt vielleicht dein Atemgerät ablegen?«

Bandicut hatte ganz vergessen, dass er noch die hinderliche Neri-Tauchausrüstung trug. Mit L'Kells Hilfe stieg er aus dem Taucheranzug; dann halfen sie gemeinsam Ik aus dem Anzug. Schließlich befreiten sie den Festländer von allen Komponenten der Tauchausrüstung, die sie ihm gefahrlos auszuziehen können glaubten. Das fremdartige Wesen leistete keinerlei Widerstand. »Überfüllt wie bei der Rushhour in der U-Bahn!«, brummte Bandicut. In dieser Sektion des Bootes roch es bereits nach den Ausdünstungen eng zusammengepferchter Körper vier verschiedener Spezies aus unterschiedlichen Welten. Doch Bandicut war froh darüber, dass sie alle am Leben waren und diese kleine Reise überhaupt miteinander unternehmen konnten.

»Wie geht es den Verletzten?«, wollte Ik wissen.

»Einigen geht es besser, anderen schlechter«, erfuhr er von L'Kell. Während L'Kell die Atemgeräte in einen Stauraum packte, rief er dem Neri vorne im Cockpit zu: »Bereit zum Ablegen?« Wie zur Antwort ging ein Ruck durch das Boot, als der Neri-Pilot Schub gab.

Aus einem kleinen Bullauge in der Rumpfseite blickte Bandicut nach draußen. Sein Blick wanderte an den Wänden des Hangars entlang, während das Boot Fahrt aufnahm; dann musste er die Augen zusammenkneifen, als sie in das Sonnenlicht hinausglitten. Nachdem es in dem Wrack finster gewesen war wie in einem Grab, schien dem Menschen, der nicht für das Leben in der Tiefsee geboren worden war, selbst das gedämpfte Sonnenlicht hier heiter – so, als sei ein düsterer Vorhang aufgezogen worden.

»Gaach.«

Bandicut blinzelte überrascht und wandte den Kopf. Der Festländer hatte sein erstes Wort gesprochen. Er verdrehte sich den Hals, um einen Blick nach draußen zu werfen. Deshalb rutschte Bandicut ein Stück zurück, damit das Geschöpf, das ebenso wenig wie er in die Tiefsee gehörte, einen besseren Blick aus dem Bullauge hatte. Womöglich war diese Flut von Sonnenlicht für den Festländer so erfrischend wie ein tiefer Atemzug Frischluft; vielleicht hoffte er gegen alle Vernunft, sie würden doch noch irgendwann auftauchen, hinauf an die Meeresoberfläche steigen.

Bandicut schloss die Augen, nur für eine kleine Weile, und seufzte voller Mitgefühl für den Gefangenen. Nur Sekundenbruchteile später bemerkte er, dass das Tauchboot seine Nase nach unten drückte, zu sinken begann. Falls da draußen im Wasser noch Taucher der Festländer waren, die sie verfolgten, würden sie sie bald abgehängt haben.

Der Festländer dachte vielleicht, dass er sich bereits in den unendlichen Tiefen des Ozeans befand. *Du weißt nicht einmal, was* tief *überhaupt heißt,* dachte Bandicut mitleidig. *Schau dir das Sonnenlicht an, solange du noch kannst! Kann sein, dass du es lange, lange Zeit nicht wiedersehen wirst!*

Interludium
JULIE STONE

»Es gibt so vieles, was ich dir sagen möchte, Dakota – dir erklären –, genauso dir wie mir selbst. Ich habe aber nur eine begrenzte Übertragungszeit zur Verfügung, nur für eine einzige Voll-Holo-Aufzeichnung. Aber ich möchte unbedingt, dass du mir in die Augen sehen kannst, wenn ich dir sage, was ich zu sagen habe – auch wenn es nur eine Einweg-Übertragung ist. Ich möchte es einfach richtig hinbekommen.« Julie hielt kurz inne, um die Kamera exakter auszurichten. »Ich weiß, dass du viele Fragen hast. Denn ich habe auch viele Fragen. Ich bin immer noch dabei, Antworten zu suchen. Aber ich will versuchen, dir alles zu erzählen, was ich über deinen Onkel weiß und darüber, was er hier getan hat.«

Julie sah hoch auf die Ablage über ihrem kubischen Schreibtisch, wo ein grobkörniges Foto von John Bandicut auf sie hinunterblickte. Dakota hatte ihr das Bild gemailt, eine Teilvergrößerung aus einem mehrere Jahre alten Familienfoto. John sah darauf sichtlich jünger aus als der Mann, an den sie sich erinnerte, seine Gesichtszüge waren noch weicher gewesen, sein braunes Haar hatte noch keine grauen Strähnen gehabt. Es hätte Julie gefallen herauszufinden, wie die anderen Mitglieder der Familie Bandicut wohl ausgesehen hatten.

»Danke für das Foto von John. Es fällt mir schwer zu glauben, dass ich nicht ein *einziges* Foto von ihm habe – nur so ein Gruppenfoto, wo er winzig klein drauf zu sehen ist; unsere gemeinsame Freundin Georgia hat es irgendwann einmal geschossen. Aber auf diesem Foto hat er die Augen gerade zugekniffen. Manchmal wünsche ich mir, du hättest mir das ganze Foto und nicht nur den Ausschnitt mit ihm geschickt; ich hab überhaupt keine Ahnung davon, wie Johns Familie ausgesehen hat, wie sie so waren. Bitte, schick mir doch auch noch ein Foto von dir!«

Sie holte tief Luft.

»Das ist alles so schwer, Dakota. Bevor ich anfange, will ich dir noch einmal eines versichern – auch wenn ich's dir schon in der E-Mail geschrieben habe: Ich bin davon überzeugt, dass dein Onkel John die Erde vor einer schrecklichen Katastrophe gerettet hat, ganz egal, was andere darüber denken oder sagen mögen! Du erinnerst dich, was an Informationen an die Öffentlichkeit gelangt ist: Ich habe einige neue Informationen, die meine Sicht der Dinge bestätigen.« Julie schluckte. »Obwohl ich mir nicht sicher bin, wie viel ich davon momentan preisgeben kann.«

Sie stellte die Kamera ab, um nachzudenken. Sie ließ eine Zeit lang ihren Blick durch ihre kleine, aber private Schlafkabine wandern. Dann setzte sie die Aufnahme fort. »Ich hatte ein Erlebnis, ein ziemlich aufregendes Erlebnis. Aber *vielleicht,* nur vielleicht führt es uns zu ein paar von den Antworten, nach denen wir gesucht haben. Du weißt von dem außerirdischen Translator, weißt, was John über ihn erzählt hat – mehr wussten wir anderen alle auch nicht darüber. Nun, ich habe jetzt mehr über den Translator erfahren. Ich habe mit ihm gesprochen.« Sie räusperte sich. »Ich habe sogar ... ich bin tatsächlich dort gewesen, wo er steht, habe mit ihm Gedanken ausgetauscht. Eine Sache hat der Translator besonders deutlich hervorgehoben – dass John die Wahrheit gesagt hat.«

War es in Ordnung, es so zu formulieren? Die Existenz des Translators war längst allgemein bekannt, nur gewisse Einzelheiten hatte man als geheim eingestuft. Was sie da eben auf Band gesprochen hatte, war nun wirklich kein technisches Detail. Doch sie musste noch immer davon ausgehen, dass ihre Übertragungen überwacht und mitgeschnitten wurden, und das Letzte, was sie wollte, war, dass irgendwer auf die zwölfjährige Dakota zukam, weil sie, Julie Stone, zu viel gesagt hatte. Aber sie wünschte sich so sehr, dass John Bandicuts einzige lebende Verwandte über *alles* Bescheid wusste.

Sie spulte die Aufzeichnung ein paar Sätze zurück und drückte nach den Worten »mehr wussten wir anderen alle auch nicht darüber« auf die Pausetaste, dann erst wieder auf Aufnahme. »Langsam bekommen wir mehr heraus. Wir hatten Kontakt zu dem Gerät, und es hat Johns Geschichte in allen Einzelheiten bestätigt ...«

Das unterschied sich nicht viel von dem, was sie beim ersten Mal gesagt hatte. Sie zuckte die Achseln und ließ es so, wie es jetzt war. Aber vielleicht sollte sie nicht weiter ins Detail gehen ... nicht jedenfalls, bis die Untersuchungskommission ihre Arbeit abgeschlossen hatte und mit der Angelegenheit durch war. Momentan war die Angelegenheit nämlich noch alles andere als abgeschlossen.

Die Anhörung gestern hatte Julie jedenfalls geholfen, ein paar Dinge in ihrem Kopf ganz klar zu bekommen ...

»Ms Stone, haben Sie irgendeine Vorstellung, warum das Artefakt sich all unsere Versuchen verweigert, mit ihm in Kontakt zu treten? Oder anders gefragt, wissen Sie, warum es vom Zeitpunkt des ersten Sensorkontaktes fünf Wochen bis zu dem Zeitpunkt gedauert hat, an dem es sich von uns auch im materiellen Sinne hat entdecken lassen, insbesondere zu Ihnen Kontakt aufgenommen hat?«

Julie studierte eine Weile das Gesicht des Regierungsvertreters, der sie befragte, bevor sie antwortete. Das hier unterschied sich signifikant von einer Teambesprechung der ExoArch-Abteilung; es war vielmehr eine vorläufige Anhörung vor den Typen vom Firmenvorstand und Aufsichtsrat. Und Julie Stone vertraute keinem von denen, die die Anhörung leiteten. Sie wusste, dass innerhalb der Firmenleitung ein Machtkampf darüber entbrannt war, wer nun über den Translator verfügen durfte, und alles, was Julie sagte, könnte in diesen Machtspielchen missbraucht werden – oder, nicht zuletzt, auch missverständlich ausgelegt werden. Also lautete ihre Antwort schließlich: »Nein.«

Die drei Mitglieder der Anhörungskommission blickten einander an: der Repräsentant der Regierung, einer von MINEXKOR (Minen-Expeditions-Korps, wie sich das Konsortium nannte, das auf Triton schürfte) und einer vom Wissenschaftsrat. Kein Vertreter der Exoarchäologen von Julies Abteilung saß in der Anhörungskommission; natürlich ging man davon aus, diese Abteilung werde ausreichend durch den Mann vom Wissenschaftsrat repräsentiert – ein Mann, der gerade mal vor einer Woche auf Triton angekommen war. Der Repräsentant der Regierungsseite, Macklin hieß er, ergriff erneut das Wort. »Sie schienen über die Antwort erst nachdenken zu müssen. Brauchen Sie noch Zeit, um über die Ereignisse zu reflektieren?«

»Nein«, erwiderte Julie, dieses Mal, ohne zu zögern. In gewisser Weise traute sie dem Regierungsmann mehr als den anderen beiden. Er spielte mit offenen Karten, was seine Ziele anging – und die bestanden vor allem darin, der Regierung die uneingeschränkte Kontrolle über den Translator zu sichern, und zwar so rasch wie möglich. Aus seiner Sicht gewiss bedauerlich, hatte er dabei jedoch gesetzlich geregelte Eigentumsansprüche und interplanetarische Gesetze einzuhalten, die es ihm nicht gerade leicht machten, seine Ziele durchzusetzen. Gott sei Dank. »Ich habe nicht die geringste Ahnung, warum der Translator sich Ihren Bemühungen widersetzt«, setzte sie leise noch einmal hinzu.

»Aber der Translator hat doch mit Ihnen Kontakt aufgenommen!«, stellte Macklin bestimmt fest.

»Ja, schon. Aber es ist nicht so, dass er mir alle Fragen beantwortet hätte, die ich ihm gestellt habe.«

»Nun, dann erklären Sie mir doch bitte – und verstehen Sie das jetzt nicht als Herabsetzung Ihrer Person –, warum er ausgerechnet *Sie* ausgesucht hat, um Kontakt mit der Menschheit aufzunehmen. Hat der Translator Ihnen dafür irgendeine Erklärung geliefert? War es nur ein Zufall, weil Sie als Erste am Standort des Translators eingetroffen sind?«

Wieder zögerte Julie. »Das hat der Translator so nicht gesagt. Aber ich vermute – und es ist wirklich nur eine Vermutung! –, dass er mich wegen meines Respekts vor John Bandicut ausgesucht hat. Weil John und ich Freunde waren. Und weil John und der Translator ... bereits zusammengearbeitet haben.« Nach ihren Worten wurde es still im Raum. Dem Namen John Bandicut wurde in diesen vier Wänden (und auch außerhalb derselben) nicht mit viel aufrichtiger Anerkennung begegnet. Trotzdem ... Sie räusperte sich, ehe sie weitersprach. »Ich habe die Vermutung, und, wie gesagt, es ist nur eine Vermutung, dass John Bandicut mich dem Translator sozusagen *empfohlen* hat.«

Die Mitglieder der Anhörungskommission starrten sie an. »Aha«, meinte Macklin nach einer Weile. »Hat der Translator Ihnen irgendwelche Hinweise darauf gegeben, warum er sein Vorhandensein und seinen Standort hier auf Triton geheim gehalten hat? Warum er sich vor uns versteckt hat?«

Julie schüttelte verneinend den Kopf. »Also, ich glaube, dass er abgewartet und beobachtet hat; er wird auf eine Bestätigung darauf gewartet haben, dass der Komet von der *Neptune Explorer* zerstört worden ist, und ich weiß, dass er sie bekommen hat. Möglicherweise wollte der Translator die Kontaktaufnahme bis dahin zurückstellen.«

Wieder sahen die Kommissionsmitglieder sie so eigenartig an. Macklin kratzte sich am Kopf. »Tja, nun gut ... Sie wissen, dass unsere Wissenschaftler noch eine Weile brauchen werden, bis sie bestätigen können, ob überhaupt ein Komet auf Kollisionskurs zur Erde war ...«

Julie unterdrückte einen Seufzer, der verraten hätte, wie wütend diese Worte sie machten.

»... als es zu dem Vorfall mit der *Neptune Explorer* gekommen ist; und soweit mir die Fakten bekannt sind, ist es so oder so nicht zwingend, darüber im Zusammenhang mit dem Translator zu sprechen.«

»Ich finde, dass es sehr wohl zwingend notwendig ist, das zu tun!«

»Aber Sie sind in der Sache, wie Sie selbst zugegeben haben, aus persönlichen Gründen befangen.«

»Ich glaube kaum, dass der Translator mir wegen meiner persönlichen Befangenheit in Sachen John Bandicut *mitgeteilt* hat, dass John den Kometen zerstört hat. Habe ich nicht Recht?«

Macklin zuckte mit den Schultern. »Auf jeden Fall haben Sie angegeben, dass der Translator Ihre Hilfe bei zukünftigen Aktivitäten benötige. Ist das richtig?«

»Ja, das ist richtig. Und ich kann Ihnen nicht mehr

darüber erzählen als genau das, denn der Translator hat nicht mehr darüber *gesagt.*« Das entsprach, wie ihr plötzlich bewusst wurde, nicht ganz der Wahrheit. Sie schloss für einen Moment die Augen. *Etwas ist da draußen, das versucht, eure Welt zu zerstören.* Hatte sie diese Worte wirklich gehört oder sie sich nur eingebildet, sie sich gewünscht – oder war es vielleicht nur ein Traum gewesen? Sie spürte eine heftige Abneigung dagegen, darüber zu reden. Dazu hatte sie viel zu viel Zweifel, war sich zu unsicher. Oder suchte sie nur gerade nach einer rationalen Erklärung für ihren Unwillen, von der Bedrohung zu erzählen? Nein, dachte sie – bevor sie mit etwas herausrückte, das so viel Aufregung verursachen würde, wollte sie erst eine Bestätigung dafür.

»Sie verstehen aber doch, Ms. Stone, dass das Artefakt nicht Ihr persönliches Eigentum ist und Sie es auch nicht unter Ihren persönlichen Schutz stellen müssen?« Es war John Hornsby, der sich danach erkundigte. Er saß für den Interplanetarischen Wissenschaftsrat in der Anhörungskommission.

»Selbstverständlich verstehe ich das!«, fauchte Julie aufgebracht.

»Nun ja«, mischte sich jetzt Takashi vom MINEXKOR ein, »da wir bisher nicht geklärt haben, in *wessen* Obhut das Artefakt zukünftig und dauerhaft übergeht, schlage ich vor, dass wir uns auf die Kernfragen konzentrieren und Nebensächliches erst einmal außer Acht lassen.« Er schaute Hornsby nicht direkt an, während er sprach, aber die Spannungen zwischen den beiden waren nur allzu offensichtlich.

Julie trommelte einen Augenblick lang ungeduldig mit ihren Fingern auf die Tischplatte und versuchte, weder steif noch besonders defensiv zu wirken. »Ich hätte da einen Vorschlag zu machen, wenn es Sie interessiert.«

»Aber natürlich!«, meinte Macklin, während Hornsby indigniert die Stirn runzelte.

»Zwei Vorschläge, um genau zu sein. Der eine Vorschlag ist, Sie lassen mich zum Translator zurückkehren und noch einmal versuchen, mit ihm Kontakt aufzunehmen. Der zweite Vorschlag ist – Sie lassen einfach den Translator die Gesprächsführung übernehmen. Er ist jetzt schon seit einer Million Jahre hier auf Triton und hat vermutlich seine eigenen Vorstellungen davon, mit wem er reden möchte und warum.«

»Wir kommen immer wieder darauf zurück, nicht wahr?«, erklärte Macklin. »Der Translator hat mit Ihnen gesprochen. Und alle hier wollen erfahren warum.«

Julie errötete und wunderte sich selbst darüber, warum sie meinte, sich deswegen rechtfertigen zu müssen. »Ich möchte das genauso gerne wissen wie alle anderen. Und wenn Sie es mich noch einmal versuchen lassen, kriegen wir möglicherweise auch ein paar Antworten.«

Hornsby sah aus, als habe sie ihn tatsächlich etwas aus der Fassung gebracht. »Das mag ja in einiger Zeit möglich sein. Aber wir haben ein komplettes physikalisches Forschungsprogramm ans Laufen gebracht, das wir nicht so einfach unterbrechen können. Also, Ms Stone – bei allem Respekt –«, ein kleines, falsches Lächeln glitt über sein Gesicht, »wir können es uns derzeit gar nicht leisten, dem zu untersuchenden Objekt zu gestatten, sich eine einzige Person als Repräsentanten auszusuchen. Wenn Sie verstehen, was ich meine.«

Julie gab ihm keine Antwort, dachte aber bei sich: *Vielleicht, du falscher Fuffziger, wird dir gar keine andere Wahl bleiben, als das zu gestatten*!

»Was mich angeht«, meldete Mecklin sich zu Wort,

»halte ich es für das Beste, das ganze verdammte Ding auf die Erde zu verfrachten, anstatt hier weiter daran herumzubasteln. Zum Teufel, schließlich haben wir für die Untersuchung auf der guten alten Mutter Erde wesentlich bessere Einrichtungen als hier!«

Panik flackerte in Julie auf. Wenn sie den Translator auf die Erde verfrachteten, sie aber hier auf Triton bleiben musste ...

»Das ließe sich momentan wohl kaum durchführen!«, reagierte Hornsby schnell. »Da sind gewisslich noch einige Sicherheitsbelange zu klären, bevor ein solcher Transport stattfinden könnte. Und wir benötigen zuerst eine detaillierte Aufnahme aller Einzelheiten am Fundort. Außerdem«, er warf Julie einen Blick zu, »gehe ich davon aus, dass sich die Exoarchäologen auch noch etwas Zeit für ihre Untersuchungen am Fundort wünschen. Meine Annahme ist doch richtig, oder nicht, Ms Stone – falls Sie überhaupt für Ihre Abteilung sprechen dürfen?«

Julie nickte, ihre Panik flaute wieder ab.

Takashi äußerte seine Zustimmung – zweifelsohne hatte er dafür jedoch andere Gründe: Der Rechtsanspruch auf das Artefakt, den die Tritonsektion des MINEXKOR zu haben glaubte, ließ sich wesentlich schwerer durchsetzen, hätte das Objekt der allseitigen Begierde erst einmal den Neptunmond verlassen.

Macklin gab mit einer für ihn offenbar typischen Geste, einem Achselzucken, auf. »Ich glaube, das waren alle Fragen, die wir Ihnen bis jetzt zu stellen hatten, Ms Stone. Danke, dass Sie sich Zeit für uns genommen haben. Sie können jetzt gehen.«

Julie schüttelte die Erinnerung an die Anhörung ab. Sie fühlte sich noch immer schuldig, weil sie nicht alles erzählt hatte. Und die Fragen, die auf ihre Beantwortung warteten, waren auch nicht weniger oder leichter geworden. Jede Menge Leute wollten Zugang zum Translator bekommen, aus den unterschiedlichsten Gründen. Der Translator allerdings, das wusste sie genau, würde sich aussuchen, wer Zugang zu ihm erhielt. Sie fürchtete sich davor, was passieren könnte, wenn jemand auf die Idee kommen sollte, den Translator mit Gewalt von Triton wegzuschaffen. Sie ließ den HoloCam-Rekorder wieder weiterlaufen. »Es gibt so viel, das wir über den Translator noch nicht wissen, Dakota – so viel, das ich noch lernen muss: Wir alle werden viel lernen müssen. Es wird mit Sicherheit eine aufregende, spannende Zeit werden. Auch wenn wir möglicherweise niemals alle Antworten erhalten, die wir uns erhoffen. Aber wir beide kennen die eine Antwort, die zählt: dass John seine Arbeit gemacht hat, seine Aufgabe erfüllt hat, die Aufgabe, uns alle zu beschützen – dich, mich, jeden auf der Erde.«

Sie zögerte, wagte nicht, den letzten Gedanken hinzuzufügen: *Und ich fürchte, noch ist nicht alle Arbeit getan.*

22
Lebensgefährliche Wechsel

Es dauerte nicht lange, da bemerkte Bandicut, dass der Festländer krank aussah. Die Augen des Gefangenen wanderten unruhig hin und her, sein Atem ging schwer.

/Ich frage mich – oh, mokin foke! Warum hab ich nicht früher daran gedacht!/ Er streckte die Hand aus und berührte den Festländer an der Schulter.

///Woran denkst du, dass ... oh, ich glaube,
ich verstehe!
Das Luftgemisch hier ist für ihn
bei steigendem Druck toxisch geworden!///

/Ihm ist das Wunder der ›Normalisation‹ leider verwehrt geblieben. Wir werden ihn glatt umbringen, wenn wir ihn in diese Tiefen mitnehmen!/ Seit das Neri-Frachtboot seine Tauchfahrt von der Hangarebene des Schiffswracks aus begonnen hatte, hatte sich der Innendruck stets erhöht, damit das Boot dem wachsenden Außendruck zu trotzen vermochte. Bandicut war so sehr damit beschäftigt gewesen, in Ohren und Nebenhöhlen den Druck auszugleichen, dass er das viel wichtigere Problem aus dem Blick verloren hatte: die Notwendigkeit, die Balance zwischen dem Sauerstoff und den anderen Gasen der Atemluft wiederherzustellen, als sie in immer größere Tiefen gelangten.

»L'Kell!«, schrie er nach vorne ins Cockpit. Der Neri kam sofort zu ihm, und Bandicut erklärte ihm das Problem. »Ist es möglich, den Druck in dieser Sektion des Bootes nicht weiter zu erhöhen und uns trotzdem noch sicher in eure Stadt zu bekommen?«

L'Kells große, dunkle Augen verweilten für einen Moment auf dem Festländer. »Ich denke schon. Aber wir können ihn nicht unbegrenzt auf einem niedrigeren Druckniveau halten. Für den Augenblick allerdings will ich sehen, was sich machen lässt.«

Bandicut nickte, wobei seine Hand weiter auf der Schulter des Festländers ruhte. Er spürte, dass das Quarx Kontakt mit dem Gefangenen aufzunehmen versuchte. Selbst wenn sie ihn nur etwas beruhigen könnte, wäre das schon eine Hilfe.

Ein paar Minuten später kehrte L'Kell von seiner Besprechung mit dem Piloten zurück. »Wir können tatsächlich den Druck auf dem jetzigen Niveau halten, ohne das Boot einem unnötigen Risiko auszusetzen. Nur müssen wir dann selbstverständlich Luftschleusen benutzen, um das Habitat betreten zu können. Der Druckunterschied wird dann enorm sein.«

»Gibt es eine Möglichkeit, ihm hier eine andere Mischung der Luftgase zuzuführen – sofern wir herausfinden, welche genau das sein sollte? Oder besser noch: Besteht die Möglichkeit, auch in der Stadt eine der Habitatkuppeln auf dem geringeren Druckniveau zu halten?« Es galt aber nicht nur dieses unmittelbare Problem zu lösen; schließlich würde es später für den Festländer umso schwieriger werden, an die Meeresoberfläche zurückzukehren, je tiefer sie ihn jetzt brächten. Und was die Neri eigentlich für Pläne mit dem Festländer hatten, wusste Bandicut auch nicht. Er bezweifelte, dass sie bisher viele Gedanken an ihren Gefangenen verschwendet hatten. Ik und Bandicut jedenfalls hofften, dass sie den Festländer zu seinen eigenen Leuten zurückkehren lassen könnten.

Die Reise in die Tiefe des Ozeans schien weitaus länger zu dauern als zuvor der Aufstieg zum Wrack. Vermutlich hatte Bandicut schon wieder vergessen, wie viel

Zeit sie für das Auftauchen gebraucht hatten. Als der Druck in der Kabine sich stabilisiert hatte, gelang es ihm, auf dem Boden sitzend und eng an Ik, den Festländer und zwei Neri gedrängt, für kurze Zeitabschnitte einzudösen.

Als sie schließlich an der Unterwasserstadt der Neri andockten, atmete der Festländer wieder leichter – was hauptsächlich, wie Bandicut vermutete, dem beruhigenden Einfluss des Quarx zu verdanken war. Aber der Gefangene sah alles andere als gesund aus. Seine Hände mit den zangenförmigen Fingern, braun und rau strukturiert wie grobkörniges Schleifpapier, zitterten. Bandicut suchte besorgt Iks Blick. Der Hraachee'aner sah auch nicht besonders gut aus, seine Augen waren glasig, sein Blick matt und ohne die übliche Lebhaftigkeit. In Iks Fall, so hoffte Bandicut, war es wohl nur Erschöpfung. Der Hraachee'aner hatte sich schon eine ganze Weile keine einzige Minute Ruhe gönnen können – und überdies auch noch mehrere Heilungszyklen verkraften müssen ... und Sauerstoffknappheit.

Sie alle brauchten dringend etwas Erholung. Aber der Festländer ... Bandicut wünschte sich, er könnte mehr für ihn tun.

///Wenn wir doch nur in der Lage wären,
Tochtersteine zu übertragen!
Es wäre so schön:
Ein Stein könnte sofort eingreifen!///

/Wenn wir doch nur .../, murmelte Bandicut in Gedanken vor sich hin. /Wenn wir doch nur .../

Li-Jared arbeitete ruhelos an den Instrumenten – mehr als ruhelos. Er konnte einfach nicht still sitzen. Sie hatten versucht, die Werte in den Aufzeichnungen zu finden, mit deren Hilfe sie den nächsten Ausbruch des Todesschlundes voraussagen könnten. Doch je länger sie an der Sache arbeiteten, desto undurchsichtiger wurde sie. Li-Jared tigerte ruhelos in Kailans Labor auf und ab, was weder die Obliq noch ihre Assistentin Elbeth besonders zu stören schien. Vermutlich ging er gerade Antares auf die Nerven, aber er konnte es nicht ändern. Er war sicher, dass sie seine Gefühle verstand. Auch von ihr waren seit einiger Zeit Wellen von Frustration ausgegangen.

»Also, was wissen wir denn bis jetzt tatsächlich?«, brummte er und stieß ärgerlich sein charakteristisches *Bwang* aus. Gleichzeitig stellte er in seinen Gedanken – schon wehleidig – die Frage: /Könnt ihr eigentlich *überhaupt* etwas in dieser Sache tun?/ Aber die Wissenssteine gaben keine Antwort. Sie schienen mit wichtigeren Fragen beschäftigt. Bisher hatten sie wenig Hilfe anbieten können.

»Wir wissen, Freund von den Sternen«, antwortete stattdessen Kailan auf seine Frage, »dass der Todesschlund nicht nur dazu in der Lage ist, aus dem Tiefseegraben heraus nach uns zu greifen, sondern auch durch die Tiefe unserer Welt – und nun nehmt Ihr sogar an, er könnte über diese Welt hinausgreifen! Das ist mehr, als ich vorher gewusst habe – also seid nicht so mutlos! Zudem habt Ihr mir geholfen, drei Instrumente zu begreifen, die mich zuvor noch verwirrt hatten.«

Li-Jared hörte auf, auf- und abzutigern. Stattdessen schüttelte es ihn. Ihm war kalt. Er war hungrig. Und das Gefühl, für immer und ewig in diesem nassen Grab gefangen zu sein, machte ihn fast wahnsinnig. Aber er bewunderte diese Kailan und arbeitete gerne mit ihr zusammen. Sie war klug und entschlossen, und es erstaunte ihn, wie viel sie trotz der vielen Lücken in ihren naturwissenschaftlichen Kenntnissen zu erfassen vermochte. Höchst erstaunlich war auch, wie groß die Ähnlichkeit zwischen den Neri-Instrumenten war und denen, die er aus seiner Heimatwelt kannte. Und denen aus dem Weltenschiff. *Ähnliche Form bedeutet ähnliche Funktion,* vermutete er. Er hatte den Versuch unternommen, Kailan die grundlegenden Prinzipien der Raumtorsion zu erläutern – dass dieses Ding im Tiefseegraben nicht nur die planetare Kruste erschütterte, wenn es Wasser durch das Innere sog, sondern vielmehr das Raumzeit-Gefüge öffnete, um einen Kanal zu schaffen. Sprach- und Wissensbarrieren jedoch hatten dies erschwert. Li-Jared war es nicht gelungen, Kailan zu erklären, wie der Todesschlund Raum und Zeit verdrillte, was weitaus dramatischer war, als nur Wasser in eine andere Richtung zu lenken.

Li-Jared gelangte auch immer mehr zu der Überzeugung, dass der Todesschlund die Sphäre, die der Sternenkoppler für ihn und seine Reisegefährten erzeugt hatte, angezogen hatte wie ein Magnet Eisenspäne. Es bestand außerdem kein Zweifel daran, dass der Sternenkoppler *gewollt* hatte, dass sie hier landeten, und der Todesschlund war das ideale Richtfunkfeuer gewesen. Deshalb hatten sie praktischerweise so herrlich nah an der Unterwasserstadt der Neri landen können.

»Li-Jared, habt Ihr irgendeine Vorstellung davon, wie groß die Reichweite des Todesschlundes sein könnte?«, holte ihn Kailans Frage in die Gegenwart zurück.

Der Karellianer bwangte, ehe er antwortete. »Nein, Kailan – die Instrumente geben nicht genug Informationen her, um Rückschlüsse darauf zu ziehen.« Er wedelte frustriert mit den Fingern und dachte: /Ich wette, oben auf Schiffwelt weiß es jemand – oder hat zumindest eine gute Theorie darüber! Schließlich haben sie uns nicht nur zum Spaß hierher geschickt. Gibt es denn wirklich *gar nichts,* das ihr mir sagen könnt?/

Die Obliq studierte sorgfältig das Gesicht ihres Gastes, blickte ihn mit dunklen Augen in einem Gesicht wie schwarzem Gummi an. »Ich denke, ich kann einige Eurer Gedanken nachempfinden«, murmelte sie.

Li-Jared legte den Kopf leicht schief. Er spürte, wie seine Schlitzaugen vibrierten unter elektrischen Entladungen, vor Myriaden von Enttäuschungen und Hoffnungsfunken, die durch seine Gedanken sprangen. Bevor er auf die Bemerkung der Obliq eingehen konnte, brach Elbeth, die sich von einer in der Nähe gelegenen Kommunikationsstation zu ihnen umdrehte, das zwischen ihnen herrschende Schweigen. »Ein Frachttauchboot ist gerade von einer Bergungsaktion zurückgekehrt, viele Verwundete und Kranke sind an Bord. Auch Ik, Bandicut und ein *gefangener Festländer,* in schlechter körperlicher Verfassung!«

»Ein gefangener Festländer!«, rief Li-Jared aufgeregt. »Sind sie alle …«

»*Wer von ihnen* ist körperlich in schlechter Verfassung?«, rief Antares. »Sind Bandie und Ik wohlauf?«

»Ich weiß es nicht. Ich weiß es wirklich nicht«, erwiderte Elbeth. »Aber ich werde versuchen, es herauszufinden. Sie berichten allerdings von einer merkwürdigen Begegnung mit einer – ja – *Maschine* innerhalb des Bergungsgutes, des havarierten Schiffes. Sie vermuten sogar eine Verbindung dieser Maschine mit dem Todesschlund! Sie möchten, dass wir uns so bald wie möglich mit ihnen treffen.«

»Ja? Ja, tatsächlich?«, fragte Li-Jared immer aufgeregter, seine Müdigkeit und Enttäuschung lösten sich in Luft auf. »Was für eine Art von Begegnung war das?

Wenn sie uns gleich davon erzählen wollen, muss es ihnen gut gehen! Was haben sie sonst noch berichtet? Wann ist das passiert?«

Elbeth hob hilflos vor all diesen Fragen die Hände. »Ich weiß es doch nicht. Aber wann das war? Es muss schon Stunden her sein.«

»Ha!«, stieß Li-Jared aus und hastete zu einer der Konsolen, an der er gearbeitet hatte; er bedeutete Kailan, sich zu ihm zu gesellen. »Könnt Ihr die Aufzeichnungen noch einmal abrufen, bei denen wir eine Fluktuation festgestellt hatten, einen extremeren Ausschlag? Oh, gut, gut! Und jetzt: Könnt Ihr eine Karte vom Bergungsort aufrufen und darüber kopieren?«

Kailans Finger flogen über die Konsole.

»Da haben wir's!« Li-Jared berührte das Display mit der Fingerspitze. »Seht Euch die Kurven in diesem Diagramm an: Und genau da begannen die Ausschläge! Was immer sie gefunden haben, es ist *wirklich* mit dem Todesschlund verbunden!«

»Ist das gut oder schlecht?«, erkundigte sich Antares. »Sollten wir uns nicht augenblicklich zu ihnen begeben?«

»Ja, das sollten wir in der Tat! Ich weiß nicht, ob es gut oder schlecht ist. Aber jetzt ist erst einmal wichtig, dass wir uns mit Bandie und Ik treffen. Ein Tauchboot! Kailan, könnt Ihr uns ein Boot organisieren?«

»Gewiss«, meinte die Obliq und bedeutete Elbeth, die bereits an einem Com stand, sie möge alles in die Wege leiten. »Wir alle müssen sofort aufbrechen!«

Der Festländer hatte wieder Atemschwierigkeiten. Bandicut streckte zum wiederholten Male seine Hand aus, um sie dem Gefangenen beruhigend auf den Arm zu legen. Was immer das Quarx und er diesem Wesen vom

Festland Gutes tun konnten, schien nur so lange vorzuhalten, wie sie den körperlichen Kontakt zu ihm aufrechterhielten. Zu viele Kräfte im Körper des Gefangenen versuchten, das letzte bisschen Leben aus ihm herauszusaugen, als dass es genügt hätte, wenn das Quarx und er, Bandicut, wie bei den Neri die Selbstheilungskräfte seines Körpers angestoßen und in die richtige Richtung gelenkt hätten. Auf unbestimmte Zeit jedoch würde Bandicut diesen Kontakt mit dem Festländer nicht aufrechterhalten können. /Du weißt/, sprach er leise in seinem Verstand mit dem Quarx, /wenn es nicht möglich ist, weitere Tochtersteine abzuspalten, ergibt sich für mich daraus, dass .../ Er zögerte. /Lass mich doch mal einen Augenblick darüber nachdenken!/

Das Quarx ließ einige Momente verstreichen, bevor sie konstatierte:

///Ich habe das nicht vorschlagen wollen.///

/Was willst du damit sagen? Warum hast du es nicht vorschlagen wollen? Aber lass nur: Eigentlich weiß ich warum. Nur .../ Bandicut holte tief Luft und fuhr dann fort: /Was ist, wenn ich ihm eine Weile *meine* Steine überlasse?/ Schon allein der Gedanke sandte ihm einen Schauder über den Rücken. Er brauchte nur darüber nachzudenken, auf welch vielfältige Art und Weise er von den Steinen abhängig war. Er wäre völlig hilflos ohne sie. Doch: Stimmte das überhaupt? Wäre er wirklich hilflos? /Kann ich denn überhaupt ohne sie überleben? Was meinen denn die Steine dazu?/

///Sie ... schließen nicht aus,
dass deine Idee funktionieren könnte.
Aber es widerstrebt ihnen, sie umzusetzen.///

/Nun gut, wenn es ihnen *widerstrebt* .../ Er war beinahe erleichtert darüber, die Idee verwerfen zu können – bis sein Blick wieder auf den Festländer fiel, der sterben würde, wenn man ihm nicht half.

///Es gibt Risiken.
Deine Normalisation gibt dir einen gewissen *Schutz,*
beispielweise etwa gegen den erhöhten Druck
in dieser Tiefe.
Trotzdem ist es gefährlich, nicht sosehr für dich,
als vielmehr für den Festländer.///

/Hä? Inwiefern denn?/

///Tja, wenn ihr neuer Wirt
sie später nicht wieder hergeben möchte,
kann es sein, dass sie nicht zurückkehren können,
ohne schwere Traumata zu hinterlassen.///

/Traumata für den Festländer …?/

///Ja, genau.///

/… oder für die Translatorsteine selbst?/

///Beide würden Traumata erleiden.
Eine Bindung zwischen Wirt und Steinen muss erst
wachsen. Aber weil die Steine die gewachsene Bindung zu dir
nicht aufgeben wollen, wirst du wohl
gewisse Befugnisse abgeben müssen.///

Befugnisse?, dachte er. Dann erinnerte er sich an die Zeit auf dem Weltenschiff, damals, als er den Steinen befohlen hatte, ihn zu verlassen, nur um zu sehen, ob sie ihm gehorchten. Aber wenn er seine Kontrolle über sie abgab, würden sie dann dieses Mal vielleicht nicht mehr zu ihm zurückkehren?

///Ich bin davon überzeugt,
dass sie zurückkommen werden,
selbst wenn es Konflikte darüber gibt,
was getan werden soll.
Aber wenn der Festländer sich widersetzt
und die Bindung bereits stark geworden ist,
ohne dass die Steine das beabsichtigt hätten,
dann könnte es sein …///

/Es könnte ihn töten?/ Bandicut spürte, wie das Quarx seine Schlussfolgerung bestätigte, er spürte jedoch auch seine eigenen Zweifel und Ängste, als er auf den Festländer blickte. Das Wesen zitterte am ganzen Körper; es gelang ihm nicht mehr, seinen Blick auf etwas Bestimmtes zu konzentrieren. Hatte Bandicut dieses Fremdwesen nur gerettet, um ihm beim Sterben zuzusehen – entweder jetzt oder irgendwann später, wenn die Steine es gewaltsam verließen? *Nein*, dachte er, *das kann doch nicht wahr sein*! Es musste einen anderen Weg geben. /Können wir denn nur einen einzigen Translatorstein transferieren? Welcher der Steine ist verantwortlich für die Hilfe, die wir hier brauchen?/

///Hauptsächlich der schwarze Stein.
Aber sie können nicht getrennt voneinander arbeiten.///

Bandicut fluchte innerlich. /Wenn ich beide Steine an den Festländer abgebe, kann ich nicht mehr mit den Neri kommunizieren. Für wen zum Teufel soll ich dann noch eine Hilfe sein?/

///Das kann ich dir auch nicht sagen.
Ich kann nur versuchen, so viel zu helfen,
wie ich eben in der Lage bin.
Wem oder was auch immer.///

Bandicut schluckte schwer und dachte bei sich, dass Charlies Hilfe schon eine Menge wert sei. /Sag den Steinen bitte ... ich wünschte mir wirklich, *wirklich sehr*, dass sie zu mir zurückkommen, ja?/ Dann drehte er sich zu dem Hraachee'aner um. »Ik«, wisperte Bandicut eindringlich, »da gibt es etwas, das ich tun möchte. Wahrscheinlich denkst du jetzt, ich sei endgültig verrückt geworden ...«

Völlig verrückt geworden, in der Tat, dachte Ik, der seinen Freund aufmerksam beobachtete. Iks Steine hatten sich geweigert, sich für den Festländer in Tochtersteine zu spalten, hatten erklärt, es sei noch nicht ihre Zeit – und überließen es Bandicut, sein Glück zu versuchen. Ik fühlte eine bohrende Schuld, obwohl er keine Möglichkeit gehabt hatte einzugreifen. Aber hier mit Bandicut gab es ein Wesen in dieser Welt, das bereit war, langfristig zu denken und zu handeln. Bandicut war bereit sein Leben zu riskieren, seine Zukunft, seine Stimmensteine, um einem anderen Lebewesen, das für die Neri ein Feind war und sonst nichts, das Leben zu retten. *Irgendjemand sollte eines Tages ein Heldenlied darüber verfassen,* dachte Ik. Was Bandicut vorhatte, war ein Akt tiefsten Mitgefühls. Doch es war auch mehr als das, wie Ik nur zu gut wusste. Es war ein kalkuliertes Glücksspiel. Vermutlich nicht bewusst kalkuliert, sondern eine Entscheidung seiner menschlichen Seele, eine Kalkulation emotionaler Art – weil alles versucht werden musste, um diese beiden verfeindeten Spezies zusammenzubringen. Oder sie wenigstens davon abzuhalten, sich auch weiterhin gegenseitig umzubringen.

Ik war mit dieser Zielsetzung einverstanden. Die Risiken, die sein Freund allerdings einzugehen bereit war, um das Ziel zu erreichen, erschreckten ihn zutiefst.

Dennoch wagte er keinen Widerspruch. Bandicut wusste selbst um die Risiken. Was sein Freund, der Mensch John Bandicut, jetzt brauchte, war Mut, Selbstvertrauen, und keine Zweifel.

Der Mensch hob die Arme und presste dem Festländer die Handgelenke an den Kopf. L'Kell und die beiden anderen Neri, die mit ihnen die Kabine teilten, schauten schweigend zu. Bandicut merkte nichts davon, seine ganze Aufmerksamkeit galt dem, was in ihm selbst vorging. Ik hatte schon einmal beobachtet, wie sein Freund seine Steine hatte ziehen lassen; damals hatten sie auf einer der vielen Schiffwelt-Welten in einem Zug gesessen. Es war ein unbesonnenes Experiment gewesen, eine Demonstration an einem Ort, an dem sie relativ sicher gewesen waren. Hier und jetzt aber konnte Ik nur Vermutungen darüber anstellen, wie sehr das Überleben seines Freundes in dieser unglaublichen, erdrückenden Tiefe des Ozeans von dessen Stimmensteinen abhing.

Es blitzte zwei Mal kurz auf, an jedem von John Bandicuts Handgelenken. Dann antworteten zwei funkelnde Blitze vom Hals des Festländers, auf jeder Seite einer. Bandicut sackte in sich zusammen, nichts mehr funkelte an seinen Handgelenken. »John?«, sprach Ik den Freund an. Bandicut war bei Bewusstsein, seine Augen waren zwar offen, hatten jedoch ihre ganze Lebhaftigkeit und Energie verloren. Der Festländer dagegen richtete sich auf, sein Atem ging röchelnd, seine Augen wanderten unstet, erregt hin und her. Er fasste sich an die Seiten seines Halses, wo sich die Steine bei ihm eingenistet hatten.

»John!«, rief Ik jetzt lauter, und registrierte, dass seine Stimme nicht mehr wie die eines Hraachee'aners klang: Iks Stimmensteine verwandelten seine Worte in menschliche Sprache.

Bandicut kniff mit einiger Mühe mehrmals die Augen zusammen, sah zu Ik hoch und dann hinüber zu dem Festländer, als sehe er ihn zum ersten Mal. Er hob eine zitternde Hand, wohl, weil er fürchtete, der Festländer könne sich selbst bei dem Versuch verletzen, sich die Steine aus dem Hals zu reißen. Ik wollte ihm schon beispringen und seinerseits den Festländer davon abhalten, das zu tun; dann aber hielt er es für besser, Bandicut eingreifen zu lassen. »Halt ihn auf!«, drängte Ik den Menschen.

Bandicut brummte, beugte sich vor und griff nach der Hand des Festländers. Eine rasche Bewegung, und der Festländer hatte Bandicuts Hand in den eigenen Zangenhänden gefangen. Bandicut schrie vor Schmerz auf, und der Festländer zuckte instinktiv zusammen und ließ die Hand los. Bandicut fluchte und krümmte sich über seiner rechten blutenden Hand zusammen, fauchte dem anderen irgendetwas zu, das Iks Stimmensteine sich zu interpretieren mühten. Der Festländer schüttelte den Kopf – so, als hätte er Bandicuts Worte nicht nur gehört, sondern auch verstanden. Oder sich zumindest irgendwie deren Inhalt zusammengereimt. Er zog die Hände an die Brust, weg von Bandicut, aber auch weg von seinem eigenen Hals. Ik konnte die Überraschung in den Augen des Festländers lesen.

»Kannst du mich verstehen?«, fragte Ik.

»*Whhhham*!«, antwortete der Festländer, das Gesicht in Falten gelegt. Er hatte immer noch Probleme beim Atmen. Offensichtlich kämpfte er auch immer noch gegen den Trieb an, sich die Steine herauszureißen. Doch noch während Ik ihn beobachtete, entspannte sich der Gesichtsausruck des Landwesens, dessen Atem nun ruhiger ging. Die Steine waren wahrscheinlich zu sehr damit beschäftigt, die körperliche Verfassung ihres neuen Wirtes zu verbessern, sodass Ik entschied, mit seinem nächsten Kommunikationsversuch lieber noch etwas zu warten.

Bandicut sah nicht gut aus – auf jeden Fall verstört, weil er seine Möglichkeiten, sich den anderen mitzuteilen, verloren hatte, daran bestand kein Zweifel; aber da war vermutlich noch mehr, das ihn belastete. Der Verlust des schützenden Kraftfeldes etwa, mit dem ihn die Steine umgeben hatten, dürfte eines dieser Dinge sein. Normalisiert oder nicht, wer wusste schon, wie viel die Steine hatte leisten müssen, um Bandicut gesund, wenn nicht sogar am Leben zu erhalten. Der

Mensch begann zu zittern, sah ängstlich aus. »Bist du in Ordnung, Bandie?«, erkundigte sich Ik sanft. Wieder formte sein Mund menschliche Worte.

Bandicut sah verwirrt aus, dann nickte er mit schmerzverzerrtem Gesicht.

»*Whhhhammll*«, brummelte der Festländer vor sich hin, während er mal zu Ik, dann wieder zu Bandicut hinüberblickte. Ik spürte, wie die Stimmensteine an seinen Schläfen prickelten und ihn kitzelten. »*Aammlll.* Ich ... besser ... warum ...?«, wollte der Festländer wissen.

»Hrachh, das wird dir bald klar werden«, versprach Ik ihm, »du musst nur Geduld haben.« Denn es gibt Hoffnung. Es gibt Hoffnung, Hoffnung ...

Für Bandicut war alle Hoffnung verloren gegangen. Er hatte tatsächlich geglaubt, er sei darauf vorbereitet, seine Translatorsteine zu verlieren, aber er hatte sich geirrt. Ihm war kalt; er war verängstigt; er fühlte sich, als sei er auf einen Schlag taub und stumm geworden; und nahezu tausend Meter Wasser über ihm legten sich auf sein Gemüt, als wären sie vorher nicht da gewesen. Nie zuvor hatte er ein solches Gefühl gehabt. Er spürte, wie er immer mehr Willenskraft und innere Stärke verlor. Wenigstens begriff er noch, was um ihn herum vorging, was mit den Steinen geschehen war und geschah. Er war glücklich darüber, dass der Festländer am Leben war und es ihm besser ging.

Gut, nicht allzu glücklich darüber. Seine rechte Hand, nach der der Festländer griffen hatte, brannte wie Feuer. Obwohl Iks Steine dessen Stimme so umwandelten, dass Bandicut ihn verstand, klang sie fremd, entstellt, andersartig. Andersartig. Wann hatte er seinen Freund Ik zuletzt als andersartig, fremd betrachtet?

Bandicut versuchte seinem Freund Ik zu versichern, dass es ihm gut gehe, in Wahrheit aber fühlte er sich, als sei er schon halb tot, fortgerissen von dieser Seinssphäre, als ob er gerade eben durch eins der Portale der Schattenleute in eine andere Fraktaldimensionen gewechselt sei.

///Das fühlt sich aber sehr fremdartig an . . .///

/Du bist da, tatsächlich da? Gott sei Dank!/

///Ja. Aber es ist nicht dasselbe.
Es ist überhaupt nicht . . .///

Bandicut schloss die Augen. /Fang du nicht auch noch an! Wir können nicht beide jammern und wehklagen, wins . . ./

///Sag es ja nicht – sag ja nicht ›winseln‹!
Es handelt sich lediglich um
völlig normale Verwirrtheit.///

/Klar./

Genau in diesem Augenblick beugte sich der Festländer zu ihm, die Ohren aufgestellt und gespitzt, die Augen leuchtender, lebendiger, als Bandicut sie bisher gesehen hatte. Der Festländer sagte etwas Unverständliches zu ihm. Immerhin schon ein Fortschritt.

»Was?«, brummte Bandicut.

Ik sprach ihn mit seiner rauen, heiseren Stimme an. Zuerst war Bandicut nicht in der Lage, zu verstehen, was sein Freund ihm sagen wollte. Dann verwandelten sich Iks Worte in Bandicuts Muttersprache. »Es funktioniert, John. Der Festländer . . . versteht mich. Er sagt . . . fragt, ob er die Steine . . . behalten darf?«

Bandicut blinzelte konsterniert. War es das, wozu er seine Zustimmung gegeben hatte? »Nein, sag ihm: nein! Es ist nur für jetzt. Nur vorübergehend.« *Und was soll ich sagen, wenn der Kerl mir die Steine nicht zurückgeben will?*

///Darüber musst du dir keine Sorgen machen.
Das ist Sache der Steine.///

/Muss ich nicht?/

///Solltest du nicht!///

»John!«, rief Ik. »John!«

Bandicut hob die Augen.

»Li-Jared und Antares! Sie sind auf dem Weg hierher!«

»Das ist ... großartig«, flüsterte Bandicut. Und er meinte es sogar aufrichtig, irgendwo im Grunde seines Herzens. Doch noch etwas anderes geschah dort unten, in der Tiefe seines Herzens, seiner Seele ... etwas Verstörendes, das aufstieg aus dunklen, versteckten Winkeln ... an die Oberfläche kam und zu plappern begann mit fremdartigen Stimmen ...

Der Druckausgleich in der Kabine des Frachttauchbootes schien ewig zu dauern. Antares und Li-Jared saßen während der Dekompression eng zusammengedrängt beieinander, es war kein Platz, um sich zu strecken oder sich sonst wie zu bewegen. Endlich öffnete sich das Luk, und sie konnten aus der Luftschleuse hinunter in die Kabine steigen.

Antares spürte sofort, dass etwas nicht stimmte – beziehungsweise sich verändert hatte. Ik hob zur Begrüßung die Hand, und wohl auch, um seine Freunde zu warnen. Ein Fremdwesen – der Festländer – saß auf der anderen Seite der engen Kabine. Zwischen ihnen saß Bandicut, und in ihm, tief in ihm drehte sich alles. Antares brauchte einen Augenblick, um zu verstehen, was sich verändert hatte; sie fühlte es, bevor sie es sah. *Die Steine.* Sie funkelten nicht länger in Bandicuts Handgelenken. Antares spürte seinen Kummer über den Verlust der Bindung – und auch sein körperliches Unwohlsein.

Mit großer Klarheit erkannte sie in diesem Augenblick, wie sehr die Wissenssteine Bandicuts, ihr eigenes, ihrer aller Wohlbefinden hier in den Tiefen des Ozeans beeinflussten.

»John Bandicut«, meinte sie und kauerte sich zu ihm. »Geht es dir gut?« Zögernd streckte sie die Hand aus, um seinen Arm zu berühren, nur ganz sanft, nur mit den Fingerspitzen. »John?«

Ihre Worte mussten in seinen Ohren nichts als fremdartige Laute sein. Sie fühlte einen scharfen, plötzlichen Stich tiefen Bedauerns, weil sie sein Angebot, seine und ihre Steine miteinander zu vereinigen, nicht angenommen hatte. Ihre Steine waren deshalb jetzt zwar in der Lage, im Einklang mit anderen Steinen gute Übersetzungen zu liefern, aber auf sich allein gestellt beherrschten sie die menschliche Sprache nicht gut genug, um deren Lautvielfalt reproduzieren zu können.

Verwundert sah Bandicut zu ihr auf und neigte den Kopf. Irgendwie sahen seine Augen nicht so aus, wie sie sollten. Etwas war tatsächlich nicht in Ordnung.

Eine Angstwelle überspülte Antares, und sie versuchte, sie von Bandicut fern zu halten. Mit suchendem Blick wandte sie sich um. »Ik, was ist denn nur passiert?«

»Er hat seine Steine an den Festländer weitergegeben«, erklärte ihr Ik. »Die Umgewöhnung scheint sehr schwer für ihn zu sein.«

»Das ist mehr, als nur eine schwierige Umgewöhnung.« Angst und Verwirrung brandeten aus der Seele des Menschen auf; jede einzelne seiner Emotionen ging Antares unter die Haut. »Er reagiert unerwartet heftig, eine Reaktion, die ich nicht einschätzen kann.«

Antares legte ihre Hand wieder auf Bandicuts Arm, ihre drei langen, schmalen Finger zeigten hinauf zu seiner Schulter. »Bandie, kannst du mich verstehen … hören?«, erkundigte sie sich mit leiser, sanfter Stimme. »John?«

Seine Augenlider flatterten. Er stöhnte.

»Er hat mir mal erzählt«, fiel es jetzt Ik wieder ein, »dass ihn manchmal …« – *schnarr* – »… etwas überfällt, das er eine ›Fugue‹ nennt, ein neurologisches Problem – es sucht ihn eben von Zeit zu Zeit heim. Ich könnte mir vorstellen, dass das gerade geschieht.«

Antares gab zur Antwort nur einen brummenden Laut von sich. Die Übersetzung des Wortes ›Fugue‹ war ihr unklar. Eines jedoch war klar: Was immer gerade im Kopf ihres menschlichen Freundes vorging, drohte ihn wie eine Flutwelle mit sich fortzureißen. Vielleicht gab es doch etwas, das sie tun konnte. »Bandie«, flüsterte sie, »vermutlich kannst du mich wirklich nicht verstehen. Aber ich hoffe, ich kann dazu beitragen, dass du dich beruhigst, damit du dann die Herrschaft über dein Selbst zurückzugewinnen kannst. Ich werde tun, was in meiner Macht steht.«

Sie schloss die Augen halb und griff mit dem Teil ihrer Persönlichkeit nach ihm, der für andere unsichtbar blieb; sie berührte die Gefühlswelt des Menschen, beschwichtigte seine aufgewühlten Emotionen, die sich mehr und mehr in Angst wandelten.

23
Steine aus Feuer

Bandicuts Verstand brannte in der Fugue. Die Halluzinationen erschufen Bilder allein aus seinem Inneren, seinem Selbst – es waren nicht mehr Außerirdische, die seinen Körper, *ihn* von außen angriffen. Jetzt krochen fremdartige Kreaturen und Phantomgestalten durch die Windungen seines Gehirns. Es gab keinen Ort, an den er fliehen konnte, nirgends konnte er sich verstecken. Er zitterte am ganzen Leib, in seinem Inneren loderte Panik. Charlie hätte eigentlich hier sein und ihm helfen sollen. Jemand musste ihr den Stecker rausgezogen haben. Nein, nicht Charlie. Char. Wo war sie nur? In weiter Ferne vernahm er ein Echo, und fragte sich schon, ob das vielleicht Char war. Er wollte sie zurückhaben, er brauchte sie doch.

///Ich bin hier, John. Aber ich . . .///

Nur eine Stimme aus großer Ferne. /Bitte, komm zurück/, wisperte er. /Wo auch immer du bist./ Er wünschte, er könnte sie sehen in Fleisch und Blut. Sie beschützen vor den Stimmen, den Kreaturen. Was für eine Frau wäre sie, wenn sie ein Mensch wäre?

///John, ich finde einfach mein Gleichgewicht nicht wied . . .///

Die Kreaturen rückten näher heran; er versuchte, sich kleiner zu machen, sich vor ihnen zu verbergen. /Ich versuche es/, wisperte er Char zu. /Ich versuche, uns in Sicherheit zu bringen. Aber kannst du nicht . . ./

///Ich wirble herum, John. Ich trudele.
Ich hab die Orientierung verloren, mich . . .
Ich habe Angst!///

/Du musst keine Angst haben!/, flüsterte er ihr in einem kurzen Moment der Klarheit zu. /Das ist nur die Fugue; es muss einen Weg geben ... einen Weg irgendwo .../

In der Mitte des Aufruhrs spürte er plötzlich, ganz unerwartet, eine Berührung; es war, als laufe eine elektrische Ladung seinen Arm hinauf. Dann wurde die Empfindung diffuser, verteilte sich, wurde zu einem warmen Fluss: Er lag in einer mit herrlich warmem Wasser gefüllten Badewanne, entspannte sich in warmer Strömung ... so fühlte es sich jedenfalls an. Er kam nicht ganz dahinter, doch angesichts des Stromes von Wärme, der sich in ihn ergoss, wandten sich die nebelhaften Kreaturen und Phantome im Dunst eiligst zur Flucht. Er öffnete die Augen, schloss sie, öffnete sie, schloss sie erneut, um sie wieder zu öffnen. Plötzlich erkannte er Antares – wann war sie hierher gekommen? –, und sie schien ihm etwas sagen zu wollen. Aber er verstand sie nicht.

///Keine Steine ...///

/Keine Steine? Ach ja, stimmt ja .../

Und dann begriff er, dass das Gefühl von Wärme etwas mit Antares zu tun hatte. Nur: Wie konnte das sein? /Kannst du mich hören?/, hauchte er. /Antares?/ Ihn schauderte, so sehr sehnte er sich nach Kontakt. Er fühlte sich so einsam. Isoliert. Nur die fremde warme Strömung war da. Ging sie doch von Antares aus? Versuchte Antares, ihn zu erreichen? /Char? Char, versucht Antares mit uns Verbindung aufzunehmen?/

///Antares?

Ja ... sie berührt uns gerade ...///

Das Quarx half ihm, seinen Blick zu konzentrieren, scharfe Bilder zu sehen. Zu sehen, wie Antares vor ihm kauerte. Sie blickte ihn an, forschend, die Hand auf seinen Arm gelegt. Von dort, wo ihre Hand lag, kam das Prickeln, dort hatte sie empathisch den Kontakt zu ihm aufgenommen. Nach und nach erhielt er die Kontrolle über seine körperlichen Funktionen zurück, bis er wieder fähig war, den Mund zu öffnen und Worte zu formen. »Ich, äh … du bist gekommen …« Und diese heiser hervorgebrachten Worte schienen ihn den letzten Rest des Weges aus der Fugue zu katapultieren.

Die Antwort, die von Antares kam, war nur Gestammel. Hielt ihn die Fugue immer noch in ihrem Griff? Möglicherweise war das so. *Nein.* Nicht die Fugue ließ ihre Worte wie Gestammel klingen, es lag daran, dass die Translatorsteine fort waren. Ihre Nähe indes spürte er jetzt deutlich; er war sich bewusst, dass sie ihn in seinem Innersten berührte, ihn umgab mit dem Balsam ihrer empathischen Verbindung zu ihm. Dafür war sie hergekommen, deswegen kniete sie jetzt vor ihm, schenkte ihm innere Ruhe, half ihm seine Isolation zu überwinden, die Fugue.

Seine Hand zitterte, als er sie hob, und Antares ergriff sie, nahm sie in die ihre, hielt sie fest, und dann berührte sie die dunkel gewordenen Stellen an seinen Handgelenken, wo die Tochtersteine gesessen hatten.

///Ja///,

meinte endlich Charlene, ihre Stimme nicht mehr als ein Flüstern, als sie ihm Antares' Nähe bestätigte und dabei das ganze Gewicht ihrer Erleichterung in dieses eine Wort legte.

Als Li-Jared sah, wie seine Freunde sich um den Festländer und Bandicut drängten, wusste er erst nicht, wie er selbst helfen könnte. Antares konnte Bandicut helfen; er selbst hingegen war nicht einmal dazu imstande, zu seinem Freund vorzudringen. Anscheinend hatte Bandicut seine Steine an den Festländer abgegeben und litt jetzt unter den traumatischen Nachwirkungen dieser Erfahrung. Li-Jared lief es kalt den Rücken hinunter; doch Erinnerungen lenkten seine Gedanken vom gegenwärtigen Geschehen ab. Es waren Erinnerungen an seine Heimatwelt: wie der Abendhimmel in leuchtende Rottöne getaucht wurde, wie die nahen Plasmawolken von benachbarten, vor elektrischen Entladungen sprühenden Sternen erleuchtet wurden; wunderschön sah das aus und lebensgefährlich. Und der Meteoritenregen, der nahe seiner Heimat niedergegangen war: Rasch war der Halo aus Ionenteilchen vorübergezogen, hatte aber die Wissenssteine zurückgelassen, die sich in Li-Jareds Brust gebrannt hatten. Die Desorientiertheit, die gefolgt war, während er versuchte, die Steine zu verstehen – die verwirrende Sprache, die sie gesprochen hatten, die Absichten der Steine, ihre Ziele, ihre Herkunft. Die Sprachbarriere hatte sich schnell überwinden lassen. Alles andere versuchte er bis heute zu verstehen: was es bedeutete, dass die Steine auf seiner Heimatwelt erschienen waren, und wie ihre Ankunft sein ganzes Leben verändert hatte.

Und jetzt ... saß da John Bandicut, der darum kämpfte, mit ihnen, seinen Freunden und Schicksalsgenossen, zu sprechen, einfach nur zu *überleben* – ohne die Steine. *Warum nur hat er sie aufgegeben*?

Die ganze Sache machte Li-Jared ziemlich nervös.

Ik beugte sich näher zu ihm und flüsterte: »John Bandicut befindet sich in einem schwer einschätzbaren Zustand. Wir müssen alles für ihn tun, was wir nur können. Ich weiß nicht einmal, ob er ohne die Steine überleben kann.«

»Und der Festländer?«, wollte Li-Jared wissen und

warf einen Blick auf das fremdartige Wesen. »Funktioniert es wenigstens bei ihm?«

Ik schaute ebenfalls flüchtig zum Festländer. »Ich glaube schon. Er war dem Tode sehr nahe, bis John ihm seine Steine gab.«

»Aber – wenn sie doch beide Steine brauchen, dann …«

»*Hrrrm.* Du hast es erfasst.« Ik blickte Li-Jared aufmerksam ins Gesicht. »Johns Steine haben nun einmal keine Töchter mehr abspalten können, momentan jedenfalls nicht.« Ik brummelte etwas Unverständliches vor sich hin. »Ich hab auch meine eigenen Steine gefragt, ob sie sich teilen könnten.«

»Und?«, bohrte Li-Jared ungeduldig nach. Er glaubte allerdings bereits zu wissen, was sein Freund jetzt sagen würde.

Mit Grabesstimme, den Blick gesenkt, sagte Ik: »Sie haben sich geweigert. Anscheinend sind sie der Auffassung, woanders gebraucht zu werden – oder für jemand anderen bereitstehen zu müssen.« Er hob nicht den Blick zu Li-Jared.

Doch Li-Jared wusste genau, was sein Freund dachte: Wer von uns allen hat seine Steine bis jetzt am wenigsten eingesetzt? Li-Jared konnte die Steine in seinem Brustbein prickeln fühlen.

Allein der Gedanke ließ sein Zwillingsherz schneller schlagen, nicht gerade in völliger Synchronität miteinander. War es etwa das, was von ihm erwartet wurde? Es ergab durchaus Sinn, schien logisch zu sein. Warum also versetzte ihn schon allein der Gedanke daran in Angst und Schrecken? Es war richtig: Er hatte nie wirklich seinen Frieden mit den Steinen geschlossen und der Rolle, die sie in seinem Leben spielten; und mit Sicherheit hatte er sich nie als ihr Herr und Meister gefühlt. Dennoch beeinflussten sie sein Leben entscheidend. Falls er daran bisher Zweifel gehegt haben sollte, brauchte er sich jetzt nur John Bandicut anzusehen – und sofort waren alle Zweifel ausgeräumt. Was wäre, wenn er, Li-Jared, seine Steine darum bat, sich zu teilen ... und sie *verließen* ihn stattdessen? Genau dieser Gedanke war es, der ihm Angst machte. Er zitterte eingedenk des vielen Wassers rings um ihn herum. Wenn seine Steine ihn verließen, würden sie ihn nicht mehr vor dem Ozean beschützen. Seine beiden Herzen gerieten nun vollends aus dem Gleichklang ihres Schlagrhythmus, dann, nach einigen Schlägen, beruhigten sie sich wieder.

Wieder blickte Li-Jared zu Ik hinüber; bestimmt wusste sein Freund, was er, Li-Jared, dachte. Er schämte sich seiner selbst. Er wünschte sich, seine Ängste beiseite schieben und dem Festländer seine Steine anbieten zu können, damit John Bandicut seine Steine zurückbekäme. Aber das zu tun brachte er nicht übers Herz ... über keines von beiden.

Der Festländer machte eine plötzliche Bewegung und sagte etwas, versuchte mühsam, sich ihnen verständlich zu machen. »Was habt ihr ...« – *chomm* – »... hier mit mir vor?«

Li-Jared sah sich um auf der Suche nach jemandem, der dem Festländer diese Frage beantworten könnte. Eigentlich war L'Kell derjenige, der dafür in Frage kam. Doch der Neri war nach vorne ins Cockpit gegangen, um mit jemandem über Com zu sprechen. Schließlich war es Ik, der die Frage beantwortete. »Wir hoffen ... das heißt, die Neri und wir, die wir ihnen beistehen ... nun, wir hoffen, dass wir mit dir reden können. Mit deinem Volk.«

Der Festländer verschränkte die Arme vor der Brust. »Wer ...« – *chroff* – »... sind die Neri?«

Ik deutete auf einen der Neri, der ihnen am nächsten saß, ein Besatzungsmitglied des Frachttauchbootes. Er kauerte ganz in der Nähe des Cockpits in einer Ecke. »Das da ist einer der Neri. Einer vom Meeresvolk.« Ik legte die Hände trichterförmig um den Mund und rief: »L'Kell, ich glaube, wir brauchen dich hier!« Dann ließ er die Hände wieder sinken und zeigte auf sich selbst. »Ich bin Ik, ein Besucher von einer anderen Welt.« Er zeigte nacheinander auf die anderen seiner Gefährten in der Kabine. »Das da ist John Bandicut, der dir seine Stimmensteine geliehen hat. Das da Antares. Und Li-Jared.«

Als Li-Jareds Name fiel, antwortete der Karellianer mit einer kleinen Handbewegung zum Gruß.

Der Festländer mühte sich redlich, Iks Worten zu folgen. »Ich bin ...« Einen Augenblick lang schienen ihm die Worte zu fehlen. Dann holte er Luft und sagte: »Harding.«

»Harding«, wiederholte Ik. »Sollen wir dich so ansprechen? Gut. Harding.« Er deutet auf jeden im Raum und wiederholte eines jeden Namen. »Aber ... du musst dich mit L'Kell von den Neri unterhalten. L'Kell?«

Der Anführer der Neri war fertig am Com und reckte den Kopf aus dem Cockpit in die Kabine hinein. »Spricht der Gefangene jetzt?«, erkundigte er sich. Er trat in die überfüllte Kabine, jeden einzelnen Schritt mit Bedacht wählend, bis er schließlich vor dem Festländer stand. Der saß, nachteilig für Verhandlungen dieser Art, immer noch auf dem Boden, während L'Kell über ihm stand. *Nicht gut,* dachte Li-Jared.

Mit einer Geste stellte Ik den Gefangenen L'Kell vor. »Der Name des Festländers ist Harding.«

»Harding«, wiederholte L'Kell. »Weißt du eigentlich, dass du der erste deiner Spezies bist, der unsere Unterwasserstadt betritt? Ich bin froh, dass du uns verstehst. Denn es gibt vieles, über das wir reden müssen.«

Harding beugte sich leicht vor, nach wie vor auf dem Boden sitzend. »Du nanntest mich ... *Gefangener.* Was habt ihr mit mir vor?« Harding klang bereits ein wenig selbstbewusster, so, als wolle er sich längst nicht alles gefallen lassen. Li-Jared spürte, dass Antares versuchte, die Atmosphäre zwischen den beiden durch ihre beruhigende Präsenz zu verbessern; doch hatte sie damit nur wenig Erfolg.

L'Kell zog sich ein wenig zurück, schien nachzudenken. »Vermutlich hätte ich *Gast* sagen sollen«, brummte er. Aber sein Ton wurde schärfer, als er fortfuhr: »Du wirst erst einmal hier bleiben müssen. Bis wir eine Unterkunft für dich vorbereitet haben.«

»Hier?«, wiederholte der Festländer und machte eine Handbewegung, die den ganzen Raum einschloss. Es war nur zu offensichtlich, dass L'Kell statt ›hier‹ ebenso gut ›Gefängnis‹ hätte sagen können.

Wieder musterte Li-Jared seinen Freund Bandicut, um sich davon zu überzeugen, wie viel der Mensch von den Vorgängen in der Kabine überhaupt mitbekam. John sah nicht gut aus. »Bandie? Bist geht es dir gut?«

In Bandicuts Augen zuckte Erkennen auf; doch wahrscheinlich war es eher eine Reaktion auf die Stimme des Karellianers und darauf, dass ihn jemand anblickte, als ein Zeichen echter Konzentration auf das Geschehen. Li-Jared fühlte einen Stich, tief in seiner Seele. Ihm war, als müsse er hilflos zusehen, wie eine unbekannte Macht seinen Freund mit Taubheit schlug und ihm die Sprache raubte. Würde das für den Rest von John Bandicuts Leben so bleiben?

Das, was du in betracht ziehst, ist möglich. Aber nicht ohne Risiko.

Li-Jared schrak zusammen. /Was ist möglich?/, fragte er die Steine und schloss die Augen.

Kontakt aufzunehmen. Uns zu teilen. Den Platz einzunehmen, den momentan die Steine deines Freundes einnehmen.

Seine Herzen schlugen schnell. /Und das Risiko?/

Wenn der Wirt sich widersetzt oder zu schwach ist ... kann es ihm schweren Schaden zufügen. Und auch den anderen Steinen. Und uns, wenn die Rückkoppelungen zu heftig sind.

Erneut gerieten seine Herzen kurz aus ihrem synchronen Rhythmus. /Wenn ich es nicht tue, wird Bandie in diesem Zustand bleiben. Oder es wird ihm sogar schlechter gehen, nicht wahr? Habt ihr irgendwelche anderen Vorschläge? Könntet ihr euch teilen und stattdessen zu Bandie hinüber wechseln?/

Er benötigt seine eignen Steine zurück, die Steine, die ihn kennen. Aber wir sind bereit dieses Risiko einzugehen, wenn du es wünschst.

Li-Jared war wie erstarrt. Er hörte die Stimmen um ihn herum in der Kabine, war aber nicht einmal imstande, die Augen wieder zu öffnen.

Wenn du es wünschst.

So in etwa muss sich ein Vogel fühlen, dachte Bandicut, *der auf einer Hochspannungsleitung sitzt und darauf wartet, dass der Blitz einschlägt.* Er fühlte sich so, als hätte er erneut den NeuroLink verloren, nur schlimmer: Einerseits war er emotional traumatisiert, denn er erlebte den Verlust der Steine wieder und wieder vor seinem inneren Auge – seit er sie verloren hatte, scheinbar schon vor einer Ewigkeit. Andererseits war es ein körperliches Trauma. Er zitterte. Und nicht allein deshalb, weil ihm kalt war: Vielmehr lag es an dem viel zu hohen

Druck, dem er hier ausgesetzt war. Bekam er zu viel Sauerstoff oder etwa zu wenig? Vermutlich zu viel, aber genau wusste er es nicht. Er bekam zu spüren, dass er ständig zwischen Euphorie und Niedergeschlagenheit hin und her pendelte. Wenn nicht bald etwas geschähe, wäre seine Psyche ebenso verloren wie sein Körper.

Endlich endete die Fugue. Nur verschwommen hatte er mitbekommen, was vor sich gegangen war. Ein Gespräch mit dem Festländer. Harding. Antares nahm Bandicuts Hand; ihre drei schmalen, langen Finger hielten sie mit überraschender Kraft. Die empathische Verbindung schwoll an und ebbte wieder ab, Wellen von Empfindungen umspülten ihn. Viel Interesse, auch Angst, Zuneigung. Dann, wesentlich kontrollierter, eine zweite Welle: Beteuerung, Beruhigung. Sie hatte Angst, Angst um *ihn.* Allerdings hatte sie auch gelernt, ihre eigenen Emotionen zu unterdrücken und zuzuhören, auf die Bedürfnisse desjenigen zu reagieren, der sich in ihrer Umgebung befand, in ihrer empathischen Reichweite.

///Sie ist . . . du weißt schon,
sehr besorgt um dich, John.
Ist sie wirklich.
Ich glaube sogar, sie könnte in dich verliebt sein,
wenn sie nicht . . .///

/Das ist jetzt nicht gerade der richtige Zeitpunkt, Char, um über so etwas zu sprechen. Wenn sie nicht was?/

///Sie befindet sich in einem Konflikt.
Ich kann das deutlich nachempfinden.
Sie versucht aber, dich da rauszuhalten, John,
mit aller Macht.///

Bandicut kam nicht dazu, über eine Antwort nachzudenken, denn plötzlich wurde ihm bewusst, dass etwas mit seiner Atmung nicht stimmte. Flach und keuchend

– das war gar nicht in Ordnung. Aber er war nicht in der Lage, es zu ändern. Stimmte irgendetwas mit der Luft nicht …?

Neben ihm hatte der Festländer aufgehört mit Ik oder L'Kell oder wem auch immer zu sprechen, wandte den Kopf und sah zu ihm hinüber. Erkannte er, wie schlecht es diesem Bandicut ging? Oder hatten vielleicht die Steine es bemerkt, die Gefahr erkannt …?

Dann bewegte sich noch jemand, Li-Jared. Er trat vor und kauerte sich neben Antares hin. Starrte Harding an. Starrte Bandicut an.

Ik hatte seine Aufmerksamkeit teilen müssen zwischen seiner Besorgnis um John Bandicut und der Notwendigkeit, das Gespräch zwischen dem Festländer und den Neri anzukurbeln. Seit Antares' und Li-Jareds Ankunft hatte er sich mehr auf Letzteres konzentriert. Während sie miteinander sprachen, schien L'Kell den Gedanken, Harding sei nicht lediglich ein Kriegsgefangener, sondern auch ein möglicher Unterhändler, immer mehr zu akzeptieren. Aber was ging wirklich in L'Kells Kopf vor – und was würde Askelanda denken? Es gab so viele erkrankte und vor allem wütende Neri, die es gewiss begrüßen würden, wenn man den Festländer an die Pikarta verfütterte.

»L'Kell«, sagte Ik, »wenn du und Harding es den Steinen erlauben würdet, euch gegenseitig zu verstehen …«

Der Neri reagierte auf Iks Anregung nur mit einem Blick, der Festländer hingegen wandte sich L'Kell zu und fragte: »Bist du der Anführer dieses Volkes?«

L'Kell machte eine Handbewegung, die Ik nicht zu deuten wusste. »Ich bin *ein* Anführer. Möglicherweise wirst du später mit jemandem reden, der unser ganzes Volk führt.«

Der Festländer erschauerte kurz. »Wenn ich es überlebe, dass ihr mich auf den Grund des Ozeans bringt.«

L'Kell antwortete mit einem schnarrenden Laut. »Meine größere Sorge gilt meinen Leuten, die krank sind und sterben, durch die Hand *deines* Volkes!«

Hardings Kopf ruckte ein klein wenig nach oben. »Das ist nicht unsere ...«

Er brach mitten im Satz ab, als ein weiterer Neri durch die Luftschleuse in die enge, überfüllte Kabine des Frachttauchbootes trat. Es war Hargel, der sich in der Stadt so aufmerksam um die Gäste von den Sternen gekümmert hatte. »L'Kell«, begann Hargel nachdrücklich, »wir brauchen sofort die Hilfe von Ik und Bandicut!«

L'Kell warf ihm einen scharfen Blick zu.

»Den Kranken geht es schlechter! Corono kämpft noch um ihr Leben, aber ohne die Hilfe der Fremdweltler werden viele bald sterben.«

Als der Neri-Anführer sich wieder zu ihnen umwandte, konnte Ik ihm die Anspannung am Gesicht ablesen. »Kannst du ihnen helfen?«, stellte er Ik die für ihn alles entscheidende Frage.

»Ich will alles versuchen, was in meiner Macht steht. Aber John Bandicut, *hrrrm*«, er blickte zu seinem Freund hinüber. »John ... bist du in der Lage zu ...?« Er hielt inne, völlig niedergeschmettert davon, wie viel Schmerz er sah und wie schwer es Bandicut fiel zu atmen. »Ich fürchte«, meinte er zu L'Kell, »John Bandicut gehört jetzt auch zu den Kranken. Ich weiß nicht einmal, ob er am Leben bleiben wird – ohne seine Steine.«

Ik drehte sich wieder zu Bandicut um und sah

bestürzt, wie Li-Jared seine Hand ausstreckte und zunächst Bandicut und dann den Festländer berührte.

Es hatte Li-Jared überfallen wie ein unvorsehbares Unwetter: Der Schmerz und die Verwirrung auf dem Gesicht des Menschen, die Unruhe, die in Wellen von der Thespi-Frau ausging, und nun auch noch die Nöte der Neri. Nicht die Nöte der Neri-Anführer, nein, sondern die der Neri, die unten im Frachtraum oder später im Habitat sterben würden.

Ehe er sich's versah, fand sich Li-Jared vor Bandicut kniend wieder und lauschte seinem röchelnden Atem. »Bandie«, murmelte er, »kannst du …« Er sprach nicht weiter, denn ihm wurde klar, dass der Mensch seine Worte nicht verstand. Li-Jared wandte sich an den Festländer, der ihn mit einem nicht zu entschlüsselnden Gesichtsausdruck beobachtete. Harding hatte Bandicuts Tochtersteine erhalten und würde daher gewiss verstehen, was Li-Jared zu sagen hatte. »Erlaubst du mir«, setzte der Karellianer mit vor Aufregung vibrierender Stimme an, »das Leben dieses Mannes zu retten, der dir dein Leben gerettet hat?«

24
Klarheit im Sturm

Bandicut glitten die Gedanken davon, trieben fort, klärten sich dann genau einen Lidschlag lang, sodass er die Lichtpunkte erkennen konnte, die durch die Luft schossen. Von Li-Jared hinüber zum Festländer. Vom Festländer hinüber zu ihm, Bandicut. Flüssige Edelsteine, die aufspritzten und deren Tropfen vom einen zum anderen sprangen.

Bandicuts Handgelenke standen in Flammen. Benommen beobachtete er, wie zwei Lichtkugeln, groß wie Murmeln, auf Stecknadelkopfgröße zusammenschrumpften und sich selbst in seine Handgelenke einbetteten, diamantenhell im rechten, schwarzfeurig im linken. Er fühlte sich, als müsse er vor Schmerz ohnmächtig werden, so schwach, so benommen. Er kämpfte darum, bei Bewusstsein zu bleiben. Es war auch nicht sosehr der Schmerz, der ihn schwächte, sondern vielmehr die Steine, die ihre Bindung zu ihm wiederherstellten …

///Es funktioniert …///

»John, bist du …«

»John Bandicut?«

Momentan war er gerade mal dazu fähig, Antares' und Iks Stimmen voneinander zu unterscheiden. Ein lang anhaltender Kälteschauer ließ ihn frösteln, dann hob sich der Nebel und verflüchtigte sich.

///Sie haben den Übergang abgeschlossen///, raunte das Quarx in Bandicuts Gedanken.

»Mir geht's gut«, seufzte Bandicut – nur ein matter Seufzer der Erleichterung. Seine Stimme wollte ihm nicht recht gehorchen, doch wenigstens konnte er reden. Ik hrrrmte befriedigt; Antares drückte Bandicut die Hand, sandte eine Welle der Erleichterung nach der anderen aus; Li-Jared bwangte vor Zufriedenheit und Glück, während seine stahlblauen Augen strahlten wie ein ganzer Lichterbaum: »John Bandicut, John Bandicut, kannst du mich hören kannst du mich hören kannst du mich verstehen?«, rief er in einem fort.

Und Bandicut lachte und nickte Li-Jared froh zu, flüsterte Dankesworte und drückte Antares fest die Hand, bevor er sie schließlich losließ. Sein Körper fand allmählich zu seiner alten Kraft zurück. Sein Atem rasselte nicht mehr, seit die Steine sich nach Kräften darum bemühten, seine Körperfunktionen wieder auszubalancieren und seine Atmung zu normalisieren. Nur ein paar Minuten später fühlte er sich wie neugeboren. Er setzte sich auf, straffte sich, hob den Kopf und blickte in die Runde.

Die anderen hatten ihre Aufmerksamkeit wieder auf den Festländer gerichtet, kaum dass sie festgestellt hatten, dass Bandicuts Zustand nicht mehr lebensbedrohlich war. Harding dagegen hatte offensichtlich mit dem abrupten Wechsel der Steine zu kämpfen. Er hörte nicht auf, den Kopf zu schütteln, etwa so wie ein Hund, der einen Floh im Ohr hat. Gleichwohl wirkte er nicht wütend oder verärgert. Bandicut wusste (wohl dank seiner eigenen Steine), dass Harding aus freien Stücken dazu bereit gewesen war, seine Steine ihrem ursprünglichen Wirt zurückzugeben, um Platz für etwas Neues zu machen: die Tochtersteine von Li-Jareds Steinen. Und jetzt rang sein Körper damit, die neuen Steine statt der alten zu integrieren.

»Ich …«, *chroff*, »weiß … nicht, ob … ich …« Er zuckte heftig und schüttelte erneut den Kopf.

Ein besorgtes *Bwang* kam von Li-Jared. »Kannst du denn verstehen, was ich sage? Hörst du meine Worte deutlich genug?« Beunruhigt schwang Li-Jared den Oberkörper mal vor und zurück, mal hin und her, während er den Festländer beobachtete.

»Ja ...«, *chrrr,* »... ja, ich verstehe dich immer besser. Li-Jared. Ja, ich ... kann wirklich langsam alles verstehen.« Harding blinzelte, die konzentrischen Kreise seiner Iriden schienen sich zu drehen. Er rieb sich mit den zangenförmigen Fingern über Wangen und Schläfen. »Ich war sehr ...«, *chmmm,* »... benommen. Aber ich glaube, wir können uns jetzt unterhalten. Ja.«

»Harding«, hauchte Bandicut, darum ringend, seine Stimme unter Kontrolle zu bekommen.

Der Festländer drehte sich um und blickte ihn mit seinen tiefen, dunklen Augen an. Mehrere Herzschläge lang sahen sie einander nur gegenseitig an, bannten den Blick des jeweils anderen mit den eigenen Augen. Dann, zeitgleich, flüsterten sie einander zu: »Danke.«

»John Bandicut«, meldete L'Kell sich zu Wort. »Ich weiß nicht, ob du uns vorhin verstanden hast. Aber hier in diesem Boot sind Schwimmer, die verzweifelt auf deine Hilfe warten. Sie sterben, John! Meinst du, du könntest ...« Seine Stimme verlor sich, so, als habe er gerade erst begriffen, aus welch emotionalem Moment er die beiden soeben gerissen hatte. »Es tut mir Leid, dass ich dich darum bitten muss.«

Bandicut sehnte sich danach, sich mit Harding auszutauschen. Aber er schluckte seine eigenen Wünsche hinunter und schloss die Augen. /Sind wir schon wieder stark genug? Können wir schon wieder heilen?/

Das Quarx teilte anscheinend seine unsägliche Erschöpfung und antwortete dennoch:

///Wenn's denn sein muss,
werden wir es schon schaffen, denke ich.///

Bandicut suchte Iks Blick und gab nickend seine Zustimmung. »Also gut«, sagte er, obwohl seine Kehle sich anfühlte wie Sandpapier, »dann wollen wir mal!«

Komprimierte Atemluft zischte in die Luftschleuse und brachte Bandicut, Ik und Hargel auf ein anderes Druckniveau. Als Bandicut den Tauchboothangar des Habitats betrat, überschwemmte ihn das unerwartet heftige Gefühl, nach Hause zu kommen. Er rechnete kurz nach und stellte erstaunt fest, dass es erst zwei Tage her war, seit er das Habitat verlassen hatte. Geführt von Hargel durchquerten sie die Stadt der Neri und fanden ihren Weg in das Habitat, in das man die Kranken gebracht hatte. Hargel führte sie nicht zu dem Habitat, in dem Corono normalerweise seine Patienten behandelte – dort wäre für so viele Kranke gar nicht genug Platz gewesen –, sondern zu der großen, weiten Halle der Begegnung, in der sie das erste Mal auf Askelanda getroffen waren. Für einen Augenblick blieben sie im Eingangsbereich der Halle stehen, entsetzt über den Anblick der vielen Neri, die hier überall vor ihnen auf Feldbetten, Polstern oder auf dem bloßen Boden lagen. Im Innern des Schiffswracks war es dunkel gewesen – und bisher hatten sie nie alle Strahlenopfer in einem einzigen Raum versammelt gesehen. Im Wrack hatten sie die Neri in einer Art behelfsmäßiger Erste-Hilfe-Station behandelt, voller Verzweiflung; hier lagen die Kranken zwar eher in einem überfüllten Krankenhauskorridor, doch war die Lage nicht minder verzweifelt als im Wrack.

»Oh, mein Gott!«, brachte Bandicut leise hervor.

»Mond und Sterne«, seufzte Ik.

Hargel hingegen schritt in die Halle hinein und rief laut: »Corono! Die Fremden sind hier! Wo sollen sie beginnen?«

Der Heiler befand sich auf der anderen Seite der Halle. Als Hargel nach ihm rief, wandten ihnen viele der Neri auf ihren improvisierten Lagern die Gesichter zu. Manche sahen Bandicut und Ik nur mehr mit großen Augen und verschleiertem Blick an. Andere nahmen sie gar nicht mehr wahr. Noch bevor Corono sich zu ihnen aufmachte, war klar, wie die Antwort auf Hargels Frage lauten musste: einfach beginnen, irgendwo, egal wo. Viele Neri hatten sie bisher noch gar behandelt, und jenen, denen sie bereits geholfen hatten, ging es größtenteils schon wieder schlechter. Corono zeigte ihnen rasch die dringendsten Fälle. Ohne ein weiteres Wort zu verlieren, begannen sie.

Wie die Zeit verging, nahm Bandicut gar nicht mehr bewusst wahr, während er seine Arbeit tat. Es hätte ein anderer Tag sein können, ein anderes Jahrhundert, als Kailan und L'Kell zu ihnen kamen. Sie unterbrachen Ik und Bandicut in ihrer Arbeit und baten sie darum, ihnen zu erklären, wie sie ihre eigenen Steine einsetzen konnten, um zu helfen und zu heilen. Bandicut starrte die beiden in erschöpftem Unglauben an, zu müde, um erstaunt zu sein, Wieso war keiner von ihnen zu einem früheren Zeitpunkt auf diese Idee gekommen? Er erklärte den beiden, die Heilung mit den Steinen sei nicht einfach, ohne ein Quarx und ohne Erfahrung mit einem Neuro-Link, die ihnen den Anfang hätten erleichtern können. Aber die Not war so groß, und die beiden Neri bestanden darauf zu helfen. Also ließen sie ihre Steine einander berühren, L'Kells Steine die von

Bandicut, Kailans Steine die von Ik. Und bald schon arbeiteten die beiden Neri Seite an Seite mit ihren Freunden von den Sternen, um die Kranken des Neri-Volkes zurück auf die Straße des Lebens zu locken.

Bandicut war sich kaum noch seiner selbst bewusst, als man ihn zu seinem Schlafraum geleitete, ihm etwas zu essen und zu trinken gab. Gleich darauf gesellte sich Ik zu ihm, aber sie waren viel zu müde, um sich noch zu unterhalten. Ik sank in eine tiefe Meditation, und Bandicut legte sich hin, in eine dicke Decke gewickelt. Sein Kopf war voll von den Ereignissen des Tages. Ohne die Hilfe von Char hätte er sich wahrscheinlich noch Stunden unruhig hin und her gewälzt. Aber das Quarx wusste, welche Punkte seines Verstandes und seines Erinnerungsvermögens sie berühren musste, und schnell glitt er in einen bleiernen Schlaf.

Stunden später schreckte Bandicut aus einem intensiven Traum, in dem sich die Steine in tanzende Besen verwandelt hatten; sie wirbelten große Mengen Staub auf, der sich in riesigen Wolken in der Luft hielt. Die Besen wurden urplötzlich von einer unergründlichen Finsternis verschluckt, nur um überschwappende Wassereimer tragend zurückzukehren, Wasser, in dem er, John Bandicut, zu ertrinken drohte.

///Diese Bilder kamen
aus einer tief verschütteten Erinnerung.///

/Oh ja./ Bandicut rieb sich die Schläfen, dann die Handgelenke. Da, wo die Steine unter der Haut saßen, fühlte er beruhigt noch immer die kaum merklichen Wölbungen. Dann hörte er Stimmen im Raum nebenan. Wahrscheinlich hatten ihn diese Stimmen geweckt. Ik war nirgendwo zu sehen. /Ich frage mich, wie lange ich wohl geschlafen habe./

///Ziemlich lange.
Du warst sehr müde, mein Lieber.///

/Das kannst du laut sagen! Und wie hast du die Nacht verbracht?/

///Mit einem kurzen Nickerchen.
Ich brauche nicht dieselbe Art von Nachtruhe wie du.
Ich habe an meinen Studien
über das Leben von John Bandicut gearbeitet.///

/Oh. Ich hoffe, es hat dir Spaß gemacht./

///Hat es. Was passiert jetzt?///

Bandicut reckte und streckte sich ausgiebig. /Keine Ahnung. Noch mehr Heilungen vielleicht./

///Das hab ich mir auch schon gedacht.
Ich frage mich, worüber sie
nebenan gerade reden.///

/Dann lass uns nachschauen gehen./ Bandicut erhob sich leicht schwankend.

Er ging hinüber in den Nachbarraum und wurde von Hargel begrüßt, der dort mit drei anderen Neri in der ihnen eigenen Art, miteinander zu diskutieren, auf- und abging. »Corono lässt bestellen, dass die meisten Schwimmer, die du behandelt hast, sich wohl erholen werden«, erzählte er. »Und Kailan und L'Kell haben weitergearbeitet, während Ik und du geschlafen habt.«

»Das ist gut. Aber hast gesagt ›die meisten‹ werden sich erholen – also nicht alle?«

Hargels Stimme sank traurig herab. »Wir haben einen der Neri verloren, der mit uns im Frachtboot zurückgekommen ist, und zwei andere in der letzten Nacht. Es wird große Trauer darüber herrschen. Aber es hätte uns viel schlimmer treffen können. Askelanda würde dich gerne sehen, sobald du für ein Treffen bereit bist.«

»Gerne. Und wo ist Ik?«

»Er ist immer noch zusammen mit Corono bei den Kranken. Möchtest du zuerst dort vorbeischauen?« Hargel machte eine einladende Handbewegung, ihm zu folgen.

Als sie Ik fanden, schritt er gerade zwischen den Reihen mit Krankenlagern hindurch wie ein Priester, der unaufhörlich, aber unhörbar Gebete murmelt und Weihwasser über jeden Patienten spritzt. Anstatt jedoch ein *Ave Maria* dem nächsten folgen zu lassen, hrrrmte und hrachhte er zwischen jedem Atemzug. Es waren nicht wirklich Worte, die er sprach, glaubte jedenfalls Bandicut, sondern einfach nur beruhigendes Gemurmel. Als er Bandicut erblickte, winkte er ihm mit seinen langen Fingern zu, unterbrach seine Patrouille jedoch nicht einmal für einen Augenblick. Bandicut begann, ebenfalls zwischen den Neri entlangzuwandern, berührte hier einen Arm, ergriff da eine Hand und wisperte aufmunternde Worte.

»So gut ging es ihnen noch nicht, als wir uns letzte Nacht schlafen gelegt haben, oder?«, erkundigte sich Ik, als sie sich bei ihrem Visitengang trafen.

Bandicut schüttelte den Kopf. »So gut wirklich nicht. L'Kell und Kailan müssen sehr fleißig gewesen sein.«

»Hrachh!«, bestätigte Ik zufrieden, während er sich umsah.

»Aber wo sind die beiden? Haben sie sich schlafen gelegt? Und hast du irgendwo Antares oder Li-Jared gesehen?«

»Kailan und L'Kell gönnen sich in der Tat ein wenig Ruhe und haben sich deswegen zurückgezogen. Li-Jared ist beim Festländer geblieben, soweit ich weiß. Und Antares ... sie ist bei Askelanda. Sollen wir uns ihr anschließen?«

Sie ließen sich von Hargel durch das Labyrinth des Neri-Habitats bis zu dem Kuppelsaal geleiten, von dem aus sie ins Meer geblickt und beobachtet hatten, wie das vom Todesschlund verursachte Beben die Habitatkuppel aus ihrer Verankerung riss. Sie trafen Antares und den höchsten Anführer der Neri auf Kissen auf dem Saalboden sitzend an, vertieft in eine Diskussion darüber, wann die Neri mit der nächsten Eruption des Todesschlundes zu rechnen hätten. Hargel brachte noch mehr Kissen, und Ik, Bandicut, Antares und Askelanda bildeten einen Kreis, während Hargel am Eingang des Saals Posten bezog. Antares warf Bandicut einen fragenden Blick zu, und er flüsterte ihr zu: »Mir geht's prima.« Erleichtert berührte Antares seine Hand, bevor sie sich wieder Askelanda widmete.

»Wir stehen tief in Eurer Schuld«, begann Askelanda und beugte sich vor. »Ich danke Euch für die Leben, die Ihr meinem Volk gerettet habt.«

»Ihr schuldet uns nichts. Wir haben gerne geholfen«, brummte Ik, und Bandicut sagte: »Ich finde, L'Kell und Kailan verdienen mindestens ebenso viel Dank wie wir.«

»Ich weiß«, nickte Askelanda. »Aber sie hätten nichts auszurichten vermocht ohne Eure Hilfe – und die Eurer *Steine*!« Er hielt inne, und einen Moment lang befürchtete Bandicut, das respekteinflößende Neri-Oberhaupt könne um eigene Steine bitten. Askelanda strich sich über das graue Haar, als sei er tief in Gedanken versunken. Dann fuhr er fort: »Doch nun haben wir andere Probleme zu lösen. Wenn es Euch nichts ausmacht, würde ich gerne Eure Meinung dazu erfahren ...«

Bandicut senkte den Kopf. Möglicherweise war der Patriarch der Neri zu höflich, um seiner Bitte nach Steinen Ausdruck zu verleihen – möglicherweise war er aber auch einfach zu ängstlich dafür. Vielleicht war das besser so, denn Bandicut konnte ihm keine Tochtersteine mehr anbieten, selbst wenn er das gewollt hätte. »Wenn wir helfen können, tun wir das selbstverständlich. Darf ich fragen, ob Ihr bereits mit dem Festländer gesprochen habt, mit Harding?«

»Der Gefangene hat sich zur Ruhe begeben, wurde mir berichtet«, antwortete Askelanda, ohne auf die eigentliche Frage einzugehen. Sein Blick wirkte eher düster. »Soweit ich weiß, hat er Forderungen gestellt. Wir werden vielleicht mit ihm sprechen, sobald L'Kell und einige der anderen sich zu uns gesellen.«

Bandicut nickte.

Askelanda deutete auf Antares. »Eure Freundin hier beschrieb mir gerade die Fortschritte Eurer Studien über das Ding, das uns erwartet ... in den Tiefen. Ich gestehe, dass ich nicht zu entscheiden weiß, wie ich die von ihr gewonnenen Informationen einsetzen soll. Vielleicht ist Eure Freundin bereit, uns zu berichten.«

»Wir halten es für möglich«, erläuterte Antares, »dass der Allesverschlingende – der Todesschlund – kurz vor einem weiteren heftigen Ausbruch steht. Li-Jared und Kailan haben Muster in den Aktivitäten des Todesschlunds ausgemacht und analysiert, welche Muster unmittelbar vor einem Beben auftreten. Anhand dieser Analyse wissen sie, dass es bald geschehen wird. Aber nicht *wie* bald.«

»Rakch!«, gab Ik seiner Bestürzung Ausdruck. »Habt ihr denn auch irgendetwas darüber herausgefunden, was der Todesschlund überhaupt *ist*?«

Antares antwortete zuerst mit einem sanften Klicklaut. Dann musste sie zugeben: »Nein. Aber Li-Jared ist sich sicher, dass der Schlund, wenn er aktiv ist, Kanäle in der Raumzeit öffnet, also etwa so funktioniert wie ein ...« Sie zögerte.

»... ein Interstellarantrieb?«, wollte Bandicut wissen.

»Genau so«, nickte Antares. »Woher wusstest du das? Hast du bereits mit Li-Jared gesprochen?«

Bandicut schüttelte verneinend den Kopf. »Nein, aber in dem versunkenen Schiff ...«

»Ja, richtig! Du hast ja von einer Begegnung berichtet – und Li-Jared konnte nachweisen, dass zur selben Zeit auch der Todesschlund aktiv war!« Antares machte sich nicht die Mühe, ihre Aufregung zu verbergen. »Bitte erzähl uns doch, was passiert ist!«

»Ja, gerne. Aber schließ doch erst einmal deinen Bericht ab!«, drängte Bandicut sie.

Antares strich sich mit den Fingern durchs Haar. »Ich habe nicht viel mehr zu berichten – denn, offen gesagt, habe ich nicht viel von der ganzen Sache verstanden. Ich weiß nur eines: Wir dürfen nach Li-Jareds und Kailans Ergebnissen davon ausgehen, dass der Todesschlund *irgendwie* mit dem gesunkenen Schiff verbunden ist. Ist es denn tatsächlich ein ...«

»Ein Raumschiff?«, ergänzte Bandicut ihre Frage. »Ja. Ich hatte eine ... persönliche ... Begegnung mit ... dem Interstellarantrieb des Schiffes. Ich kann von Glück sagen, dass ich da heil rausgekommen bin – zusammen mit Harding.« Nun genoss Bandicut die ungeteilte Aufmerksamkeit der anderen, besonders Askelanda fixierte ihn mit durchdringendem Blick. »Ich weiß allerdings auch nicht genau, wie der Interstellarantrieb und der Todesschlund in Verbindung stehen, kann aber mit Sicherheit sagen, dass der Todesschlund den Absturz des Raumschiffs verursacht hat!« Er schwieg einen Augenblick, dann entschied er sich, ihnen alles zu erzählen. »Und ich bin überzeugt davon, dass das Volk, dem die Neri den

Namen Festländer gegeben haben, durch den Absturz auf diese Welt gekommen sind.«

Er hörte, wie Askelanda scharf Luft holte. Vor Überraschung oder Bestürzung? Askelandas Blick ruhte auf ihm und wirkte unergründlich. »Wir kennen einige Legenden, die ...«, setzte der Neri an, doch es fiel ihm sichtlich schwer, seine Gedanken und Gefühle in Worte zu fassen. Nachdenklich schwieg er, dann traf er allem Anschein nach eine Entscheidung. »Sie sind also nicht Teil unserer Welt?«

Dieses Mal war es an Bandicut, tief Luft zu holen. »Jetzt schon!« Er erkannte mit Erstaunen, dass sein Wissen über die Festländer weit umfangreicher war als am Vortag. Seine Steine hatten offenbar die kurze Zeit, die sie in Hardings Obhut gewesen waren, fleißig zum Lernen genutzt.

»Was möchtet Ihr mir damit sagen?«, fragte Askelanda scharf.

Bandicut hob beschwichtigend die Hände. »Nur, dass die Festländer – oder *Astari,* wie sie sich selbst nennen – nicht ursprünglich von dieser Welt stammen. Aber dass sie nun seit mehreren Generationen hier leben. Und sie haben keinen anderen Ort, den sie Heimat nennen könnten!«

»Heimat?!«, ereiferte sich Askelanda. »Sie nennen *Heimat,* was sie vergiften? Sie vergiften ihre Heimat – und unser Volk!«

»Ich glaube«, widersprach Bandicut so sanft wie möglich, »dass sie gar nichts von der Vergiftung wissen. Ich glaube, dass ihre Handlungen eher gedankenlos als bösartig gewesen sind. Aber ja, das Raumschiff gehört ihnen. Oder ihren Ahnen.«

Das altehrwürdige Oberhaupt der Neri starrte Bandicut an. Einige Augenblicke verstrichen, als müsse Askelanda erst noch ergründen, ob das dort vor ihm derselbe John Bandicut war, der die Kranken seines Volkes geheilt hatte. Schließlich sagte er: »Und ihr Schiff ist also verbunden mit unserem großen Allesverschlingenden! Wie sollen wir darauf reagieren? Kontrollieren sie die Verbindung? Lassen sie den Allesverschlingenden weitermachen und uns vernichten?«

»Sie kontrollieren die Verbindung keineswegs«, entgegnete Bandicut. »Wie könnte das auch sein, denn schließlich ist es der Todesschlund gewesen, der ihre Bruchlandung auf dieser Welt verursacht hat! Sie sind ebenso wie die Neri der Gnade des Schlundes ausgeliefert gewesen ... und seinen Beben!«

»Wie kann das sein? Sie leben doch an Land und in Sicherheit!«

Antares mischte sich ein. »Lebten nicht auch die Urahnen der Neri auf dem Land und wurden dennoch vom Todesschlund vernichtet?«

Askelandas Kopf ruckte kaum merklich hoch.

»Sind die Urahnen der Neri alle tot?«, fragte Ik nach.«

Askelanda stieß einen rau klingenden Seufzer aus. Mit geschlossenen Augen murmelte er etwas vor sich hin, einige Silben nur, deren Bedeutung die Translatorsteine jedoch nicht erfassten. Als er die Stimme erhob, um mit seinen Gästen zu sprechen, klang sie verändert, schien von weit her zu kommen. »Viele Generationen in der Vergangenheit zurück gab es große Erschütterungen – es war noch nicht viel Zeit vergangen, seit der Neri das Meer bevölkerten. Der Meeresboden bebte. Tsunamis rollten über den Ozean. Vulkane brachen aus. Stürme tobten über den Meeresspiegel. Unser Volk konnte sich nur mit Mühe aus dieser Zeit retten; unsere Urahnen aber starben.«

»Jeder Einzelne von ihnen?«, fragte Ik. In seiner Stimme lagen all die Gefühle, die jemand empfindet, der weiß, wie es ist, wenn eines ganzen Planeten Bewohner für immer verschwinden.

»Soweit wir es wissen, ja. Expeditionen in Küstennähe fanden keine Überlebenden.« Askelanda zögerte weiterzusprechen. Dann jedoch setzte er schlicht hinzu: »Sie sind fort.«

»Vernichtet von der Ankunft des Todesschlundes«, stellte Antares fest. Als sie die fragenden Blicke der anderen bemerkte, fuhr sie fort: »Kailan glaubt, die Urasche für die Naturkatastrophen zu kennen: die Ankunft des Todesschlundes aus dem Weltall. Er verursacht immer noch Katastrophen – aber keine, die sich mit denen vergleichen ließen, die er bei seiner Ankunft ausgelöst hat.«

In diesem Moment erinnerte Bandicut sich plötzlich an etwas, das sein Unterbewusstsein die ganze Zeit über schon gekitzelt hatte. »Habe ich das richtig verstanden: Der Todesschlund kam unmittelbar, nachdem die Neri das Meer besiedelten, hier auf dieser Welt an? Ja? Askelanda, glaubt Euer Volk vielleicht, dass der Todesschlund nur deswegen auf diesem Planeten ist, *weil* ihr Neri es wagtet, das Land zu verlassen und das Meer zu besiedeln?«

Askelandas Gesichtsausdruck gefror. »Das«, meinte er steif, »ist eine ebenso historische wie religiöse Frage. Das ist etwas, was Ihr mit der Obliq besprechen solltet. Oder mit Corono.«

Eine religiöse Frage? Bandicut wunderte sich. Antares warf ihm einen bestätigenden Blick zu, und ihm wurde klar, dass er, ohne es zu ahnen, einen Punkt berührt hatte, der unter den Neri Emotionen weckte, die für andere schwierig nachzuvollziehen waren. Bittend hob er die Hand. »Glaubt Euer Volk, dass es für das Auftauchen des Todesschlunds verantwortlich ist?« Bandicut vermutete, dass die Ankunft des Todesschlunds auf diesem Planeten nichts mit der Besiedlung des Meeres durch die Neri zu tun hatte – der Schlund war vom Himmel gefallen, als er eben vom Himmel fiel, und weiter nichts.

Askelanda sah ihn ernst an, und setzte schon zu einer Antwort an.

Da wurde er durch Hargel unterbrochen, der vom Eingang her, wo er Posten bezogen hatte, rief: »Askelanda, die Roboter sind aus der Fabrik zurückgekehrt!«

Die Roboter betraten die Halle, offenbar hatten die Neri sie durch das Labyrinth der Wege im Habitat getragen. Napoleon ging auf den Kreis der Gesprächspartner zu und ließ sich dort nieder; Copernicus rollte hinter ihm her. Während Napoleon sich in seine Ruheposition begab, schwenkten und drehten sich seine Scanner-Augen, um zu erfassen, wer hier in der Runde beisammensaß. »Captain, wir sind zurückgekommen, um Bericht zu erstatten. Wir hätten noch länger in der Fabrik bleiben können, aber unser Tauchboot musste aufgeladen werden.«

»Schön, euch zu sehen«, meinte Bandicut. »Welche Fortschritte habt ihr machen können?«

Napoleon klickte leise. »Wir haben mit dem Kontrollsystem der Fabrik Kontakt aufgenommen und besitzen jetzt ein Grundverständnis der Operationsabläufe. Wir glauben zu wissen, was nicht mehr funktioniert hat.«

Askelanda beugte sich gespannt vor, alle Gedanken an den Todesschlund waren vorerst vergessen.

»Und was ist denn schief gelaufen?«, hakte Bandicut ungeduldig nach.

»Das ist kompliziert.«

»In Ordnung, es ist also kompliziert. Und was ist schief gelaufen?«

Der Roboter klickte erneut. »Der Zusammenbruch des Systems erfolgte in klar von einander unterscheidbaren Phasen. Phase eins wurde ausgelöst durch eine Folge seismischer Erschütterungen, die eine Reihe interner Kontrollverbindungen ebenso unterbrachen wie gewisse Herstellungsvorgänge.«

»Seismische Erschütterungen? Du meinst Erschütterungen, die der Todesschlund verursacht hat?«, forschte Bandicut nach.

»Unter Umständen, Captain. Die Fabrikintelligenz meint das jedenfalls. Sie hat allerdings keine Aufzeichnungen über die Quelle der seismischen Aktivitäten.«

»Die Fabrikintelligenz?«

»Die zentrale Fabrikkontrolleinheit. Normalerweise wäre diese in der Lage gewesen, das System zu reparieren, aber die Schäden waren zu umfangreich. Wahrscheinlich waren bestimmte operationale Unterprogramme ebenfalls von Zerstörungen betroffen. Hinzu kam, dass gewisse Rohstoffe, die für den Abschluss der Reparaturarbeiten benötigt wurden, nicht mehr zur Verfügung standen.«

»Rohstoffe? Du meinst Chemikalien, Mineralien und so etwas in der Art?«

»Exakt. Es handelt sich um Mineralien, die nicht aus dem Ausstoß der Vulkanschlote gewonnen werden können. Diese Schlote stellen die Hauptquelle ebenso für benötigte Rohstoffe wie zur Energiegewinnung dar. Energie wird zu gleichen Teilen durch Überschüsse der radioisotopischen Generatoren wie durch geothermale Abwärme gewonnen.« Napoleon machte eine Pause, so, als müsse er Luft holen, und sah in der Hoffnung auf Bestätigung zu Copernicus. Copernicus tat ihm den Gefallen und trommelte bestätigend.

Bandicut blickte zu Askelanda hinüber, um zu sehen, ob der Neri dem Gespräch noch folgen konnte. Aber Askelandas Miene war für Bandicut undeutbar. »Also fehlen einfach Rohstoffe.«

»Ja, das hat in jedem Fall zum Zusammenbruch des Systems beigetragen. Aber die Fabrik hätte – bei Reduzierung der Produktionskapazität – überleben können, wenn nicht zudem ein Programmfehler aufgetreten wäre. Dieser ist seinerseits in einer Art Lawineneffekt aus der Fehlfunktion beschädigter Komponenten entstanden, die wiederum nach ihrem Ausfall nicht gleich und vollständig repariert werden konnten.«

Bandicut bemerkte, dass Napoleons Erklärungen einige der Zuhörer überforderten. »Was ist denn nun das Fazit aus alledem, Nappi? Habt ihr irgendetwas dagegen tun können?«

»Wir haben einen Anfang machen können, eine Grundlage für den Neustart der Fabriksysteme geschaffen. Ich konnte die Grundprogrammierung analysieren und herausfinden, dass sich der Hauptfehler an einer Stelle befindet, die sich durch Umprogrammierungen umgehen lässt, bevor man zu Reparaturzwecken an materielle Eingriffe in das System geht.«

»Arrr!«, unterbrach ihn Ik. »Willst du damit sagen, dass ihr beiden dazu in der Lage sein werdet, die Fabrikmaschinen selbst zu reparieren?«

Napoleon richtete einen seiner Sensoren auf den Hraachee'aner. »Wir selbst? Nein. Jedoch hoffen wir, der Fabrikintelligenz bei der Reparatur des Systems assistieren zu können – ihr eine Anleitung zu geben, statt ihr die Arbeit abzunehmen.«

»Hrachh!«, stieß Ik hervor. »Fast so, wie wir die Neri geheilt haben.«

Bandicut musste gegen jede Erwartung grinsen.

Askelanda bat an dieser Stelle um Aufklärung. Die Roboter hatten in einer Mischung aus Neri und ihrer ursprünglich programmierten Sprache, Englisch, gesprochen, was Bandicuts Translatorsteine ohne Verzögerungen für ihn in ein verständliches Englisch übertrugen. Bandicut gab dem Oberhaupt der Neri eine kurze Zusammenfassung von Napoleons Bericht. »Habe ich alles richtig verstanden und wiedergegeben?«, wünschte er dann Bestätigung von Napoleon.

»Ja«, antwortete dieser, »abgesehen von einer Sache: Die Fabrik benötigt immer noch Rohstoffe, die sie nicht selbst gewinnen kann und die auch nicht von den Unterwasservulkanen ausgestoßen werden. Die Vulkanschlote setzen eine ganze Reihe von Chemikalien frei; doch die Fabrikationsprozesse wurden im Hinblick darauf entworfen, dass die Neri oder die Erbauer der Fabrik regelmäßig ergänzende Rohstoffe nachliefern, sofern diese für die Produktion benötigt werden.«

Bandicut wandte sich an Askelanda. »Ist es möglich, dass die Tauchboote, die einst die fertigen Produkte aus der Fabrik in das Habitat transportierten, auch Rohstoffe in der Fabrik ablieferten?«

»Das ist möglich«, meinte Askelanda leise. »Aber genau weiß ich das nicht.«

»Wie auch immer: In jedem Fall wurde der Nachschub unterbrochen«, konstatierte Napoleon. »Vielleicht bei denselben Naturkatastrophen, die den Ausfall der Fabrik bewirkten. Die Naturkatastrophen haben die zuvor normalen Abläufe vielleicht derart unterbrochen, dass die Notwendigkeit, Vorräte anzuliefern, schlicht in Vergessenheit geriet. Und die Fabrik produzierte noch eine Zeit lang weiter, bis ihre Reserven aufgebraucht waren.«

»Was sind das denn für Rohstoffe, die die Fabrik benötigt, um wieder regulär produzieren zu können?«

Die Antwort des Roboters kam prompt. »Am meisten fehlen Germanium, Molybdän, Gallium, Ytterbium, Arsen und Kupfer.«

Bandicut und Ik tauschten einen unsicheren Blick. Askelanda wirkte völlig verwirrt. Bei dem Versuch, ihm eine Erklärung zu liefern, vergrößerte Bandicut die Verwirrung des Neri-Oberhauptes nur. Die Translatorsteine waren bemerkenswerte Ratgeber, aber auch sie mussten scheitern, wenn es darum ging, die Namen seltener chemischer Elemente ins Neri zu übertragen, in dem es überhaupt kein Vokabular für chemische Vorgänge jedweder Art gab. Bandicut beugte sich zu Ik hinüber und fragte: »Hast du wenigstens halbwegs folgen können?«

»Hrrrm, ich denke schon. Wenn ich mich nicht irre, finden sich diese Materialien vornehmlich in ... denkfähigen Maschinen«, brummte dieser.

»In Maschinen wie denen«, erkundigte sich Bandicut, »die die Neri von dem gesunkenen Schiff geholt haben?«

Ik neigte den Kopf und strich sich mit einem seiner langen, knochigen Finger über die wie aus Stein gemeißelte, blau-weiße Schläfe. »Möglich. Durchaus möglich.«

In diesem Moment hörten sie alle Li Jareds charakteristisches *Bwang*. Er kam mit so langen, schnellen Schritten durch die Kuppelhalle gelaufen, wie Bandicut sie schon lange nicht mehr bei ihm gesehen hatte, und meinte: »Dann wird es wohl Zeit, dass wir uns mit Harding unterhalten!« Hinter ihm betrat der Festländer mit langsamen, aber entschlossenen Schritten die Halle.

25
Annäherungen

Alle erhoben sich, und Bandicut fragte verblüfft: »Du hast ihn durch das Druckgefälle schleusen können? Und er ist immer noch am Leben?«

Harding warf ihm einen raschen Blick zu, bevor er wieder rhythmisch den leicht geneigten Kopf zu schütteln begann, als habe er Wasser im Ohr. Bandicut wusste natürlich die Antwort auf seine Frage bereits; Li-Jareds Tochtersteine waren der Grund: Sie hatten Hardings Körper in ausreichendem Maße dazu befähigt, den Druckunterschied zu kompensieren.

///Ich fürchte, seine Steine
müssen hart dafür arbeiten.
Schließlich ist er der Einzige von uns,
der nicht normalisiert worden ist.///

Harding brauchte keinen Übersetzer mehr, er konnte sich selbst, wenn auch mit Mühe, verständlich machen. Er deutete mit seinen zangenförmigen Händen sowohl auf Li-Jared wie auf Bandicut und sagte: »Ich danke euch dafür, dass ihr das hier möglich gemacht habt. Aber …«, er wandte sich an die ganze Gruppe, die in der Halle zur Beratung zusammengesessen hatte, »… ich weiß nicht, wie lange ich in dieser Umgebung überleben kann! Es ist …« – *ffrrrrr* – »… schwierig. Ich weiß ebenso wenig, ob ich die Rückkehr an die Oberfläche überstehen werde. Also lasst uns bitte die Zeit nutzen, die mir noch bleibt!«

Askelanda ging in einem Kreis um den Festländer herum, so, als müsse er ihn erst genauer in Augenschein nehmen. Bandicut fühlte sich wie in einer Szene aus einem Albtraum: Ein Geschöpf des Ozeans mit schwarzer, gummiartiger Haut, riesigen Augen und Kiemenspalten, gekleidet in einen Mantel aus Tang, kreiste um ein anderes, nicht weniger fremdartiges Wesen mit einer Haut, rau und strukturiert wie grobes Schleifpapier, und einem Fuchsgesicht, das aus einer Welt stammte, in der man Luft nicht durch Kiemen atmete – ein Wesen, das hier in dieser Unterwasserwelt nur mit Mühe Luft bekam und sich nur von Schmerzen gebeugt aufrecht hielt. Das Oberhaupt der Neri blieb vor dem Festländer stehen. »Du bist einer aus der Gruppe, die unser Volk auf dem Schiff angegriffen hat?«

Harding straffte sich und hob leicht das Kinn. »Ich bin …« – *ffrrrrr* – »… Volk der Erde und des Waldes …« – *ffrrrrr* – »… Reisende …« – *ffrrrrr* – »… Astari.« Er blickte sich herausfordernd um. »Wir wurden von einer Gruppe von … Amphiben angegriffen … euren Leuten … als wir versuchten, unser Eigentum zu schützen.«

Askelandas Atem entwich seinem Mund und seinen Kiemen wie ein raues Schnarren. »Euer Eigentum? Es ist ein aufgegebenes Wrack! Verlassen!«

»Vielleicht vorübergehend verlassen. Aber wir haben aus dem Wrack geborgen, was zu retten war. Es gehört uns. Es gehörte unseren Urahnen.«

Askelanda wandte sich verärgert ab, fuhr dann aber wieder zu dem Festländer herum. »Und überhaupt gehört das Land, auf dem ihr lebt, unseren Urahnen!«

Harding wirkte bestürzt.

»Ihr habt nicht nur das Land unserer Urahnen gestohlen, sondern auch das Meer vergiftet und unser Volk getötet!«

Hardings Gesichtsausdruck verriet deutlich, wie sehr

ihn diese Anklage überraschte. Seine Pupillen zogen sich zu kleinen Punkten zusammen, während er Askelandas Worte überdachte. »Ich weiß nichts, gar nichts über diese Vergiftung, von der du sprichst!«, erklärte er schließlich. »Aber ich weiß dafür sehr genau, dass – auch wenn du uns des Diebstahls des Landes beschuldigst, das ihr nie bewohnt zu haben scheint – dieses Land verlassen war, als mein Volk hier ankam. Unsere Überlieferung ist in diesem Punkt ganz eindeutig.«

Askelandas Kiemenspalten weiteten sich. Er starrte den Festländer an. »Es kann ja stimmen«, sagte er, »dass der Schicksalsschlag unsere Urahnen schon getroffen hatte, als dein Volk auf diesen Planeten kam. Doch habt ihr mit Sicherheit Spuren früherer Besiedlung entdeckt.«

Harding gab einen leisen, pfeifenden Laut von sich. »Natürlich. Es existieren bis heute die Ruinen verlassener Städte, halb unter dem Meeresspiegel verschwunden, zerstört von Erdbeben. Wir haben diese Städte unberührt gelassen, so wie wir sie vorgefunden haben.« Er rieb sich die Brust mit einer seiner Zangenhände. »Jedenfalls größtenteils. Aber lebende Bewohner? Nein, die gab es nicht!«

Askelanda stieß ein Zischeln aus und ging ein paar Schritte hin und her. »Also habt ihr das Land besiedelt. Aber ihr greift unser Volk an. Warum?«

Der Festländer schnaubte. »Wir greifen niemanden an! Wir verteidigen nur, was uns gehört. Ihr habt euch uns nie zu erkennen gegeben. Wir haben nur gesehen, dass unsere Maschinen verschwanden.«

»Wie unsere Maschinen aus unseren alten Städten entlang der Küste verschwanden – an Orten, die ihr nicht besiedelt habt!«

Der Festländer beobachtete sein Gegenüber für einen Moment aufmerksam. »Davon weiß ich nichts. Es kann sein, dass es andere Orte mit Bergungsgut gibt, die nicht unserem Volk gehören.« Er machte eine Bewegung, die Bandicut als Achselzucken interpretierte.

Li-Jared hörte dem Wortgefecht aufmerksam, aber mit finsterer Miene zu.

Antares neigte ihren Kopf ein wenig, und Bandicut spürte, wie sich seine Stimmung änderte, fühlte Antares' beruhigenden Einfluss. In diesem Moment sagte Ik: »Darf ich eine Bemerkung machen?«

Der Neri und der Festländer wandten sich ihm zu.

»Hrrrm, ich habe selbstverständlich nicht das Recht, Urteile zu fällen. Ich bin nur Gast hier und weiß so gut wie gar nichts über die Neri und die Astari. Aber mir scheint ...«, vorsichtig sah Ik vom einen zum anderen, »... jedes Volk hat Brauchbares aus zerstörten, verlassenen Siedlungspunkten der Urahnen des anderen Volkes geborgen. Keine Seite hat dies in böser Absicht getan. Und nun fühlen beide Völker sich als die Bestohlenen.«

Askelanda und Harding fixierten Ik mit ihren Blicken.

»Es ist nicht einfach, wenn man von der anderen Seite so wenig weiß, nicht wahr? Wenn es gar keinen Weg gibt, miteinander zu reden, zu streiten oder sich in Freundschaft auszutauschen.« Ik streckte Askelanda eine Hand entgegen. »Askelanda, Ihr und Euer Volk konntet nicht wissen, dass Hardings Volk von den Sternen stammt – und offenbar nicht einmal hier hat landen wollen. Und Harding ...«, Ik streckte die andere Hand dem Festländer entgegen, »... hättest du erwartet, hier unten eine solche Zivilisation wie die der Neri vorzufinden?«

»Nein«, gab der Festländer mit leiser Stimme zu. Seine Überraschung war nahezu greifbar.

»Sieh dich hier draußen einmal um – mit Eurer Erlaubnis, Askelanda? Ich glaube, dass du vom Tauchboot aus kaum einen Blick auf das Habitat werfen konntest!«

Askelanda machte eine wegwischende Handbewegung. »Lasst ihn sich ruhig die Stadt ansehen! Wenn er nicht glauben mag, dass wir eine reiche, hohe Kultur besitzen, soll er sich selbst ein Bild davon machen!«

Ik führte Harding zur durchsichtigen Kuppelwand, von wo aus er einen Blick auf etwa ein Dutzend anderer Habitatkuppeln werfen konnte, die mit ihrem Licht die Dunkelheit durchdrangen. Harding starrte schweigend hinaus in den Ozean. Dann wandte er sich Askelanda zu und meinte mit belegter Stimme: »Ich habe mir nie etwas vorgestellt wie das hier ... auch nur annähernd so wie das hier! Und so tief unten im Ozean!« Ihn schauderte, vielleicht weil er eingeschüchtert war, vielleicht hatte er aber auch nur Angst. »Aber bist du ... Verzeihung: Seid *Ihr* je ... hinauf zur Meeresoberfläche gekommen? Ihr sprecht, als wärt Ihr oder zumindest Euer Volk schon einmal an Land gewesen. Aber wir sind dort den Neri nie begegnet. Oder doch, da gibt es einige Geschichten, die erzählt werden – nie aber wurde ein Beweis für den Wahrheitsgehalt dieser Geschichten gefunden! Es hat uns völlig überrascht, dass Neri am Raumschiff erschienen.«

»Wir gehen an Land – selten, zu besonderen Gelegenheiten«, erklärte Askelanda. »Aber mehr will ich darüber zu diesem Zeitpunkt nicht sagen.«

Bandicut fragte sich, was Askelanda da nicht preisgeben wollte. Dann erinnerte er sich daran, dass die Neri regelrechte Felder aus Sonnenkollektoren besaßen, große Areale mit Solarzellen, die, miteinander verbunden, nahe der Wasseroberfläche Sonnenenergie in Elektrizität umwandelten. Askelanda hoffte zweifellos, dass diese Kollektorphalanx von den Schiffen der Festländer noch nicht entdeckt worden war.

Harding gab einen rauen Laut von sich, der ein Grunzen hätte sein können. Er sah wieder in den Ozean hinaus, während Askelanda sagte: »Du hast bisher meine Frage noch nicht beantwortet: Wieso vergiftet ihr das Meer? Glaubt ihr, uns so von den gesunkenen Schiffen fern halten zu können?«

»Gift! Ihr sprecht dauernd von Gift!«, meinte Harding aufgebracht. »Aber: *Was meint Ihr denn nur damit? Welches Gift?*«

»Das Gift, durch das meine Leute sterben!«, ereiferte sich Askelanda, seine Verwirrung und sein Erstaunen wuchsen. »Du kamst hierher mit einem Tauchboot voller sterbender Schwimmer meines Volkes! Wenn wir nicht die Hilfe dieser beiden gehabt hätten ...«, mit einer Handbewegung schloss er Ik und Bandicut mit ein, »... wären die meisten von ihnen schon tot!«

»Aber ich habe niemanden in diesem Tauchboot sterben sehen! Außer als der Mensch John Bandicut ...«

»Er spricht aber nicht von mir«, mischte sich Bandicut jetzt ein. »Er spricht von den Neri, die in einer tieferen Sektion des Tauchbootes untergebracht waren. Sie sind alle krank ... und ja, viele von ihnen sind gestorben – an etwas, das wir Strahlenkrankheit nennen.«

Hardings Blick bohrte sich in Bandicuts Augen.

»Es ist schwierig zu ...« Bandicut suchte nach einer Erklärung. »Ich weiß nicht, wie viel ... du wirklich weißt ...«

Und dann überschwemmte eine Informationsflut Bandicuts Gehirn; ihm fiel wieder ein, dass seine Steine sehr wohl *etwas* von Hardings Wissensschatz übernommen hatten. Zudem waren die Festländer in einer Beziehung den Neri sehr ähnlich: Sie waren die Erben einer alten, hoch entwickelten Technologie, doch ihr Grundlagenwissen über naturwissenschaftliche Vorgänge war lediglich fragmentarisch. Viel war verloren gegangen, vieles in Unordnung geraten. Sie – beziehungsweise Harding – wussten nichts über Reaktortechnologie oder überhaupt von der naturwissenschaftlichen Seite des Umgangs mit Radioaktivität. Es war Beweis für ihre Zielstrebigkeit, dass sie trotz all dieser Wissenslücken weitermachten und benutzten, was von der Technologie ihrer Urahnen noch übrig war – mit Hilfe von einfachen technischen Lösungen, die sie selbst finden konnten. Es war daher durchaus möglich, dass sie unabsichtlich das Wasser verstrahlt hatten oder sogar die Reaktorkammer in Unkenntnis über die Gefahr geöffnet hatten, in die sie sich selbst, ihre Umwelt und die Neri damit brachten.

///Ich vermute, du möchtest es Harding so erklären,
dass er versteht,
wie sehr die Neri-Schwimmer leiden.///

Bandicut bemerkte, dass er nickte, als diese Gedanken durch seinen Verstand wanderten. Und dann begann er zu erklären, in der Hoffnung, seine Translatorsteine wären in der Lage, seinen Worten für den Festländer einen Sinn zu geben. »Strahlung ist etwas, das man nicht sehen kann – außer bestimmte Art von Strahlung wie etwa Sonnenlicht oder das Licht dieser Lampen«, sagte er und zeigte auf die leuchtenden Flecken an der Wand. »Aber andere Formen der Strahlung sind unsichtbar und so tödlich, dass man stirbt, nur weil man sich eine Weile in ihrer Nähe aufgehalten hat ...«

Der Rundgang durch das Krankenareal war Li-Jareds Idee gewesen. Aber Ik war es, der unter Coronos kritischen Blicken die Arme der kranken Neri berührte, während er an ihnen vorbeiging. Bandicut ahnte, wie sich der Hraachee'aner fühlte. Es war, als kenne er jeden einzelnen dieser Neri-Schwimmer – beziehungsweise wenigstens die, deren Gefühle und Gedanken er in den vergangenen beiden Nächten berührt hatte. Auf seinem Weg durch die Reihen von improvisierten Krankenlagern war er dankbar für die Empfindung, dass es den meisten besser ging.

Doch nicht allen ging es besser. Einige waren ihren Weg in den Tod schon zu weit gegangen.

Ik blieb neben einem Neri stehen, dessen Gesicht vor Fieber glühte und eingefallen wirkte. Die Augen des Schwimmers waren offen, aber glasig und blicklos. Sein Atem ging rasselnd, wurde von Lungen eingesogen und ausgestoßen, die bereits mit Wasser gefüllt waren. Ik sprach leise auf den Schwerkranken ein, aber nicht lange, dann wandte er sich an Corono, um mit ihm einige Worte zu wechseln, bevor er sich zu Harding umdrehte. »Sein Name ist Ul'Kant. Er ist zu lange in der geöffneten Reaktorkammer des gesunkenen Schiffes gewesen. Jetzt zerstört die Strahlung seinen Körper. Es liegt nicht mehr in unserer Macht, ihn zu retten, fürchte ich.«

Corono, der seine Hand auf Ul'Kants Arm gelegt hatte, sprach sanft, aber tief ergriffen: »Schon bald wird er auf seiner Seelenreise sein. Es wird nicht leicht für ihn werden. Er muss starke Schmerzen ertragen.«

Harding hielt sich etwas abseits von dem kranken Neri. Er schien Ul'Kant mit einer Mischung aus Entsetzen, Angst und Mitgefühl zu betrachten. »Er hat wirklich starke Schmerzen«, bestätigte Harding.

»Ja«, meinte Ik nur.

»Wird er sterben?«

»Ja«, antwortete Ik. »Außer jemand mit mehr Heilkraft als ich vermag ihn noch zu retten.« Er sah zu Bandicut hinüber; doch noch während Ik und Harding miteinander sprachen, berührte Bandicut bereits den Arm des schwer kranken Neri mit den Fingerspitzen. Der Neri glühte vor Fieber, und Bandicut spürte dieselbe Hitze in seinem Inneren, in seinem Denken und Fühlen. Selbst Charlene hatte Mühe, nicht vor dieser Hitze zurückzuschrecken.

///Er ist bereits fort ... weit fort ...///,

hauchte das Quarx, und ein Schaudern erschütterte sie.

Bandicut schüttelte traurig den Kopf. »Ich kann nichts mehr für ihn tun.«

»Ihr habt«, fragte Harding Ik und Bandicut zugleich, » mit ... euren Steinen geheilt?«

»Die Steine«, versicherte Ik, »haben uns geholfen, den Kranken zu helfen. Wir wären ohne Steine dazu nicht fähig gewesen. Aber die wahre Heilung ist ein Prozess, der aus dem Kranken selbst kommt.«

»Haltet ihr es für möglich«, fragte Harding stockend, »glaubt ihr, es könnte sein, dass *ich* helfen kann ... irgendeinem dieser Kranken ...«, seine Stimme wurde fester und er deutete auf den sterbenden Neri, »... oder vielleicht sogar diesem hier?«

Bandicut warf Ik einen Blick zu, dann Corono – und schließlich Antares, von der, wie er fühlte, eine Welle von – ja, was war es? – Vorsicht ausging. Er fing ihren Blick, versuchte ihre Gedanken zu lesen. Am Ende drehte er sich zu Askelanda um, wobei er sich fragte, ob das Oberhaupt der Neri Hardings Ansinnen überhaupt richtig verstanden hatte. »Unser Gast bittet darum ...«

»Nein!«, stieß Askelanda energisch hervor. Mit wenigen langen Schritten hatte er den Festländer erreicht und verscheute ihn mit eindeutigen Handbewegungen von dem sterbenden Ul'Kant. Offensichtlich hatte Askelanda genug verstanden. »Lasst ihn in Frieden sterben, nicht in den Armen und unter den Händen dieses ...« Er gestikulierte in Richtung Harding. Doch die Worte waren ihm ausgegangen.

Bandicut empfand nur allzu deutlich, wie die Spannungen im Raum zunahmen. Corono stellte sich zwischen die Besuchergruppe und seinen Patienten. Bandicut berührte Harding am Arm. »Es wird nicht erlaubt. Tut mir Leid.«

Harding ließ einen knurrenden Laut hören und machte langsam einige Schritte rückwärts, weg von dem sterbenden Neri-Schwimmer. »Dann wird er sterben«, meinte Harding – anscheinend fühlte er sich von Askelandas brüsker Reaktion düpiert oder war traurig über dessen Zurückweisung, oder vielleicht war es von beidem ein bisschen.

»Er wird sterben, wie Neri sterben«, erklärte Askelanda unnachgiebig und in scharfem Ton. »Nicht in den Armen eines Fremden. Er wird bald Einswerden mit dem Meer.« Mit einer wegwerfenden, abweisenden Geste verließ Askelanda mit steifen, langen Schritten die Halle.

Bandicut sah ihm mit zusammengekniffenen Augen nach.

Niemand sagte ein Wort. Aber Hardings Reaktion war eindeutig. Er stand einfach nur da und starrte Askelanda nach. Sein Gesichtsausdruck wandelte sich mehrfach, während er das tat: Ärger war zu sehen, Erstaunen, Bestürzung und andere, nicht so einfach zu identifizierende Gefühle. Plötzlich gab er sich einen Ruck und folgte Askelanda, wobei er sich so rasch bewegte, wie es seine offensichtlichen Schmerzen zuließen. Zwei Neri blieben dicht hinter ihm.

Auch der Rest der Gruppe wollte sich in Bewegung

setzen, aber Antares hielt sie mit erhobener Hand zurück. »Beide möchten etwas vom anderen; ich bin mir nicht einmal sicher, ob sie tatsächlich wissen, was genau sie wollen. Aber sie müssen es gemeinsam herausfinden. Ich glaube, hier sollten wir uns nicht einmischen!«

»Hrrrm, was könnte Harding von den Neri wollen – außer nach Hause gebracht und in Ruhe gelassen zu werden?«, wollte Ik wissen. »Ich glaube, er fühlt beim Anblick der Kranken und Toten echtes Bedauern. Aber was kann er tun, außer nach Hause zurückzukehren und es seinem Volk zu erzählen?«

Li-Jared schnippte plötzlich aufgeregt mit den Fingern. »Ich glaube, ich weiß es. Ich glaube, ich weiß es! Er hat im Tauchboot davon gesprochen!« Und ohne sich mit weiteren Erklärungen aufzuhalten, stürzte Li-Jared Askelanda und Harding nach. Die anderen folgten ihm auf dem Fuße.

Die beiden waren zurück in die Halle der Beratung gegangen und diskutierten dort miteinander. Der Festländer mit seinem Fuchsgesicht stand vor Askelanda, seine Körpersprache zeigte seine ganze Erregung, während das Oberhaupt der Neri in einer fast menschlich zu nennenden Haltung die Hände in die Hüften gestemmt hatte. Die beiden Roboter befanden sich ebenfalls noch in dem hohen Kuppelsaal, und es sah aus, als versuchten die beiden, der Unterhaltung zwischen dem Neri und dem Astari zu folgen. Es war sogar möglich, dass sie verstanden, was Askelanda zu sagen hatte, aber wenig wahrscheinlich, dass sie ein Wort von dem mitbekamen, was der Festländer vorbrachte. Trotzdem hörte Bandicut, als er die Halle betrat, Napoleon sagen: »In der Tat existieren Aufzeichnungen in den Speichern der Fabrik, die eine lange Geschichte seismischer Erschütterungen in dieser Gegend dokumentieren. Ich habe keine exakten Kenntnisse über die Seismologie dieses Planeten; den Schluss zu ziehen, die Astari seien von diesen seismischen Störungen ebenso betroffen wie die Neri, erscheint jedoch nur logisch.«

Askelanda hörte auf, hin und her zu wandern, und starrte den Roboter mit vor Sorge trüben Augen an. Er schien nicht einmal wahrzunehmen, dass Kailan und L'Kell die Halle soeben betreten hatten. »Nun gut. Es gibt also auch seismische Störungen auf dem Festland.«

»Und ich sollte an dieser Stelle vielleicht anfügen«, mischte Li-Jared sich ein, »dass es im Zusammenhang mit den Störungen der Unterwasserströmungen auch dramatische Klimawechsel gegeben hat.«

Askelanda war ganz und gar nicht begeistert davon, gerade jetzt mit diesem Argument konfrontiert zu werden. »Was hat das alles denn mit uns zu tun?«, fragte er ungeduldig.

Harding trat einen Schritt vor und ließ die zangenförmigen Finger seiner rechten Hand in der Luft zuschnappen. »Was das mit Euch zu tun hat? Es hat zu tun mit schrecklichen Erdbeben und Orkanen, die tief im Ozean ihren Ursprung haben. Es hat zu tun damit, dass mein Volk Verletzte und Tote zu beklagen hat. Möglicherweise haben die Neri keine Kontrolle darüber, möglicherweise verstehen sie es nicht einmal oder wissen nicht viel davon. Aber die Neri sind viel näher an der Quelle all dieser Störungen als wir. Und es gibt da auch eine Reihe von Astari, die sich fragen, ob diese geheimnisvollen, selten beobachteten Amphiben, die unsere gesunkenen Schiffe ausrauben, nicht für all die Katastrophen verantwortlich sind.«

»*Ausrauben*?«, erregte sich Askelanda. »Sind wir wieder bei den Anschuldigungen angelangt?«

»Ich glaube«, wagte sich nun Ik an dem Gespräch zu beteiligen, »Harding weist nur darauf hin, welche *Vorstellungen* über die Neri in seinem Volk kursieren, das nicht über dieselben Informationen verfügt, zu denen wir Zugang haben.«

Askelanda ignorierte Iks Einwurf. »Warum ...«, fauchte er aufgebracht, »sollte irgendwer sich vorstellen, wir könnten den Todesschlund aus der unergründlichen Tiefe kontrollieren? Den Dämon! Wir hier in seiner Nähe schweben doch in viel größerer Gefahr als sonst jemand! Wenn er die Urasche für den Absturz des Astari-Schiffs ist, haben *die Astari* ihn wohl auch auf diese Welt gebracht!«

»Es tut mir Leid, Askelanda, dass ich Euch hier nicht Recht geben kann«, mischte sich nun auch Bandicut ein, »aber ich habe selbst gesehen, was geschah, als das Raumschiff abstürzte! Die Astari waren ebenso hilflos und verwirrt, wie die Neri es angesichts der Bedrohung durch den Todesschlund sind, wenn dieser zum Leben erwacht!«

»Wie könnt Ihr das gesehen haben?«

»Ich habe Euch doch davon berichtet, was ich in den Erinnerungsspeichern des Raumschiffes gefühlt habe.«

Askelanda schien zu zweifeln. In diesem Moment trat L'Kell vor, um Bandicut zu verteidigen. »Darf ich Euch daran erinnern, dass unser Freund Bandicut sich ohne Rücksicht auf seine Person in der Kammer des Wahnsinns in Gefahr brachte, um dem Gefangenen ...«, er neigte seinen Kopf in Richtung Harding, »... der jetzt unser *Gast* ist, das Leben zu retten?«

Askelanda brummelte etwas Unverständliches vor sich hin. Er glaubte wohl, alle hätten sich gegen ihn gewendet.

Bandicut vernahm ein Klicken: Napoleon versuchte,

auf sich aufmerksam zu machen. »Captain, wenn ich dazu etwas sagen dürfte? Danke sehr. Ich unterbreche nur, weil wir etwas von der Fabrikintelligenz erfahren haben, das meines Erachtens in dieser Diskussion als Argument dienlich wäre.«

»Argumente sind sicher hilfreich!«, sagte nun Antares, und ihre sanfte Stimme klang weit durchdringender als alle scharfen Entgegnungen zuvor.

»Die Information, die ich anzubieten habe«, begann Napoleon, »ist zwar technischer Natur. Aber seit der Todesschlund Gegenstand der Diskussion geworden ist, halte ich sie für relevant ...«

Die Fabrikintelligenz, so schien es nach Napoleons Kenntnissen zumindest, habe über einen Zeitraum von Jahren hinweg alles aufgezeichnet, welche Störungen der Todesschlund im Tiefseegraben ausgelöst hatte. Zudem behauptete die Fabrikintelligenz, Informationen darüber zu besitzen, wie man mit dem Todesschlund in Verbindung treten könnte. Sie habe einen derartigen Versuch nie selbst gewagt, doch in den teils zerstörten Datenbanken fänden sich Entwürfe für Geräte, mit denen lebende Wesen Kontakt zum Todesschlund aufnehmen könnten. »Ich weiß nicht«, berichtete Napoleon gerade, »welcher Natur diese Geräte sind oder wie präzise diese Behauptung ist. Wir haben der Angelegenheit nicht viel Aufmerksamkeit geschenkt, denn sie schien zum damaligen Zeitpunkt nicht von großer Dringlichkeit zu sein.«

»Nicht von großer Dringlichkeit?«, echauffierte sich Askelanda. »Wie konntet Ihr nur annehmen, es könnte nicht wichtig sein?«

»Bedenkt bitte«, mischte sich L'Kell ein, diesmal um für die Roboter einzutreten, »dass die Roboter ausgeschickt wurden, um die Fabrik zu reparieren, nicht um Kontakt zum Todesschlund herzustellen.«

»Das ist wohl wahr, aber ...« Askelanda hielt inne. »Erklärt mir dann aber, woher die Fabrik weiß, wie so etwas funktionieren soll!«

L'Kell blinzelte mit den großen, dunklen Augen und spreizte die durch Schwimmhäute verbundenen Finger: das Achselzucken der Neri.

Kailan, die bisher ins Meer hinausgesehen hatte und die Diskussion nicht zu verfolgen schien, wandte sich zu Askelanda und den anderen um. »Die Fabrikintelligenz wurde von unseren Urahnen erschaffen. Sie selbst entgingen der Zerstörung durch den Todesschlund zwar nicht, fochten aber zuvor einen harten, zähen Kampf gegen ihn. Das jedenfalls legen die erzählenden Quellen nahe.«

»Wenn diesen Quellen überhaupt zu trauen ist!«, hielt Askelanda entgegen.

»Ihr habt Recht. Diese Quellen sind bei weitem nicht so verlässlich wie andere historische Aufzeichnungen, auf die wir in den Datenbanken zugreifen können. Es ist mitunter schwierig, in diesen Erzählungen Erfundenes und Tatsachen voneinander zu unterscheiden.« Kailan schloss ihre großen Augen, um sich besser die Dokumente ins Gedächtnis rufen zu können, die sie vor Jahren einmal durchgegangen war. »Doch gewisse Geschichten – nicht sicher als Historien zu identifizieren: Es sind eben nur Erzählungen – gleichen überraschend den Informationen, die uns Napoleon gerade erst zugänglich gemacht hat. Diese Geschichten beschreiben ein Volk – es wird zwar nicht namentlich genannt, aber es könnten die Erzähler dieser Geschichten sein. Besagtes Volk versuchte, Kontakt mit einer großen Macht aufzunehmen, die dabei war, dieses Volk zu zerstören.«

»Und?«, fasste Askelanda nach, der wieder begann, auf- und abzugehen, während er zuhörte.

»In diesen Geschichten wird erwähnt, dass einige aus dem Volk eine Möglichkeit fanden, Kontakt zu der Macht herzustellen. Aber es war bereits zu spät. Ihre Städte, ihre ganze Zivilisation war zu schwach, zu zerbrechlich, zu sehr in Mitleidenschaft gezogen. Das Volk ging unter, bevor es seine Theorien auf ihre Richtigkeit hatte prüfen können. Oder vielleicht haben sie sie einer Prüfung unterzogen, aber das eigentliche Ziel nicht mehr erreichen können.«

»Vielleicht«, meldete sich Bandicut zu Wort, »haben sie die Fabrik darauf programmiert, die erforderlichen Mittel für die Kontaktaufnahme herzustellen, aber die Fabrik war zu diesem Zeitpunkt schon zu stark beschädigt.«

Kailan spreizte in derselben Geste wie L'Kell ihre Finger. »Die Geschichten erzählen darüber weiter nichts.«

»Ihr alle sprecht von dem Todesschlund«, unterbrach sie darauf Askelanda, »als sei er ein Wesen, das sprechen, zuhören und denken könne. *Mit ihm Kontakt aufnehmen*, sagt Ihr alle.«

»Ja«, erwiderte Kailan. »So liest es sich in den Erzählungen, von denen ich spreche. Können wir denn einfach behaupten, dass sie damit Unrecht hatten?«

Askelanda starrte sie an. In seinem dunklen, schroffen Gesicht stand deutlich die Unsicherheit zu lesen, die er fühlte.

»Vielleicht«, meinte Ik daraufhin, »ist es an der Zeit, dass jemand es herausfindet. Hrrrm?«

26
Reise zur Oberfläche

Ihnen allen fiel nur eine einzige Möglichkeit ein, wie sie herausfinden könnten, ob die Fabrikintelligenz die Wahrheit sagte: Sie mussten die Fabrik reparieren und sie dann die nötige Ausrüstung zur Kontaktaufnahme mit dem Todesschlund produzieren lassen. Zuallererst hieß das, die Roboter zur Fabrik zurückzuschicken, damit sie ihre Arbeit fortsetzen konnten, sobald das Tauchboot wieder einsatzfähig sein würde. Das wiederum hieß, man musste die Rohstoffe auftreiben, die die Fabrik für ihre selbsttätigen Reparaturen benötigte. Das Erste war kein Problem, aber das Zweite …

»Ihr möchtet …« – flaaaii – »… noch mehr von unserem Besitz aus dem Schiff holen?«, rief Harding gequält.

»Nun, schließlich haben wir es verlassen auf dem Meeresgrund gefunden«, erklärte Askelanda.

»Ihr mögt es nicht, wenn wir Teile aus den verlassenen Städten eurer Urahnen holen, aber wir sollen uns das gefallen lassen?«

Bandicut konnte es nicht mehr ertragen, ihnen zuzuhören. Mit größter Wahrscheinlichkeit war gar nichts damit gewonnen, ihnen zu erklären, dass beide Seiten genau dieselben Probleme hatten und es für sie besser sei, nicht gegeneinander zu arbeiten, sondern sich lieber zusammenzutun. Statt sich also vergeblich einzumischen, wanderte er hinüber zur durchsichtigen Kuppelwand, um hinauszusehen. Die Unterwasserwelt wirkte so friedlich; draußen verlief das Leben in ruhigen, alles andere als geschäftigen Bahnen. Während er den Ausblick genoss, entdeckte er tierisches Leben, das sich hier und da regte, immer gerade am Rande seines Wahrnehmungsfeldes. Als Bandicut einen Schwarm von länglichen, silbrigen Fischen mit leuchtend bunten Schwanzflossen entdeckte, der zwischen den Habitatkuppeln hin und her schwamm, stellte er sich vor, einer von ihnen zu sein – frei zu sein dort draußen in der Stille des Ozeans, einherzuschwimmen in einer fremdartigen, geisterhaften Stadt aus riesigen, beleuchteten Kuppeln. Er wünschte sich, weit weg zu sein von den Dingen, die jene miteinander auszutragen hatten, mit denen er dieses Habitat teilte.

Das Gefühl der Ruhe verschwand, als er in der Ferne etwas Aufleuchten sah, irgendwo zu seiner Linken, nahe am Horizont – Blitze in tief hängenden Gewitterwolken, so kam es Bandicut vor: Dort lag der Todesschlund, regte sich. Bandicut fragte sich, wie vielen schlimmen Schlund-Eruptionen die Unterwasserstadt noch würde widerstehen können.

///Glaubst du nicht,
die da hinten könnten ein bisschen
diplomatische Unterstützung gebrauchen?///

Bandicut warf einen Blick über seine Schulter zurück auf die Gruppe, die nach wie vor diskutierte. Mehrere Neri umschwärmten hin und her wandernd den ziemlich irritierten Festländer, die Roboter und die anderen, die vom Weltenschiff hierher gekommen waren. Iks Blick begegnete Bandicuts, und ohne auch nur einen Muskel in seinem Gesicht zu verziehen, gelang es dem Hraachee'aner, Bandicut sein Mitgefühl zu vermitteln. Bandicut schüttelte den Kopf. /Wir können das nicht für sie ausdiskutieren und entscheiden. Sie müssen selbst herausfinden, wie das Problem zu lösen ist./

Während mehr und mehr Zeit verstrich, bemerkte

Bandicut, dass sich Hardings Haltung ganz allmählich änderte. Der Astari bestand immer weniger darauf, dass das gesunkene Raumschiff seinem Volk gehöre, und betonte zunehmend, man müsse etwas gegen den Todesschlund unternehmen. »Ich weiß nicht«, sagte Harding gerade, »wie viele meines Volkes darauf eingehen würden, etwas Derartiges zu versuchen. Sie wissen so gut wie nichts über das Neri-Volk. Doch sollte es wirklich eine Möglichkeit geben, weitere Eruptionen zu verhindern ...«

Das Gespräch wurde noch eine ganze Weile fortgesetzt.

Am folgenden Morgen, während das Frühstück serviert wurde, stellte Antares fest, dass sich Hardings und Askelandas Haltung dem jeweils anderen gegenüber grundlegend geändert hatte. Sie diskutierten ernsthaft über die Vorteile bestimmter Nahrung aus dem Meer. Der Astari bevorzugte eher frischen Fisch, der Neri Unterwasserfrüchte. Die Unterhaltung, die die beiden führten, gab Antares Hoffnung. Sie verhielten sich zwar nicht, als seien sie einander in Freundschaft verbunden, die Härte aber war aus ihren Worten gewichen. Sie begannen, sich konstruktiv über Kooperationsmöglichkeiten der beiden Völker zu unterhalten. Doch noch war nichts entschieden. Antares allerdings hoffte zum ersten Mal, die Neri würden Harding zum Meeresspiegel hinaufreisen lassen – als Boten zumindest.

Sie wusste, wie sehr der Anblick der sterbenden Neri Harding bewegt hatte. Sie hatte sein Entsetzen, seine Angst und sein Bedauern empfunden – und seinen tiefen Wunsch zu helfen. Und dann, nachdem Askelanda sein Angebot so harsch zurückgewiesen hatte, hatte Antares gespürt, wie daraus plötzlich Zorn geworden war. Doch Hardings Zorn war mindestens ebenso plötzlich wieder verschwunden, kaum dass er im Meer die ersten Lichtblitze aus dem Tiefseegraben des Todesschlundes hervorbrechen sah und die ersten Erschütterungen die Kuppel ganz schwach vibrieren ließen.

Askelanda war der Gesinnungswandel schwerer gefallen als Harding. Einer der Neri hatte allerdings letztlich schlüssig darlegen können, dass es ebenso auch die Neri selbst hätten gewesen sein können, die die Reaktorkammer geöffnet und das Meerwasser verstrahlt hatten. In diesem Falle sei es nicht den Astari anzulasten, dass die Neri-Schwimmer krank und sterbend von ihrer Bergungsarbeit im Wrack zurückgekehrt waren.

Jetzt saß Antares da und naschte von den aufgetischten violett-grünen Meeresbeeren; sie ließ ihr Denken und Fühlen durch den Raum schweifen und kam zu dem Schluss, es sei an der Zeit, eine Entscheidung herbeizuführen. »Wäre es unhöflich von mir, wenn ich einen Vorschlag anbrächte?«, fragte sie leise. Sie hob ihre Stimme gerade genug, um sich Gehör zu verschaffen. Alle im Raum sahen auf.

»Jeder Vorschlag ist mir willkommen«, seufzte Kailan.

»Bitte, sprecht!«, forderte Askelanda Antares auf.

»Nun denn«, begann diese zögerlich. Antares fühlte sich gehemmt, nicht nur, weil sie hier eine Fremde war, ein Gast, der die Vermessenheit besaß, den Gastgebern Vorschläge zu unterbreiten, sondern auch, weil dies nicht der Ort war, an dem eine Drittfrau das führende Wort in einer Diskussion übernehmen durfte. Es mochte vernünftig sein, so zu handeln, aber es fiel ihr schwer. Sie atmete langsam und tief durch. »Ich schlage vor, Harding sobald als möglich an die Meeresoberfläche zurückzuschicken, da das für alle hier von Vorteil ist. Wir wissen nicht, wie lange seine Leute noch hier in dieser Gegend bleiben.«

»Dem letzten Bericht aus dem Wrack zufolge sind sie immer noch da. Aber sie haben keine weiteren Versuche unternommen, in das havarierte Schiff einzudringen«, erklärte nun Askelanda. »Wir haben dort immer noch eine kleine Gruppe von Schwimmern mit einem einsatzfähigen und einem beschädigten Tauchboot stationiert.«

»Es dürfte nur eine Frage der Zeit sein, glaube ich, bis die Kämpfe erneut beginnen«, sagte Harding.

»Aber du könntest zu deinem Volk zurück und mit ihnen reden!«, schlug Antares vor. »Du könntest ihnen etwas über die Neri erzählen, damit sie sie verstehen lernen. Wie sie – oder wir alle – deinem Volk helfen können.«

»Ich wäre mir nicht so sicher, dass wir ihnen tatsächlich helfen können!«, warf Askelanda ein. »Können wir ihnen denn guten Gewissens versprechen, dass wir den Todesschlund aus der unergründlichen Tiefe beruhigen können?«

»Wir können ihnen in jedem Fall Hoffnung machen«, erwiderte L'Kell. »Die größte Hoffnung, die wir je hatten – zumindest soweit *ich* mich erinnern kann!«

»Möglicherweise«, meinte Kailan an dieser Stelle, »hilft ihnen bereits das Wissen, dass eine Eruption unmittelbar bevorsteht – ob es uns nun gelingt, diese zu unterbinden oder nicht.«

Askelanda gab einen unverbindlichen Laut von sich.

»Das ist durchaus möglich«, gab Harding Kailan Recht. »Doch auch wenn wir den Neri erlauben, noch mehr Ausrüstung und Metalle aus unserem Schiffswrack zu bergen, können wir nicht dafür garantieren, dass sie fortan nicht mehr vergiftet werden ... von dieser Strahlung.«

»Nein, das könnt ihr wohl nicht«, entgegnete Ik. »Aber wenn ihr den Grundriss des Wracks gut kennt, könntet ihr mit den Neri zusammenarbeiten, um weniger riskante Wege durch das Wrackinnere zu finden. Hrrrm?«

Askelanda schloss für einen Moment die Augen, so, als habe er eine Entscheidung getroffen. Und wirklich sprang er auf die Füße und verkündete: »Dann lasst uns die Sache in Angriff nehmen! Der Todesschlund wird nicht auf uns warten, nur weil wir unser Frühstück noch nicht beendet haben. L'Kell ...«

»Ja, Askelanda?« Auch der jüngere Anführer der Neri war aufgesprungen.

»Bereitet ein Tauchboot vor, um unseren Gast zu begleiten.«

»Zum Schiffswrack?«

»An die Oberfläche!«

L'Kell sah verblüfft drein. »Ganz wie Ihr wünscht, Askelanda.«

»Harding – ich möchte Euch als unseren Gast bitten, uns jetzt zu verlassen. Werdet Ihr Euer Volk über alles aufklären?«

»Ich werde mein Bestes tun«, brachte Harding mit rauer Stimme hervor. Er schwankte ein wenig, als er sich erhob, doch gab er L'Kell, der ihm beispringen wollte, mit einer Handbewegung zu verstehen, dies sei nicht nötig.

Antares blinzelte überrascht, jedoch auch erfreut über die Schnelligkeit, mit der die Entscheidung gefällt worden war. »Moment!«, rief Bandicut – und erschreckte Antares, weil sein Ton, Denken und Fühlen heftige Sorge ausstrahlten. »Ihr dürft ihn nicht auf dem direkten Weg an die Oberfläche bringen, erinnert Euch doch!«

»Dürfen wir nicht? Aber ich habe dem zugestimmt!«, erwiderte Askelanda scharf.

Antares spürte, wie Hardings Gedanken sich verdunkelten, als er begriff, warum Bandicut interveniert hatte. Selbst L'Kell schien Bandicut zu verstehen. Nur Antares hatte ebenso wenig wie Askelanda den Hauch einer Ahnung, wovon er sprach.

»Ich fürchte«, erklärte sich Bandicut nun, »ein schneller Aufstieg zur Meeresoberfläche könnte Harding umbringen. Ich bezweifle nämlich, dass sein Körper rasch wechselnden Druckverhältnissen ebenso widerstehen kann wie die Körper der Neri. Oder, Harding?«

Die Pupillen in den Augen des Festländers waren weit geöffnet und sein Blick dunkel. Er sprach langsam. »Es ist wahr. Ich weiß tatsächlich nicht, ob ich die Rückkehr an die Oberfläche überhaupt überleben werde. Vielleicht können die Steine einen Weg finden, mir das zu ermöglichen. Aber wir müssen ganz langsam auftauchen, und das könnte Tage in Anspruch nehmen. Können die Tauchboote der Neri einen solch langsamen Aufstieg überhaupt bewerkstelligen?«

»Ja«, behauptete L'Kell überzeugend. »Wir werden wohl sparsam mit der zur Verfügung stehenden Energie umgehen oder etappenweise Energiereserven von einem Boot zum anderen transferieren müssen.«

»Doch das«, meinte Askelanda, »heißt dann wohl auch, je früher Ihr startet, desto früher gelangt Ihr an die Oberfläche, nicht wahr?«

Mit gemischten Gefühlen stach Bandicut zusammen mit Antares und einem Piloten namens S'Cali in einem

Tauchboot in See, das Kurs auf die Meeresoberfläche nahm. Es war zweifelsohne sinnvoll, dass sie die Vorhut übernahmen – um das Überwasserboot der Festländer auszumachen, falls es überhaupt noch da war, und es zum Bleiben zu bewegen. Bandicut indes wäre lieber in L'Kells und Hardings Boot mitgefahren, das nur langsam aufstieg – dann hätte er viel über die Astari und deren Urahnen lernen können. Doch diese Aufgabe war aus nahe liegenden Gründen L'Kell zugefallen, der dabei, ebenso vernünftig, von Li-Jared unterstützt wurde.

Bandicut und Antares dagegen begleiteten S'Cali auf eine weniger wichtige Mission; unter anderem sollten sie die unter dem Wasserspiegel driftenden Lichtfelder inspizieren. Da sich so viele Astari in der Nähe aufhielten, sorgte Askelanda sich um den Zustand und die Sicherheit der Felder – zumal für Inspektionsaufgaben immer weniger Tauchboote zur Verfügung standen. Ik war in der Unterwasserstadt geblieben, um Corono bei den Kranken zur Hand zu gehen.

»Wie hoch müssen wir aufsteigen, um das erste Sonnenlicht zu sehen?«, erkundigte sich Antares bei Bandicut und reckte den Hals, um aus der vorderen Sichtkuppel des Tauchbootes nach oben zu schauen.

»Nun, wir müssen etwa aus einer Tiefe von ein paar hundert Metern aufsteigen. Da braucht es schon eine Zeit, bis man oben ist. Ich vermute, die Neri-Stadt liegt etwa dreihundert Meter tief.« Vorausgesetzt, seine Steine hatten aus dem, was der Neri ihm erzählt hatte, die richtigen Schlüsse gezogen.

Antares gab einen leisen, brummenden Laut von sich, und Bandicut betrachtete sie eine Weile. Sie lagen nebeneinander im Cockpit des Tauchbootes, Schulter an Schulter, ihre Hüften berührten sich; das lange Haar, das Antares über die Schultern fiel, ergoss sich auch über seinen Rücken. Er konnte fühlen, wie sehr sich Antares darüber freute, mit ihm zusammen zu sein; gleichzeitig war da allerdings noch ein anderes Gefühl – nein, nicht Distanziertheit, eher Vorsicht. *Das ist schon in Ordnung*, dachte er, *das ist gut so; Vorsicht ist gut.*

S'Cali, der rechts neben Bandicut im Cockpit lag, steuerte das Tauchboot weg von den am höchsten gelegenen Habitatkuppeln der Neri-Stadt und hinein in die Dunkelheit. S'Cali brummelte vor sich hin, während er das Boot auf Kurs brachte. Bandicut rätselte, was die Laute wohl bedeuten sollten; dann bemerkte er, dass der Neri eine Melodie summte. Zum ersten Mal, seit er Gast der Neri war, hörte er ihre Musik. Sie klang rau und in seinen Ohren wenig melodisch. Trotzdem fand Bandicut S'Calis Lied beruhigend. Er lächelte, legte das Kinn auf die vor ihm verschränkten Arme und richtete sich für die Fahrt ein.

»Da sind wir«, rief S'Cali aus und zeigte nach vorn. Bandicut erkannte das gesunkene Raumschiff, war indes überrascht davon, wie anders es im vollen Tageslicht wirkte. Zuletzt war er ganz früh am Morgen hier gewesen; jetzt sah alles viel freundlicher, viel strahlend blauer aus, obwohl die Sonne durch all das Wasser über dem havarierten Schiff lediglich wie durch einen Schleier fiel. *Es muss etwa Mittag sein*, dachte er.

»Wie nah wirst du an das Schiff heranfahren?«, wollte Antares wissen.

»Das kommt darauf an«, erwiderte S'Cali, senkte jedoch schon die Geschwindigkeit. »Wir wollen ja nicht die Postenlinie der Festländer durchbrechen, sofern sie überhaupt Wachen zurückgelassen haben. Falls die

Festländer sich allerdings zurückgezogen haben, sollten wir besser nachsehen, was unsere Leute so machen.«

Augenblicke später drosselte er die Maschine gänzlich und ließ das Boot zehn oder zwanzig Meter über dem Meeresboden dahintreiben. Er aktivierte ein Gerät auf der Steuerkonsole und sagte: »Ruhe jetzt, bitte!«

Alle drei hörten still zu und beobachteten das Sonar. Zunächst blieb das Gerät stumm, und Bandicut sah nichts auf dem Bildschirm. Dann jedoch wurde er aufmerksam auf ferne, klickende Laute – vielleicht lose Ausrüstungsgegenstände, die aneinander oder gegen die Bordwände stießen, oder die Spanten des Bootes, die, von der Strömung geschaukelt, unter dem Druck des Wassers ächzten.

Einen Lidschlag später hob S'Cali einen Finger seiner mit Schwimmhäuten versehenen Hand. Jetzt vernahm Bandicut ein fernes, schwirrendes Wimmern. Ein motorbetriebenes Fahrzeug in großer Entfernung. S'Cali deutete auf den Sonarschirm. Ein winziger Lichtpunkt wurde oberhalb des Schattenrisses sichtbar, der im Sonar die Lage des Wracks auf dem Meeresgrund markierte. »Es ist über uns«, erläuterte S'Cali, »aber auf dem Weg nach unten. Sie scheinen wohl doch noch eine Wache zurückgelassen zu haben.« Er justierte das Sonar, und weitere Lichtpünktchen erschienen ganz nah an der Silhouette des Wracks auf dem Schirm. »Da haben wir sie ja«, meinte er. »Viel bewegt sich da nicht! Was nicht das Schlechteste ist.«

»Bist du besorgt, sie könnten uns entdecken?«, fragte Antares.

»Mir ist es egal, ob sie wissen, dass wir hier sind. Es könnte sogar gut für uns sein, weil es sie hier in der Gegend hält. Aber ich möchte vermeiden, dass sie uns verfolgen.«

»Kann man vom Boot aus Schallwellen nach draußen übertragen?«, erkundigte sich Bandicut, einer plötzlichen Eingebung folgend.

S'Calis sah ihn überrascht an. »Wenn es sein muss, schon.«

»Können wir eine Durchsage übertragen? Ihnen ankündigen, dass Harding auf dem Weg zurück zur Oberfläche ist und sie auf ihn warten sollen?«

»Sprichst du Astari?«, forschte Antares mit sanfter Stimme nach.

Bandicut konzentrierte sich auf sein Denken und Fühlen.

///Recht ordentlich, meine ich jedenfalls.///

»Selbstverständlich spreche ich Astari«, erklärte daraufhin Bandicut.

»Nur, solange sie uns nicht verfolgen!«, sagte S'Cali, die Hand bereits auf die Antriebs- und die Ruderkontrolle des Tauchbootes gelegt.

»Wir können ihnen mit unsrem Boot doch jederzeit entkommen«, beschwichtigte Bandicut den Neri.

S'Cali dachte kurz über das Argument nach und schaltete dann das Außen-Com ein. Bandicut beugte sich dicht über das Mikro, überlegte einen Moment, wie er sich am besten verständlich machen konnte, und sagte dann langsam und mit klarer Stimme: »*Hört zu! Hört zu! Wir sind die Neri, das Meeresvolk. Wir haben einen Astari namens Harding in unserer Obhut. Er kommt aus der Tiefe des Ozeans zurück an die Oberfläche – wegen Dekompression sehr langsam. Wir möchten, dass er zu euch zurückkehrt. Bitte wartet auf uns, damit wir euch noch einmal kontaktieren können.*«

Bandicut wiederholt die Botschaft zweimal – dann wartete er auf Antwort. Nichts geschah. S'Cali behielt die ganze Zeit über den Schirm aufmerksam im Auge. Das Sonarsignal des Festländers sank in der Nähe des

Wracks immer weiter in die Tiefe. »Es kann sein, dass der Festländer kurz angehalten hat, als du gesprochen hast«, berichtete S'Cali. »Aber ich bin mir nicht sicher.« S'Cali bediente einige Kontrolleinrichtungen, und das Boot nahm wieder Fahrt auf. Der Neri-Pilot steuerte es in einem Zickzackkurs vom Wrack des Raumschiffes fort. Auch Minuten später gab es keine Anzeichen dafür, dass die Astari dem Neri-Tauchboot folgten. »Dann wollen wir mal einen Blick auf die Lichtfelder werfen«, meinte S'Cali befriedigt.

Die Sonnenkollektoren waren ein gutes Stück vom Wrack entfernt. Größtenteils lagen die Felder mit den im Wasser treibenden Solarzellen genau über der Neri-Stadt. Sobald der Meeresboden steil in größere Tiefen abfiel, ließ S'Cali das Boot steigen und ging auf einen Kurs, der es konstant auf einer Tiefe von etwa fünfzig Metern hielt. Das Wasser war hier klar und tiefblau, und Bandicut war sich mit einem Mal sicher, dass sie nicht weit von der Stelle entfernt sein konnten, an der die Sternenkoppler-Sphäre mit ihm und seinen Freunden in den Ozean eingetaucht war.

»Hatten offenbar verdammtes Glück, dass wir bei der Landung nicht eure Lichtfelder getroffen haben!«

»Habt ihr aber beinahe!«, meinte der Neri. »Das war der Hauptgrund dafür, dass wir uns euch geschnappt haben.«

Bandicut sah zu Antares hinüber und entdeckte Belustigung in ihrem Blick. Dabei bemerkte er zum ersten Mal, seit sie in die Tiefe dieses Ozeans hinabgesunken waren, den goldenen Schimmer, der ihre Pupillen wie ein Heiligenschein umgab. Was für ein Unterschied Sonnenlicht machte, wenn es um Farben ging, selbst wenn es hunderte von Metern Wasser durchdringen musste! Ihre Augen bekamen eine Tiefe und einen Ausdruck, der nur von ihren Lippen übertroffen wurde – ihr Mund war in einer nicht menschlichen Art außerordentlich bemerkenswert. Und erst ihr kastanienbraunes Haar, das dieses Gesicht umrahmte!

»Wir haben Signale eines Schiffes genau über uns aufgefangen«, alarmierte S'Cali seine Passagiere und berührte das Sonar. Er drosselte erneut die Geschwindigkeit des Tauchbootes und beobachtete den Sonarschirm aufmerksam. Bandicut wartete schweigend und fragte sich, was das wohl zu bedeuten hatte. »Es ist ein kleines Schiff. Es scheint sich von den Lichtfeldern wegzubewegen«, informierte der Neri-Pilot ihn und Antares. »Die Frage ist jetzt natürlich, ob das Schiff die Felder überquert hat – und wenn ja, ob es sie entdeckt hat.«

»Was wird geschehen, wenn die Neri feststellen, dass die Astari die Felder *tatsächlich* entdeckt haben?«

»Ich habe keine Ahnung«, gab S'Cali offen zu, während seine Augen am Sonarschirm klebten. »Ich wüsste nicht, was wir tun *könnten.*«

»Außer zu hoffen, dass ihr euch nicht schon miteinander im Krieg befindet«, kommentierte Antares leise.

S'Cali reagierte nicht darauf. Stattdessen setzte er einen neuen Kurs und nahm langsam auch wieder mehr Fahrt auf. Der Kurs, den er gewählt hatte, führte sie in einem weiten Bogen von unten an die Lichtfelder heran.

Auf dem Sonarschirm beobachteten sie, wie das Festländer-Schiff sich immer mehr entfernte, bis es außer Reichweite des Sonars war.

»S'Cali«, fragte Antares den Neri und zeigte zum Meeresspiegel hinauf, »sind das die Sonnenlichtkollektoren?«

Zur Antwort zog S'Cali die Nase des Tauchbootes hoch und ließ es aufsteigen. Dort oben, wo die Wellen auf der Meeresoberfläche tanzten, glitzerte es silbrig. Zudem breiteten sich dunklere Schattenumrisse über eine größere Fläche aus. »Das sind die Lichtfelder«, erläuterte der Neri. »Sie treiben unmittelbar unter der Wasseroberfläche.«

»Wieso sind sie so unregelmäßig angeordnet?«, erkundigte sich Bandicut.

»Es heißt«, sagte S'Cali, »sie seien auf diese Weise von oben schwerer auszumachen. Sie gleichen dann wohl eher treibenden Tangwäldern.«

/Ach so!/, dachte Bandicut, /Sargasso! Es ähnelt der Sargassosee!/

///???///

/Sieh unter ›Atlantischer Ozean‹ nach, auf der Erde! Es handelt sich um ein Teilgebiet des Nordatlantiks, in dem große Algenfelder, ganze Wälder aus Tang treiben. Dicht unter der Meeresoberfläche genau wie hier. Es ist der perfekte Lebensraum für viele Meerestiere, vor allem für bestimmte Aale, wenn ich mich recht erinnere./

///Ah! Da ist es ja!///

Das Quarx hatte in Bandicuts Gedächtnis ein Bild aus einem Natur-Holo-Film lokalisiert, den er sich vor langer Zeit einmal angeschaut hatte.

/Ja, genau das meine ich!/, flüsterte er, froh darüber, dass ihm wenigstens Erinnerungen geblieben waren und dass Char Bilder wie dieses in der Bibliothek seines Verstandes zu finden vermochte.

Je höher sie der Oberfläche kamen, desto mehr machte sich der Druckunterschied bemerkbar. Auf den letzten zehn Metern erwartete Bandicut und Antares der proportional dramatischste Druckwechsel. Antares bekam Schwierigkeiten damit, den Druck in ihren

Nebenhöhlen auszugleichen. Doch wie erhofft bewahrten die Normalisierung und die Steine beide vor den Schmerzen der Dekompression, der Taucherkrankheit.

Der Blick hinaus war wie der Blick durch ein farbiges Glasfenster, allüberall Schattierungen von Blau und Silber und gelegentlich Einsprengsel in Gold und Gelb. Das Tauchboot kreuzte direkt unter den durchscheinenden Sonnenkollektoren, und S'Cali verzeichnete jede reparaturbedürftige Einheit im Bordcomputer. Er umsteuerte die langen Kabel, die aus den Lichtfeldern hinunter in die dunkle Tiefe führten, bis hinab auf den Meeresgrund zu den Siedlungen der Neri. Diese Kabel verhinderten nicht nur, dass die Kollektorphalanx von den Meeresströmungen davongetragen wurde, sondern leiteten auch die aus dem Sonnenlicht gewonnene Energie zur Stadt.

»Verschwendet ihr nicht viel Sonnenenergie dadurch, dass die Kollektoren unter dem Wasserspiegel treiben?«, fragte Bandicut.

»Ja, wir verlieren tatsächlich Licht durch das Wasser«, gab S'Cali zur Antwort. »Das ist der Grund, warum diese Felder so groß sind. Sie unter der Wasseroberfläche treiben zu lassen, heißt auch, sie vor der Kraft der Wellen zu schützen – und natürlich auch vor Entdeckung.«

Nachdem sie ihre Inspektion beendet hatten, steuerte der Neri das Boot auf eine kleine Habitatkuppel zu, die an eines der größeren Lichtfelder grenzte. »Wenn ihr keine Einwände habt, wäre es meines Erachtens eine gute Idee, hier für die Nacht festzumachen«, schlug S'Cali vor. »Das hier ist eine der Habitatkuppeln für das Wartungspersonal.« Als sie auftauchten, wurde das Wasser um sie herum immer heller und lichter. Es war leuchtend hellblau – wie der Ozean in der Karibik, fand Bandicut –, blendete die Augen und war herzzerreißend schön.

Sobald sie angedockt hatten und das Boot gesichert war, folgten Bandicut und Antares S'Cali durch die Luftschleuse in die Habitatkuppel. Das Erste, was der Neri unternahm, kaum dass er das Boot verlassen hatte, war, eine Versorgungsleitung an sein Tauchboot anzukoppeln. *Gibt es eine bessere Gelegenheit, verbrauchte Energie wieder aufzuladen*?, dachte Bandicut bei sich. *Gleich an der Quelle.*

Antares sah sich um und sog prüfend die abgestandene Luft ein. Hier gab es kein Hangarbecken, nur eine Luftschleuse, an der die Tauchboote mit der eigenen Schleusenkammer andockten. Die Habitatkuppel war größtenteils transparent und nur sehr spartanisch möbliert. »Hier also bleiben die Wartungsteams während ihres Aufenthalts?«, fragte sie.

»Genau. Früher einmal haben sie von dieser Sphäre aus die Meeresoberfläche beobachtet. Und auch …« S'Cali stockte, suchte nach den richtigen Worten. Selbst in seiner Muttersprache war er sich nicht sicher, wie die Bezeichnung für das lautete, was er beschreiben wollte. »… die Löcher im Nachthimmel?«

»Astronomie?«, rief Bandicut entzückt aus. »Sie haben die Sternenbahnen am Himmel beobachtet?«

»Ja, genau, so ist es!« S'Cali spreizte die Schwimmhäute zwischen den Fingern. »Ich selbst weiß nur sehr wenig darüber.«

»Aber wie haben sie die Sterne aus dem Habitat heraus beobachten können?«, forschte Bandicut nach.

S'Cali deutete nach oben. »Es gibt dort oben einen Ort, so eine Art Luk. Der obere Teil der Kuppel kann sozusagen ausgefahren werden, und zwar bis über den Wasserspiegel.«

Golden leuchtete es in Antares' Augen auf. »Könntest du … können wir nicht …«

Der Neri verzog den Mund zu einer Art Lächeln. »Möchtet ihr den Geruch der Luft meiner Welt schmecken? Dann mir nach!«

27
Dem Himmel so nah

Bandicut war sich sicher, sein Herz habe aufgehört zu schlagen, als er hinaustrat unter den weiten, blau und weiß gestreiften Himmel. Er musste die Augen zusammenkneifen, um sie vor der Leuchtkraft und Intensität der Sonne zu schützen. Er wusste genau, dass er so breit grinste wie ein Honigkuchenpferd. Ihm war, als sei er schon seit hundert Jahren nicht mehr an der Meeresoberfläche gewesen; er war so erleichtert, dass er es nicht zu beschreiben vermochte. Nur einen Sekundenbruchteil später war ihm klar, dass ihm die Sonne nur deswegen so hell erschien, weil er sich schon an die Dunkelheit der Tiefsee gewöhnt hatte; denn eigentlich strahlte sie gar nicht so hell, hüllte sie doch tief am Horizont ihr Gesicht in sich verwirbelnde Wolkenstreifen.

///Das ist atemberaubend!
Nie zuvor habe ich unter der Weite des Himmels
gestanden und hinaufgesehen!
Jedenfalls nicht mit deinen Augen.///

Antares stand an Bandicuts Seite und ließ den Blick über das Wasser wandern. Er fühlte ihr Erstaunen, noch bevor er es in ihrem Gesicht las: Mit weit aufgerissenen Augen stand sie da, ihre Iriden dünne goldene Ringe um riesengroße schwarze Pupillen. Sie atmete tief und langsam durch, während sie die Aussicht bewunderte. »Ich habe nicht einmal bemerkt, wie eingesperrt ich mich gefühlt habe! Nicht bis zu diesem Anblick.« Sie warf ihr Haar, das ihr in die Stirn gefallen war, zurück und blickte sich um.

Bandicut murmelte zustimmende Worte. Der Blick über die Leere des Wassers war eigentlich eintönig, die See ruhig bis auf eine sanfte, friedlich erscheinende Dünung. Nichts war zu sehen: nur das Meer, der Himmel und die sich ebenfalls sanft in der Dünung wiegende Plattform, die das Luk der größtenteils immer noch unter Wasser liegenden Habitatkuppel umgab.

Bandicut trat hinaus an den Rand der Plattform und schaute über die niedrige Reling, die sie einfasste. Antares und er befanden sich etwa einen Meter über dem Meeresspiegel. Einige Leitern waren von außen an der Reling befestigt, vermutlich, damit sich die Neri-Schwimmer aus dem Wasser wieder hoch auf die Plattform ziehen konnten. Während Bandicut in die Fluten starrte, erkannte er die schattenhaft dunklen Silhouetten der Sonnenkollektoren, die sich vor dem klaren Blau des tiefen Ozeans abhoben. *Der Anblick erinnert gar nicht so sehr an die Sargassosee,* dachte er, *aber vielleicht kann man die Dinger aus größerer Höhe gar nicht mehr erkennen.* Vielleicht besaßen die Astari ja auch gar keine Flugzeuge.

»Die Felder können je nach Bedarf abgesenkt oder dichter am Wasserspiegel positioniert werden«, erklärte S'Cali vom Luk aus. »Bei hoher See oder wenn die Sensoren etwas Verdächtiges in der Gegend ausgemacht haben, werden die Felder tiefer nach unten gezogen. Aber das braucht natürlich seine Zeit.«

Bandicut wandte sich um und musste zweimal hinsehen, um S'Cali zu entdecken. Der Kopf des Neri befand sich gerade unterhalb des Lukenrands. »Willst du nicht raufkommen?«, erkundigte sich Bandicut.

»Ich ... weiß nicht, ob das nötig ist. Außer natürlich wenn ihr um Unterstützung bittet ...«

Aufgeschreckt, weil S'Calis Stimme so verzagt klang, rückte Bandicut näher zu ihm heran. »Nein, das geht schon.« In diesem Moment legte Antares ihm die Hand auf den Arm und sandte ihm ein deutliches: *Nein, nicht!* Fragend sah er sie an.

///Ich glaube, sie möchte,
dass du den armen S'Cali in Ruhe lässt.///

/Den ›armen‹ S'Cali? Warum den ›armen‹ S'Cali?/

///Das sieht doch ein Blinder mit Krückstock!
Er hat einfach Angst vor dem Himmel!///

Bandicut blinzelte verdutzt, verstand dann aber plötzlich. Natürlich! S'Cali lebte unter Wasser, hatte sein ganzes Leben dort verbracht. An einem Tag mit außergewöhnlich klarem Wasser konnte er vielleicht ein paar hundert Meter weit sehen. Es musste ihn geradezu zu Tode erschrecken, unter der Weite des Himmels zu stehen. Er hatte keine Angst vor dem Meer oder den Wellen; er hatte Angst vor dem weiten Himmel!

»Mit uns ist alles in Ordnung hier oben«, versicherte Antares dem Neri unten am Luk, ihre Stimme klang sanft. »Warum gehst du nicht einfach an die Arbeit, die du da unten zu erledigen hast? Wir kommen zu dir runter, wenn wir irgendetwas brauchen.«

»Gut«, erwiderte S'Cali, dessen Erleichterung greifbar schien. Er zog sich in die Kuppel zurück.

Bandicut blickte zu Antares hinüber. »Er muss sich hier oben fühlen wie Li-Jared unter Wasser.«

Antares brummte zustimmend. »Ich wünschte, wir könnten Li-Jared hierher bringen! Es wäre eine Wohltat für ihn, glaube ich.« Sie dachte einen Moment lang nach. »Und wir dürfen nicht vergessen, uns bei S'Cali zu bedanken.«

»Hä?«

»Weil er uns hierher gebracht hat. Ja, gut, er hat seine Kontrollaufgaben zu erledigen – und ja, wir sollen auf Festländer-Schiffe achten! Doch mir scheint, er ist nicht nur hierher gefahren, um seine Aufgaben zu erledigen. Er wollte uns auch einen Gefallen tun.« Sie verstummte. Eine Weile standen Bandicut und sie nebeneinander an der Reling und genossen es sehr, über das Meer bis zum Horizont schauen zu können. Plötzlich ging Antares zum Luk und rief hinunter: »S'Cali, gibt es in diesem Wasser etwas, das uns verletzen könnte, wenn wir darin schwimmen?«

Bandicut konnte S'Calis Antwort nicht hören, doch Antares trat wieder an seine Seite und sagte: »S'Cali meint, es dürfte für uns ungefährlich sein. Die Pikarta schwämmen nicht so weit oben an der Oberfläche. Ich hätte Lust darauf, eine Runde zu schwimmen.« Sie blickte hinunter ins Wasser. »Würde es dich stören, wenn ich mich entkleide?«

Mit Müh und Not gelang es ihm, ein paar Worte hervorzuwürgen. »Ehmm ... nein, ich ... äh, glaub nicht.«

///Dich stören?///

/Halt den Rand!/

»Möchtest du gerne mit mir schwimmen?«, fragte Antares, während sie ihre slipperartigen Schuhe von den Füßen streifte. Noch bevor er antworten konnte, öffnete sie mit einer einzigen fließenden Handbewegung, die er nicht richtig mitbekam, den Verschluss ihres Jumpsuits. Sie ließ den dünnen, fließenden Stoff über ihre Schultern gleiten und stieg mit einem Seitenschritt aus dem zu Boden gerutschten Kleidungsstück. Dann hob sie es auf, faltete es ordentlich zusammen und stand völlig nackt vor Bandicut. Nun konnte er endlich nach eigenem Augenschein beurteilen, inwieweit sie einer Frau seiner Spezies glich. Antares hatte tatsächlich vier Brüste; fest, klein und rund waren sie, und jede hatte in ihrer Mitte eine Brustwarze – jedenfalls etwas, das wie eine Brustwarze aussah. Der Körper der Thespi-Frau war mit feinem, seidigen Haar bedeckt, das zwischen ihren unteren Brüsten und dem Unterleib dichter wuchs und Bandicut an Schamhaar erinnerte: Es begann schmal an einer Stelle zwischen den beiden unteren Brüsten, bedeckte, sich zu den Seiten hin ausdehnend, ihren Bauch und lief wieder schmal an einer Stelle zwischen ihren Beinen zusammen, insgesamt annähernd trapezförmig. Antares' Arme und Beine glichen denen einer Menschenfrau, nur die Rundungen ihrer Muskeln sahen ein ganz klein wenig anders aus.

Bandicut brachte kein Wort heraus; er war vollauf damit beschäftigt, die Thespi nicht ungehörig anzustarren. Ungeschickt nestelte er an den Verschlüssen seines eigenen Overalls herum.

»Bandie, ich wollte nicht ... ich hatte nicht die Absicht, dich in Verlegenheit ...«

»Nein, nein – ist schon okay! Nein, wirklich, ich möchte gerne mit dir schwimmen gehen!« Endlich gelang es ihm, den Overall zu öffnen.

»Es ist völlig in Ordnung, wenn du mich ansiehst. Ich bin auch schon neugierig darauf, wie du aussiehst.«

»Oh, in Ordnung«, murmelte er und stieg aus seiner Kleidung. Gehemmt stand er vor ihr, und nur ein Gedanke schoss ihm durch den Kopf: *Irgendwie ist das völlig anders als damals, als ich Ik gezeigt habe, wie der menschliche Körper aussieht*!

///Oh, wirklich, das ist ganz anders ...///

/Genau, ganz anders!/

Antares neigte den Kopf zur Seite und betrachtete Bandicut aufmerksam. »Du unterscheidest dich nicht sehr von einem Thespi. Also ist *das* da dein – was für eine interessante Stelle dafür! Wie benutzt du ... ach, vergiss es, erzähl es mir ruhig später!«

Bandicut wurde rot. »Sollen wir jetzt schwimmen

gehen?«, fragte er stattdessen, damit er sich dem Wasser zuwenden konnte.

»Ja, lass uns schwimmen gehen!«

Antares stand neben ihm an der Reling. »Nach dir, bitte!«, meinte er und konnte bewundernd beobachten, wie sie sich streckte und mit einem eleganten Kopfsprung ins Wasser tauchte. Er tat es ihr nach, grunzte, als das kalte Wasser seine Leistengegend erreichte, bekam von der Kälte eine Gänsehaut und seufzte zufrieden, als er auftauchte. Er zerteilte das Wasser mit einigen energischen, kräftigen Schwimmzügen.

Antares war ganz in der Nähe aufgetaucht; ihr nasses Haar lag ihr eng um Kopf und Rücken. Ihre Lippen öffneten sich zu einem Thespi-Lächeln und ihre Steine pulsierten in der Kehlgrube. Bandicut grinste zurück. Eine Weile schwammen sie hin und her, dann zogen sie Kreise um die Plattform. Schließlich schwammen sie in wortlosem Einverständnis zu einer der Leitern zurück, an der sie sich dann festhielten, um ausgestreckt im Wasser noch ein paar Augenblicke Entspannung zu genießen. »Es wird bald dunkel«, meinte Antares. Sie begann, die Leiter hinaufzusteigen, Bandicut hingegen stieß sich noch einmal ab und schwamm, auf dem Rücken liegend, träge ein paar Züge von der Plattform weg. Interessiert beobachtete er, wie Antares sich die Leiter hochzog und über die Reling stieg; Wasser rann ihren Rücken hinunter. Er wartete nur, bis sie auf der Plattform stand, dann schwamm er zurück und stieg auch aus dem Wasser.

Zitternd standen sie in der kalten Luft. Ohne Handtücher, mit denen sie sich hätten abtrocknen können, erschien es ihnen klug, ihre Körper erst ein wenig an der Luft trocknen zu lassen, bevor sie wieder in ihre Kleidung stiegen. Die Sonne stand tief am Horizont, fast verdeckt von Wolken. Doch genau über ihnen und im Osten lösten sich die Wolken am Himmel auf. Auf Antares' Haut glitzerten Meerwassertropfen; ihre Brustwarzen erschienen größer und richteten sich wohl wegen der Kälte auf. Bandicut konnte jetzt erkennen, dass das Schamhaar auf ihrem Bauch eine Vertiefung bedeckte, dort, wo beim Menschen der Bauchnabel sitzt.

///Interessant.///

/Findest du?/

///Du findest das doch auch!///

Darauf gab Bandicut keine Antwort. Er spürte, dass das Wasser auf seiner Haut fast getrocknet war; offensichtlich ging es Antares nicht anders, denn sie nahm ihre Kleidung und begann, sich anzuziehen. Nachdem sie sich beide angekleidet hatten, standen sie wieder gemeinsam an der Reling und blickten über das Meer.

»Erzähl mir, was du denkst, John«, bat Antares ihn, nachdem ein paar Minuten verstrichen waren.

»Hmm?«, machte er, dachte aber: *Im Leben nicht! Nicht jetzt jedenfalls.* Er räusperte sich. »Denken ... in welcher Beziehung?«

Sie blickte ihm ernst ins Gesicht. »In jeder Beziehung. Bandie, so viel ist in so kurzer Zeit passiert – mal hat es uns hierhin, mal dorthin verschlagen –, und ich hatte wirklich noch keine Zeit, meine neuen Freunde richtig kennen zu lernen, mit denen ich mich zwar tief verbunden fühle, aber über die ich kaum etwas weiß. Ich meine nicht etwa die Neri; ich meine vor allem dich.«

Bandicut atmete langsam und vorsichtig aus und nickte.

///Was genau meint sie damit?///

/Ich habe nicht die geringste Ahnung! Ich bin mir

fast sicher, sie selbst weiß es auch nicht. Sie versucht einfach, ihre Gefühle zu sortieren./

///Nicht anders also als du.///

/Genau. Nicht anders als ich./

»John?« Antares gab einen tiefen zischelnden Laut von sich: ein Lachen, oder vielleicht ein Kichern? »Du scheinst nicht bei dir gewesen zu sein, für einen Augenblick jedenfalls.«

»Ach, mein Idiotengesicht!«

»*Aahhl?*«

Er kicherte, fast schon wehmütig. »Es passiert immer, wenn ich mit Charlie spreche und vergesse, darauf zu achten, was für ein Gesicht ich mache. Ich wünschte, ich hätte das besser unter Kontrolle!«

Antares ließ ihren Blick über das Meer schweifen, bevor sie sich wieder Bandicut zuwandte. »John, du hast mich vor kurzem schon mal gefragt, ob ich etwas dagegen hätte, unsere Steine miteinander zu vereinigen. Damit wir uns besser verstehen. Ich glaube, es würde mir gefallen, vorausgesetzt, du willst es immer noch.«

Er hatte ein komisches Gefühl in der Magengrube, doch dann umspielte plötzlich ein Lächeln seinen Mund. »Und ich glaube«, begann er, »es wäre eine gute Idee, wenn wir uns näher kennen lernen würden!«

Es war kalt in der frischen Meeresbrise, und nirgends gab es einen Platz, wo sie sich bequem hätten niederlassen können. Aber beide dachten nicht eine Sekunde daran, sich vom weiten Himmel über ihnen zu trennen. Antares war in die Habitatkuppel hinuntergeklettert und mit einigen Kissen zurückgekehrt. An das Luk gelehnt, saßen sie auf dem Boden der Plattform zusammen, den Blick aufs offene Meer gerichtet. Die Kälte, die sie empfanden, und die unbequeme Sitzposition waren sofort vergessen, als der Himmel sich mit Farben schmückte – Sonnenuntergang über dem Meer: Die Wolken leuchteten in satten Orange- und Rottönen, dann schimmerten sie grün, bevor alle Farben zu Dämmerlicht zusammenflossen. Erste vereinzelte Sterne durchstachen den Himmel über Bandicuts und Antares' Köpfen. Beim Anblick der Sterne schlug Bandicuts Herz schneller, und er fragte sich, welcher von diesen Sternen seine Sonne war, die Sonne der Erde.

Antares' Hand berührte die seine. Ein fragendes Lächeln schlich sich auf ihre Lippen.

»Wann immer du so weit bist«, meinte er leise.

Antares öffnete den Kragen ihres Jumpsuits. Die beiden Steine leuchteten in ihrer Kehlgrube – der eine weiß, der andere in glitzerndem, pulsierendem Rot. »Wir bringen unsere Steine zusammen, so kann man das, was wir tun, doch nennen, oder?«

Er nickte und hob die Arme. Antares nahm seine Hände in ihre und führte sie an ihre Kehle. Ungeschickt versuchten beide, Mensch und Thespi, sich so zueinander zu setzen, dass sie beide eine relativ bequeme Haltung einnehmen konnten. Sie probierten eine Weile herum. Schließlich legte Bandicut die Handkanten auf Antares' Schultern, und Antares drückte Bandicuts Handgelenke sanft gegen ihre Kehle.

Bandicut spüren bereits, wie sich die Steine vereinigten, fühlte die Aura der Thespi-Persönlichkeit gegen seine branden. Tief verborgen in Bandicuts Verstand, (doch nicht zu tief) beobachtete das Quarx die Verbindung zwischen Mensch und Thespi mit großem Interesse. Um Bandicut und Antares herum versank die Außenwelt in Bedeutungslosigkeit; Bandicut war sich nur noch bewusst, dass zwischen Antares' und seinen

Steinen eine Strömung hin und her floss und dass die Gedanken der Thespi sich den seinen entgegenstreckten, um sie zu berühren ...

John Bandicut, Mensch von der Erde und von Triton ...

Antares ...

Ja. Autumn Aurora (Rote Sonne) Alexandrovens, Thespi-Drittfrau ...

Diese Art der ... Verbindung ist dir nicht fremd. Bist du auch auf Thespi Prime Verbindungen eingegangen?

Ähnliche, aber doch andersartige. Dort haben wir nur unsere Gefühle miteinander verbunden. Wir beide aber ... wir können Gedanken und Erinnerungen miteinander teilen ...

Und noch während sie in die Stille der Steine hinein sprach, fühlte er, wie sich ihre Gedanken und Erinnerungen mit seinen eigenen überlappten ... und er wusste, dass sie bereits aus seinen Erinnerungen zu lernen begann ... vom Leben auf Triton und auf der Erde, von Julie, von seinem lebenslangen Gefährten, momentan Gefährtin, dem Quarx ...

Im Gegenzug öffneten sich ihm ihre Erinnerungen an Thespi Prime. Thespi Prime. Es war eine Welt von großer Schönheit, einer strengen, schroffen Schönheit. Es war eine Welt der Berge und wilden Wälder, vor allem dort, wo Antares gelebt hatte; die Welt eines strengen, schroffen Volkes, in gewisser Weise waren die Thespi so: ein Volk mit schwierigen und gefährlichen Bräuchen. Die Bilder tauchten schnell auf: ihre Ausbildung zur Drittfrau; der Ort, wo sie darauf vorbereitet wurde, sich mit anderen empathisch zu verbinden. Doch es war ein Leben, in das sie nicht zu gehören schien, ein Leben voller Einschränkungen und Enge, voller unterdrückter Sehnsüchte. Mit verwirrender Schnelligkeit empfing Bandicut Bilder aus der Zeit der verbotenen Liebe, in einer Welt, in der man Antares für diese Liebe zur Rechenschaft zog, ihren Geliebten dagegen nicht; und Bandicut erfuhr, dass Antares diese Welt um ein Haar durch das Tor des Todes verlassen hätte, wie das Gesetz ihrer Welt es forderte. Dann allerdings waren die Steine in ihr Leben getreten – doch Bandicut konnte, die Erinnerung daran, wie es im Einzelnen geschehen war, nicht festhalten. Er sah nur ein Bild von einem Lichtblitz, der in ihrer Zelle einschlug, glitzernd glimmend Antares umschwirrte, sie benebelte … und sie aus ihrer Welt in eine andere trug … durch Übergangsdimensionen, entlang eines Strahls sich verwirbelnden Lichts, der von unsichtbaren Händen dirigiert wurde. Und auch wenn sie es nie wirklich verstanden hatte, kam sie doch irgendwann darauf, dass sie durch eine außergewöhnliche Art von Portal gereist war, durch den Sternenkoppler des Weltenschiffs.

Die Verbindung war wie ein Spaziergang durch einen Garten voller Bilder; sie war offener, schloss mehr ein, war intimer als die mit Ik. Und sie betraf nicht nur Antares und John; Bandicut fühlte, dass auch das Quarx Teil dieser Verbindung war. Er fing Bilder von Charlies früheren Leben auf, die er nie zuvor gesehen hatte, Welten und Völker, die in der Tiefe der Zeit längst verloren gegangen waren …

Und die ganze Zeit über summten und sirrten die Steine, als seien sie lebende Wesen, nahmen Wissen und Sprache auf, tauschten Wissen und Sprache untereinander, und John Bandicut wusste, wenn auch nur verschwommen, dass Antares und er – und das Quarx – niemals mehr in die Isolation zurückkehren würden, die sie zuvor voneinander getrennt hatte. John Bandicut, nein, sie alle drei wussten jetzt … so viel mehr …

Der Nachthimmel war übersät mit Sternen, als die Verbindung ihre Intensität verlor, schwächer und schwächer wurde, ihnen entschlüpfte. Der erste Laut, den Bandicut wieder bewusst wahrnahm, kam von den Wellen, die an das Neri-Habitat schwappten. Der zweite Laut kam von Antares, die tief Luft holte und dann leise seufzte. Immer noch presste sie Bandicuts Handgelenke gegen ihre Kehle. »Du, John Bandicut«, hauchte sie, »bist ein sehr interessanter ... Mann.«

Ihr Augen schimmerten golden im dunklen Licht der Sterne.

Er schenkte ihr ein schiefes Lächeln. Und da er ihren Kopf praktisch schon in den Händen hielt, strich er ihr sanft mit den Fingern durchs Haar. Er mochte das Gefühl, das er dabei hatte, und fühlte, dass es ihr ebenso ging. Einen Lidschlag später beugte er sich vor und küsste sie auf die Stirn. Sie seufzte wieder; er spürte ihre Neugier, ihren Gefallen daran, ein gewisses Erstaunen darüber, was er da tat, und – ungewöhnlich für sie – das Fehlen einer gewissen ... Vorsicht.

So sanft es nur irgend ging, hob er ihr Kinn und berührte ihre Lippen sanft mit den seinen. Er erschauderte, wohlig erregt; aber er spürte auch ein Gefühl von Unsicherheit, den Reflex, die Hand wegzurücken, weil es eine fremde Hand war, die Hand eines fremdartigen Wesens. »Hmm?«, murmelte er und dachte darüber nach, warum er dieses Gefühl empfand. Dann jedoch wurde ihm klar, dass es nicht *sein* Gefühl war, sonder von Antares kam. Aber sie sah ihm tief in die Augen, bannte seinen Blick und presste mit ihrer Hand die seine an ihre Wange.

Dann erhob sich plötzlich ein Schatten und glitt zwischen sie, eine Mauer aus Vorsicht und Angst. *Thespi-Drittfrauen tun so etwas nicht*, dachte er. *Besonders tun sie so etwas nicht mit Fremden, mit Nicht-Thespi.* Vielleicht lag es aber auch nicht sosehr an seiner Andersartigkeit, sondern nur an der Sache an sich, es zu tun eben ... etwas Verbotenes.

»John Bandicut«, flüsterte sie mit bebender Stimme, »ich bin froh, dich zu kennen, mein Freund.« Und mit diesen Worten drückte sie seine Hände von ihren Wangen, hielt sie aber noch eine Weile umfasst, ehe sie sie schließlich freigab. Und dann war der Augenblick vorbei.

Er seufzte leise, versuchte, seine Anspannung und körperliche Erregung zu verbergen und sein Verlangen, das Gesicht in ihrem Haar zu vergraben, an ihren Körper zu pressen ...

///Ich bin verwirrt.
Es hat so viel Macht, so viel Macht ...///

»John Bandicut, ich fühle es, es ist ein gutes Gefühl, versuch nicht, es zu verbergen. Ich kann nur nicht ...« – aaahhl – »... ich muss ... aber ...« Antares stieß ein leises Zischen aus und gab ihre Suche nach erklärenden Worten auf. Schließlich berührte sie wieder seine Hand und senkte den Blick.

Er schluckte und murmelte: »Es ist schon okay. Ist ganz in Ordnung so.« Und auch wenn das nicht ganz stimmte, *wollte* er, dass es so war, weil er sich wünschte, dass dieser Moment, der sich nicht ganz hatte entfalten dürfen, für immer und ewig andauerte.

Sie schliefen unten, alle drei in dem einzigen Wohnraum der kleinen Wartungskuppel. Bandicut und Antares lagen eng beieinander, berührten sich aber nicht. Mehrmals in der Nacht, wie Bandicut mitbekam, stand S'Cali leise auf. Vermutlich fühlte er sich so nah am Meeresspiegel so unwohl, dass er nicht ruhig schlafen konnte, oder meinte, noch irgendwelche Dinge durchchecken zu müssen – vielleicht, ob noch Festländer in der Nähe waren. Etwa um Mitternacht – einer wirklichen Nacht, nicht diese ständige Dunkelheit der Tiefsee – erwachte Bandicut, weil von oben aus dem Wasser ein blasses Licht auf ihn fiel. Ein Weilchen blieb er liegen, dämmerte im Halbschlaf vor sich hin und wunderte sich über das Licht. Dann erst wurde ihm klar, woher es kam, und war mit einem Mal hellwach. Er schälte sich so leise wie möglich aus seinen Decken, stand auf und stieg die Leiter des Luks hinauf, um auf die Plattform zu gelangen.

Es war nicht nur ein Mond allein, es waren *zwei* Monde, die silbergrau über dem Meer standen. Sie waren kleiner als der Erdtrabant, doch von herzzerreißender Schönheit, Juwelen am Nachthimmel; dem Mond, der höher am Himmel stand, fehlte nur noch ein Viertel zum Vollmond, der andere war eine schmale Sichel dicht über dem Horizont. Bandicut versank hingerissen im Anblick der Monde und lauschte den Wellen, die gegen das Habitat schlugen. Mehrmals hörte er ein Plätschern: Fische, die aus dem Wasser hüpften und glitzerten wie Metall im Mondlicht. Bandicut lächelte und blickte hoch zum Himmelszelt, auf das die Sterne gestreut waren. Er konnte keine Sternkonstellationen ausmachen, die ihm bekannt vorkamen, nicht eine einzige. Nicht, dass er das erwartete hätte. Das riesige Sternenband der galaktischen Scheibe kreuzte den westlichen Rand des Himmels. Natürlich konnte er sich nicht sicher sein, glaubte aber zu erkennen, dass die Milchstraße von hier breiter schien als von der Erde aus.

War er näher am Zentrum der Galaxis? Er wusste es nicht, und eigentlich machte das auch keinen Unterschied. Doch der Anblick der Sterne und der emotionale Widerhall seiner Verbindung mit Antares ließen ihn vor Heimweh fast weinen. Gleichzeitig indes erfasste ihn ein Hochgefühl, weil er hier zwischen den Sternen sein konnte, der erste Mensch, der eine Reise aus dem Sonnensystem heraus unternommen hatte, ein galaktischer Reisender, hin und her geworfen durch die Gezeiten des Chaos und getrieben von den Launen von Mächten, die er nicht benennen konnte und die er nicht verstand. Freund wunderbarer Fremder. Bandicut war sich nicht einmal sicher, ob er das hätte wieder aufgeben wollen. Nur einen Herzschlag später allerdings wanderten seine Gedanken zurück zu Julie Stone, und ein ganz neuer Schmerz bemächtigte sich seiner …

Julie, Julie …

Sein Blick verschwamm, und seine Gedanken gerieten heillos durcheinander – und plötzlich stand Antares an seiner Seite. Sie hätte ihn beinahe zu Tode erschreckt. Sofort spürte er ihre Sorge: »John Bandicut, geht es dir gut?« Sie kam näher auf ihn zu, noch während er murmelte: »Ja, doch, mir geht's gut«, und sie mit einer einladenden Handbewegung aufforderte, sich zu ihm zu setzen.

Sie hockte sich neben ihn, blickte wie er hinauf zu den Monden und den Sternen, und sofort fühlte er sich besser. Sie rückte ein wenig von ihm ab, doch ihre Schultern berührten sich immer noch, kameradschaftlich. Sie sprachen kaum. Bandicut empfing ihre Gefühle: Wärme, Einsamkeit, Unsicherheit – nichts, was er nicht auch selbst empfand. Schließlich berührte Antares seine Hand zum Abschied und kehrte in die Habitatkuppel zurück, während er noch länger auf der Plattform verweilte. Bandicut zitterte in der kalten Seeluft, wollte jedoch seine erste Nacht unter den Sternen, die er seit Ankunft auf diesem Planeten hatte, noch ein wenig genießen.

Viel später in dieser Nacht kroch er zitternd zurück unter seine Decke und lauschte den regelmäßigen Atemzügen von Antares und S'Cali: Sie schienen fest zu schlafen.

Der Morgen dämmerte grau und kalt herauf. Bandicut konnte das selbst hier unterhalb des Meeresspiegels spüren. Als er sich nach oben auf die Plattform der Habitatkuppel begab, fand er dort schon Antares vor, die aufmerksam Himmel und Meer betrachtete. Der Wellengang war deutlich stärker als letzte Nacht. Antares' Begrüßung fiel höchst nüchtern aus: »S'Cali hat die Meldung erhalten, ein Astari-Schiff habe unter Umständen Kurs auf die Lichtfelder gesetzt, also müssen wir jetzt Acht geben. Er möchte, dass wir bald mit dem Tauchboot abtauchen.«

Bandicut nickte, bedrückt von dieser Aussicht. Er schaute kurz zu den rasch und niedrig über den Himmel ziehenden Schichtwolken hoch, die die Welt grau erscheinen ließen, und dachte: *Bitte, lass uns noch einen letzten herrlichen Blick auf die Sonne werfen, bevor wir wieder hinuntermüssen*!

S'Cali rief vom Luk aus: »Wir müssen jetzt ablegen! L'Kells Tauchboot hat das Bergungsgebiet fast erreicht. Sie haben die Dekompression schneller als erwartet durchführen können. Sie wollen, dass wir uns mit ihnen treffen.«

Bandicut drehte sich für einen letzten Blick um. Für einen Augenblick drifteten die Wolken auseinander und entblößten einen schmalen Streifen blauen, sonnendurchfluteten Himmels; ein breiter Sonnenstrahl fiel schräg über die Wasser des Ozeans. Bandicut hauchte einen stillen Dank und folgte Antares die Leiter ins Innere des Habitats hinunter.

S'Cali war damit beschäftigt, die Versorgungsleitungen des Tauchboots abzukoppeln und das Habitat wieder in die ihm gemäße Ordnung zu bringen. Bandicut und Antares gingen ihm dabei zur Hand und beobachteten, wie er die Schalttafeln der Umweltkontrollen des Habitats bediente. Ein Strom von Luftbläschen stieg an den Seiten der Habitatkuppel auf, und kaum eine Minute später begann die Kuppel zu sinken. Bandicut und Antares schauten hoch, sahen den Meeresspiegel langsam verschwinden, bis etwa das obere Ausstiegsluk zwanzig Meter unter der Meeresoberfläche lag. Dann gingen sie an Bord des Tauchbootes.

Als sie immer weiter in die Tiefe tauchten, schienen die Sonnenkollektorfelder immer höher hinaufzudriften wie ein einziger riesiger, sich im Wind ausbreitender Fallschirm. Bald machten sie Fahrt auf einem Kurs, auf dem sie weder den Meeresspiegel noch den Meeresboden sahen, sondern nichts als blaues Wasser. S'Cali steuerte das Boot mit einer Mischung aus Neri-Instinkt und Instrumentenkontrolle. Bandicut machte sich Gedanken über die Konfrontation, die ihnen wohl bald schon bevorstand, und fand Ruhe in Antares' Gegenwart – Letzteres nicht ohne Bedauern.

///Du wirst mir doch sicher, sobald Zeit ist,
deine widerstreitenden Gefühle erklären,
nicht wahr?///

Das Quarx sprach mit so viel Ernst, dass es Bandicut erstaunte. Charlene verlor kein Wort darüber, wie sie sich fühlte, zeigte ihm aber ihre Verwirrung über die intensiven Gefühle, die sie mit ihm geteilt hatte – nicht als Beobachterin, sondern als *Beteiligte.* Auch sie spürte das stärker gewordene Band zu der Thespi-Frau. Was Charlene verwirrte, war die sexuelle Anziehungskraft, die Antares auf Bandicut ausübte.

Um bei der Wahrheit zu bleiben, war das nicht der einzige Grund für Charlenes Verwirrung. Sie war erinnert worden an ihre Verlorenheit im Universum, ihre Einsamkeit. Jeder von denen, der Tochtersteine trug, war aus seiner eigenen Welt gerissen und von ihr abgeschnitten worden, vielleicht für immer. Char indes glaubte daran, dass ihr Volk untergegangen war, nur eben sie nicht. Selbst Ik, der vor der Vernichtung seiner Heimatwelt gerettet worden war, konnte sich durchaus die Möglichkeit ausmalen, dass andere seiner Spezies ebenso wie er auf das Weltenschiff gelangt waren, irgendwohin, irgendwie. Doch das Quarx (beziehungsweise Charlenes Vorgänger) waren immer von ihrer Einsamkeit und Einzigartigkeit im Universum überzeugt gewesen. Diese Überzeugung war über Jahrtausende hinweg zum Bestandteil der quarxischen Existenz geworden. In der neu gefundenen Nähe zu Bandicut und Antares hatte das Quarx – es, er, sie – diese Einsamkeit deutlicher gespürt denn je zuvor.

/Ja/, meinte Bandicut leise in seinen Gedanken. / Nur schau: Sobald es um meine eigenen Gefühle geht, weiß ich nicht, ob ich sie überhaupt erklären *kann.* Ich weiß nicht einmal, ob *ich* verstehe, was da in mir vorgeht. Aber du darfst in meinem Unterbewusstsein herumwühlen und nachschauen, was du dort findest!/

///Aber . . .
du begehrst sie doch. Körperlich.
Ist das nicht so?///

/Nun, ja, ich . . ./

///Deine Neuronen und neuralen Dendriten
sind hochgradig positiv stimuliert.
Besonders unten in deinem . . . ///

/Ja, sicher, ich will sie. Momentan jedenfalls, das ist mir ganz klar. Gerade jetzt bin ich . . . es ist ziemlich kompliziert./

///Du weißt es gar nicht so genau?///

/Nun, ich weiß es, und ich weiß es nicht./

///???///

Er seufzte. /Schau, Kerle, Männer eben, sind nicht besonders gut darin, in sich hineinzuschauen und diesen ganzen Kram auf die Reihe zu kriegen./

///Entschuldige, wenn ich das so einfach sage,
aber das hört sich
wie eine Ausrede an.///

/Hä?/ Er machte ein Gesicht, als hätte ihm jemand eine Ohrfeige gegeben. /Nein, entschuldige dich nicht! Keiner wird schließlich gern zurückgewiesen. Verstehst du?/

///Aber sie hat dich doch nicht zurückgewiesen!
Sie hat bloß ... sie hat gesagt,
diese Gefühle seien gut!
Es war nur nicht richtig ...///

/Ja, sicher! Das ist die eine Möglichkeit, es zu sehen. Schön rational und so! Aber ich versuch dir hier gerade zu erklären, was ich vielleicht tief in meinem Inneren fühlen könnte – und das hat gar nichts mit Logik zu tun!/

///Du bist ja verrückt.
Du bist verrückt *nach ihr, stimmt das etwa nicht?///*

Bandicut spürte, wie er rot wurde. Er hielt seine Augen geschlossen. /Ich bin *nicht* verrückt. Ich bin nur .../ Er konnte nicht glauben, was er da fühlte, konnte es einfach nicht glauben. Zapfte das Quarx gerade all seine verschütteten Emotionen an? /Schau, ich halte es für den denkbar schlechtesten Zeitpunkt, ausgerechnet jetzt *darüber* zu reden!/

///Tut mir Leid.
Du hast gesagt, ich darf herumsuchen.
Ich glaube, ich sollte lieber nicht ...///

/Nein, nein! Ist schon in Ordnung! Echt. Ich will

sagen, es ist schon okay, wenn du für dich versuchst, das ganze zu verstehen, und Fragen stellst./

///Okay.///

/Okay./ Bandicut holte tief Luft und atmete langsam, ganz langsam wieder aus. Er öffnete die Augen und erblickte den Schleier blauen Wassers, das sie mit dem Tauchboot durchpflügten. Allmählich ließ er seinen Blick weiterwandern, um verstohlen Antares zu beobachten. Sie sah zur anderen Seite aus der Frontkanzel des Tauchbootes hinaus und schien von Bandicuts Diskussion mit dem Quarx nichts mitbekommen zu haben. Sie trug ihr Haar offen, und über ihren Schultern war es in Unordnung geraten. Antares duftete nach Kiefernnadeln, ein Spur Moschus lag in diesem Duft; und Bandicut vermutete, dass Thespi-Frauen ebenso dufteten, wenn sie sich am Morgen nicht hatten unter die Dusche stellen können. Er wollte nicht daran denken, wie er wohl momentan roch.

Jetzt im Moment würde ich auch gar keinen engeren Kontakt mit ihr haben wollen, meinte er bei sich. Sex mit einer Außerirdischen? Sie war schon attraktiv, ja, aber nur wenn man sie in einem besonderen Licht sah. Es war nicht so, dass ...

Zur Hölle damit! Okay, er wollte sie.

///Eben, das mein ich doch wohl auch!
Gerade hattest du wieder eine Erektion!///

/Mokin fokin .../ Er drehte sich von Antares weg, wobei er rasch einen Blick auf sie warf. Seine plötzliche Anwandlung sexueller Sehnsüchte verpuffte wie eine harmlose Rauchwolke. /Char, so etwas passiert eben ab und an! Du kannst dann nicht ... ich meine, es ist nicht so, dass .../

///Da hast du mokin Recht!///

/Ach, halt doch den Rand, ja!/, fuhr er innerlich auf, dieses Mal war er wirklich wütend.

///Tut mir Leid. Echt.
Ich hoffe wirklich,
dass es dir wieder passiert. Eines Tages.///

Und dann blieb sie tatsächlich still. Bandicut verbrachte die Fahrt schweigend, fragte sich aber, ob er sich gerade nur einbildete, die sanfte empathische Stimme der Thespi zu hören, die auf seine verwirrten Gefühle reagierte. Beruhigte sie ihn? Sagte sie ihm, es sei in Ordnung so …? Er konzentrierte sich rasch mit jeder Faser seines Körpers darauf, dem gleichmäßigen Dröhnen des Tauchbootantriebs zu lauschen.

28
Treffen der Gedankenwelten

Li-Jared, der neben Harding an der schmalen Seite der Sichtkuppel kauerte, fühlte seine Erregung steigen, als er plötzlich das andere Neri-Tauchboot neben ihnen aus der trüben Ferne auftauchen sah. Es war eine Tortur gewesen, in dem engen Tauchboot eingesperrt zu sein, sich abgeschnitten zu fühlen vom Rest der Welt. Doch die Tatsache, dass der Ozean während ihres Aufstiegs zur Meeresoberfläche immer heller geworden war, hatte geholfen, seine Nerven zu beruhigen; und jetzt auch noch das Boot zu sehen, in dem seine Freunde sich befanden, reichte, um ihn sich freuen zu lassen.

Während der Fahrt hatte er über seine langen Gespräche mit Harding nachgedacht, darüber, was er alles über die Astari erfahren hatte. Die Astari hatten versucht, sich ein Leben auf einer fremden Welt aufzubauen, an der Küste eines fremden Ozeans. Sie waren weiter ins Landesinnere gezogen, hatten aber stets den Drang verspürt, an die Küste zurückzukehren, zum Meer, das Anspruch auf ihr Raumschiff erhoben hatte. Nie war das Gefühl im Volk der Astari gestorben, eines Tages eine Möglichkeit finden zu müssen, zu diesem Raumschiff zurückzukehren – damit sie sich holen könnten, was ihnen gehörte. Harding hatte Li-Jared erklärt, es sei weniger das Gefühl, ihre Ausrüstung bergen zu müssen, als vielmehr der Wunsch, ihr Erbe anzutreten. Viele Astari würden sich bis heute auf diesem Planeten wie im Exil fühlen, als seien sie hier wegen einer sonderbaren Laune des Schicksals gestrandet. Sie seien überzeugt davon, eines Tages zu den Sternen zurückzukehren – entweder als ganzes Volk oder einzeln, nach ihrem Tod. Diese Lebensvorstellung unterschied sich nicht allzu sehr von der vieler Karellianer: Li-Jareds Volk betrachtete Leben und Tod als einen endlosen Kreis, unsichtbar verbunden mit der großen Spirale aus Energie, die ihre Welt umfasste und umschlungen hielt.

Außer seinen Steinen, die er mit Harding teilte, gab es noch mehr, was Li-Jared mit dem Astari gemeinsam hatte. Er wünschte sich, sie hätten mehr Zeit gehabt zu reden. Immer noch aber wurde Harding viel zu schnell müde und musste sich daher seine Zeit genau einteilen: Einen Teil davon verbrachte er im Gespräch mit L'Kell, vorne im Cockpit, und L'Kell hatte nicht weniger Fragen als Li-Jared. Eines jedoch war bereits klar geworden: Die Astari waren nicht einfältiger oder berechenbarer als andere Völker, die Li-Jared bislang kennen gelernt hatte. Harding vermutete, einige aus seinem Volk würden Li-Jareds diplomatische Bemühungen willkommen heißen, andere hingegen wohl strikt ablehnen. Und Harding war sich nicht einmal sicher, auf welcher politischen Ebene man Entscheidungen über die Motive seiner und Li-Jareds Bemühungen träfe. Der Kommandeur einer Expeditionseinheit könnte ebenso ein Urteil darüber sprechen wie eines der Küstenparlamente.

Harding streckte sich und rieb sich die Nase, die so sehr einer Hundeschnauze glich, während er hinter L'Kell und dessen Copiloten Jontil im Cockpit kauerte, um zu beobachten, wie das Tauchboot mit Bandicut und Antares längsseits ging. »Wir sind einen Schritt weiter«, sagte er erfreut. Sein Atem war etwa die letzte Stunde über nur schwer und keuchend gegangen – und auch Li-Jared war es diesbezüglich nicht viel besser ergangen. Dennoch schienen beide den Aufstieg zur Meeresoberfläche gesund durchgestanden zu haben. Die Neri hatten ihr Bestes gegeben, um eine reibungslose Dekompression zu gewährleisten. Aber allein der ständige Wechsel der Druckverhältnisse, der Luftfeuchtigkeit und der Zusammensetzung der Atemluft setzte ihnen so zu, dass sie sich ein wenig wackelig fühlten.

L'Kell rief ihnen zu: »Wir sind gleich in Sichtweite des Bergungsgebietes! Habt ihr euch entschieden, wie der erste Schritt aussehen soll?«

»Ich finde«, meinte Harding, »wir sollten einfach nur übertragen, was ich sage, und dann warten wir ab, was geschieht. Vielleicht wird meine Stimme durch das Wasser verzerrt und sie erkennen sie nicht. Aber wir werden jedenfalls ihre Aufmerksamkeit erregen.«

»Oh, ich mache mir die wenigsten Sorgen darum, dass es uns nicht gelingen könnte, ihre Aufmerksamkeit zu erregen«, erklärte L'Kell in ironischem Ton.

»Nun, nach der Kontaktaufnahme können wir nur hoffen, dass sie nicht riskieren wollen, mich mit euch zusammen umzubringen. Dann verzichten sie nämlich auf den Einsatz von schweren Berstern.« Harding verstummte. Li-Jared hatte den Eindruck, als überlege L'Kell, wie ernst der Festländer seine Worte wohl meinte. Schließlich fuhr Harding fort: »Sie erwarten sicher nicht, dass ihr geradewegs auftaucht und Hallo sagt. Wenn wir allerdings genau das tun, werden sie das wohl bemerken – und dann werden sie wissen wollen, was ihr vorhabt. Und dann vielleicht ... na ja, wir werden sehen.«

Li-Jared hatte geschwiegen, obwohl er sich wegen der ganzen Sache große Sorgen machte. Aber er würde hier nicht die Hauptrolle spielen, sondern Harding und L'Kell. Er selbst war nur hier, um zu helfen, wenn er denn überhaupt noch helfen konnte, schließlich hatte Harding Tochtersteine von ihm bekommen. Im Augenblick war Li-Jareds Rolle eher dürftig.

Es würde nicht mehr viel Zeit verstreichen, bis sie in Sichtweite des gesunkenen Raumschiffes kämen. Li-Jared und Harding blickten aus dem linken Bullauge und verrenkten sich die Hälse, um einen guten Blick auf das Wrack zu bekommen. Als das Tauchboot in eine Rechtskurve drehte, sah Li-Jared das Raumschiff zum ersten Mal deutlich vor sich. Es war gewaltig, ein wenig plump, und dennoch: Li-Jared konnte sich deutlich vorstellen, wie das Schiff ausgesehen haben musste, bevor es beim Absturz beschädigt worden war. Hier im diesigen Licht der Unterwasserwelt wirkte das Raumschiff fehl am Platze; es gehörte in ein anderes Meer: in die endlose See aus Sternen, in der es Sternenhaufen und galaktische Nebel erforschen könnte.

»Die Astari kommen in Sicht!«, rief L'Kell. »Harding, könntest du bitte nach vorne kommen?« Nachdem Jontil und Harding ihre Plätze im Cockpit getauscht hatten, änderte L'Kell erneut den Kurs und nahm Li-Jared den grandiosen Blick auf das Wrack des Raumschiffes – doch nicht, bevor der Karellianer die Silhouetten noch kleinerer Figuren hinter dem Wrack hervorschießen sah. Seine zwei Herzen stockten und gerieten aus ihrem synchronen Takt. »Findet bloß die richtigen Worte!«, bat er flüsternd und meinte damit Harding, seine Steine und sich selbst.

»Die Außenlautsprecher sind freigeschaltet«, erklärte L'Kell. »Sprich hier in dieses Mikro, sobald du fertig bist!«

Einige Momente lang tat Harding nichts weiter, als mit zur Seite geneigtem Kopf durch die Sichtkanzel auf das Wrack und seine Kameraden zu starren. Die Frontscheinwerfer des Tauchbootes waren eingeschaltet und kündigten die Neri und ihre Gäste bereits an. Schließlich benutzte Harding das Com: »*Achtung! Hier spricht Harding. Ich bin in einem der Unterwasserfahrzeuge, die auf euch zukommen. Ich bin unverletzt. Ich habe wichtige Informationen für euch. Die Amphiben – die Neri – möchten in Verhandlungen eintreten. Wenn ihr mich empfangen könnt, gebt ein Lichtzeichen*!«

Nichts als Schweigen folgte, keinerlei Reaktion. Harding und L'Kell berieten sich, was nun zu tun sei. L'Kell zog die Lautstärkeregler hoch, und Harding sprach noch einmal in das Com, betont langsam dieses Mal. Seine Stimme hallte durch die Außenlautsprecher – und durch den ganzen Rumpf. »*HIER SPRICHT HARDING* ...«

Er wiederholte die Botschaft zweimal, dann deutete L'Kell aufgeregt aus der Sichtkanzel und rief: »Da vorn! Ein Lichtzeichen! Sie kommen auf uns zu!«

»Gut«, meinte Harding. Er sprach erneut ins Com: »Die Neri sind unbewaffnet. Sie möchten ein Treffen und erbitten dafür eure Eskorte.«

Kurz darauf schoss ein Astari auf einem motorbetriebenen Fahrzeug heran, das in seinem Kielwasser einen Schwall kleiner Blasen hinter sich herzog. Der Astari trug ein Atemgerät und hatte eine Art Taucherhelm auf: Selbst in der Sekunde, die Li-Jared ihn sehen konnte, sah dieser Festländer fremdartiger aus, als alle Lebewesen, die er je gesehen hatte. Li-Jared vermutete, dass auch Harding in seinem Taucheranzug nicht anders ausgesehen hatte.

Harding winkte durch die Frontkanzel seinem Kameraden zu und schien mit der Reaktion zufrieden. Li-Jared hingegen konnte nicht umhin festzustellen, dass die Festländer, die auf ihren Gleitern an ihnen vorbeistoben, ausnahmslos bewaffnet waren. Er wollte schon L'Kell darauf aufmerksam machen, doch wahrscheinlich hatte der Neri es schon selbst gesehen.

Kaum war das Tauchboot längsseits des Schiffswracks gegangen, da war es auch schon von Astari umzingelt. Li-Jared fragte sich, wo wohl die Neri waren, die im Wrack zurückgeblieben waren. Vermutlich hielten sie sich immer noch dort versteckt. Über das Com hörte man regen Funkverkehr; es hörte sich an, als überlegten die Astari, ob sie sich mit den Neri an der *Wasseroberfläche* treffen sollten.

Diese Aussicht, die Aussicht auf frische Luft, Sonne und einen weiten Himmel über ihm versetzte Li-Jared in Aufregung. Doch zugleich war er zu Tode erschrocken: Harding und er hatten den Aufstieg bisher recht gut überstanden; das letzte Stück Dekompression aber war das gefährlichste ... und endete häufig mit dem Tod. Auf den letzten zehn Metern würde der Druck um die Hälfte fallen. Sollten sie also Probleme bekommen, war es am wahrscheinlichsten, dass es hier auf den letzten zehn Metern geschah. Und Li-Jared wollte nicht, dass dieser ganze Weg, den er gemeinsam mit Harding gemeistert hatte, damit endete, dass er zusehen musste, wie sein neuer Freund starb – so kurz, bevor er in seine Welt hätte zurückkehren können.

Er fühlte ein Kribbeln in seiner Brust.

Es ist zu schaffen. Aber steigt nur langsam nach oben! Warne sie!

Er blinzelte, seine Herzen schlugen ihm bis zum Hals. /In Ordnung/, antwortete er, und beugte sich vor, um L'Kell und Harding zu erklären, was zu tun sei. *Es würde auch wirklich keinen guten Eindruck machen,* dachte er lakonisch, *wenn die Neri ihren Gast zurückbrächten, nur um ihn vor den Augen seiner Leute sterben zu lassen.*

John Bandicut machte sich ähnliche Gedanken über Hardings Sicherheit. Nun gut, Antares und er waren ohne gesundheitliche Nachteile auf das Niveau des Meeresspiegels aufgestiegen. Aber sie beide und ihre Steine waren dafür besser ausgerüstet, besser vorbereitet. Antares, die ihm ins Gesicht sah, bemerkte sofort, dass er ein schlechtes Gefühl bei der Sache hatte. »Ich bin sicher, es geht ihnen gut«, murmelte er und versuchte, einen besseren Blick auf das andere Tauchboot zu erhaschen.

Sie stiegen gerade ein wenig höher, um die Nase des gesunkenen Raumschiffes zu umfahren. Er sah, dass die Astari, die sie bisher eskortiert hatten, nach und nach von einer Gruppe ersetzt wurden, die gerade frisch von der Meeresoberfläche abgetaucht war. Die Neri-Boote tauchten also schneller auf, als die Astari dekomprimieren konnten. Er sprach in das Com, um L'Kell zu fragen: »Geht es Harding gut?«

Harding selbst antwortete: »Mir geht es gut, bis jetzt jedenfalls.«

S'Cali schien Bandicuts Gedanken zu lesen. Er zwinkerte ihm mit seinen großen Augen zu und meinte: »Wir werden den Rest der Strecke nur langsam auftauchen. Ist noch eine Menge Zeit, bis wir den Meeresspiegel erreichen.«

Bandicut ließ sich wieder zurückfallen und versuchte, sich zu entspannen.

In der Tat schien sich der Aufstieg ewig hinzuziehen.

Bandicut war sich nicht sicher, aber ihm war, als habe er einige Lichtblitze gesehen, die aus der Tiefe hinaufschossen. War es Einbildung? Sonnenreflexe in einer tieferen Wasserschicht? Er blickte zu Antares und S'Cali hinüber. »Ich habe es auch gesehen«, erklärte Antares.

S'Cali sah aufmerksam vom einen zum anderen.

/Wir sollten wohl besser nicht davon ausgehen, dass wir viel Zeit an der Oberfläche verbringen können/, flüsterte Bandicut dem Quarx zu.

Char gab ihm Recht.

///Mit dem Ding da unten
müssen wir unbedingt reden, nicht wahr?///

/Hast du irgendeine Idee, wie das funktionieren könnte? Vorausgesetzt, da unten ist überhaupt irgendwas, das reden *kann*!/

///Keine Ahnung, wie wir das anstellen sollen.
Aber bring mich doch einfach erst mal in seine Nähe,
dann werd ich schon einen Weg finden!///

/Dich in seine Nähe bringen? Das könnte der wirklich schwierige Teil bei der Sache werden, was?/

Bandicut blickte wieder aus der Frontkanzel des Tauchbootes. Er erwartete gar keine Antwort.

Als sie sich dem Meeresspiegel näherten, konnten die Insassen der beiden Neri-Tauchboote zwei Schiffe der Astari ausmachen, die sich als dunkle Schatten über ihnen gegen die Wasserlinie abzeichneten. Die Piloten beider Tauchboote steuerten einen Kurs, der es ihnen erlaubte, in sicherer Distanz von den Schiffen aufzutauchen. Ganz zum Schluss brachen die Tauchboote durch die Wellen, als habe sie plötzlich eine riesige Kanone aus der Tiefe nach oben geschossen. Sie dümpelten auf der Meeresoberfläche, und Sonnenlicht fiel durch die Sichtkanzeln, die noch halb unter Wasser lagen.

Eine Minute später hörte Bandicut dumpfe Geräusche über sich: Er entdeckte ein paar Astari in Taucheranzügen und mit Schwimmflossen, die aus einer kleinen Barkasse auf das Deck des Neri-Tauchbootes kletterten. Sie brachten dort Taue an.

»Was erwarten sie jetzt von uns?«, brummte S'Cali.

»Meines Erachtens werden sie uns längsseits eines ihrer Schiffe vertäuen«, beantwortete Bandicut die Frage. »Das ist doch in Ordnung, oder nicht?« Der Neri gab keine Antwort. Aber S'Cali sah aus, als sei ihm schrecklich unbehaglich zumute. Bandicut überlegte, was wohl schlimmer für den Neri war: der Gnade der Astari ausgeliefert zu sein oder hier oben auf der Wasseroberfläche herumzudümpeln. Bald war etwa ein halbes Dutzend Astari im Wasser. Sie befestigten eine ganze Reihe von Tauen an beiden Tauchbooten – die alle durch das Wasser zu einem Überwasserboot der Astari führten. Es gab einen Ruck, und das Tauchboot schwankte hin und her, als die Taue eingeholt wurden und es näher und näher an das Astari-Schiff gezogen wurde.

Es war ein unruhiger, Seekrankheit verursachender Ritt auf den Wellen, und als das Boot endlich dumpf gegen die Bordwand des Astari-Schiffes schlug, konnte Bandicut es kaum mehr erwarten, an die frische Luft zu kommen. S'Cali ging als Erster in den Ausstiegsturm, um das Hauptluk zu öffnen. Er zögerte einen Moment, dann stieg er nach oben. Bandicut ging als Nächster, gefolgt von Antares.

Das Erste, was Bandicut erblickte, war die Sonne, die durch das Luk schien. Das Zweite waren die Umrisse zweier Astari, die ihre Köpfe über den Rand des Beobachtungsstandes streckten und auf ihn hinabblickten. Bandicut kletterte unbeirrt weiter, und die Astari zogen sich zurück, damit er aus dem Ausstiegsturm herausklettern und sich auf Deck begeben konnte. Wieder, wie schon bei seinem letzten Aufenthalt unter freiem Himmel, musste er die Augen vor dem hellen Sonnenlicht zusammenkneifen. An Steuerbord des Tauchbootes ragte der Rumpf des Astari-Schiffs in den

Himmel wie die Steilwand eines Kliffs. L'Kells Tauchboot lag vertäut hinter ihrem. Ein Kopf erschien über dessen Ausstiegsturm. Es war Harding, der aus dem Tauchboot kletterte.

Bandicut winkte zu ihm hinüber und rief ihm etwas zu, seine Stimme aber ging unter in den Zurufen eines halben Dutzends Astari-Stimmen, die Harding begrüßten. Bandicut gab auf, drehte sich um und half Antares aus dem Einstiegsschacht. dann griff er nach der Strickleiter, die auf das Deck des Tauchbootes herabhing.

Ein kurzer Blick über das Deck des Schiffes verriet Bandicut, dass die Astari beträchtliche industrielle Ressourcen haben mussten. Der Rumpf des Schiffes war aus Stahl, das Deck aus Holz, und auch wenn Bandicut nicht genau wusste, wie das Schiff angetrieben wurde, roch er doch Kohlenwasserstoffe und Dampf und sah eine dünne Rauchfahne aus einem Schornstein aufsteigen: kein High-Tech-Standard, aber beachtlich für ein Volk, das auf einem fremden Planeten gestrandet war und sich nach der Bruchlandung eine neue Existenz hatte aufbauen müssen. Vermutlich hatten die Astari einige Maschinenteile aus dem Wrack des Raumschiffes bergen können – womöglich hatten sie unter anderem die Komponenten für ihre Tauchgeräte gefunden; und Harding hatte zugegeben, dass die Astari auch aufgegebene Maschinen der Neri an sich genommen hatten. Doch dieses Festlandvolk hatte mit Sicherheit einen großen Teil seiner Ausrüstung und Gerätschaften, seiner Maschinen und Fahrzeuge selbst hergestellt. Bandicut wünschte sich die Möglichkeit, mehr von den Errungenschaften der Astari begutachten zu dürfen.

Alle, die mit den beiden Tauchbooten gekommen waren, standen jetzt auf dem mittleren Deck – unter Bewachung von einem Dutzend bewaffneter Astari. Harding stand inmitten seiner Kameraden, die ihm mit einer Mischung aus eifriger Besorgtheit und Begeisterung Frage um Frage stellten. Li-Jared hatte in seiner Nähe gestanden, war dann jedoch weiter und weiter von seinem Freund abgedrängt worden. Die Astari hatten einige Neugier für die Neri und die Gruppe von Lebewesen, die von anderen Planeten stammten, gezeigt. Nun aber zeigten sie viel mehr Interesse für Harding und dem, was er zu erzählen hatte, als ob sie nur seinen Antworten vertrauen konnten – oder vielleicht nicht einmal das.

Bandicut beobachtete die Astari schweigend und versuchte ihre Reaktion auf Harding einzuschätzen. Ihm war, als beobachte er eine Versammlung von aufrecht gehenden, rutenlosen Füchsen, die sich über dringende Angelegenheiten unterhielten. Ihr fuchsähnliches Aussehen ließ sie ihm vertrauter erscheinen, als sie ihm waren – natürlich ein trügerischer Eindruck: Natürlich waren es *fremde* Wesen, und so viele von ihnen auf einem Haufen wirkten regelrecht bizarr. Ihre Augen, ihre konzentrischen Iriden, hatten eine hypnotische Wirkung und sahen Furcht erregend aus. Bandicut konnte Fragmente von dem verstehen, was sie miteinander besprachen; doch das meiste war zu schnell, als dass seine Steine es für ihn hätten übersetzen können.

»... haben dich wie tief mit hinuntergenommen?« – »... wie hast du dich ...?« – »... diese Dinger da in deinem Nacken ...?«

Und Harding beantwortete jede Frage, versuchte es jedenfalls. »Ja, sie haben mir geholfen ... ja, zuerst war ich ihr Gefangener ... aber später hat sich alles geändert ...«

Andere Astari murrten, wollte auch Fragen stellen, unterbrachen Harding und ihre Artgenossen, die ebenfalls Fragen stellen wollten. »... erfahren über die Amphiben?« – »... wer sind die anderen da?«

»... sie haben mir geholfen ...«, bemühte Harding sich zu erklären, »... gaben mir die Steine, damit ich besser verstehe ...«

»Verstehen – was denn?«

»Alles ... sie haben mir geholfen zu überleben.«

»Dann hat wer ...« – »... was ...« – »... diese Kreaturen da ...?«, und sie zeigten auf Bandicut, Antares und Li-Jared.

»Sie stammen nicht von dieser Welt – hört mir doch zu!«, keuchte er in dem verzweifelten Versuch, sich Gehör zu verschaffen. Er wedelte mit den Armen in der Hoffnung, sie zum Schweigen zu bringen.

Aber die Fragen kamen schneller als die Antworten, Harding konnte mit seinen Kameraden nicht mehr Schritt halten. Bandicut schien, Harding habe Schwierigkeiten beim Atmen. Gab es denn hier niemanden, der die Verantwortung trug, die Befehle gab? Bandicut fragte sich, wann die Astari wohl ihr Sperrfeuer von Fragen auf ihn, Li-Jared oder Antares richteten – oder auch auf die Neri. Es wäre eine große Erleichterung für ihn gewesen, wenn sie endlich von Harding abgelassen hätten. Aber das Misstrauen gegen diesen einen aus ihren eigenen Reihen schien eher noch zu wachsen.

///Sie befürchten, er sei
bei seinem Aufenthalt bei den ›Amphiben‹
kontaminiert worden///,

meinte Char leise. Bisher hatte sie geschwiegen, doch Bandicut hatte bereits bemerkt, dass sie sich Sorgen machte, weil Harding nicht wie erhofft aufgenommen wurde.

*///Es wäre wohl besser gewesen,
wenn sich die Steine verborgen gehalten hätten.///*

/Ich fürchte, du hast Recht./

Zu zweit oder dritt traten die Astari näher, um Hardings Steine in seinem Nacken misstrauisch zu beäugen. Dann versammelten sie sich um L'Kell und begutachteten dessen ähnlich aussehende Steine in dessen Schläfen, dann in Bandicuts Handgelenken, dann in Antares' Kehlgrube. Als die ersten Festländer voller Misstrauen zu Li-Jared hinüberschauten, schnippte er nervös mit den Fingern und deutete auf seine Brust. Er öffnete seinen Overall, um den Astari zu beweisen, dass auch er Steine hatte. »Ich glaube, du solltest ihnen erklären, was es mit den Steinen auf sich hat«, schlug Li-Jared Harding vor.

»Natürlich. Ich werde es versuchen«. Harding rang schwer nach Atem. *»Ihr müsst verstehen«*, bellte er seine Kameraden an, sodass schließlich für ein paar Minuten Ruhe eintrat, »dass wir wegen dieser Steine miteinander kommunizieren können. Ihretwegen verstehe ich, was die Neri und ihre Freunde von den Sternen sagen, und sie verstehen, was wir sagen.« Er zeigte auf Li-Jared und Bandicut, und einige der Astari traten überrascht ein paar Schritte zurück, als sie begriffen, was Harding ihnen da sagte.

Einer von ihnen zeigte auf Bandicut. »Du ... verstehst ... was ich sage?«

Als Bandicut antwortete, hörte er seine Worte in der rauen Sprache der Astari: »Wenn ihr langsam sprecht, verstehe ich euch. Ich hoffe, wir werden tatsächlich Verständnis füreinander finden. Und wir können euch auf jeden Fall versichern ... es gibt keinen Grund mehr, den Kampf fortzusetzen.« Mit vor Überraschung weit aufgerissenen Augen wich der Astari einen Schritt zurück. Er sagte etwas zu den anderen, das zu schnell war, als dass Bandicut hätte folgen können. »Kein Grund mehr, um zu kämpfen«, wiederholte Bandicut. »Habt ihr verstanden, was ich gesagt habe?«

»Gesagt?«, fragte der Festländer nach und sah Bandicut dabei wieder an. »Wir haben gehört, was du gesagt hast. Aber warum sollten wir dir glauben?«

»Weil es die Wahrheit ist«, meinte Bandicut leise und eindringlich. »Ihr müsst mit den Neri sprechen und verstehen, dass es möglich ist, mit ihnen zusammenzuarbeiten.«

»Wir *werden* schon noch mit den Amphiben sprechen – nachdem uns Harding alles erzählt hat, was er in Erfahrung bringen konnte!« Der Astari wandte sich mit einer Geste von Bandicut ab, die dieser nur als unverhohlene Ablehnung verstehen konnte.

Bandicut sagte nichts mehr, sondern beobachtete, wie die offenbar wenig planvolle Befragung Hardings fortgesetzt wurde. Ein hoch gewachsener, dunkel gekleideter Astari stand im Schatten der Schiffsaufbauten. *Wer ist das?*, fragte sich Bandicut. Der Festländer trug sein Selbstbewusstsein so offen zur Schau, dass er jemand mit Befehlsgewalt sein musste. Aber bisher hatte dieser Astari keine Anstalten gemacht, sich einzumischen. Möglicherweise funktionierten die Machtstrukturen bei den Astari auf diese Weise: Lass die Mitglieder der Gruppe sich ohne erkennbares Ziel anknurren und nach einander schnappen, bis sie sich auf ein Vorgehen geeinigt haben. Das konnte Bandicut sich durchaus vorstellen, nachdem er Zeuge geworden war, wie die Neri ihre Entscheidungen ausdiskutierten: hin und her wandernd und einander umschwärmend. Er blickte zu den Neri hinüber. S'Cali und Jontil hatten sich tief unter ein Sonnensegel zurückgezogen – jedenfalls soweit es ihnen die Astari erlaubten; möglich, dass sie weit entfernt von der Menge sein wollten, die

Harding in Trauben umgab, möglich, dass sie einfach dem Anblick des weiten Himmels über ihnen entfliehen wollten. L'Kell hingegen hatte sich langsam, aber sicher immer näher an die Reling des Schiffes herangeschoben. Zwei Astari-Wachen behielten ihn im Auge. Doch was L'Kell vorhaben mochte, konnte sich Bandicut auch nicht vorstellen. Machte er sich bereit, ins Meer zurückzuspringen?

Es dauerte mehrere Minuten, bis Bandicut die Antwort auf L'Kells rätselhaftes Verhalten fand. Er selbst hatte sich auch immer näher an die Reling herangeschoben, bis er nah genug war, um einen Blick hinunter ins Meer werfen zu können. Die Reflektionen des Sonnenlichts auf den Wellen machten es ihm nicht leicht, etwas zu erkennen. Aber er wusste nun, warum L'Kell hatte in die Tiefe schauen wollen. Und L'Kell suchte mit großen, ernsten Augen seinen Blick. »Steht eine Eruption bevor?«, fragte Bandicut leise.

L'Kell nickte leicht, nur ein einziges Mal, bevor die Mannschaftsmitglieder des Astari-Schiffes sie von der Reling verscheuchten.

Li-Jared machte sich Sorgen um Harding. Es schien ihm nicht gut zu gehen, er sah unwohl aus, und nicht allein wegen der Intensität, mit der die Fragen immer noch auf ihn einprasselten. Schließlich zwängte sich der Karellianer durch die Menge, um zu Harding zu gelangen. »Entschul …«, – *bwang* – , »Entschuldigung bitte! Darf ich einen Moment mit Harding sprechen?« Die Festländer gaben den Weg frei, offensichtlich verärgert über die Störung. Doch kein Astari hielt Li-Jared auf, als er sich zu seinem Freund durchschlug.

Harding berichtete gerade: »Sie haben mir … viel

erzählt ... und mir die Gefahren erläutert ...« Er musste innehalten, um nach Luft zu ringen.

»Harding!«, rief Li-Jared, damit der Freund ihm seine Aufmerksamkeit schenke, und trat vor ihn. »Geht es dir gut?«

»Häh ...?« Harding sah verwirrt aus. Viel zu verwirrt.

Li-Jared warf einen Blick in die Runde und erkannte, dass er als Einziger nah genug bei Harding stand, um das Problem überhaupt bemerken zu können. »Harding, haben wir deine Dekompression zu schnell durchgezogen?«

Die Iriden des Astari schienen für einen kurzen Moment nur hypnotisch zu rotieren. Mitten im Gedanken unterbrochen, schien er nicht mehr fähig, diesen aufzunehmen oder einen weiteren, neuen zu fassen. Das Gemurmel um ihn herum verstummte.

»Hast du Schmerzen?«, fragte Li-Jared. »Hast du Schwierigkeiten zu atmen oder klar zu denken?« In sein Inneres hinein brüllte er allerdings: /Was passiert mit ihm? Ist er in Ordnung? *Nun rede schon mit mir!*/

Eine ruhige, leise Stimme antwortete: **Bitte berühr ihn, wenn das geht!**

Li-Jared streckte seine Hand mit den dunklen Fingern aus und berührte Hardings Brust. Sofort erhob sich unter den Astari Protestgemurmel, und sie rückten näher. Li-Jared fühlte das erwartete Kribbeln, als sich der Kontakt zu Harding etablierte.

Harding hatte offenbar jetzt endlich Li-Jareds Frage verstanden. »Ich bin nicht ... sicher«, sagte er rau und kniff mehrfach angestrengt die Augen zusammen. »Ich habe keine Schmerzen. Aber ich ... ich kann nicht richtig denken, glaube ich ... alles ist wie im Nebel. *Ich* fühle mich benebelt.«

»Benebelt«, wiederholte Li-Jared leise und wehrte

sich dagegen, dass einer der Festländer ihn von seinem Freund wegziehen wollte. Benebelt wie bei Sauerstoffmangel? Bläschen im Gewebe, die die Blutzirkulation unterbanden?

Dekompressionskrankheit. Die Tochtersteine können das nicht allein regeln. Er braucht Hilfe.

Hilfe? Ihr gewaltigen Sterne am Himmel! Li-Jared ignorierte die Astari, die ihn misstrauisch beäugten und drehte sich blitzschnell zu Bandicut herum. »John Bandicut, komm schnell hierher!«, schrie er.

Li-Jared hörte, wie das Gemurmel und Murren unter den Astari anschwoll – und fuhr wieder herum. Er sah gerade noch, wie Harding zu taumeln begann, kurz davor stand zu kollabieren. »Müsst zusammen ... arbeiten ... gegen Gefahr ...«, keuchte Harding.

»Was für eine Gefahr?«, murmelte ein Festländer.

»Es ist die Dekompressionskrankheit, John Bandicut! Die Taucherkrankheit!«, brüllte Li-Jared noch einmal zu dem Menschen hinüber.

»Müsst zusammenarbeiten mit ihnen ... den Neri ...«, japste Harding nach Luft. Dann fiel er vornüber und schlug mit dem Gesicht auf Deck auf.

29
Wendepunkte

Bandicut kämpfte sich durch den Pulk Astari. Er erreichte zuerst Li-Jared. Der Karellianer schwenkte seine langen Arme, um die Festländer abzuschütteln, die ihn von Harding fortziehen wollten. Zwei Astari-Crewmitglieder waren neben Harding in die Hocke gegangen und drehten ihn auf den Rücken. Hardings Atem ging zischend; er war kaum noch bei Bewusstsein. Einer seiner Kameraden stieß mit den Fingerspitzen gegen die Tochtersteine, die in seinem Nacken hektisch pulsierten.

»Kannst du ihm helfen?«, rief Li-Jared, als er Bandicut sah.

»Was ist passiert? Ich dachte, es geht ihm gut!«

»Das habe ich auch geglaubt! Die Steine müssen ihn mit aller Kraft aufrecht gehalten haben.« Die Festländer fauchten misstrauisch, als Li-Jared eine Handbewegung auf die Steine in Hardings Nacken zu machte. »Aber sie haben es nicht geschafft! Er braucht dringend Hilfe!«

///Kannst du schnell Kontakt herstellen?
Ganz schnell?///

Bandicut schlängelte sich an zwei Astari vorbei und kniete sich neben den benommenen Harding, dessen Augen sich in rascher Folge schlossen und öffneten. Bandicut streckte eine Hand aus, um ihn zu berühren und den körperlichen Kontakt herzustellen, den Char für die geistige Verbindung zu Harding benötigte. Plötzlich packte ihn eine Zangenhand hart an der linken Schulter und riss ihn zurück. »He, he! Verdammt noch mal, wartet! Ich versuche, ihm zu helfen!« Bandicut bemühte sich, sich freizukämpfen. Er taumelte zurück, war nah dran, sein Gleichgewicht zu verlieren, als eine andere Zangenhand nach seinem rechten Handgelenk griff und jemand unter ärgerlichem Gemurmel gegen *seine* Steine stieß. Während sie ihn von Harding, der immer schlechter Luft bekam, wegzerrten, schrie er: »Wenn du sprechen kannst ... Harding ... sag ihnen, sie sollen mich zu dir ...«

»Jaahhhh ... jaaahhh ... du musssst ...«, keuchte Harding und wollte sich aufsetzen. Es gelang ihm nicht, und niemand rührte sich, um ihm zu helfen.

»Was ...«, rief plötzlich jemand mit lauter, hohl klingender Stimme, »... habt ihr unserem Kameraden angetan?«

Bandicut wandte den Kopf, um zu sehen, wer da gesprochen hatte. Es war jemand hinter ihm. Ja, dort – es war der dunkel gekleidete Astari, den er schon vor einer Weile bemerkt hatte, der jetzt durch die Menge auf sie zuschritt. War das vielleicht der Anführer, das Oberhaupt der Astari?

»Wir versuchen doch nur, ihm zu helfen!«, rief Bandicut aufgebracht. »Seine Dekompressionsphase war zu kurz!«

»Dekompression«, fauchte jetzt ein anderer Festländer, »bringt unserem Volk keine ...«, – *hssss* –, »dämonischen Dinge!«

Dämonische Dinge? Bandicut war sich nicht sicher, ob die Steine die Astari-Worte richtig wiedergaben, aber ...

///Die Steine übersetzen recht gut! Die Astari glauben,
dass etwas mit dir, mit euch, nicht stimmt –
und mit Harding, der jetzt
diese Steine trägt!

Sie glauben, da muss etwas
Dämonisches hinterstecken.///

/Aber das ist doch .../

///... völlig verrückt, ja!
Aber das wissen sie nicht.///

Bandicut sah auf, versuchte verzweifelt die richtigen Worte zu finden, um die Astari von der Lauterkeit seiner Absichten zu überzeugen. Harding mühte sich immer noch, sich aufzurichten. »Ich kann ihn vielleicht wieder gesund machen«, insistierte Bandicut. »Lasst es mich doch bitte versuchen!«

Der dunkel gekleidete Astari sprach, und die Menge teilte sich vor ihm: »Was könntest du für ihn tun, was seine eigenen Leute nicht für ihn tun können?«

Bandicut sah sich um, suchte den Blick des Sprechers. »Ihn mit Hilfe der Steine heilen! Wir haben ihm doch schon einmal geholfen; der hohe Druck in der Tiefe des Ozeans hätte ihn sonst getötet! Lasst uns ihm doch helfen!«

»Ihr habt ihm geholfen, indem ihr ihm die Augen des Dämons gegeben habt?«, knurrte ein anderer Astari.

Bandicut schaute ihn an. »Nein! Bitte, lasst mich euch erklären, solange gibt es noch ...« Das protestierende Gemurmel unter den Astari schwoll an, wurde zu Protestgeschrei, in dem Bandicuts Stimme unterging. Bandicut sah sich alarmiert nach seinen Freunden um. Antares' Mienenspiel verriet, dass sie sich darauf konzentrierte, die Menge zu beruhigen – vergebens.

Harding begann zu husten. Rot gefärbte Schaumbläschen sammelten sich in seinen Mundwinkeln. Seine Augen sahen aus, als ob sie ins Leere blickten. Unter Schnarren und Schnaufen versuchte er verzweifelt, sich verständlich zu machen. »Hhhöört ... zzsssuu ...!« Er keuchte auf und sank zurück.

»Er wird sterben, wenn nichts für ihn getan wird!«, schrie Bandicut. »Wollt ihr ihn tatsächlich umbringen? Er wird nämlich bestimmt …«

Plötzlich erbebte das Deck unter seinen Füßen. Einer der Festländer verlor sein Gleichgewicht und stürzte. Die, die in der Nähe der Reling standen, brüllten: »Explosion unter Wasser!« – »Ein Seebeben!« – »Sie bedrohen uns mit ihren Steinen!«

/Verdammt! Nicht jetzt!/ Bandicut bewegte sich auf die Reling zu. Er stolperte eher, als dass er einen Fuß vor den anderen setzte. Ein paar Astari waren ihm im Weg, aber er konnte sich an ihnen vorbeidrängen, aufs Wasser sehen und gerade noch die Blitze aus der Tiefe erkennen – wie ein Hitzegewitter an einem Himmel aus Wasser. *Herr im Himmel*!, dachte er. *Ist er das jetzt? Der große Ausbruch*?

Die Astari, die ihm am nächsten standen, bauten sich drohend und wütend vor ihm auf. »Warum macht ihr das?« – »Kontrolliert ihr das?« – »Kontrollieren es die Amphiben?«

Bandicut zögerte. Wenn die Festländer davon überzeugt waren, dass das Meeresvolk die Ausbrüche kontrollierte, dann war ihre Mission bereits verloren.

»… stehlen sie Teile unseres Raumschiffes, um das Beben auszulösen?«

»Nein. *Nein*! Hört mir zu! Schaut euch doch an, was da draußen passiert! Es kommt vom tiefsten Meeresboden, aus einem Tiefseegraben! Keiner von uns kann es kontrollieren – ihr nicht, die Neri nicht und wir auch nicht! Keiner!« Bandicut zeigte mit einer ausholenden Handbewegung auf L'Kell. »Aber sein Volk kennt vielleicht einen Weg, um die Beben für immer enden zu lassen!« Dann drehte er sich zu Harding um, der hilflos auf Deck lag, und deutete auf ihn. »Und er hat sein Leben gewagt, um euch zu bitten, *den Neri zu helfen* – zu ihrem wie zu eurem eigenen Besten!«

Erneut wurde das Schiffsdeck von einem Beben erschüttert, und die Festländer begannen zu brüllen: »Helfen? Denen helfen?!« – »Warum sollten wir denen helfen?«

Eine raue Stimme, kaum zu verstehen in all dem Aufruhr, schrie: »Ihr ... müsst ...!« Es war Harding, der sich keuchend noch einmal Gehör zu verschaffen suchte.

Gleichzeitig, als seien ihre Körper zu einem einzigen verschmolzen, stürzten Bandicut und Li-Jared auf Harding zu, bahnten sich einen Weg durch die Menge und knieten schließlich neben ihm nieder. Seine Steine flackerten nur noch schwach. Bandicut streckte seine Hand aus, um ihn zu berühren.

///So ist's richtig!
Lass den Kontakt nicht abbrechen!///

Bandicut fühlte Hardings Präsenz. Seinen Schmerz. Die große Mühe, die ihm das Atmen bereitete. Schwindende Hoffnung. Hardings hilflose Steine, die der Gasbläschen in Blut und Gewebe nicht mehr Herr wurden, auch nicht durch Rekompression. Bandicuts eigene Steine, die versuchten, Kraft zu spenden ...

Jemand riss ihn nach hinten, so fest, dass ihm die Schulter schmerzte.

///Verdammte Scheiße!///

»Seid keine Idioten!«, keuchte er auf. »Harding – halte durch! Versuch es!« Für einen Moment der Raserei wünschte er sich, seine Steine könnten ihn in ein schreckliches, fremdartiges Monster verwandeln, wie schon einmal, oder Energieblitze abfeuern – aber er wusste, dass sie das nicht riskieren würden. Schließlich war es ihre Aufgabe, einen Konflikt zu beenden, und nicht, einen zu provozieren.

Auch nicht, wenn es einen Freund das Leben kosten würde.

Bandicut hörte jetzt erst, dass L'Kell ihm etwas zurief. »Würde es helfen, John Bandicut, wenn wir ihn zurück in die Tiefe brächten?«

Es war schwer, sich zu konzentrieren. »Ja, das könnte vielleicht helfen«, meinte Bandicut nachdenklich. Wenn sie Harding zurück in die Neri-Stadt brächten, könnten die Gasbläschen dort rekomprimieren: Harding würde sich erholen können.

»Nein!«, brüllte ein Festländer. »Ihr habt ihn schon einmal mit euch genommen! Er hat ein Recht darauf, hier zu sterben ...«

»Er ist zurückgekommen, um euch zu helfen!«, rief jetzt Antares laut. »Versteht ihr denn nicht? *Wollt* ihr denn nicht verstehen?«

Als Bandicut Antares' brechende, gefühlsgeladene Stimme hörte, ihre Worte, die ihr auf Astari nur stockend über die Lippen wollten, da wusste er mit einem Mal, dass sie verloren hatten. Doch er war wie betäubt, als einer der Astari brüllte: »Ihr wollt ihn zurückbringen? Wir helfen euch, eure Dämonenaugen zurückzubringen!« Und während zwei Festländer Bandicut in ihrem eisernen Griff hielten, hoben zwei andere Harding wie einen Sack Viehfutter auf und trugen ihn mit ein paar raschen Schritten zur Reling hinüber. Sie holten nur einmal kurz Schwung und warfen ihn dann ins Wasser.

»NEIN!«, brüllte Bandicut außer sich. Er riss sich von den Festländern los, die ihn festgehalten hatten, und stürzte an die Reling. Als er sich hinüberbeugte, sah er Harding ungefähr fünf bis sechs Meter unter sich bewusstlos auf den Wellen treiben.

»Wer hat euch gesagt, dass ihr das tun sollt?«, donnerte der Anführer der Astari.

»Sollen die Amphiben ihn doch wiederhaben!«, gab jemand zur Antwort.

Andere fielen in die Worte ein, und während ein Festländer sie dem anderen zurief, wurde Harding von den Wellen überspült.

Bandicut handelte, ohne nachzudenken, und sah in den Augenwinkeln, dass L'Kell es ihm gleichtat: Sie kletterten über die Reling und sprangen hinunter ins Wasser. Der Aufprall war fast wie auf Beton. Bandicut ging in einer großen Wolke aus Luftbläschen unter, und seine Schulter brannte vor Schmerz, als er wieder auftauchte. Zunächst trat er Wasser, um sich zu orientieren und sah sich vergeblich nach Harding um. Während er Luft holte, traf ihn eine Welle und hätte ihn fast ertränkt. Er schnappte nach Luft, auch wenn er nicht tief durchatmen konnte, und tauchte in das salzige Meer dieses fremden Planeten, um unter Wasser nach Harding zu suchen. Statt Harding entdeckte er L'Kell, der gegen die Strömung kämpfte – auch er hatte sich beim Aufprall auf die Wasseroberfläche verletzt. Aber er hielt etwas – oder jemanden? – im Arm: Ja, es war Harding! Mit letzter Kraft zog L'Kell den Bewusstlosen zurück an die Wasseroberfläche.

Bandicut tauchte ihnen entgegen; seine Lungen brannten. Gemeinsam schafften L'Kell und er es, Harding zurück an die Oberfläche zu bringen. Bandicut holte schmerzhaft Luft, versuchte alles, um Hardings Kopf über Wasser zu halten. L'Kell stützte den Körper von unten; Bandicut zog mit aller Kraft. Da traf ihn etwas am Kopf, das ihn einige Sekunden lang benommen machte. Er brauchte tatsächlich mehrere Atemzüge Zeit, bis er begriff, was ihn da getroffen hatte: ein Seil, das ihm vom Schiff aus zugeworfen worden war. Er bekam es mit der Rechten zu fassen, schlang den linken Arm um Hardings Brust, zog ihn an sich und hatte ihn schließlich sicher im Griff. Dann traf noch etwas auf der Wasseroberfläche auf, eine Schwimmhilfe, die er sich unter den anderen Arm klemmte. L'Kell tauchte auf, orientierte sich und tauchte wieder unter, um Bandicut von unter Wasser aus zu helfen, Harding an der Oberfläche zu halten.

Gleich darauf waren die ersten Astari im Wasser und halfen Bandicut, Harding und L'Kell wieder hoch aufs Schiff.

Bandicut hustete. Er zitterte vor Kälte am ganzen Leib, als er sich über Hardings leblose Gestalt beugte. Wieder waren sie von Festländern umringt, die jedoch doch diesmal respektvoll Abstand hielten. Bandicuts Hand lag auf Hardings Brust, und Charlene griff nach dem Astari, suchte ... aber es gab kein Leben mehr in Bandicuts Freund, nur noch einen letzten Rest von Energie in den Tochtersteinen. Doch auch diese Energie schien zu versiegen.

///Ich bin untröstlich, John, untröstlich!
Wahrscheinlich war er schon tot,
als er auf dem Wasser aufkam.///

/Er wusste, dass er sterben würde. Ich glaube, er wusste es schon, als wir zuletzt Kontakt zueinander hatten./ Bandicut seufzte tief erschüttert, und rückte ein wenig vom Körper seines Freundes weg. Nur so eine kurze gemeinsame Zeit, und doch Freunde. Zwei, die Steine miteinander geteilt hatten.

Wir trauern.

Er war überrascht, die Stimme der Steine zu hören, doch mehr als diesen einen Satz sagten sie nicht. Bandicut blickte zu L'Kell auf, den der Sprung vom hohen Schiff ins Wasser ziemlich mitgenommen hatte; dann sah er zu Li-Jared, dessen Steine Tochtersteine für Harding gegeben hatten und der – es war unübersehbar – nicht verstehen konnte, was Hardings eigenes Volk dazu getrieben hatte, ihn zu töten. »Es tut mir so Leid«, murmelte Bandicut dem Karellianer zu und berührte dessen Arm.

Als Li-Jared die Berührung spürte, blickte er, wie aus einer tiefen Betäubung gerissen, auf. Seine Augen schienen zu pulsieren; die stahlblauen Pupillenschlitze weiteten sich für einen Augenblick, bevor sie sich wieder zusammenzogen. »So ...«, – *bwang* –, »... mokin dumm! So mokin fokin dumm!«

»Ja!«, war alles, was Bandicut dazu sagte. Er blickte auf Hardings regloses Gesicht und fragte sich, ob in den Tochtersteinen noch immer Leben war. Etwas von Hardings Leben vielleicht, etwas von all dem, was er gewusst hatte?

///Vielleicht. Vielleicht.
Ich glaube, das ist jetzt Li-Jareds Sache.///

Li-Jared hatte offensichtlich denselben Gedanke gehabt. Er streckte die drahtige Hand mit den schwarzen Fingern aus, wollte die Steine im Nacken des Astari berühren, in denen kein Licht mehr pulsierte... und hielt inne. Ob aus Besorgnis darüber, was die Festländer denken würden, oder aus Rücksicht auf vielleicht existierende Tabus, den Tod und das Sterben betreffend, wusste Bandicut nicht zu sagen. Aber Li-Jared hielt inne und ließ die Finger nur ein paar Zentimeter über den dunklen Steinen schweben.

»Sie haben ... Ihr Leben riskiert, um dieses Leben zu retten.«

Bandicut wandte sein Gesicht dem Anführer der Astari zu. »Ja«, bestätigte er schlicht.

»Warum?«

Bandicut erhob sich mit schmerzenden Muskeln. »Weil er unser Freund war. Und – weil er versucht hat, Ihnen eine wichtige Botschaft zu überbringen.«

»Was für eine Botschaft?«

Bandicut fühlte die Müdigkeit bis in die letzte Faser seines Körpers. Wenn sie das immer noch nicht begriffen hatten ... Er ließ den Blick über das Meer schweifen und bemerkte, dass die Blitze aus dem Tiefseegraben, die den Ausbruch des Todesschlundes begleitet hatten, ein wenig nachgelassen hatten. »Er wollte, dass Frieden herrscht. Zwischen Ihrem Volk und den Neri.« Bandicut deutete mit dem Kopf auf L'Kell, S'Cali und Jontil, die sich dicht an L'Kell hielten. »Aber Ihr Volk scheint das nicht hören zu wollen.«

»Neri«, wiederholte der Astari, »wir nennen sie Amphiben. Wir wussten von ihnen. Nicht viel, nein, wirklich nicht. Aber Ihre Spezies ist uns noch nie begegnet. Woher stammen Sie? Und Ihre Freunde?«

»Wir stammen«, erklärte Bandicut, »nicht von dieser Welt.« Er holte tief Luft. »Ich bin John Bandicut, ein Mensch von einer Welt, die Erde heißt.« Dann stellte er die anderen vor. Als er alle Namen und Welten genannt hatte, war ihm, als habe er das Interesse des Anführers an den fremdartigen Besuchern geweckt.

»Und trotzdem haben Sie beide Ihr Leben riskiert, um Hardings Leben hier zu retten.«

»Ich habe Ihnen erklärt warum.«

»Aber Sie haben nicht erklärt, was Sie uns anbieten können oder von uns erwarten. Und was diese *Steine* damit zu tun haben.« Der Anführer der Astari sprach, als sei es jetzt nicht mehr von Belang, wie die anderen seines Volkes auf die Steine reagiert hatten. Hatte er einfach zugesehen, wie sich ihre Leidenschaft und Wut erschöpften, und würde er jetzt eine rationale Entscheidung in ihrem Namen treffen?

»Ich werde alle Ihre Fragen beantworten, soweit ich dazu in der Lage bin. Doch zuerst hätte ich gerne gewusst, wie ich Sie ansprechen darf? Sind Sie der Kommandant dieses ... Schiffes?«

»Sie können mich *Morado* nennen. Ich bin ...« – krrll –, »der Kommandant der Bergungsoperation.«

»Morado«, probierte Bandicut den Namen, »also gut dann.« Er rieb sich gedankenversunken über das Handgelenk. »Die Steine erlauben denjenigen von uns, die nicht von dieser Welt stammen, in einer uns fremden Umwelt zu überleben. Und sie geben uns die Möglichkeit, mit Ihnen zu sprechen. Sie sind Vermittler.«

»Ja? Vermittler?« Morado neigte den Kopf ein klein wenig zur Seite. »Und wenn ich dächte, sie seien Dämonenaugen, und meinen Leuten befehlen würde, sie aus Ihrem Körper herauszureißen und zu zerstören?«

Bandicut starrte ihn einen Moment lang an. »Das würde ich nicht empfehlen«, meinte er trocken.

Morado sagte nichts, gab aber zwei in der Nähe stehenden Astari ein Zeichen. Einer von ihnen griff nach Bandicuts linkem Handgelenk, der andere zog eine Klinge heraus, die beinahe so lang war wie Bandicuts Unterarm. Bandicut brummte und versuchte, sich vom Astari loszureißen. Der Griff des Astari wurde fester. Die Spitze der Klinge schimmerte, als der andere Astari sie in Bandicuts Handgelenk unmittelbar neben den schwarzen Stein stieß.

///Sei auf alles vorbereitet!///

Ein Lichtimpuls schoss aus dem Stein, mit einem lauten *Wompp* flammte für einen Augenblick ein Kraftfeld auf und warf beide Festländer zurück in die Menge ihrer schaulustigen Kameraden. Die Schockwelle ließ Bandicuts Ohren klingeln. Der Geruch von Ozon erfüllte die Luft.

Morado beobachtete alles in betäubtem Schweigen.

Bandicut bedachte die beiden Astari, die ihn angegriffen hatten, mit einem kalten Blick und wandte sich dann langsam zu Morado um. »Wie ich gesagte habe«, sagte er achselzuckend und unterbrach sich, als er im Augenwinkel eine Bewegung wahrnahm.

Li-Jared beugte sich vor, um die beiden Steine aufzufangen, die sich plötzlich aus Hardings Körper gelöst hatten und nun über ihm schwebten. »Hier«, meinte Li-Jared, »vielleicht möchten Sie sie sich mal genauer ansehen.« Er hielt die Steine Morado entgegen.

Voller Misstrauen betrachtete der Anführer der Astari die Steine mit zusammengekniffenen Augen, nahm sie aber schließlich von Li-Jared entgegen. Vorsichtig hielt er sie in dem, was ihm als Handfläche diente. Dort schienen sie zu schrumpfen, sie glitzerten wie angeleuchtete Edelsteine. »Wie haben sie sich so verändern können?«, fragte er mit rauer Stimme.

Bandicut und Li-Jared tauschten einen Blick. »Das wissen wir nicht genau«, erklärte Bandicut schließlich. »Wir haben sie nicht erschaffen, und wir kontrollieren sie auch nicht völlig. Aber ebenso wenig kontrollieren sie uns.« Er blickte auf Hardings Leiche hinab und spürte einen heftigen Stich im Herzen. »Sie haben versucht, sein Leben zu retten, bis ganz zum Schluss.« Er seufzte tief und spürte, wie ihn jemand am Arm berührte.

Es war Antares, die einen Schritt auf Morado zumachte. »Darf ich etwas sagen?« Ihre Worte hörten sich in der Übersetzung jetzt klarer an, möglicherweise weil sie ruhiger war.

Morados ringförmige Iriden weiteten sich und zogen sich wieder zusammen, als er sie musterte. Er sah aus, wie die einem Albtraum entsprungene Karikatur eines Fuchses, der seine Beute anstarrt. Antares indes ließ sich davon nicht einschüchtern. »Waren Sie auch ein Freund von Harding?«, fragte Morado schließlich.

»Ich kannte ihn nicht so gut wie diese beiden hier, die mit ihm über die Steine in Kontakt gekommen sind«, antwortete Antares, »aber ich habe mich mit ihm unterhalten, habe ihm zugehört, und ja, er war mein Freund. Ich weiß, wie verunsichert Sie wegen dieser Steine sind, die Sie in Ihrer Hand halten. Verunsichert darüber, ob Sie ihnen Vertrauen schenken können oder sie fürchten sollten.«

Morados Kopf ruckte ein wenig zurück, und er schürzte leicht die Lippen. »Und Sie möchten mich bitten, den Steinen zu vertrauen?«, erkundigte er sich und hielt sie sich vor die Augen.

»Nein«, erwiderte Antares, und diese Antwort schien Morado zu überraschen. »Ich möchte Ihnen vielmehr klar machen, dass die Steine ein großer Schatz sind und Li-Jareds Geschenk an Harding ein wirklich großartiges Geschenk war. Und egal, ob Sie ihnen trauen oder nicht: Es wäre in jedem Fall klug, sie zu respektieren.«

Morado blickte zu Bandicut hinüber (vermutlich, weil er sich daran erinnerte, wie dessen Steine ihre Macht demonstriert hatten), dann wieder auf Hardings Steine in seiner Hand. Doch bevor er Antares eine Antwort geben konnte, leuchteten an Steuerbord des Schiffes in der Tiefe des Ozeans neuerlich Blitze auf – dann rüttelten die Schockwellen das Deck durch. Morados Hand schloss sich um die Steine, und er brüllte Befehle: »Mannschaft, auf die Stationen! Sichert das Deck gegen hohe See! Funker: Kontaktieren Sie den Stützpunkt und warnen Sie vor möglichen ...« – *hssssk* – »... Kollisionswellen! Deck-

Kontrolle: Schaffen Sie die Leiche dieses Mannschaftsmitglieds nach unten!« Er beobachtete die ausbrechende Hektik an Deck, dann winkte er Antares, Bandicut und Li-Jared näher zu sich heran; als auch L'Kell zu ihnen aufschloss, durchbohrte er den Neri einen Augenblick lang mit seinem Blick, akzeptierte ihn jedoch in seiner Nähe. »Was haben die Steine *damit* zu tun?«, verlangte er zu erfahren.

Bandicut erhob die Stimme, damit er über den Lärm, den die Mannschaft machte, zu verstehen war. »Gar nichts!« In einer Geste, die seine Hilflosigkeit ausdrücken sollte, hob er die Hände und deutete dann aufs Wasser, wo die Blitze aus der Tiefe hochstiegen. »Morado, wir wissen, dass diese Seebeben und Flutwellen Ihr Volk an der Küste bedrohen. Aber sie bedrohen auch die Neri, sogar noch mehr als Ihre Leute. Dort unten ist etwas, ein schlimmes Ding, das all das auslöst. Aber wir hoffen – und Harding teilte diese Hoffnung mit uns –, dass es einen Weg gibt, es zu stoppen. Deshalb hat Harding sein Leben bei dem viel zu raschen Aufstieg zur Meeresoberfläche riskiert!« Bandicut zeigte auf Morados Hand, in der noch immer die Steine waren. »Diese Steine und die Steine von uns anderen sind vielleicht in der Lage, uns zu helfen. Doch die Neri benötigen dabei die Hilfe Ihres Volkes, Morado! Sie brauchen Ihre Kooperation, Materialien, Maschinen.«

»Materialien, Maschinen«, wiederholte Morado. Sein Blick wanderte zwischen ihnen hin und her. »Kann *ich* diese Steine benutzen, um herauszufinden, um was es Ihnen geht?«

»Ich glaube nicht«, meinte Bandicut mit einem Hilfe suchenden Blick zu Li-Jared.

»Wir können den Steinen nicht befehlen, wem sie dienen sollen«, erläuterte der Karellianer dem Astari.

»Das entscheiden sie selbst.« Seine Augen verdunkelten sich für einen Moment, als er nachdachte. »Ich glaube, dass sie sich wünschen, jetzt zu mir zurückzukehren.«

»Zu Ihnen?«, fragte Morado ungläubig.

»Ja. Tut mir Leid.«

Sekundenlang starrte Morado auf die Steine in seiner Hand, schloss die Finger um sie. »Ich glaube nicht ...«, setzte er an, brach dann aber ab, öffnete wieder die Hand und betrachtete die Steine. »Ich spüre, das ...« Erneut stockte er, dachte dieses Mal sogar noch länger nach, ehe er fortfuhr: »Das ist sehr schade. Doch ich will Harding in dieser Angelegenheit vertrauen und seine Wünsche respektieren. Was genau brauchen die Neri von uns?« Mit diesen Worten reichte er Li-Jared die Steine. Gerade, als der Karellianer sie berührte, wurden sie heller, begannen zu pulsieren. Dann umhüllte unvermittelt eine Wolke aus Licht Li-Jareds Hand und Arm, schoss hinauf bis zu seiner Brust. Augenblicke vergingen, und sie alle standen und beobachteten das Geschehen voller Staunen.

Der Lichteffekt ließ rasch nach – aber als Morado die Steine in die Hand des Karellianers fallen ließ, baute sich die Lichtwolke erneut auf und sprang auf Morados Hand über. Er grunzte barsch, starr vor Staunen, als die beiden Steine hinaufflossen und sich pulsierend in seinem Nacken einbetteten.

Anfangs überrollte Antares eine Welle von Verwirrung, dann erst verstand sie. Die Steine hatten darauf gewartet, ob Morado freiwillig auf sie verzichten würde. Nachdem er den Test bestanden hatte, waren sie freiwillig zu ihm gekommen. Doch die Überraschung, die der plötzliche Gesinnungswandel mit sich brachte, beutelte Morado sehr; Antares spürte das sehr genau. Sie konzentrierte sich, versuchte den Kommandanten der Astari zu erreichen.

Dies nämlich war ein heikler Moment. Wenn Morado sich bedroht fühlte, würde er sich vielleicht gegen seine Besucher und die Steine wenden. Wenn die anderen Astari glaubten, er werde bedroht – oder schlimmer noch, dass seine Integrität Schaden nehme –, könnten sie sich gegen ihn wenden, wie sie sich zuvor schon gegen Harding gewendet hatten. Sie konzentrierte ihre ganze Kraft auf einen einzigen Punkt: Ruhe zu projizieren, Furchtlosigkeit. Furchtlosigkeit und Ruhe.

Sie spürte die Anspannung in Morados Denken und Fühlen, während er versuchte, mit der neuen Macht innerhalb seines Körpers und seines Verstandes klarzukommen. Er musste schnell verstehen lernen, sich anpassen; er musste sich entscheiden, ob er Freund oder Feind gegenüberstand. Wie er sich entscheiden würde, konnte Antares nicht erspüren; sie glaubte aber, er sei am Wendepunkt angelangt und schwanke noch – wütend über den Einbruch in seine Privatsphäre, in die Intimität seiner ureigenen Gedankenwelt, die nur ihm gehören sollte, und gleichzeitig staunend über das neu erwachte Gefühl von Wissen und Macht oder die Möglichkeiten neuen Wissens.

Furchtlosigkeit, dachte sie, *Ruhe.*

Etwas stach aus der emotionalen Aura des Astari heraus: Er hatte einen Entschluss gefasst, eine Entscheidung getroffen. Morado sah Antares an, blickte hinüber zu den anderen. »Ich ... verstehe ...«, meinte er, zwang sich zu sprechen. »Ich verstehe. Es gibt ... viel zu tun. Aber ihr habt mir die Steine gegeben, ja? Habt ihr? Sie haben so viel ... ich kann nicht alles erkennen, aber ich spüre ...« Er blinzelte und gab den Versuch auf, seine Gefühle zu erklären.

Zuerst herrschte Schweigen. Dann meinte Li-Jared: »Die Steine gehören dir. Nutze sie, behalte sie! So lange, wie die Steine selbst es wollen.« Auch Li-Jareds Worte kamen nur zögernd. Antares erkannte, dass auch er viele neue Informationen zu verarbeiten hatte: Die Lichtwolke, die ihn eingehüllt hatte – war sie das nach außen sichtbare Zeichen dafür gewesen, dass sich seine Steine und die Tochtersteine, die Hardings Gedanken- und Gefühlswelt geteilt hatten, eng miteinander verbunden hatten?

Das Schiffsdeck wurde von einem heftigen Stoß aus der Tiefe erschüttert. Erschrocken starrte Antares hinaus aufs Meer. Das grünliche Licht unterhalb der Wellen nahm an Intensität zu. Was hatte der Todesschlund dort unten in seinem Tiefseegraben vor? Was geschah auf dem Grund des Meeres, besonders mit der Stadt der Neri?

»Wir müssen unsere Taucher aus dem Wasser holen«, teilte Morado laut den anderen mit. Er verzog sein Fuchsgesicht zu einer Grimasse. »Unsere Bergungsoperation – und *eure* Leute ...« – er blickte L'Kell an, als er das sagte – »dürften in Gefahr sein.« Er rief nach einer Ordonanz. »Finden Sie heraus, was unten vor sich geht, und setzen Sie folgende Nachricht an den Stützpunkt ab: *Eruptionen verschlimmern sich. Breiten Sie sich auf enorm hohen Seegang vor*!«

»Ich muss mich mit meinen Leuten in Verbindung setzen«, sagte L'Kell drängend, und begann, auf und ab zu schreiten, wie die Neri es stets bei Beratungen zu tun pflegten. Nach Art der Neri hob er die Hände, die Finger mit den Schwimmhäuten gespreizt, um besonders zu betonen, was er nun zu sagen hatte: »Unsere Leute könnten bereits unsere Hilfe nötig haben, erst recht, wenn die Eruptionen heftiger werden!« Besorgten Blickes ging er hinüber zur Reling, starrte in die Tiefe und kehrte wieder zurück.

Morado sah ihn an. »Ich verstehe«, sagte er. »Du kannst gehen, wann immer du möchtest.« L'Kell gab einen Laut von sich, der wie ein Kichern klang, und winkte S'Cali und Jontil, ihm zu den Tauchbooten zu folgen. »Aber bitte warte noch einen Moment! Du bist hierher gekommen, um uns um unsere Mithilfe zu bitten.«

L'Kell drehte sich abwartend zu Morado um und betrachtete ihn eingehend mit seinen großen Neri-Augen. »Ja«, meinte er nur.

Morado schloss seine Augen, öffnete sie wieder. »Normalerweise hätte ich ...« – *chaaa* – »um das Einverständnis meiner Vorgesetzten an der Küste ersuchen müssen. Aber uns läuft die Zeit davon. Ich werde also versuchen, euch zu helfen, vorerst jedenfalls. Vielleicht mag dies hier ...« – er berührte die Steine in seinem Nacken – »als Gegenleistung ausreichen für das, was ihr aus unserem Raumschiff an Materialien und Gerätschaften benötigt.«

Antares spürte, wie Bandicut ein Stein vom Herzen fiel, und sie selbst erlaubte sich, hoffnungsfroh aufzuatmen.

»Aber ich muss wissen«, fuhr Morado jetzt fort, »was genau ihr für euren Versuch, die Eruptionen zu beenden, benötigt. Die Steine wissen einiges darüber, aber nicht alles. Sollten wir diese Eruption hier überstehen, ist es durchaus möglich, euch die benötigten Materialien zu liefern, ohne dass dafür wertvolles Gerät im Raumschiff zerstört werden muss. Und ich möchte euch um euer Wort bitten, dass eure Versuche, dieses Ding dort unten zu zähmen, nicht die Sicherheit *meines* Volkes gefährden.«

Morado wandte sich dem Meer zu und betrachtete das pulsierende Licht aus der Tiefe. »Aber wenn ihr wirklich einen Weg findet, dieses schreckliche Ding da unten unter Kontrolle zu bringen, dann finden wir mit Sicherheit auch einen Weg, unsere beiden Völker zur friedlichen Zusammenarbeit zu bewegen.«

30
Wieder vereint

Als L'Kell sein Tauchboot wieder in die Tiefe steuerte, ließ das Licht, das alle außer den Neri unter freiem Himmel genossen hatten, immer mehr nach, bis tiefe Dunkelheit sie umhüllte. Bandicut und seine Gefährten blieben schweigsam; schweigsamer noch als sie war allerdings L'Kell. Vermutlich machte er sich Sorgen wegen S'Cali und Jontil, die im Bergungsgebiet mit den im Wrack zurückgebliebenen Neri Kontakt aufnehmen sollten – dieses Mal mit Hilfe der Astari. Doch Bandicut war sich ziemlich sicher, dass L'Kell vor allem die Folgen seiner Verbindung mit Morado verarbeiten musste, die er mit ihm eingegangen war. Unmittelbar bevor L'Kell und seine Begleiter in die Tauchboote gestiegen waren, hatte L'Kell sich mit Morado ausgetauscht, mit flackernden und flammenden Steinen, zwar nur kurz, dafür jedoch umso intensiver.

L'Kell murmelte etwas, das Bandicut nicht mitbekam, daher bat er den Neri, zu wiederholen, was er gesagt habe. »Ich sagte, ich hoffe, dass unsere Städte eines Tages wieder zur Sonne hinaufsteigen«, sagte der Neri, während er die Frontscheinwerfer des Tauchbootes justierte.

»Hä?«

L'Kell sah ihn plötzlich an, als führten sie eine zwanglose mitternächtliche Unterredung unter einer der hohen Kuppeln der Neri-Stadt. Bei all der Verantwortung, die auf L'Kells Schultern lastete, konnte es gut sein, dass ein zwangloses Gespräch dem Neri helfen würde. »Teile unserer Stadt stiegen in früheren Zeiten an langen Ankerketten hinauf, dem Meeresspiegel und der Sonne entgegen, bevor sie wieder in die Tiefe des Ozeans sanken – sie stiegen viel höher, als sie das heute tun. Früher sah unser Volk hin und wieder das Sonnenlicht und war auch nicht so ängstlich, wenn es an die Oberfläche kam. Wir haben damals auch mehr vom Fischreichtum dieser Wasserregionen profitiert.«

»Ist das schon lange her? Was ist passiert?«

»Ja, das war noch vor meiner Zeit. Unser Volk wurde den Festländern gegenüber misstrauisch – wir wurden misstrauisch und bekamen Angst, und zwar lange vor dem eigentlichen Konflikt mit den Astari.« Verlegen schaute L'Kell zur Seite; sein Blick wanderte zwischen Bandicut und der vorbeiziehenden Ozeanwelt draußen vor der Sichtkanzel hin und her. »Wir bemühten uns immer mehr, uns vor den Festländern, ich meine den Astari, zu verbergen, sie nichts von uns wissen zu lassen. Ich glaube, wir fühlten uns nahe am Grund des Ozeans sicherer, besser aufgehoben – vielleicht hat es auch etwas mit der Nähe zur Fabrik zu tun.«

»Auch als die Fabrik nicht mehr richtig funktionierte?«

L'Kell antwortete nicht sofort. Als er schließlich weitersprach, wollte er offenbar lieber über ein anderes Thema reden. »Du weißt, dass wir Neri ein Teil des Ozeans sind und der Ozean ein Teil von uns. Das gilt nicht nur für unser Leben. Auch wenn wir sterben, kehren unsere Seelen ins Meer zurück – werden mit der See wiedervereinigt und auf ewig ein Teil der See.« Er hielt inne und nahm ein paar minimale Kursabweichungen vor. »Mir scheint, dass je größer die Gefahr wurde, je mehr unsere Verzweiflung wuchs, desto näher wollten wir der See sein – ja, desto mehr wollten wir *Teil* der See sein. Ich vermute, je tiefer wir unsere Städte hinabsinken ließen, desto stärker fühlten wir uns mit unserem ...« – *Krrrlll* – »... verbunden, unserem ...« – die Steine hatten anscheinend Schwierigkeiten, dieses Wort zu übertragen. L'Kell versuchte ein anderes. Erst hörte Bandicut »*Khhresst*«, dann: »... mit unserem Gott. Die Fabrik war gar nicht mal der Hauptgrund. Denn das alles passierte, bevor die Fabrik schließlich ihre Produktion einstellte. Wir sind jetzt wahrscheinlich in weit größerer Gefahr als damals, jetzt, wo wir dieser großen Bedrohung ausgesetzt sind; aber wir fühlen uns dem näher, wonach wir uns wirklich sehnen und was wir brauchen.« Er richtete seine dunklen, großen Augen auf Bandicut. »Ich will gar nicht behaupten, dass das alles logisch klingt.«

Bandicut aber nickte verständnisvoll, ohne ein Wort darüber zu verlieren. Es stand ihm nicht zu, die Neri zu kritisieren. Doch er hielt es für eine wahre Schande, dass die Neri auf ihrer Suche nach Sicherheit in den Tiefen des Ozeans sich selbst von der Welt des Tageslichts abgeschnitten hatten. Andererseits: hätte die Flotte der Astari die Unterwasserstadt entdeckt ...

Die Bedrohung durch den Todesschlund reicht ja wohl für zwei, dachte er.

Das Grollen aus dem Tiefseegraben hatte nachgelassen. L'Kell war es allerdings nicht gelungen, Kontakt mit der Neri-Stadt herzustellen. Ohne weitergehende Informationen hüteten sie sich davor, in wilde Spekulationen darüber zu verfallen, was das zu bedeuten hatte. Es war durchaus im Bereich des Möglichen, dass der Zusammenbruch der Funkverbindung von akustischen Interferenzen herrührte, die der grollende Todesschlund ausgelöst hatte.

»Wohin gehen die Seelen der Verstorbenen in deiner Welt?«, holte L'Kell Bandicut aus seiner Gedankenversunkenheit.

Bandicut stieß einen überraschten Laut aus. Dann

setzte er an: »Nun, äh, ich ... weiß es nicht. Ich weiß nicht, ob sie überhaupt irgendwohin gehen. Bei uns existieren eine Menge ... spiritueller Konzepte. Über Gott und den Himmel und das alles. Sie unterscheiden sich alle ziemlich voneinander.«

»Tatsächlich? Und an was glaubst du, ganz persönlich?«

»Nun, ich ... habe mich nie wirklich entschieden, an was ich glauben möchte«, bekannte er und wurde verlegen vor so viel Unentschiedenheit und Ignoranz.

///Ich habe mich schon darüber gewundert,
wieso du in religiösen Fragen so unsicher bist.///

/Warum?/, wollte Bandicut erstaunt wissen. /Hast du eine Antwort gefunden?/

///Nicht in dem Sinne, den du meinst.
Ich selbst jedenfalls
glaube an die Unsterblichkeit der Seele.
Aber ich vermute, dass das für mich
eine ganz andere Bedeutung hat als für dich.///

Bandicut runzelte die Stirn. /Ja. Das könnte tatsächlich so sein./

»Tja«, mischte sich Li-Jared, der sich weiter hinten im Cockpit befand, in Bandicuts und L'Kells Gespräch ein, »wir Karellianer wissen, wohin *unsere* Seelen wandern. In der Heimat können wir sie jede Nacht am Himmel sehen.«

»Wirklich?«, fragte L'Kell.

»Wir selbst nennen unsere Welt ›Heimat mit Grünem, Schönem, Gefährlichem Himmel‹ – unter anderem: Sie hat noch viele Namen. Der Himmel über meiner Heimat ähnelt eurem Nachthimmel überhaupt nicht, L'Kell. An ihm stehen hoch energetische Sterne und Gaswolken, die nah an meinem Heimatplaneten ihre Bahnen ziehen. Es ist wirklich ein Himmel voller Gefahren, aber wunderschön.«

Bandicut wandte sich zu ihm um. »Und?«

»Die meisten Karellianer glauben daran, dass ihre Seelen nach dem Tod hinauffahren und ein Teil bestimmter Gaswolken oder Energiezyklen werden, die sich wie Spiralen über den Himmel von Karellia ziehen. Denn manche dieser Energiewolken enthalten komplexe holografische Muster.« Nachdenklich gab Li-Jared ein sanftes Geräusch von sich, das wie ein Gong klang, und fügte hinzu: »Der Glaube der Astari unterscheidet sich nicht sehr von dieser Vorstellung. Ich habe mich mit Harding während unserer Reise an den Meeresspiegel darüber unterhalten.«

»Was hat Harding dir erzählt?«, war Antares begierig zu erfahren. Sie saß zusammengekauert neben Li-Jared im hinteren Teil der Kabine.

»Nun«, fuhr der Karellianer wieder fort, »die Astari wissen, dass sie von den Sternen hierher gekommen sind. Dass sie hier nur Exilanten sind. Viele von ihnen sind daher überzeugt, dass ihre Seele am Ende ihres Lebens zu den Sternen zurückkehrt. Harding jedenfalls glaubte fest daran.«

Bandicut dachte an Hardings Tod und wünschte sich, sie hätten die Möglichkeit gehabt, dem Toten auf eine bessere Art die letzte Ehre zu erweisen. Doch hätte das irgendeinen Unterschied für Harding gemacht? War seine Seele jetzt irgendwo zwischen den Sternen unterwegs und erkundete die Galaxis? Oder saß er immer noch auf dem großen Schicksalsrad und wartete auf die Möglichkeit, die nächste Ebene zu erreichen? Oder wartete darauf, dass sich die Himmelspforte für ihn öffnete?

///Interessante Frage.///

/Interessant, ja. Aber ich habe nicht den geringsten Hinweis darauf, wie die Antwort lauten könnte!/

///Oder, sagen wir besser,
du hast jede Menge Hinweise darauf.
Du hast nur noch nicht herausgefunden,
wie du mit ihnen umgehen solltest.///

/Vielleicht hast du auch damit Recht./

»Sie kehren zu den Sternen zurück, wie wir in die See zurückkehren«, sinnierte L'Kell und schien von dieser Feststellung seltsam befriedigt zu sein. Er drückte die Com-Taste und versuchte noch einmal, die Neri-Stadt zu kontaktieren.

Und dieses Mal erhielt er eine Antwort, undeutlich, von Interferenzen gestört. Bandicut verstand nicht ein Wort der Mitteilung, L'Kell ebenso wenig. Irgendjemand jedoch war noch dort unten und konnte Mitteilungen absetzen. L'Kell probierte es ein weiteres Mal. Ohne Erfolg: Es kam keine Antwort.

Endlich bekamen sie ein Signal, unvermittelt klar, gerade als die Lichter der Neri-Stadt vor ihnen in der Dunkelheit der Tiefe auftauchten. »... Schickt Tandu und das andere Tauchboot zum Krankenrevier ... Werkzeug wird gebraucht und Materialien zur Ausbesserung von Rumpfschäden ...« Und dann verlor sich das Signal in einem statischen Rauschen.

L'Kell konzentrierte sich völlig darauf, das Tauchboot zu steuern. »Das galt nicht uns«, erklärte er, und in seiner Stimme schwang Befriedigung mit. »Das war Funkverkehr zwischen lokalen Stationen, den das Wasser weiterträgt. Die Funkkanäle müssen durch die Turbulenzen und Nachbeben gestört sein.«

Bald kamen die äußeren Habitatkuppeln in Sicht. Alle im Tauchboot waren erleichtert darüber, dass die Stadt immer noch da war. Dennoch war Bandicut geschockt, als er sah, dass gleich mehrere Kuppeln aus ihren Verankerungen gerissen worden waren: Sie pendelten beängstigend in der Strömung oder prallten heftig gegen andere Habitatkuppeln. L'Kell bekam endlich eine Verbindung und wurde gebeten, mit voller Kraft den Haupthangar anzulaufen. Keine Zeit, um eine Kontrollfahrt zur Schadensaufnahme zu machen.

Als sie im Hangarbecken auftauchten, hatte Bandicut das unbestimmte Gefühl, sie seien in einer Stadt angekommen, die gerade eben erst einen tropischen Wirbelsturm überstanden hatte.

»Keinerlei Kontakt mit der Fabrik?«, fragte Bandicut Ik. Er beobachtete die Neri, die, mit den unterschiedlichsten Aufgaben zur Schadenskontrolle betraut, hektisch an den Neuankömmlingen vorbeihasteten. Alle Ressourcen der Neri waren nahezu erschöpft, und jeder in der Stadt musste hart mit anpacken.

Ik, der seine Gefährten auf der ersten Ebene über dem Hangar in Empfang genommen hatte, strich sich mit den Fingern über die Brust. »Wir haben eine einzige Übertragung von Nabeck empfangen, in der es hieß, es gebe heftige Bodenerschütterungen. Dann haben wir die Verbindung verloren – sie wurde nicht plötzlich gekappt, sondern mehr und mehr gestört, wohl von Interferenzen.«

»Das hört sich ja schon etwas besser an.«

»Ja. Aber wir haben auch erfahren, und zwar von Kailan und Elbeth, dass es Hinweise auf Bewegungen von tektonischen Bruchschollen in der Nähe der Fabrik gibt – und das hört sich alles andere als gut an.« Als Bandicut zusammenzuckte, neigte Ik seinen blauweißen, wie aus Stein gemeißelten Kopf und beruhigte seinen Freund. »Andererseits sind sie sich bei ihrer

Interpretation der Aufzeichnungen so unsicher, dass sie nicht sagen können, wie schlimm die Schollenbewegung an den Verwerfungen gewesen sein könnte.«

Antares hob ihre Stimme, um sich verständlich zu machen. »Gibt es einen anderen Weg, das herauszufinden, als runterzugehen und nachzusehen?«

»Ich fürchte nicht. Außer es gelingt ihnen irgendwie, die Funkverbindung wieder zu etablieren.«

Bandicut entdeckte L'Kell; der Neri kehrte von Askelanda zurück, dem er kurz Bericht erstattet hatte. »Was hat er gesagt?«, erkundigte sich Bandicut schon von weitem, dann erblickte er den Neri, der hinter L'Kell herkam, und schnappte erstaunt nach Luft. »Lako, bist du das?«

L'Kell trat ein wenig zur Seite, damit der andere Neri nach vorne kommen konnte. »Ich fühle mich jetzt viel besser«, begrüßte Lako den Mann, der ihn zu heilen geholfen hatte, und verbeugte sich leicht. »Ich bin hier, um meine Hilfe anzubieten.« Als er den Kopf hob, konnte Bandicut vernarbtes Gewebe auf seinem Gesicht erkennen, dort, wo die Brandblasen abgeheilt waren. Lakos Augen wirkten wach und klar, und auch wenn ihm offensichtlich jede Bewegung Schmerzen bereitete, war es doch ein Wunder, dass er überhaupt in der Lage war, sich zu bewegen. »Und um mich zu bedanken«, fügte Lako hinzu.

»Nichts zu danken! Du bist unsere erste Erfolgsstory!«

»Aber nicht die einzige«, teilte Lako ihm mit. Falls du die Zeit dazu findest, auf der Krankenstation vorbeizuschauen, würde sich Corono sicher darüber freuen – dann kannst du dich selbst davon überzeugen, wie viele der Kranken sich erholt haben und noch erholen. Ik hat übrigens während deiner Abwesenheit die Arbeit mit den Kranken fortgesetzt.«

»Ich fände es schön, wenn ich Corono tatsächlich einen Besuch abstatten könnte!«, meinte Bandicut.

»Ich fürchte, du wirst zuerst mit Askelanda sprechen müssen – er erwartet dich schon«, warf L'Kell ein. »Er ist sehr froh darüber, dass wir wieder zurück sind. Nur: Die Schäden im Habitat sind noch nicht unter Kontrolle; Askelanda hat nicht einmal ein Tauchboot zur Verfügung, das er zur Fabrik hinunterschicken könnte. Er wird jedoch schnellstmöglich ein Erkundungsteam und eine Rettungsmannschaft auf den Weg schicken.« L'Kell stockte, als er Bandicuts besorgte Miene bemerkte und fuhr dann fort: »Wir sind alle besorgt, John. Wir wollen einfach hoffen, dass deine Roboter, unsere Leute und unsere Tauchboote, dass einfach alle in Ordnung sind. Wir können es uns nicht leisten, jemanden zu verlieren.«

Bandicut nickte zustimmend. Von Antares empfing er die Botschaft: *Hab Geduld. Hab Geduld und Vertrauen.* Und er wusste, dass sie genauso besorgt war wie er.

»John, wir haben gerade von S'Cali Nachricht erhalten!«, verkündete Ik. »Er ist auf dem Weg hierher, aber es gibt immer noch Neri, die innerhalb des havarierten Schiffes Hilfe brauchen. Und auch verletzte Astari. Ich glaube, dass man dort deine Hilfe am dringendsten benötigt.«

Li-Jared bongte leise, dann sagte er: »Du willst wirklich wieder zum Raumschiff hinaus?«

Iks schwarze Augen leuchteten. »S'Cali will mit dem Frachttauchboot dorthin zurückkehren und außer den dort zurückgebliebenen Verletzten alles einladen, was die Astari an Materialien bereitstellen können. Ich möchte ihm dabei helfen. Bis wir zurückkommen, wisst ihr vielleicht schon, was mit der Fabrik passiert ist und wie wir Kontakt mit dem Todesschlund aufnehmen können. Und mit etwas Glück haben wir dann bereits das an Material an Bord, das ihr benötigt.« Ik neigte den Kopf zur Seite. »Und Lako möchte uns begleiten.«

Bandicut war überrascht.

»Ich möchte den Neri *und* den Astari helfen«, erklärte Lako.

Bandicut sah, wie L'Kell seine Zustimmung nickte, und dachte bei sich, dass Lako der Beste für den Posten eines Botschafters des guten Willens sei, war er doch jemand, der selbst Verletzungen davongetragen hatte, aber nun bereit war, Brücken zu den ehemaligen Gegnern zu bauen. Bandicut wusste auch, dass es durchaus sinnvoll war, ihre Energie und Kräfte zu teilen – und trotzdem: Gerade jetzt wünschte er sich mehr als alles andere, er könne die kleine Gruppe von Freunden zusammenhalten. Er hatte das unbestimmte Gefühl, es könnte schon bald von großer Wichtigkeit sein, dass sie zusammen waren. Doch er fand keinen Grund, den er gegen den gefassten Plan hätte vorbringen können. »Seid vorsichtig!«, mahnte er also nur.

»Sind wir doch immer!«, brummte Ik. »Doch kommt jetzt! Wir sollten Askelanda nicht warten lassen!«

Askelanda hörte sehr aufmerksam zu, während sie ihr Treffen mit Morado beschrieben. Hardings Tod traf ihn anscheinend sehr. Mit überraschendem Wohlwollen nahm er dann die Vereinbarung auf, die sie mit dem Astari getroffen hatten: dass die Astari den Neri helfen würden, die Rohstoffe zu bekommen, die die Fabrik für ihre Produktion bräuchte, wenn die Neri im Gegenzug von weiteren Bergungsoperationen im Raumschiffwrack absähen. »Dagegen ist nichts einzuwenden, wenn die Astari zu ihrem Wort stehen!«, kommentierte Askelanda die Vereinbarung. Anscheinend hatte Hardings Bemühen um Frieden zwischen Neri und Astari auf den Ahktah der Neri Eindruck gemacht.

Ihre Unterredung wurde von der Nachricht unterbrochen, dass ein Tauchboot, das von der Fabrik komme, im Hangarbecken anlege – es sei allerdings nicht das Boot von Nabeck, auf dem die Roboter waren, sondern das, das Nabecks Boot bei der Operation habe unterstützen sollen. Gilleum, der junge Pilot des Bootes, wurde hereingeführt, damit er dem Oberhaupt der Neri und seinen Gästen Bericht erstatten könne. Er war so aufgeregt und erschöpft, dass er seine Worte mehrmals wiederholen musste, bis ihn alle verstanden hatten.

»...ja, das ist richtig. Der Vorsprung über Nabecks Tauchboot hat Risse bekommen und stürzte herab, als das Beben eingesetzt hat. Ich stieß zurück, aber Nabeck hat es nicht mehr geschafft. Wir hatten noch eine Weile Funkkontakt zueinander, und es schien ihm nichts passiert zu sein. Aber als sich dann der aufgewirbelte Schlamm und Schlick wieder gelegt hat...« Gilleum schaute offensichtlich verwirrt in die Runde.

»War das Tauchboot einfach weg oder ist es verschüttet worden?«, forschte L'Kell nach.

»Zuerst habe ich gedacht, es sei verschüttet. Nur hat es wirklich nicht viel Trümmer gegeben, die sich da aufgetürmt hätten! Und eine Menge Schutt ist ein gutes Stück von der Andockstelle entfernt zu Boden gesunken. Alles, was uns dazu eingefallen ist, ist völlig verrückt: nämlich dass die Fabrik Nabecks Tauchboot verschlungen hat!«

»Aber Ihr hattet immer noch Funkkontakt?«, insistierte Askelanda.

»Nur noch für ein paar Sekunden. Es gab viele Störgeräusche, und man konnte fast nichts verstehen.

Nabeck gab durch, es gehe ihm gut, aber er sei blind. Ich hab mir gedacht, er meint, dass zwar seine Scheinwerfer funktionierten, er aber weder sehen könne noch sagen, was passiert sei. Und ich *glaube*, dass er auch noch gesagt hat: ›Das Meerwasser ist weg, das Tauchboot schwimmt nicht mehr im Wasser. Hier ist nur noch eine gelbe Flüssigkeit.‹« Gilleum riss bestürzt die Arme hoch.

Bandicut suchte L'Kells Blick. »Kann das sein? Kann er in die Fabrik hineingesogen worden sein? Ihr besitzt so viele erstaunliche Membranen ...«

»So etwas habe ich noch nie beobachtet!«, entgegnete L'Kell. »Aber es gibt ja Anlegeschleusen an der Fabrik, und als sie noch voll funktionstüchtig war, muss es auch verschiedene andere Möglichkeiten, gegeben haben, die Frachttauchboote zu beladen.«

»Aber heißt das, dass die Boote hineingesogen wurden?«

L'Kell sah zu Askelanda hinüber, der wiederum meinte: »Ich bin überzeugt davon, dass das vor langer Zeit genau so funktioniert hat. Aber zu meiner Zeit ist es immer nur erlaubt gewesen, Tauchboote an die Fabrik anzudocken.« Askelanda spreizte in der für Neri typischen Geste der Unsicherheit seine Schwimmhäute zwischen den Fingern. »Es kann sein, dass die Obliq mehr über die Sache weiß.«

»Wir müssen also tatsächlich hinunter und nachsehen, was passiert ist, ja?« Bandicut warf L'Kell einen Blick zu und ließ unausgesprochen, was er dachte: Wenn Nabeck und die Roboter nicht in die Fabrik hineingesogen worden waren, mussten sie über die Bruchkante des Tiefseegrabens gerutscht und abgestürzt sein.

Askelanda und L'Kell berieten sich kurz. »Die Tauchboote sind alle im Einsatz. Sobald eines wieder einsatzfähig ist, können wir sofort aufbrechen.«

Ohne seiner eigenen tiefen Erschöpfung Beachtung zu schenken, stieß Bandicut ein ungeduldiges Grunzen aus. »Wie lange kann Nabeck das durchstehen, eingeschlossen zu sein in der Fabrik? Gewinnen denn eure Tauchboote Atemluft nicht aus dem Wasser selbst?«

»Ja, genau«, antwortete L'Kell. »Aber ... oh, jetzt verstehe ich! Wenn das Boot nicht mehr von Wasser umgeben ist, hat er nur noch eine begrenzte Luftreserve ...«

Das Oberhaupt der Neri sagte: »Er ist allein an Bord. Also wird er noch eine Weile durchhalten können. Wahrscheinlich zwei Tage, vielleicht auch drei. Und es hat wenig Sinn, loszufahren, bevor die Tauchboote auch wirklich startbereit sind. Oder bevor Ihr bereit seid. Jetzt ruht Euch aus, solange Ihr könnt. Wir werden nach Euch schicken, wenn es so weit ist ...«

Bandicut versuchte zu schlafen, war jedoch nicht in der Lage, dieses Gefühl von Kälte und Einsamkeit aus seinen Gedanken zu verbannen. Jeder seiner Freunde war irgendwo und plante seine nächsten Schritte. Antares und Li-Jared waren aufgebrochen, um Kailan zur Hand zu gehen; Ik würde bald zusammen mit S'Cali aufbrechen: Die Neri im Bergungsgebiet hatten durchgegeben, es seien immer noch viele von ihnen in dem gesunkenen Raumschiff und bräuchten Hilfe – dringend.

Bandicut wälzte sich unter den Neri-Decken hin und her, auch dann noch, als Char versuchte ihm zu helfen, sich zu entspannen. Nach einer Weile kehrte Li-Jared in den Raum zurück, den ihnen die Neri als Schlafraum angewiesen hatten, setzte sich in eine Ecke und starrte schweigend durch die Wand der Habitatkuppel hinaus in die dunkle See. Er schien unruhig und besorgt, aber er verwickelte Bandicut in kein Gespräch, suchte nicht die Nähe des Freundes. Seine Anwesenheit verlieh dem Raum eine Atmosphäre wie vor einem Sturm – windstill und brütend. Gleich darauf betrat Antares den Raum. Ihre Schlafdecken unter dem Arm, zog sie es vor, nicht mehr in dem angrenzenden Raum zu schlafen, wie sie es bisher getan hatte – der Sitte der Neri entsprechend, getrennt von den Männern. Sie sprach leise und sanft mit Li-Jared, bevor sie ihre Decken neben Bandicut ausbreitete und sich niederlegte.

Auf seinen fragenden Blick hin wisperte sie ihm zu: »Er denkt an Harding.« Bandicut nickte. Keine Minute später schloss er die Augen und zog die Decke bis zur Nasenspitze hoch.

Sofort glitt er hinüber in den Schlaf.

Eine in drängendem Ton geführte Unterhaltung weckte ihn. Er konzentrierte sich auf das, was er hörte, bevor er die Augen aufschlug. Es waren Antares und L'Kell, die sich unterhielten – Antares erklärte dem Neri gerade, sie könne *spüren*, dass Bandicut mehr Schlaf benötige. »Ist es wirklich dringend genug, um ihn zu wecken? Ich weiß, es ist wichtig: Aber reicht es denn nicht, wenn er es etwas später erfährt?«

»Ist schon okay«, brummelte Bandicut und drehte sich zu ihnen hin. »Um was geht's denn?«

»Kontakt mit deinen Robotern!«, rief L'Kell, seine Stimme war ganz heiser vor Aufregung. »Eine aufgezeichnete Nachricht!«

»*Wie bitte*? Wo? Wie?«

»Über das Com. Askelanda hat ein Boot mit einem Erkundungsteam hinuntergeschickt, und die haben dann die Nachrichten aufgefangen und sie weitergeleitet. Möchtest du dir anhören, was sie uns mitgeteilt haben?«

»Was glaubst du denn!« Bandicut sprang ächzend auf. Antares hatte völlig Recht: Er hätte dringend noch etwas mehr Schlaf gebraucht. Er merkte, dass sie bekümmert war, weil sie versucht hatte, L'Kell daran zu hindern, ihn zu wecken. Also berührte er sie am Arm, um ihr zu danken, und versicherte ihr: »Ehrlich, vielen Dank! Du hast genau das Richtige getan. Aber *das* hätte ich um keinen Preis verpassen wollen!«

Als sie sich zu dritt zum Com-Zentrum aufmachten, fragte Bandicut: »Wieso hat Askelanda jemand anderen da runtergeschickt?«

L'Kell sah ihn an, als habe er gerade eine besonders dumme Frage gestellt. »Du hast so fest geschlafen, mein Freund! Und wie Askelanda schon festgestellt hat, gibt es hier jede Menge Leute, die eine Unterwassersuche durchführen und dich auch sofort dazuholen können, wenn sie etwas gefunden haben.« L'Kell hielt inne, und Antares zischelte ein Thespi-Kichern. »Er hat Targus geschickt, zusammen mit zwei anderen.«

»Und sie haben Nabeck und die Roboter gefunden?«

L'Kells Kiemenspalten flatterten aufgeregt. »Nicht direkt. Sie haben aber immerhin das Areal lokalisieren können, in dem sie sich vermutlich aufhalten. Irgendwie haben die Roboter ein Signal durch den Meeresboden absetzen können. Ah, da wären wir: die Com-Zentrale!« Sie beeilten sich, in den Raum zu gelangen. Ein Neri an den Com-Konsolen stellte die notwendigen Verbindungen her, damit sie die Nachricht abhören konnten. Die Com-Zentrale wurde erfüllt von statischem Rauschen ... und dann hallte die Stimme eines Roboters in holprigem Neri durch den Raum:

»Hier spricht Copernicus. Wir sind unbeschädigt

und befinden uns im Inneren der Fabrik. Nabeck berichtet, er sei wohlauf und könne der Flüssigkeit rings um das Tauchboot ausreichend Sauerstoff entziehen, um seine Atmung aufrechtzuerhalten. Er schätzt, dass die Energiereserven auf dem derzeitig niedrigen Verbrauchsniveau für vier weitere Tage und auch noch für die Rückkehr ins Habitat ausreichen werden. Napoleon ist zurzeit in Kontakt mit der Fabrikintelligenz und versucht, den Neustart der Produktion von Nano-Assemblern und der Selbstreparatureinheiten vorzubereiten. Neustart erfolgt, sobald die benötigten Rohstoffe vorliegen. Die zuvor erbetenen Rohstoffe sollten in jedem Fall so schnell wie möglich geliefert werden. Sie müssen nicht veredelt oder bearbeitet werden. Die Veredelung kann hier vorgenommen werden, sobald die Selbstreparatur in Gang gesetzt ist ...«

Der Neri-Funker stoppte die Aufnahme und sagte: »Eine neue Nachricht kommt über dieses Relais rein.«

Es war die Stimme eines Neri. »Hier spricht Nabeck. Ich hoffe, ihr könnt mich empfangen. Ich bin wohlauf und zuversichtlich, dass die Roboter einen Weg finden werden, uns hier wieder rauszubringen. Es ist ziemlich seltsam hier drin. Wir sind wohl in einer großen, beweglichen Kammer. Die Druckverhältnisse, die hier herrschen, entsprechen den normalen Verhältnissen in dieser Tiefe. Ich kenne die Zusammensetzung der Flüssigkeit nicht, die uns umgibt, aber es ist eine klare Flüssigkeit, hin und wieder durchsetzt von milchigen Wirbeln. Die Roboter sind davon überzeugt, dass es sich um das Transportmedium für die mit bloßem Auge nicht sichtbaren Assembler handelt, die die Fabrik in Gang halten. Ich hoffe, dass diese Flüssigkeit den Rumpf des Tauchbootes nicht in irgendeiner Art und Weise in Mitleidenschaft zieht.«

Nabecks Stimme erstarb, stattdessen meldete sich Copernicus wieder, allerdings in Bandicuts Muttersprache Englisch. »Wir wissen nicht, ob Sie dieses Signal empfangen können. Wir senden es akustisch durch die Außenwand der Fabrik. Wenn Sie uns hören können, senden Sie bitte eine Antwort, indem Sie eine Sonde an der Stelle der Außenmembran einführen, an der wir den Erstkontakt mit dem Fabrikinneren hatten. Wir werden in Intervallen weitersenden, damit Sie in der Lage sind, die Stelle zu lokalisieren. Wir kennen allerdings die momentanen Bedingungen außerhalb der Fabrik nicht. Während der letzten seismischen Störung wurden wir von einem Mechanismus innerhalb der Fabrik zehn Meter nach vorne gezogen. Wir haben keinerlei Informationen über die Außenwelt.

Ein Sondervermerk: Die Kernprogrammierung der Fabrikintelligenz enthält eine Vielzahl von Betriebsbeschränkungen. Bestimmte Einschränkungen dürften dafür vorgesehen sein, nicht spezifizierte oder normwidrige Aktivitäten zu unterdrücken, wie etwa die, den Todesschlund zu kontaktieren. Diese Kernprogrammierung ist abgeschirmt und besonders geschützt. Sie kann von Napoleon nicht überschrieben werden. Er ist immer noch damit beschäftigt dieses Problem zu lösen. Es scheint aber, dass ein direkter Link mit dem verantwortlichen Bevollmächtigten diese Beschränkungen aufheben kann. Nabeck kennt keinen Neri, der darin geübt ist, direkte Verbindungen einzugehen. Wie dem auch sei: John Bandicut ist im Herstellen direkter Links sehr geübt. Sie möchten bestimmt erst darüber nachdenken.

Wir bitten um Antwort, falls irgendjemand diese Nachricht empfängt …«

Die Nachricht wurde wiederholt, dieses Mal auf Neri.

Der Neri-Funker regelte die Lautstärke herunter. »Das werden sie jetzt mehrfach wiederholen. Wenn die Roboter eine Sendepause einlegen, können wir eine Nachricht an Targus in seinem Boot weiterleiten. Möchtest du, dass wir eine Antwort senden?«

»Melde Targus: ›Nachricht empfangen‹«, meinte L'Kell. »Frag nach, ob sie den Eintrittspunkt schon lokalisiert haben und ob es ihnen gelungen ist, eine Funkverbindung zu ihnen herzustellen.« L'Kell blickte Bandicut und Antares an. »Möchtet ihr irgendetwas hinzufügen?«

»Ja«, sagte Bandicut. »Sobald ihr eine Nachricht zu den Robotern durchbekommt, teilt ihnen Folgendes mit: ›Gut gemacht, seid vorsichtig und kommt bald zurück!‹«.

»Amen!«, setzte Antares hinzu.

Unter L'Kells Führung machten sie sich auf die Suche nach Askelanda. Sie fanden ihn in einer der oberen Ebenen in einem Raum, in dem er mit anderen konferierend in Neri-Art hin und her wanderte. Als er L'Kell und seine Freunde entdeckte, gab er ihnen ein Zeichen, sich der Diskussionsgruppe anzuschließen. L'Kell berichtete Askelanda von der jüngsten Mitteilung, die sie von Copernicus erhalten hatten. »Ihr habt die Mitteilung Eurer Roboter gehört?«, fragte Askelanda Bandicut.

»Ja.«

Askelanda blickte ihn mit Augen, die vom Alter trüb und dennoch klarsichtig waren, an. »Und seid Ihr fähig, diesen ›direkten Link‹ zur Fabrikintelligenz herzustellen, wie Euer Roboter gemeint hat?«

Erinnerungen stiegen in Bandicut hoch, die ihn zurück nach Triton brachten, genau in die Zeit zurück, in der er seine Fähigkeiten, ein NeuroLink herzustellen, *verloren* hatte; damals hatte ihn die Fugue heimgesucht, wieder und wieder, und jemand Neues war in sein Leben getreten, das Quarx, das es möglich gemacht hatte, wieder einen solchen NeuroLink zu etablieren. Ihm schwirrte der Kopf vor so vielen Erinnerungen und bemerkte, dass Char aufmerksam verfolgte, was in ihm vorging. Sie lernte, begann zu begreifen …

///Also kannst du so etwas tatsächlich tun?///

/Ich kann es dann, wenn du deine Fühler ausstreckst und den Kontakt herstellst. Du bist meine Schnittstelle in den NeuroLink./

///Das ist kein Problem.///

/Und natürlich muss die Sprache der Fabrikintelligenz wenigstens halbwegs verständlich für mich sein. Da muss ich wohl auch noch auf die Steine zählen, vielleicht sogar auf die Roboter, damit die das für mich erledigen./

»John?«, fragte L'Kell vorsichtig.

Bandicut blinzelte. »Ja. Ja, ich müsste diesen Kontakt herstellen können – jedenfalls theoretisch. Aber …« – er zögerte – »… wie zum Teufel soll das gehen, dass ich körperlich Kontakt zu dem Ding aufnehmen kann – wie wollt ihr das machen? Habt ihr schon irgendeine Idee, wie das zu bewerkstelligen ist?«

L'Kell und Askelanda sahen sich an.

»Denkt nicht einmal daran, mich da draußen ins Wasser zu schicken! Nicht in der Tiefe! Ich wäre sofort hinüber!«

»Ich fürchte in der Tat, dass es Euch umbringen würde«, meinte Askelanda trocken. »Es ist auch nicht sehr gesund für uns. Wir können dort tauchen, wenn es unbedingt sein muss. Doch es gibt bessere Möglichkeiten, um sich umzubringen.«

Bandicut schauderte es.

»Könntest du eine Kabelverbindung benutzen, so

ähnlich wie die Roboter sie benutzt haben?«, erkundigte sich L'Kell.

Bandicut dachte einen Moment nach und schüttelte dann den Kopf. »Nein, dann haben wir kein Interface. Und wir brauchen eine direkte Schnittstelle!«

///Sag mal, warum kannst du nicht . . .///

Bandicut blinzelte, als ihm unvermittelt klar wurde, was das Quarx sagen wollte. /Aber klar doch! Das könnte . . ./ Er machte schon den Mund auf, um den anderen von Chars und seiner Idee zu erzählen, da kam ihm ein weiterer Gedanke: /Aber ich habe keinen blassen Schimmer, wie das verdammte Ding überhaupt funktioniert! Tauchboote, okay, die verstehe ich./ Er schluckte und erklärte: »Unsere Sternenkoppler-Sphäre! Ich überlege gerade, ob sie uns nicht dazu dienen könnte . . .«

Aufgeregt sog L'Kell den Atem ein. »Die Roboter waren gut geschützt, als wir sie dort drinnen entdeckten. Aber wie kannst du mit Hilfe der Sphäre den Kontakt herstellen?«

Bandicut beschrieb, wie seine Gefährten und er die Membran der Sternenkoppler-Sphäre hatten ausdehnen können, als bestehe sie aus einer überaus dehnbaren Gummifolie. Das war ihnen zwar nur in einer wesentlich geringeren Tiefe gelungen als der, auf der die Fabrik lag. Aber vielleicht war das Phänomen ja nicht druckabhängig.

///Die Steine meinen, es könnte funktionieren.
Einen Versuch ist es allemal wert.///

Die Neri hatten seinen Ausführungen gelauscht, ohne diese zu kommentieren. Schließlich waren sie mit Membranen vertraut, die Dinge zu leisten vermochten, die Bandicut als Wunder eingestuft hätte. Schließlich meinte Askelanda: »Ich werde Euch also fragen, ob Ihr bereit seid, wenn die Zeit kommt.«

»Wenn die Zeit kommt?«

»Nun, im Moment scheinen Eure Roboter beschäftigt damit, alles zu tun, was getan werden muss. Es ist daher wohl am besten, wenn Ihr hier wartet, bis wir von der Fabrik das Signal erhalten, dass Eure Anwesenheit erforderlich wird.«

»Aber ...«, setzte Bandicut an, verstummte aber. Er wünschte sich sehr, hinunter zur Fabrik zu kommen und den Kontakt herzustellen – und seine Roboter zurückzubekommen. Er wusste allerdings auch, dass Askelanda Recht hatte.

Askelanda schien seine Gedanken zu erraten. »John Bandicut, wir haben von Euch schon mehr verlangt, als von irgendeinem Fremden – oder Besucher – verlangt werden sollte. Und dich nun zu bitten, den Kontakt zur Fabrik herzustellen ... nun diese Bitte ist vielleicht mit mehr Gefahren verbunden als alle anderen Bitten zuvor.«

Bandicut runzelte die Stirn. »Ich für meinen Teil halte mich nicht mehr für einen Fremden, oder irre ich mich da? Und es ist doch auch absolut notwendig, diesen Kontakt aufzunehmen, oder nicht?«

»Oh ja, es ist notwendig!«, erwiderte das Oberhaupt der Neri. »Ohne eine funktionstüchtige Fabrik, bedroht vom Todesschlund, wie wir es sind, und ich denke auch von den Astari – was könnte uns da noch alles widerfahren?« Askelanda schloss kurz die großen, alterstrüben Augen und zupfte sich die Stola zurecht. »Und dennoch, John Bandicut, muss ich fragen: Warum bedeutet Euch unser Schicksal so viel? Warum wagt Ihr Euer Leben für *uns*?« Askelanda neigte den Kopf und blickte ihn nachdenklich an.

Bandicut öffnete den Mund zu einer Erwiderung, doch fiel ihm keine Antwort ein. Er mühte sich redlich, doch ohne rechten Erfolg.

»Das habe ich mich auch schon gefragt«, gestand L'Kell. »Ich durfte mich glücklich schätzen, an deinen, euren Taten zu partizipieren, als euer Freund. Aber ...« Der Neri stockte, sein Blick schien sich nach innen zu kehren, als ob er den eigenen Steinen lausche. Ob sie L'Kell von ihren Zielen erzählten? Ihm Hinweise gaben, damit er ihre Absicht erahnen konnte? Wären seine Steine offener und präziser zu ihm, als Bandicuts Steine es bei ihm gewesen waren?

Bandicut seufzte leise. »Ich kann das nicht zufrieden stellend klären«, sagte er endlich. »Alles, was ich sagen kann, ist, dass, wenn ich mich in einer Situation wiederfinde, in der ich helfen *kann* ...«

///Oder in einer Situation,
in der du helfen musst ...///

/Ja./ Er räusperte sich. »Nun ... dann mache ich genau das: helfen.«

»Und«, ergänzte L'Kell, »deine eigenen Steine bringen dich ... in Situationen, in denen du dann helfen musst, nicht wahr?«

Bandicut nickte, ihm war unbehaglich zu Mute. »Doch, Askelanda – Ihr solltet auch noch etwas anderes bedenken: Es könnte durchaus passieren, dass ich den Rest meines Lebens mit den Neri hier auf dem Meeresgrund verbringe.« Er schluckte schwer. »Ich handle nicht völlig selbstlos. Selbst wenn die Neri, Ihr, L'Kell, die anderen, nicht meine Freunde wärt, hätte ich guten Grund, dabei mitzuhelfen, das Überleben Eures Volkes zu sichern.«

Einen Moment lang sah Askelanda ihn schweigend an. Dann jedoch vollführte er mit der hohlen Hand eine zustimmende Geste. »Werdet Ihr Euch denn meinem Wunsch beugen und hier bleiben. Euch hier ausruhen und gut vorbereiten? Ich möchte Euch nämlich nicht verlieren bei einer vergeblichen Unternehmung – weil ich Euch zu früh losschickte oder zu erschöpft.«

Bandicut holte tief Luft. »Ja, ich werde Euren Wünschen Folge leisten.« Dann erst atmete er aus und fragte sich, wie in aller Welt er es durchstehen sollte, noch länger zu warten.

Copernicus ... Napoleon ...

Interludium
JULIE STONE

Julie Stone überprüfte ein letztes Mal die Kontrollanzeigen ihres Raumanzugs und bewegte sich vorsichtig um die Hindernisse herum, die den Zugang zum Inneren der Höhle blockierten. Der Boden aus Eis glitzerte im Licht ihres Helmscheinwerfers. Vor ihr wand und drehte sich der Translator in seinem eigenen schwachen Licht. »Alle Systeme normal«, meldete sie in ihr Helm-Com.

»Telemetrie sieht gut aus«, hörte sie Georgia Patwells Stimme antworten. Julies Freundin hätte Lichtjahre von ihr entfernt sein können – oder nur Zentimeter weit weg. Tatsächlich jedoch hatte sich Georgia über der Höhlendecke postiert, überwachte die Entfernungssensoren und das Com, bereit, Julie jederzeit Hilfe in die Höhle hinunterzuschicken. Betrachtete man die Sache allerdings realistisch, würde wohl jede Hilfe zu spät kommen, falls Julie tatsächlich in eine Notlage geriet.

»Massewerte unverändert«, berichtete Julie. »Ich kann keine ungewöhnlichen Veränderungen wahrnehmen.«

»Keine Veränderungen? Und warum schlägt dann dein Herz so laut, dass ich es ohne Com bis hier oben hören kann?«

Julie kicherte. »Ich will euch Leute da oben ja nur bei der Stange halten, damit ihr nicht einschlaft vor Langeweile, das ist alles!«

Der Translator hob sich dunkel gegen die Höhlenwände aus gefrorenem, bläulich weißem Stickstoff ab, eine scharf umrissene Silhouette. Die kleinen Kugeln, aus denen die obere Hälfte des Translators bestand, umwirbelten sich unaufhörlich wie Seifenblasen in Turbulenzen, manche pechschwarz, manche irisierend; sie durchdrangen einander in einer nicht enden wollenden Bewegung. Es sah so aus, als würden die kleineren Kugeln auf einer einzigen großen schwarzen Kugel balancieren wie auf einem einzelnen Fuß. Julie fragte sich, ob die Maschine mit ihrer hypnotischen Bewegtheit je aus dem Gleichgewicht geraten und umkippen könnte und was wohl passierte, wenn sie wirklich umkippte.

Warum hatte der Translator alle Bemühungen des ExoArch- und Technologietransfer-Teams ignoriert, mit ihm zu kommunizieren? Und warum hatte er sich erfolgreich dagegen gewehrt, aus der Höhle herausgebracht zu werden? Bei den Versuchen, ihn zu bergen, war Ausrüstung im Gesamtwert von zwanzig Millionen Dollar ruiniert worden. Und nun, einen Monat später, schickte man Julie Stone hierher, um der Sache auf den Grund zu gehen.

Bis jetzt aber hatte der Translator durch nichts erkennen lassen, dass er sich der Anwesenheit dieser Julie Stone überhaupt bewusst war.

»Okay, Jul' – Kim erklärt mir gerade, dass du die Genehmigung hast, dich dem Translator zu nähern.« Georgias Stimme war ruhig und plötzlich todernst.

Julie unternahm den ernsthaften Versuch, ruhig und gleichmäßig durchzuatmen. Dann machte sie einen Schritt auf den Translator zu, und noch einen und noch einen, bis sie so nah vor der Maschine stand, dass sie nur noch ihre Hand hätte ausstrecken müssen, um sie zu berühren. Sie hob schon die Hand, um es zu tun, hielt aber mitten in der Bewegung inne. Sie hatte

Angst. Nur allzu deutlich erinnerte sie sich daran, was mit der Ausrüstung geschehen war, mit der man den Translator berührt hatte: Jeder einzelne Gegenstand war eingeschmolzen und verdampft worden. Also stand Julie einfach da und starrte den Translator an. Sie dachte: *Was zum Teufel bist du eigentlich, und was willst du hier*? Dann spürte sie am Rand ihrer bewussten Wahrnehmung ein Kribbeln. *Hallo*?, dachte sie. *Bist du da*?

Wir sind hier.

Verdattert, weil sie eine Reaktion erhielt, räusperte sich Julie erst einmal und versuchte, das Zittern zu unterdrücken, das irgendwo in der Mitte ihres Rückgrates begann und sich rasch von dort aus ausbreitete. *Ihr seid hier. Wo? In meinem Kopf*?

Bitte konzentriere deine Gedanken auf einen einzigen Punkt!

Meine Gedanken? *Auf einen Punkt*? Julie zögerte, weil sie nicht recht wusste, wie das gemeint sein könnte. Dann erinnerte sie sich an eine NeuroLink-Technik, die ihr John irgendwann einmal beschrieben hatte. Sie runzelte unsicher die Stirn, versuchte aber dennoch, ihre Gedanken nach innen zu richten, wie es die Leute taten, die ein NeuroLink benutzten. /Etwa so?/, fragte sie wortlos.

Schon besser.

Sie wartete darauf, ob der Translator noch etwas sagen würde.

Stattdessen griff er hinein in ihre Gedankenwelt, war in ihrem Verstand, ihrem Denken und Fühlen, und wirbelte dort ihre Gedanken auf wie ein auffrischender Herbstwind trockenes Laub. Augenblicke lang war ihr Bewusstsein mit einem Wirbelwind von Aktivität angefüllt. Stocksteif stand sie da, als dieser Wirbelwind sich zu einem Zyklon auswuchs. Sie fühlte keinen Schmerz.

Sie geriet ins Wanken, verlor aber weder ihr Gleichgewicht noch ihr Bewusstsein. /Was macht ihr da?/, hauchte sie. Und sie erhielt eine Antwort.

** Wir treffen Vorbereitungen.**

Sie blinzelte. /Ja, gut ... aber was bereitet ihr vor?/

** Wir bereiten dich darauf vor ... die Werkzeuge zu erhalten, die du benötigen wirst.**

Und dann begann ihr Bewusstsein zu flattern wie Augenlider, bevor man ohnmächtig wird, doch nur einen Lidschlag lang, so, als ob sie eingenickt, sich aber wieder gefangen hätte. Und als sie dieses eigenartig schummrige Gefühl wegblinzelte, war ihr, als ob unzählige glitzernde Lichtpunkte in der gespenstischen Höhle um sie herumtanzten und mit ihr sprachen. Doch noch bevor sie sie fragen konnte, wer oder was sie denn seien, verschwanden sie.

»Jul', bist du okay? Melde dich, Süße!« Georgia sprach mit besonderem Nachdruck – in ihrer Stimme lag zwar keine Panik oder Beunruhigung, doch wiederholte sie den Satz wieder und wieder, um Julies Aufmerksamkeit zu erlangen.

»Hmm? Oh. Ja. Ja klar. Mir geht's gut«, meinte Julie leise und trat einen Schritt vom Translator zurück. Moment mal – hatte sie sich dem Ding nicht nähern sollen? Was war da eben nur passiert?

»Was machst du gerade, Julie? Erzähl uns, was du gesehen hast! Hast du irgendetwas gehört? Sprich mit mir, Julie, sprich endlich mit mir!«

»Äh, ja. Ich ... habe ihn gespürt. Ihn ... den Translator, seine Präsenz. Ich bin sicher, dass er mich wahrgenommen hat.« Sie war sich zudem fast sicher, dass sie gerade eben eingedöst war, nur für eine Sekunde etwa. Das schien ihr allerdings völlig unmöglich bei all dem Adrenalin, das durch ihren Körper schoss.

»Was genau hast du gespürt, Julie? Entfernst du dich jetzt gerade von der Maschine? Sprich bitte immer weiter! Bleib immer schön bei mir, okay?«

»Wie meinst du das?« Julie schüttelte den Kopf, um ihn freizubekommen. Etwas war passiert, hier, in ihrem Verstand. Sie konnte nur nicht recht bestimmen was.

»Deine Herzfrequenz ist eben nach oben geschossen und dann für mehrere Sekunden abgefallen – runter in den Keller! Jetzt steigt sie wieder. Hast du das Bewusstsein verloren?«

»Ich bin ... mir nicht sicher.«

»Nun, ich glaube, du bist ohnmächtig geworden. Und ich glaube, du solltest da jetzt rauskommen!« Georgia klang nun ziemlich besorgt. »Du musst mir alles erzählen, woran du dich erinnerst. Und alles, was dir auch nur durch den Kopf gegangen ist, bevor du bewusstlos geworden bist!«

»Okay.«

»Was ist passiert, als du dieses Gefühl von Präsenz zum ersten Mal gespürt hast?«

Julie musste mehrmals heftig die Augen zusammenkneifen. Wenn sie jetzt zum Translator hinübersah, hatte sie das Gefühl, zwischen ihr und der außerirdischen Maschine sei eine Barriere. Er wollte nicht mehr, dass sie sich ihm näherte.

Nimm dir Zeit zur Eingewöhnung!, forderte eine sanfte sie Stimme auf – irgendwo ganz tief in ihrem Denken und Fühlen.

»Okay«, murmelte sie, halb zu der Stimme, halb zu Georgia. »Er hat mit mir gesprochen. Aber es ist nicht so, dass ich genau verstanden hätte, was ...« Ihre Stimme schwankte. Da war doch *noch immer* diese

Stimme in ihrem Kopf! Dabei hatte sie doch die Verbindung zu dem Translator abgebrochen! John hatte in seinem Brief von einer außerirdischen Intelligenz gesprochen, die sich irgendwie in ihm eingenistet hatte, in seinem Verstand wohnte. War das auch bei ihr so, wohnte jetzt in ihrem Kopf ein außerirdisches Wesen?

Wir sind kein Quarx. Es gibt nur ein Quarx, und es lebt mit John zusammen.

Lebt mit John? Sie musste erneut blinzeln, fragte sich, ob sie das tatsächlich richtig verstanden hatte. *Lebt*? Sie schüttelte den Kopf. /Wenn ihr kein ... Quarx seid, was seid ihr dann? Wenn ihr nicht der Translator seid .../

Wir sind Tochtersteine.* Wir *sind* Teil *des Translators.

/Tochtersteine?/ Wieder konnte sie nur den Kopf schütteln. Sie starrte durch ihr Helmvisier hinaus auf all die blendend hellen Lichter, die sich in den durchscheinenden Eiswänden der Höhle spiegelten. Bildete sie sich das alles nur ein? Plötzlich fühlte sie einen leichten Schlag wie von einer elektrischen Entladung in ihren beiden Handgelenken. Sie hob die behandschuhten Hände – und ihre Arme gleich mit, die von dem robusten, isolierenden Gewebe des Raumanzugs umhüllt waren. Ganz kurz hatte sie die Illusion, sie könne durch die Ärmel des Raumanzugs auf ihre bloßen Handgelenke sehen – und was sie sah, eingebettet in ihr Fleisch, waren pulsierende Perlen aus Licht. *Tochtersteine ...*

Die Stimme sprach erneut zu ihr, als Julie verängstigt nach Luft rang.

Es gibt keinen Grund, uns zu fürchten. Es gibt viel, das wir dir mitzuteilen haben.

/Mir mitzuteilen ...?/

»Julie?«, rief Georgia. »Red doch weiter, Mädchen! Kim, ich glaube, es wär besser, du gehst rein und …«

Du musst ganz allein entscheiden, ob du uns vertraust. Doch wir müssen gemeinsam eine Reise unternehmen. Zuerst müssen wir auf deinen Heimatplaneten reisen …

31
Das härteste Stück Arbeit

Bandicut konnte die ihm aufgezwungene Wartezeit kaum ertragen. Als Antares ihn fragte, ob er sie in Kailans Labor begleiten wolle, sagte er gleich zu. Er hatte bereits zwei ganze Tage mit Warten verbracht, und wusste ehrlich nicht mehr, wie lange er es noch aushalten würde, nichts weiter zu tun, als in die düstere Welt der ewigen Ozeannacht hinauszustarren. Jedweder Bericht, der einging, war vielversprechend... aber auch nicht mehr. Die Roboter berichteten über Fortschritte in der Fabrik; S'Cali berichtete über Fortschritte, die sie im Wrack der Astari bei der Versorgung der Verletzten und Kranken machten, bei der Reparatur des beschädigten Tauchbootes und beim Sammeln der benötigten Rohstoffe für die Fabrik. Zurzeit warteten sie auf ein Überwasserfahrzeug der Astari, das weitere Hilfslieferungen bringen sollte. Alles zusammenaddiert, hieß das für Bandicut einfach nur, dass er noch länger würde warten müssen.

»Was macht Li-Jared so?«, fragte Bandicut Antares, als sie in der hinteren Sektion eines kleinen Tauchbootes saßen, das sie zu Kailans Habitatkuppel bringen sollte.

»Er trauert um Harding«, meinte Antares leise, »und arbeitet deshalb umso härter daran, sich von diesen Gedanken abzulenken. Er wollte letzte Nacht nicht einmal mehr in unser Quartier zurückkehren. Ich glaube, er wollte die ganze Nacht durcharbeiten.«

»Er ist ein sehr leidenschaftlicher...«, Bandicut wollte schon »Mensch« sagen, sagte aber stattdessen: »... Gefährte.«

Antares legte die feingliedrigen, langen Finger auf Bandicuts Hand. »Ja, und er ist jemand, der sich sehr um seine Freunde sorgt.«

Sie sah ihm einen langen Moment in die Augen. »Vielleicht hast du es nicht bemerkt, weil es dir selbst so schlecht ging – aber er hat Harding seine Tochtersteine vor allem deshalb gegeben, weil er Angst um dich hatte.«

Bandicut stockte der Atem. War ihm das bewusst gewesen? Er hatte nicht viel über die Sache nachgedacht ... nachdenken *können* – denn er erinnerte sich nur recht verschwommen an die Situation mit Harding. Trotzdem konnte er jetzt Li-Jareds Sorge nachempfinden, seine *Angst,* für die er sich so schämte – und seine Hoffnung, vielleicht doch selbst etwas bewirken zu können.

///Antares wiederholt ihre Erinnerungen
an alle Gefühle für dich.
Oder vielleicht sollte ich sagen,
sie erinnert sich gerade sehr lebhaft daran.///

Bandicut nickte Antares langsam zu. »Glaubst du, wir können irgendetwas für ihn tun?«

»Ich fürchte, wir können nichts weiter tun, als in seiner Nähe zu sein. Ich weiß zu wenig über karellianische Emotionen, um dir einen besseren Ratschlag geben zu können.« Antares schloss kurz die Augen. »Und du – du sorgst dich um deine Roboter und, ich glaube, über einfach alles, was noch passieren wird in nächster Zeit. Sag mir bitte, ob ich etwas für dich tun kann!«

Bandicut ergriff ihre Hand, und schließlich lächelte er dankbar.

Der Antrieb des Tauchboots summte, als der Pilot das Boot in eine Kurve steuerte: Sie näherten sich Kailans Habitat.

Bandicut arbeitete einen ganzen Tag lang gemeinsam mit den anderen, allerdings ohne viele befriedigende Ergebnisse zu erzielen. Er hatte versucht, Kailan zur Hand zu gehen, ihr bei der Sammlung nützlicher Informationen über die Astari, die Fabrik und den Todesschlund zu helfen – über alles, was sie nur entdecken konnten. Aber sie entdeckten nicht viel. Kailan war der Meinung, dass es durchaus relevante Informationen in den Aufzeichnungen der Neri gab. Dummerweise waren diese Informationen über alle Aufzeichnungen verstreut, verloren in einem Wissensfundus, dessen Aufbau eher verwirrte als erhellte und dessen Benutzer- und Verknüpfungshinweise in den Wirren der Zeit verloren gegangen waren. Oder mit dem Auftauchen des Todesschlundes.

Li-Jared blieb entschlossen am Ball, überzeugt davon, dass jedes Detail, das sie ausgraben könnten, nützlich sein könnte. Auch Kailan glaubte an diese Strategie, und Bandicut gab beiden Recht. Es war durchaus sinnvoll, alles zu herauszufinden, was es zu erfahren gab. Doch Müdigkeit lähmte ihn; er konnte sich längst nicht mehr auf das konzentrieren, was er gerade tat.

///Du bist schon eine ganze Weile hier.
Meinst du nicht,
du solltest mal eine Pause einlegen?///

Bandicut seufzte. /Ja, vermutlich./ Antares hatte das Labor schon vor einer Weile verlassen, um ein wenig spazieren zu gehen, und Kailan war in ein Gespräch mit Li-Jared vertieft. Er stand von der Konsole auf, an der er so lange zusammengekauert gesessen hatte, reckte und streckte sich und schlenderte aus dem Raum.

Bandicut landete in einer Lounge, in der sich die Neri – hier zumeist Frauen – während oder von der Arbeit erholten, etwas aßen oder tranken oder mit dem

Nachwuchs spielten. Um diese Zeit war die Lounge leer und verlassen; erstaunt stellte Bandicut fest, wie lange sie schon im Labor gemeinsam vor sich hin gearbeitet hatten. Wahrscheinlich lagen jetzt alle außer ihnen in tiefem Schlaf. Er wanderte hinüber zur Kuppelwand und blickte ins Wasser hinaus, wo Lampen einen für Fische eingefriedeten Bereich beleuchteten – die Einfriedung bestand offenbar aus einer Art Flechtwerk, das, offenbar nicht dem Zweck diente, die Fische darin festzuhalten. Mehrere kleine Schwärme von halb durchsichtigen, halb silbrig glänzenden Fischen sammelten sich dort, ungeachtet dessen, dass sie jederzeit aus der Einfriedung hätten hinausschwimmen können.

»Es hat etwas mit der Strömung zu tun, glaube ich.«

Bandicut sah auf, überrascht, Antares neben sich zu erblicken. Sie deutete hinüber zu einer der halb geschlossenen Reusen, in deren Endstück sich, von einer trägen Strömung hineingespült, Schwebeteilchen sammelten. Unter den Schwebteilchen war auch Futter, genau dort, wo sich die Fische zum Schwarm zusammenfanden. »Es sieht aus, als ob sie sich da besonders gern aufhalten.«

Bandicut nickte nur, sagte aber nichts. Jetzt entspannte es ihn, in das Smaragdgrün und das Weiß des Lichts dieser künstlich beleuchteten Ozeanwelt zu blicken. Zwei Neri-Schwimmer kamen in Sicht, glitten durch Bandicuts und Antares' Blickfeld zu der Farm; ein einzelnes Tauchboot war unterwegs wie ein schläfriger Fisch mit Scheinwerfern, drehte langsame Pirouetten in der Nacht – welchen Wartungsarbeiten das auch immer dienen mochte.

»Auf der nächsten Ebene gibt es einen netten, kleinen Raum mit einer Kuppel, wo wir ganz unter uns sein können, wenn du dich gerne ein bisschen unterhalten möchtest.« Antares hielt einen Korb mit Früchten hoch. »Ich komme gerade aus einer der Vorratskammern. Wir könnten – wie würdest du das doch gleich nennen? – ein Picknick veranstalten.«

Bandicut sah sie entgeistert an, verblüfft von der Idee eines Picknicks auf dem Meeresgrund. Es war so absurd, dass er in Lachen ausbrach.

»Ist das keine gute Idee?«, erkundigte sich Antares und verzog den Mund zu einem unsicheren Thespi-Lächeln.

»Nein, nein – ich meine, ja, doch klar, es ist eine gute Idee!«, lachte er. »Eine ganz wunderbare Idee! Danke!« Er lächelte ein Menschenlächeln, dann bedeutete er ihr mit einer Geste, voranzugehen und ihm den Weg zu weisen.

Es war ein kleiner Aufenthaltsraum mit einer Halbkuppel, durch die man nach draußen sehen konnte. »Hier übernachte ich immer, wenn ich nicht in die andere Habitatkuppel zurückkehre. Bitte, nimm doch Platz!« Antares zog ein großes Kissen in die Mitte des Raumes, Bandicut nahm sich ein anderes und tat es ihr gleich. Und dort saßen sie, den Korb mit den Früchten und anderen Dingen zwischen sich, und teilten, was sie im Korb fanden: kleine, nach Hefe und bitterem Brot schmeckende Brotfrüchte und orangefarbene, wachsweiche Früchte in Birnenform sowie Zöpfe aus getrockneten Algen. Sie aßen in freundschaftlichem Schweigen.

Nach einer Weile meinte Antares: »Meinst du, wir wurden absichtlich hierher geschickt, um den Leuten hier zu helfen? Konnte jemand auf dem Weltenschiff von dem Kampf der Neri mit den Astari, dem Todesschlund und der stillgelegten Fabrik *wissen*?«

Bandicut musterte ein Brotfruchtstück und dachte

über die Normalisation nach, die es ihm möglich machte, hier unter – wie viel war es wohl? – zwanzig oder dreißig Atmosphären Druck zu sitzen, die ihm nicht völlig bekannte Atemluftmischung zu atmen und fremdartige Pflanzen zu essen, deren Genuss ihn unter anderen Umständen wahrscheinlich umgebracht hätte. »Mir fällt es schwer, eine andere Erklärung zu akzeptieren«, beantwortete er Antares' Frage. »Mich beschäftigt es nicht sosehr, ob sie uns absichtlich hergebracht haben, meines Erachtens haben sie nämlich genau das getan – wer immer ›sie‹ sind. Vielmehr wüsste ich gern, ob sie vorhaben, uns auch wieder von hier fortzubringen. Oder sollen wir den Rest unseres Lebens hier auf dieser Welt, in den Tiefen dieses Ozeans verbringen?«

»Oder vielleicht oben auf dem Land bei den Astari«, sinnierte Antares.

»Oder oben bei den Astari«, stimmte er zu. »Es ist keine üble Welt. Es ist recht hübsch hier, in mancherlei Beziehung. Und unsere Freunde... L'Kell, Kailan und die anderen alle. Aber es ist nicht wie Zuhause, oder?«

Sie schürzte die Lippen und atmete langsam aus. »Nein, es ist nicht wie Zuhause.« Sie kaute nachdenklich auf einer Brotfrucht herum und fuhr fort: »Du vermisst deine Heimat sehr, nicht wahr? Und deine Lieben. Ich kann es in dir spüren.«

Er brummte. Er hatte nicht viel Zeit gehabt, um bewusst über den Verlust seines bisherigen Lebens zu trauern, doch als Antares es jetzt ansprach, weckte es in ihm den alten, tiefen Schmerz.

»Habe ich Recht?«, forschte sie nach.

Er nickte. »Bisher ist einfach so viel los gewesen, dass ich nicht großartig darüber nachdenken konnte. Aber ja. Ja, ich vermisse sie: meine Heimat, mein Zuhause, die Menschen, die ich liebe.« Er richtete den Blick auf Antares und gestand sich ein verwirrtes Lächeln zu, während er unvermittelt an Julie Stone dachte – und dann, übergangslos, an Antares. Die Thespi-Frau beobachtete ihn eingehend. »Aber da gibt es so viel, dass ich gerne über dich und deine Heimat wissen würde.«

»Wie zum Beispiel ...«

»Ich weiß nicht so genau. Wie bist von deiner Welt nach Schiffwelt gekommen? Ist deine Welt vor dem Untergang gerettet worden wie meine? Anders als Iks Welt, die unterging? Was möchtest du mir von deiner Heimat erzählen?«

Sie verzog die Lippen zu einer Art Lächeln, wie Bandicut meinte. »Ich habe keine Ahnung, was aus meiner Welt geworden ist. Soweit ich weiß, war sie nie in irgendeiner Gefahr.«

»Nicht in Gefahr?«

»Nein. *Ich* war dagegen in großer Gefahr. Ich war im Gefängnis und wartete auf meine Hinrichtung.«

Er erinnerte sich plötzlich an ein Bild, das bei der Verbindung ihrer Steine zu ihm hinübergeflossen war. »Die verbotene Liebe!«

Antares nickte. Dieses Mal war es eindeutig die menschliche Geste wortloser Zustimmung. Sie hatte ihn genau beobachtet.

Bandicut fühlte unvermittelt einen Kloß im Hals, als er daran zurückdachte, wie die Mauern zwischen ihnen gefallen waren, die bei ihrer Verbindung die Grenze zwischen ihnen markiert hatten. »Und jetzt meinst du, tief in dir drin, dass du nicht mehr lieben kannst. Oder ... mit jemandem ... zärtlich werden kannst. Ist doch so, oder?«

Eine Weile blieb sie still, und Bandicut spürte, wie sie von ihren Gefühlen hin und her gerissen wurde. Sie berührte seine Hand. Er ergriff ihre Hand, drehte sie mit der Handfläche nach oben und legte sie in die seine. So hielt er sie eine ganze Weile. Ihm war klar, dass Antares wusste, was er mit »zärtlich miteinander werden« gemeint hatte. Zumindest *ahnte* sie, was er meinte. Er fragte sich gerade, wie Thespi-Frauen wohl körperlich liebten und wie es sich für sie anfühlte. War es eine empathische Sturzflut freigesetzter Gefühle? War es wie bei der Verbindung zweier Menschen, ein Anstieg, ein Crescendo körperlicher Begierde? Hatte es überhaupt etwas mit Sex zu tun? Er dachte, er könne sich aufgrund der Verbindung ihrer Steine an Andeutungen dieser Art erinnern, aber worauf diese Andeutungen abzielten, wusste er nicht zu benennen.

Antares nahm seine Hand und presste sie gegen ihre Kehle, genau über ihren oberen Brüsten. Bandicut fühlte, wie seine Steine lebendig wurden, ihre Steine berührten ... auf eine *andere* Art und Weise als beim letzten Mal. Sogar beunruhigend anders. Aber nicht allein beunruhigend: Da existierte eine bisher nicht gekannte Schärfe und Aufgeregtheit. Es war, als seien die Erinnerungen, die sie bisher in Form von Bildern umwirbelt hatten, nun ihrer Bildhaftigkeit beraubt; nichts als reine Emotion war übrig und die eigenen körperlichen Wahrnehmungen. Und dann neue Bilder: Berührungen. Zärtliches Streicheln. Fingerspitzen auf bloßer Haut. Streicheln. Arme, die zueinander finden, Finger, die Körper erkunden. Fühlen und Gefühle, die untrennbar ineinander fließen, bevor überhaupt die körperliche Erregung erwacht. Später dann körperliche Erregung, das Auflodern von Feuer im Schoß. Gänsehaut, die die Arme entlangtanzt, den Nacken hinunterläuft. Das Knospen, Aufblühen der Brüste, das mit den Brustwarzen der oberen Brüste beginnt, überspringt auf die unteren, eins in der Erregtheit.

Körper, die einander umwinden, suchen, wo sie zueinander passen. Hände hier, Hände dort. Arme, die sich um den Körper schließen. Münder, die Schultern berühren, von einer Schulter zur anderen wandern. Finger, die durch Haar streichen. Und dann Körper, die sich eng aneinander pressen, nackte Haut auf nackter Haut, weiblicher Busen auf glatter männlicher Brust. Beine, die sich umeinander schmiegen, Unterleib, der über Unterleib streicht. Und schließlich sein kleiner Fühler, der sich aus seinem Bauch erhebt wie eine Funken sprühende Eruption und sich einbettet in der sanften Kuhle in ihrem Bauch ...

Und zwei Gefühlswelten, zwei Seelen, die einander umwinden und sich vereinigen

sich vereinigen

sich vereinigen, doch wer? Antares und

Wer? Der verbotene Liebhaber? Ensendor.

Und dann eine seltsame Wandlung. Für einen Augenblick eine Mauer aus Trauer.

Dann ging die Trauer über in eine andere Zeit, an einen anderen Ort, und die körperliche Vereinigung verblasste. Die Gefühle hingegen verblassten nicht, standen aber in einem neuen Zusammenhang. Die Körper kehrten zurück, veränderte, andere Körper – *er* war es, der sich mit jemand anderem vereinigte. Er bewegte sich langsam. Langsam. Er drang in den Körper ein, drang tief in ihn ein. Kostete den Moment aus, hob ihn sich auf. Seine Beine, seine Arme umschlangen sie, Julie; es war Julie, in die er eindrang, mit der er sich vereinigte. Sinnlichkeit, mit allen Sinnen empfinden, seinen Körper an ihrem, in ihr, und ihre Hitze umwogte ihn. Der Schauder, das Erzittern, dann die Eruption. Und sich langsam voneinander lösen ...

Bandicut musste die Augen schließen, bemerkte erst dann, dass Antares ihren Kopf an seine Schulter gebettet hatte. Ihr Haar berührte seinen Nacken, floss seinen Rücken hinab. Seine Hand – sein Handgelenk – war abgerutscht, lag nicht mehr oben an ihrer Kehle, sondern auf dem Brustansatz ihrer oberen Brüste. Er fühlte ihr Verlangen, sie war unsicher, verwirrt. Er ließ die Hand ganz langsam weiter nach unten wandern. Er legte die Hand um ihre linke obere Brust. Streichelte sie zärtlich mit den Fingerspitzen. Fühlte ihre Brustwarze durch den weichen Stoff. Fühlte die Erregung wachsen in der Wärme der Berührung.

Das war falsch

nein

warum sollte es falsch sein

nicht falsch

anders

Ihre Hand lag über der seinen und drückte sie an sich. Auf die Stelle, wo es warm war, sich ihre Erregung zeigte. Er fühlte die Erregung überspringen, den kleinsten Funken Erregung.

Und ihre Gedanken: *Ja. Dort. Genau so.*

Er legte den anderen Arm um sie, und sie wiegte sich in seiner Umarmung; er spürte ihre Welle des Kummers über das, was gewesen war und hätte sein können, und die ängstliche Freude über das, was sein könnte. Und er hielt sie fest, hielt ihren Kummer und ihre Freude in seinen Armen, spürte, wie sie zitterte, als es sie durchströmte ...

Schließlich hob sie den Blick und sah ihm tief in die Augen, auf der Suche nach Erinnerungen. Schweigend öffnete sie ihren Jumpsuit und presste seine Hand auf ihre bloße Brust. Ihre Brustwarze war heiß und hart unter seiner Handfläche. Ihre Hand glitt seinen Arm hoch, sacht berührte sie seine Brust, durch den Overall hindurch. Dann wanderte ihre Hand tiefer. Und tiefer. Sie berührte seine Männlichkeit, zaghaft schloss sie ihre Hand darum. Sie fühlte seine Erektion durch den Stoff. Johns Atem flatterte.

Durch geöffnete Lippen atmete Antares ein und aus, offensichtlich erregt. Aber auch überrascht. Ein wenig verwirrt. Neugierig. »Wie *groß* deiner ist!«, hauchte sie. »Wie kann er nur so riesig sein?«

Er stöhnte vor Vergnügen und brach, jeden Instinkt und auch sein Verlangen vergessend, in Lachen aus.

»Wieso ... hab ich dir wehgetan?« Sie wollte die Hand schon zurückziehen.

»Oh nein! Nein, nein! Hör nicht auf ...«

»Aber ...« Ihre Augen waren groß und strahlend und goldfarben.

»Es ist nur, weil ...«, räusperte er sich, kaum in der Lage zu sprechen, »... wie hast du nur wissen können – so genau –, was du zu einem Mann wie mir sagen musst?«

Sie antwortete nicht, sondern ließ ein Thespi-Lächeln um ihre Lippen spielen und bewegte ihre Hand sanft, langsam, ließ sie den auf und ab schwellenden Wellen der Lust folgen. Antares dachte, flüsterte vielleicht sogar: *Zeig ihn mir,* und sie fand die Öffnung im Overall, holte sein Glied in die Wärme ihrer Hand und in die Sanftheit ihres Bauches ...

///Das war unglaublich ...
wirklich unglaublich ...
einfach fantastisch ...///

Bandicut schluckte, versuchte, sich auf alles und nichts zu konzentrieren. Hunderte von Gedanken schossen ihm durch den Kopf, keiner wollte sich festhalten lassen. Bandicut atmete langsam und tief durch, ließ seinen Blick zu Antares zurückwandern. /Ich hab nicht gewusst, dass du auch da warst./

///Aber ja doch – ich habe beobachtet,
habe teilgenommen.
War Teil der Vereinigung.
Ich hoffe, ich hab nicht gestört.///

/Nein. Danke der Nachfrage./

///Du warst wohl ziemlich ... benebelt ...///

/Nicht benebelt. Glücklich!/ Er berührte Antares' Haar.

///... und dennoch auf eine eigenartige Weise
völlig klar im Kopf!
Aber ich kann jetzt spüren, dass Antares
sich von dir zurückzuzieht.///

Er streichelte Antares' Wange. /Du solltest jetzt nicht anfangen, alles zu analysieren oder zu erklären – du solltest nicht .../

///Sie hält dich fest, hat Erfüllung gefunden,
auf eine gewisse Weise ...///

/Bitte!/

///Und jetzt ist sie traurig, verängstigt,
fürchtet sich davor, dich festzuhalten.///

Er liebkoste Antares' Gesicht mit den Fingerspitzen, dann zog er sie enger an sich. Ihr Kopf ruhte wohlig schön an seinem Hals und seiner Schulter. John küsste Antares' Stirn, küsste ihr Haar. Sie roch nach Kiefernnadeln und Moschus. /Wir wollen es einfach genießen, jetzt, solange es anhält! Was immer du wissen möchtest, frag mich einfach später danach! Nicht jetzt!/

///Na gut. Klar.
'tschuldigung.///

Sie schliefen ein, kaum dass sie ihre Kleidung zurechtgezupft hatten. Sie lagen eng aneinander, wie Löffel an Löffel, so eng, wie ihre nicht gerade füreinander geschaffenen Körper es zuließen. Bandicut hatte einen

Arm um sie gelegt; er wusste, dass das, was sie gerade miteinander geteilt hatten, vielleicht nur die Laune eines Moments gewesen war. Und dennoch wünschte er sich, er könne die Intimität zwischen ihnen halten, damit sie sich nicht in Luft auflöse, verginge oder verschwinde hinter einer Maske aus Vorsicht und Distanziertheit. Er wusste aber auch, während er in den Schlaf glitt, dass dies nicht in seiner Macht lag.

Sie erwachten sehr viel später – langsam, und fühlten sich wohl dabei, waren aber peinlich berührt, als sie entdeckten, dass Li-Jared sich in einer anderen Ecke des Raumes zum Schlafen niedergelegt hatte. Antares drehte sich zu Bandicut um und erwiderte seine Umarmung. Dann setzte sie sich auf, strich sich das Haar aus dem Gesicht und begann, in dem Korb mit den übrig gelassenen Früchten herauszusuchen, worauf sie Appetit haben könnten. Li-Jared wurde ebenfalls wach und kam schläfrig zu ihnen herüber, um mit ihnen Essen und eine ruhige Unterhaltung zu teilen.

Schon bald erhielten sie die Nachricht, dass S'Cali mit dem Frachttauchboot vom Schiffswrack zurückgekehrt war und L'Kell eine Unterredung mit Bandicut wünsche. Bandicut nahm daraufhin das erste Tauchboot, das Kailan für ihn bereitstellen konnte, und ließ Antares und Li-Jared zurück, die weiter mit der Obliq in deren Labor arbeiteten.

Askelanda war der Erste, der ihn begrüßte, noch vor L'Kell. »Wir haben eine beachtliche Ladung Materialien – keine riesigen Mengen, aber wohl doch genug, um die Fabrik ausreichend beliefern zu können, wenigstens für den Anfang!«

Bandicut sah von Askelanda zu Ik, der gemeinsam mit S'Cali und den meisten der im Wrack zurückgebliebenenen Neri in die Stadt zurückkehrt war. »Hat die Fabrik um die Rohstoffe gebeten? Oder um die Maschinenteile? Oder um etwas anderes?«

Ik antwortete: »Hauptsächlich um die Rohstoffe. Einige sind vom Festland hier herausgebracht worden; anscheinend unterstützen wenigstens die Astari der Küstenregion Morados Vereinbarung. Weiteres Material kommt aus den Laderäumen des Schiffswracks, mit dessen Untersuchung die Neri ja gerade erst begonnen hatten. Wir vermuten, dass es dort das meiste von dem, was der Fabrik fehlt, zu holen gibt. Aber wir haben nicht die nötigen Mittel, Gefundenes auf den Gehalt der erwünschten chemischen Stoffe zu testen. Ich fühle mich durchaus imstande zu bestimmen, welche geborgenen Gegenstände Kupfer enthalten: Es findet sich beispielsweise in den dicken Spiralen. Den Rest haben wir mitgebracht, ausgesucht nach bestem Wissen und Gewissen der Astari. Es wird wohl so ablaufen, dass letztendlich die Fabrik ermittelt, ob alles da ist, was sie benötigt.«

»Und die Fabrik dürfte jetzt für uns bereit sein!«, erklärte L'Kell, der aus einem anderen Raum herbeigeeilt kam.

»Hast du Neuigkeiten von den Robotern?«, erkundigte sich Bandicut.

»Eine neue Nachricht! Sie berichten, die Programmierung verlaufe zur vollen Zufriedenheit, aber der Neustart der Selbstreparatursequenz und Produktionsabläufe erfordere die Anlieferung der benötigten Rohstoffe.«

»Wie ist es mit der Übermittlung einer Nachricht an die Roboter gelaufen?«

»Das ist die andere Neuigkeit: Delent'l ist heute Morgen runter, um Targus abzulösen, und er hat schließlich die Eintrittsmembran unter dem Schlamm und

Schlick entdeckt. Er konnte sogar eine Sonde einführen. Trotzdem sind wir nicht ganz sicher, was die Übermittlung der Nachricht angeht. Möglicherweise haben die Roboter nicht alles, was Delent'l durchgegeben hat, verstanden. Delent'l hat versucht, ihnen zu erklären, du kämst in der Sternenkoppler-Sphäre, und er bekam eine Antwort, die klang wie …«, L'Kell sprach mit tieferer Stimme, um menschlicher zu klingen, »… ›Horrido, Captain!‹«

Bandicut brach in Gelächter aus.

»Ergibt das für Euch Sinn?«, wünschte Askelanda zu wissen.

»Ja, es ergibt Sinn! Ich glaube, Ihr könnt es einfach als ein ›Ja‹ betrachten«, versicherte Bandicut dem Ahktah.

»Dann ist jetzt die Zeit da, um sich auf Euren Aufbruch zur Fabrik vorzubreiten«, meinte Askelanda. Er wandte sich an den anderen Neri. »Hängt bitte die Sphäre unserer Gäste an das Tauchboot an.« Dann fragte er Bandicut: »Möchtet Ihr irgendjemanden bei Euch in der Sphäre haben?«

Einen Moment lang dachte Bandicut nach. »Ik, würdest du mit mir kommen? Es könnte ein gefährliches Unternehmen werden. Aber sicherlich könnte ich deinen Rat und deine Klugheit bei der Sache gut gebrauchen.«

Nimm alle mit.

Bandicut blinzelte verwirrt, als er so unerwartet die Stimme der Translatorsteine vernahm. Zuerst reagierte er besorgt. /Char? Char, bist du noch da? Ist alles in Ordnung mit dir?/

///Ja, ich bin hier.///

/Warum haben die Steine mit mir gesprochen, einfach so direkt mit mir? Bisher haben sie das nie getan, solange du da warst!/

///Ich glaube ... sie wollten einfach
ihren Standpunkt glasklar rüberbringen.///

/Sie wollen, dass ich wirklich alle mitnehme? Einfach so? Hast du eine Ahnung warum?/

///Ich glaube, sie halten diese Mission
für den alles entscheidenden Faktor.///

Verwirrt versuchte er, hinter den Sinn des Wunsches zu kommen, den die Steine geäußert hatten.

///Niemand erwartet von dir,
dass du in der Lage bist,
alles im Alleingang zu regeln.
Das solltest du auch nicht versuchen.
Die Steine wollen von dir,
dass du sozusagen den Kernspin veränderst,
den Ereignissen einen Drall
in eine andere Richtung gibst.///

/Das heißt?/

///Deshalb sind wir hier;
darum geht es wahrscheinlich hier auf dieser Welt.
John, ich bin mir nicht ganz sicher ...
ob wir wieder in die Neri-Stadt zurückkehren werden.
Und frag mich bitte nicht, wie ich darauf komme!///

Bandicut schluckte schwer. Er sah von Ik zu L'Kell, dann zu Askelanda und sagte: »Um die Wahrheit zu sagen, halte ich es für am besten, wenn wir alle gingen. Ik, Li-Jared und Antares. Das wird eine richtig wichtige Mission, die wir da vor uns haben. Ich glaube, ich könnte dabei jede Hilfe ... brauchen, die ihr mir geben könnt. Ich möchte, dass wir ...«, er stockte, dann sprach er weiter: »... alle zusammenbleiben.«

Ik betrachtete ihn aufmerksam mit seinen glitzernden hraachee'anischen Augen. »Dann sollte ich wohl alle zusammentrommeln, nicht wahr?«

Bandicut nickte, wagte aber nicht zu sprechen, da er seiner Stimme nicht traute.

32
Die Fabrikintelligenz

Das Areal, auf dem die Fabrik stand, wirkte noch desolater als zuvor. Im Wasser schwebten Sand und Schlick wie feiner Nebel, der über den Boden kriecht. Felsbrocken und von den Erschütterungen des letzten Bebens herausgerissene Teile des Fabrikgebäudes ragten aus dem Nebel wie buckelige Gespenster, düster und stumm. Einen Augenblick lang verunsichert, rieb Bandicut sich die Augen, weil er nicht wusste, ob es seine Erschöpfung war oder der im Wasser wabernde Dunstschleier, der ihm die Sicht trübte. Er blickte durch die hintere Sichtkanzel zurück, zum hundersten Mal wahrscheinlich, um sicherzugehen, dass die Sternenkoppler-Sphäre immer noch am Tauchboot hing. Die Sphäre war immer noch da, wo sie sein sollte, und hinter ihr konnte Bandicut die Frontscheinwerfer des Frachttauchboots erkennen. Sein Blick fiel auf Antares, und sie verzog die Lippen zu einem kleinen, beruhigenden Lächeln. Ihre Gefühle konnte er nicht klar empfangen, aber sie versuchte, Ruhe und Gleichmut an ihre Umgebung abzustrahlen.

»Machst du dir Sorgen?«, fragte Ik.

»Ich bin nervös wie ein Bräutigam vor dem Altar«, antwortete Bandicut und lugte aus der Frontkanzel, in der Hoffnung, den Eingang zur Fabrik zu entdecken.

Er hätte sich nicht so viele Sorgen zu machen brauchen. Delent'l hatte die Eintrittsmembran mit einer Sonarboje markiert. L'Kell lokalisierte die Boje schnell und steuerte das Boot zu ihr. »Wir sollten jetzt die Sonde durch die Membran lassen«, meinte er.

»In Ordnung.« Bandicut übernahm die Steuerung des Greifarms und begann, die mit einem Lautsprecher ausgestattete Sonde auszusetzen. Plötzlich drang eine Stimme aus dem Außenhydrofon und unterbrach Bandicut bei seiner Arbeit.

»Hier spricht Copernicus. Wir nehmen Vibrationen wahr, die auf die Anwesenheit eines Tauchbootes schließen lassen. Wenn diese Schlussfolgerung richtig ist, geben Sie uns als Bestätigung drei Pingsignale!«

L'Kell sendete mit dem Sonar die vereinbarten Pings. Der Laut hallte dreimal im Druckkörper des Tauchbootes wider und klang, als reiße eine Klaviersaite.

»Danke. Wenn John Bandicut bei Ihnen ist, senden Sie drei Pings!«

Ping. Ping. Ping.

»Danke.« Der Roboter wechselte vom Neri ins Englische. »Hallo, Capt'n. Wir haben alle Vorbereitungen getroffen, damit Kontakt hergestellt werden kann. Bitte ziehen Sie sich mit dem Tauchboot um etwa zwanzig Meter zurück, während wir das Areal räumen.«

L'Kell ließ das Boot um die gewünschten Meter zurückfallen. Einen Augeblick später türmte sich eine große, weiße Wolke aus Schlick und Sandpartikeln vor dem Tauchboot auf, die die Frontscheinwerfer nicht durchdringen konnten. Die Wolke trieb langsam auf das Boot zu, verdunkelte die Frontkanzel des Piloten; erst nach und nach klärte sich die Sicht wieder. Wo die Insassen des Tauchbootes zuvor nur einen Sedimentberg gesehen hatten, erkannten sie nun eine pulsierende Membran, die sich rhythmisch nach Art eines Ballons nach außen blähte und so die letzten Reste an Sand, Schlick und Geröll von ihrer Oberfläche beförderte.

»Lass uns ausprobieren, ob Copernicus uns hört, wenn wir über die Außenlautsprecher mit ihm sprechen«, meinte Bandicut zu L'Kell. L'Kell legte einen Schalter um, und Bandicut versuchte sein Glück. »Coppi, hier spricht Bandicut! Kannst du mich hören? Die Eintrittsmembran ist jetzt viel deutlicher zu sehen.«

»Ausgezeichnet, Capt'n! Befinden Sie sich schon in der Sternenkoppler-Sphäre?«

»Noch nicht. Wie sollen wir eurer Meinung nach vorgehen?«

»Wir sollten uns zuerst um die Rohmaterialien kümmern. Haben Sie mitgebracht, wonach wir gefragt haben?«

»Alles, was wir mitgebracht haben, befindet sich im Frachttauchboot hinter uns. Die Neri können es absetzen, wo immer ihr es hinhaben wollt.«

Die Stimme des Roboters schien durch den Meeresgrund zu vibrieren. »Dann sollten wir sofort mit dem Umladen beginnen. Bitte passen Sie jetzt genau auf und berichten Sie mir bitte, was Sie in dem Areal etwa dreißig Meter über der Eintrittsmembran sehen können! Das ist knapp zehn Meter entfernt von dem hohen Schlot, dem Black Smoker dort hinten.«

L'Kell zeigte hinüber zu der Stelle, die Copernicus beschrieben hatte, verständigte dann S'Cali im Frachttauchboot und wendete sein eigenes Boot, um eine bessere Sicht auf die Stelle zu bekommen. Erneut stoben Sand und Schlick auf, und als sich dieses Mal die Sicht klärte, konnten die Neri und ihre Helfer von den Sternen eine horizontale Membran auf dem Meeresgrund entdecken. Sie sah aus wie eine große metallische Persenning, die über – ja, über was nur gezogen war? Bandicut konnte sich diese Frage nicht beantworten. Dann beschrieb er Copernicus, was sie sahen.

»Der Pilot soll nach eigenem Ermessen auf die Membran zuhalten«, gab der Roboter die nächste Anweisung. »Wenn die Ladung massiv und vor allem wasserdicht verpackt ist, soll er sie einfach über der Membran abwerfen!«

»Bereite mich auf Abwurf vor!«, hörten sie S'Calis Stimme aus dem Com. »Ich brauche etwa eine Minute zum Abschluss der Vorbereitungen.« L'Kell und Bandicut verfolgten aufmerksam, wie das große Tauchboot über die Membran manövriert wurde – es glich einer Henne, die sich auf ihr Nest setzen wollte. Ein paar Augenblicke später bestätigte S'Cali, dass er die Ladebucht geöffnet und die Ladung abgeworfen habe.

»Ladung erhalten«, bestätigte nun auch Copernicus. »Die Inhaltsstoffe werden nun analysiert und aufgeschlossen, Kupfer und die anderen chemischen Elemente herausgelöst und der Rohmaterialverwertung zugeführt. Vielen Dank. John Bandicut, möchten Sie, während diese Prozesse ablaufen, den Kontakt mit der Fabrikintelligenz initiieren?«

Bandicut holte noch einmal tief Luft, bevor er antwortete. »Okay. Ich begebe mich jetzt in die Sphäre.« Er warf seinem Neri-Freund einen fragenden Blick zu.

L'Kell übernahm die Steuerung der Winsch und holte die Kabel ein, mit denen die Sphäre am Boot befestigt war. Bandicut beobachtete durch die Heckkanzel des Tauchbootes, wie die Sphäre aufstieg und dann über das Tauchboot gezogen wurde. L'Kell duckte sich und schaute durch ein kleines Bullauge nach oben, dann holte er die Kabel weiter ein, bis die Sphäre genau über dem Ausstiegsturm des Tauchbootes ansaß. Schließlich holte der Neri die Bug- und Heckbefestigungskabel dicht, sodass die Sphäre fest an das Boot gepresst wurde, direkt auf das Ausstiegsluk.

Sie hatten das Manöver in relativ geringer Wassertiefe geprobt, nämlich inmitten der Neri-Stadt, mit vielen Neri-Schwimmern rings um Sphäre und Tauchboot, die L'Kell assistiert hatten. Sie hatten sich ausgerechnet, dass es möglich sein müsste, vom Tauchboot in die Sphäre und wieder zurück zu wechseln, während der Innendruck in Boot und Sphäre niedriger war als der Außendruck im Ozean. Nur: Die Druckunterschiede bei ihren Probeläufen in der Neri-Stadt waren Kinderkram gegen das Druckdifferenzial, mit dem sie es hier auf dem Tiefenniveau der Fabrik zu tun hatten. Tausende von Kilo pro Quadratzentimeter pressten gegen den Rumpf des Tauchbootes, bereit, jede strukturelle Schwachstelle zu nutzen, um es zu zerquetschen. Würden die Schotten halten? Wenn sie brächen, würde dann allein er, John Bandicut, dabei umkommen oder würde er alle seine Freunde mit in den Tod reißen?

Es wurde Zeit, die Probe aufs Exempel zu machen.

Bandicut drehte sich um und zwängte sich zwischen Antares und Li-Jared in das Heckteil der engen Kapsel. Als er an Antares vorbeikam, griff sie nach seiner Hand und suchte seinen Blick. Es gelang ihm zu lächeln. Dann kletterte er hoch in den Einstiegsschacht des Bootes, hinauf zur Luftschleuse.

Kaum hatte er den metallenen Lukendeckel der Schleuse erreicht, rief Ik zu ihm hinauf: »Bist du sicher, dass keiner von uns mitkommen soll?«

Bandicut sah zu seinen Freunden hinunter. »Später. Lasst mich jetzt erst einmal ausprobieren, wie es funktioniert. Kannst du mir bitte helfen, das Luk hinter mir zu schließen?«

Er ließ den Lukendeckel zufallen und zog die Verriegelung an. Nun befand er sich in einem engen Zylinder, der lediglich von einer kleinen Neri-Lampe beleuchtet wurde. Bandicut war inzwischen schon oft durch diesen Einstiegsturm geklettert, aber jetzt, wo sowohl das Boden- als auch das Deckenluk geschlossen waren, kam er ihm deutlich enger vor. Schließlich hob er die Hände über den Kopf und begann, die Verriegelung des Deckenluks zu öffnen. Er beeilte sich, um fertig zu sein, bevor ihm die Nerven durchgingen.

*///Wenn der Außendruck auf das Schott
zu hoch ist, bist du möglicherweise
gar nicht in der Lage, das Luk zu öffnen.///*

Er wischte sich den Schweiß von der Stirn, der ihm schon in die Augen lief. /Richtig./ Und er würde sie ebenso wenig öffnen können, falls die Sphäre ihn daran hinderte, den Lukendeckel aufzuklappen und durch ihre Membran zu lassen, weil sie ansonsten dem enormen Wasserdruck von allen Seiten nicht standzuhalten vermochte und implodieren würde. Er stieß den Lukendeckel mit ganzer Kraft nach oben. Zuerst spürte Bandicut Widerstand, doch dann gab der Deckel ein wenig nach. Der Stein in seinem linken Handgelenk flackerte, und die Luke schwang auf. Ein wenig Wasser, das sich zwischen Luke und Membran gesammelt hatte, nicht mehr als ein Becher voll, ergoss sich nach unten. Bandicut streckte seinen Kopf zunächst durch die Luke, dann durch die Membran der Sternenkoppler-Sphäre, und holte tief Luft. Die Luft roch ... anders ... als sei sie mit etwas Ozon angereichert. Aber es war Luft, Herr Gott noch mal, richtige Luft!

Bandicut kletterte aus der Luftschleuse des Tauchbootes in einen dunklen, trockenen Innenraum. Dunkel, abgesehen vom Leuchten der Tauchboot-Scheinwerfer und der Heckleuchten, die die Finsternis der Tiefsee durchdrangen. Einen Moment lang überkamen ihn Schwindel, Angst vor der Enge und kaltes Entsetzen, als ihm dämmerte, dass er auf dem Grund eines tiefen Ozeans in einer Sphäre saß, die praktisch aus *nichts* bestand, vielleicht nichts weiter war als reine Energie.

///Ich für meinen Teil halte sie für recht stabil.///

/Jaaa./

Es war so still, dass es unheimlich war. Er konnte seinen eigenen Herzschlag hören, jeden seiner Atemzüge und das metallische Stöhnen und Knarren des Tauchbootes unter der Sphäre. Die Stille war eine überwältigende Erfahrung. In Bandicut stieg die Erinnerung an die andersdimensionale Welt der Magellan-Fische auf, damals auf Schiffwelt: Das war wohl eine Erfahrung gewesen, die ihn auf das, was er hier und jetzt zu tun musste, hatte vorbereiten sollen.

///Es wär nicht schlecht,
wenn du dich jetzt konzentrieren würdest . . .///

/Oh ja, richtig! Himmel und Herrgott!/ Er holte tief Luft und schloss die Luftschleuse zum Tauchboot, dann kroch er dicht an die Sphärenwand, in der Hoffnung, dass die anderen unten im Tauchboot ihn nun durch die Frontkanzel sehen könnten.

Er hörte statisches Rauschen und Klicken, dann unvermittelt Worte, ziemlich klar und deutlich – und vor allem laut: »Können Sie mich hören, John Bandicut?« Die Worte kreischten in seinen Ohren, sie hätten von überall kommen können. Doch Bandicut wusste, dass L'Kell es war, der mit ihm sprach.

»Laut und deutlich! Kannst du die Sphäre nach vorne ziehen?«

Wimmernd zog die Winsch an, und die Sphäre begann sich zu bewegen. Als Bandicut zurückblickte, sah er, dass die Sphäre sich vom Ausstiegsturm und der Luftschleuse des Tauchbootes löste; und wieder begann sein Herz zu rasen. Der Bug des Tauchbootes glitt unter der Sphäre entlang, und Bandicut kauerte sich hin, um seinen Freunden durch die Frontkanzel zu winken. Er deutete nach vorn. »Lasst uns das Andockmanöver probieren, ja?« Die Sphäre kam auf der Nase des Tauchbootes zu liegen, und L'Kell steuerte das Boot vorsichtig auf die Eintrittsmembran der Fabrik zu. Als das Licht der Scheinwerfer auf die Membran fiel, veränderte sie ihre Farbe von Grau in schimmerndes Silber. Bandicut dirigierte L'Kell mit Handzeichen, bis die Sphäre die Eintrittsmembran berührte, über deren Oberfläche sich sogleich quecksilbrige Wellen kräuselten; ein dumpfes Aufschlaggeräusch, ein leises *Bumm* wie bei einer Kesselpauke, war zu hören.

Bandicut vernahm die Stimme von Copernicus; sie klang hohl, war dennoch klar: »Capt'n, sind Sie das? Sind Sie am Eintrittspunkt?«

»Ja, ich bin hier. Ich bin in der Sphäre.« Kaum hatten sich die Sphärenoberfläche und die Membran berührt, da legten sie sich zitternd zu einem glänzend-glatten Spiegel aneinander. »Was jetzt?«

»Können Sie hindurchfassen?«

»Das werden wir gleich sehen.« Die Druckunterschiede waren hier enorm: Die Roboter befanden sich im Inneren der Fabrik vermutlich auf einem Druckniveau von vielleicht vierhundert Atmosphären, in der Sphäre dagegen betrug der Druck vielleicht vierzig oder fünfzig Atmosphären. Wie viel konnte die Technologie des Sternenkopplers leisten und an Druckunterschied ausgleichen? Konnte die hoch entwickelte Technologie des Weltenschiffs den Menschen beschützen, der auf sie angewiesen war? Bandicut seufzte, holte Luft und hielt sie an, als er seine Hand gegen die Haut der Sphäre stieß. Es fühlte sich an, als ob sie nachfedere – wie das unverwüstliche

Nichts eines Kraftfeldes. Er drückte kräftiger gegen die Sphärenmembran. Die Verbindungsfläche zwischen Sphäre und Fabrikmembran kräuselte sich wie Wasser, in das man einen Stein fallen lässt, und Bandicuts Hand glitt langsam durch die Sphärenmembran hinein in die der Fabrik.

Er bewegte seine Finger. War das Luft auf der anderen Seite? Es fühlte sich so an, jedenfalls nicht wie eine Flüssigkeit. Wie war das nun wieder möglich?

»Captain, wir können Ihre Hand sehen! Sind Sie in Ordnung?«, rief Copernicus seine Frage durch die Membran.

»Ja, mir geht's gut!«

Genau in diesem Augenblick berührte etwas Kaltes seine Hand, vor Schreck blieb Bandicut fast das Herz stehen. »*Himmel noch mal*! *Was ist denn das*?«, brüllte er und riss die Hand zurück.

»Das war nur ich«, meinte Copernicus schüchtern.

Bandicuts Herz schlug ihm bis zum Hals. Er japste nach Luft. »*Mach das ja nicht noch mal, ohne mich vorher zu warnen*!«

»Bitte entschuldigen Sie! Capt'n – sind Sie denn okay? Habe ich Sie verletzt?«

Er keuchte immer noch, versuchte sich von dem Schrecken zu erholen und wieder klar zu denken. Er betrachtete seine Hand, die er instinktiv zurückgezogen hatte. Dann schob er sie, wenn auch etwas zittrig, wieder durch die Membran hindurch. »Nein, du hast mich nur zu Tode erschreckt, das ist alles. Okay, also: Wo bist du? Berühr einfach noch mal meine Hand!«

Dieses Mal hatte die metallische Berührung etwas Beruhigendes. Bandicut holte tief Luft und drückte dem Roboter die Hand. »Kann ich ... meinen Kopf durch die Außenhülle der Sphäre stecken?«

»Wenn es Ihnen sicher genug erscheint«, erklärte der Roboter.

Sicher genug?, dachte er und musste lachen.

»Ist alles mit dir in Ordnung?«, hallte eine andere Stimme durch die Sphäre. L'Kell, der in seinem Tauchboot saß. Oder war es Ik, der die Frage gestellt hatte? Die Stimme klang so verzerrt, dass Bandicut nicht bestimmen konnte, wer gesprochen hatte.

Ohne die Hand wieder zurückzuziehen, drehte Bandicut den Kopf sah über seine Schulter zurück. Ik, Antares und L'Kell beobachteten ihn von der Sichtkanzel an der Nase des Tauchbootes aus. »Mir geht's gut!«, rief er ihnen zu. »Ich halte Händchen mit Copernicus!« Was zur nächsten Frage führte: Was zum Teufel machte Copernicus eigentlich außerhalb seines Tauchbootes? »Ich werd jetzt versuchen, meinen Kopf durch die Membran zu stecken!« Um es sich nicht doch noch anders zu überlegen, setzte er die Ankündigung gleich in die Tat um und drückte den Kopf durch die Sphäre in die Eintrittsmembran der Fabrik. Er spürte nur wenig Widerstand.

Es war, als blicke man durch den Sucher einer Kamera mit Fischaugenobjektiv in ein Zelt. Das Erste, was er erblickte, war Copernicus, der ihn mit dunklen Kameraaugen betrachtete. Und hinter dem Roboter sah er das Neri-Tauchboot und Napoleon. Es war ein irgendwie absurder Anblick, der sich ihm bot. Bandicut wusste allerdings auch nicht, was er erwartet hatte: einen auffallend seltsamen, fremdartigen Anblick vielleicht, eben eine Fabrik auf dem Meeresgrund, in ihrer Andersartigkeit vergleichbar mit der Sternenkoppler-Fabrik, die die Schattenleute auf dem Weltenschiff betrieben hatten; in jedem Fall aber einen Anblick, der sich von diesem hier unterschied. Bandicut sah nämlich nichts außer einem riesigen, durchsichtigen Hohlraum, der gerade so viel schimmerndes Licht abgab, dass weitere Beleuchtung unnötig war. Und in diesem Hohlraum gab es nichts weiter zu sehen als genau die drei erhofften Objekte: das Tauchboot und die beiden Roboter. Er fragte sich, wie seltsam er wohl selbst aussehen mochte, wo doch nur eine Hand und sein Kopf zu sehen waren, die immer noch in der silbrigen, sich über der Eintrittsstelle in die Fabrik spannenden Membran steckten.

»Coppi«, begrüßte er den lang vermissten Gefährten. Seine Stimme hallte und vibrierte durch die Blase. Als er versuchte einzuatmen, spürte er einen Widerstand. Mit jäher Plötzlichkeit begriff er, dass es sehr schwer sein würde, mit der Membran über dem Gesicht Luft zu holen.

///Warte einen Augenblick!///

Er wartete mit angehaltenem Atem und bekam mit, dass die Steine mit der Sternenkoppler-Sphäre in Kontakt traten – oder mit dem Was-auch-immer, das die Sphäre kontrollierte. Irgendetwas änderte sich an der Durchlässigkeit der Sphärenmembran.

»Capt'n«, meinte in diesem Moment Copernicus, »die Fabrik hat der Atmosphäre in dem Hohlraum hier soeben annähernd ein Zehntel Prozent Sauerstoff zugesetzt. Wenn die Sternenkoppler-Sphäre zulässt, dass ausgewählte Gase durch sie in die Blase der Fabrik diffundieren, dann müssten Sie jetzt hier drinnen eigentlich atmen können, hoffe ich zumindest.«

///Versuch es jetzt mal!
Wir haben die Sternenkoppler-Sphäre neu abgestimmt,
haben aber keine Kontrolle
über die Membran der Fabrik.///

Bandicut versuchte erneut einzuatmen. Zu seiner Überraschung konnte er tatsächlich durch die Membran der Fabrik atmen. Es fühlte sich an, als atme er durch einen an eine fast leere Pressluftflasche angeschlossenen Atemschlauch. Langsam atmete Bandicut aus, und dann ebenso langsam wieder ein. Er fiel nicht gleich um, würde aber sicher kurzatmig werden, wenn das noch länger so weiterginge.

///Wir haben vor, ein paar Dinge
in deinem Metabolismus neu abzustimmen,
damit deine CO2-Toleranz ausgeweitet
und dein O2-Bedarf vermindert wird.///

Innerhalb von Sekunden spürte Bandicut den Unterschied, das Atmen fiel ihm leichter. Bandicut nahm sich nun die Zeit, die sanft geschwungenen Wände, die das Neri-Tauchboot und die Roboter umgaben, einer eingehenderen Betrachtung zu unterziehen. Zwischen Tauchboot und Wänden war rundherum vielleicht ein Spielraum von einem Meter, gerade genug Platz, dass die Roboter sich bewegen konnten. Doch auf der Oberfläche der Hohlraumwände sah Bandicut funkelnde Stellen: möglicherweise Lichtbrechungen durch den silbrigen Schimmer, den die Membran über der Eintrittsstelle erzeugte – oder doch etwas anderes: vielleicht winzige Emitter oder Kontrollpunkte für Nano-Assembler. Bandicut erkannte, dass Napoleon, der am anderen Ende des Hohlraums unweit der Tauchboot-Nase stand, offenbar einige Sonden ausgefahren und in die Wände des Hohlraums gesteckt hatte. Allerdings konnte sich Bandicut nicht erinnern, diese Sonden schon zuvor bei Napoleon gesehen zu haben.

»Sind die Veränderungen bezüglich des Atemgemischs und der Atmung zufrieden stellend verlaufen?«, erkundigte sich Copernicus.

»So weit okay«, erwiderte Bandicut. Er hob seine Stimme und rief: »Und ihr anderen, könnt ihr mich auch hören?«

Erstaunt hörte Bandicut zwei verschiedene Stimmen antworten: »Recht gut sogar, danke.« – »Ja, aber nur sehr schwach!«

Bandicut brauchte eine Weile, um zu begreifen, dass die erste Stimme Nabeck gehörte, dem Gefährten der Roboter im Neri-Tauchboot vor ihm. »Nabeck! Geht es dir gut?«, fragte er.

»Ich bin so weit in Ordnung, aber nicht gerade begeistert davon, immer noch hier drin festzusitzen«, gab der Neri zur Antwort. »Ich heiße dich und L'Kell willkommen!«

»Danke. Ich hoffe, wir sind hier bald fertig, dann kommst du auch wieder raus«, entgegnete Bandicut. »Ach, Copernicus, nur so aus Neugier: Was macht ihr zwei, du und Napoleon, eigentlich außerhalb des Tauchbootes?«

»Wir haben uns ausgeschleust, nachdem die Fabrik als Reaktion auf unserer Ankunft eine trockene Umgebung hergestellt hatte«, erklärte Copernicus. »Wir dachten, wir seien Ihnen hier draußen mehr von Nutzen, da Sie schließlich genau hier ankommen würden.«

»Oh. Na dann, vielen Dank. Ich vermute, Nappi ist damit beschäftigt, die Verbindung zur Fabrik aufrechtzuerhalten?«

»Richtig, Capt'n. Gleichzeitig halte ich aber auch einen lockeren Kontakt zu ihm. Ich bin erfreut, Ihnen mitteilen zu können, dass die Fabrikintelligenz auf einem höheren kognitiven Level operiert, als anfangs angenommen. Die Verbindung mit der Fabrikintelligenz ist daher in mancherlei Beziehung etwas schwierig ...«

Schwierig. *Ja, so wird man es wohl perfekt beschreiben können,* dachte Bandicut bei sich. *Zwei KIs, zwei Künstliche Intelligenzen von grundverschiedenen Welten, die sich am Rande eines Abgrunds kilometertief im Ozean treffen.*

»... doch in der Zwischenzeit haben wir uns durch die Standardkommunikationsfelder gearbeitet. Es gibt allerdings immer noch Verständigungs- und Verständnisschwierigkeiten hinsichtlich Arbeitsweise und Absichten.«

»Ich verstehe. Nun gut, ist denn die Fabrik jetzt wieder in der Lage, die Produktion aufzunehmen? Das ist natürlich vor allem für die Neri interessant.«

»Viele der internen Reparaturarbeiten sind so weit fortgeschritten, dass die dringendsten Aufträge bereits wieder ausgeführt werden können. Capt'n, die Fabrikintelligenz ist sehr daran interessiert, mit Ihnen direkt zu sprechen.«

»Deshalb bin ich ja auch hier.« Bandicut machte eine Handbewegung. Wie er so durch die Membran der Eintrittsstelle in den Hohlraum blickte, kam er sich vor wie ein Puppenspieler, der, verdeckt für die Zuschauer, seine Puppen auf einer Bühne bewegt. Als er auf seine Hände hinunterblickte, schienen diese wie aus flüssigem Silber gemacht.

Copernicus trommelte leise vor sich hin; vermutlich hielt er gerade Zwiesprache mit Napoleon. Copernicus' oberer Sensor drehte sich von Bandicut weg. Dann deutete der Roboter mit seiner mechanischen Hand auf das andere Ende des Hohlraums, in dem sie sich befanden, dorthin, wo Napoleon sich aufhielt – allerdings auf einen Punkt oberhalb von dessen Kopf. »In diesem Fall, Capt'n, sollten Sie, wenn Sie denn so freundlich wären, Ihre Aufmerksamkeit in diese Richtung zu lenken und sich bereitmachen, eine Laserbildbotschaft zu empfangen ...«

Eine Laserbildbotschaft?

Bandicut blickte verständnislos in die angedeutete Richtung, und, bevor er auch nur noch einmal Luft holen konnte, tanzte ein Lichtstrahl in sein Auge. Der Reflex, die Augen zu schließen, wurde irgendwie von seinem Gehirn unterdrückt.

///Das ist schon in Ordnung, John!
Wir achten auf jedes Zeichen von Gewebeschäden,
doch bisher ist alles im Toleranzbereich.///

Im Toleranzbereich ... Vermutlich sollte das heißen, es sei nicht ganz so schlimm, als wenn seine Augen schön durchgebraten würden. Doch falls der Kontakt nur auf diese Weise hergestellt werden konnte, sollte es ihm recht sein ...

Der Lichtstrahl erblühte zu einem ganzen Bild, einem Holo, das sich gleich in sein Gehirn projizierte. Die erste Bildfolge war eine Zeitlupe und zeigte Feuerwerksexplosionen: wie Raketen, die hochstiegen, in einem Lichtpunkt explodierten, der in einem Funkenregen aus Purpurrot, Gold, Smaragdgrün und Silber niederging. Aus dem Funkenregen trat ein Gesicht hervor, eine chromfarbene Plastik, die sich im Raum drehte. Es war ein Neri-Gesicht oder jedenfalls ein Gesicht, das entfernt an einen Neri erinnerte. Es war schwer zu erkennen, denn nun wurde es von Stroboskoplichtblitzen erhellt, die Bandicuts Gehirn auszufüllen schienen. Nach ein paar Augenblicken war das Gesicht verschwunden. Stattdessen flimmerte plötzlich strukturierter Raum durch sein Bewusstsein, und Bandicut fühlte sich an das menschliche Neuro-Link erinnert: spiralförmig in sich gewundene Oberflächen, durch die Lichtfunken schossen. Er empfand Angst, übergroße Nervosität, als sei er überreizt und finde keinen Schlaf in der Dunkelheit der Nacht, jemand, dessen Synapsen wahllos Neurotransmitter feuerten, Erregung übertrugen. Bandicut hatte das Gefühl, ein Übersetzungs- und Analyseprozess finde in seinem Gehirn statt; vielleicht waren die Steine Teil dieses Prozesses – oder vielleicht auch nur die Fabrikintelligenz. Das Beinahe-Neri-Gesicht kam zurück, drehte sich um sich selbst, rotierte, als sei es schwerelos; nur war es olivgrün, und Bandicut entdeckte, dass die Augen in diesem Gesicht schmaler waren als die der Neri, der Hals war glatt – keine Kiemenspalten! Die Augen dieses Gesichts suchten seinen Blick, bargen aber einen flüchtigen, leeren Ausdruck.

///Ich habe da so eine Vermutung, was das Gesicht betrifft ... ///

/Einer der Neri-Urahnen?/

///Genau.///

Und dann war das Gesicht verschwunden, ließ nur ein Gefühl zurück, aufblitzende Erinnerungsbilder, und eine Stimme:

Bist du John Bandicut? Spezies Mensch?

Ja! – antwortete irgendetwas tief in John Bandicut, das nicht seinem bewussten Denken entsprang. Außerhalb der Stroboskoplichtblitze glaubte er ein Bild zu erhaschen, das ihn an Napoleon erinnerte, der in sein Blickfeld und wieder hinaus pendelte. Würde Napoleon jetzt mit ihm sprechen? Offenbar nicht; die Stimme, die jetzt zu ihm sprach, war dieselbe wie zuvor:

Sprichst du für die Neri?

/Ja, das tue ich. Und wer bist du?/

Bin Fabrikintelligenz. Wiederholung sssschsch ... Statisches Rauschen, wo die Steine nicht zu übersetzen wussten. Dann: ... *späte Korrektur. Kommunikation wiederhergestellt ... sssschsch ... Unterbrechung. Vieles benötigt Aufmerksamkeit. Reparaturen.* Unvermittelt flimmerten Bilder von komplizierten Mustern durch Bandicuts Gehirn, die sich in irrsinniger Geschwindigkeit veränderten; Schaltkreise möglicherweise, Programmierungen. *Produktion.* Stroboskoplichtbilder von Tauchbooten, Habitatkuppeln, Membranen, Tauchausrüstungen, elektronische Bauteile, die zu existieren begannen, als habe ein unsichtbarer Stift sie als Skizzen hingeworfen: Nano-Assembler. *Gefahr für das Wohlergehen der Neri.*

Die Bilder setzten ebenso unvermittelt aus, wie sie begonnen hatten – plötzlich Stille, nichts bewegte sich mehr; und Bandicut glaubte, er hätte, irgendwo weit entfernt, Napoleons Stimme gehört, die mit der Fabrikintelligenz sprach. Abrupt herrschte Dunkelheit, durchstoßen von blutroten, heißen Blitzen, die in bestimmten Mustern um Bandicut herum aufflammten. *Es herrscht Not. Große Not.* Und dann folgte ein pulsierendes Bild: gespenstisches Licht, das aus der tiefsten Tiefe des Grabens im Ozean dieser Welt stieg; Erdbeben, die Felsbrocken erschütterten, Riffkanten und Habitatkuppeln. Nur einen Lidschlag später wechselte das Bild zurück zu den blutroten, heißen Blitzen.

Bandicut schwindelte angesichts der Schnelligkeit, mit der die Bilder aufeinander folgten. /Überaus große Not/, wiederholte er flüsternd, zum Zeichen, dass er verstanden habe, und versuchte, dem Schwindelgefühl nicht zu erliegen.

Benötigst du Unterstützung?

/Um dieses Ding dazu zu bringen, aufzuhören?/, wagte er hoffnungsvoll zu fragen. /Um Kontakt mit ihm aufzunehmen?/

Um Kontakt aufzunehmen. Selbst jetzt lässt es den Meeresgrund erbeben.

Ein neues Bild erschien, verzerrt durch halbspiegelnde Wellen: der Blick durch ein unheimliches Fischauge, direkt aus Bandicuts Hinterkopf auf die Sternenkoppler-Sphäre, auf das sich hinter ihr befindende Tauchboot … und dahinter wiederum das gespenstische Glühen des Allesverschlingenden, der aus seinem Schlaf im Tiefseegraben erwachte, über dem das Heck des Tauchbootes hing wie der Hintern eines Bergsteigers.

Und dann wieder: das Gesicht des Beinahe-Neri oder Prä-Neri, umgeben von sich wiegenden, konzentrischen Lichtkreisen. Und dazu, darüber die Stimme der Fabrik, die sagte:

Die, die uns erschaffen haben. Uns geformt haben. Unterwiesen haben.

Bandicut atmete schwer. /Ja?/

Sie sind nicht mehr.

Bandicut seufzte. /So ist es./

Sie waren die höchste Instanz für mich. Sie sind nicht mehr.

Das Herz schlug Bandicut bis zum Halse. /Nein, sie sind nicht mehr/, bestätigte er.

Funken in einem Schneesturm. Ein alles verschlingender feuriger Blitz, wohl ein großes kosmisches Ereignis, das alles mit sich riss. Und Finsternis. Und ...

Die Neri sind jetzt meine höchste Instanz. Oder ihre – sssschsch – Stellvertreter.

Wieder fiel es Bandicut schwer, frei durchzuatmen. /Ja .../

Können sie nicht mit mir kommunizieren wie du?

Bandicut zögerte. /Vielleicht sind sie in der Lage, es mit der Zeit zu lernen. Noch aber haben sie keine Erfahrung darin./

Aber du hast Erfahrung darin.

/Ja./

Und sie haben dich gebeten, sie zu vertreten?

/Ja./

Dann muss ich dir meine Gedanken zeigen, die das Ding betreffen, das ihr den Allesverschlingenden, den Dämon, den

Todesschlund aus der unergründlichen Tiefe nennt. Es gibt einiges, was ich tun kann, aber ich muss von meinen Handlungsdirektiven entbunden werden.

/Dann zeig mir, was du mir zu zeigen hast./

Es war eine schwindelerregende Informationsfülle.

So viele Jahre hatte die Fabrikintelligenz in Agonie verbracht, unfähig, sich selbst zu reparieren; dennoch war nicht alles in ihr zum Erliegen gekommen, die Fabrikintelligenz nicht aller Funktionen in ihrem Bewusstsein beraubt. Sie war sich beispielsweise unmittelbar der Verwüstungen bewusst, die der Ankunft des Tiefseegraben-Dings gefolgt waren, die Beschädigung der Fabrik selbst eingeschlossen; und die Fabrikintelligenz war sich der mittelbaren, der Folgeschäden bewusst. Viele der Com-Leitungen zu den Prä-Neri an Land und den Neri in ihren Unterwasserhabitaten waren durchtrennt worden – allerdings nicht, bevor die Fabrikintelligenz hatte wahrnehmen können, dass es Anzeichen auf eine schwierige Notsituation an der Küste gab. Und danach ... hatte Schweigen geherrscht. Bis auf die gelegentlichen Besuche der Neri aus der Unterwasser-Stadt hatte es keine Kontakte gegeben, und bei den Kommunikationsversuchen, die während dieser Kontakte stattfanden, hatte die Fabrikintelligenz sich weder verständlich machen können, noch hatte sie die Kontaktversuche überhaupt zu beantworten vermocht.

Doch anderswo in bestimmten reservierten Speicherbereichen, in Stapelspeichern, die noch immer ihre Arbeit verrichteten, wurden Analyseprogramme gestartet. Diese Programme wurden im Lauf der Jahre umfangreicher und okkupierten zunehmend die noch arbeitenden Sektionen der Fabrikintelligenz. Obwohl die Fabrikintelligenz nicht mehr imstande war, zerstörte und tote Links zu Datenbanken wiederherzustellen, und obwohl sie infolge dessen unter der Zersplitterung ihrer wissensbasierten Systeme litt, war es ihr dennoch möglich, gewisse Sekundärprozessoren umfassend zu nutzen. (Bandicut fragte sich, ob die Fabrikintelligenz in diesem Punkt mit jemandem vergleichbar sei, der im Koma lag – jemand, dessen unterbewusste Lebensfunktionen auch ohne Außenwahrnehmung weiterliefen.)

Aber auch in dieser Zeit selbstbezogenen Nachsinnens hatte die Fabrikintelligenz den verbliebenen Sensoren, die ihr Informationen über das Ding im Tiefseegraben liefern konnten, viel Aufmerksamkeit geschenkt; denn dieses Ding dort hatte sehr großen Schaden angerichtet. Und die Fabrikintelligenz begann, Wahrnehmungs- und Erkenntnismuster zusammenzustellen, die in ihrer Synthese Verständnis ermöglichen sollten: Verständnis dafür, was das Ding dort im Tiefseegraben überhaupt war, wozu es fähig war und was es dort unten vielleicht bereits zu tun versuchte.

Der deutlichste Hinweis kam spät, als das Tiefsee-Ding ein Raumschiff vom Himmel holte und in der See zerschellen ließ. Es hatte das Antriebssystem dieses Schiffs gefangen in einem aus der Tiefsee in den Raum geworfenen Netz aus Schwerkraft / Dichte / elektromagnetischem Spektrum / und Zeitfluss verändernden Effekten, in die sich der Antrieb hoffungslos verstrickte. Welche Spezifikationen dieses Netz tatsächlich besaß, hatte die Fabrikintelligenz nicht klären können, doch hatte sie Ähnlichkeiten zwischen dem Antriebssystem des Raumschiffes und dem Tiefsee-Ding festgestellt. Es war eine Verbindung zwischen den beiden bestehen geblieben, auch nachdem das Schiff havariert war, und die Fabrikintelligenz wusste, dass, wann immer die beiden miteinander interagierten, unerklärlicherweise gewisse Kommunikationsleitungen der Fabrik mitschwangen.

Sprachen sie miteinander? Es schien tatsächlich so, selbst wenn nur ein kleiner Teil der Signale dechiffrierbar war. Interaktionen zwischen dem Tiefsee-Ding und dem Antriebssystem des Schiffes allerdings führten immer zu traumatischen Eruptionen in der unmittelbaren Umgebung – die nicht nur die Fabrik, sondern auch die Neri und vor allem auch die Überlebenden der Bruchlandung in ihren gefährdeten Nestern an der Meeresküste in Mitleidenschaft zogen. Aber warum?

/Es scheint eine Vorrichtung zur Raumzeit-Verzerrung zu sein wie ein Interstellarantrieb/, bot Bandicut seine Erklärung an, und ihn überfiel die Empfindung, dass die Fabrikintelligenz mehrere Mikrosekunden über diese Erklärung nachsann.

Die Fabrikintelligenz hatte den Inhalt von Bandicuts Worten nicht so verstanden, wie seine vorherigen Worte. Sie wusste nicht genau, was er meinte. Aber es gab Datenbereiche mit Wissen, die sie früher nicht hatte anzapfen können, jetzt aber mithilfe der Roboter abrufen konnte – vielleicht stammten diese Daten auch aus den Datenbanken der Roboter. Viele Dinge begannen sich zu klären. Und eine Information stach aus all den anderen heraus, nämlich, dass die Überlebenden der Neri dringend eine Verbindung mit dem Todesschlund im Tiefseegraben herstellen mussten.

Und die andere Information, die wichtigste von allen, war, dass auch der Todesschlund selbst sich verzweifelt nach einem solchen Kontakt sehnte …

/Warum sagst du ›verzweifelt‹? Denkt dieses Ding im Tiefseegraben? Fühlt es?/

Bandicuts Frage wurde von einer Kaskade aus Lichtfunken beantwortet, die wie Regentropfen herabfielen. Unsicherheit. Zustimmung. Es waren die Roboter, die vermuteten, solche kognitiven Muster seien vorhanden. Die Roboter schienen Verwirrung und andere Emotionen besser zu verstehen als die Fabrik. *Kommunikationsbereitschaft indiziert das Vorhandensein von Verwirrung im Todesschlund. Verwirrung über die Ziele – und die Notwendigkeit, diese Ziele zu klären.*

/Das heißt also nicht, dass der Todesschlund einen Kontakt geradezu befürwortet./

Nein. Nur dass er verzweifelt ist.

Bandicut wartete. Die Fabrikintelligenz hatte diesen Punkt selbst angesprochen, was ihn vermuten ließ, dass sie auch eine Meinung dazu hatte, die sie ihm noch mitteilen würde – schließlich mussten sie aufgrund dessen entscheiden, was sie zu tun hatten.

Zu deiner Unterstützung benötige ich die Autorisation, ursprüngliche Befehle und Ausführungsbeschränkungen aufheben zu dürfen. Begründung: Einbeziehung der Fabrik in die Kontaktkette könnte die Ausführung der Primärfunktionen gefährden. Die Analyseergebnisse lassen den Schluss zu, dass eine Gerätschaft zur Kontaktaufnahme produziert werden kann – eine durchaus erwägbare Option. Wenn du eigene Vorstellungen von der Ausführung eines solchen …

/Nein./

Dann darf ich meine eigenen Vorschläge zum Bau des Gerätes anbieten, das ich hier herstellen kann, sofern ich dazu autorisiert werde. Erteilst du mir die Erlaubnis, den Versuch zu unternehmen?

Ein Wirbel aus Unsicherheit, ein Dunst aus Angst und Erwartungen …

/Mokin foke ja, ich erteile dir die …/

Unklarheit. *Überdenke bitte Formulierung!*

/Ja. Ja – ich erteile dir die Erlaubnis, dies alles zu tun./

Du bist im Namen der Neri dazu autorisiert?

/Ja! Im Namen der Neri!/

Synapsen, die feuerten. Benommenheit, Schwindelgefühl. Ein Schneesturm von funkelndem Plankton, der die Dunkelheit des Ozeans zu durchbrechen suchte wie die Sterne der Galaxis, die gegen die Nacht anleuchten. *Programm ist nun aktiviert.*

Bandicut atmete durch. /War es das? Hast du nur auf die Autorisation gewartet?/

Prüfung und Gegenprüfung flimmerten rasend schnell an Bandicut vorbei, Strukturen, die etabliert wurden. *Rohstoffe in ausreichendem Maße vorhanden; Energie in ausreichendem Maße vorhanden; Assembler werden programmiert.* Spiralförmige Bahnen, Räder, die in der Finsternis rotierten. *Ja. Und auf die Rohmaterialien.*

Bilder in Stroboskoplicht, zu schnell in ihrer Abfolge, als dass sie hätten wahrgenommen werden können: Flüssigkeit gefüllte Kammern / Chemikaliendämpfe / Nano-Assembler, die sich in diesen Wolken fortbewegten / Entwürfe, hingeworfen von Laserlicht / Schwärme von Piranhas, die die Entwürfe auseinander pflückten und wieder zusammenfügten, alles in unglaublicher Geschwindigkeit …

/Wie lange wird es dauern?/

Zickzackmuster von Sternschnuppen, elektrische Lichtbögen. *Arbeit nahezu vollendet. Zeit wird knapp. Eruption steht unmittelbar bevor. Bist du bereit, in den Tiefseegraben hinabzusteigen?*

/BITTE WAS?!/ Bandicut hatte das Gefühl, sein Herz sprenge seine Brust, so stark hämmerte es in seinem Brustkorb. /Was meinst du damit?/

Bist du bereit, in den Tiefseegraben hinabzusteigen?

/Ich habe dich akustisch schon verstanden! Aber .../

Dieser Kontakt muss von Angesicht zu Angesicht hergestellt werden, persönlich.

Bandicut starrte sprachlos auf das Bild, das sich vor seine Netzhaut projizierte: Er sah plötzlich die sich spiralförmig windenden Chaosturbulenzen, die ihn hierher gebracht hatten, und dann das wohl erwogene Kalkül der Mächte auf dem Weltenschiff. Und er dachte an die Zeit, die noch gar nicht so lange vorbei war, als seine Freunde und er sich einem Wesen namens Boojum hatten entgegenstellen müssen in der schrecklichen Leere einer Realität, die nur der Magellan-Fisch verstanden hatte; und er dachte: *Nein, nein verdammt noch eins, es passiert schon wieder, es passiert wirklich schon wieder! ... Genau wie damals, als mich der Translator dazu aufgefordert hat, in dieser verfickten Höhle auf Triton ...*

Und er wusste, er hatte gar keine andere Wahl. Wirklich und wahrhaftig keine Wahl, wenn er den Neri helfen wollte zu überleben. Denn in den spiralförmigen Wolken aus Bildern, die die Fabrikintelligenz in sein Gehirn projizierte, erkannte er die Strömungen des Chaos, die aufstiegen und niederfallend endlich ihren Platz fanden wie ein Puzzle, das man zusammensetzt, ein Geflecht sich kreuzender Strömungen, das ihn unerbittlich zu dieser neuerlichen Kraftprobe in die Tiefe des Ozeans gebracht hatte. Und er dachte tief in seinem Innern: /Verdammt sollt ihr sein, ihr verfluchten Steine! Wenn ihr irgendetwas Konstruktives über all das hier wisst, solltet ihr mir besser ein paar Antworten rüberwachsen lassen, und zwar pronto!/

Und tatsächlich bekam er eine hingehauchte Antwort:

Wir werden antworten. Sobald wir es wissen. Bald.

Bandicut unterdrückte seine hilflose Wut und sagte: /Ich werde dies für meine Freunde, die Neri, wagen. Und dann erwarte ich eine Antwort von euch! Und zwar wirklich bald! Dass das verdammt noch mal klar ist: *wirklich bald!*/

Das Laserlicht in seinen Augen verlosch abrupt, und verständnislos schweigend blickte er die beiden Roboter an.

»Capt'n«, fragte Copernicus, »wenn Sie bereit sind, dürfen wir Ihnen dann in die Sternkoppler-Sphäre folgen?«

33
Hinunter in den Tiefseegraben

Alles geschah so schnell …

Die Roboter waren Bandicut in die Sternenkoppler-Sphäre gefolgt, Napoleon hatte ein seltsames Gerät getragen, das aussah wie ein silberner Seestern – offenbar ein Teil des Kommunikators. Selbst als Bandicut sich umgesehen hatte und sich völlig benommen in dem Unterwasserreich wiederfand, das die Neri bewohnten und in dem auch die Fabrik lag, hörte er noch immer die Stimme, die zu ihm gesprochen hatte – dieses Mal jedoch aus dem Gerät, das Napoleon bei sich trug.

» Von der Eintrittsstelle zurückweichen … «

Es war tatsächlich die Stimme der Fabrikintelligenz. Bandicut erkannte sie sofort wieder, obwohl er sie nie außerhalb des direkten Links gehört hatte.

Zurückweichen …

L'Kell hatte die Anweisung gehört und steuerte sein Boot schon rückwärts von der Eintrittsmembran fort. Der Grund für diese Anweisung wurde nur einen Moment später augenfällig: Das Heck von Nabecks Tauchboot stieß durch die Membran nach draußen in den Ozean. Der Rest des Bootes folgte, als Nabeck die Maschinen auf volle Kraft schaltete. Sobald er ausreichend Platz zum Manövrieren hatte, drehte er das Boot, sodass es Nase an Nase zu L'Kells und S'Calis Booten stand und die beiden anderen Neri-Piloten Sichtkontakt mit ihm aufnehmen konnten. Dass er glücklich war, seine Kameraden wiederzusehen, stand außer Frage. Was er jedoch darüber dachte, Bandicut und die

Roboter in der Sternenkoppler-Sphäre wiederzufinden, konnte Bandicut nicht einmal erraten.

///Was ist denn das?///

/Hä?/

Noch etwas war gerade durch die Membran der Fabrik geglitten – etwas sehr Dünnes, Silbriges und Funkelndes. Es sah aus wie ein lebendig gewordener Faden, eine Spirale, die sich über den Schlickboden schlängelte; und dieses Etwas bewegte sich schnell – richtig schnell! Es blieb mit der Fabrik verbunden, während es aus ihr herauswuchs, sich streckte und dabei immer länger und dünner wurde. Die Spitze der Spirale glitt über die Kante des Abgrunds, der zum Todesschlund hinunterführte, und wurde verschluckt von der Finsternis des Tiefseegrabens. Bandicut lief es kalt den Rücken hinunter, als er das Silberband dort verschwinden sah.

»Wir müssen uns miteinander unterhalten!«, rief er zu L'Kell hinunter.

Der Neri betätigte die Winden an der Außenseite seines Tauchbootes und zog die Sternenkoppler-Sphäre wieder zurück, bis sie wieder über dem Außenluk des Bootes saß. Während Bandicut sich wünschte, sobald als möglich ins Tauchboot zurückkehren zu können, bemerkte er unvermittelt einen sanften Lichtschimmer im Wasser, der nicht von den Frontscheinwerfern der Tauchboote herrührte. Vielmehr stammte der Lichtschimmer aus der Leere des Tiefseegrabens. Der Dämon rührte sich, möglicherweise aufgestört durch das, was die Fabrik gerade zu ihm in die Tiefe gesandt hatte.

So schnell es irgend ging, öffnete Bandicut das Luk und kletterte in das Tauchboot, um wieder bei seinen Freunden zu sein. Copernicus und Napoleon allerdings hatte er als Wachen in der Sternenkoppler-

Sphäre zurückgelassen. Kaum ließ er sich aus dem Einstiegsschacht in ihre Mitte fallen, hatte er auch schon das Gefühl, geradezu mit Wiedersehensfreude überschüttet zu werden. »Wie viel habt ihr hier mitbekommen von der ganzen Sache?«, fragte er noch aus dem Gewirr von Händen und Armen, die ihn begrüßen wollten. Er sah sich um, blickte in jedes Gesicht um ihn herum, und ihm wurde klar, dass seine Freunde weit mehr Zeit dazu gehabt hatten, sich um ihn zu sorgen, als er selbst. Daraufhin versicherte er seinen besorgten Freunden erst einmal, dass er völlig unverletzt sei.

»Hast du mit der Fabrikintelligenz gesprochen?«, erkundigte sich L'Kell. »Nun erzähl schon: Was ist passiert?«

Sie hatten also nichts von dem Gespräch mitbekommen. So ausführlich wie nötig setzte er seine Freunde über das Gespräch mit der Fabrikintelligenz in Kenntnis. Manche Teile des Gesprächs waren schwer zu vermitteln.

»Hinuntertauchen, um mit dem Todesschlund im Tiefseegraben *zusammenzutreffen*?«, kreischte Li-Jared auf. »Das kann doch wohl nicht dein Ernst sein!«

»Ich fürchte doch! Und auch du weißt davon – denn meine Steine haben von Anfang an gewusst, dass es dazu kommen würde!« Die Erinnerung an den Link mit Li-Jared wallte in seinem Kopf auf wie überkochende Milch – und gleichzeitig auch die Erinnerung daran, dass die Steine ihm versprochen hatten, ihm alles zu erklären, sobald sie es könnten. Trotzdem hatte Bandicut den Eindruck, als würden sie die Antworten bereits kennen und müssten nur noch die letzten Details ermitteln, um sie den Antworten hinzuzufügen. »Das meiste davon haben die Steine jedenfalls gewusst. Ich glaube, darum haben sie mich gebeten, euch alle auf diese Mission mitzunehmen.«

»Hrrrm, was meine Steine angeht, habe ich dasselbe Gefühl«, gestand nun auch Ik ein. Er blickte nachdenklich aus der Sichtkanzel, als wisse er noch etwas, das er momentan jedoch noch nicht verraten wollte.

Li-Jared ließ ein vibrierendes Grollen hören. Die Vorstellung, sich noch tiefer in die Tiefe des Ozeans zu begeben, in den tiefsten aller Tiefseegräben dieser Welt, und auf dem Grund dieses Grabens einem Etwas, einer Maschine, gegenüberzutreten, die alles verheerende Macht besaß, war zweifellos mehr, als er ertragen konnte. Bandicut konnte es ihm nicht verdenken; er hatte die Hosen ebenfalls gestrichen voll.

///Aber meinst du nicht,
dass es eine Sache ist, die sich zu tun lohnt?///

/Wie zum Teufel soll ich das wissen?! Die Fabrik will, dass wir da runtergehen; die Steine wollen, dass wir da runtergehen; aber ich weiß nur, dass es unser Todesurteil ist: Selbst wenn wir da unten nicht umgebracht werden, bringt uns hier und jetzt die Angst um!/

///Ich hab da so ein Gefühl, John,
dass die Steine weit mehr im Sinn haben,
als nur den Todesschlund zu kontaktieren
und die Eruptionen zu beenden.///

/Was willst du damit sagen?/

///Nun, sie haben in jedem Fall
ein paar Vermutungen, was den Todesschlund angeht
– und seine Herkunft.///

/Und welche?/

///Ich bin mir nicht sicher,
was das alles bedeutet.
Sie wollen aber mehr herausfinden.
Sie wollen wissen,
wer oder was ihn hierher gebracht hat.
An der Antwort auf diese Frage
sind sie sehr interessiert.///

/Genauso sehr wie an der Rettung der Neri?/, hakte Bandicut nach und fragte sich, ob er den Steinen mehr Vorschusslorbeeren zugestanden hatte, als sie verdienten.

///Vielleicht hält es sich die Waage,
vielleicht aber interessieren sie Antworten mehr.///

/Und was wollen sie mit der Information anfangen, wenn sie sie tatsächlich bekommen?/

///Auch das weiß ich nicht so genau.
Aber es könnte bedeuten, dass wir von hier fortgehen.
Irgendwo anders hin.///

Bandicut schauderte es.

»John? Geht es dir gut?«, erkundigte sich Antares und berührte seinen Arm. Ihre Augen war groß und dunkel, voller Sorge.

Er blinzelte. »Äh, ja. Charlie meint, wir sollten uns beeilen und endlich in den Graben tauchen. Es liegt an uns, ob wir seine Meinung als Entscheidungshilfe betrachten wollen.«

Antares sah ihre Gefährten im dämmrigen Cockpit nacheinander an; es war offensichtlich, dass alle im Boot dazu bereit waren, die Tauchfahrt in den Tiefseegraben zu unternehmen – selbst Li-Jared, der einfach nur die Augen schloss und schwieg. Ik berührte seine Steine in den Schläfen seines wie gemeißelt wirkenden Kopfes und murmelte seine Zustimmung. Als ob die Entscheidung noch Bestätigung benötige, wurde der Lichtschimmer außerhalb des Tauchbootes heller, und eine sanfte Erschütterung ließ den Meeresgrund erbeben. Das Com quakte, als Nabeck – dessen Tauchboot momentan dem Abgrund am nächsten war – einen Anstieg der Lichtaktivität unterhalb der Riffkante meldete.

Dann tönte S'Calis Stimme aus dem Com von L'Kells Tauchboot. Er bat um Auskunft darüber, was nun geschehen solle. L'Kell gab ihm die Anweisung, auf Empfang zu bleiben, und sah seine Freunde von den Sternen an.

»Ist dein Boot stabil genug, um in eine solche Tiefe zu tauchen?«, fragte Bandicut.

»Riskant, aber es könnte klappen«, erwiderte der Neri. »Die Energiereserven könnten ein Problem werden. Und ich müsste den Innendruck unseres Bootes weiter erhöhen. Seid ihr körperlich in der Lage dazu, ein noch höheres Druckniveau zu ertragen?«

»Vermutlich nicht. Aber wir können alle zusammen in der Sternenkoppler-Sphäre hinunterreisen, während du das Boot steuerst.« Ein Kribbeln seiner Steine deutete ihm an, dass sie seinem Vorschlag zustimmten.

Der Vorschlag machte Li-Jared erneut zittern. Im Tauchboot nämlich musste er nicht unbedingt nach draußen schauen, wenn er nicht wollte. In der Sternenkoppler-Sphäre dagegen würde er sozusagen im Freien stehen.

»Kann eure Sphäre denn dem Druck besser widerstehen als unsere Tauchboote?«, fasste L'Kell nach, und in seiner Stimme schwang Zweifel mit.

Bevor Bandicut das Quarx fragen konnte, antwortete Charlene auch schon:

///Wir sind davon überzeugt.
Und die Sphäre kann notfalls auch
den Druck erhöhen.///

Bandicut nickte und erwiderte L'Kell: »Falls unsere Nerven es aushalten – die Sphäre jedenfalls kann es.«

///Und wenn sie es doch nicht schafft,
ist wenigstens alles schnell vorbei . . .///

Der Abstieg in den Tiefseegraben war eine völlig neue Erfahrung für Ik. Sie waren jetzt allein, zusammengedrängt in der Sphäre; S'Cali und Nabeck waren nach Hause zurückgeschickt worden, um dort zu berichten, was die Besucher von den Sternen vorhatten.

Es war, als fielen sie endlos in die Tiefe, während sie dem schmalen silbernen Band in die von Licht durchzuckte Dunkelheit folgten – ein Sturz in einen von der Morgenröte bereits gefärbten Nachthimmel. Das Dämonenfeuer flackerte launenhaft, aber intensiv; manchmal schien es überall im Wasser der Tiefe zu sein, in die sie fielen und fielen. Physikalisch war das unmöglich; denn normalerweise hätte die gesamte Wassersäule glühen müssen. Ik glaubte schon fast, den Grund des Grabens sich bedrohlich aus der Tiefe erheben zu sehen; aber er wusste, dass der Meeresboden hier im Graben noch weit, weit entfernt war.

Während des Abstiegs hatte Ik mitunter das Gefühl, er wäre im Weltraum oder in einer Fraktaldimensionsfalte der Schattenleute. Dort würde ihnen nichts passieren können; die Sternenkoppler-Sphäre war genau für Reisen in einer solchen Umgebung gebaut worden. Manchmal konnte Ik an nichts anderes denken als an den ungeheuren Druck, den das Wasser in dieser Tiefe auf die Sphäre ausübte – das Meer drückte und presste sie zusammen, tat alles, was in seiner Macht stand, um die Sphäre zu zermalmen und alles Leben in ihr auszulöschen, beinahe ein empfindungsfähiger Wille, der auf Zerstörung aus war – und mittendrin seine Freunde und er, die keinen anderen Schutz hatten als eine unsichtbare Luftblase. Ik begann, über das Leben nach dem Tod nachzudenken und fragte sich, ob er wohl in Kürze einen näheren Einblick in das Thema bekäme, sozusagen aus erster Hand.

Seine Gefährten drängten sich in der Enge dicht um

ihn; jeder versuchte, eine bequeme Position zu finden: Bandicut stand aufrecht, offensichtlich tief in Gedanken versunken; Li-Jared saß zusammengekauert da, die Augen fest zusammengekniffen, und versuchte, nicht den Verstand zu verlieren. Antares stand in Bandicuts Nähe, berührte ihn zwar nicht, hatte aber ihre Gedanken auf ihn konzentriert, um ihm jedwede Hilfestellung geben zu können. Irgendetwas war zwischen ihnen vorgefallen; es gab eine Verbindung zwischen ihnen, die zuvor nicht existiert hatte. Ihr Verhältnis war intimer geworden. Ik war froh darüber, auch wenn ihm klar war, dass diese neue Verbindung Probleme verursachen könnte. Die Roboter klickten und trommelten leise, summten geschäftig vor sich hin, während sie Daten sammelten.

Drei Meter unter ihnen, am Steuer seines Tauchbootes, dachte L'Kell wahrscheinlich darüber nach, ob er seine Freunde in den Tod steuerte und ob er selbst seine geliebte Heimatstadt und sein Volk je wiedersähe. Die Chancen standen schlecht.

Ik für seinen Teil verspürte eine eigenartige Ruhe. Er wunderte sich über seine Stimmensteine, die in seinen Schläfen kribbelten, sich ganz offensichtlich auf etwas vorbereiteten. Ik hatte das untrügliche Gefühl, in den Ereignissen, die nun folgen würden, eine tragende Rolle zu spielen.

Durch die sich verlagernden Lichtstrahlen und die Vorhänge aus Licht erkannte er links der Sphäre hin und wieder die Schluchtwand, an der sich das schmale Silberband von der Fabrik immer noch in den Tiefseegraben hinabschlängelte. Gelegentlich entdeckte er kleine Lebewesen, die sich an der Grabenwand entlang bewegten: Fische, die in Iks Blickfeld und wieder hinausschossen; gallertartige, gläserne Geschöpfe, die im Wasser schwebten, plötzlich in der Dunkelheit aufblitzten wie Edelsteine und ebenso plötzlich wieder verschwanden. Wie lauter kleine Voyeure kamen sie ihm vor, diese Wesen, die auf ihn und seine Mission einen neugierigen Blick werfen wollten.

Meine Mission?, dachte er unvermittelt, selbst über den Gedanken verblüfft. Worin bestand eigentlich seine Mission – oder John Bandicuts oder Li-Jareds Mission? Sie waren aus dem Weltenschiff hierher geschickt worden, mit Sicherheit von jemandem, der gewusst hatte, dass es hier eine Krise gab, bei der interveniert werden musste. Doch zu welchem Zweck?

Für den Moment entschied Ik, dass ihn die Antwort auf diese Frage nicht sonderlich interessierte, jedenfalls nicht, solange er sein unmittelbares Ziel vor Augen hatte: alles in ihrer Macht stehende zu tun, um L'Kells Volk – und die Astari – vor dem Untergang zu bewahren. Und um dann vielleicht zu erfahren, was sonst noch auf dem Spiel stand.

Könnte vielleicht auch nur einer von ihnen diese Mission bewältigen, in Alleingang?

Die Antwort darauf war eindeutig. Ik hockte auf dem Boden, und die Steine in seinen Schläfen pochten.

Die Zeit schien fast stillzustehen, bewegte sich allenfalls in langsamen, sprunghaften Wellen, während sie hinabsanken. Bandicut starrte auf die Wand, vor der sie in die Tiefe glitten, starrte so lange immer nur zu dieser Seite hinaus, bis er es nicht mehr aushielt. Danach sah er auf der anderen Seite hinunter in die von Blitzen erhellte Dunkelheit. Sein Blick verharrte an der dunklen Silhouette von L'Kells Tauchboot unter ihnen: Mal war es fast unsichtbar, dann ein dunkler Umriss gegen die gespenstischen Lichtstrahlen, die der Todesschlund aus der Tiefe nach oben schickte. Bandicuts Nackenhaare sträubten sich und erinnerten ihn daran, dass jeder Augenblick, den die Sphäre dem wachsenden Druck der Tiefe standhielt, ein Wunder war.

Das Meer ringsum begann hörbar zu grollen.

Ganz bestimmt waren sie fast schon unten angekommen. Ganz bestimmt.

Es war wie ein Leuchtfeuer in der Nacht, eine Fusionsexplosion. Bandicut kniff die Augen zusammen, in der Hoffnung, auf diese Weise besser sehen zu können. Ein Licht, das die Form eines Diamanten hatte, erblühte zu einem Strahlenkranz. Und in seinem Kern, in seinem Herzen war eine nie gekannte Dunkelheit, eine Dunkelheit, die mit Myriaden von Lichtpunkten gefüllt war, Splittern aus Helligkeit, die pulsierten, hell aufstrahlten, um dann wieder an Leuchtkraft zu verlieren. Das silbrige Band der Fabrik, das in die Dunkelheit des Grabens getaucht war, glich nun lebendigem Feuer. Was geschah da nur? Bandicut war gerade erst dabei, sich erste Fragen zu stellen, als ein seltsamer und machtvoller Aufschrei um ihn herum zu vibrieren begann, seine Gedankenwelt erschütterte wie der Schrei eines verschreckten wilden Tieres – oder der Kurzschluss einer Maschine, der in einem Lichtbogen übersprang in seinen Verstand und unbedingt verlangte verlangte verlangte, dass er in Ordnung bringe, was falsch sei, und überprüfe überprüfe überprüfe …

Die Roboter riefen ihm lautstark etwas zu – war es Napoleon? – er konnte es einfach nicht herausfinden, aber die Stimme rief: »John Bandicut, John Bandicut ...«

Und endlich war er fähig, seine Gedanken zu sammeln, und zu antworten; seine Stimme war ganz heiser und bei all dem ohrenbetäubenden Lärm sicherlich kaum zu hören; vielleicht aber war der Lärm auch nur in seinem Kopf, und nicht in der Sphäre. »Ja, ich bin hier, Nappi, ich bin hier.«

»Wir haben Kontakt, Kontakt ...«

»Das ist gut ...«

»Die Antenne und das Interface funktionieren ...«, der silbrige Seestern in Napoleons Hand flackerte auf, »... aber wir haben keine Übersetzung, verstehen nichts. Das Signal bringt unsere Analyseprogramme durcheinander. Ich kann nicht einmal bestimmen, was für eine Art von Signal wir erhalten.«

»Übersetzung ... was wir brauchen, ist eine Übersetzung ...«, sagte jemand.

Es war nicht Bandicuts Stimme, obwohl er wirklich glaubte, es seien seine Worte gewesen. In Wirklichkeit war es Ik, der gesprochen hatte und nun vorkroch, neben Bandicut. Gemeinsam blickten sie hinunter, über die Nase des Bootes hinaus, und beobachteten die Funken sprühenden, aufblitzenden Feuerstöße in der Tiefe. »Woran denkst du?«, flüsterte Bandicut, ohne den Freund anzusehen.

»Ich bin bereit.«

Die Sphäre bebte, als schaudere sie vor Angst.

Bandicut wandte den Kopf, um seinem Freund ins Gesicht sehen zu können. Iks Augen waren klar, leuchteten aber in dem für ihn typischen inneren hraachee'anischen Feuer. Der Stein in seiner rechten Schläfe leuchtete pulsierend. »Ik?« Ungläubig sprach Bandicut seinen Freund an, und schließlich begriff er: »Du willst wirklich *deine Steine mit diesem – Ding teilen*?« Er zeigte hinunter in die Tiefe, in das Feuer des Todesschlundes.

»Hrrll! Genau das ist es doch, weswegen wir hier sind, oder nicht?« Ik wirkte abwesend, während er sprach: Ein anderes Gespräch schien seine Aufmerksamkeit in Anspruch zu nehmen.

»Ja, aber ...« War es möglich, so etwas zu tun? Mit einem Ding, einem Wesen wie diesem dort unten Steine zu teilen?

///Wir sind überzeugt davon.///

Erstaunt dachte Bandicut: /Dann stimmt es also: Wir sind genau deswegen hier: um dem Schlund Tochtersteine zu verpassen. Haben die Steine deshalb gewollt, dass Ik mitkommt?/

///Das war einer der Gründe ...///

Bandicut nickte langsam Ik zu. »Ich fürchte, du hast Recht. Ich werde dir helfen, so gut ich kann«, meinte er leise. »Sind deine Steine bereit?«

»Hrrrm, ich glaube, sie haben nur darauf gewartet.« Ik nickte wie jemand, dem gerade aufgeht, dass er eben den letzten Stein in ein Puzzle eingefügt hat. Jetzt erhob er sich und stand da, stützte sich mit den Armen an der Sphärenmembran ab.

»Napoleon, kannst du übermitteln, dass wir eine Übersetzungshilfe schicken?«

Der Roboter klickte. »Ich scheine nicht in der Lage zu sein ...«

Die Sphäre bebte erneut. Die Manöver des Tauchbootes wirkten schwerfällig. Durch den ganzen Lärm hindurch hörte Bandicut Fetzen eines gestörten Funkspruchs von L'Kell. »Habe hier Schwierigkeiten. Versuche Energie zu sparen ...«

/Verdammt! L'Kell hat angedeutet, dass es knapp werden könnte! Wir werden es nie mehr zurückschaffen, oder?/

///Sind wir nicht alle auf ein Himmelfahrtskommando vorbereitet?///

/Ja, sind wir wohl./ Bandicut seufzte und antwortete L'Kell: »Wir haben verstanden, L'Kell. Du kannst jetzt die Scheinwerfer abschalten, denke ich.«

»Hab ich längst getan«, erwiderte der Neri.

Der Todesschlund erzeugte so viel Helligkeit, dass Bandicut das nicht einmal bemerkt hatte.

»Aarrr! Versuche Kontakt herzustellen«, erklärte Ik in diesem Moment. Es blitzte unerwartet hell auf, blendend hell – und zwei gleißende Lichtpunkte schossen aus seinen Schläfen durch die Außenmembran der Sternenkoppler-Sphäre, als existiere diese nicht; sie brausten hinunter in die Tiefe und wurden von deren gespenstischem Leuchten verschluckt. Fort. Verschluckt. Nichts weiter geschah.

War etwas schief gegangen? Hatten Iks Tochtersteine sich für nichts und wieder nichts von seinen Steinen abgespalten und ihn verlassen?

Bandicut hielt den Atem an. Schließlich fragte er vorsichtig: »Ik? Fühlst du irgendetwas?«

Der Hraachee'aner blieb still, doch ließ er langsam die Arme sinken. Draußen aber, unterhalb der Sternenkoppler-Sphäre, wurde es auf einen Schlag heller – wie eine halb von Wolken verdeckte Explosion. Es wurde dunkler, dann wieder heller. Dann hielt die Helligkeit an.

Und Bandicut spürte etwas, weit vorne in seinem Bewusstsein. Einen Reiz, einen geheimnisvollen, schwer fassbaren Reiz, etwas, das anschwoll, in seinem Verstand widerhallte, bis es von einer Ecke seines Denkens zur nächsten schoss ...

hilft
hilft
hilft
hilft
hilft
hilft
hilft
hilft
das
das
das
das
das
das
das
zu
zu
zu
zu sprechen
sprechen
sprechen
sprechen
sprechen-n-n-n
n-n-n
n-n-n
n-n-n
n-n-n

und dann hörte es auf, als müsse es erst darüber nachdenken, was gerade geschehen war.

Bandicut bemerkte, dass Ik jetzt kerzengerade in der Sphäre stand: Der Hraachee'aner musste die Stimme also auch gehört haben. Vorsichtig rief Bandicut: »Ik, hast du Kontakt? Soll ich jetzt besser meinen Mund halten und mich verziehen?«

»Hrrl, ich spüre seine Anwesenheit! Aber es ist nicht alles ganz klar, ich kann es nicht verstehen. Es spürt mich, spürt uns alle – aber das ist etwas, mit dem du mehr Erfahrung hast als ich.«

Genau davor habe ich Angst gehabt!, dachte Bandicut und starrte in das gespenstische Feuer hinab.

///Ich werde alles tun, um dir beizustehen.///

/Es ist so – andersartig, ich ... weiß wirklich nicht, ob ich das kann .../

///Ich vermute, es ist eine Maschine.
Es erinnert mich ein bisschen an unsere Roboter.///

/Ist das gut? Was meinen denn die Steine .../

///Sie wollen, dass du es ausprobierst.///

Bandicut seufzte wieder, tiefer dieses Mal, dann sagte er eindringlich: /Wir möchten mit dir kommunizieren. Kannst du meine Worte hören und verstehen?/

Seine Gedanken wurden von einem Stottern unterbrochen ...

kann nicht
kann nicht
kann nicht
kann nicht
den Ausführungen folgen
was ist gut
was ist biologisch
was ist ein NeuroLink
was ist Angst haben

Ein blasser Ring aus Feuer stieg aus der Tiefe zu ihnen empor.

Steine definieren
Steine definieren
Worte definieren
kommunizieren definieren

Der Feuerring wand sich seltsam um sich selbst und verschwand wie in einer fremdartigen Phasenverschiebung.

»Napoleon!«, brüllte Bandicut. »Hast du Kontakt?« *Roboter definieren*! /DIESE BEIDEN SIND ROBOTER. SIE KÖNNEN UNS HELFEN, MITEINANDER ZU KOMMUNIZIEREN./ »Napoleon!«

Bandicut hob den Blick vom Todesschlund und sah, dass Napoleon seine Sensorbatterie wild hin und her schwenkte, mal auf ihn richtete, mal auf Ik, dann auf das silbrige Antennenband, auf den Silberseestern oder auf den Todesschlund, als könne er sich nicht auf einen von ihnen konzentrieren.

»Nappi! Coppi! Was geht da vor? Bericht bitte!«

Ein lautes Trommeln antwortete ihm – Copernicus –, und dann hörte Bandicut die Stimme des Roboters, ganz verzerrt, als spreche er durch Wasser. »Es ist ... eine Maschine ... funktionsuntüchtig ... versucht Wiedererlangung ... oder Rekonstruktion ... der ursprünglich vorhandenen Systemfunktionen ...«

Eine Schockwelle traf die Sternenkopplersphäre wie ein Donnerschlag, riss Bandicut von den Füssen. Ein Lichtkranz umgab die Sphäre und zog sich dann langsam um sie zusammen. Bandicut stellte sich panisch vor, wie der Lichtkranz die Sphäre zusammendrückte, sie zerspringen ließ. Doch nichts dergleichen geschah; vielmehr drang das Licht durch die Membran von allen Seiten in die Sphäre ein, bis Bandicut und seine Freunde in diesem Licht schwammen, in einem gleißenden Leuchten schwebten. Und war Bandicuts Verstand von Stimmen erfüllt, den inneren Stimmen seiner Freunde, und er bemerkte, dass es ihm selbst sehr schwer fiel, die Stimmen ihren Besitzern zuzuordnen.

Antares: *Es ist ängstlich ... verwirrt ... wir müssen keine Angst haben, niemand muss Angst haben ...*

Versucht, uns umzubringen, uns zu zerstören – wisperte Li-Jareds innere Stimme.

Etwas mit Schrecken erregender Macht, hrachh ... aber es hat ein Ziel. Ich fühle so viel, ich kann es gar nicht alles begreifen ...

Aus einer anderen Zeit, einem anderen Ort im Raumzeit-Kontinuum ... vertrieben, verloren ..., wisperte das Quarx in Bandicuts Gedanken.

Und L'Kell: *Was machen sie denn nur? ... sie tun, was nötig ist, und dürfen dabei keine Rücksicht auf mich nehmen ...*

Bandicut mühte sich redlich, seine eigenen Gedanken in klar umrissene Kanäle zu zwingen und sie von denen seiner Freunde zu trennen. Vielleicht konnte diese Maschine da draußen allen hier in der Sphäre und im Tauchboot gleichzeitig zuhören, *er* aber konnte es definitiv nicht. *Mein Name ist John Bandicut, ich bin ein Mensch, ich habe meine Heimatwelt verloren wie alle meine Gefährten auch. Warum tust du das, warum verursachst du so viel Zerstörung, was erhoffst du dir zu erreichen damit ...?*

Und plötzlich fühlte Bandicut eine fremdartige Verwirbelung der Kräfte um ihn herum – eine Reaktion darauf, dass er versuchte, alle anderen Gedanken aus seinen zu verbannen und sich nur auf sich selbst zu konzentrieren. Und er erkannte diese Kräfte wieder; er hatte ihre Berührung schon einmal gespürt, irgendwo anders ... in einem langen Tunnel, der sich in die Unendlichkeit erstreckte.

Er hatte diese Kräfte, diese Macht, dieses *Ding*, schon einmal berührt, und zwar als er im Interstellarantrieb des Festländer-Schiffes gewesen war.

Und das Ding, das ihn jetzt berührte, erinnerte sich ebenfalls ...

dass das Wesen, das verletzt war,
Not litt

du hast es fortgebracht

/Ja. *Ja.* Ein Lebewesen. Harding war sein Name. Du hast mir geholfen – oder der andere hat mir geholfen .../

ja, jetzt erkennen wir dich wieder ...
und die anderen ...?

/Das sind meine Freunde. Alle hier. Wir arbeiten zusammen. Versuchen zu helfen. Bitte, erklär mir, was du mit deinen Eruptionen bezweckst ...?/

zerstört, zerstört, versuche zu korrigieren ...
Fehler bei früherem Kontakt
versuche zu korrigieren
korrigieren

Fehler bei früherem Kontakt? Mit ihm, Bandicut? Mit den Neri? Den Astari? Oder ...

///Das Astari-Schiff!
Der Todesschlund hat seinen Absturz verursacht
und möchte es rückgängig machen,
den Fehler korrigieren!///

Bandicuts Gedanken rasten. /Ist das, der Fehler, von

dem du sprichst? Die Bruchlandung des Raumschiffes, die so viele Jahre, Jahrhunderte zurückliegt?/

korrigiere Fehler ...
gebe ihm Auftrieb

Benommen mühte Bandicut sich nach Kräften, um den Informationsfluss, der ihn mit sich fortzureißen schien, unter Kontrolle zu bekommen. Die Verbindung zwischen dem Schlund und dem Interstellarantrieb hatte die Katastrophe ausgelöst ... aber das hatte Bandicut bereits gewusst; diese Verbindung war der Grund dafür, dass die Astari auf dieser Welt waren, warum das havarierte Raumschiff in der See begraben lag ...

Einen Moment lang sah er die Kammer mit dem Interstellarantrieb auf dem Astari-Schiff. Er blinzelte, schloss und öffnete hektisch seine Augen, um wieder klar sehen zu können. Aber es lag nicht an seinen Augen. Was er sah, war der Interstellarantrieb in der Raumzeit-Verzerrung der Kammer des Wahnsinns; der Interstellarantrieb war mit dem Todesschlund verbunden; die Veränderungen im Kontinuum, die beide auslösten, verflochten sich miteinander, waren ineinander verschlungen, umwanden sich spiralförmig wie ein wirres Knäuel aus Schlangen. Und es war falsch ... ein Fehler; und der Schlund versuchte, sich aus dem Gewirr, dem Geflecht zu befreien und den Fehler zu korrigieren. Aber wie sollte er einen Fehler beheben, dessen Folgen bereits sichtbar waren: die Bruchlandung des Raumschiffes?

Weitere Erklärungen gab es nicht; nur wache Bewusstheit, Aufmerksamkeit. Bandicut fühlte die Präsenz eines anderen, jemanden, der nicht *hier* bei ihm war, und dennoch so nah, dass Bandicut vermeinte, ihn berühren zu können ... und Stimmen ... vertraut und fremd zugleich ... Astari-Stimmen ...

»Tun Sie das nicht ... wir fürchten diese Kammer!«

»Auch ich fürchte mich davor ... aber etwas ist da drin, ich spüre, wie es an mir zieht, sich wünscht, mit mir zu sprechen ...«

»Kommandeur, warten Sie ...«

Aber es war zu spät; er war bereits in der Kammer, und das Feld umwand ihn, und es gab kein Zurück mehr ... genau wie es Bandicut zuvor ergangen war ... alles passierte noch einmal ...

///Das bist nicht du, John!
Das stammt nicht aus deiner Erinnerung!
Jemand ist im Interstellarantrieb
... jetzt, in diesem Augenblick!///

/Ja? Tatsächlich?/, flüsterte er benommen. /Aber wer? *Morado*? Hineingezogen von den Steinen, Hardings Steinen? Warum könnte der Schlund nur wollen ...?/

///Es ist immer noch die Verbindung
zwischen dem Schlund und dem Antrieb!
Der Schlund versucht immer noch,
das Astari-Schiff wieder zu heben.
Er will nicht aufgeben!///

/Aber ich .../

Seine Worte wurden weggespült von den spiralförmigen Verwindungen des Feldes; und alles fühlte sich viel schlimmer an als zu dem Zeitpunkt, als er in der Kammer des Interstellarantriebs gefangen gewesen war. Er fühlte sich in dem Strom von Informationen und Erinnerungen verloren, hilflos verloren. Erinnerungen ...

Überrascht hielt er die Luft an, als er ein winziges Stück Erinnerung festhalten konnte. Doch wessen

Erinnerung war das? Die des Interstellarantriebs? Nein, nein, nicht die des Antriebs, es war eine Erinnerung des Schlunds ...

Der Schlund glitt durch das endlose All wie ein Panther durch den Urwald. Wie ein Lachs, der aus dem Meer zurückkehrt, war er auf der Suche nach der Verbindung, die herzustellen er geschaffen worden war ... auf der Suche nach seiner Heimat.

Er lebte nur zu diesem Zweck, war erschaffen worden, um Lichtjahre zu durchreisen. Aber es ging nicht darum, dass er sich selbst durch Zeit und Raum bewegte – er würde nie wieder reisen, sobald er seinen Nistplatz gefunden hätte; nein, er war erschaffen worden, um *andere* zu befördern.

Er war ein Sternentor, ein festes Portal durch die Raumzeit. Das Tor existierte, ihm war Leben eingehaucht worden, damit es Raumschiffe durch die endlose Galaxie und über diese hinaus schleusen könne. Sobald es den Ort gefunden hätte, an dem es seinen festen Platz einnehmen sollte ...

/Existierte? Leben eingehaucht?/, dachte Bandicut. /Stammt es vom Weltenschiff? Ist dieses Ding ein Teil von Schiffwelt?/

Er bekam eine Gänsehaut bei diesem Gedanken – und eine Antwort, vielleicht von Charlene, vielleicht von den Steinen, er wusste es nicht genau. *Nein, nein ... nicht aus dem Weltenschiff oder von dessen Herren. Nicht von den Translatoren.* Aber woher dann? Das also war es, was die Translatorsteine erfahren wollten: Wer besaß die Macht, derartige Dinge, Maschinen, Sternentore zu erschaffen und sie durch die Galaxis zu senden?

Die* Anderen ... *das haben wir uns schon gedacht, befürchtet ...

Die Anderen ...?

Und was war schief gegangen?

Eine Bilderflut überschwemmte die Verbindung, in die Bandicut, Ik, Morado und all die anderen eingebunden waren, die Steine trugen:

Das Sternentor trieb durch das All, den Weltraum, und nutzte die Umwandlungsenergie seiner eigenen Raumzeit-Felder, um sich wie eine Billardkugel bei der Karambolage von Stern zu Stern zu schießen; es entzog den Sternen ihre Energie und ließ sie leblos in seiner Bahn zurück, zusammengeschrumpft und erkaltet. (*Leben spendende Sterne?*, schrie Ik in stillem Schrecken.) Immer weiter vordringen, sich vorandrängen, der Bestimmung entgegen, sich vorwärts schlängeln durch die Galaxis (*Nicht vom Weltenschiff aus, es kam aus einer anderen Richtung*, flüsterte das Quarx) ... bis zu einer stellaren Begegnung, die falsch gedeutet wurde, falsch berechnet, zu viele unerwartete chaotische Variablen hatte. Statt die benötigte Menge an Energie zu erhalten, flammte der Stern zur Nova auf, verschlang das Sternentor, das gerade an ihm vorbeizog, hätte es beinahe zerstört ...

Beschädigt, aber ungebrochen in seinem Wunsch, dem Ziel näher zu kommen, schleppte es sich weiter, musste schließlich akzeptieren, dass es unmöglich war, das vorbestimmte Ziel doch noch zu erreichen. Und deshalb begann es, ausgestattet mit einem gewissen Maß an Selbstbestimmtheit, nach einer geeigneten Alternative zu suchen. Es sondierte das Raum-Zeit-Gefüge der Umgebung, in der Hoffung, einen Ort zu finden, an dem es seine Dienste nutzbringend einsetzen könnte, wenn auch in veränderter Weise.

/Doch warum hast du ... und wie ...?/

Was als Nächstes geschah, ging in der Erinnerung durcheinander. Es musste eine Fehlfunktion bei der Annäherung an das ausgewählte Zielgebiet gewesen sein. Fehlerhafte Daten? Ausgefallene Sensoren? Nicht zu klären. Das Sternentor konzentrierte sich auf einen Planeten (Warum? Ein Ankerplatz? Ein Nest?) und krümmte den Raum, um eine Verknüpfung mit dem Gravitationstrichter des Planeten zu erreichen. Es plante, spiralförmig einzutauchen und langsam die Materie des Planeten aufzuzehren, um Energie daraus zu gewinnen ...

Fehlberechnung ... Fehlfunktion ... Fehler, die sich im Orbit potenzierten, bis nur noch eine stümperhafte Notlandung gelang; es spiralisierte den Raum nach innen und materialisierte sich zuerst in der Atmosphäre (*und tötete meine Urahnen,* klagte L'Kell leise) und dann tief in der Kruste des Planeten unter dessen Ozean ...

Und dann endloser Widerhall, seismische Schockwellen und ein Fenster, das sich in der Kruste des Ozeanbodens öffnete: der Tiefseegraben, der vom Grund der Welt hinaufschaute ...

34
Ewige Nacht

Stimmen hallten in der Verbindung wider wie Echos in einem Cañon ... hraachee'anische, karellianische, menschliche, Thespi- und Roboter-Stimmen.

Bandicut bot alles auf, um die Bilder einzufangen wie Schmetterlinge in einem Netz, versuchte die Ebene unter den Erinnerungen zu entdecken, das Wer und das Warum. /Du hast nicht vorgehabt, die Zivilisation auf diesem Planeten zu zerstören?/, fragte er das Sternentor.

kam
nicht
um
zu
zerstören ...
nein ...
kam
allein
um
zu
dienen

/Trotzdem *hast* du hier alles zerstört .../

Wie ein Holo, das im Rücklauf eine Explosion zeigt, vereinten sich eine Millionen Bit an Erinnerungen, setzten sie zu dem Bild dessen zusammen, was tatsächlich geschehen war ...

– der Stolz, hineinzugleiten in die ewige Nacht,

eines von Tausenden, die in die Galaxie ausschwärmten, lange bevor die Fehlfunktion es zu diesem Planeten brachte –

– der Kampf darum, trotz der Beschädigungen funktionstüchtig zu bleiben –

– der Versuch, die Beben und die heftigen atmosphärischen Stürme zu beenden, die die zerbrechlichen Bauten an den Küsten der Kontinente zerstörten, und das Scheitern –

– *der Untergang einer ganzen Zivilisation* –

– der langsame Tod des Sternentors selbst –

– die verzweifelten Versuche, sich selbst in Stand zu setzen, Berichte über das Geschehene in interstellare Übertragungskanäle einzuspeisen, normale Funktionen wiederaufzunehmen, *um den Fehler zu korrigieren* –

– das spiralförmige Ausweiten des eigenen Feldes, um eine Verbindung zu einer anderen intelligenten Maschine aufzunehmen, die nah an ihm vorbeizog; das Einfangen dieser durchreisenden Maschine, um selbst hinaufgezogen zu werden ins All –

– *Fehler Fehler* –

– das Bemühen des Raumschiffes, seinen eigenen Kurs auch in den verwundenen Pfaden des veränderten Raum-Zeit-Gefüges beizubehalten, hilflos gefangen im Netz dieses anderen *Dings* ... und letztendlich stürzte es in einem katastrophalen Kurs auf den Planeten und sank auf den Meeresboden hinab

– das Bemühen beider Intelligenzen um gegenseitiges Verstehen, sodass sie miteinander verbunden blieben, weder fähig, sich zu harmonisieren, noch sich voneinander zu trennen, und der langsame Tod beider intelligenter Maschinen –

– doch dann der Entschluss, das Raumschiff wieder auf seinen Kurs zu bringen, hinauf ins All, es durch

Raum und Zeit zu katapultieren, wozu das Sternentor erschaffen worden war –

– der Versuch, genau dies in die Tat umzusetzen –

– vor dem endgültigen Tod –

– seinen Fehler zu korrigieren, diesen schrecklichen Fehler –

– muss korrigieren –

– muss korrigieren –

Der Schlund starb. Doch er war entschlossen zu tun, was er sich vorgenommen hatte – zu beenden, was er begonnen hatte, bevor er seine verbliebene Kraft auch noch verlöre … irgendwann, wahrscheinlich in den nächsten zwei- bis dreihundert Jahren.

/Du kannst nicht mehr ändern, was geschehen ist/, meinte Bandicut leise.

muss es

/… das Raumschiff kann nicht mehr fliegen …/

es muss fliegen

/… aber du hast all diese Leben zerstört, du kannst dich nur noch an das halten, was noch da ist …/

welche Leben?
welche Leben?

Und ein wilder Schrei wie eine Faust aus Dunkelheit zerriss den Lichtkranz. »*Unsere Leben! Unsere!*«

wer …?

»Unser Schiff und unsere Leben, die du vernichtet hast ...!«

Die Stimme kam aus der verdrillten, verworrenen Verbindung mit dem Schiffswrack, und Li-Jareds Stimme vereinte sich in einem scharfen *Bwang!* mit ihr. /Morado, kannst du mich hören? Ich spüre die Steine; kannst du mich hören? Warum bist du hier?/

»Er hat mich hierher gezogen, der Interstellarantrieb hat mich gerufen ... mich mit Hilfe dieser Steine hierher gezogen, es gibt so viel, das sie wissen, so viel ... «

/Dann hast du alles gehört und weißt jetzt .../

warte

kenne

die

Bedeutung

nicht

Als Antwort auf den stotternd hervorgestoßenen Schrei rief Bandicut: /Was verstehst du nicht?/

Verständnisproblem bei: Leben

/Das Leben an sich? Verstehst du, was das Leben an sich ist?/

Beschreibe: Leben

/Weißt du nicht, was dein eigenes Leben bedeutet .../

Bevor Bandicut fortfahren konnte, heulte, von Morado ausgelöst, ein Bildersturm aus dem Stellarantrieb auf sie zu: Astari, die sich abmühten, um in einer feindlichen Küstenregion Fuß zu fassen, sich gegen Beben zu behaupten, gegen eine unberechenbare See und Stürme; Astari, die das Versagen ihrer Technologie beklagen mussten, die gefahrvolle Bergungsoperationen zu unternehmen hatten in einem Ozean, den sie nicht kannten; Astari, die auf Meeresbewohner trafen, die kamen und wieder verschwanden ... bis fremdartige Steine zu leuchten begannen und in einer Vereinigung mit Morado aufflammten ...

... ebenso wie sie auf diese Weise eine Verbindung mit dem Sternentor eingegangen waren ...

diese

Steine

von

Erschaffenden

wie

den meinen

Ein Blitz voller Bilder leuchtete auf, ein leuchtender Pfeil, rasend schnell: Man konnte die Bilder kaum zusammenfügen oder festhalten. Nur ein kurzer Blick auf eine Welt ... oder eine Ansammlung von Welten ... eine Spezies, die Erschaffer des Sternentors ... und ein Bedürfnis, eine Verantwortlichkeit ... Bandicut konnte sich nicht lange genug auf die Bilder konzentrieren, um sie zu erfassen; dann waren sie auch schon verblasst.

Verschieden, meinten die Steine – wessen Steine es waren, wusste Bandicut nicht. Allerdings registrierte er in ihrer Stimme etwas Beunruhigendes, Beunruhigtes.

Das Sternentor schien dies nicht zu bemerken; doch verstand es jetzt etwas, das es zuvor nicht verstanden hatte. Diese Steine, diese Entitäten ähnelten seinen Erschaffern in einer entscheidenden Hinsicht: in ihrer künstlichen Intelligenz. Das Sternentor konnte die Steine und ihre Verbindung zum Leben verstehen, auch wenn es nicht verstand, was Leben bedeutete. Aber konnte es Leid verstehen? Konnte man es davon überzeugen, zu beenden, was es begonnen hatte ... zu unterlassen, was es tun wollte?

///Das Sternentor glaubt,
es müsse etwas Flugtaugliches zurück
in die Endlosigkeit des Alls senden,
um den Fehler zu korrigieren.///

/Etwas Flugtaugliches ins All senden ...?/, wiederholte Bandicut und stockte, ein halb durchdachter Gedanke ließ ihn zögern,

»Verstehst du es jetzt?«, mischte sich plötzlich Napoleon ein, der seine Frage an den Schlund richtete. Der Roboter hatte anscheinend versucht, dem Sternentor etwas zu erklären: Er hatte versucht, ihm zu erklären, dass seine Versuche, den einmal begangenen Fehler zu korrigieren, organische wie künstliche Intelligenz in Mitleidenschaft zogen. »Aber es gibt sicher Alternativen ...«

Der Schlund grollte in der Tiefe der See und war dann für einige Augenblicke völlig still. Und in die tödliche Stille hinein hörte Bandicut L'Kell mit schwacher Stimme sagen: »Antriebsenergie aufgebraucht. Ich kann die Steuerung nicht mehr kontrollieren. Wir sinken, und wir werden weiter sinken, bis zum Grund.«

Bandicut schauderte es. Wie tief hinunter war es denn noch bis zum Grund? Es war wie ein Stich ins Herz, als er an L'Kell dachte, den nur der Druckkörper des Tauchbootes schützte; Bandicut hingegen fühlte sich (vielleicht war das gänzlich absurd) in der Sternenkoppler-Sphäre um einiges sicherer.

Unvermittelt sprach der Schlund wieder:

bitte

nenne

die Alternative

Bandicut hielt die Luft an, als Napoleon seinen Plan vor aller Ohren darzulegen begann, einen Plan, der auch schon Bandicut ansatzweise in den Sinn gekommen war …

»Das Raumschiff ist nicht länger flugtauglich.«

Ein Gefühlsausbruch ging von Antares aus – oder besser: Er drang in sie ein, wurde von ihr gestoppt: Verwirrung, Verzweiflung, Not – Gefühle wie diese, und doch ein wenig anders. Es waren Empfindungen des Sternentors, seine Beinahe-Verzweiflung, die ebenso deutlich spürbar war wie die Emotion eines lebenden, organischen Wesens.

Bandicut war von dieser Empfindung so gebannt, dass er beinahe den Schlusspunkt von Napoleons Argumentation verpasst hätte:

»… wenn du einen Ersatz für das Astari-Schiff akzeptierst, in einen Austausch einwilligst, steigen deine Chancen, deine Unternehmung erfolgreich abzuschließen, beträchtlich. Wir sind flugtauglich; du kannst uns durch das All schießen …«

Wie bitte?!, dachte Bandicut. Und stellte überrascht fest, dass dies genau der Gedankengang war, der schon ein wenig früher in seinem Kopf Gestalt angenommen hatte. Char hatte die ganze Sache eingefädelt, Napoleon hatte ihr nur geholfen. Das Sternentor wollte nichts lieber, als berichten zu können, es habe erfolgreich einen Auftrag, einen Transport durch die Raum-Zeit, durchgeführt. Nichts interessierte es noch außer dem gelungenen Abschluss seiner Mission … die Erfüllung seines Daseinszwecks … bevor es für immer aufhören würde zu existieren.

///Das Sternentor war darauf programmiert,
die Galaxis zu durchqueren,
vielleicht auch mehrere Galaxien,
allein um seinen Zweck als Sternentor zu erfüllen,
und nichts anderes.
Und wenn es seinen Daseinszweck
nur ein einziges Mal erfüllen kann
und einen Erfolg zu vermelden hat –
und wenn auch nur sich selbst ...///

Bandicut wartete atemlos, welche Antwort das Sternentor Napoleon geben würde. Und wenn es einverstanden wäre mit Napoleons – oder Charlenes – Vorschlag, was wäre dann? Hatten seine Freunde und er hier Hilfe geleistet, nur um quer durch die Galaxis geschleudert zu werden und im Irgendwo zu landen? Nur, dass ihr Flug dieses Mal nicht von den Herren des Weltenschiffs kontrolliert wurde, sondern von einer völlig fremden, andersartigen Intelligenz? /Wo wäre unser Ziel?/, flüsterte er lautlos in Gedanken. Das alles schien purer Wahnsinn zu sein.

Aber wenn sie so die Neri und Astari vor dem Untergang bewahren könnten? Wäre das nicht das Risiko wert? Sollten sie es dann nicht für sie tun, für ihre Freunde von diesem Planeten?

///Die Steine möchten es wagen.///

Möchten es. Weil sie es von Anfang an so geplant und immer schon gewusst hatten, dass dies geschehen würde? Oder weil auch sie den Faden erkannt hatten, an dem sie sich festhalten konnten, um die verrückten, chaotischen Winde dieser Reise zu überstehen? Und was war mit den anderen?

Er warf jedem seiner Freunde einen Blick zu. Bei Antares spürte er beides, Furcht und Erwartung; Ik zeigte seine Entschlossenheit ... Und dann antwortete das Sternentor:

Seid
ihr
ein Raumschiff?

»Wir sind ein Raumschiff!«, bestätigte Napoleon. »Wir haben denselben Daseinszweck wie das abgestürzte Raumschiff, sind ähnlich beschaffen. Wir sind auf der Suche nach einer neuen Welt. Das liegt in unserer Natur.«

Und
wie seid ihr
beschaffen

»Wir sind intelligent«, erklärte Napoleon. »Gebunden an Maschinen.«

Dann

sagte der Schlund, und zugleich flackerte ein Lichtschimmer ringsum in der Finsternis auf,

ist Austausch
akzeptabel

»Ja«, bestätigte Napoleon wieder. Doch der Schlund hatte noch mehr zu sagen:

sofern dieser Austausch genehmigt wird
durch einen Kommandoträger auf dem Astari-Schiff
seid ihr befugt, dies zu genehmigen?

»Ich denke, ja. John Bandicut?«, wandte sich Napoleon an seinen Captain.

Bandicut schloss einen Moment unschlüssig die

Augen; doch dann, von sehr weit entfernt, kam durch die Verbindung mit dem Interstellarantrieb des gesunkenen Raumschiffes Morados Stimme: *»Ich bin der Kommandeur dieses Schiffes und besitze die Befugnis, den Austausch zu genehmigen, vorausgesetzt, die, die vor dir stehen, sind bereit, sich auf den Austausch einzulassen …«*

Bandicut suchte erneut Iks brennenden Blick: Ja. Und Bandicut konnte fühlen, dass auch Antares zustimmte.

Und was war mit Li-Jared? Der Karellianer, halb in Trance, starrte nicht hinunter in den Todesschlund, sondern hinauf in eine Art Tunnel, wo sich Morados Umriss gegen das wirbelnde Licht in der Kammer mit dem Interstellarantrieb abhob. Und Bandicut konnte Li-Jareds Gedanken mühelos von seinem Gesicht ablesen: *Lasst es uns für Harding tun, damit sein Leben einen Sinn bekommt und sein Tod …*

»Wir sind bereit«, erklärte Bandicut laut. »Aber …«

Ein unterdrücktes Grollen kam von unten.

»Bist du einverstanden damit, dass, wenn diese Aufgabe erfüllt ist – wenn du endgültig triumphiert hast –, du deine Versuche einstellst, das Astari-Schiff zu heben? Dass du aufhörst, Erdbeben und Eruptionen zu verursachen?«

dem wird zugestimmt
diese Aufgabe ist unser Daseinszweck
werdet ihr alle
diese Reise unternehmen
alle zusammen?

»Alle zusammen«, bekräftigte Bandicut. Doch als er sich umblickte, kam ihm plötzlich ein panischer Gedanke. »Außer …«

///L'Kell.///

Die Stimme des Quarx war ruhig, aber bestimmt.

Bandicut blickte durch den Boden der Sternenkoppler-Sphäre in die Frontkanzel des Tauchbootes hinab. Er konnte gerade eben noch L'Kells Gesicht erkennen, der zu ihnen hinaufsah – hilflos, ohne Antriebsenergie für das Tauchboot, das immer noch sank. Konnte L'Kell wahrnehmen, was zwischen ihnen allen gesprochen und ausgetauscht worden war? Hatte er etwas von der Übereinkunft mitbekommen, die sie gerade getroffen hatten? Bandicut wandte den Blick von L'Kell und dem Tauchboot ab und sah hinunter, dorthin, wo das Herz des Schlundes, wo das Licht war. Aber es war nicht möglich, das Sternentor dort zu erkennen, denn das himmelsgleiche Leuchten war jetzt überall um sie herum. »Wir sind bereit«, rief er dem Schlund zu, »bis auf den einen von uns dort in dem Tauchboot, dem Gefährt unter uns. Kannst du ihn hinaufschicken, in den Ozean, an die Stelle, wo die Unterwasserstadt liegt? Seine Heimat ist dort, sein Daseinszweck, seine Aufgabe. Wir können von hier fort, aber er sollte hier bleiben. Kannst du das für uns tun, bevor wir durch das Tor unsere Reise antreten?«

Schweigen. Oder doch nicht nur Schweigen. Langsam stieg ein tiefer brummender Laut aus der Tiefe hinan, wurde lauter, bis er den ganzen aufglühenden Tiefseegraben erfüllte. Erst dann gab das Sternentor Antwort:

es
soll
getan
werden
wenn
ihr

das Tauchboot freigebt

Bandicut hockte sich auf den Boden. Mit krächzender Stimme rief er zu L'Kell hinunter: »Kannst du die Sphäre ausklinken?« Mit der Hand machte er eine Geste, als wolle er die Kabel zerhauen, die die Sphäre am Ausstiegsturm des Tauchbootes sicherten. L'Kell sah zu Bandicut hinauf, ganz offensichtlich verwirrt. War jetzt selbst die Energie für das Com ausgefallen? »*Wir haben eine Vereinbarung mit dem Schlund getroffen! Klink die Sphäre aus*!«, brüllte Bandicut.

L'Kells Stimme, die antwortete, war dünn. »Was habt ihr vor?«

»*Wir schicken dich nach Hause*!«

»Aber das könnt ihr nicht! Was wird denn aus euch?«

Bandicut gestikulierte wild himmelwärts, dann bildete er mit seinen Händen einen Trichter um seinen Mund und brüllte: »*Wir gehen zurück zu den Sternen*!«

Bandicut konnte nichts aus L'Kells Miene herauslesen, aber dieser bewegte sich plötzlich weg von der Frontkanzel. Der tiefe, dröhnende Laut aus dem Ozean schwoll weiter an, wurde lauter und lauter. Etwas unter ihnen öffnete sich, und die Sphäre begann, heftig zu vibrieren. L'Kell kam zurück zur Sichtkanzel. Er bediente irgendwelche Kontrollen. Ein kreischendes Geräusch ertönte, dann gab es einen Stoß, der den Sphärenboden kurz erschütterte, und das Kabel, das an der Vorderseite der Sphäre befestigt gewesen war, erschlaffte, trieb lose vor dem Tauchboot im Wasser. Die Sphäre schaukelte bedenklich. Sekundenbruchteile später wurden die Kabel an der Rückseite der

Sphäre ebenfalls ausgeklinkt, und das Netz, in dem sie sicher gehangen hatte, begann sich zu lösen und von ihr wegzutreiben. Die Sphäre wurde von der Strömung erfasst, löste sich aber nicht gleich völlig vom Ausstiegsturm des Tauchbootes.

L'Kell presste sein Gesicht gegen die Sichtkanzel. Seine Miene ließ keinen Zweifel daran: Er hatte Angst um seine Freunde, fühlte Trauer. Was dachte er wohl, wo sie hingehen würden?

Bandicut hob die Hand zum Abschied. Das Dröhnen um sie herum war so laut geworden, dass er sich nicht mehr mit L'Kell hätte verständigen können. /Können die Steine noch Kontakt zu ihm herstellen?/

///Gefühle, Empfindungen . . .///

/Dann schickt ihm Freude und Hoffnung! Für ihn. Für uns. Und für sein Volk./

Seid

ihr

bereit

fragte des Sternentor.

/Ja./

Deutlich spürbar ergriff eine unsichtbare Strömung die Sphäre, hob sie an und drückte sie von L'Kells Tauchboot weg. Ein horizontaler, durchscheinender Ring aus Licht umfasste die Sphäre. Unvermittelt verharrte die Sphäre auf der Stelle, das Tauchboot nicht. Eine starke Aufwärtsströmung war unter dem Boot entstanden, plötzlich sichtbar, weil sie im Wasser schwebenden Schlick und Sand mit sich nach oben riss. Tiefer unten dehnte sie sich zu einem schimmernden Tunnel aus, der bis in die tiefsten Tiefen des Planeten zu reichen schien. Tatsächlich reichte dieser Strömungstunnel, wie Bandicut wusste, in einer winzigen Torsion von Raum und Zeit bis hinein in einen anderen Teil des planetaren Ozeans, auf der gegenüberliegenden Seite des Planeten. Dieses Mal jedoch, anstatt Meerwasser herunterzuziehen in dem vergeblichen Versuch, das Schiffswrack aus dem Grund zu reißen, in den es sich gebohrt hatte, pumpte der Schlund Wasser nach oben.

Das Tauchboot drehte sich, während es aufstieg. Seine Nase näherte sich der Sphäre, und für eine kurze Zeit, ein paar Herzschläge lang,· konnte L'Kell seinen Freunden direkt ins Gesicht sehen; seine Augen waren groß und dunkel vor Furcht und Staunen. In diesem Augenblick dachte Bandicut an all die unausgesprochenen Dinge, die er L'Kell noch gerne sagen würde. Er wünschte sich, er könnte L'Kells Hand schütteln, ihre Steine miteinander vereinigen, ein Nacht im Gespräch mit ihm verbringen und alles über das Neri-Volk erfahren, was es über sie zu wissen gab. Plötzlich schien sie auf einmal ein elektrisches Feld miteinander zu verbinden, und nicht nur Bandicut, sondern alle in der Sphäre spürten diese Verbindung zu L'Kell. »Hrachh, leb wohl!«, rief ihm Ik zu. Li-Jared und Antares taten es ihm gleich und riefen L'Kell auch ihre Abschiedsgrüße zu. Bandicut brüllte: »*Glückliche Reise, L'Kell*!«, und wusste irgendwie, dass L'Kell ihn gehört hatte – wenn schon nicht durch das elektrische Feld, dann auf jeden Fall mit Hilfe der Steine. Der Blick des Neri wurde weich, gerade so lang, wie die Freunde sich noch sehen konnten, dann trug die Aufwärtsströmung das Tauchboot weiter nach oben, weg von der Sphäre.

Das Sternentor hielt die Sphäre stabil in der Strömung, während das Tauchboot immer weiter in lichtere Tiefen des Ozeans entschwand. Ganz zuletzt sah es aus wie ein Spielzeug, das vor einem Schleier aus spektakulären Blitzen in der Nacht auf der Fontäne eines Springbrunnens in die Höhe ritt. Es stieg mit verblüffender Geschwindigkeit hinauf, und nur einen Lidschlag später war es schon nicht mehr zu sehen.

Bandicuts Herz raste vor Aufregung, Angst und Sorge. Um ihn herum drängten sich die Freunde näher an ihn, umarmten ihn allein schon mit ihrer Anwesenheit. Er spürte Antares' Hand auf seiner Schulter, dann Iks. Bandicut räusperte sich, ohne eigentlich zu wissen, was er seinen Freunden sagen sollte. »Sternentor!«, rief er stattdessen. »Das Tauchboot hat keine eigenen Energiereserven mehr! Kannst du es dorthin geleiten, wo es andere seiner Art gibt, in die Nähe der Stadt?«

das
ist bereits geschehen
haltet euch jetzt bereit

»Es wird schon alles gut gehen, glaube ich«, flüsterte Antares.

Bandicut seufzte. »Ja. Ich wünschte nur, ich könnte ...«

»Rakh, wir verstehen schon, John Bandicut. Wir verstehen dich schon.« Ik sah hinunter in die Tiefe. »Ich frage mich nur, wohin uns das Ding da unten schicken wird!«

Bandicut schloss die Augen, um sich zu konzentrieren. /Wohin willst du uns springen lassen? Wohin schickst du uns?/

Der Schlund gab keine Antwort. Vielleicht hatte er

selbst auch keine Ahnung, wohin ihre Reise gehen würde.

Bong. »Überall ist es besser als hier«, meinte Li-Jared, und das elektrisierende blaue Feuer in seinen Augen glitzerte auf. Er zog es ganz offensichtlich vor, den Sprung durch das Sternentor zu wagen statt das Risiko einzugehen, als Treibgut auf dem Grund eines fremden Ozeans zu enden.

»Capt'n, ich registriere die ersten Anzeichen dafür, dass wir unsere Reise gleich beginnen werden!«, trommelte Copernicus aufgeregt.

Bandicut schluckte schwer und blickte der Reihe nach seine Freunde an. Er wünschte, er wüsste, ob die Sternenkoppler-Sphäre Einfluss auf das Ziel ihrer Reise würde ausüben können.

///Wir werden es irgendwann erfahren.///

Als es schließlich geschah, geschah es schnell und sanft wie in einem Traum. Der Lichttunnel verdunkelte und schloss sich. All die Helligkeit aus der Tiefe schwand dahin, nichts war mehr außer Dunkelheit, tiefschwarze Nacht, und falls die Aufwärtsströmung noch immer existierte, war sie nicht mehr länger für ihre Augen sichtbar. Es umgab sie jetzt ein Kranz aus kaltem smaragdgrünem und saphirblauem Licht, der sich zusammenzog und sich verfestigte.

Aus der Dunkelheit des Tiefseegrabens, von seinem tiefsten Punkt zuckte Energie empor ...

hochschnellende Lichtfunken, rubinrot und dann golden-buntes, pulsierendes Stroboskoplicht, das durch das ganze Farbspektrum hinauf und hinunter wanderte.

Und schließlich die diamantenübersäte Finsternis des Weltalls, und die unvermutete Erkenntnis, dass sie gerade fielen, nein, *gefallen waren.* Der Lichtkranz um sie herum war fort. Der Ozean über ihren Köpfen war fort. Der Tiefseegraben ... das Sternentor ...

Nichts umgab sie mehr als die Sterne, eine so großartige Vielfalt an Sternen, dass einem das Herz zerspringen wollte.

35
Grenzenloses Chaos

Eine Zeit lang glaubte Bandicut, sein Herz sei tatsächlich stehen geblieben. Man spürte keine Bewegung, hörte keinen Laut; nicht einmal das Quarx schien sich zu rühren. Schwebte er in einem seltsamen Realitätsloch, wo alles für die Ewigkeit eingefroren bliebe? Aber nein … das konnte nicht sein, da er sich seiner Gedanken bewusst war.

Und dann spürte er etwas, tief in ihm. Es war, als mache sein Körper einen Wandel durch. Dekompression? Renormalisation? Er wusste es nicht zu sagen, fühlte sich aber wohl bei dem Gedanken, schmiegte sich an ihn wie ein Kind an eine Decke, die ihm Geborgenheit gibt.

Mit der Zeit bemerkte er eine Bewegung, gerade wahrnehmbar, aus dem Augenwinkel. Ik bewegte den Kopf, unendlich langsam. Und dann sah Bandicut, dass seine eigene Brust sich wie in Zeitlupe hob, als er einatmete.

Und noch einige Zeit später registrierte er, dass die Sterne, kleine scharf umrissene Punkte diamantenen Eises, nur noch verschmierte Flecken waren. Verwischte Flecken.

Und dann sprach Char zu ihm.

///Wir sind alle … hier … glaube ich …///

/Das ist gut. Keiner fehlt./

Außer L'Kell. Ihr guter Freund L'Kell. Sie hatten nicht einmal die Gelegenheit gehabt, sich richtig auf Wiedersehen zu sagen. Was wurde jetzt aus dem Volk der Neri? Und was aus den Astari? Was war geschehen mit der Unterwasserfabrik? Und dem Schlund? *Das werden wir vielleicht nie erfahren,* dachte er traurig. *Niemals.*

Es machte ihn tieftraurig, dennoch fühlte er zugleich, dass sich seine Stimmung merkwürdigerweise hob – er erinnerte sich an die Bilder, die eine gewisse Quarx-Inkarnation ihm mit so großer Freude gezeigt hatte, um ihm, dem unwissenden Bandicut, chaotische Attraktoren zu beschreiben: winzige Kräfte, die dynamische Systeme in unvorhergesehener Weise antrieben wie Kreisel, sie anstießen und dabei Resonanzen erzeugten, die in die Zukunft hineinschwangen wie die Resonanzen einer angeschlagenen Gitarrensaite. Hatten die Gefährten auf dieser Reise nützliche Resonanzen in der Zukunft der Neri-Welt hinterlassen? Bandicut fragte sich, ob die Translatoren oder die Herren von Schiffwelt Kontrollen durchführten, um das herauszufinden.

Die Gedanken des Quarx erreichten ihn nur zögernd, eine Folge der Zeitverzerrung.

///Vergiss nicht ... dass ihr zurückgelassen habt ...
vier Paare von Steinen ...
und ein intelligentes Sternentor ...///

/Ein Sternentor/, dachte er leise. /Ein sterbendes Sternentor./

///Ja, ein sterbendes Sternentor.
Aber es stirbt wohl nicht ... in den nächsten
paar Jahrhunderten.///

/Aber es gehört jemand anderem. Jemandem, der nicht zum Weltenschiff gehört./

///Richtig, jemandem ...
über den die Steine ... tief besorgt sind.
Den Anderen.///

/Haben mir die Steine darüber nicht mehr Informationen versprochen?/

///Ja, richtig.
Die Anderen *sind eine Spezies,*
deren Heimatwelt weit entfernt
am anderen Ende der Galaxis liegt.
Eine Spezies, deren Ziele denen von Schiffwelt
unvereinbar gegenüberstehen,
den Zielen der Steine abträglich sind,
nachteilig für deine eigene Spezies.///

/Nachteilig für die Menschheit? Für die Erde? Woher willst du das wissen?/

///Erinnere dich an die Sterne,
die der Schlund ausgelöscht hat, um an sein vermeintliches
Ziel zu gelangen!
Erinnerst du dich noch an den Kometen,
der die Erde fast ausgelöscht hätte?///

Sekundenlang schwieg Bandicut, dann brachte er nur heraus: /Himmel und Herrgott!/

///Das kann man laut sagen!
Aber Details kennen die Steine nur wenige.
Deshalb hat es so lange gedauert,
bis sie sich über die Herkunft des Schlundes
Sicherheit verschafft hatten.///

Bandicut versuchte diese Informationen zu verdauen. /Ich möchte wirklich gerne wissen, wohin uns der Schlund geschickt hat. Nicht zu seinen Erschaffern, hoffe ich./ Diese Frage konnte Char offenbar ebenso wenig beantworten wie er und schwieg. Bandicut begann, den Kopf zu drehen. Es fühlte sich an, als stecke er in Sirup, aber der Sirup schien schon weniger dickflüssig als zuvor.

Irgendwann hatte er dann den Kopf gedreht, so weit, dass er seine Freunde sehen konnte. Er stellte fest, dass Antares näher bei ihm war als alle anderen, selbst näher als Ik. Sie sah in seine Richtung. Sie blickte gerade eben noch in seine Augen, so, als ob sie schon dabei war, den

Blick abzuwenden, um in das geheimnisvolle, endlose Weltall hinauszuschauen, während sie sich – wie Bandicut eben – fragte, wohin es die Gefährten wohl verschlagen würde. Unendlich langsam im Sirup der Zeit hob Bandicut die linke Hand; die Hand schien wie in Zeitlupe auf einer langsam aufsteigenden Seifenblase emporzusteigen; zwar kostete es ihn keine Mühe, die Hand zu heben, aber es ging auch nicht schneller, ganz gleich, wie sehr er versuchte, die Bewegung zu beschleunigen.

Er bemerkte, dass sich auch Antares' Hand bewegte.

Als sich ihre Hände trafen, lag auf Antares' Lippen ein Thespi-Lächeln. Doch in ihren Augen sah er Unsicherheit und Verwirrung. Als sich ihre Finger berührten und sie sich bei den Händen fassten, fühlte Bandicut Antares' Anwesenheit in seinem Innersten, und dieses Gefühl erinnerte ihn daran, wie es gewesen war, als sie beide ihre Steine miteinander vereinigt hatten. Er spürte, wie eng sie sich ihm verbunden fühlte – Treue, Freundschaft, große Vertrautheit, als hätten sie gemeinsam über viele Jahre hinweg Gefahren durchgestanden. Und dennoch: Da war eine elektrisierende Andersartigkeit. Und wenn Antares ihn, Bandicut, berührte, berührte sie nicht allein ihn, sondern auch Charlie. Charlene. Welche Verbindung waren diese beiden eigentlich miteinander eingegangen? Erstaunt stellte er fest, dass er nicht wusste, was zwischen den beiden lief. Und wahrscheinlich hätte er diese Verbindung auch dann nicht auszuloten vermocht, wenn er es gewusst hätte.

Was bedeutete ihm Antares jetzt eigentlich? War sie ein Freund, eine Freundin? Seine Geliebte? Eine Fremde?

Antares und er waren wohl immer noch dabei, das

herauszufinden. Er wusste, dass diese Frage nicht nur ihn beschäftigte, sondern auch sie. Und als er ihr langsam, unendlich langsam die Hand drückte, spürte er, wie die Erinnerung an Julie in ihm hochstieg und mit dieser Erinnerung eine Welle von Traurigkeit. *Und trotzdem,* dachte er, *würde sie sich sicher für mich freuen; sie würde sich wünschen, dass ich diese Chance nicht verstreichen lasse.*

///Du, John Bandicut,
bist eine wirklich komplizierte . . . Person///,

meinte das Quarx langsam, in einem Tonfall, den Bandicut als Zustimmung interpretierte.

Er dachte darüber nach, was er Char antworten könne, als ihn ein Gedanke, den ihm eindeutig Antares sandte, in seinen Überlegungen unterbrach: *Du bist kompliziert und ich bin kompliziert; wir werden erfahren, was das bedeutet. Irgendwann werden wir es erfahren.*

Ein seltsames *Kräuseln* ging durch das Sternenmeer, als würde es soeben in Zellophan eingepackt. Nur Sekundenbruchteile später traf eine Schockwelle die Sphäre, und ein feurig goldener Lichtschimmer erstrahlte rings um die Gefährten. Mehrere Augenblicke lang hätte Bandicut schwören können, dass sein Körper und die Körper seiner Freunde von innen heraus leuchteten. Bandicut glaubte ein bebendes Gefühl von *Erlösung* zu spüren und bemerkte, dass der seltsame Zeit Sirup fort war. Bandicut selbst hatte beinahe so etwas wie einen Schock erlitten, konnte sich aber bereits wieder bewegen und auch normal atmen. Waren sie gerade irgendwo angekommen?

Abgefangen von Sternenkoppler-Strahl.

Er blickte sich verständnislos um. /Hä, was?!/

»John Bandicut«, setzte Antares an, »ich . . .«

///Der Transportfluss des Sternentors wurde unterbrochen.///

/Wovon?/

///Von einem Strahl des Sternenkopplers.///

/Vom Weltenschiff aus?/

///Vermutlich.///

/Was soll denn das nun wieder .../ Bandicut blickte zu Antares, die auf die Stimmen in ihrem eigenen Inneren zu lauschen schien. Dann sah er zu Ik, dessen Augen in einem inneren Feuer erglühten, und zu Li-Jared, der den Kopf hin und her drehte, während er versuchte, das Geschehen um sich herum zu erfassen. Man konnte durch die Sphäre nicht einen einzigen Stern mehr sehen; ob dies nun daran lag, dass die Sterne verschwunden waren, oder daran, dass jetzt das Innere der Sphäre in Licht getaucht war, konnte Bandicut nicht bestimmen.

»Habt ihr das auch alle gehört?«, wollte er mit belegter Stimme von seinen Freunden wissen. »Schiffwelt hat uns dem Sternentor weggeschnappt, sodass wir nicht mehr da ankommen werden, wo es uns hingeschickt hat. Ich glaube – ich *hoffe*, wir befinden uns schon außerhalb der Kontrolle und des Kenntnisbereiches des Schlundes ...«

Bestätigt. Kursänderung in Vorbereitung.

Bandicut neigte den Kopf zur Seite, wartete – und dachte nach. /Kursänderung? Wird Kurs zurück zum Weltenschiff gesetzt? Oder geht es irgendwo anders hin?/

Er hörte die Roboter trommeln und klicken, und Napoleon zirpte: »Capt'n, soweit ich sehe, bekommen wir gerade eine Nachricht übermittelt. Ich versuche, sie in ein Audiosignal umzuwandeln.«

»*Eine Nachricht wird übermittelt*?«, erkundigte sich Bandicut zweifelnd. »Von wo soll uns denn eine Nachricht übermittelt werden?«

»Nicht zu bestimmen, Capt'n. Vom Weltenschiff, vermute ich. Hier kommt die Nachricht ...«

Die Stimme sprach auf Englisch zu ihnen. *Auf Englisch*! Und sie sprach mit einem leicht metallischen Tonfall, so, als stamme sie von einer künstlichen Quelle. Als gehöre sie einem Roboter ...

»Glückwunsch zu Ihrer geglückten Abreise! Ich freue mich auf Ihre Rückkehr und darauf, Sie zu treffen. Mein Name ist Jeaves. Wenn Sie mich verstehen können, dann wissen Sie auch bereits, dass das Abfangmanöver durch den Sternenkoppler-Strahl erfolgreich war. Gute Reise und fahren Sie vorsichtig!«

Mehr sagte die Stimme nicht. Um sie herum begann die Sphäre in allen Farben des Regenbogens zu flackern. Die Sterne, kaum wieder sichtbar geworden, wurden in die Länge gezogen und verschwammen zu kurzen, sich von der Sphäre wegbewegenden Lichtstreifen.

Bandicut starrte völlig verblüfft seine Freunde an, Ik, Li-Jared, Antares. »Hat die Stimme in deiner Muttersprache gesprochen?«, flüsterte Antares. Bandicut nickte.

Wir werden alles irgendwann erfahren.

Irgendwann. In der Tat.

– wird fortgesetzt in Band IV der
CHAOS-CHRONIKEN –

Über den Autor

Jeffrey A. Carver ist der Autor einer Reihe von populären Science-Fiction-Romanen, die ihren Leser eine Menge Denkanstöße bieten, wie beispielsweise *The Infinity Link* und *The Rapture Effect*. Seine Bücher kombinieren Konzepte des Hard-SF mit zutiefst humanistischen Interessen und viel Humor und garantieren dem Leser ein bezwingend spannungsreiches wie emotional befriedigendes Lesevergnügen. Carver hat einige sehr erfolgreiche Romane in seinem STAR-RIGGER-UNIVERSUM angesiedelt, *Star Rigger's Way* und *Panglor, Dragons in the Stars* und *Dragon Rigger*. Mit *Neptune kann warten* (Neptune Crossing; dt., erschienen im Lübbe Verlag als Bastei Lübbe Taschenbuch Band 23 259), dem ersten Band der CHAOS-CHRONIKEN, schuf Carver, inspiriert von den in den Naturwissenschaften aktuell diskutierten Chaos-Theorien, ein faszinierendes neues Universum. In *Das Weltenschiff* (*Strange Attractors*; dt., erschienen im Lübbe Verlag als Bastei Lübbe Taschenbuch Band 23 265), dem zweiten Band der CHAOS-CHRONIKEN, und in diesem dritten Band der Reihe *Die leuchtende Stadt* (*The Infinite Sea*; dt.) lässt Carver den Leser tiefer in seine einzigartige und wundersame Vision seiner Welt eindringen. Carver war Gastgeber in einer interaktiven Serie im Schulfernsehen, in der es darum ging, Science-Fiction-Romane zu verfassen, und an der Schulen aus allen Teilen der Vereinigten Staaten von Amerika teilgenommen haben. Er wohnt mit seiner Frau und seinen zwei Töchtern in der Nähe von Boston.

Mehr Informationen zu Autor und Werk finden Sie auf seiner Homepage im World Wide Web unter:
www.starrigger.net
oder senden Sie eine E-Mail an:
jcarver@starrigger.net

Für alle Freunde von Peter Hamilton:
meisterhafte SF, spannend und hintergründig!

New Crobuzon ist ein Moloch von einer Stadt. Menschen und Mutanten leben in ihr, Arbeiter und Sklaven, Künstler und Huren, Magier und Wissenschaftler.
Tausende Jahre lang sorgte eine brutale Miliz für Frieden.
Und dann kommt ein Fremder in die Stadt. Mit Gold in den Taschen und einem unmöglichen Anliegen. Und er löst eine Katastrophe aus: Ein ›Falter‹, ein alles vernichtender Mutant, entkommt den Labors der Wissenschaftler und beginnt die Stadt zu verwüsten …

ISBN 3–404–23245–3

BASTEI
LÜBBE

Abwechslungsreich und farbenfroh:
für alle Leser von *Peter Hamilton*.

Samarkand ist eine lebensfeindliche Welt, die terrageformt werden soll. Erste Erfolge stellen sich ein, doch dann geschieht ein katastrophaler Unfall, der jedes menschliche Wesen auf Samarkand tötet.
Ian Cormac, seit dreißig Jahren dauerhaft mit einem galaxisweiten Computersystem vernetzt, wird nach Samarkand geschickt. Dort findet er zwei menschenähnliche Kreaturen, ein Dienerwesen und den sogenannten DRACHEN, eine monströse außerirdische Lebensform – die sich bald als künstliche Intelligenz erweist. Doch wer hat den Drachen erbaut, und zu welchem Zweck?

3–404–23242–9

BASTEI
LÜBBE

Ein klassischer intergalaktischer Detektivroman aus Isaac Asimovs Universum

Obwohl Androiden Menschenrechte zugesprochen wurden, sehen viele sie weiterhin nur als Maschinen an. Doch selbst jene, die die größten Vorurteile hegen, würden Arda nicht als Androidin erkennen. Von ihrer Agentur wird sie an den Bestseller-Autor Fortizak vermietet – offiziell als Haushälterin, inoffiziell soll sie als Agentin auf einem intergalaktischen Kongress für Sicherheit sorgen. Was niemand ahnt: Der Kongress ist Ziel eines groß angelegten Überfalls …

ISBN 3–404–23246–1

BASTEI LÜBBE